Panzer-Operationen

Die Panzergruppe 3 und der operative Gedanke der deutschen Führung Sommer 1941

パンツァー・オペラツィオーネン

第三装甲集団司令官「バルバロッサ」作戦回顧録

ヘルマン・ホート
大木毅［編・訳・解説］

作品社

1941年夏、ハインツ・グデーリアン上級大将（左側）と語らう
著者ヘルマン・ホート（右側）

Panzer-Operationen

Die Panzergruppe 3 und der
operative Gedanke der deutschen Führung
Sommer 1941

Mit 16 Kartenskizzen

HEIDELBERG 1956

Scharnhorst Buchkameradschaft

パンツァー・オペラツィオーネン

——第三装甲集団司令官「バルバロッサ」作戦回顧録

ヘルマン・ホート 著

大木 毅 編訳・解説

目次

第三章　国境地帯における敵の撃砕——六月二十二日〜七月一日　Zertrümmerung des Feindes in den Grezgebieten　075

結語　Schlußwort

付録

訳者註釈

本書に登場する、さまざまな地名は、東欧・中欧における複雑な歴史的経緯を反映して、複数の言語による呼称が存在するものがある。たとえば、ニョーマン川（ベラルーシ）は、ロシア語でニェーマン川、リトアニア語ではネムナス川、ポーランド語ではニェメン川、ドイツ語ではメーメル川となる。本訳書では原則として、当該時期にその地点を領有していた国の言語にもとづき、カナ表記した。また、必要に応じて、現在の領有国とその言語、あるいは別に通用している発音にもとづくカナ表記を〔　〕内に付した場合もある。

ただし、「モスクワ」や「ベルリン」といった、日本語で定着していると思われる慣習的表記については、そちらを採用した（原音主義にもとづいた表記なら、それぞれ「マスクヴァー」、「ベァリーン」になろう）。

部隊呼称についても、おおむね原著に従ったが、ドイツ軍軍団番号については読みやすさを考慮して、原書のローマ数字による表記（これはドイツ軍の慣習である）ではなくアラビア数字で記した（他の部隊番号も同様）。また、区別がつきやすいように、ソ連軍をはじめとする連合軍の部隊番号は漢数字で示した。

あきらかな誤記、誤植については、とくに注記することなく、修正した。

凡例

一、「編制」、「編成」、「編組」については、以下の定義に従い、使い分けた。「軍令に規定された軍の永続性を有する組織を編制といい、平時における国軍の組織を規定したものを「平時編制」、戦時における国軍の組織を定めたものを戦時編制という」。「ある目的のため所定の編制をとらせること、あるいは編制にもとづくことなく臨時に定めるところにより部隊などを編合組成することを編成という。たとえば『第○連隊の編成成る』とか『臨時派遣隊編成』など」。「また作戦（または戦闘実施）の必要に基き、建制上の部隊を適宜に編合組成するのを編組と呼んだ。たとえば前衛の編組、支隊の編組など」（すべて、秦郁彦編『日本陸海軍総合事典』、東京大学出版会、一九九一年、七三一頁より引用）。

二、日本陸軍にあっては、戦闘序列内にある下部組織を「隷下《れいか》」にあるとし、それ以外の指揮下にあるものを「麾下《きか》」としたが、ドイツ陸軍の場合、その意味で「隷下」にあるのは師団以下の規模の団隊である。従って、軍団以上の組織の指揮下にある場合は「麾下」、師団以下のそれは「隷下」と訳し分けた。

三、本書に頻出するAufklärungは、旧陸軍の用語でいう「偵察」（地勢を確認すること）と「捜索」（敵の位置、兵力、行動等の解明）の二重の意味で使われている。本訳書では、適宜「偵察」と「捜索」に訳し分け、場合によっては「偵察・捜索」とした。

四、ドイツ語のPanzerは、「戦車」、「装甲」、「装甲部隊」など、いくつかの意味を持つ。本訳書では、文脈に応じて訳し分けた。また、「快速部隊」（schnelle Truppen）もしくは「快速団隊」（schnelle Verbände）は、装甲師団・自動車化師団の総称である。

五、本書に頻出するドイツ軍の用語Verband（複数形はVerbände）は、さまざまな使い方がされる。通常は、師団、もしくは師団に相当する部隊を表すのに使われるが、それ以上の規模の部隊を示すこともある。また、師団の建制内にない独立部隊を指す場合に用いられることもある。本訳書では「団隊」とし、必要に応じて「大規模団隊」などと補足した。

六、〔 〕内は訳者の補註。

七、原語を示したほうがよいと思われる場合は、訳語に原語にもとづくカナ表記をルビで付し、そのあとに原綴を記した。おおむね初出のみであるが、繰り返したほうがよいと思われた場合にはその限りではない。

八、原文で引用されている文献のうち、邦訳があるものは初出ならびに「参考文献」欄に示した。ただし、訳語の統一などのため、本訳書では、必ずしも邦訳通りにしてはいない場合がある。

九、ドイツ軍には「元帥」と「大将」のあいだに「上級大将」の階級がある。また、伝統的に、「大将」の階級では所属兵科を付して、たとえば「歩兵大将」のように呼称される。いずれも原文にもとづき、そのように訳した。

一〇、原書には、非常に長い段落がある。これは、読みやすさを考慮して、適宜分けた。

一一、原文においてイタリックで強調されている部分は斜体、隔字体《ゲシュペルト》の部分は傍点で表した。

略号一覧

A.K.　Armeekorps〔軍団〕

AOK　Armeeoberkommando〔軍、または軍司令部〕

Chef.d.G.St.d.H.　Chef des Generalstabes des Heeres〔陸軍参謀総長〕

Gen.Kdo.　Generalkommando〔軍団司令部〕

Gen.St.　Generalstab〔参謀部〕

H.Gr.　Heeresgruppe〔軍集団〕

H.Qu.　Hauptquartier〔司令部〕

Inf.Div.　Infanteriedivision〔歩兵師団〕

Kav.Div.　Kavalleriedivision〔騎兵師団〕

mot.　motorisiert〔自動車化〕

Ob.d.H.　Oberbefehlshaber des Heeres〔陸軍総司令官〕

OKW　Oberkommando der Wehrmacht〔国防軍最高司令部〕

O.Qu.　Oberquartiermeister〔参謀次長、もしくは陸軍参謀本部の部長〕

Pz.Div.　Panzerdivision〔装甲師団〕

Pz.Gr.　Panzergruppe〔装甲集団〕

Pz.A.　Panzerarmee〔装甲軍〕

Pz.K.　Panzerkorps〔装甲軍団〕

Schütz.Div.　Schützendivision〔狙撃師団〕

W.F.St.　Wehrmachtführungsstab〔国防軍統帥幕僚部〕

本書で触れた部隊の構成や組織については、232–233 頁に一覧表を掲載した。

パンツァー・オペラツィオーネン——第三装甲集団司令官「バルバロッサ」作戦回顧録

フォン・ヒューナースドルフ将軍*の思い出に。彼は、一九四一年には第3装甲集団参謀長であり、一九四三年に第6装甲師団長として戦没した。

*ヴァルター・フォン・ヒューナースドルフ（一八九八～一九四三年）。最終階級は中将。

序言

本書は、決定版となるような戦史の叙述をめざしたものではない。史料価値がある文書が、ごくわずかしか利用できないのだから、それは難しいのだ。われわれの敵、ロシア側からは、そもそも公式発表がなされていない。さりとて、破棄をまぬがれたドイツの戦時文書も困ったことに、いまだ私的な調査には利用できないのである。そのため、この研究は「一九四二年二月十日付第3装甲集団《パンツァーグルッペ》〔Panzergruppe. 軍規模の部隊であるが、建制の後方追送期間を持たず、補給は近隣の軍に依存する〕ロシア戦報告」の写し（個人所蔵）に依拠した。これは、第3装甲集団首席参謀将校（作戦参謀）によって野戦で書き上げられたもので、作戦経過を概観できるような記載をほどこされた地図も添付されているほか、装甲集団司令部内の議論についても触れている。ただし、敵情報告、装甲集団に与えられた、あるいは逆に装甲集団が発した命令原文や麾下諸部隊の報告などは、ほとんど入手できなかった。この空白は、一九四八年のニュルンベルク裁判「第一二号訴訟」（国防軍最高司令部訴訟）〔ニュルンベルク国際軍事裁判ののち、米軍が設置したナチス戦犯を裁くための一連の軍事裁判のこと。いわゆるニュルンベルク継続裁判である。この裁判では、個人のみならず、組織も訴追の対象となり、第一二号訴訟では国防軍最高司令部が被告とされた。国防軍最高司令部については、四〇頁の訳註参照〕で、アメリカの検察官より提示された、いくつかの文書によって、どうにか補完し得るのみであった。

　にもかかわらず、対ソ戦初期のある装甲集団の作戦に批判的検討をなそうとするのには、二つの理由がある。第一に、当時の第3装甲集団指導部が行動を定めるにあたっての決定的な動機を識《し》ることは、後世の軍事学研究に有用であろう。加えて、従来の公刊物にあった不正確な点も修正される。しかし、本書は、何よりも教育上の目的に使ってほしい。この書物は、可能なかぎり精密に、事実に沿って、装甲部隊の作戦的運用の実例を示し、それによって将来の装甲部隊指揮官の訓練に資せんとするものなのである。

　第3装甲集団は、戦争の最初の数か月間において、北方にあったドイツの三個装甲集団のうち、中央に位置していた。開戦時には、この三個装甲集団すべてが作戦の担い手、すなわち最高指導部の作戦構想を遂行する当事者となっていた。ゆえに、第3装甲集団の作戦のみを観察するのではなく、それを全体の作戦の枠組みに置いてみるべきであろう。そのために、ニュルンベルク裁判向けに用意された資料より、さまざまな文書を使った。これらの一部は、今まで公開されておらず、戦史分析に供されていなかったものだ。この文書により、軍指導部が直面していた諸困難に、あらたな光が投じられた。しかしながら、ここでも、戦史の最終的な結論などを期待してはならない。この資料といえども、ほんの一部にすぎず、全体を表すものではないからである。とはいえ、教育訓練の目的には、これらも価値あるものだろう。

　本書は、このような教育上の目的を最重視しているので、本文中で部隊の勲功を強調したり、傑出した指揮官たちの名前を挙げることは避けた。さりながら、注意深い読者は、この本質的に異なる対手ならびに敵対的な風土に対する戦いにおいて、ドイツ軍人の無私の献身がなければ、指導部のいかなる努力も成果を得られなかったであろうことをわかってくれるはずだ。

著者は、ゲッティンゲン大学国際法研究所、とりわけ資料文書の調査を助けてくれたゼーラフィーム博士〔ハンス＝ギュンター・ゼーラフィーム（一九〇三～一九九二年）。ドイツの歴史家。ナチズム犯罪の専門家として知られた〕に深甚なる感謝を捧げる。また、自ら作成したり、あるいは所有していたそれぞれの作戦に関する文書を提供してくれた退役将官フォン・クノーベルスドルフ〔オットー・フォン・クノーベルスドルフ（一八八六～一九六六年）。最終階級は装甲兵大将〕、ヴァーゲナー〔カール・ヴァーゲナー（一九〇一～一九八八年）。最終階級は少将〕、フォン・シェーン＝アンゲラー〔ヨアヒム・フォン・シェーン＝アンゲラー（一九〇四～？）。原書では将官とされているが、最終階級は大佐〕らに感謝する。同様に、情報をよこしてくれた退役将官ファングオール（故人）〔フリードリヒ・ファングオール（一八九九～一九五六年）。最終階級は歩兵大将〕ならびにライザー〔エルンスト・フォン・ライザー（一八八九～一九六二年）。最終階級は歩兵大将〕にも御礼を述べねばなるまい。

ゴスラー、一九五六年夏

著者

第一章　序説

戦術、作戦、戦略の境界

今日、純粋な歴史研究として戦史を学ぶのならばいざしらず、そこから将来の戦争指導のために教訓を得ようとする者は、核兵器の使用がいかに戦争指導を根本的に変えたかという問題に対して、旗幟《きし》を鮮明にしなければならない。過去の戦争から引き出されたと思われる教訓は、これからの戦争にもなお有効なのだろうか？　戦争の変革という点に着目する多くの論者は、声高く「否」と答えるだろう。こうした「否認者」たちに反駁するには、過去の戦争からは、時代を超えて有効な戦訓が汲み出されるのだと主張するだけでは足りない。とにかく、永遠に価値あるものでさえ、認めたがらない者たちがいる時代なのだ。実際、戦争の教訓の価値を疑う人々は、現代の空軍を引き合いに出すであろう。空軍は、戦争を決定する新しい殲滅《せんめつ》兵器、つまり原水爆の運び手となり、それによって補助軍種の役割から、少なくとも戦争の最初の段階では「全体戦略における圧倒的なファクター」にのし上がったのだ、と。

しかし、新兵器といえども、全体的な戦争指導に、その新しさに相応した影響をおよぼすものではない。それらは作戦よりも、戦略と戦術により強く影響すると思われる。本書では「作戦」を取り扱うのであるから、こうした概念を区分しておくことが必要であろう。

クラウゼヴィッツ❖1〔カール・フォン・クラウゼヴィッツ（一七八〇～一八三一年）。プロイセンの軍人・軍事思想家。七年戦争や自らも従軍したナポレオン戦争から、戦争に対する思索を深め、『戦争論』（カール・フォン・クラウゼヴィッツ『戦争論』、清水多吉訳、上下巻、中公文庫、二〇〇一年）を著した〕は、戦争指導を戦略と戦術に分けたのみであった。彼は、「策源」や「作戦線」といった概念は戦略に、「行軍《メルシェ》」〔Märsche〕は戦略または戦術に含まれるものとした。彼は、十八世紀的な「機動術《マネーヴァークンスト》」〔Manöverkunst〕を連想させるものをすべて嫌悪していたので〔決戦を避け、機動により敵を追い込み、戦争目的を達成する軍事思想。スペイン継承戦争（一七〇一～一七一四年）における初代マールバラ公ジョン・チャーチルの戦略は、その典型とされる〕、作戦運動の理解をなおざりにしていたのだった。民間人のあいだでは、「戦略的」なる概念は往々にして、軍人たちが「戦術的」と表現するものと同じ意味で使われている。が、戦場の広域化、軍隊とその補給の規模の拡大、より深くなるばかりの科学技術との関わり合い、陸海軍にならぶ新しい軍種である空軍の出現、かつては統一されていた戦争の指揮が、政治、議会、経済、そして軍隊といった諸分野に分解拡散したことといった、さまざまな要因により、戦争指導はしだいに複雑化してきた。そのため、十九世紀、とくにドイツではすでに、戦略をクラウゼヴィッツが考えていたよりも高位に置いており、「作戦訓《オペラツィオーンスレーレ》」〔Operationslehre〕という概念を戦略より分けて、戦略と戦術のあいだに位置づけていたのだ。

ここにみられる三つの概念、戦略、作戦、戦術のうち、「戦術」は、もっとも厳密に区分することができる。そもそも、戦闘と戦闘員の領域に属する概念だ。クラウゼヴィッツは、戦術について、「戦闘における兵力運用の訓《おし》え[2]」と記している。こうした考えは、たとえ戦いの規模が空間的時間的に何倍にも拡大したとはいえ、現在のわれわれの見解と合っている。今日では、戦術行動は、空軍の介入により、戦闘初日ではなく、戦場への進軍を行う途上でもうはじまっているのだ。かくのごとく、戦いは、より広大になった戦線で数日から数週間にわたって行われるようになったのだが、にもかかわらず、それは戦術的にはひとまとまりのものとみなされる。というのは、現代の通信手段が、はるか遠方に対しても、直接命令を下すことを可能としているからである。

　ゆえに、「戦術」と「作戦」の境界は、相当明快に区分し得る。ところが、戦略と「作戦」の境目はあいまいだ。クラウゼヴィッツの概念規定では、「戦略は、戦争目的に適合するように戦闘を行う訓え[2]」ということになる。だが、これでは、あまりにも定義が狭く、ドグマ的であろう。戦略の主たる領域とは、クラウゼヴィッツも詳述しているごとく、戦争計画である。

　戦争の目的と目標を定める。それに従い、配置される兵力を算定する。敵戦力の中心を究明する。敵の国民性に由来する弱さとその政府の意志の強固さを判断する。他の諸国への影響を顧慮する。こうした、しばしば相矛盾するような要素をみな勘案し、敵の力の重点を察知、そこへ自らの戦力を集中投入する。これらはすべて戦争計画に属する。かように、戦略の主要部分は政治的見地に従うもので、それ以外のことではあり得ない。なぜなら、「政治こそ戦争を発生させる[3]」からだ。戦争計画における誤った判断、あるいは、ある戦争計画における決定的なミスは、軍事的手段によって埋め合わせることのできない不幸な結果をもたらさずにはおかない。一九四〇年に、フランスを速やかに屈服せしめたのち、どのように戦争を継続し、終わらせるべきかについて、ヒトラーは何ら確たるヴィジョンを持っていなかった。そのことは、非難されて当然なのである。[4] フランス降伏直後、もっとも困難な時期にあったイギリスを、陸海空軍の総力を挙げ、英仏海峡を越えて攻撃する機会があったのに、それを生かすことはできなかった。上陸作戦の準備がまったくなされていなかったためだ。

戦略は――そして、それと関連する政治は――戦争計画を定めるのみならず、戦争全体において終始影響をおよぼす。戦争は、最終的な成功によって決まる。ゆえに、最終目標（通常、敵を敗北させること）に注意し、支作戦に気を散らして敵戦力の中心への集中打撃を弱めたりせず、決定的な勝利を約束してくれるような主戦闘を求め、戦闘の勝利を断固として追っていく。かかる、さまざまな点に配慮するのが戦略の課題なのだ。

そこで、「戦略」と「作戦」の境界、そしてまた、かねて議論の的になっている政治と戦争指導の線引きが問題となる。戦略における政治的なるものの優越を積極的に認める軍人といえども、こう言いたがる。政治的な見解は「作戦」の領域に入る手前で踏みとどまるべきであり、ゆえに政治的要因がなくなるところこそ作戦という概念領域を区切る目じるしになるのだ、と。しかし、ことはそう簡単ではない。ビスマルクが一八六六年に、軍事的な面を重んじた国王の抵抗に遭いながらも、敢えてベーメン〔ボヘミア〕での作戦を停止させたことは、今日のわれわれには正当であったと思われる。参考になるであろう例は他にもある。一九四〇年の秋にヒトラーが対英決戦を生起せしめることを一時的にあきらめ、ロシアを攻撃すると決定したときの動機は、政治的で世界観的であり、また軍事的なものだった。この決断は、全体的な戦争指導の枠組み、すなわち戦略の領域に属する。対ロシア戦争遂行のための指令（バルバロッサ命令）には、戦争目的、陸海空三軍の課題ならびに政治的・経済的見解も含まれていたのだ。同「指令」は、陸軍《オーバー》総司令部《コマンド・デス・ヘーレス》〔Oberkommando des Heeres. 陸軍参謀本部の後身機関で、正式名称は「陸軍総司令部／参謀本部」〕の諸提案を土台にしていたとはいいながら、きわめて戦略的な性格のものだったのである。一方、OKH《オーカーハー》〔陸軍総司令部の略称〕が一九四一年一月三十一日付でバルバロッサ指令にもとづき作成した「バルバロッサ開進訓令」〔「開進」は軍隊の前進展開の意〕は、作戦的な性格を帯びている。

さて、「作戦」という概念の明確化を試みてみよう。それは通常、ある戦役の計画や作戦構想に基づき、個々の戦場に生じる、さまざまな事象を包含している。最初に生じるのは「開進訓令」[5]だ。そこには、主として、その戦役のために用意された軍の戦力や編制、その戦役で達成されるべき作戦目標、対する敵軍の戦力や編制の推定、麾下の軍集団、軍、軍予備への訓令〔モルトケ〔伯爵ヘルムート・カール・ベルンハルト・フォン・モルトケ（一八〇〇〜一八九一年）。プロイセン陸軍参謀総長として、ドイツ統一戦争を勝利に導いた。最終階級は元帥。第一次世界大戦開戦時に参謀総長を務めた甥と区別するために、大モルトケとも呼ばれる〕の教えによれば、それらの多くは敵軍との最初の衝突以降には有効でなくなる〕などが含まれている。

「開進」から展開されるのが「作戦」、つまり開進を行い、配置についた部隊を戦闘に投入するための行軍だ。そこで模範となるのは、モルトケの一八六六年の戦役ならびに一八七〇年から七一年の戦役であるが、北アメリカにおける継承戦争〔スペイン継承戦争〕での広範囲にわたる機動戦もまた好例であろう。とくにフランス戦役は、のちのちまでもドイツの軍事指導者たちに指針を与えている。決定的な戦闘において頂点に達する、迅速かつ果敢な作戦によって、対仏戦は、政治家が第三国の介入を恐れて軍人を掣肘《せいちゅう》する前に終わったのだ。この戦争の経験から、果敢に遂行される作戦のみが戦争を決するとする思考が、ドイツ陸軍に根を下ろした。しかし、ベルリンでは、勝利を得た白髪の将帥〔モルトケのこと〕が、ケーニヒスプラッツの執務室において懊悩《おうのう》していた。諸国民が武装した大軍となって激突するような将来の戦争が、一八六六年や一八七〇年から七一年にかけての戦争と同様のやり方で終結させられるのだろうか、と。モルトケは、予想される敵に平和を求めさせる別の手段、とりわけ政治的なそれを探していたのだ。[6] モルトケの懐疑は、第一次世界大戦で正しいと証明された。決戦の場である西部戦線では陣地戦が続き、作戦の余地などほとんどありはしなかったのである。戦争指導をこうした束縛から解き放ち、再び作戦の自由を取り戻そうと努力した結果、ドイツは第二次大戦前に、戦術的ではなく作戦的な任務に用いるための装甲部隊を創設した。かかる作戦こそが、本書の観察対象となる。[7]

核戦争

かようにして「作戦」という概念を詳しく描いてきた。よって、将来の戦争、とりわけ装甲部隊の作戦という領域で予想される変化について語ることができる。

ここでは、核兵器の理論や核戦争について、立ち入って述べることはできない。むしろ、核砲弾や核爆弾の地上目標に対する効果によって、装甲部隊の作戦使用にどの程度の変化がもたらされるかを研究したいと思う。その際、核兵器が戦争指導全体に与える影響を見通すために、戦略と戦術という作戦の隣接領域にも言及しなければならない。

政治と戦略への影響

核爆弾は、そもそも戦略的な任務を帯びていた。それは、海と空で打ち負かされた日本帝国を、短期間に講和に追い込むためのものだったのである。ただ一発の爆弾が強大な破壊力を持っているというニュースは、世界の世論にとほうもない印象を与え、戦争の遂行にも根本的な変化が生じるとされた。部隊を送り込むこともせずに、何発かの爆弾によって巨大な世界帝国に屈服を強いることが可能になったと思われたのだ。しかし、核爆弾を保有する世界的な大国は一国ではなくなった。その事実ゆえに、誰もがすぐに冷静になった。また、はじめから終わりまで、またしても古いかたちで遂行された朝鮮戦争は、一九四五年にそうであったような核爆弾の使用方法が、はたして規範になるかどうかという疑いを持たせたのだ。有名なイギリスの軍事評論家は、一九五三年に「もし戦争になれば、核兵器はたしかにそのやり方を変えるだろう。が、戦術的な基本要因は、火薬の発明がもたらした以上の変化をこうむることはない[8]」と書いた。ちなみに、この評論家については、テクノロジーが戦争指導に与える影響を過小評価しているなどとは、とうてい非難できない。そういう人物なのだ。

しかしながら、単に核爆弾が存在するという事実が、相対《あいたい》する国民の政治的な関係におよぼす影響は、けっして軽視されるべきではない。ここでは、軍事的・政治的な意味を持つものに限って、それらの影響を挙げていくことにしよう[9]。大国の地位は、核兵器を製造する可能性を持つ国のみがなお要求し得ることになる。いかなる国家も攻撃をまぬがれることはなくなるし、中立はもはや維持できない。よって、あらゆる国々が、ある一つの大国への依存に追い込まれていくだろう。脅迫手段としての核爆弾の機能は不確かなものとなっている。予想される敵の核爆弾が有する、潜在的な能力が不明だからだ。が、核爆弾を用いようとする敵の道徳的責任意識の基準がわからないということのほうが、とくに効いている。良心の呵《か》責《しゃく》を知らぬ政治が用いる、核戦争という脅迫によって、核爆弾は脅迫手段から圧力をかける道具に転じる。それを通じて、これまでは現実的なファクターに拠っていた諸大国の政策に、不確実な要素が入り込むのだ。かかる政治的意志がマヒし不自由になった状態から、予防戦争によって抜け出そうという議論は、超大国においてますます力を増してきている。しかし、その一方で、誰もが滅ぼされかねない紛争が迫っていることへの不安が、世界の諸国民に広まっているのだ。

厳密にいうところの戦略的領域では、核兵器は、軍隊の準備と最初の計画に根本的な変化をもたらした。戦略的考慮の主眼が、戦略航空戦とそれに対する防衛へと移ったのは、あきらかだった。時間と空間を最大限に活用することは、決定的な意味を持つようになった。戦略航空戦における核爆弾の無限の破壊力ゆえに、それを最初に使ったものは、対手が追いつくことができないほどの優位を得るからだ。奇襲、とくに戦略的奇襲は、以前よりもはるかに大きな役割を果たす。つまり、軍隊の戦争準備を根本的に進めておくことが必要となったのである。かつてのような意味での動員が行われることは、まずない。また、従来のごとき厳密なかたちでの開進を、時間をかけて充分に準備することもできない。開進と深く結びついている、鉄道、道路、宿営への兵力集中も、核攻撃の犠牲となってしまうであろう。開進の基盤となるべきあらゆる考慮や計算も、核兵器による戦略的奇襲が先行した場合の結果を予想するのは不可能なのであるから、すべて確実な土台を失ってしまうことになるのだ。

それゆえ、核戦争が戦略に与える影響は論じ尽くされてはいない。それは、戦争準備や開戦に関係するのみならず、おそらくは戦争の経過全体、とりわけ目標設定にも作用するだろう。深く進行している戦略の変化を認識するには、これぐらいの示唆でも充分なはずだ。しかし、もちろん戦争の最高指導者である将帥たちに要求される戦争術の水準が低くなったわけではない。生来の豊かな思考、直感的な現実把握、想像力にみちた精神の機敏さに加えて、不確実性の霧を透視、全体を見通し、決然と行動に出て、かつ、戦争に付きもののいかなる偶然に対しても決然としていられる。核戦争を遂行する将帥は、そんな能力を要求されるのだ。彼の肩にのしかかる責任は、以前よりもずっと大きい。

　核爆弾の戦略的使用は、戦争にかくも非人間的性格を付与するのであるけれども、それは、かつて考えられていたような、戦争遂行上の目的に原子力を利用する唯一無二の選択肢というわけではない。加えて、核軍備が質的に均等になっていることに鑑みて、ある勢力が、国民や工業の中心地に対する全面的核戦争に最初に突入する危険を冒すかどうか、おおいに疑わしい。だが、原子砲が登場して、地上戦における火力を著しく強化して以来、核兵器の戦術的使用は、より現実的なものとなっている。戦略的核戦争の可能性を判断する際の想像には限度があるのに対し、野戦目標に対する原子砲の効果については、今や科学的に正確な報告がなされている。それは、アメリカの演習の成果に依拠したものだ。❖10

　もはや現実となりつつある核砲弾の威力に関するイメージを得るには、若干の技術的データが必要不可欠であろう。が、ここでは必要最低限の範囲にとどめ、射程三十キロの二十八センチ原子カノン砲のデータを踏まえることにする。この大砲は、一時間に六発、それぞれ二十キロトンの威力を持つ砲弾を撃ち出すことができる。一キロトン（K.T）は、通常の火薬（トリニトロトルエン）〔TNT火薬の主成分〕一千トン分の爆発力に相当する。一時間のうちに発射される二十キロトン砲弾六発は、三千三百門の中口径野砲が同じだけの時間にわたり、連続砲撃を行ったのと同様の威力を持つ。もちろん、これは、おおまかな比較にすぎない。通常の砲兵射撃は、より地形や目標に適合させることができるからである。一方、核砲弾は、三つの要素を通じて、威力を発揮する。すなわち、爆風、高熱、放射線だ。一九四五年の原爆爆発の際には、損害の五十五パーセントが、爆風、とくに、倒壊家屋や崩れおちた物などの間接的な作用によって生じた。戦場にあっては、塹壕、とりわけその内部斜面の掩体により、爆風の致死効果は比較的わずかなものとなろう。ただグラウンド・ゼロ（地表の爆発直下地点）の至近においてのみ、爆圧は人体に対する致死効果を持つ。戦車は、一定の距離を取れば（少なくとも一千メートル以上）、もはや破壊されない。

戦場の損害は、ほとんどが火傷《かしょう》、とくに人体の無防備な部分でのやけどによって生じる。開豁地《かいかつち》で上半身を剝き出しにした兵士は、二千二百メートルの距離を置いてもなお危険にさらされるのだ。およそ一千メートル離れた場所に深く掘った掩体壕にいれば、兵士は高熱波に対する保護を得られる。もっとも安全なのは重戦車だ。

放射線の危険については、これまで、ずいぶんと過大評価されてきたように思われる。爆発にともなう放射線は、爆発の瞬間にだけ生じるもので、五百メートル以内にあれば絶対的な致死効果をおよぼす。戦車ならば、爆発から数分ののちには、そうしたグラウンド・ゼロに膚接《ふせつ》する地域を危険なしに踏破することが可能である。

原則として、グラウンド・ゼロから半径一千六百メートル以内では、無防備の部隊は三つの威力のいずれかによって大損害を被るが、三千メートル以上離れて掩体壕に入っている歩兵には何の危険もないとみなすことができるのだ。

このように、通常規模の核砲弾の戦術的使用は、法外な火力の強化をもたらす。ただ、核砲弾の大型化によって、さらに火力を高めるということはありそうにない。放射線の影響が計算できなくなり、味方部隊を危険にさらす恐れがあるからだ。とにかく、榴弾砲でスズメを撃つことはできないのである。

最重要のこととして、以下の推論が引き出せよう。戦術的防御は、攻撃よりも大きな力が得られる。防御側は、塹壕にこもり、散開隊形を取ることによって、攻撃側よりも核兵器の作用をまぬがれることができるからだ。これに対して、攻撃側は、決勝点に一定の兵力を集中することを放棄するわけにはいかない。しかし、この問題には議論の余地がある。核兵器の脅威があるにもかかわらず、決勝を求める地点に優越せる兵力を召集する可能性が攻撃側にあるか。答えはひとえに、その点にかかっている。それゆえ、作戦の領域について述べ、また、想定される装甲団隊の作戦に対する核兵器の影響を討究することにしよう。

核兵器の影響下における装甲団隊の作戦

さらに作戦的領域に踏み入るとなれば、われわれは、またしても経験にもとづく事実から遠ざかることになる。それらは試行錯誤の結果勝ち得たものであり、考察の対象とする必要がある知識なのだ。ただし、核兵器の運搬手段としての航空機が問題とされるかぎり、一般に敵地における制空権奪取が核爆弾投下の前提となるという意味において、先の大戦の経験を引き合いに出すことができる。この先叙述していく諸作戦において、ドイツ側が最初の数日間で制空権を得たことはあきらかだった。かかる作戦は、初期段階で敵側に核爆弾があったとしても、ほとんど変わらぬ経過をたどったことだろう。

装甲団隊による陸上作戦も、少なくとも一定の地域、限られた目標において制空権を維持することができるか否かという点に左右される。その度合いは、以前よりもずっと大きくなっている。だが、これは、本質的に新しい知見というわけではない。一九四四年夏の連合軍〔ノルマンディ〕上陸作戦は、彼らの空軍がはるか後方地域に至るまでの空域を支配していたがために成功し得たのである。当時、戦場である上陸地点に装甲団隊を召致するには、あらたなやり方を探さなければならなかったのだ。

従って、装甲団隊の作戦を爆弾投下によって封じられるかという問題も新しいものではない。第二次世界大戦、とりわけその初期においては、この問題が尖鋭なかたちで現れてきたことがなく、装甲団隊は空からの脅威を顧慮することなく隊列を組んで進軍していた。かくのごときありさまを得るのは、敵が自らの空軍を投入するのを阻害されるか否かに懸かっていたのだ。

しかしながら、行軍する装甲団隊が核兵器の効力圏内に入り込んだなら、その破壊効果、とくにグラウンド・ゼロ付近のそれは、むろん通常爆弾よりもはるかに大きくなる。火傷、爆風、爆発時の光熱波によって当座受ける損害や物資の破壊は、通常爆弾よりも深刻な規模になり、また長く続く。ただ、それらは、歩兵部隊の場合よりも少なくなる。戦車ばかりか、装甲されていない自動車でさえも、焼尽や光線に対して、一定の保護を提供するからだ。行軍縦隊を細いかたちのものとすれば、核爆弾の圧倒的な効果も、大部分が部隊間の空隙で無意味に消えることになる。何よりも、装甲団隊は汚染された地域においても影響を受けないから、核の衝撃効果を克服し、進軍路を整えたのちに行軍を継続する能力がある。より多くの核爆弾を行軍縦隊全体にばらまいた場合にのみ、ようやく殲滅効果を得られるということになるだろう。総括として、今日すでに用いられているかたちでの対応が頻用《ひんよう》され、忍び得る程度まで損害が減少するならば、核戦争が装甲部隊の作戦を機能停止させることはないと述べてもよかろう。つまり、味方深奥部においても散開を求め、また幅広の隊形を取ることによって、間隙部を脆弱な標的でみたすような真似を避けるのである。結果として、編制や行軍区分も変更されることになるだろう。不都合な天候下、粗末な道路を通っての夜間行軍も、相応の車両装備と訓練をほどこすことによって、可能とされなければならぬ。渋滞を起こさぬために、きわめて厳格な行軍統制も必要である。重点形成のため、多数の出撃陣地が設えられた地点に向けて、個々の目標を与えられた部隊が戦力を集中し、敵中に躍りこむ。機動力、快速、奇襲、決然たる指揮といった装甲部隊の作戦の本質的なメルクマールは、核戦争においてもその意義を十二分に獲得しているのである。

本書では、航空機に代わって、核砲弾・爆弾の主たる運搬手段となる遠距離誘導弾、より正確には遠距離誘導ロケットが戦争遂行におよぼす影響について言及することはないだろうから、その点では不完全な記述ということになる。遠距離誘導兵器はいまだ技術的発展の途上にある。このロケットという運搬手段が、それによって超音速で移動するようになる爆薬同様に、進歩の歩みを止めることがないのはあきらかだ。けれども、その重要性は、時間という要素をもっと急激に短縮すること、すなわち戦略的・戦術的奇襲の可能性を高めることにあり、戦争遂行の根本的に新しい要素となることは考えにくい。[11]

将来の戦争に対して、戦史から得た経験知が持つ価値もまた、遠距離誘導兵器の発展に左右されるだろう。本書が行う戦史からの観察のためには、そのように示唆しておくだけで充分であるにちがいない。

戦史の研究

それゆえ、作戦計画とその遂行は核兵器の使用を考慮に入れなければならない。にもかかわらず、かつての諸作戦の研究が核戦争によって無用となったわけではない。著者はそう確信する。ここで、本書の主題に選んだ諸作戦の戦史研究を行うにあたり、いかなる方法論に依ったかを述べておかねばなるまい。

これまで利用されていなかった文書に依拠し、なお存命の体験者の回想を引いているかぎり、本書の研究は、真実の探求、すなわち本来の戦史叙述に対して、若干なりと有用な貢献をなすことになるだろう。もっとも、すでに述べたごとく、それは本書のそもそもの関心というわけではない。

シャルンホルスト〔ゲルハルト・フォン・シャルンホルスト（一七五五～一八一三年）。プロイセンの軍人。フランスに敗れたのちのプロイセン軍制改革を主導し、またナポレオンに対する解放戦争においても戦功をあげた〕ならびにクラウゼヴィッツ以来、ドイツ陸軍では、戦争学とは経験的な学問であり、整然と並べられた定理の体系ではなく、むしろ戦史の応用なのであるとの見解が一般的である。二十四歳のクラウゼヴィッツは、陸軍大学校でシャルンホルストの聴講生として、将軍は「物知りの歴史研究者であらねばならない」とする意見に激しく反発した。個々の史実を知っているかどうかは、まったく本質的なことではないとしたのだ。[12]彼は、歴史研究の意義は、その学徒が歴史と格闘することにあるとみた。クラウゼヴィッツ自身、のちに、その理論である『戦争論』を説明するにあたり、一貫して戦史の実例を用いている。また、その後、クラウゼヴィッツをもっとも理解している者の一人が、逆に、解放戦争《ベフライウングスクリーク》〔Befreiungskriege. ナポレオン支配を脱するため、プロイセンその他の諸国が、一八一三年から一五年に遂行した戦争。この場合は、ワーテルロー戦役も含んでいる〕の戦例を用いて、このプロイセンの軍事哲学者〔クラウゼヴィッツ〕の著作を読者に深く理解させようとしたこともあった。一方、ある歴史的事象の叙述から一般的な真理の証明を得ようとすることに対しては、クラウゼヴィッツはずっと懐疑的であった。かかる疑義の根拠を示すため、彼は、一七九六年の北部イタリアにおける〔ナポレオン・〕ボナパルトの大胆不敵な戦役のはじめ方を引き合いに出している。それは「決然としていることは明快きわまりないが、まったく軽率であるかのごとくにもみえた」[13]というのである。本書では、そんな一般に通じる真理を引き出そうにも、不充分な文書証拠にしか依拠できないのであるから、こうした過大評価をしでかさないよう、いっそう注意することにしよう。

十八世紀の理性主義にその精神的姿勢の根源を有する、深慮にみちたシャルンホルストは、戦史の学徒として、それ自体から理念をくみ取れるような、より現実的な有用性を戦史に求めた。シャルンホルストは、ある格別な瞬間における英雄の役割を述べることにうつつを抜かしていた当時の戦史叙述を、革命的に変貌させた。そんな、とっくに克服されてしまった方法論に回帰しないよう、われわれも心がけるべきであろう。「個々人の行動として、ある事象が生起するのではなく、全体の事情や状況に則して、それらが起こるものと理解する」ことを、シャルンホルストは要求している。[14] 文書に残っているかぎりの、戦役計画、諸命令、指導的な人物の思考などの分析に没頭することによって、ある作戦が成功したのか、それとも失敗したかが暴きだされねばならないのだ。もし軍事指導者が、戦史を利用することなく、おのれの実践に頼っていられると信じたなら、深刻な過ちにおちいりかねないのである。まず、戦争の多数の先例を互いに比べてみることだ。錯誤をあきらかにし、状況の類似性、個人では持てない多用な経験を参照すれば、軍事情勢の判断にあたり、明々白々たる確実性が得られる。シャルンホルストが、陸軍大学校での教授活動のうちに導き出した、かかる実用的な歴史論は、さらに進んでいる。ゆえに、彼は、以下のような者には、大胆な決定を下す能力がないと断じるに至った。「おのれが見たことだけから教訓を引き出し」、「……これまで自分の身に起こったことがない何かをやるにあたって、逡巡し、臆病である者……おそらく、彼らが決然たる考えを抱くことはあるまい。というのは、いくら歴史上の同様のケースをみても、必要な自信を与えてくれるものなど無いからである」[15]

こうした「正確に研究された、有用な実例を利用する術」こそ、そこから応用の方法論が生じる根源となった。しかも、その方法論によって、ドイツ参謀本部では戦史が教えられたのだ。ある模範となるような戦役を授業の土台とし、教官は、その戦役の流れから一定の作戦的状況を切りだして、可能なかぎり正確に規定する。生徒は、まさにその状況で要求される、自主独立の決断を下すように求められるのだ。かくて、その判断力が増すことになる。もっとも、かかる個々の戦例のみを考慮するような授業が、ただ処《しょ》方箋《ほうせん》を与えるのみで、戦争の大状況を等閑視させる危険があるということは否定されるべきではない。戦史を観察するにあたり、「諸国民の肉体的・倫理的状態を勘案しなければならぬ」とのシャルンホルストの要求がみたされることは稀《まれ》なのだ。たとえ、そうした要素は戦略の領域に属するとしても、本書の以下の叙述では、それらが作戦の理解に欠くべからざるものだということが示されるであろう。

従って、本書を著す目的は、クラウゼヴィッツのいうような意味において、一定の作戦を叙述することにある。作戦遂行の原則に関するイメージを与え、シャルンホルストが考えるところの、装甲団隊の指揮における知見（それは、他の状況でも応用可能だ）を伝えることが目標なのである。さりながら、「歴史的な事例の研究により、単につぎの機会に利口になるというのではなく、いついかなるときにも賢明たらんとすべし」とのヤーコプ・ブルクハルト〔一八一八～一八九七年。スイスの歴史家で、社会背景を重視した「文化史」を提唱した〕の警告は、戦史研究にも当てはまるものと、著者は確信する。ここで、はっきり述べておこう。著者の議論は、戦争学上の史料がすべて公開されたあかつきには、補完され、訂正されることになるであろう。本書は、そのような論議を提供し得るにすぎないのである。

第二章　前史

作戦構想の生成

ロシア攻撃に対する賛否両論は、他の文献で詳しく述べられている。[1] その際、政治と戦争指導の緊密な相互関係が討究されるべきであるが、それは本書の対象ではない。ここで、われわれは、ロシアを屈服させるということをヒトラーがどのように考えていたか、彼の企図を実行する任を負った部局、すなわちOKHがいかにヒトラーの構想を実現させようとしたか、言い換えれば、この戦争の土台として、どんな戦争計画や戦役計画があったのかということを知らなければならない。著者が観察し得たかぎりにおいては、戦争計画はいきなり文書で確定されるものではない。ほとんど常にそうである。対ロシア戦争計画も、まずは軍最高指導部の提案とヒトラーのもとでの会議の対象となった。

一九四〇年七月二十一日、陸軍総司令官〔ヴァルター・フォン・ブラウヒッチュ（一八八一〜一九四八年）。最終階級は元帥〕はヒトラーとの会議において、後者がロシア攻撃という考えを抱いていることを知った。陸軍総司令官は、「ロシア問題に着手し、想定準備にかかる」よう、委任された。[2] まったく驚くべきことで、それによってドイツ参謀本部〔二五頁の訳註に記したように、OKHと参謀本部は同一組織〕は、二十五年来、手がけていなかった課題を突きつけられたことになる。かかる戦争の目的さえも、いまだ知らされることのないまま、陸軍総司令官は準備をはじめた。早くも一九四〇年七月二十六日には、東方外国軍課長〔エーベルハルト・キンツェル中佐（一八九七～一九四五年。最終階級は歩兵大将）。東方外国軍課は、読んで字のごとく、ドイツからみて東に位置するロシアなどの諸国に関する情報収集・分析にあたる参謀本部の部局〕が、参謀本部にそうした作戦の基礎条件について報告している。そこであきらかにされたのは、「バルト海で片翼を支えつつモスクワに向かう、もっとも有利な作戦軸を取り、しかるのちに、ウクライナおよび黒海沿岸のロシア軍の集団を北方から側面戦闘に追い込む」ということであった。[3] 翌日、作戦部長〔ハンス・フォン・グライフェンベルク大佐（一八九三～一九五一年。最終階級は歩兵大将）〕が南部集団を強化するよう提案すると言明した。それに対し、陸軍参謀総長〔フランツ・ハルダー上級大将（一八八四～一九七二年）〕は、北部集団強化を優先するとし、「作戦構想は最初から、モスクワから南に向かう作戦によって、確実に大勢力であると予想される南方の敵に側面戦闘を強いることをめざすべし」との希望を述べた。[4]

七月二十九日、当時東部に進駐していた部隊を麾下に置く第18軍の参謀長〔原文では、der Chef des AOK 18とあり、軍司令官ゲオルク・フォン・キュヒラー砲兵大将（一八八一～一九六八年。最終階級は元帥）であるとも取れるが、この前後の記述と史実に照らせば、第18軍参謀長エーリヒ・マルクス少将（一八九一～一九四四年。最終階級は砲兵大将）である〕がベルリンに召致された。彼は、対露作戦計画の立案を託されたのである。そのころ、ヒトラーは、この秋にでもロシアを攻撃したいと考えていたが、東部国境への部隊展開には四ないし六週間かかるだろうとの報告を受けたのであった。「ロシア軍を撃破する、あるいは少なくともロシア領を広範囲にわたり占領することが必要である。敵がベルリンやシュレージエン〔シレジア。現在のポーランド南西部からチェコ北東部にわたる地域〕の工業地帯を空襲するのを封じるためだ」と、作戦目標が定められた。[5]

七月三十一日、ヒトラーは自らの意図を詳細に語った。「彼は、今年中にロシアを攻撃するのが、いちばん望ましいとしてから、こう述べた。だが、そんなことをすれば冬に入ってしまうから、それはできない。しかし、静観しているのは考えものだ。ロシアという国家を一撃で叩きつぶすときにのみ、この作戦は意味を持つ。目的は、ロシアの生命力を絶つことだ。領土獲得だけでは充分でない。作戦は二つの部分に分けられる。一、ドニエプル川により翼側を掩護されつつ、キエフへ突進。二、バルト三国を通り、モスクワへ突進。それから、南北よりの包囲戦を行う」必要な兵力はドイツ軍百二十個師団だと、ヒトラーは見積もっていた。ほかに六十個師団が、ノルウェー、フランス、ベルギー、オランダの占領地に留まる。[6]

一九四〇年八月一日、格別の名声を博していた第18軍参謀長は、その研究の成果を報告した。これは、一九四〇年八月五日付の「東部作戦構想」として起案される。[6a]彼は、対ロシア戦役計画の最初の土台を築いたのだ。が、その案は、さらなる考慮、政治情勢の変化、ヒトラーの介入によって、細かい部分が変えられることになる。けれども、その中心構想、つまり、相対する北方のロシア軍の集団を殲滅するため、軍の主攻をポーランド北部と東プロイセンよりモスクワに指向するという考えは残った。この直進コースをたどる突進には、北翼を掩護する目的でプスコフ－レニングラードの線に配される三個装甲師団および十二個歩兵師団から成る軍を含めて、十八個快速師団と五十個歩兵師団が当てられることになっていた。

一方、ウクライナにあるロシア軍勢力に対する攻撃もすでに、ルーマニアの油田地帯保護のため、「不可避」であるとみなされていた。当時まだルーマニアの政治情勢が明確でなく、また、ポーランド南部への展開のためのインフラストラクチャーが狭隘であったおかげで、プリピャチ湿地の南ではごく限られた兵力しか集中できなかった。「東部作戦構想」では、その兵力は快速師団十一個および歩兵師団二十四個と見積もられている。主目標はキエフだ。また、強力な陸軍総予備（八個快速師団ならびに三十六個歩兵師団）が、主として北部集団の後方に置かれ、追随することになっていた。

モスクワとロシア北部を占領しつつ、ドイツ軍北部集団は南に旋回し、南部集団と協同しての第二次「戦闘行動」によってウクライナを占領、最終獲得目標であるロストフ－ゴーリキー〔現ニジニ・ノヴゴロド〕－アルハンゲリスクの線までの地域を奪取する。

陸軍参謀総長は、二つだけ、ささいな異議を唱えた。開戦後、まずドイツに控置されていた軍をルーマニア領に移送することになっていたが、その地が利用できるかどうかは不確かであり、またモスクワめざす集団のバルト三国への「放散」は支作戦にとどめなければならないというのであった。[6] 第18軍参謀長は、提案済みの計画の組織編制面を検討するように命じられた。

他の参謀本部の高級将校たちも、それぞれに、対ロシア戦遂行に関する構想を起草していた。それらが最終的な計画に、どのような影響をおよぼしたかはわからない。一九四〇年九月に国防軍統帥幕僚部〔一九三八年に国防省が改編されてできた国防軍最高司令部《オーバーコマンド・デア・ヴェーアマハト》（Oberkommando der Wehrmacht. 略称ＯＫＷ《オーカーヴェー》）の作戦立案にあたる部局〕が作成した構想についても同様である。

一九四〇年九月三日、参謀次長〔Oberquartiermeister I. 原語のニュアンスを生かして、「第一兵站総監」と訳されることもある。当時の参謀次長はフリードリヒ・パウルス中将、のちに第6軍司令官として、スターリングラードで降伏することになる人物である」は、陸軍総司令部内で図上演習を実行するように命じられた。彼は、「一九四〇年十月二十九日〔の図上演習〕の成果を覚書にまとめている。[6]

こうした紙上の作業と並行して、集結しつつあるロシア軍部隊に対して東部国境を確保し、のちの開進を容易ならしめるため、西部から同国境への部隊輸送が続けられていた。一九四〇年十月二十六日、その輸送活動は完了した。ここまでの戦役計画研究の成果は、一九四〇年十二月五日、陸軍参謀総長によってヒトラーに報告されている。この報告の直後、一九四〇年十二月十八日に、対ロシア戦争の基盤となる指示とともに、OKW指令〔総統指令〕第二一号〔「バルバロッサ」一件〕が出された。

軍事・政治情勢

この間にも、以下のような、軍事・政治上の諸事件が生起していた。ロシアは、一九四〇年六月にベッサラビアと北ブコヴィナ〔いずれも、当時のルーマニア領〕を併合したのち、バルト三国をソ連邦に編入することにより、勢力圏を北に拡大した。さらにルーマニアは、ウィーンにおけるドイツとイタリアの仲裁判定により、少なからぬ領土をハンガリーに割譲するよう、強いられることになる。同時にドイツは、ルーマニアの領土保障を引き受け、ルーマニア政府の了解のもと、軍事顧問団、戦車を増強された自動車化歩兵師団〔以下、「自動車化師団」と略す〕、空軍の「教導部隊《レーアトルッペ》」〔Lehrtruppe〕をルーマニアに派遣した。彼らの任務は、「ルーマニアの油田地帯を第三国の介入と破壊から保護すること」ならびにルーマニアからのドイツ・ルーマニア軍部隊の出撃を準備することとされたのである。[7]

一九四〇年八月には、ドイツの軍備計画は、ロシアでの戦争の可能性に配慮して、師団数削減から、百八十個師団への増強に方針を転換していた。そのなかには、二十個装甲師団、十七個自動車化師団の保有も含まれている。八月末に開始された、イギリス侵攻の前提になるはずの「英本土航空戦」は、成功ではなく、潰滅的大損害をドイツ空軍《ルフトヴァッフェ》〔Luftwaffe〕にもたらした。ゆえに、英本土上陸企図は九月末に撤回される。それに対して、ドイツ軍部隊が大西洋沿岸を占領した結果、イギリスを脅かす勢いで、船舶の喪失が増大していた〔大西洋沿岸諸港を基地として使えるようになったため、Uボートの活動が容易になったのである〕。ジブラルタル奪取を目的とするスペインとの交渉〔ドイツ軍のスペイン領通過の許可を得ることを目的としていた〕は、十月末このかた、いっこうに進捗していない。

一九四〇年九月二十七日、ドイツ、イタリア、日本は、広範な政治目標を掲げた三国同盟を締結した。九月には、イタリア軍が北アフリカで攻勢を開始したが、これは十二月末までに英軍部隊によって大敗をこうむり、終結することになる。つまり、ドイツ軍の支援が必要になったのだ。イタリアは、バルカン半島においても攻勢を発動し、不充分な兵力を以て、アルバニア〔当時、イタリア領〕からギリシアを攻撃した。が、ギリシア軍の反撃により、イタリア軍はアルバニアに押し戻された。イギリスの支援部隊がギリシアとクレタ島に上陸し、ドイツとしては、さらにバルカン半島に部隊〔八個師団〕を送ることを考慮せざるを得なくなった。十一月十二日、モロトフ〔ヴャチェスラフ・M・モロトフ（一八九〇〜一九八六年）。ソ連の政治家。スターリンのもとで、他国の外務大臣にあたる外務人民委員を務めた〕が、ドイツの招待に応じて交渉にやってきたものの、満足できない結果しか得られなかった。

あっという間にフランスが屈服させられたことに世界が息を呑んだ、あの夏とは反対に、ドイツ空軍の英本土航空攻勢における失敗、リビアとバルカンでのイタリアの敗北、ドイツ軍地上戦力の無為、緊張した独ソ関係によって、ドイツをとりまく軍事・政治情勢は根本から悪化していた。もっとも、ドイツの民衆は、そんなことには気づいていない。ドイツ陸軍は無条件に優越しているとの信頼はゆらいでいなかったし、ロシアからの定期的な輸入により、食料事情も満足できる状態にあった。対ロシア戦争が目前に迫っていることを予感している者はごくわずかで、国防軍内部にあっても、それは同様だった。

かかる状況のもと、一九四〇年十二月前半に、二正面戦争にのぞむ場合に備え、きわめて重大な作戦決定が下されたのである。

「バルバロッサ」

一九四〇年十二月五日の陸軍参謀総長によるヒトラーへの報告は（四一頁参照）、どのようにすれば、もっとも確実に西部ロシアに展開している赤軍部隊を撃破し得るかという問題のみに費やされたといってよい。ロシアのこの地域はラキトノ湿地〔プリピャチ湿地〕によって二分されるという自明の事実を指摘したのち、陸軍参謀総長は、ドイツ東部軍《オストヘーア》〔Ostheer〕の主力（二個軍集団）を問題の湿地の北方に配置し、その南でドイツ・ルーマニア軍部隊から成る軍集団一個を以てウクライナに侵入することにしたいと提案した。プリピャチ南方の道路は劣悪で、最良の街道と線路はワルシャワ－モスクワ間の地域にあるというのであった。よって、作戦領域の北半分のほうが、南のそれよりも大規模な機動に好適な条件が得られる。また、そこでならば、ロシア軍主力を捕捉する可能性も高い。敵は、ドニエプル川とドヴィナ川を結ぶ線の西側で戦闘を行うにちがいない。さもなくば、ウクライナ、モスクワ地区、レニングラード付近といった軍需工場の中心地を守れないからだ。装甲部隊のくさび《パンツァーカイレ》〔Panzerkeile〕が、敵戦線を寸断し、あらたな抵抗も粉砕することになろう。その場合、主攻は、三個軍集団のうち、中央の軍集団により、ワルシャワからモスクワに向けて実行される予定である。作戦全体の最終目標は、ヴォルガ川とアルハンゲリスクを結ぶ線とされた。[8] この場では、他の作戦の可能性は検討されなかったようだ。

ヒトラーは了解し、両翼からの壮大な包囲運動により挟撃を果たすという、一九四〇年七月三十一日時点での構想を引っ込めたようではあった。しかし彼は、一九四一年夏の諸作戦に大きな影響をおよぼすことになる問題を投げかけてきたのである。「北方では、バルト三国にある敵戦力の包囲に努める。加えて、中央は大勢力にしておき、北方へ旋回可能な状態にしておくこと。モスクワ、あるいはモスクワ東方の地域に前進するか否かは、のちに決断すればよい」ほかにも、第一撃で敵の強力な集団を殲滅し、それによって、ロシア軍が堅固な戦線を形成できないようにするとされていた。攻勢は、はるか東方へと推進される。ゆえに、ドイツ本土は赤色空軍の攻撃から保護されるし、逆にロシアの軍需工業地帯を覆滅するためにドイツ空軍が空襲を実施することも可能になろう。そうすることによって、ロシア防衛軍の撃滅を達成し、その再建も防止しなければならないのである。[8]

一九四〇年十二月十七日、国防軍統帥幕僚部により、「バルバロッサ」訓令の原案が、ヒトラーに提出されたものの、了承されなかった。ヒトラーは十二月五日に、まずバルト三国所在の敵を包囲するとの意図を表明していた。が、主たる突進をスモレンスク経由でモスクワに指向するというOKHの企図を自ら承認し、それを土台に考えるようになっていたのである。[9]「プリピャチ湿地の両側に重点を置いて、ロシア軍の戦線を突破、のちに南北に旋回できるよう、多数の自動車化部隊を以て東方地域を確保しなければならない。北方では、歩兵ではなく自動車化戦力を以てする敵の東方からの反撃を防止するために、味方自動車化戦力をそのように旋回させることが必要なのである。沿バルト海地域もすみやかに奪取されなければならぬ。それにより、ロシア艦隊は、バルト海経由のスウェーデンからのドイツの鉱石輸入を妨害することができなくなる。ロシア防衛軍の崩壊がきわめて早期に生じた場合には、かかる北方旋回と同時に、中央部でモスクワめざして前進することが問題になってくる」[10]この指令は、こうした企図に従って修正された。また、十二月十七日のヒトラーの言明も、一九四〇年十二月二十一日に陸軍総司令官に示達された。

その間に、陸軍総司令官も、一九四〇年十二月十八日付の指令第二一号（「バルバロッサ」一件）を了承していた。その文言については、すでに別の文献に翻刻されているから、[11]ここでは、これから叙述する諸作戦にとって、きわめて重要になる部分だけを再録しておこう。「西部ロシアにあるロシア陸軍の集団は、装甲部隊のくさびを遠く躍進させる大胆な作戦によって殲滅すべし。戦闘力を残す部隊がロシア領内奥深く撤退することは封じなければならない。しかるのちに猛然たる追撃を行い、ロシア空軍のドイツ本土攻撃がもはや不可能となる線まで到達すべし。作戦の最終目的は、おおむねヴォルガ川とアルハンゲリスクを結ぶ線において、ロシアのアジア部分に対する防止線を得ることにある。それによって、必要な場合にはドイツ空軍により、ウラル山脈沿いに存在する、ロシアに残された最後の工業地帯を無力化することも可能となる」全戦線の中央部、すなわち中央軍集団には、「とくに強力な装甲・自動車化団隊を以て、ワルシャワ周辺およびその北から前進突破、白ロシアにある敵戦力を撃砕すべしとの任務が与えられた。それによって、快速部隊の有力な一部を北方に旋回させる前提が整う。その目的は、東プロイセンより、おおむねレニングラード方面に向かって作戦を行う北の軍集団と協同、バルト三国で抗戦する敵戦力を殲滅することにある。この、もっとも緊急を要する課題（必然的にレニングラードとクロンシュタットの奪取を含む）

が達成されたときに初めて、最重要の交通・軍備の中心地モスクワ奪取のための攻勢作戦実施が可能となろう。

ロシア軍の抵抗力の崩壊が予想外に急速に生じた場合にのみ、この二つの目標を同時に追い求めることが正当化され得る……フィンランド軍主力には、ドイツ軍北翼の前進に呼応して、ラドガ湖の西側、もしくは両側において攻勢を行い、可能なかぎり多数のロシア軍戦力を包囲する任務が与えられるであろう」

ロキトノ湿地南方に配置された軍集団は、同湿地により側面掩護を得た強力な北翼を以て、キエフ方面を攻撃する。「目的は、強大な装甲戦力をロシア軍勢力の側背部に進撃させ、それらをドニエプル川の線において側面から撃破することである……。

プリピャチ湿地の南北における戦闘で勝利したならば、追撃の範囲内で以下の目標を追求すべし。

南方では、国防経済上重要なドニェツ盆地の早期奪取。

北方では、モスクワにすみやかに到達する。

この都市の占領は、政治・経済における決定的な成功、それ以上に、敵が最重要の鉄道結節点を失うことを意味しているのである」

考察

開戦の六か月前に出されたものでありながら、OKW国防軍統帥幕僚部が修正した一九四〇年十二月十八日付「バルバロッサ」指令は、一九四一年の陸軍作戦にとって決定的な意味を持ち続けた。一九四一年四月に、バルカン戦役がセルビア方面まで拡大されたことにより〔ドイツ軍が、イタリアとギリシアの戦争に介入するとともに、クーデターにより反独政権が成立したユーゴスラヴィアに侵入したことを指す〕、南方軍集団麾下に置かれる兵力は削減された。ところが、ガリツィア〔現在のウクライナ南西部からポーランド最南部にあたる地域〕のロシア軍兵力は増強されていたのだ。にもかかわらず、南方軍集団の作戦任務は変わらぬままであったから、攻勢によって決着をつけることはずっと困難になった。また、バルカン戦役によって、攻勢発動を一九四一年五月なかばから六月二十二日に延期することが必要となったのだが、「バルバロッサ」指令の作戦課題と目標は、やはり変更されなかったのである。

「バルバロッサ」指令が、OKHが出すべき指示のために充分な土台を提供していたか否かを吟味すると、モルトケが用いた「戦争目標」と「作戦目標」の区別に行き当たる。「前者は軍隊ではなく、領土、敵の首都、国家の政治的な力である……一方、作戦目標は、敵軍隊が戦争目標の防衛にあたっているかぎり、その軍隊になる」[12] フリードリヒ〔「大王」の尊称を得たプロイセン国王フリードリヒ二世（一七一二〜一七八六年）。オーストリア継承戦争と七年戦争において、自らプロイセン軍を率い、戦争目的の達成に成功した〕の諸戦役以来、ある地理的な要点ではなく、敵の軍隊そのものを目標とし、あらゆる作戦は決戦において敵軍を殲滅することをめざさなくてはならぬということが、戦争指導上の公理となったのである。敵の「生命力」こそが第一目標、すなわち「戦争目標」であり、「領土獲得だけでは充分でない」ことについて、ヒトラーは開戦前には毛ほどの疑いも示さなかった（一九四〇年七月三十一日）。本訓令は、その点を考慮に入れていた。この指令のほとんどが、ロシアの戦場に責任を負う将帥、すなわち陸軍総司令官の扱う案件である作戦上の指示に関するものである。ところが、「戦争目標」と関連する戦略の領域においては、たとえ陸軍総司令官との協議がなされた可能性があるとしても、ごくわずかしか示されていない。

一九四〇年七月三十一日、ヒトラーは、戦争目標は「ロシアの生命力を絶つこと」だと明示した。が、「バルバロッサ」指令は、もっと慎重な表現で「ソ連邦を屈服させること」だと述べている。その後、一九四一年八月に、ヒトラーは「イギリスの同盟国としてのロシアを最終的に無力化する」との戦争目標を付した。[13] あまりに多様かつ多義的な区分でしかない。どうやって戦争を終わらせるつもりなのか、ヒトラー自身、はっきりと認識していたのだろうか? 一八一二年の戦争〔ナポレオンのロシア侵攻〕でロシア側に従軍したクラウゼヴィッツは、ロシアの奥深くまで突進しすぎたという批判に対して、ボナパルトを弁護している。「ロシア帝国は、型どおりに征服可能な、つまり、占領維持できるような国ではない……このような国は、それ自体の弱さと内部分裂の影響を通じてのみ屈服させ得る。かかる政治的な弱点を衝くためには、国家の心臓部に達するような動揺を与えることが必要なのだ。ボナパルトが強力な一撃をモスクワに向けたときにのみ、その政府の気力、その国民の忠誠と不屈の精神を揺さぶる可能性を期待できたのである。彼は、モスクワで講和を望んだ。それこそが、この戦争に設定し得る唯一理性的な目標だったのだ……敵政府が堅忍不抜で、敵国民が忠誠かつ不屈であったがために、ボナパルトは成功し得なかった。それゆえ、一八一二年戦役も失敗したのである[14]」

こうした考察は、ロシア国民がいまだ政治的に覚醒せず、帝政に神秘主義的な献身を捧げていた当時になされた。それは、一九四〇年のボリシェヴィキ暴力支配には、むしろ当てはまらないものではなかったか? 成立からなお長年月を経ていないボリシェヴィキ国家の力は、生死のかかった闘争を要求し得るまでに拡張されていたのだろうか? はたして、ボリシェヴィズムは、その防衛のために最大の犠牲を払ってもよしとするほど、ロシア国民のあいだに根付いているのだろうか。あるいは、軍事的な敗北は、ボリシェヴィキ暴力支配の終焉を意味するのではないか？　この多層的な帝国にいる無数の少数民族が、独立を取り戻すために、そうした機会を利用しないだろうか？　最後にまだ疑問が残る。冷静で思慮深い政治家であるスターリンが、軍事情勢が絶望的であると思われるなか、彼の支配の存続を賭けものにするだろうか。ひょっとしたら、彼は交渉に応じる用意を示すのではなかろうか？　これらは、軍人では答えられない問題であり、戦争の政治目標設定に深く関わっている。どう回答を出すかによって、作戦目標も左右されるのである。だが、それらは、戦略の基本を定めた「バルバロッサ」指令では検討されていなかった。加えて、戦争指導上の経済的な目標に合わせて、作戦も調整しなければならなかった。それは「追撃において」、また「空襲により」片付けられることではなかったのだ。現役部隊より成る敵軍は、ドニエプル川とドヴィナ川の西方で撃破し得るものとされていたが、その背後には、一千万のより若い年次の者たちが控えていた。むろん、彼らとて武装をほどこし、訓練を受けさせねばならない。モルトケの時代とはまったくちがって、技術、工業、経済は「国家の政治的な力」となっており、従って戦争目標と化していたのである。それらの実力を評価し、覆滅の可能性を見通すことは、戦略的考慮の中心に置かれねばならなかったのだ。現役部隊の軍勢を撃破するという戦争の一幕は非常に重要ではあるが、敵軍需工業地帯の破壊という、より手間のかかる一幕の前提をつくるだけのことにすぎない。では、戦争目標への攻撃はどのように遂行されることになっていたのか？

「バルバロッサ」指令は、ドニェツ盆地とモスクワならびにレニングラード周辺の工業地帯を陸軍によって奪取することを考慮している。きわめて楽観的であったといえる。というのは、政治的理由から主攻をモスクワに指向するとすれば、ウクライナ占領のための充分な兵力と時間が残るかどうかは疑わしいからだ。従って、さらに東方にある軍需工業の中心地の覆滅は、空軍が責を負うことになる。それはユートピア的思考だった。当時、ドイツ爆撃機の行動半径は一千キロほどであった。想定されたヴォルガ川とアルハンゲリスクの線に、三ないし四週間で完了する戦役において到達することができたとしても、ウラルの工業地帯、スヴェルドロフスク周辺の地域を戦争遂行に使えなくするには、このような爆撃機の航続距離では不充分であったろう。しかも、スヴェルドロフスクの向こうで世界が終わるわけではない。一九二八年以来、シベリアのクズネツク地域に巨大な工業中心地が建設されていることは知られていた。それは、ウラル工業地帯と合わせて、ロシアの全工業地域の十二パーセントを占めるほどになっていたのだ。

つまり、いかに勝利を重ねようと、ロシア軍の「再生」を妨げることはできないと認識し、対応しなければならなかったのである。結論はただ一つ、経済的目標の追求ではなく、政治的目標を明々白々に蹂躙《じゅうりん》してみせること、それのみであった。ロシアの力、軍事的・政治的力がかくて弱体化されれば、その支配者も交渉に応じるであろう。従って、戦争目標と作戦目標は、モスクワという一点において合一をみるはずだった。

対ロシア戦争のための明快な戦略的基礎を定める代わりに、ヒトラーはこの準備期間において、彼の職分ではない作戦上の諸計画立案に従事していた。それらは脈絡《みゃくらく》なしに変更されていったのである。最初のうち、一九四〇年七月三十一日の時点で、ヒトラーが念頭に置いていたのは、両翼（キエフおよびバルト三国）からの作戦だった。だが、一九四〇年十二月五日には、中央部を強化してモスクワに突進するという提案に賛成している。さらに十二月十七日には、ロキトノ湿地の両側から押し出して、しかるのちに南北に旋回するとの企図を表明したのだ。結局、ヒトラーは、一九四〇年十二月十八日に、北方に置かれた両軍集団の協同により沿バルト海地域を奪取、そのあとにモスクワに突進するという予定を組んだ「バルバロッサ」指令に署名したのである。

こうした考慮のすべてにおいて一貫していたのはただ一つ、戦争目標は一度の戦役によって達成されなければならないということだった。ヒトラーにとって、この戦争は「ロシア国家を一撃で叩きつぶすときにのみ」意味を持つのであった（一九四〇年七月三十一日）。かかる時間的な制約は、これ以降の戦争指導について彼が抱いていた意図と関連している。一九四〇年六月二十五日のフランスとの休戦以来、陸上での戦争は本質的な意味では、まったく進展しておらず、続く数か月も同様の状態となった。一九四〇年五月から六月にかけてのドイツ陸軍の稲妻のごとき素早い行動は、全体的な戦争指導における遅疑逡巡（それによって、西側列強に貴重な一年間をくれてやることになったのだ）と著しい対照をなしていた。いまや、目前に迫ったロシアでの戦争により、ドイツの地上戦力は一九四一年に東部に投入されると決まった。この東部における戦争が長引けば、イギリスは主導権を取り戻す。その結果は、災厄にみちたものとなりかねなかった。

短期間に終わったフランス戦役を東方でも繰り返したいというヒトラーの強い要請は、もっともではあった。が、東部で直面することになる戦争遂行の前提条件はまったく異なるものだったのである。何よりも、踏破しなければならない距離は大きく、しかも、欠陥の多い道路事情によって、その困難はいや増すのだ。おそらく、敵の現役部隊を撃破し、首都を含む広大な地域を占領するだけなら、与えられた三ないし四週間の時間で充分だ。だが、われわれのみるところ、それでは、ロシアの生命力を叩くところまではいかないであろう。従って、一度の戦役で到達されるべき作戦目標は、もっと手前に設定されなければならなかったはずだ。
著者が観察した限りにおいては、「戦役の最終目標は、ヴォルガ川とアルハンゲリスクを結ぶ線に到達すること」という構想は、陸軍参謀総長の提案によるものだった。だが、陸軍参謀総長は、それを一九四一年に達成するのは不可能だと、早々に識ることになる。[15]

開進訓令

続く数週間、陸軍総司令部は、指令第二一号の実施に必要な、厖大かつ重要な諸指示の起案に携わっていた。その枢要な部分をまとめたのが、一九四一年一月三十一日付の「バルバロッサ開進訓令」である。[16]それは、ソヴィエト・ロシアを迅速なる戦役により屈服させることを任務とすることほかの内容を、指令第二一号から継承していた。そこにおける、各軍集団ならびに各軍の「企図」と「任務」の区別は示唆に富むから、本書のテーマにとって重要である部分を引いておこう。「所与の任務におけるＯＫＨの第一の企図は、西部ロシアに待ち構えているロシアの大軍が布いた戦線を、強力な快速部隊の迅速かつ深奥部に至る突進により、プリピャチ湿地の南北で開削、その突破口を活用して、互いに分断された敵集団を殲滅することにある」

在バルト三国の敵を殲滅するため、指令第二一号で命じられた線に従って、まず北部の二個軍集団の協同が定められたが、モスクワよりもレニングラードとクロンシュタットの占領が優先されるということは、とくに強調されていなかった。その企図は、むしろ「フィンランド軍と連結し……北部ロシアの敵が最後の抵抗を試みる可能性を決定的に排除し、それによって、つぎなる任務（場合によっては、南部ロシアで作戦を行うドイツ軍戦力と協同する）のために機動の自由を確保することにある。北部ロシアにおいて、敵の全面的崩壊が予想以上に早期に生じた場合には、旋回作戦を放棄し、ただちにモスクワに突進することが考慮され得る」

その先の項目で、中央軍集団の任務は、このように規定されている。「中央軍集団は、両翼から強大な戦力を推進し、白ロシアの敵を撃砕、ミンスクの東西を先行する快速戦力を用いてスモレンスク周辺地域を包囲する。それにより、強力な一部の快速部隊が北方軍集団と協同して、バルト三国およびレニングラード地域で戦闘する敵戦力を殲滅するための前提が整うのである」

このあとに、各軍・装甲集団の任務が続くが、それらについては後段で語ることにしよう。

一九四一年一月三十一日付の本開進訓令は、同年二月一日にヒトラーに送られた。一九四一年二月三日には、陸軍総司令官同席のもと、陸軍参謀総長がヒトラーに報告を行う。

その際、陸軍参謀総長は、以下のように述べた。「直接対峙している敵は、歩兵および騎兵師団百二十五個、装甲および自動車化団隊がおよそ三十個と見積もられております。開進するドイツ軍の重点は、五十個歩兵師団ならびに二十二個装甲・自動車化師団を以てロキトノ湿地北方に形成され、一方、その南翼は三十個歩兵師団ならびに八個装甲・自動車化師団のみの兵力にとどまります。陸軍総予備の二十二個歩兵師団と四個装甲・自動車化師団は、中央軍集団後方にまとめておき、のちに追送されます。ロシア軍の戦線を二分し、ドニエプル川ならびにドヴィナ川までの後退を妨げるのが作戦企図であります。中央・北方軍集団の三個装甲集団は、北東、スモレンスク方向へ、さらにドヴィナ川を越えて先行します。

最北の装甲集団はペイプシ湖に向かい、そこから、他の二個装甲集団と協同して、はるか東方まで前進する予定です。

南方軍集団は、プリピャチ湿地の南で、ドニエプル川に向かい、また、それを越えて進撃することになりましょう」

ここでヒトラーは陸軍総司令官の企図に同意したが、付け加えて、こう述べている。「作戦地域は、とほうもなく広大である。ロシア軍の大部分を包囲することを追求しても、成功が得られるのは、それらが間断なく遂行された場合のみだ。レニングラードを含む沿バルト地域とウクライナがすぐに放棄されるなどということはありそうにない。しかし、ロシア人が、最初の敗北ののちにドイツ軍の作戦目標を認識し、はるか東方において、どこか地理的障害の背後にあらたな防衛線を準備するため、大幅な退却を実行することはあり得る。その場合、バルト三国とレニングラード地域は、より東方に存在するロシア軍に顧慮することなく、最初に奪取されなければならぬ。しかるのちに、戦線を維持しているロシア軍の後背に突進するのだ。正面攻撃はなしである。重要なのは、敵の大部分を撃滅することで、それらを後退させることではない。中央で拘束行動に出る一方、多数の戦力によって、敵の両側面を占拠しなければならない。その目的は、両側面から中央の敵を陥れることなのだ[17]」

以後の数か月間、ヒトラーはさらに、ロキトノ湿地〔に配されたソ連軍〕に対する側面掩護、ノルウェーの海岸防衛、ペツァモのニッケル鉱山防御、対ギリシア戦役とそれが「バルバロッサ」攻勢におよぼす悪影響といった、個々の作戦上の配慮にかかずらわっていた。

一九四一年三月三十日、ドイツのバルカン戦役をセルビアにまで拡張することになるベオグラードの軍事クーデターが勃発してから三日後、ヒトラーは、「バルバロッサ」作戦に参加する軍集団、軍、装甲集団、海軍と空軍の司令官たちをベルリンに招集した。彼らは、それまでに開進訓令を受領しており、各司令官ごとに分割して指示された任務の細目について、自分たちの企図を報告していたのである。ヒトラーは再び、バルト三国奪取の意義を強調した。ロシア軍は至るところで、国境地帯における決戦を回避しようとするだろうが、とりわけバルト三国においては、さように行動する公算が高い。それを妨げるようにしなければならぬ。北方軍集団麾下第4装甲集団が、敵の海岸沿いの退路を遮断するため、リガ湾方向、もしくはペイプシ湖に沿って北に旋回することになるかどうかは、状況によって決定されなければならない。中央軍集団の両装甲集団（第2ならびに第3）は、ごく早期にミンスクからレニングラード方面への進路を取らねばならない。かかる複数の装甲集団によるレニングラード突進で作戦上の諸問題に対する理想的な解決が得られるものと、ヒトラーはみていたのだ。

なお、開進訓令の変更については、何の註釈も付されていない。

考察――統帥危機

陸軍総司令官に対し、この戦争の指導において、ヒトラーと彼のあいだに存在した意見の対立を開戦前に明確にしておかなかったとの非難がなされている。[18] 陸軍総司令官がヒトラーとの戦略・作戦上の論争に踏み込まなかったという指摘は、なるほど正しい。陸軍総司令官にとって、戦争目標はロシア軍の撃砕であり、ロシア経済ではなかったのだとする見解も当たっている。しかし、かかる方針に関するヒトラーとの対決は、それまで生起していなかったのだ。一九四一年一月九日になってもなおヒトラーは、第一の戦争目標はロシア軍の殲滅だと明記しており、一九四〇年十二月五日ならびに一九四一年二月三日には、陸軍総司令官の提案を了承している。引き続き、陸軍総司令官が責任を負う作戦指導の細目を何度も論じていくなかで、ヒトラーは矛盾した見解を表明した。ヒトラーの軍事能力を、もっとも冷静に判定したフォン・マンシュタイン元帥〔エーリヒ・フォン・マンシュタイン（一八八七～一九七三年）。西方戦役作戦計画の立案、東部戦線での優れた指揮などで知られる〕は、「その本能は一度たりとも、経験に基づく軍事的な手腕の代替にはならなかった」と表現している。[19] かくのごとく、彼には軍事的な能力が欠如していたのである。

従って、陸軍総司令官はヒトラーの作戦上の飛躍をすべて認めることなどしなかった、とくに右記諸提案の合目的性を看過させるようなことはなかったと解釈できる。

だが、ヒトラーは頑固きわまりないやりようで、バルト三国の迅速な奪取ならびに同地域で抗戦する敵軍の殲滅を、中央軍集団麾下にある快速戦力の北方旋回により支援させるべきだとの主張を貫徹した。彼は、こうした企図には、政治・経済のみならず、作戦的な根拠もあるとしていた。第4装甲集団の集結地は狭隘であるし、そのニェーマン川北方における前進によって敵を、とりわけバルト三国において深い梯形陣を取っている敵を包囲する可能性は少ない。この敵を単に後退に追いやるのではなく、完全に除去してこそ初めて、軍北翼がモスクワに突進する際の側面の解放が得られるのだ。かかる軍事的な根拠によって、陸軍総司令官も、自分が好ましいと思った以上に、ヒトラーの望みを開進訓令に反映させる気になったのかもしれない。それゆえ、一九四一年二月三日の陸軍参謀総長報告は、つぎの企図を、はっきりと強調している。強大な装甲戦力の集中を達成するため、三個装甲集団を、北東、スモレンスク方向へ、さらにドヴィナ川を越えて先行させるのだ。実際には、後段で解説するような理由から、こうした集中は実現しなかった。ヒトラーも、一九四一年二月三日の報告を根拠に、彼の希望が考慮されるだろうと理解することができ、それ以上の干渉をあきらめた。

しかしながら、「統帥危機」と称せられることになる、ヒトラーと陸軍総司令官の不一致は、一九四一年七月から八月にかけて、別の問題で火を噴くことになる。それは、南方軍集団のウクライナ征服を可能とするために、中央軍集団から強力な一部を南方に旋回させたいとのヒトラーの希望に関する問題であった。さりながら、開戦前には、そうしたことはなおあらわにされてはいなかったのである。

突破か包囲か?

OKHは一月末に、ロシア軍はドイツおよびルーマニアの国境に狙撃師団〔ロシア・ソ連軍では、伝統的に歩兵を「狙撃兵」と呼称する。この場合の「狙撃師団」とは歩兵師団のこと〕百十五個、騎兵師団二十五個、戦車・自動車化団隊三十一個を集結させているものと算定した。三月なかばには、そのうち狙撃師団八十四個、戦車団隊八個が、ドイツ、ルーマニア、フィンランドとの国境にあると確認されている。以後、ロシア軍は国境への展開を続けていく。ゆえに、ドイツ軍指導部は開戦までに、狙撃・騎兵師団およそ百五十個ならびに戦車・自動車化団隊四十個と激突することになると想定していた。四月はじめの時点で、ロシア軍の全兵力は狙撃・騎兵師団二百五十個と見積もられていたから、第一撃においては、彼らが使用できる狙撃・騎兵師団の五分の三のみに対することになったわけである。

対峙する両軍の兵力は次表の通り。

ドイツ軍最高指導部は、すべての軍集団を用いて正面攻撃を行い、はるかに先行する装甲部隊のくさびによって、作戦的な機動の自由を獲得、敵後背部に進んで、その東方への退却を阻止できるものと期待し

ドイツ側

	歩兵師団	装甲・自動車化師団
南方軍集団	30 個	9 個
中央軍集団	32 個＋ 1 個騎兵師団	15 個
北方軍集団	20 個	6 個
陸軍総予備	22 個	4 個
総計	104 個＋ 1 個騎兵師団	34 個

ロシア側

	狙撃・騎兵師団	戦車・自動車化団隊
南方軍集団前面	71 個	20 個
中央軍集団前面	44 個	11 個
北方軍集団前面	31 個	8 個
ほか使用可能な師団（推定）	104 個	4 個
総計	250 個	39 個

ていた。装甲団隊において優越しているロキトノ湿地北方で、それが成功する可能性があると思われていたのである。南方軍集団方面では、敵が二倍の優越を得ているため、作戦の自在性が得られるものとは見込まれていなかった。従って、南方軍集団の攻撃をいっさい放棄し、その機動戦力を作戦的な効果を発揮するような地域、すなわち北の正面に配置するという構想が出てきたのも、もっともであった。そうして、軍の左翼を快速団隊で増強しておけば、左のごとき作戦が可能となったであろう。

ミンスクならびにダウガフピルス〔現ラトヴィア領ダウガウピルス〕方面に突破、敵軍中央部を粉砕し、それによって作戦の自由を獲得したのち、四個装甲集団はドヴィナ川中流域を越えて北東に進むことになる。バルト三国にある敵兵力の東方およびレニングラードとの連絡線を遮断するため、その背後に先行するのだ。これらの敵を、バルト海を背にしたかたちで最終的に封じ込める役目は、歩兵軍団にゆだねることができる。機動戦力は充分強大であるから、ロシア軍のヴァルダイ丘陵越えの牽制攻撃やその南から西方に指向される同様の攻撃を拒止することも可能である。いまや、装甲部隊なしとなった中央軍集団には、ドニエプル川を堅持せよとの厳命が下され、その左翼背後の縦深上に、陸軍総予備が梯団を組む。

ここで、一九四〇年七月二十六日付で、東方外国軍課長が陸軍参謀総長に宛てた作戦構想が想起される。彼は、バルト海で側面を掩護されつつ、モスクワに進路を取る攻勢を実行、北方からウクライナの敵戦力に背面戦線を抱えた状態での戦闘〔つまり、前後からの挟撃〕を強いることを企図していたのだ。七月末には、ヴァルダイ丘陵南方において、そうしたドイツ軍装甲師団のすべてを集中し、左翼に自動車化師団を随伴したかたちでの、ヴォルガ川上流域沿いにモスクワをめざす攻勢を発動し得たであろう。それを南方に向けて継続すれば、ロシア軍は、ウラルとその東方にある軍需工業の中心地から急速に遮断されていくことになる。ただし、当然のことながら、左翼が開放されたままになる危険はあった。かかる作戦が最終的に成功すると判断するばかりか、さらに、そうした方法で戦争に勝つべしと主張するには勇気が要る。しかし、この実例は、もしドイツの戦時指導部が大胆不敵であり、しかも開進時においてすでに、重点を戦線全体に振り分けるのではなく、一つに絞っていたとするなら、広範囲にわたる装甲戦力の作戦にあたり、どれだけの可能性が開けたかということを明示しているのだ。

一九四一年の赤軍に関する評価

赤軍の推定総兵力については、もう述べてある（五八頁をみよ）。ヒトラーの指令により、独露軍事関係が断たれて以来〔一九二二年にドイツとロシア社会主義連邦ソヴィエト共和国（のちのソ連邦）のあいだに結ばれ、両国外交関係の正常化と経済協力を定めたラパッロ条約の付属協定に基づき、独ソの軍部は秘密軍事協力を開始した。具体的には、ドイツ軍は戦車や航空機、毒ガスなどヴェルサイユ条約で保有を禁止された兵器をロシア領内で試験・開発し、ソ連側はドイツに将校を送り込んで、軍事教育を受けさせたのである。しかしながら、この独ソ秘密軍事協力は、一九三三年にヒトラー政権が成立するとともに終わった〕、赤軍に関しては、ごくわずかな情報しかドイツに伝わってこなかった。一九二八年ごろに、赤軍がドイツ式の訓練・指揮原則を取り入れたことはわかっている。が、一九三七年に実行されたロシア軍高級将校の粛清とともに〔スターリンと対立を深めていたヴォルガ軍管区司令官ミハイル・N・トゥハチェフスキー元帥がドイツと通じていたという欺瞞情報をきっかけに開始された、赤軍高級将校の粛清。トゥハチェフスキーほかの赤軍幹部が逮捕・処刑された。軍全体では、十七万八千の将校のうち、三万三千ないし三万五千名が逮捕されたといわれる。この大粛清により、赤軍の戦闘能力は大幅に低下した〕、その決定に変更が加えられたかどうかは、まったく知られていなかったのだ。

非常に質素で、多大な努力をつぎこむことに慣れたロシア兵は、軍紀を叩き込まれ、兵器の使用法についても一定の訓練を受けていた。地形の利用、とくに防御時のそれについても、ロシア兵は名人芸を見せた。彼らのあいだにボリシェヴィスト体制を見捨てるような気運があるかということについては、ドイツ軍は、ナチ党とちがって、何の幻想も抱いていなかった。赤軍、とりわけ、その将校団が、あらゆる国家的な手段によって〔高い俸給や食料給与、家賃の無料化、保養地での休暇、クラブ等の設備、〔公共交通〕運賃の無料化〕、体制に吸引されていることがわかっていたのである。政治委員〔軍を監視するために、部隊その他に配属された政治将校。共産党の方針に違背すると判断された場合に、指揮官の命令を撤回させる権限を有していた〕は異分子だと思われており、その部隊指揮への影響は、個々の政治委員ならびに指揮官の人間性に左右された。彼ら政治委員の一部は憎悪を受けていたし、一般的に恐れられていたのだ。ただし、ロシア軍指導部が、お定まりの判断をやりがちだという旧来の傾向や予想外の事態における無能さといったことを克服できたかという点については、なお疑わしいものとみられた。

ロシアの機甲兵は、機械化旅団および少数の戦車師団に編成されている。戦車軍団は存在していなかった〔ただし、戦車師団や自動車化狙撃師団を編合した、強力な機械化軍団が編成されていた〕。また、個々の狙撃師団にも、旧式戦車が配備されていた。こうした編制から、ロシアはまだ、ポーランドとフランスにおける戦役間にドイツが得たような、大規模な装甲団隊の作戦的運用の知識を活用するに至っていなかったものと推測される。

わが軍の戦車砲が貫徹力と射程距離の点でロシア戦車に優っているかどうかについては、そうであったらいいと望んではいたものの、否と明言できた。ヒトラー自身、開戦直前に、ロシア軍の超重戦車に関する未確認情報を得ていたのだ。七月はじめ、われわれはヴィテプスク南方でその戦車〔KV－1、もしくはKV－2のことであろう。KVシリーズの戦車は、独ソ戦初期にはいかなるドイツ戦車をもしのぐ重装甲を誇っており、ドイツ軍部隊にしばしば苦戦を強いた〕に遭遇した。ただし、全体としては、ドイツ軍は自らの質的優位を意識しつつ、東部での困難な戦闘にのぞんだのである。

ドイツ軍は東部での戦争準備を整えていたのか？

一九四一年一月以来、ドイツ軍の司令官・指揮官は、しだいに東部での新任務に気づきはじめた。だが、対ロシア戦争の可能性など、誰も考えていなかったことはあきらかであった。この国の軍事地理に関する参考書や地図も、ここに来て、ようやく作成されたのだ。それらの一部は、第一次世界大戦前に何年もかけて、注意深く、細かい作業を重ねた上で書かれた道路に関する記述に頼っていたが、それはもう古く、不充分であることがはっきりしてきた。とくに、自動車や戦車が利用可能な道路網や橋梁はどれであるのか、配布された地図から読み取れることは稀だった。通行可能なのか否かもわからぬままに、幾筋もの道を指示してやらなければならなかった。そんな道でどうやっていくかは、部隊に任されていたのだ。

東部の戦争遂行に際して、割り当てられた自動車数はまったく不充分であると思われた。フランス戦役ののち、装甲・自動車化師団の数が倍になったことは、すでに触れた。本書でその作戦を扱う第3装甲集団についていえば、麾下にある二個装甲軍団《パンツァーコーア》〔当時のドイツ軍は、実際には「……軍団（自動車化）Korps (mot.)」という名称を使っており、これがのちに「装甲軍団」に改称される。が、著者ホートは「装甲軍団」の名称で通しているので、本訳書でも便宜的にそれに従うこととする〕、すなわち四個装甲師団を使用できた。そのうち、第7装甲師団は、西方戦役ですでに高い評価を得た部隊である。第12は自動車化師団、第19と第20は歩兵師団から改編されたものだった。これらの装甲師団はすべて、これまでの一個戦車旅団ではなく、三個大隊からなる戦車連隊一個を有するにすぎない。もちろん、今では、ほとんどがⅢ号戦車とⅣ号戦車を装備していたのではあるが〔対フランス戦の時点では、ドイツ装甲師団の主力は、数的には機関銃装備のⅠ号戦車と機関砲装備のⅡ号戦車であった〕。従って、第19装甲師団を例に取れば、その隷下にある戦車連隊〔第27戦車連隊〕は、Ⅳ号戦車四十二両、Ⅲ号戦車百二両、Ⅲ号（通信）戦車九両、Ⅱ号戦車二十両を使えたのである。だが、新編装甲師団、とくに第20装甲師団の狙撃兵〔ドイツ軍装甲兵科にあっては、自動車化歩兵を「狙撃兵」と呼称する〕用輸送車両は、東部の道路には、まず不向きであった。それらは、フランス製の民間向け車両がもとになっていたからである。不整地走行可能な自動車両がとりわけ不足していた。中隊長たちも、一群の小型乗用車から自分の部隊を指揮しなければならなかったのだ。自動車化師団にあっても、状態は変わらなかった。三個自動車化師団のすべて〔第14、第18、第20〕が、一九四〇年から四一年にかけて改編された部隊であった。彼らが自動車両を受領したのは開戦直前の数か月のことであり、第16師団などは、開進地域への進発数日前になって、やっとそれらを得たほどだった。

このように、東部の地形条件にほとんど適合しない自動車が装備されていたことは、諸作戦を評価する上で顧慮しなければならないことであろう。

戦闘序列に関する詳細は、付録9をみられたい。

その国土〔図3、図4、図5、図7、図11参照〕

第3装甲集団の開進は、東プロイセンにおいて、おおむねリュック－マルクグラボーヴァ－ラステンブルク－ゼンスブルク周辺地域で実行された。各師団はそこから通じる二筋の道路を用いて、攻撃直前に「ズーダウエン〔現ポーランド領スヴァウキ〕突角部」の出撃陣地に移動した。この地域は、一九三九年にリトアニアから割譲されたのである。地形は森林と湖沼にみちみちており、そのあいだを縫って、発達した道路網がニェーマン川まで延びている。第3装甲集団の攻撃帯では、この川に四本の固定橋が架かっていた。二本はアリータ〔現リトアニア領アリートゥス〕に、あとはメルキネーとプリーネィにそれぞれ一本ずつだ。ニェーマン川の対岸からは、一部は湿地だが、大部分は砂地の広大な森林地帯がはじまる。そこに通っている道路は、オラニ〔現リトアニア領ヴァレナ〕経由でリダ－ヴィリナ〔現リトアニア首都ヴィリニュス〕の大街道につながるものだけであった。

この道路の東では、（小）ベレジナ川〔ベレジナ川分流〕およびその支流とヴィリヤ川のあいだに、オシミアナとスモルゴニを越えて東に広がる、標高およそ三百メートルのよく耕作された地域がある。それがもっとも狭まる地点に置かれた鉄道の結節点がモロデチュノだ。ここは、一八一二年十二月五日にナポレオンが、大陸軍〔La Grande Armée. 当時のフランス軍は、このように称していた〕の潰滅と皇帝の無事を世界に知らせる公報を発した場所として有名である。ヴィリナからは、スモルゴニ＝モロデチュノを経由して、ミンスクに通じる大街道が延びており、その先はスモレンスクを通ってモスクワに達する高速道路に連結していた。

モロデチュノの隘路の南北には、広大な湿地帯が広がっている。夏にそこを通行することは不可能で、ごくわずかな砂地の道が通っているのみだった。この地域は、ナロシュ湖北方に来て、やっと通行可能になるのだ。ここには、グリボカエをまたいで、ドヴィナ河畔のポロツクまで、細い丘陵が延びている。モロデチュノの東から、しだいに地形が隆起し、かなりの高地になって、ミンスクの北では標高三百六十メートルに達する。ここ、かつての白ロシアとポーランドの国境に、ロシア軍は、北西に正面を向けた一連のベトン防御施設を構築しはじめていたが、まだ完成していなかった。この、いわゆる連丘は、ドクシジを越えるあたりから下りの傾斜となりつつ東に広がり、レペリの先、ヴィテプスクまで続いている。ドクシジ付近に、「歴史的」ベレジナ川の源流がある〔後述のごとく、ナポレオンの大陸軍は一八一二年にロシアから撤退するにあたり、この川を渡河する際に大損害をこうむった。それを指して「歴史的」としたのであろう〕。それは小村ベレジノ近くで曲がって、南に流れ、湿地に繁茂する森林をともなってボリソフ＝ボブルィスクを通り、ドニエプル川に注ぎ込む。このあたりから北の程遠からぬ場所で高速道路がベレジナ川を横切っているが、そこには、一八一二年十一月二十九日に焼き落とされた橋の残骸がある。一八一二年十一月二十六日から二十七日にかけて、フランス大陸軍の敗残兵は西をめざして、この橋へと殺到したのだ。

ベレジナ川東方でも、土地はやや隆起している。この無数の湖沼がちりばめられた地、ドニエプル川とドヴィナ川間の陸橋では、使用可能な道路が少ない。レペリ－ヴィテプスク間の「道路」と、ウラに向かうその支線は、雨が降れば、ひどい泥濘地帯と化すのである。

オルシャ－ヴィテプスク－ネヴェリの線の東側では、地形はいよいよロシア領内本来の性格を色濃くしていく。公園でわずかな起伏があるのみの平野、貧弱なシラミだらけの材木小屋から成る、ちっぽけな村々、舗装されていない幅広の砂の道といったものだ。デミドフの南北まで地形は開けたままであり、そこでは、ほとんどが女性によって耕された、みすぼらしい畑に、ジャガイモやソバ、ときに亜麻が育てられているのだった。ここから、ヤルツェヴォ－ドゥホウシチーナ－プレチストエの「道路」まで、ほとんど通行不能の深い森林地帯が広がっている。

ヴィテプスク－ネヴェリ道の大部分が舗装されているのは注目すべきことだった。スモレンスク－ヴィテプスク道およびヴィテプスク－ヴェリジ道も、一定程度は使える状態だった。だが、ドヴィナ川の源流地域、ヴェリキエ・ルーキならびにトロペツ方向に近づくほど砂地となっていき、わずかな道路も雨とともにぬかるみになってしまう。ここ、元々のロシアの国境地帯は、侵入者をひるませるために、故意に放置された土地なのである。従って、第3装甲集団にとっては、おおいに時間をかけねばならない作戦地域ということになるのだった。

第3装甲集団およびその隣接部隊前面にあった敵戦力構成の推定

陸軍総司令官が示したところによれば、ズーダウエン突角部の前面、ドイツ国境とニェーマン川のあいだには、ロシア軍三個師団の存在が確認されていた。国境に沿って、濃密に野戦築城がなされ、歩兵の守備隊が配されていること、それらの多くは後方の駐屯地に梯隊状に展開していることも想定された。カルヴァリヤ南西では、巨大なベトン施設が建築中であることが、はっきりと視認されている。ただし、それがいまだ防御能力を得ていないことも確実であった。アリータの東には、一個戦車師団が置かれているものと推定された。ニェーマン川に沿っての防御準備がなされている兆候もない。リダ－ヴィリナ街道までの全地域とその東方には、敵部隊はまったく宿営していなかった。ここには、ロシア中央〔チモシェンコ〔セミョーン・K・チモシェンコ、一八九五～一九七〇年。内戦や独ソ戦で活躍した軍人。最終階級はソ連邦元帥〕〕と北〔ヴォロシーロフ〔クリメント・E・ヴォロシーロフ、一八八一～一九六九年。他国の国防大臣にあたる国防人民委員など要職を歴任した。最終階級はソ連邦元帥〕〕の二個正面軍の指揮境界線があるものと思われた。コヴノ〔現カウナス〕－ヴィリナ間に展開している勢力は、おそらく北正面軍麾下にあると考えられた。

第3装甲集団の南では、ロシア領が大きく西に張りだしている。この「ベロストーク〔現ポーランド領ビャウィストク〕屈曲部」に、ロシア軍は、防御を企図するのに必要である以上の強大な戦力に、あまつさえ自動車化部隊までも集結させていた。これら、ミンスクに至る地域で梯団を組んでいた勢力は、中央軍集団の第一作戦目標とされた。彼らを南北から包囲する予定だったのである。

第3装甲集団の北では、国境を固めているロシア軍の配置は手薄であった。しかし、その背後には、遠くドヴィナ川東方に至るまで、バルト三国を固める師団群が多数配置されていたのだ。ここでロシア軍が敗北の屈辱を嘗めるか否かは、予断を許さなかった。

開戦前夜（図2、図3、図5、図6参照）

戦争指導全体の枠組みにおいては、中央軍集団麾下に置かれた第3装甲集団の任務は、「グロドノ北方の国境地域にある敵の戦線を、第9軍と協同しつつ突破、ミンスク北方に急進、南西からミンスクに迫る第2装甲集団と手を結び、ベロストーク＝ミンスク間の地域にある敵戦力を殲滅する前提条件を固めること」となっていた。その後の任務は、「第2装甲集団との緊密な協同のもと、進撃速度を高め、ヴィテプスク周辺ならびにその北の地域に到達、ドヴィナ川上流域における敵戦力の集結を妨げ、それによって〈中央〉軍集団がさらなる任務を果たす上での行動の自由を確保する」こととされている。[20] 中央軍集団は、最初の突破に際して、第3装甲集団を第9軍の麾下に置き、同軍の第一目標をモロデチュノ＝ナロシュ湖の線と定めた。

それ以降の展開において、北方軍集団支援のため、中央軍集団の快速戦力を北へ旋回させるとの陸軍総司令官の企図については、第3装甲集団司令官〔著者のホート〕は戦後になって初めて知った。OKW指令第二一号〈バルバロッサ〉も陸軍総司令官の開進訓令も渡されず、ただ中央軍集団の命令を受領しただけだったからだ。[21] これは、一九四〇年一月初頭の、知る必要のある者だけに示達することを許可するとのヒトラー命令に沿った措置だった。とはいえ、中央軍集団側にも、第3装甲集団が過早にその左翼隣接部に向かうのではないかという危惧があったようだ。実際には、第3装甲集団側の誰もが、モスクワへの道を取るべきだという意見を抱いていたのである。だが、おそらく左のごとき推量が成り立つにちがいない。もし陸軍総司令官がヒトラーの希望を実現させるとの確固たる意志を抱いていたとするなら、作戦を実施する大規模団隊の司令官に、その企図を徹底させずにはおかなかったはずであろう。

指令第二一号が「大胆な作戦」を求めていることは、陸軍総司令官からは伝達されなかった。「大胆な」と付け加えられているのは不必要であり、どうかすれば危険をもたらすことになるとみなされたからであろう。

ニェーマン川に到達し、これを渡河するという第3装甲集団の初動に関しては、ニェーマン川をめぐる戦闘は装甲師団によって実行されるべきか、それとも歩兵師団によってかという問題が大きな役割を演じていた。攻撃される帯状の地域には四つの渡河点があり、ドイツ国境から四十五キロ、六十五キロ、七十キロの距離に分かれていた〔言及されている渡河点のうち、どれか二つがドイツ国境より等距離にあると思われる〕。攻撃初日にニェーマン川に達し、可能ならば、夜のうちに軍橋《ぐんきょう》の架橋工事に着手できるよう渡河してしまうことは、作戦上、最重要の意味を持っていた。固定橋を無傷で確保する可能性を期待できるのは、迅速なる奪取がなされる場合のみである。ゆえに、第3装甲集団は、四本の橋梁のそれぞれに一個装甲師団を当て、そのために攻撃地域内にあるすべての道路と街道を装甲軍団に使用させることとした。第9軍の歩兵軍団（第5および第6）は、装甲軍団に後続し、彼らに続いて渡河するのだ。

だが、陸軍総司令官は、異なる方法で最初の突破を行うことを構想していた。快速部隊の戦闘力が緒戦で過度に弱体化すること、また、歩兵軍団が初期段階で装甲軍団のあとに随伴するのでは、「突進する」装甲軍団と歩兵軍団の距離が過剰に広がってしまうことを恐れたのである。そのため、陸軍総司令官は、装甲軍団麾下に歩兵を置き、それらの歩兵を国境で待機させて、戦車と同時に攻撃に着手、「側道を前進」

し得るようにせよと急《せ》きたててきた。第4装甲集団司令官〔エーリヒ・ヘープナー（一八八六～一九四四年）。最終階級は上級大将。第二次世界大戦前半に装甲部隊の指揮官として活躍したが、ヒトラー暗殺計画に関与し、それが失敗したのちに逮捕・処刑された〕は、彼一流の率直なもの言いで、このやり方は「まったく目的に適しない」と記している。[22] 他の二個装甲集団の司令官も、すでに西方戦役で有効でないことがあきらかになったその方法に対して抵抗した。そんなことをすれば、歩兵師団の輓馬《ばんば》車両は、いかに禁じたところで、自動車化部隊に指定されている道に割り込んでくるにちがいないというのが反対理由だった。よって、あとから進む装甲師団群は、まさに成功が得られようとしている瞬間に、「彼ら」の道が輓馬車両にふさがれているのを見ることになろう。第3装甲集団でも、歩兵師団が橋梁所在地までの距離を一日で踏破することはできず、従って、敵はニェーマン川の後方に防御陣を構えるための時間を得ることになるとの結論に達していた。

けれども、数時間にわたる議論において、陸軍総司令官は自説に固執した。そこで、第3装甲集団は、麾下の両歩兵軍団を第一線に押し出すが、歩兵の移動地域は、装甲軍団のそれとはっきり区分するとの折衷案を出したのである。この提案は是認された。

かくて、左のごとき配置が決まった（図3をみよ）。第57装甲軍団は、麾下の二個装甲師団を相前後して並べ、メルキネーの橋梁をめざす。これらの橋を通して、空軍の車両約二千両と第18自動車化師団を渡してやらねばならなかったのだ。

第5軍団は、ズーダウエン地区から、レスディエィ経由でセリエィに向かう。これによって、機動性のある部隊がアリータに達する良好な街道を使うことはできなくなった。

第39装甲軍団は、麾下の二個装甲師団を横に並べてカルヴァリヤに向かい、しかるのちにアリータへ旋回する。その背後に、第20および第14自動車化師団が置かれる。第6軍団は、マリヤンポレ経由でプリーネィをめざす。

この作戦には、ニェーマン川を渡河して突進するにあたり、両装甲軍団がそれぞれ一個装甲師団しか第一線に配置できないことが予想され、プリーネィの橋梁に達するのは早くても攻撃二日目になるという不利があった。

また、第3装甲集団司令官が、麾下の将官ならびに装甲師団長たちとともに催した作戦図上演習において、攻撃の先頭に立つ両軍団が、リダとヴィリナからの敵の攻撃によって、左右両翼に牽制され、よって装甲集団は両側面に離心的に分散することになるとの危険があきらかにされた。かかる事態を可能なかぎり防止するため、先頭の装甲師団の背後に第18自動車化師団を置き、ニェーマン川を越えて進出させ、右側面の掩護に任じさせるよう、第57装甲軍団への指示がなされた。一方、ヴィリナの南側地域の奪取は、同市経由でミンスク、さらにその東方に向かう街道を確保するために必要であるとされた。

中央軍集団司令官〔フェドーア・フォン・ボック（一八八〇～一九四五年）。最終階級は元帥〕が主催した別の図上演習では、第3装甲集団のドヴィナ川をめざす前進を、南東、ミンスク方面に旋回させるのはいつにすべきかという問題が討議された。これに対し、第3装甲集団司令官は、以下の企図を進言した。「……装甲師団群はまず、ドクシジ－グリボカエ－シャルコフシーナの線に到達する。目的は、そこからヴィテプスク方面に旋回する、あるいはドヴィナ川を越えてポロツクの両側面に突進することにある」これは、「第2および第3装甲集団を左右両翼に置いて、ミンスクの両側を先行させ、スモレンスク周辺ならびにその北方に突進する」との、中央軍集団の企図にかなっていた。ゆえに、OKHが開進訓令で予想していたように、ミンスク周辺ではなく、スモレンスク付近において最初に敵の包囲を完成させることとなったのである。それは、ベロストーク付近で西方に張りだしている敵戦力は、包囲される危険があると悟るや、急ぎ東方に退却するだろうとの予想にもとづいていた。将来においても、やはり「敵にとって、いちばん好都合なことは、それが生起する蓋然性をはかる上での手がかりになる」というモルトケのアドバイスに従っておいたほうが、ためになるというものであろう。[23] ともあれ、ベロストークからミンスクまでは、行軍に八日間かかるとされていた。快速部隊は、ミンスク付近の敵はすぐに東方へ退却するだろうと、はっきり見通していた。それゆえ、中央軍集団司令部は、モロデチュノ‐ナロシュ湖の線を、第3装甲集団の最初の目標に設定したのだ。

かくて、第3装甲集団の企図は、一九四一年三月十二日付第3装甲集団開進訓令ならびに一九四一年五月二十四日付のその改訂版において、以下のごとくに規定された。「第3装甲集団は当初第9軍麾下に入り、軍集団左翼において先陣を切って敵と戦闘しつつ、ニェーマン川をめざし、メルキネー、アリータ、プリーネィに向かう道を突破、渡河点を奪取する。後続師団を待つことなく、第3装甲集団はヴィリナ周辺にあると推定される敵に突進、これをミンスクより遮断する。ミンスク付近の敵を北から迂回する企図に従い、本装甲集団はモロデチュノ‐ナロシュ湖の線まで前進、東、ボリソフの方向に旋回する準備を整える。目的は、南西からミンスクめざして前進する第2装甲集団と協同、ミンスク付近の陣を維持している敵を殲滅、もしくは当該の敵を迂回し、ヴィテプスクおよびその北方に向かって、ドヴィナ川上流域における追撃を継続することである」

自らの企図をこのように示達しても、下級指揮官には規模過大・広遠にすぎ、「敵主力との最初の衝突からあとになっても、多少なりと確実に実行できるような作戦計画は存在しない」とのモルトケの断定[24]に矛盾するものではないかという批判はあり得るだろう。それに対しては、開進訓令で問題になるのは、開戦よりも相当前に下令され、充分な余裕を持って読みこめるようにすることだと答えることができる。それは、麾下の指揮官たち（一部には快速団隊を率いた経験がまったくない者もいる）に向けて、作戦の意味を叩き込むための訓令だったのだ。とどのつまり、本装甲集団は「敵主力との衝突」ではなく、敵戦線の手薄な部分のみを狙って突破進撃することを考えていたのである。

麾下各軍団への指令も、その方針に沿って下達された（付録1aをみよ）。右翼装甲軍団〔第57〕は、リダ方面に対する側面掩護と、重要地点であるオシミアナ丘陵を目標とすることと命じられた。第39装甲軍団は、ヴィリナを南から攻撃、ヴィリヤ川の向こうに敵を駆逐するが、北への追撃は行わぬものとされた。

この開進訓令には、開進地域ならびに国境付近の行軍について、詳細な移動予定が付せられていた。攻撃直前、六月十六日になって、ようやくドイツ国境を越える攻撃に関する命令が下達された（付録1bを参照されたい）。対象地域の偵察成果と、開進訓令が出たときには詳細が判明していなかったような敵情を反映するためには、それが不可欠だったのだ。最後に、第3装甲集団は「戦闘遂行指令」を発した。その内容は、部隊演習と図上演習の経験をもとに必要であることをはっきりさせ、各団隊指揮官に東部での特殊な戦闘条件を知らしめることをめざしたものだった（付録2）。

企図を欺瞞するとの理由から、快速部隊の東部到着はずっとあとになったのだが、その不利もかくて埋め合わされた。本装甲集団の将兵全員が、あらゆる行動の目標となるのは何かを叩きこまれていた。すなわち——

ここよりニェーマン川を越える！

ドヴィナ川に迫るのだ！

第三章　国境地帯における敵の撃砕——六月二十二日〜七月一日

リダ-ヴィリナ街道への打通——一九四一年六月二十二日の奇襲（図3）

六月二十二日、午前三時になった直後に、本装甲集団麾下の四個軍団は、戦闘隊形で国境を越えた。その後方には、隠蔽された砲兵が展開しており、空中では第8航空軍団の近接戦闘群〔第8航空軍団は、急降下爆撃など近接航空支援の専門部隊とされていた。軍団長は男爵ヴォルフラム・フォン・リヒトホーフェン航空兵大将（一八九五〜一九四五年）。最終階級は空軍元帥。彼は、第一次世界大戦で「レッド・バロン」として知られたエース、マンフレート・フォン・リヒトホーフェンの従弟である〕が随伴していた。また、その爆撃隊は、赤色空軍を無力化する目的でその飛行場に突進していたのである。

攻撃初日は、完全に計画通りに進んだ。その前夜、独露国境すべてにわたって、敵は多数の部隊を増援していたが、戦略的奇襲が成功したのだ。第3装甲集団にあっても、一大奇襲が現出していた。装甲師団に割り当てられていた三本の固定橋は、すべて無傷でドイツ軍の手に落ちた。捕虜となった、あるロシア軍工兵将校の供述によれば、午後七時にアリータの橋を爆破せよと命令されていたという。彼は、この命令を忠実に守っていたのである。第57装甲軍団の森林・湖沼地帯における進撃は、守備隊を配した多数の障害に遭遇し、おかげで第12装甲師団の戦車の前進は著しく遅れた。しかし午後には、第12装甲師団はメルキネーに突入、ニェーマン川に架かる橋が爆破されるのを防いだ。夜には、同師団の隷下戦車連隊〔第29戦車連隊〕がヴァレナに向かって進撃している。

第5軍団麾下の二個師団は国境付近に密集していたが、セイニィ東方で、塹壕にこもった敵の警戒部隊に突き当たった。この敵は、砲兵支援が不足していたにもかかわらず、最後の一兵まで自らの塹壕を守り抜いたのだ。さらにニェーマン川に向かって前進するうちにも、ロシア軍は一再ならず頑強な抵抗を示した。けれども、軍団の尖兵部隊は、メルキネーとアリータのあいだでニェーマン川に達し、渡河したのである。

第39装甲軍団は、持てる戦車連隊二個〔第21および第25戦車連隊〕に第20自動車化師団の一部を付し、脅威を形成しているカルヴァリヤ南方の丘陵をめざすかたちで、ズーダウエン‐カルヴァリヤ道沿いに配置した。だが、かかる強大な兵力の投入は不必要であったことが、あきらかになった。敵は、カルヴァリヤ南方の丘陵と防御施設（一個建設大隊が三か月の時を費やして構築したものだった）から、北に撤退してしまったのだ。早くも正午ごろには、戦車がアリータに進入、いまだ破壊されていなかった橋を確保した。さりながら、後続の狙撃兵と砲兵の前進が遅延したため、同市の戦闘は夜まで続いた。カルヴァリヤの北から回りこもうとしていた第20装甲師団は、途中、敵の抵抗に遭ったものの、夜までには同じくアリータに到着している。

第6軍団は、マリヤンポレ付近で強力な敵の抵抗にぶつかり、六月二十三日になってようやくニェーマン河畔に到達した。が、その地点の橋梁は破壊されていたのである。

本装甲集団の南では、隣接する軍の北翼、すなわち第161歩兵師団がドルシュキニキでニェーマン川に達していた。装甲集団の北の隣接部では、第2軍団がコヴノを攻撃している。ニェーマン川の北では、第4装甲集団が、ドゥビサ川流域の地形困難な地域へと突進していた。第56装甲軍団〔北方軍集団麾下第4装甲集団所属。当時、エーリヒ・フォン・マンシュタイン歩兵大将が指揮していた〕が、六月二十二日中にすでにアリオゴラ近くの高架橋占領に成功していたことは、ずっとあとになって知らされた。第2装甲集団の戦況についても、何も伝達されていなかったのだ。

ズーダウエンの東にあった第3装甲集団では、上げられてきた報告と自ら偵察した結果にもとづき、夜の時点で、以下のように状況を判断していた。完全な奇襲に成功し、敵が統一的指揮を実行することを不可能にしたおかげで、ニェーマン川に架かる三本の橋が確保されている。その敵は、ズーダウエン突角部にあると想定されていた三個師団の一部であることも確認された。北端の装甲軍団の正面で、問題となったのはリトアニア人の軍団だった。その編制内には、多数のロシア人将校と政治委員が混入されていたのだ〔前年、一九四〇年に、リトアニアはソ連邦に強制的に編入させられていた〕。今のところ、リトアニア軍団は頑強に防衛戦を遂行していた。彼らは、ニェーマン川左岸の保持を命じられていたようである。敵戦車と航空機の出現はみられない。好天のもと行われた航空捜索によれば、ニェーマン川の東では何の動きもなかった。が、捕虜となったリトアニア人将校は、コヴノに強大な兵力が存在すると証言した。敵の企図はなお判然としない。状況不分明なうちに、装甲集団をさらに突進させてもよいのだろうか。それとも、獲得された橋頭堡に沿って展開すべきか？　翌二十三日のために、何を指示しておくべきだろう？

奇襲によってつかんだ有利は、翌日も全力を尽くして利用されねばならない。その点について、第3装甲集団の幕僚たちのあいだに疑義はなかった。装甲軍団はいっそう東に進撃、より多くの地域を占領する。それによって橋梁に渋滞が生じないようにしなければならないのだ。そのため、昼夜を問わず、ニェーマン川西岸の移動に橋梁を自由に使用できるような配慮がなされた。とりわけ新しい命令を出す必要はない。しかし、ニェーマン川右岸が予想外の速さで確保されたことによって、あらたな事態が生じていた。とくに重要であると思われたのは、ヴィリナ付近にいると予想される敵の残存部隊を掃討し、その地点にある重要な交通結節点を奪取するよう、あらゆる好機を利用することだった。よって、第39装甲軍団は、六月二十三日にヴィリナの南を占領、そこからミハリシュキに旋回できるようにせよとの命令を受けたのである。ヴィリナ周辺の敵の動向は不明だったから、第57装甲軍団をリダ－ヴィリナ道を使って東進させることは、最初のうちは控えておくほうが適切だと思われた。というのは、ヴィリナ南西で両装甲軍団を協同させることを勘案しなければならなかったからだ。第57装甲軍団を急ぎ解放し、オシミアナへとさらに前進させられるようにすることが望ましかったのはいうまでもない。

加えて、装甲集団の作戦的運用を保証するため、第5および第6軍団は第3装甲集団麾下から外され、第3装甲集団も直接〔中央〕軍集団麾下に置かれて、その命に服することになった。

第3装甲集団の司令所を、ニェーマン川東岸アリータ付近に推進させるための技術的準備も進められていた。

一九四一年六月二十三日——失望（図3）

攻撃初日には、驚くべき成功が得られたのであるが、二日目の成果は期待を裏切るものとなった。これは、敵の対処によるわけでもなければ、味方の部隊や指揮官が動かなかったからでもない。すべては、広範囲にわたる予想外の地形的障害のなせるわざだったのだ。この日、自動車化団隊はルドニキ森林を踏破しなければならなかった。手つかずの原生林に覆われた、起伏に富む砂地で、いまだ自動車が通ったことのない場所だ。地図に「街道」として記載されている東西に通じる道は、実は、そのすべてが舗装も手入れもされていない砂地の道であることが判明した。この道は、わが軍の車両、とりわけフランス製の装輪車両に、ほとんど耐えられないほどの負担を強いたのである。

先頭の自動車が深い砂地にはまりこんだり、急傾斜を登る際に動けなくなってしまい、あとに続く行軍縦隊がみな停止してしまうということが、しばしば起こった。狭隘な林道では、迂回前進が不可能だったからだ。行軍縦隊の長径が延びるほど、機動も停滞した。横への展開など考えられないため、味方尖兵に対して、敵が微弱な抵抗を示しただけで、長時間の停止を余儀なくされたのだ。撃破された敵の残兵が側面や後背部に出現したことも、いっそう移動を遅らせた。敵が故意に起こしたのか、それとも戦闘中に生じたのかにかかわらず、山火事が、見通しの利かない煙霧の発生と相俟《あいま》って、指揮上の困難をいや増していった。

すべての階級の指揮官から装甲集団司令官に至るまで全員が、行軍目標に到達するため、せめて尖兵部隊だけでも動かしつづけようと、倦《う》まずたゆまず努力した。狙撃兵と砲兵はいつでも、動けなくなった装輪車両を引っ張り出すのを手助けした。みすぼらしい小木橋が架かっただけの細流でも命取りになったから、工兵部隊によって通行可能にしてやらなければならなかったのだ。前進しようと焦る高級指揮官にしてみれば、その「快速」部隊とともに、無理をして隘路を通過していかねばならぬのは苦痛であった。

この日の個々の経緯は、つぎの通りである。作戦遂行上、決定的だったのは、第39装甲軍団のヴィリナをめざす突進にちがいない。夜のうちに、狙撃兵とアリータの橋の持ち場を交代した第7装甲師団の戦車連隊〔第25戦車連隊〕は、早朝にアリータの橋頭堡から出撃、ヴァレナの演習場から前進行軍中のロシア第五戦車師団に遭遇した。この「これまでで、もっとも激しい戦車戦」〔西方戦役で多数の戦車戦に参加し、高く評価されていた戦車連隊長〔第25戦車連隊長カール・ローテンブルク大佐（一八九四～一九四一年）〕がこのように報告してきた〕において、敵師団は各個戦闘で圧倒され、消耗していった。敵の残存部隊は北東に逃れていき、翌日、ルドニキ森林内で最後の戦車を失った。ドイツ軍の前進を拒止しようとする、ロシア軍の最初の試みは挫折したのだ。

この日が過ぎるうちに入ってきた報告により、正面に対峙していて、六月二十二日以降の防御戦で勇猛ないくさぶりをみせてきたリトアニア軍団も、いまや潰滅しつつあることがわかった。ドイツ空軍によって、森林内へ駆逐された敵は、なるほど個々の地点で、わが行軍縦隊に小戦闘を仕掛けるように試みてはいたが、統一的な指揮が機能しているきざしはどこにも認められない。好天候が続くなかで実行された航空捜索でも、東方からリダ－ヴィリナの線に向かう、もしくは、ヴィリナからニェーマン川への部隊の移動は確認されなかった。ヴィリナ所在と推定された敵が、コヴノめざす北方軍集団の攻撃およびヴィリヤ川の北における第4装甲集団の進撃によって拘束されているのはあきらかだった。ヴィリナ南方の、より強力だった敵も、もはや考慮に入れる必要はない。それゆえ、第57装甲軍団は、元の目標であるオシミアナに進むよう命じられた。後方にあった同軍団の一部（第18自動車化師団）は、ヴォロノフの南でヴィリナ方向に対する掩護にあたることとされた。

この命令が下達されたとき、第57軍団の先頭部隊（第12装甲師団）は、中間目標として指示されたヴォロノフに到着するのも程遠い状態で、先鋒の戦車隊によりヴァレナ付近の弱体な敵を撃破したものの、ルドニキ森林南部を抜けようとして、第39装甲軍団と同様の苦しみを味わっていたのである。

第57軍団、とくにその麾下に置かれた第8航空軍団の車両二千（そのなかには、電信柱を積んだ大型トラックもあった）の前進を困難にした条件は二つあった。これらの空軍車両は、第19装甲師団の後ろの行軍縦列に区分されていた。彼らは、夜間行軍によって、六月二十三日朝にはズーダウエン－セイニィ経由でドイツ国境に到着、行軍路沿いに停止していた。が、最先頭の師団群の前進が道路の問題で遅滞すると、その空軍車両の一部が、停止中の第19装甲師団の脇をすりぬけて突進、橋が空いた瞬間を利用し、渋滞をかきわけて渡ってしまおうとしたのである。それらはすぐに、ひどい状態になるばかりの行軍路で立ち往生し、戦闘部隊の前進行軍を著しく妨げることになった。第5軍団が、ニェーマン川渡河を完了したのち、快速部隊と離れずに追随しようと努力したことも、いっそうの道路妨害を生じさせた。それが「装甲部隊専用道路《パンツァーシュトラーセン》」（Panzerstraßen）間の地域で起こっているかぎりは、まだ役立てようもあった。かかる地域にはなお、装甲部隊の突進に直撃されることをまぬがれた敵部隊が存在していたからである。そのため、数日を経たのちになっても、森林内にいた敵一個大隊が砲兵をともない、戦線の背後で戦闘を仕掛けてくるということもあった。また、第9軍は「可能なかぎり第3装甲集団に膚接して追随するよう全力を尽くすべし」と、麾下歩兵軍団に命じている。この目的にかなうよう、各軍団は、それぞれ尖兵部隊を編合することになっていた。尖兵部隊は、各軍団麾下の自動車化・装輪団隊を指揮下に置き、「装甲部隊専用道路」を利用する権限を有したのだ。装甲軍団の統制を離れた、これらの部隊の移動によって、さらなる交通上の困難が出てくるのは避けられなかった。

こうした行軍上の問題ゆえに、六月二十三日には、第53軍団方面では、先頭部隊がリダ－ヴィリナ間の駅逓路上にあるヴォロノフに進出しただけとなった。とはいえ、この部隊は七十キロを踏破したことになる。しかし、第19装甲師団がようやくニェーマン川を渡ったのは六月二十四日朝であり、それに第18自動車化師団が続いた。

第39装甲軍団も、本日の目標に到達していなかった。六月二十三日午後、第7装甲師団隷下戦車連隊の一部が、リダ－ヴィリナ駅逓路沿い、ヴィリナからほんの数キロほど南の地点で、ルドニキ森林からの出口を押さえる。同師団の長〔男爵ハンス・フォン・フィンク少将（一八九一～一九七九年）。最終階級は装甲兵大将〕は、ヴィリナを迂回し、ミハリシュキに到達する可能性があるとみた。一方、現場に居合わせた第39装甲軍団長〔ルドルフ・シュミット装甲兵大将（一八八六～一九五七年）。最終階級は上級大将〕は、戦車連隊のみでヴィリナに突入することを検討している。同師団の装輪車両はいまだ、ずっと後方にいた。ヴィリナの南に投入されていた第20装甲師団からは、何の報告もない。ヴィリナとその南東方からは機関銃の銃声が聞こえてくる。何が起こったというのか？

このころ、第3装甲集団司令官は、ヴィリナの南に設置された第7装甲師団の指揮所にたどりつき、決断を下した。ミハリシュキ方面の偵察は継続、ヴィリナ北東ニェーメンチン付近でヴィリヤ川の渡河点を占領すべし。ヴィリナの南に対する攻撃は、充分な歩兵・砲兵戦力の到着を待って実行するものとする。

必要な場合には、六月二十四日朝に攻撃を実施するが、いかなる場合でも六月二十三日の日没以降に実行することは不可である。その際、第3装甲集団司令官は、ヴィリナ市の占領は副次的目標にすぎないと考えていた。戦車連隊のみによる同市の奪取は、第7装甲師団主力の突進を間違った方向にみちびきかねなかったであろう。

一九四一年六月二十四日——勝利とあらたな失望（図4）

攻撃二日目の夜、すでに述べた行軍の困難により、第3装甲集団のかなりの部分がなおニェーマン川西岸にとどまっていた。第3装甲集団は、夜のうちに、第8航空軍団の車両群に対し、装甲部隊専用道路一号を戦闘部隊に譲り、停止しているように命じた。この処置によって、空軍はニェーマン川東岸の飛行場に展開できなくなり、装甲集団麾下の諸司令部との通信連絡も途絶えて、地上部隊の支援も著しく阻害されることになろう。だが、それも覚悟しなければならなかった。打撃力のある敵空軍が動きだした場合にも、別の方法で対処することになる。続く数日間のうちに、敵空軍の活動が活発になったことで、この不利があきらかになった。

中央軍集団は、当装甲集団を直接指揮下に置き、第5および第6軍団を第3装甲集団の麾下から外した。第2装甲集団については、六月二十三日に、スロニムの南四十五キロにあるルジャナに到達、そこから縦深を取った梯団を組んで、さらにスロニムに突進していると知らされていた。ベロストーク付近の敵はスロニムに後退しているとの由である。北の隣接部隊である第2軍団は、コヴノ西方の敵の抵抗をいまだ破れずにいた。第4装甲集団は、その南端に配された軍団を以て、さほど強力でない敵に対しており、ヴィリコミル〔現リトアニア領ウクメルゲ〕に向かって前進している。

ヴィリナ西南の森林では、リトアニア軍団の残兵が、ロシア人の政治委員を片付け、続々と投降しはじめていた。六月二十四日朝、第57装甲軍団は、麾下第18自動車化師団の前衛支隊がヴォロノフ南方において強力な敵に攻撃されたと報告してきた。第12装甲師団はヴォロノフからオシミアナに入ったという。

第39装甲軍団は、午前中の数時間のあいだ、麾下第7装甲師団が軽微な戦闘を行ったのちに、ヴィリナを占領した。敵はヴィリヤ川を渡って後退する。ヴィリナ市内にはリトアニア国旗が掲げられており〔すでに述べたように、リトアニアは、この前年、一九四〇年に、ソ連邦に強制編入されていた〕、街に入った部隊は喝采に迎えられた。第7装甲師団の隷下戦車連隊はミハリシュキに前進、第20装甲師団もヴィリナに到着した。第20および第14自動車化師団は、ヴィリナへの進撃中にひどく分散してしまい、一部はまだアリータの西にいた。また、朝の航空捜索により、ドヴィナ川からミンスク－ヴィリナの線にかけては敵の動きがないことが確認されたが、一方、ノヴォグルドク－リダ街道は敵部隊に占められていた。

六月二十四日午前中に第3装甲集団司令部はいかなる考えを抱いていたのか（図4、図5、図6）

第2ならびに第3装甲集団の作戦目標であるベロストーク周辺の敵は、迫りくる包囲を逃れるため、退却を開始していた。この日、第2装甲集団はスロニム付近でその後退中の敵と接触、戦闘に突入することになる。それによって、敵は、ベロストーク－バラノヴィチ－ミンスクと通じる鉄道の利用を封じられた。リダ北方の敵は、北に向かって反撃し、余裕を得ようと努めた。この圧力は、続く数日間に第9軍南翼の軍団がグロドノの両側で前進してくるのがはっきりしてくるにつれ、いよいよ強くなっていく。第18自動車化師団の一部は、ヴォロノフの南で一時的に困難な状況に陥りそうになった。後方の連隊群召致が喫緊の要である。

作戦的にみれば、第57装甲軍団がモロデチュノへの前進を断固として継続し、リダ－モロデチュノ－ポロツクの鉄道線を遮断したなら、リダから北へ向かう敵の突進は自らの潰滅につながるにちがいない。ヴィリナからの脅威はもはやなかった。当軍集団が設定したモロデチュノ－ナロシュ湖の線という目標は、両装甲軍団の先鋒により、本日中にでも到達される見込みであった。そこから、敵の退却路であるミンスク－ボリソフ街道に旋回するか、それともヴィテプスク方面に敵を追い越しての追撃を敢行するか、あるいはポロツクの両側でドヴィナ川を渡河するか。こうしたことどもを決断するときであった。

作戦全体の目標は、敵がドニエプル川とドヴィナ川の背後にあらたな陣を布くのを阻止することだ。それは、グリボカエを経由してヴィテプスクに達する陸橋を速やかに奪取することによって、もっとも効果的に達成される。目下のところ、そうした前進は、弱体であると推定される敵を平押しするかたちで行われることになる。左側面にあっては、第56装甲軍団のダウガフピルスをめざす進撃によって、当初充分な掩護が得られる。ミンスク経由で北へ退却中の敵に対する掩護として、南翼に充分な自動車化師団を召致することもできた。いまだベレジナ川西方に残っている敵と戦闘する目的で、当装甲集団が向きを変えたなら、それは必然的に、ドヴィナ川とドニエプル川の背後にいる新戦力を呼び寄せるだけの有用な時間を敵に与えることになってしまうだろう。ポロツクの両側でドヴィナ川を渡るのは、ドヴィナ川の北で第3装甲集団が第4装甲集団と協同することが考えられる場合にのみ意味を持つ。これについては、何の情報もなかった。

ゆえに第3装甲集団司令官は、左の企図を〔中央〕軍集団に意見具申すると決断した。リダとミンスクに対して側面を固めつつ、敵中の追撃をヴィテプスク方面へ継続する。そのため、六月二十四日にはドクシジ－グリボカエの線まで四個装甲師団を先行させるのだ。この企図が承認された場合に備え、必要な命令が準備されることになった。第57装甲軍団は、ヴォロノフの南で戦闘中の隷下部隊に対し、可及的速やかに砲兵を増強、鉄道の結節点であるモロデチュノを奪取する。しかるのち、二個装甲師団を並べ、ヴィレイカおよびスモルゴニを通ってドクシジに前進させるとの予定が組まれた。一方、第39装甲軍団は、ミハリシュキおよびニェーメンチン付近でヴィリヤ川渡河を敢行する。その隷下二個装甲師団はナロシュ湖北を前進、グリボカエに進入する。隷下の両自動車化師団（第20と第14）は、ヴォロノフ、もしくはオシミアナに向かって旋回するため、ヴィリナ周辺で待機することとされた。

こうしたことを進めているうちに、中央軍集団からの無線通信が届いた。それによれば、陸軍総司令官は、第3装甲集団の進言を拒否したとの由である。本装甲集団は、ヴィリナとその南より南東方に旋回し、ミンスク北部の丘陵地帯を奪取することとされた。目的は、第2装甲集団と緊密に協同し、第4および第9軍の前面で退却中の敵を包囲することだという。

当時、第3装甲集団は、アリータからヴォロノフへの司令所移設にかかっていたのだが、この命令によって意気消沈してしまった。ここ数日の「軍集団左翼を先行急進」させ、敵に先んじて、オルシャ－ヴィテプスク間の陸橋を確保するための麾下部隊の頑張りも、すべて無駄になってしまったかと思われたのである。第3装甲集団のみるところ、敵主力はいまだベロストークとノヴォグルドクのあいだにあった。つぎの数日間に、この敵はドニエプル川を渡って逃れようとするだろう。また、ミンスクを経由して、オルシャに退却する可能性もある。後者の場合に備えて、第3装甲集団は敵を追い越すような追撃を実行、オルシャ－ヴィテプスクの線に前進しておかねばならないのだった。開戦前の協議から、陸軍総司令官も、運動性のある部隊は固定された包囲線に留め置くのではなく、跳躍的な機動追撃を行わせるべきだという意見に同意しているものとばかり、第3装甲集団司令官は思い込んでいた。

それゆえ、彼は、ヴィテプスク方面における作戦の機動性を保つべく、最後の試みをなした。本装甲集団の司令部には、陸軍総司令官に直属する参謀が、連絡将校として配置されていた。この親切で分別に富んだ中佐が、陸軍総司令官の司令所に飛んで、そこで第3装甲集団の見解を述べる仕事を引き受けてくれた。陸軍参謀総長は、彼を引見した際に、中央軍集団司令官ならびに第3装甲集団司令官とは異なる意見を述べた。敵はミンスク経由で北へ逃れられるのではないかと危惧し、第4および第9軍の歩兵が形成する「内側」包囲環（ノヴォグルドクを含む）のほかに、快速団隊を以て、ミンスク周辺に「外側」包囲環を固めようと、陸軍参謀総長は企図していたのだ。[1] そのため、確実ではあるが時間がかかる陸軍総司令官の解決案が通ることとなった。すなわち、第3装甲集団のヴィリナ－モロデチュノ－ミンスク間の陸橋をめざす旋回とヴォロノフ－トラブィ－ラコフ－ミンスクを結ぶ線の南で、ミンスク－ボリソフ街道（高速道路）を包含するような包囲線を引くことである。

最初の包囲（ミンスク）（図5、図6）

すでに触れた、ミンスク北西の野戦築城をほどこした敵陣地に鑑みて、第3装甲集団はナロシュ湖北西に張りだしている第39装甲軍団を北からミンスクに進出させようとした。だが、中央軍集団は、同装甲軍団をヴィリナ－モロデチュノ－ミンスク陸橋経由でミンスクに向かわせるべしと要求してきたのだ。

結局、第39装甲軍団はヴィリナ－モロデチュノ間の舗装道路を使い、第7装甲師団を先頭に立てて、急進した。同装甲師団は、モロデチュノ東方の道路を外れたところに置かれたトーチカ列のあいだに、守備隊が配されていない間隙があるのを発見した。そこを抜けて突進した第7装甲師団は、六月二十六日、ほとんど交戦することなしにミンスク北東の高速道路に達した。けれども、後続の第20装甲師団は、守備隊が固めているトーチカ列をめぐる道路沿いの激戦に突入し、それを切り抜けねばならなくなった。同装甲師団は六月二十八日にミンスクに突入、残敵掃討を行った。だが、第2装甲集団に連結することはできなかった。第20装甲師団はすぐに、南と東からの敵の攻撃にさらされ、自らを守らなければならなくなったからである。

第39装甲軍団がヴィリナからミンスクに急旋回するよう命じられたことにより、第57装甲軍団も南方、ナリボチキ森林北縁部に向けて押し出していくこととなった。再集結した第18自動車化師団は、ヴォロノフ－リダ街道の両側で、敵の北方突破の試みを難なく拒止した。しかし、六月二十五日には、ヴォロノフ－トラブィ間をミンスクに向けて行軍中だった第19装甲師団がロシア軍の集団に遭遇、トラブィへの道を戦いぬかねばならなくなった。これらの敵は、第18自動車化師団に拒止されたため、今度はスルヴィリシュキを抜けて打通しようとしたのである。同師団には軍団司令部も同行していたのだが、その右側面を何度も攻撃されるはめになった。そうした攻撃のなかには、五十トン戦車によるものもあったのだ。第19装甲師団は長大な行軍縦隊を南正面に転回させなければならなくなり、六月二十八日まで広範囲に展開して、南からの敵の攻撃を拒止することを余儀なくされる。オシミアナからヴォロシンへと旋回した第12装甲師団も、ミンスク西方の包囲線にたどりつくまで、戦闘で多数の損害を出しつつ、道を開かねばならなかった。この両師団のあいだに、第14自動車化師団が割り込んでくる。同自動車化師団は、六月二十七日に、モロデチュノ付近で、北をめざす敵の牽制を企図した突進を拒止したばかりであった。

敵のリダから北に向かう突破の試みが弱まってくる一方、六月二十八日以降、ミンスク西方正面は強化されていた。消耗しきった敵が死にものぐるいで突破脱出を試みることはあったが、まったく成功せず、多くは無数のロシア兵の投降という結果に終わったのだ。かかる作戦的には見込みのない突破行をいくら繰り返しても、ヴォロノフ＝クレヴァの線でずっと有利な戦闘条件のもとにあった第18、第20、第14自動車化師団により、ミンスクの北で容易に拒止できたであろう。この間に、装甲師団群は、敵が封鎖してしまう前にオルシャ＝ヴィテプスクの陸橋を奪取するため、ドクシジ＝グリボカエの線を越えて、東方へと突進していた。

従って、第3装甲集団は「反転した正面」を支えていたのだ。すなわち、いまだに平定されたわけではなく、そこから敵が脱出を試みてくるであろう地域に後背部をさらしていたのである。何故、ドヴィナ川に向けて戦闘力のある捜索団隊を送るべきだという〔中央〕軍集団の提案が顧慮されなかったのか、今日ではもはや究明できないだろう。そのような部隊は、道路事情の偵察にも役立つ働きをなしたであろうに。

第3装甲集団は、歓迎すべき増援、第900自動車化教導旅団を指揮下に置き、ヴィリナと同市北東のヴィリヤ川渡河点の確保を任せた。よって、ミンスク北方地区の残敵掃討のため、第20自動車化師団を抽出することができた。それらの敗残兵は国際法を破って、負傷者を後方に輸送する車両を何度も襲撃していたのだ。

第39装甲軍団によって任命されたヴィリナ市司令官〔エーベルハルト・オストマン・フォン・デア・ライエ中佐（一八九九〜一九八〇年）。最終階級は大佐〕は、同市の安寧は保たれており、商店も営業中、住民は仕事を再開したと報告してきた。リトアニア臨時政府も設立されたとのことである。この政府は、占領当局に忠実に協力、ドイツ政府による承認を求めているとの由だった。だが、ヒトラーは、ヴィリナ臨時政府の解散を命じた。彼が占領地において追求せんとした政策の特徴を示すことではあった。リトアニア行政府の権限は、ヴィリナ市の秩序維持のみに制限される。かくて、リトアニアの人々をドイツの大義に共鳴させることはまず不可能となった。

第3装甲集団西翼に対する敵の攻撃が弱まり、第9軍の一部が到着するや、第57装甲軍団は、第18自動車化師団および第19装甲師団から割愛し得る兵力を抽出し、ドヴィナ川への進発に向けて、ヴィリナ南東で準備するように命じられた。第3装甲集団は、包囲陣内の最後のロシア兵が降伏するまで待つことなく、意に反して停滞している作戦を可及的速やかに再開する決意を固めていたのである。第3装甲集団は連日、北東に大兵力を進発させるよう提案していた。この間に、敵が北方脱出の試みを放棄したこと、また、六月二十六日の航空捜索により、敵がオルシャ付近で兵力集中にかかった最初の兆候が得られたことなどで、状況はあきらかになりつつあったのだ。にもかかわらず、陸軍総司令官は強い抵抗を示した。実は、六月二十五日以来、陸軍総司令官は、ベロストーク－ノヴォグルドクの包囲陣保持について不安にかられ、大胆な作戦に対する嫌悪感をあらわにしたヒトラーの圧力にさらされていたのである。陸軍参謀総長もまた、一九四一年六月三十日に、装甲戦力がモギリョフ－オルシャ－ヴィテプスク－ポロツクの線に突進するのは、せいぜい七月五日といったあたりだろうとの考えを記している。❖2

第7装甲師団はボリソフ付近でベレジナ川を渡河し、橋頭堡を確保しようとしたが、東岸に配置されていた強力な敵にぶつかり、失敗した。同師団は、この六月最後の数日間に、ベレジナ側西岸において、南から突破しようとする敵によって攻撃された。第2装甲集団は、ミンスク南方の敵に対する包囲環をいまだ閉じていないようであった。

それゆえ、第2装甲集団司令官〔ハインツ・グデーリアン上級大将(一八八八〜一九五四年)〕が、今後の作戦について協議するため、クレヴァにあった第3装甲集団司令部を訪ねてきたのは、きわめて望ましいことだったのである。

六月二十二日、第2装甲集団はブレスト＝リトフスクの両側でブク川渡河を敢行、装甲軍団二個を第一線に立ててスルーツクとスロニムを越え、突進しつつあった。この先頭の両装甲軍団は、前面の弱体な敵を駆逐し、六月二十六日にはスルーツクとスタルプツィに到達していたのだ。

だが、六月二十四日以来、ベロストークからバラノヴィチに退却した敵の圧力は日に日に顕著になり、しだいに追随が遅れてきた部隊を北正面に旋回させ、側面掩護を行わせることが必要となってきた。その一方で、先鋒の装甲部隊は、ボブルィスクとミンスクへの前進を続けている。六月二十九日、第2装甲集団南翼の軍団は、ボブルィスクおよびその北方でベレジナ川に達した。北の軍団は、自動車化師団一個を以てスタルプツィ＝バラノヴィチ＝スロニムの線を守り、強力な敵戦車・歩兵団隊による東方および南方への突破脱出の試みを拒止している。同じころ、同装甲軍団麾下の二個装甲師団は、コイドノフ＝ネスヴィーシュまで進撃した。[3]その結果、第3装甲集団東翼とのあいだに空隙部が生じたのである。それまでミンスクの西にあって、北へ逃れようとしていた敵が、六月三十日、この間隙に滑り込んできた。

両装甲集団司令官の会談は、完全な意見の一致をみた。敵がドニエプル川とドヴィナ川の背後にあらたな戦線を築くのを防ぐために、装甲部隊は東へ向かって、ただちに進軍を再開する。今こそ、その好機なのだ。敵の主たる圧力が向けられていた第2装甲集団は、わずか二個師団のみを包囲環維持に配しただけで、七個師団をベレジナ川に前進させていた。その一部はすでに、東に向かって渡河していたのである。第2装甲集団司令官は、その左翼を前進させるため、ミンスク－スモレンスク高速道を使わせてくれと願い出てきた。この申し出は、理にかなったものであった。第3装甲集団はベレジナ川の北で突出しようと努めていたからだ。第3装甲集団側からも、その高速道路沿い、また、その南で包囲を完成させてくれとの反対提案が出され、了承された。この合意によって、第7装甲師団はベレジナ川の西で、北方進撃の準備態勢を整えることができたのである。

北方軍集団にあっては、六月二十六日、第56装甲軍団が急襲により、ダウガフピルス所在のドヴィナ川に架かる橋を無傷で占領、六月二十七日にはダウガフピルスの上流にある渡河点を奪取していた。だが、同軍団は、命令により停止、全方向からの攻撃を受けて、迅速な前進によって勝ち得た作戦的な有利を無くしてしまった。北方軍集団の主力は、いまだコヴノとシャウリャイで拘束されていたのである。[4]

とくに、第4装甲集団北翼の装甲軍団（第41）は、第56装甲軍団のようにうまくいかず、より強力な敵を排して、ドヴィナ川に向かうもっと良い道をひたすらに急ぐということができなかった。この軍団は、トゥレゲー〔ドイツ名タウロッゲン〕から、敵の歩兵から成る軍二個のあいだに進んでしまい、早くも六月二十四日にはロシア第一戦車軍団に遭遇することとなったのだ。とはいえ、同軍団は六月二十五日までに、その敵をルィバチー付近で包囲、殲滅を確実とした。しかしながら、第41装甲軍団が六月二十六日にドヴィナ川めざす前進を再開し、六月二十八日朝にイェーカプピルスに到達したときには、敵はもう、ドヴィナ川の橋梁を爆破し、味方のさらなる停止を引き起こすための時間を得ていたのであった。❖5

第四章　ヒトラー大本営

一九四一年六月二十六日～三十日七月一日（図1、図5）

広大な〔ドイツ東部〕軍の戦線すべての戦区において、強大な装甲部隊を配され、飛び抜けた戦力を有していた中央軍集団同様の良好な作戦経過が得られたというわけではない。とりわけ困難な状況におちいっていたのは、予想通り南方軍集団であった。国境付近の敵は、南方軍集団の北翼によって排除されはしたものの、すぐに奇襲の混乱から立ち直り、予備兵力と後方にあった戦車団隊による反撃を実行して、しばしばドイツ軍の前進を停滞せしめた。第6軍麾下の第1装甲集団が、作戦的な突破に成功したのは、ようやく六月二十八日になってのことだった。とくに遅滞を生じさせたのは、ロキトノ湿地南縁部からルーツク－ロヴノ－ジトーミル街道に向けて、強力な反撃がなされたことである。それによって、第1装甲集団の有力な戦力をキエフ方向から北にまわし、戦術的な戦闘に投入するはめになったのだ。南側の装甲軍団も六月末の時点で、その先鋒をスルーチ川西方およそ百キロのあたりまで進めたのみだった。

北方軍集団においてもまた、ここまでのところでは、期待されていたドヴィナ川西方の強力な敵（少なくとも、多数の戦車部隊で増強された二個狙撃師団）の排除に至っていなかった。もっとも、第4装甲集団は、この敵の後方はるかに進出し、ドヴィナ川流域のうち、ダウガフピルス－イェーカプピルス間の地域を手中に収めていた。

だが、ドイツ軍指導部はいまや、開戦前にOKHに蔓延していたある不安から解放されていた。敵は「ロシアの広大な空間奥深くに」退却することを考えていなかったのである。彼らは、反撃によって、われわれの進撃を止め、また頑強に抵抗して包囲されるのを防ごうとするか、あるいは殲滅されるまで戦い抜いていた。いまだ決戦は生じていない。しかしながら、中央軍集団は、戦史上まれにみる一連の殲滅戦に取りかかっていたのだ。ベロストーク－ノヴォグルドクの包囲戦では、少なくとも敵二十個師団が全滅の運命に抗していた。ベロストークとミンスクのあいだの戦闘に勝利した中央軍集団は、完全な作戦の自由を得たのであった。いかにすれば、この成功をもっとも効果的に利用できるだろうか。自問がなされる。

一九四一年三月三十日、ヒトラーは、中央軍集団の両装甲集団は至急ミンスクよりレニングラード方面への進路を取らなければならぬと表明した。いったい、どうなっていたのか？　中央軍集団司令官はもちろん、陸軍総司令官の構想においても、中央軍集団をモスクワに進軍させるべきだということになっていたのは疑いない。ここまでの経過から、両者ともに、この進路を取れば、多数の敵兵力を捕捉・撃滅できるのは確実であるとの見解に、自信を深めていたのは間違いない。しかしながら、「いかなる大会戦においても、その結果は、きわめて広範な、物質的・精神的影響をおよぼす。それによって、まったく変化した状況、あらたな方策の土台が生まれてくるのが普通である。すべては、その瞬間に状況を正しく把握できるか否かに懸かっている」ということがあろう。[1] このモルトケの言葉は、今日なおそうであるように、一九四一年にあっても、たしかに通用したのだ。では、何をすべきだったのか？「なるほど、将帥たるもの、その大目標を常に見据えていなければならず、所与の諸条件が変わったからといって、惑わされてはならぬ。さりながら、かかる目標をこのようにして達成せんと望んだところで、その方策は、あらかじめ確定しておけるようなものでは、けっしてない。戦役遂行中の将帥は、予想不可能な状況をもとにして決断を下すということを余儀なくされるのである」[1]

ヒトラーは六月二十六日に、「ベロストーク周辺の敵包囲が順調に進捗したのち、南方軍集団の装甲部隊のくさびが、敵新兵力の集中輸送と前進行軍により困難におちいった場合には、南方軍集団に重点を移す」ことを検討している。[2] それが「大目標を常に見据えていなければならず、所与の諸条件が変わったからといって、惑わされてはならぬ」というモルトケの教えに反していることはあきらかであった。このときには、ヒトラーはそうした考えを放棄したものの、あとになって、まったく異なる状況下で採用したのである。

もっとも、六月二十九日から三十日の時点、つまり右の件と同じころに、中央軍集団麾下の両装甲集団司令官が東方に突進する作戦の継続を迫ったときには、ヒトラーは、バルト三国およびレニングラードの工業地帯を奪取するために北方軍集団を快速部隊で増強するという、以前の発想に立ち戻っている。彼は、そうすることによって、ロシア軍のバルト海艦隊を可及的速やかにバルト海から閉め出そうとしたのだ。その狙いは、ドイツのバルト海経由の鉱石輸入を安全にすることだった。また、レニングラードへの前進は、さらにフィンランド軍の攻撃（ようやく、七月十七日にラドガ湖の両側において発動可能となった）によって、ずっと容易になり、最終的には「モスクワ前進のために左側面が開放される」ことになるというのだ。[3]それゆえ、ベロストークで包囲されている敵が一掃されたのちは、「いかなることがあろうと」北方軍集団を強化することとされた。これに対し、OKW統帥幕僚部長〔アルフレート・ヨードル砲兵大将（一八九〇〜一九四六年）。最終階級は上級大将〕は異議を唱えた。レニングラード経由で大回りするのは、装甲団隊の耐久力を超える技術的負担を課すことになると反対したのである。[4]のちに、この意見が正しかったことが判明する。第3装甲集団の快速部隊は八月に北へ配置替えされ、九月に中央軍集団の戦域に戻ってきたのだが、かかる移動は、行軍上の著しい困難を要求することになったのだ。

とはいえ、このときはヒトラーも我意を通そうとはしなかった。それは注目すべきことであった。彼は、おのが考えを検討するだけにとどまり、いっさい決断を下そうとはしなかったのである。装甲集団を北に旋回させるというヒトラーの主張の軍事的な根拠は、非常に納得がゆくものだった。バルト三国にある敵戦力を最終的に排除することは、大目標モスクワからの逸脱ではなく、必要とされる左側面の掃討を意味していた。このあと、冬季に実行されたモスクワ攻撃は、攻勢軸の両側面からの脅威によって挫折したのだ。

だが、のちの出来事とは別に、七月一日の状況にのみ則して観察するならば、六月三十日に左のごとく命じることはまったく可能であったろう。すなわち、北方軍集団が、第4装甲集団を集中、それを以て、対峙している敵をバルト海方面に圧迫後退させることができるよう、第2および第3装甲集団の大部分（九個装甲師団のすべても含む）を、オルシャ＝ヴィテプスク＝ダウガフピルス（ただし、ダウガフピルス市自体は除く）の線を越えて、北へ旋回させるのだ。かかる進撃において、第2装甲集団はおそらくヴィテプスクの狭隘地のあたりで、撃破すべき最初の敵と遭遇することになったであろう。従って、第2装甲集団が、北方軍集団のいくばくかの部隊を指揮下に置くことも見過ごせない問題だった。また、東方から流れ込んでくるロシア軍増援部隊とバルト三国にある敵兵力を合同させず、モスクワへの突進を準備するためには、少なくとも第3装甲集団のすべてをホルム＝イリメニ湖間に置けるように努めるべきだった。

もし敵がドニエプル川を越えて、西方に攻撃してきたなら、ドイツ軍指導部にとっては、敵をドニエプル川以西で撃破するという企図に照らして、「有り難い助力」ということになったであろう。敵の前進は、第2、第4、第9軍の麾下にある歩兵軍団が到着するまで、渡河困難なベレジナ川から得られる地の利を使った自動車化師団によって遅滞させられるはずだ。そこで、第1装甲集団がプリピャチ湿地の北に配置されていれば、どれだけ有効に使い得ることだろうか！　けれども、ヴォリニにおいて優勢な敵に直面していた南方軍集団に、スティリ川の後ろで防御に移り、第1装甲集団、少なくとも、その装甲師団五個をブレスト＝リトフスク経由で〔周知のごとく、ブレスト＝リトフスクのソ連軍守備隊は、独ソ戦緒戦において頑強な抵抗をみせたが、六月二十九日には降伏していた〕、中央軍集団南翼に向かわせるよう命じることは、まだ可能であったろう。ただし、これが、ウクライナにおける、さらなる大規模な作戦の放棄を意味していることはいうまでもない。が、作戦構想からすれば好適な決定であった。にもかかわらず、ヒトラーがそれを肯《がえ》んじることは、まずなかったであろう。

のちになって〔一九四一年八月末〕ヒトラーは、後知恵的ではあるものの、以下のように強い不満を表明している。陸軍ときたら、ゲーリング〔ヘルマン・ゲーリング国家元帥（一八九三〜一九四六年）。ドイツ空軍総司令官〕の空軍と逆で、エンジンの力によって長距離踏破を可能とした戦力を、個々の軍や軍集団の目的にではなく、最高指導部の意に沿ったかたちで使うということを理解していなかったのだろう、と。その際、ヒトラーは、「個々の軍集団の利己的な了見」についても語っている。[5] かかる発言が正当化されるかどうかは、これまで公開された文書によっては証明できない。いずれにせよ、ヒトラーは六月末に自らの意志を貫徹することを手控えた。おそらく、北方軍集団の初期の成功、なかんずくダウガフピルスの迅速な奪取に眩惑されていたのである。

第五章　ミンスクからドヴィナ川へ——一九四一年七月一日〜七日

機動の再開（図6、図7）

第3装甲集団司令部では、こうした最高指導部の動揺について、まったく察知していなかった。あらゆる努力が、もう一週間ほども留め置かれたままの部隊を自由に動かせるようにすることに向けられていたのである。いくら進言しても拒否されるばかりという状態ではいられないと、六月三十日、当装甲集団司令官は、ミンスク付近のロシア軍残存部隊包囲という目的からみれば余剰となった四個師団を以て七月三日にドヴィナ川への前進に着手すると報告した。味方の作戦が停滞していることを利用して、敵があらたな戦力を召致するのではないかとの危惧も、確認されたものと思われた。七月一日、航空捜索にもとづき、敵はオルシャ－ヴィテプスク－スモレンスク地域に集結しているとの報告が得られたのだ。ベレジナ川沿いで問題になるのは、敵がかき集めた兵力であった。空から見るかぎり、ドヴィナ川までは、敵はまったくいなかった。

オルシャ－ヴィテプスク間に敵が兵力を集結していることと関連づけた、七月二日以降の企図に関する第3装甲集団の六月三十日付報告が功を奏し、OKHは、第2および第3装甲集団がモギリョフ－オルシャ－ポロツクの線に向かうことを許可した。ヒトラーに対する理由付けとしては、「出撃陣地」を確保する必要から早期に行動を開始するということにされた。[1] 中央軍集団は、ヴィテプスク－ポロツク戦区でドヴィナ川を渡河し、ヴェリジの両側まで突進せよと命じてくる。第12装甲師団、第14および第20自動車化師団は、ミンスク南・西方での包囲を継続することとされる。教導旅団はヴィテプスクまで呼び寄せられた。

この命令は第3装甲集団の企図と合致していたから、七月二日、ただちに左のごとき装甲集団命令が出された。第39装甲軍団は、ベレジナ川北の流域を迂回、その後東方に旋回してヴィテプスクを奪取する。一方、第57装甲軍団は、ナロシュ湖西方を前進しつつ、ポロツク付近でドヴィナ川の渡河点を確保するものとされた。

こうした指示は楽観にみちみちていた。航空捜索が敵影なしと報じてきたこと、また、第4装甲集団がすでに六月二十六日にドヴィナ川の線を突破し、七月二日には東方への機動を再開する予定になっていたことに基づき、第3装甲集団は、もはや敵がドヴィナ川沿いで頑強な抵抗を示すことはなく、ドヴィナ川までの敵がいない地域は可能なかぎり広い正面で横断すべきだと考えていたのである。ベレジナ川流域の湿地帯が、東への進撃に使える区域を狭めていたため、ナロシュ湖西・北方のずっとましな道路網を利用するのが得策であると思われた。ポロツク付近にある旧式化した要塞も、真面目《しんめんもく》な抵抗がなされるとは考えにくい。だが、後知恵でみれば、装甲戦力を極端なまでに一点集中するほうが目的にかなっていたと言わざるを得ないだろう。ロシア軍は、すでに一八一二年七月において、オルシャとヴィテプスクのあいだの「隘路」において、フランス皇帝と戦ったことがあったのだ。いずれにせよ、ここは幅七十キロほどしかなく、よって三個装甲師団ほどを行動させる余地しかない。その三個装甲師団に「隘路」突破をゆだね、まだ自動車化師団群にウラ－ポロツク間のドヴィナ川戦区を掩護させていたなら、百三十キロもの長径に戦力を分散し、二か所で攻撃するという、現実に実行されたようなやり方とは比べものにならないぐらいの大成功が見込めたことであろう。この実例は、以下のことを示している。今日の装甲師団の作戦的移動は、特定地区に対して砲爆撃が加えられることに鑑みて、行軍縦隊を広範に分割することを要する。だが、かかる行軍は、敵との遭遇が予想される地点での再合一が保証されるよう、適切に区分されなければならない。古い原則「分進合撃」の新しいかたちである！

敵について誤った判断を下したつけは、再び雨の時期がはじまったことによって、いっそうはっきりしてきた。これまで、快速部隊とそれらが保有するエンジンは、行軍に際して、砂地の道、塵芥《じんかい》、酷暑に苛まれなければならなかった。ところが、今度は、本来ならばごく軽量の「パンジ馬車」〔「パンジ」は、ポーランド語起源で「小地主」の意。「パンジ馬車」は、そうした小規模農業で用いられる一頭立ての小型馬車を指す〕の往来しか想定していなかった未舗装の道路が、底なしのぬかるみに変じてしまい、重い車両はそこにはまりこんで、どうにも動けなくなったのだ。第39装甲軍団の先鋒である第7装甲師団は、期待通りにヴィテプスクを急襲・奪取するどころか、初動でレペリに到達する、すなわち九十キロを踏破するのに二日もかかるという始末であった。しかも、同師団は戦闘不能となっていた。立ち往生した車両によって行軍縦隊が寸断され、その行軍長径は見通しが利かないほど延びきっていたからである。しかし、彼らの後方、レペリの西には第20装甲師団があり、第7装甲師団が使っているのと同じ橋を渡ろうとしていた。道路偵察と、新編された車両装備が充分でない師団〔第20装甲師団のこと。六二頁参照〕の行軍序列規定が機能していないことは明白であった。加えて、ロシア軍が初めて、計画通りに橋梁を爆破するため、残された時間を有効に使ってのけるという事態も生じていた。それが祟って、第3装甲集団は、ドヴィナ川に向けて掩護部隊を前進させることをあきらめたのである。

第57装甲軍団は、コブルニク－グリボカエおよびスヴェツィアニ－パスタヴィの比較的良い道路を使い、迅速に前進していた。ヴィリナからパスタヴィ経由で進撃した第19装甲師団の前衛は、ドヴィナ川までのおよそ二百キロを二十四時間で走り抜けたことになる。同師団は、地上捜索によりポロツク付近に強力な敵があるのを確認したため、ポロツク下流のジスナへ向けて旋回した。七月三日、第19装甲師団は、ドヴィナ川南岸で執拗に抵抗していた敵を掃討、計画に従って、北岸に認められた野戦築城に対する渡河攻撃の準備を整えた。その左側面では、第16軍前面の敵がドヴィナ川へと退却させられている[2]。同じく七月三日に、第18自動車化師団は、ポロツク南西において、強力な敵に攻撃され、ファリノヴォ付近での渡河攻撃を見合わせた。ドヴィナ川南方、ポロツクからの敵の攻撃に対応し、第19装甲師団の側面掩護に入ったのだ。

ミンスク包囲陣からは、第14自動車化師団のおよそ半分が抽出され、モロデチュノ経由で第57軍団の戦区に前進行軍した。

第2装甲集団においても、底が抜けた道のために移動が遅延したが、こちらの場合には敵の抵抗も与っていた。七月三日、ロシア軍は、ボリソフ付近の高速道路沿いにあった橋頭堡に対し、航空機と戦車の支援を受けた、格別強力な攻撃を仕掛けてきた。ここで初めて、T－34戦車〔原書では„T34"と表記されているが、現在では「T－34」が正しいことが判明しているので、本訳書ではそれに従う〕が出現したのである。さはさりながら、第2装甲集団麾下の三個装甲軍団はすべて、敵が保持しているベレジナ川の線に展開を終え、その南翼はロガチェフに向けて渡河していた。とはいえ、強力な部隊がなおミンスク付近に控置されている。[3]

北方軍集団では、南の装甲軍団がオポーチカ〔図9を参照〕に向けて旋回したが、敵が強固に守備している旧国境陣地に突き当たった。プスコフをめざすように配置されていた北の装甲軍団〔第39〕も、七月三日、オストロフで敵陣地にぶつかる。翌七月四日、この陣地は、プスコフから召致された強力な敵によって強化され得るようになる前に突破されたが、さらに七月五日から六日にかけて激戦が展開された。[4]よって、ドイツ〔東部〕軍北翼の三個装甲集団は、七百五十キロの正面に分散することになった。この翼は、それぞれ南東と北東に遠心的に分離しようとしていたのである。作戦の自由を保っていたのは、第3装甲集団のみと思われた。他の二個装甲集団はまず、それを勝ち取らなければならなかったのだ。

新しい主人――「稠密なる集結」〔図7、図8〕

7月3日付で、これまでの第4軍が「第4装甲軍《パンツァーアルメー》〔Panzerarmee〕」と改称され、その軍司令官〔ギュンター・フォン・クルーゲ元帥〔一八八二～一九四四年〕〕が、第2および第3装甲集団を指揮下に置くことになった。[5]従来、第4軍麾下にあった諸歩兵軍団は、第2軍に移譲された。七月二日、第2および第3装甲集団司令官は、ミンスク南東の第2装甲集団司令部において、第4軍司令官の企図を示達された。両装甲集団に稠密《ちゅうみつ》なる集結をなさしめ、スモレンスク経由でモスクワに突進させる、しかるのちに、もっとも迅速な前進が望める方向に進撃せしめるというのである。第2装甲集団は、ロガチェフ－オルシャ間でドニエプル川渡河を敢行、高速道路に重点を置き、エリニャ南方の丘陵からヤルツェヴォの東に至る線に突進する。第3装甲集団は、ヴィテプスク－ジスナ間でドヴィナ川流域を前進、第2装甲集団と協同して、スモレンスク－ヴィテプスクの陸橋にある敵陣を突破、ベレスニェヴォ－ヴェリジ－ネヴェリの線に到達、第4装甲軍の命を待つべし。

ほぼ同じころ、ヒトラーは自らの大本営で、新旧の作戦計画を比較検討していた。だが、またしても結論を出すには至らなかった。それどころか、七月三日には、第4装甲軍がスモレンスクの丘陵地帯に到達しだい、北東のレニングラードか、東のモスクワか、あるいは南東のアゾフ海沿岸めざして、さらに進撃するのかを決定しなければならないと表明する始末だったのである。彼は、「装甲部隊がより広範な作戦を遂行し得るか」、疑問視していたのだ。それができないとなれば、比較的少数の兵力でモスクワへの追撃を行わせる一方、第4装甲軍を南東に旋回させるのが、殲滅戦の構想にもっとも適合しているであろう。[6] こうして、ヒトラーが作戦の根本にかかわる決断を下すまでに、七週間が空費されることになった。

七月二日に受領した第4装甲軍の指令をもとに、第3装甲集団は七月三日、「七月四日ならびに五日のための集団命令第一〇号」を発令した（付録3）。本命令においても、ヴィテプスク－ジスナ間でドヴィナ川の線を守ることなど考慮されていない。それは従前通りであった。航空捜索によれば、この線の内側および東方には、ごくわずかな東へ向かう部隊の動き、また、ヴィテプスク、ポロック、ゴロドクに高射砲があるのが視認されていた。第39装甲軍団は、ヴィテプスク－ウラの線を越えて「突進」し、「ドブロムィスル森林地帯に対して掩護を固めつつ、遅滞なく」ヴェリジ地区とその南を奪取することとされる。第

3装甲集団では、ジスナ付近でドヴィナ川渡河を敢行する予定の第57装甲軍団が、第49装甲軍団のため、「南翼をゴロドクを越えて突進させることにより、ヴィテプスク経由の突破進軍路を啓開」してくれるであろうと考えていた。

第4装甲軍司令官の七月二日付指令については、考察を加えることが必要であろう。それによって、ドニエプル川およびドヴィナ川流域のロガチェフ－ジスナ間、およそ三百六十キロの地域のすべてにわたって、中央軍集団麾下の五個装甲軍団が攻撃に投入されることとなった。従って、企図されていた「稠密なる集中」など、現実にはおよそ話にならなかった。こんなやり方では、諸装甲軍団の相互支援など実行できない。しかも、前面には二筋の大河が流れている。敵がその守りを放棄することなど考えられないのだ。最近数日のあいだに、敵は、ベレジナ川、とくにボリソフで抵抗し、橋を爆破した。ほかにも、小部隊による抗戦を行っている。こうしたことから、第3装甲集団は結論を出していた。敵は、これ以上ドイツ軍を前進させないとの企図を抱いている。この時点での第4装甲軍の戦力構成は、右の事情を考慮していない。そもそも、全戦線にわたって、敵を「敗走せしめる」ことに成否を懸けるというのか？　この点について、ヒトラーは、早くも一九四一年二月三日（五四頁）に警告を発している。

しかし、七月三日の状況下でも、まだ戦力集中は可能であったろうか？　ポロツクを越えて、北翼をさらに北へ延ばすとの決定は、まず取り消せない。そこに配置された師団は、ドヴィナ川渡河にかかる直前だったからだ。この師団がゴロドクに迫ることができたなら、作戦全体に好ましい作用をおよぼし得るであろう。南翼の第2装甲集団麾下第24装甲軍団は、ボブルィスク地区でベレジナ川沿いの敵を駆逐し、それをロガチェフまで追撃していた。ここで、ドニエプル川対岸の敵を攻撃する作戦的必要性などなかったのである。同軍団をモギリョフに召致することは可能だったし、そうしなければならなかったのだ。それがなされてこそ、ようやく第2装甲集団が望んでいたエリニャ－スモレンスク方面への重点形成ができる。障害物の陰に隠れた弱々しい男でさえも、平手打ちではなく、握り拳の一発をお見舞いしてやらなければ倒せはしない。ドニエプル川の背後で頑張っている敵を正面から後退させようとするなど、問題にならなかった。むしろ、敵陣を迂回して、彼らを東方への退却に追い込むべきだったのだ。ドニエプル川とドヴィナ川のあいだ、すなわちオルシャ－ヴィテプスク間を突破、しかるのちに、スモレンスク－ヴェリジ－ネヴェリの線を抜けて東方へ先行できるよう、ドニエプル川の北に第4装甲軍主力の「稠密なる集結」を実現させる。それが成功したなら、その敵を追い越すような追撃を行い、バルト三国にある別の敵軍と遮断する、さらにはモスクワめざす競走に先んじることまでも期待できるのであった。

しかしながら、両装甲集団の出した指令は、オルシャ－ヴィテプスク間の狭隘部が持つ意味を考慮に入れていなかった。第2装甲集団にあっては、可能なかぎり多くの戦力をセンノに通じる高速道路の北に先行させ、攻撃に投入することが重要であるとされた。一方、第3装甲集団は、第2装甲集団と同時に、少なくとも二個装甲師団を以て、ベシェンコヴィチ経由でヴィテプスク攻撃を行う。その代わり、ごく初期には、問題の隘路にある強力な敵に対しているのは一個装甲師団（第7）のみということになった。第2装甲集団側が北の二個装甲師団をオルシャの南における攻撃に投入した結果であり、また、第3装甲集団麾下第39装甲軍団も一個師団だけでヴィテプスクを奪取できると確信していたがゆえのことだった。このとき、すべての関係部署が、時間的・空間的な戦力集中の必要を認識していなかったことはあきらかである。

第3装甲集団は、七月三日の時点でもなお、ヴィテプスクとジスナ付近のドヴィナ川渡河点を急襲奪取することができないかとの希望を抱いていた。だが、ドヴィナ川沿いに高射砲が配置された事実は、敵が防御にかかったことを予想させている。この企図は、ミンスクで空費された時間を取り戻そうとする性急な努力ゆえのことだというのはわかった。しかし、少なくとも、第39装甲軍団のヴィテプスク攻撃は、道路事情の困難から見込みがなかったのだ。ポロツクにおけるロシア軍の攻勢防御やジスナ近辺での抵抗が予想されることについて、第3装甲集団は知らされていなかった。おそらく、第39装甲軍団は、麾下二個装甲師団を以て、第2装甲集団麾下の北の装甲軍団と同時に、ベシェンコヴィチより南の正面でヴィテプスクの方向に攻撃せよと命じたほうが適切だったはずである。ここでなら、緊密に指揮を執ることができ、至近の目標を設定できたにちがいない。が、その代わりに、二日も先走りした命令が出せるものと信じこまれていた。また、隣接部隊のために「ヴィテプスク経由の突破進軍路を啓開」するという、第57装甲軍団に与えられた任務も、状況に即したものではなかった。ヴィテプスクは、ジスナより百四十キロの彼方にあり、従って、時宜に応じた協同の可能性などなかったのである。むしろ、第57装甲軍団が、ドヴィナ川を渡河したのち、ゴロドク経由で第39装甲軍団のもとに向かうよう、配慮をうながすべきだったのだ。

七月四日と五日に第3装甲集団が出した指示は、誤った状況判断がもたらす結果の見本ともいうべきものだった。もっとも、陸軍総司令官もこの数日間は、機動が再開できると楽観的になっている。なるほど、七月三日にミンスク近くで第9軍の歩兵と交代した第14自動車化師団の一部がまだ、第57装甲軍団に追随中であるというのは好ましいことではなかった。ところが、あの冷静な計算をするのが常の陸軍参謀総長でさえ、その七月三日に、以下のごとき私的なメモを記しているのである。「この戦役は十四日間で勝ち取られたといっても過言ではない」いまや、敵戦力の撃砕が問題なのではなく、ロシア経済を覆滅しなければならないというのだ。[7] ベロストーク包囲戦で大戦果が得られたとわかってきたことも、かかる判断に与っていたのかもしれない。そこでは、四個軍、すなわち二十二個狙撃師団、七個戦車師団、多数の機械化団隊・騎兵師団が撃破されたのである。[8] ヴェリキエ・ルーキ付近であらたな兵力の集中があると思われるとの七月四日付報告も、戦況は順風満帆であるとの観測を曇らせることはできなかった。

強力な敵防御（図8）

けれども、続く数日間の展開は期待通りにはいかなかった。最初は、何もかもがうまく進んでいた。七月四日、第19装甲師団は、第8航空軍団の強力な支援を得て、ジスナ近くで奇襲に成功、迅速にドヴィナ川を渡河した。同師団は、渡し船を使って通常の橋頭堡を確立、しかるのちに軍用橋設置のため、架橋段列を召致した。敵がひっきりなしに空襲を仕掛けてきたため、この橋が完成したのは、ようやく七月六日になってのことだった。北岸に渡った狙撃兵たちも、たちどころに困難な状況に陥った。ポロツクおよび北西方面から、強力な敵に攻撃されたのだ。将兵がひたすら奮戦したおかげで、同師団はこのあとの数日間、陸と空から再三実行された、すさまじい敵の攻撃を拒止し、橋頭堡をじわじわと拡大することができたのである。第39装甲軍団との連結のため、さらに前進することなど考えられなかった。ミンスク戦から解放された第14自動車化師団が七月五日に到着、橋頭堡を増強しても、その状況は変わらなかった。[9]

第49装甲軍団は、レペリ西方の敵の抵抗をくじき、そこにあった橋を再建したのち、麾下第7装甲師団を前進させた。この進撃も、初めのうちは迅速であった。だが、第7装甲師団は、ベシェンコヴィチとヴィテプスクのあいだで、頑強な敵の抵抗に遭う。この敵は、七月五日まで撃破できなかった。三個師団（うち二個師団はモスクワから呼び寄せられた新編戦車師団）と推定される敵は、すぐに反撃に移ったのだ。第7装甲師団は、多大な血を流しながら、これを拒止した。

第49装甲軍団長〔ルドルフ・シュミット装甲兵大将（一八八六～一九五七年）。最終階級は上級大将〕は、第20装甲師団を召致してから、この地点を再び攻撃しようとした。現地で攻撃の条件について説明を受けた第3装甲集団司令官は、停滞した正面で攻撃を再開しても成功は見込めない、第2装甲集団の北翼（第18装甲師団）が七月四日の時点ではまだボリソフ－トロチノ間で戦闘中とあってはなおさらだ、と応じる。

かくて、七月五日には、第3装甲集団の進撃はいたるところで膠着したようにみえた。いまや、ヴィテプスク南西の敵集団のほかにも、ドヴィナ川の後ろに、あらたに召致された敵師団五ないし六個があると考えられる。これらは、大兵力を以てポロックとジスナで戦闘に入っていた。第12装甲師団はなおミンスク付近にいて、捕虜集めに忙殺されていた。どうすれば、この停滞した作戦を再び動かせるようになるだろうか？　第3装甲集団司令官は決断した。まだ使用し得る戦力、主として第20装甲師団にヴィテプスク－ポロック間でドヴィナ川を渡河させる。しかるのち、ヴィテプスク経由で、同市南西の敵の後背部に進むのが目的だ。それゆえ、第20装甲師団は、橋頭堡に無用に関わることなく、ウラに配置された。装甲集団司令官は、西部戦線の経験を生かすため、渡河命令下達の細部にいたるまで干渉した。かかる要領については、戦術的・理論的な種類のことではあるけれども、ここで説明しておくべきであろう。それによって、歩兵師団と装甲師団の戦闘遂行要領のちがいが示されるからである。

装甲団隊の渡河

歩兵師団は、前進を再開する前に、まず敵側の河岸に「橋頭堡」を築かなければならない。なぜか？通常、歩兵師団は、確保した敵地の河岸からの攻撃を準備することになる。そのため、砲兵を対岸に渡して、陣地を構えさせる。これを行うには、展開地域、つまり「橋頭堡」を拡張することが必要だ。軍用橋の設置ということだけなら、こうした拡張橋頭堡を要しない。それには、対岸の橋を架けようとするところに、渡河した部隊がいるだけで充分である。彼らは、敵の狙撃兵や砲兵観測班を掃討し、川の手前側に残った掩護部隊と協同、架橋地点への敵の突撃を拒止する。対岸の橋頭堡に師団砲兵を召致し、陣地に進入させるには時間がかかることはいうまでもない。

装甲師団の渡河は、まったく異なる様相を呈する。一定の掩護を受けた架橋工兵を対岸に進めることを要する点は同じだ。そこは、あらかじめ渡河部隊によって確保されていなければならない。また、渡河部隊の任務には、対岸にある敵の地雷を除去することも含まれる。橋が架けられるや、真っ先に進むのは、師団隷下の戦車連隊であって、砲兵ではない。戦車は渡橋し、橋頭堡に留まることなく、命じられた方向に突進するのだ。師団砲兵と狙撃兵が、通常の攻撃同様にそれに追随する。

この戦争において、多くの指揮官が、橋頭堡を確保しなければという強迫観念に囚われていた。結果として、渡河が必要でない場合にも、橋頭堡を築けとの命令が下されることになったのである。かかる事象は、たいていの場合、戦車の真髄、その衝力と快速を発揮することへのためらいを示すものであった。狭い橋頭堡への過剰な集中は、とくに、それが数日間も続いた際に、敵の空襲の良い目標となり、多大な損害をもたらした。

工兵の損害を減らし、戦車連隊が暁暗《ぎょうあん》を利して前進できるようにするため、架橋作業は夜間に設定されるべきである。ただし、渡河部隊が川を越えるのは、午後開始となる。

このような手順を踏んで、第20装甲師団はウラ近くでドヴィナ川を渡河したのだが、七月六日の前進行軍の際に、またもぬかるんだ道にはまりこんでしまい、装甲集団命令により停止することになった。にもかかわらず、渡河そのものの際に受けた損害は、ごくわずかだったのである。

七月七日夜における第3装甲集団司令官の第4装甲軍司令官への報告（図8、図9）

七月七日夜、第3装甲集団司令官が、架橋作業が開始されたウラから、レペリの司令部に帰還したとき、以下の報告と情報が入っていた。

一、航空捜索の成果

オリョール‐ブリャンスク経由でゴメリに向かう輸送活動あり。ルジェフ‐ヴェリキエ・ルーキおよびヴャジマ‐ヴィテプスク間の鉄道において、東西両方向に運行あり。当該区間の停車場複数より、さまざまな方向、ただし、主として西へ、小行軍縦隊が移動中なり。ヴィテプスク、ゴロドク、ポロツクには、高射砲多数あり。

二、無線傍受によれば、オルシャ地区にて一個軍が新編中と推定さる。

三、第2装甲集団関係

七月六日、敵はロガチェフ南方でドニエプル川を渡河、南側の装甲軍団を攻撃せるも、停止せしめられたり。ロガチェフ西方およびモギリョフ西方に敵橋頭堡あり。オルシャ付近、ドニエプル川西岸に敵あり。第17装甲師団はセンノ付近にて、多数の重戦車を含む多数の兵力に攻撃せられたり。本戦闘は継続中。第18装甲師団もトロチノ近くにて戦闘中なり。

企図。両翼、ロガチェフおよびセンノにおける戦闘を中断の上、ロガチェフの北、モギリョフ北、オルシャの南に各一個装甲軍団を当て、ドニエプル川渡河を敢行せしむ。

四、第39装甲軍団関係

本日、第7装甲師団正面は平穏なり。戦車連隊は、センノの北にあった敵戦車を南方に後退せしめたり。本戦闘で、敵五十トン戦車四両を撃破せり。第20自動車化師団は七月八日朝レペリに到達。捕虜となりたる一将校の証言によれば、ウラルより来たる新師団の一部がウラ付近にあり。

五、第57装甲軍団関係
ジスナ橋頭堡に対する激烈なる攻撃はなお継続中なり。

六、第12装甲師団関係
七月八日正午にヴィテプスクの北より進発する用意あり。

七、第9軍より、七月十日はじめより左の地点に到達しありとの報告あり。

八、第4装甲集団においては、七月七日以来、レニングラードをめざし、第56装甲軍団を以てソリツィ経由ノヴゴロドへ、また第41装甲軍団を以てオストロフよりプスコフ経由ルーガに突進せしめたり。

第4装甲軍司令官は、七月八日朝の第20装甲師団によるドゥヴィナ川渡河を視察するため、七月七日夜にレペリに来訪するはずであった。その際、第3装甲集団より、さまざまなことを進言すべきだったのである。それらの諸点については、今日でも、ありありと想起できる。第3装甲集団司令官は、左のように申し述べることができたはずなのだ。

「敵情は明確になりました。敵は全戦線にわたって戦闘に突入し、いまや、ドニエプル川ならびにドゥヴィナ川の東に隣接する軍管区やさらに内陸の軍管区より、複数の師団を送り込んできております。オルシャ‐スモレンスク‐ヴィテプスク地域においては、一個ないし二個の新編された軍が前進中であると思われます。ヴィテプスクの南では、敵はその勢力の優越を活用しておりません。しかしながら、第16軍前面にある部隊の撤退を掩護するため、ドゥヴィナ川右岸、ジスナ付近の地域を奪還せんと、全力を尽くしております。ウラの両側にある敵は弱体であると推測されます。

ドイツ軍の作戦目標は、敵がモスクワ守備のために召致する戦力を撃砕することであります。かかる敵戦力を南と北から、つまり、ブリャンスクならびにオスタシコフ経由で挟撃するには、現在使用できる快速部隊の数は不充分です。これらの部隊は、敵を包囲する前に、自らが包囲されることになりましょう。その危険は、南方において、とくに大きい。そこでは、南方軍集団がわずかな前進しかできなかった結果、敵が作戦の自由を有しているからであります。従って、形成されつつある敵戦線を、両装甲集団が協同できる地点、すなわちオルシャとヴィテプスクのあいだの内翼において突破することが必要となります。

現在、第2装甲集団司令官は、『ちびちび遣うのではなく、つぎ込め《クロッツェン・ニヒト・クレッケルン》』〔Klotzen nicht Kleckern〕という彼の原則に忠実に、ドニエプル渡河攻撃のため、強力な重点をつくっております。いうまでもなく、すでに述べた狭隘部の南において、であります。第3装甲集団は、この狭隘部を越えてヴィテプスクをめざす攻撃のため、その任を受ける第39装甲軍団を可能なかぎり増強いたしましょう。同軍団麾下の師団のほか、第7装甲師団、第20装甲師団、第20自動車化師団、さらには、第12装甲師団と第18自動車化師団も、第39装甲軍団の指揮下に置かれることになります。ドヴィナ川南流域におけるヴィテプスクを目標とした攻撃は、ドヴィナ川北流域でのヴィテプスクへの突進の効果がみられたときに、初めて継続されることとなりましょう。第20装甲師団は遅くとも七月十一日にはヴィテプスクを占領、それによって第7装甲師団に対している敵の後背部に位置するものと、第3装甲集団では見込んでおります。

第3装甲集団は、ジスナ橋頭堡からウラに戦力を召致することも検討いたしました。が、この案は見合わせることとしました。第一に、第57装甲軍団がその地で敵戦力を拘束しております。第二に、こちらに向かいつつある第23軍団は、あらたなドヴィナ川渡河点構築のため、控置しておかねばなりません。最後に、第57装甲軍団は、再び作戦の自由を獲得し、ネヴェリ方面に進撃することになった場合でも、北方に対する効果的な側面掩護となっているからであります。

突破成功後における作戦のさらなる展開について、第3装甲集団は、ヴィテプスク東方の敵集団に突入、そのために第39装甲軍団を東に旋回させることを企図しております。第57装甲軍団は、ジスナの北で第23軍団と交代したのち、持ち場であった橋頭堡から北東に突破、ネヴェリ－ヴェリキエ・ルーキ経由で前進する予定であります。第2装甲集団が、戦術上の理由から、高速道路沿いとその北側にあった二個装甲師団を引き抜き、オルシャの南でドニエプル川渡河攻撃に投入してしまったため、第3装甲集団のドニエプル川上流域北部における前進は独力で行うことになります。が、それによって、第4装甲軍は、ドニエプル川、そして、おそらくはスモレンスク付近の強力な敵によって、二つに分断され、相互支援ができなくなってしまいます。そのとき、北方軍集団麾下の第4装甲集団がなおレニングラードめざして突進しているとしたら、第4装甲軍の北側面はがら空きということになりましょう。つまり、比較的弱体である第3装甲集団は、東方への追撃と北側面の掩護という二つの課題を同時にこなすには充分でないものと思われます。

第2装甲集団によるドニエプル川越しの正面攻撃は、決定的な作戦にはなりません。もし敵がドニエプル川の背後で頑強に抵抗するなら、わが方にとって好都合でありましょう。よって、第3装甲集団は左のごとく提案いたします。第2装甲集団に対し、モギリョフの南では防御にとどまり、その処置によって抽出される一個装甲軍団を高速道路の北に投入、ドニエプル川の北側で第3装甲集団と連結して、スモレンスクの北に前進するように指示されたし」

もし、当時、隣接する味方部隊に関する情報が、現在のごとき完全なものとして、第3装甲集団に提示されていたなら、第4装甲軍司令官に対する意見具申は、このようであるか、せめて類似の内容を有するものとなり得たであろう。戦争においては普通のことであるが、そうはならなかった。敵に関する情報は、なるほど提示されてはいた。ところが、第2装甲集団は、高速道路の北には、警戒線を張るための弱体な一個大隊を残すことしか考えていなかった。そんな事実は、第3装甲集団には知らされていなかったのである。一九四一年七月七日の時点で第3装甲集団がどのような情勢判断を行っていたかについては、断片的にしか残されてはいないものの、付録4に翻刻しておいたメモがあきらかにするであろう。

第六章　スモレンスクの戦い――七月八日〜十六日

ヴィテプスクが燃えている！（図10、図11、図12）

第20装甲師団は、七月七日午後、第8航空軍団に支援され、わずかな損害を出しただけで、ドヴィナ川の右岸、ウラ付近の弱体な敵を掃討した。その晩には、軍用橋の架設にとりかかり、七月八日払暁のころには、戦車連隊が右岸に渡った。敵は夜のあいだに増強されており、今度は苛烈な抵抗を示した。同師団は、七月九日になってようやく、戦車を先頭に立て、舗装道路を使って、ヴィテプスクめざす行軍を開始する。敵脱走兵が多数捕らえられた。ヴィテプスク市の西側外縁部は、第20装甲師団が到着したときにはもう炎に包まれていた。市内の主たる地区においても、青年共産党員が空き屋となった建物に火をつけていたのである。ドヴィナ川の橋梁群の爆破は不完全だった。橋のそばにとどまっていた第3装甲集団司令官の印象では、市内の抵抗は軽微であり、それも七月十日までに掃討された。南東および北からヴィテプスクに向けられた敵の攻撃も、流血を強いられたとはいえ、しりぞけられた。ただ、北からは、ネヴェリとゴロドクで列車から降りたばかりのウクライナ師団一個が攻撃してきた。

第39装甲軍団長は、ヴィテプスク近辺での突破に重点を置くとの企図を抱き、第20自動車化師団をして、ベシェンコヴィチ地区でドヴィナ川を渡河前進せしめ、ヴィテプスクまで第20装甲師団に追随させた。この師団が、ウクライナ師団のヴィテプスク攻撃を拒止するのに間に合ったのである。

第18自動車化師団は、命令通りにポロツクで敵から離脱し、南方へ進発した。同師団は七月九日にウラ近くでドヴィナ川を渡り、ゴロドクからヴィテプスクを攻撃している敵の背後に進むこととされた。

第7装甲師団の前面では、抵抗が弱まってきた。一方、ドニエプル川の北に控置された第2装甲集団の警戒部隊からは、七月八日このかた、第39装甲軍団に宛てて、多数の敵戦車による「突破」の危険があると、くり返し報じられている。かかる報告は誇張されているものと判断されたとはいえ、オルシャ付近での敵の攻撃行動は、第4装甲軍司令官の懸念をかきたてた。その結果、第2装甲集団は、ドニエプル渡河攻撃をあとまわしにし、第3装甲集団との連結を進めよとの命令を受けた。第3装甲集団は、南からのヴィテプスク攻撃を継続しなければならなかったのである。[1] しかし、第2装甲集団が七月九日に急ぎ口頭で述べた、ドニエプル渡河攻撃は「本戦役を今年中に決定する」ものになろうとの見解が、より正当な予測を押しのけてしまった。[2] 第4装甲軍司令官は、七月九日、ドニエプル渡河攻撃に同意したのだ。第3装甲集団は、第12装甲師団（七月八日に、とうとうミンスク戦から解放された）を第7装甲師団と直接並行させてヴィテプスクに投入するのではなく、第2装甲集団の攻撃の北側面を掩護するため、センノ経由で先行させるように命じられた。そのため、スモレンスクの北における第3装甲集団の包囲攻撃は、第2装甲集団による正面攻撃の都合に合わせて、弱められてしまった。おそらくは、この第4装甲軍の介入が、中央軍集団司令官が七月十日に陸軍総司令官に進言するきっかけとなったのであろう。そこでは、装甲集団に対する軍集団の指揮系統に、ある別の軍が割り込むことは、ただ作戦を困難にするだけだ、とされていたのである。[3]

敵情はいっそう明確になってきた。あるロシア軍の高射砲隊士官から得られた七月八日付の敵命令によれば、南部ロシアより輸送されたロシア第一九軍（六個師団）が、オルシャ－ヴィテプスク狭隘部防衛のため、ヴィテプスク市内およびその東方で降車する予定となっている。その降車作業中に、第39装甲軍団が突入したのだ。航空捜索にもとづく報告によれば、東からスモレンスクとネヴェリに通じる路線の停車場に、列車が荷下ろしできないがゆえの大渋滞が生じているとのことであった。[4]ネヴェリには、大規模な敗残兵の集合所があり、そこから前線への補充輸送がひっきりなしに行われていた。

第3装甲集団麾下に入っていた第23軍団は、七月十日より、ジスナ橋頭堡にあった第57装甲軍団との交代を開始した。

第3装甲集団司令官による状況判断（図9、図10、図11）

第39装甲軍団麾下の三個師団（第18自動車化師団を含む）は、ベシェンコヴィチとウラのあいだでドヴィナ川を渡り、ヴィテプスクを奪取した。これは、決定的な転回をもたらした。いまだ布陣中だったドニエプル川とドヴィナ川のあいだの戦線に、大穴が穿《うが》たれたのだ。それによって得られた作戦機動の可能性を、続く数日のうちに活用することが重要である。だが、どの方向へ？

ドヴィナ川正面の敵をポロツク付近およびその南で側面から攻撃し、第6、第23軍団ならびに第57装甲軍団にドヴィナ川の渡河点を開放してやるために、一部を北西へ旋回させる策は魅力的であり、陸軍参謀総長にとっては、大きな展望が開ける解決であると思われた。しかしながら、それでは装甲集団の戦力が分散し、進撃を命じられた方向の決勝点において衝力を弱める。第4装甲軍は、第3装甲師団の目標として、ベレスニェヴォ（スモレンスク北東六十キロ）－ヴェリジ－ネヴェリの線を指定してきた。けれども、このおよそ九十度の範囲で弧を描いている地域のどこに重点を置くのか？　今、ネヴェリ経由で北に主攻を向ければ、北方軍集団南翼前面を退却中で、現在オポーチカの南にあると推定される敵の多くの後背部に進むことが期待できる。しかし、そうすれば、オストロフからレニングラードめざして進撃中の第4装甲集団の背後、ヴェリキエ・ルーキの北、イリメニ湖の南にある通過困難な地域にはまりこんでしまう。第2装甲集団はドニエプルを渡り、オルシャの南で東方に向けて猛攻を加えているのであるから、第4装甲軍は二つに分裂してしまうことになろう。

　第4装甲軍の思考の枠組みにあっては、ヴィテプスクで撃破した敵に対しては、刃を突きつけたままとして、スモレンスク－ビェロイ間にある、なだらかな連山を奪取することが重要であるとされた。ここは、第2装甲集団との協同に好都合である。第4装甲軍司令部は、同装甲集団左翼をスモレンスクの北東、ヤルツェヴォに配置していたのだ。[❖5] 第3装甲集団がスモレンスクから離れていくほど、以下の案件が迅速に遂行されるものと期待できる。敵後衛に妨害されることなく前進、もし敵が第2装甲集団によって充分に「敗走せしめ」られていなかったとしても、その後衛に妨害されることなく前進、敵の大部分が東方へ退却するのを阻止することができよう。

　従って、第3装甲集団は、七月十日夜に、第39装甲軍団をヴェリジを経て北東に追撃せしめ、第57装甲軍団はネヴェリ経由で前進させるとの決心を報告した。

第4装甲軍司令部が、この見解に同意したのはあきらかだ。同軍司令部は、従来の行軍目標をドゥホフシチーナ＝ミリチュナ（ネヴェリ東方百キロ）の線まで延ばした。それによって、第3装甲集団の作戦任務が制約されることがないのは、いうまでもない。

それゆえ、第3装甲集団は、第39装甲軍団をしてスモレンスクをその北で迂回せしめ、レスノ＝スラージ＝ウスヴィアトィの線を越えて追撃するよう命じた。第57装甲軍団は、第23軍団と協同して、ジスナ橋頭堡に対する敵包囲環を覆滅、ドレトゥン＝ネヴェリ経由の前進を強行して、第39装甲軍団北翼に連結すべし。第23軍団は、第57装甲軍団のため、可及的速やかに橋頭堡よりの進路を啓開、しかるのち、ポロツク要塞の背後に突進することとされた。

図11に描いたごとき、七月十三日までの状況の推移は、こうした指示をもとにしていた。それを子細に検討する前に、この時期の最高指導部の思考と認識をみておかねばなるまい。

ヒトラー大本営——七月四日〜七日（図9）

快速部隊は、機動作戦を継続しようと努力し、モスクワ方向への追撃を敵がさえぎることなどないようにするという目的に余念がなかった。歩兵軍団は、快速部隊とのあいだに開いた間隔を縮めようと強行軍に訴え、一部は早くも追いついていた。つまり、指示されていた最初の行軍目標は、ほとんど達成されていたのだ。ところが、かかる状況にあるというのに、最高指導部ときたら、今後の作戦をどのように遂行するかを検討している最中だったのである。

陸軍総司令部は、白ロシアにある敵戦力を撃砕したのち、北方軍集団と協同して、なおバルト三国で戦闘中の敵を殲滅するため、強力な快速部隊を北に旋回させよとの厳命を受けていた。このような旋回運動の前提条件も、ベロストーク＝ノヴォグルドク＝ミンスク間で少なくとも二十個師団を包囲したことにより、驚くほど速やかに整えられた。それなくしては、全戦線にわたるロシア軍の抵抗力の崩壊について語ることなどできなかったろう。すでにわかっているように（一〇六頁）、ヒトラーは、第4装甲軍を北に旋回させるかどうかの決断を、「同軍がスモレンスクの丘陵地帯に到達」するときまで引き延ばしていた。その瞬間は目前に迫っている。今こそ、決断が下されねばならなかった。七月四日、中央軍集団の大勝利に感銘を受けたヒトラーは、ある会話において、この問題を切りだしたのである。「私は引き続き、敵の立場から考えてみようとしている。彼らはもう、事実上、戦争に敗れているのだ。ロシアの戦車・空軍部隊をごく初期に撃破したのがよかった。ロシア軍は、それらを補充できない。スターリン線突破後に何をなすべきか？　北と南のいずれに旋回するかは、この戦争でもっとも難しい決断になるであろう。そもそも、南方軍集団方面では、なお効果的な包囲が可能だろうか？」[6]

この発言に勢いを得た国防軍統帥幕僚部長は、翌日、今後の作戦遂行についてヒトラーと会談するよう、電話で陸軍総司令官をうながした。戦争全体を左右する決断を下すべきだというのだ。ドニエプル川とドヴィナ川の線を越えて、第2装甲集団を南東に、第3装甲集団を北東に旋回させるべきか（付録5をみよ）？　だが、その間、ヒトラー大本営においては、あらゆる関心が南方軍集団に向けられていた。南方軍集団はいまや、成功にたどりつこうとしていた。その麾下にあった両装甲軍団は北翼、スルーチ川の背後で「スターリン線」[7]を突破した。この装甲部隊の集団が、ベルディチェフとジトーミルへの道を開いたのである。
七月八日になって、やっと陸軍総司令官はヒトラーに報告した。彼に随伴した陸軍参謀総長は、いくつかの数字を挙げてみせた。確認されたロシア軍狙撃師団百四十六個師団のうち、八十九個師団は潰滅、四十六個師団が戦闘可能、十八個師団が副次的正面〔「満洲国」やトルコなどとの国境正面〕にあり、十一個師団は所在不明。その後、話題は南方の事象に移った。陸軍総司令官は、兵力に見合った作戦を支持した。ベルディチェフで得た勝利を利用し、キエフ方面に対する側面掩護をほどこした上で、第1装甲集団を南方に旋回させる。開進訓令通りに、敵がドニエプルを越えて東方に退却するのを妨げるためだ。これに対し、ヒトラーは、キエフを奪取し、ドニエプル川東岸における一大包囲戦をみちびくことを望んだ。
第4装甲軍の南北への旋回という主要議題については、何ら決定が下されなかった。これまでの見解とは裏腹に、北方軍集団は、当時保有していた兵力でレニングラードへの突進という任務を達成できるはずだと、ヒトラーは確信していたのである。モスクワもレニングラードも装甲部隊で奪取するのではなく、空軍に任せる。第3装甲集団は、第2装甲集団が南方旋回を実行しなければならなくなった場合に備え、進撃目標到達後は戦線を保持し、モスクワ方面に対する守備を固めることとされた。❖[8]
この会談からは、多くは得られなかった。とはいえ、二つのポイントに注目すべきであろう。敵戦力の評価はきわめて楽観的なしろものであった。これまで、ロシア軍全兵力のうち、大部隊を包囲するのに成功したのは、ただ一か所においてのみ。であるのに、八十九個師団を殲滅したとする数字は過大であった。加えて、陸軍総司令官は、ロシア領内深奥部に存在する予備兵力をいよいよ勘案しなくなっていた。数週間後、❖[9]「確認された」ロシア軍師団数は三百五十個にはねあがったのである。

また、南方で、比較的弱体な装甲戦力によって大規模な包囲戦を実行するという案にヒトラーが賛成していることも眼を惹く。三週間後、OKW長官〔ヴィルヘルム・カイテル元帥（一八八二～一九四六年）〕は、ヒトラーに代わって、中央軍集団方面でこれ以上の大包囲戦を行うのは間違いであると判定した。この件は後段で語ろう。新しい命令は出されず、中央部にあった二個装甲集団は、それぞれの独自の見解によらざるを得なかった。まもなく、両者は互いに離れていくことになる。

第二の包囲戦——七月十一日～十五日（図9、図11）

七月十一日、第2装甲集団北翼に極度に集中された五個師団がドニエプル川を強行渡河、続く数日間、彼らの目標であるエリニャ（スモレンスク南東八十キロ）－ヤルツェヴォの線をめざして、突き進んだ。敵はオルシャの南で頑強に抵抗し、そのため、そこに確保されていた橋頭堡も再び放棄された。ずっと南方では、猛烈な空襲によって、味方の渡河作業が執拗に妨害されている。十三日までは、敵がさらに後退するのか、それとも抵抗を続けるのかは、はっきりしなかった。ただ、後者のほうが現実になりそうではあった。この日、敵はドニエプル川東岸方面において、第2装甲集団南翼に対する大規模な攻撃を開始したからである。攻撃の目的が、味方の自動車化団隊を、徒歩で追随してくる部隊から遮断することにあるのは明白であった。そのため、敵は、およそ二十個師団を召致し、本来、東と指示されていた第2装甲集団の作戦方向が、いまや南に誘致されつつあった。

七月十三日午前、ヴィテプスク北東の第3装甲集団司令部には、第2装甲集団をまわってきたヒトラーの首席副官〔ルドルフ・シュムント大佐（一八九六～一九四四年）。最終階級は歩兵大将〕の姿があった。これまで主に戦闘の負担を引き受けてきた快速部隊の現状について聴取するため、やってきたのである。彼に対し、左のことが明言された。「戦役突入以後、最初の三週間において、第3装甲集団は大きな損害を出している。もっとも、西方戦役のそれよりはひどくない。一例を挙げると、第19装甲師団と第14自動車化師団を合わせた損害は、将校百六十三名、下士官兵三千四百二十二名を数える。だが、砂塵、酷暑、睡眠不足、宿営地の不足による肉体的な負担は、西方戦役よりもはるかに大きい。荒地、この国の広漠さ、快速部隊の性質からして使用に耐えない道路や橋梁の状態、頑強な敵といったことから来る精神的な重荷も同様に大きい。いたるところに敵が現れては、守備にまわる。にもかかわらず、ドイツ軍人は、この敵に優越していると感じている。ロシア軍はますます指揮統制ができなくなっているようだ。唯一有能な指揮官がいたのは、ポロツクだけである。ロシア軍将兵の執拗な戦いぶりは、ただ政治委員を恐れるがゆえのことではない。彼らは、世界観的に動機づけられているのである。この戦争は、彼らにとって内戦の性格を帯びている。ツァーリの時代に回帰するのではないかと脅かされていると感じていて、そんなことはごめんだと思っているのだ。ロシア軍は、革命の成果を無にしようとするファシズムに対して戦っている。

当装甲集団南翼、スモレンスク方面では何の進捗もみられない。そこで押し出すのは、作戦的にも目的にかなわない。スモレンスク付近の敵を迂回するため、いずれかの地点で敵陣を突破、ヴェリジとウスヴィアトィを越え、ドヴィナ川の源流地域に進むのが、当装甲集団の企図するところである。これまで同様、敵が道路上に地雷を敷設したり、橋梁の爆破を続けることになれば、エンジンによる機動性ももはや有効ではなくなるし、戦力の活用以上に、その費消が問題となるだろう。歩兵師団の到着を待つべきなのか、今こそ決断しなければならない。進撃が再び機動性を得たと思われたなら、そのときこそ、モスクワ方面への追撃に最後の車両までも投入すべきである」[10]

かかる報告は、前進した距離が不充分であること（ミンスク入城以来、わずか三百キロほどであった）に対する、七月十三日朝の失望にみちた雰囲気を反映していた。ところが、このヒトラーの特使ときたら、到着したときには真っ当とはいえない楽観を抱いていて、装甲集団の「軽騎兵流《フザーレンシュトゥック》の大胆不敵な一撃」について語ったものである。

七月十三日のうちに、互いに大きな間隔を取って前進していた第39装甲軍団麾下の二個装甲師団は、深い砂地の道と若干の敵の抵抗を押して、デミドフとヴェリジに達した。第12装甲師団は、センノから、ロシア第一九軍の動けなくなった戦車団隊の多くをかきわけるようにして、進路を開いていかねばならなかった。戦闘は長引いたが、ヴィテプスク－スモレンスク街道に接近、また南東への追撃も実行される。第12装甲師団はデミドフ経由で所属軍団に合流することになっていたが、第4装甲軍司令官からの命令に従わなければならなかった。「第2装甲集団との連繫を維持しつつ」、レスノ到達後、ルドニャを経てスモレンスクを攻撃せよというのである。そのため、企図されていた追撃は中止された。

ウラからゴロドクに進軍中だった第18自動車化師団は、その後方にポロツク要塞の敵守備隊が出撃してきたため停止した。彼らは、ゴロドク付近では、ごく弱体の敵に遭遇しただけであったし、その敵もネヴェリに向けて退却していたのである。七月四日以来、ジスナ橋頭堡に押し込められていた第57装甲軍団の主力（第19装甲師団および第14自動車化師団）は、第23軍団と交代したのち、七月十二日、地形的な事情がきわめて困難であったにもかかわらず、ついに敵の圧迫環を破り、再び行動の自由を獲得した。七月十三日朝、第19装甲師団が、ドレトゥンを越えてネヴェリにむかう行軍を開始する。敵の拠点や橋梁守備隊がつぎつぎに蹂躙される。ドレトゥンにおいては、敵の補給廠が奪取された。ロシア軍は巨大な給油廠に火を放ち、予定されていた行軍路が通っている森が炎に包まれた。そのため、ドレトゥン以降の前進行軍も、いよいよ砂地となっていく道路を使って、暗くなるまで続けられることになったのである。

このとき、七月十三日に、第3装甲集団は、ドヴィナ川源流地域に突進し、そこを確保すべきか否かという問題の決定を迫られていた。その目的に使えるのは、わずか二個装甲師団とそれに追随する自動車化師団二個にすぎない。第57装甲軍団を召致できるようになるまで、あと数日はかかる。第2装甲集団の協力も期待できない。同装甲集団はモギリョフ南東において、その南翼に対し、ゴメリから敵兵力多数による攻撃を受けており、また、ドニエプル東岸に対して仕掛けた正面攻撃にあっても敵の抵抗に遭っていた。それゆえ、作戦的な自由をなくしていたのである。第3装甲集団司令部は、第2装甲集団が正面攻撃をやめてくれれば、ずっと有利になるだろうと見込んでいた。そうすれば、ゴメリからの敵の側面攻撃も、たいした圧力ではなくなるし、第4装甲軍の両装甲集団は、ドニエプル側の北でモスクワに向かう追撃を続行するために集結することが可能となろう。ヴィテプスク付近で第一九軍が撃砕されたことにより、目下のところ、その地域には強力な敵部隊は存在していないのだ。

しかしながら、情勢は、第3装甲集団が期待していたものとは異なる展開をたどった。敵は、その広大な領土の空間を戦争遂行の手段として利用することなど企図しておらず、これまでの大損害にもかかわらず、反撃と頑強な抵抗によって国土侵略を食い止めようと、十二分の決意を固めている。あらゆる兆候が、そのことを示唆していた。だからこそ、ドヴィナ川上流域ならびにドニエプル川上流域の敵戦線に空いた間隙、端的にいえば、現在からっぽになっているルジェフ－ホルム－トロペツ地域に進入する誘惑にかられたのであるが、より価値ある目標は他にもある。不充分な戦力で願望を追求することは許されない。そうではなく、敵を分断し、各個に殲滅するという戦役計画の眼目を想起しなければならなかったのである。この時点では、いまだドニエプル川の北にいる敵部隊（兵力不詳）を包囲する機会が得られるものと思われていた。その際、第4装甲軍の命令に従い、「エリニャならびにヤルツェヴォ東方の丘陵」に突進中であった第2装甲集団との協同を期待し得るとも考えられていた。❖5

かくて、さらなる目標を狙った追撃を中止し、なおスモレンスクの北にいる敵戦力の東への退路を断つとの決定が生じた。この決断によって、第3装甲集団の広範囲にわたる作戦が数か月にわたり停止させられることになろうとは、誰も予想していなかったのである。

第39装甲軍団は、どの師団でもよいから、前衛をしてスモレンスク北東の高速道路に到達せしめ、敵の西への移動を遮断させるべしとの命令を受領した。第二線にあって追随している師団群は、スモレンスク－デミドフ街道の両側で南面する戦線を形成し、敵がスモレンスクから北方に突破脱出するのを妨害することとされた。

第7装甲師団隷下戦車連隊は、この命令を遂行し、七月十五日、スモレンスク北東のウルチョヴォ・スラバダーに到達した。ここ三週間のうちで二度目のことになるが、第7装甲師団は高速道路に立ちはだかり、敵にとって最良の東方退却路を遮断したのである。今度は、六月二十六日にボリソフ付近で同様の行動を取ったときよりも、モスクワに二百七十キロも近づいていた。高速道路には、撃破された車両と馬の列が幾重にも折り重なっており、荒涼たるありさまをみせていた。第7装甲師団の背後には、第20自動車化師団が追随しており、デミドフに迫っている。しかし、後者は、続く数日間、南方から強力な攻撃を受け、これを撃退しなければならなかった。七月十四日、第12装甲師団がレスノに入り、命令通りスモレンスクに向けて旋回する。同師団は、ルドニャ近くで激しい抵抗に遭遇し、また三正面より攻撃されることとなった。第7装甲師団に対している敵を東に圧迫するのは必ずしも重要ではないとの判断のもと、第12装甲師団は前進を中止し、第20自動車化師団と合流すべく、北に転じた。

ビェロイ方面で追撃を行うことになっていた第20装甲師団の行軍は、七月十四日、ヴェリジを通過する際に著しく遅延させられた。私服を着たGPU《ゲーペーウー》〔ソ連「国家政治局」の略称。一九一七年にレーニンによって新設された秘密警察チェカーの後裔組織。ただし、一九三四年に「内務人民委員部」（略称NKVD《エヌカーヴェーデー》）に組み込まれている〕のメンバーが、外部からヴェリジに入りこみ、七月十四日朝に放火したのである。予定された進軍路は、まさにその地点を通っていたのだ。同師団は、七月十四日、行軍方向をビェロイから東方へと転回させたが、七月十五日にドゥホフシチーナ－ビェロイ街道に到達したのは先鋒の大隊のみであった。その前面にいた弱体な敵も東方に退却させられた。しかし、燃料消費量は高い数字にはねあがっており、初めて補給上の困難が生じている。第57装甲軍団は、第18自動車化師団をゴロドクからウスヴィアティに行軍せしめ、第39装甲軍団の側面掩護任務を果たしつつ、北から突進してきた敵を再び撃退した。第18自動車化師団の前衛は、七月十五日、ウスヴィアティに到達している。

第19装甲師団は、七月十四日、塹壕にこもって進軍路を遮断している敵の激烈な抵抗を排除し、彼らをネヴェリに圧迫した。七月十五日、同師団は、隷下戦車連隊の迂回投入により、ネヴェリ市進入に成功、両軍に大損害を生じせしめた激戦を遂行、市内を掃討した。だが、その夜を通じて、西から来たロシア軍の補給車両が、ネヴェリの状況を知らぬまま、多数走りこんできたのである。七月十六日、第19装甲師団が、重要な道路の結節点であるヴェリキエ・ルーキ方向に追撃を行う一方、第14自動車化師団がネヴェリの南北に広く展開、西に正面を向け、第23軍団前面を退却中の敵に対する背面掩護にあたった。[11]

包囲の間隙——七月十五日〜十八日（図11、図12、図13）

七月十五日までに、スモレンスク東方の高速道路に至る第39装甲軍団の突進が大成功につながったことはあきらかになった。多数の敵師団の大部分が、建制を乱した集団となって、スモレンスクとその北の地域に殺到している。七月十五日以後、七月十四日から第2装甲集団北翼に攻撃されていたオルシャ付近の敵も退却を開始していた。七月十五日の航空捜索により、オルシャ－スモレンスク間の高速道路は車両縦列でいっぱいだとの報告が得られた。それらは四ないし五列の近接した縦隊を組んで、スモレンスクに動いているとの由である。ここで、すさまじい渋滞が生じているにちがいない。というのは、第7装甲師団がスモレンスク北東で、高速道路の一部をしかと握っており、七月十六日から十七日にかけての敵突破の試みはすべて挫折していたからだ。この勝利の果実を摘み取り、スモレンスク北西で固まっている敵の大軍を、歩兵が到着するまで包囲しておくことが肝要である。高速道路を使った退却がもはやできなくなってからも、敵は、続く数日間にわたり、デミドフおよびルドニャ付近で包囲環を破ろうと、絶望的なまでの努力を傾注したのだ。系統だった指揮はもう認め得なかった。彼らの試みは失敗した。ただし、少集団に分かれて、デミドフ北東に広がる森林に潜入し、そこでなお何週間も、国際法に違反するやり方により、自力で戦争を続けるという事態が生じたのである。

こうして、ドニエプル川の北にあった敵の多くが包囲され、潰滅していく一方で、第2装甲集団北翼の前面にいた敵は東方に後退していた。後者の敵は、ひとまずエリニャの丘陵地帯とドロゴブージの正面に拠って、新着のロシア軍部隊を受け入れ、第2装甲集団の全面的な東方への突進の矢おもてに立つことになったのである。

第2装甲集団麾下にあって、追撃実行中の両軍団の右翼、第46装甲軍団は、エリニャ付近で、正面と両側面から敵の強力な攻撃を受け、防御に移ることを余儀なくされた。その左側に位置する軍団（第47装甲軍団）麾下の二個装甲師団は、高速道路沿いの敵に拘束され、北へ旋回するはめになった。ドニエプル川の南、スモレンスク－オルシャ戦区においても戦況は膠着し、損害ばかりが大きく、作戦的には無益の諸戦闘が生起していた。側面の脅威に不安を感じた第4装甲軍司令官が介入してきたことも、またしても足をひっぱり、スモレンスク東方の戦場における決勝地点から味方戦力を遠ざける結果となった。[12] 七月十六日、第29自動車化師団がスモレンスクに急行、到着した。一つの成果であり、この定評ある師団の名声をいや増すことになったのではあるが、作戦的な意味はなかった。それによって、第3装甲集団との連絡が得られるわけでもなく、むしろ、スモレンスクとヤルツェヴォのあいだで包囲環に生じた空隙を放置することにつながったからだ。オルシャの東にいた第47装甲軍団が自由になったあとも、第2装甲集団が高速道路沿いに第3装甲集団との連絡路をつけることに失敗したため、ロシア軍戦力の一部はドロゴブージの方向に逃れることができたのである。第2装甲集団にとっては、その戦区の包囲環を閉ざしておくことよりも、のちに東方への攻撃を継続するためにエリニャの丘陵地帯を保持しておくことのほうが重要であったようだ。[13]

第七章　スモレンスク包囲陣の維持——七月十六日〜八月十八日

ネヴェリとヴェリキエ・ルーキのあいだ——七月十六日〜二十二日（図12、図13）

第57装甲軍団が七月十三日に機動の自由を再獲得し、急進して七月十五日にネヴェリを奪取したのちもなお（一三二頁参照）、第3装甲集団麾下の両装甲軍団の作戦的協同には至らなかった。ここ、中央軍集団と北方軍集団の指揮境界線で、第39装甲軍団が東方へ突進、当然のことながら、追随する北方軍集団南翼の歩兵（第16軍所属第2軍団麾下第12歩兵師団）が引き離されたことによって、間隙部が生じたためである。それゆえ、陸軍総司令官は、敵がヴェリキエ・ルーキから中央軍集団北翼に突入してくる可能性があるとみた。一方、ヒトラーは、早くも七月十二日には、第19装甲師団がジスナより北方に前進することで、第16軍南翼の前面にいる敵を包囲し得ると確信している。陸軍参謀総長も七月十二日に、「北方軍集団南翼前面の敵集団（十二ないし十四個師団）を撃滅するため」[1]、第3装甲集団をヴェリキエ・ルーキ経由でホルム方面に向かわせることを検討していた。かくて、七月十三日、陸軍参謀総長は、ヒトラーへの報告において、第3装甲集団を北方軍集団南翼前面の敵の後背部に進めるという企図を披露した。トロペツへの追撃を継続すべきか、それとも第3装甲集団南翼をヤルツェヴォに向けて旋回させるかという決断をめぐって、同装甲集団司令官が苦悩しているのと同じところである（一二九頁ならびに一三〇頁参照）。ヒトラーも賛成した。「モスクワ急襲は重要ではなかろう。そもそも、占領地の獲得ではなく、戦闘力を有する敵の殲滅が問題なのだ」[2] だが、この企図にもとづく発令は見合わされた。中央軍集団司令官が、文書と電話で「目下、モスクワ突進のための条件は、考えられるかぎり整ったものと思われる。ヴェリキエ・ルーキでは何も得られない」[2] 中央軍集団司令官はまた、第3装甲集団の北方旋回は、スモレンスクの敵包囲を放棄した場合にのみ可能となる、と付け加えることもできただろう。第16軍南翼をネヴェリに召致すれば、ポロツクからジスナに退却している敵の東方への退路を断つことも見込まれた。が、最高指導部と中央軍集団の見解が対立している以上、部隊の動きが確実ならざるものになっていくのは必定といえた。

この間、つまり七月十七日から十八日にかけて、若干の敵が西から第14自動車化師団の警戒線に前進してきたものの、撃退された。七月十六日、第19装甲師団の一部がネヴェリ－ゴロドク街道の東を前進、南東に行軍中だった敵を撃砕する。このあたりには、なお一個師団ほどの敵がいるものと推定されていた。七月十六日、拡張されたヴェリキエ・ルーキ停車場に活発な列車の往来がみられるとの報告が入ったため、第19装甲師団に同地点を奪取せよとの命令が下る。戦車をともなう敵歩兵相手の激烈な戦闘のうちに、同師団は七月十七日、ヴェリキエ・ルーキ市東方に侵入、鉄道線を遮断した。停車場には、戦車を積んだ列車が東から入線してきたところで、あらゆる種類の物資が鹵獲《ろかく》された。[3] 七月十八日、敵は同市奪回を試みたが、包囲にかかろうとしたところで大損害を被ったのである。にもかかわらず、第19装甲師団のいわゆる独断専行に怒った第４装甲軍は、この中央軍集団の管轄外にある都市〔ヴェリキエ・ルーキ〕から撤退せよと命じてきた。その夜、勇敢なる第19装甲師団は、味方の負傷者と敵の捕虜を引き連れ、断腸の思いでネヴェリに後退した。それから一か月後、ずっと西に張りだした「ヴェリキエ・ルーキ突出部」を除去するため、七個歩兵師団および二個装甲師団を投入した攻撃が必要となったのである。第19装甲師団も再び突進、今度は南から敵後背部に深く侵入し、敵の潰滅を決定づけることになる（一六七頁参照）。

七月十八日に第12歩兵師団がネヴェリ北西に到着したのち、第23軍団および第16軍南翼の前面を退却していた敵（およそ二個師団）に対する包囲環が完成した。七月十九日から二十日にかけての夜に、敵歩兵の大集団が、いちかばちかの突破を試み、第14自動車化師団の脆弱な陣地をすり抜けて、ネヴェリ－ゴロドク街道に達したが、七月二十一日、そこで第19装甲師団に撃砕される。ネヴェリ北西の敵残存部隊は、第23軍団に投降した。第19装甲師団は七月二十二日にヴェリジに入った。続く数日のうちに第14自動車化師団も第23軍団と交代、バエヴォに前進したため、ついに第３装甲集団所属部隊のすべてが再結集し、スモレンスクとビエロイ（この市そのものは除く）のあいだで共同行動にあたることになったのだ

東および北正面に対するロシア軍の解囲攻撃――七月十八日～二十七日（図12、図13）

スモレンスク周辺の包囲環における、東面ならびに北面に対する後衛として当初使用できたのは、ヤルツェヴォ南方にある第７装甲師団の一部と、ヴォーピ河畔ウスチェ付近にいる第20装甲師団のみであった。七月十八日までに、多数の敗残兵を捕虜に取ったが、指揮官はいない。多くの場合、彼らは逃走していたのである。個々には、政治委員が部隊を掌握しようと努力したケースもみられた。七月十七日よりは、ヴ

ヤジマ（スモレンスクの東百五十キロ）から西方ならびに北西方に向かう移動に関する報告が増加している。また、東方より一個師団がルジェフに向けて輸送されており、それがまずヴォーピ川の線に現れた。七月十九日、ヴォーピ河畔ウスチェの両側で、第20装甲師団に対する集中攻撃が開始される。確固たる戦線を築くべきときが来たのであった。

北のビェロイからも敵戦力多数が南西に前進していたが、七月二十一日以降、ウスヴィアトィより前進行軍してきた第18自動車化師団によって捕捉された。ドヴィナ川上流域、ヴェリジ北東にも、あらたな敵が出現した。コーカサス騎兵二個師団である。こちらは、ヴェリジよりクレストィ経由で北方に突進した第19装甲師団により、七月二十四日から二十五日にかけて大損害を被り、北へ退却した。無数の脱走兵が同師団に投降する。ひっきりなしの空襲を受けながらも、第19装甲師団は東方への進軍を継続した。七月二十七日、同師団は、敵の攻撃を撃退するため、第20装甲師団と第18自動車化師団のあいだに配置された。この敵の攻撃は、七月二十四日より計画的な準備砲撃ののち、戦車の支援を受けて実行されたのである。敵は五個師団を以て間断なく東正面に突撃し、教導旅団を含む第3装甲集団麾下部隊のすべてが、つぎからつぎへと投入されることになった。第2装甲集団もエリニャ付近で猛攻を受けており、スモレンスク南東に開いていくばかりの間隙部を埋めることはできないものとみられた。それゆえ、自由になった第20自動車化師団が、高速道路を使って南に向かい、東西に展開して、「第2装甲集団が埋めていない間隙を閉ざした」[❖4]のだ（付録7参照）。

今日なお、第57装甲軍団をネヴェリからヴェリジ－バエヴォ経由で召致したことに関して、批判の声を聞く。作戦的な立場からは、同軍団をヴェリキエ・ルーキ経由で、ヴェリキエ・ルーキ－ザパドナヤ・ドヴィナ鉄道沿いへと呼び寄せ、第39装甲軍団左翼の背後ではなく、その左翼に梯団を組ませておいたほうが有利であったかと思われる。第57装甲軍団長〔アドルフ＝フリードリヒ・クンツェン装甲兵大将（一八八九〜一九六四年）〕と第3装甲集団司令官は、七月二十一日、ネヴェリにおいて、この問題を討議していた。当時、本装甲集団はまだ、重要な交通の結節点であるビェロイを奪取するための攻撃実施を考えておらず、まずは第57装甲軍団を可及的速やかにヴェリキエ・ルーキ経由で召致する企図であった。だが、軍団長はヴェリジ経由で行軍する許可を求め、以下のごとき理由を言い添えた。「ヴェリキエ・ルーキの東では、東方に通じる道路交通は悪くなるばかりです。また、第19装甲師団が撤退して以来、ヴェリキエ・ルーキの敵は、東からの増援により強化されております。彼らを駆逐するには、遠回りしてヴェリジ経由でバエヴォに向かうよりも多くの時間を要することになりましょう。結局のところ、七月十七日に第19装甲師団をヴェリキエ・ルーキに突進させながら、七月十九日には後退を命じるなどということをやったのですから、それよりも確実に困難になる状況下であらたな攻撃を発動することは避けるべきです」装甲集団司令官は、この理由はもっともであるとし、第57装甲軍団は七月二十一日に進発、ヴェリジを経由すべしと命じた。七月二十四日から、ロシア軍は投入兵力を増やして、東と北東からのスモレンスク解囲にかかった。その事実によっても、右の用心深い決断が正しかったことが証明される。ビェロイ奪取の構想は引っ込めなければならなかった。敵の解囲攻撃を撃退するためには、第3装甲集団の全力を注ぐことが必要だったのである。

第3装甲集団の作戦終了と七月末までの戦線全般における状況の推移（図13、図14）

ミンスク付近の戦闘とは異なり、スモレンスク包囲戦においては、厖大な数の敵師団が包囲撃滅されたのだが、それも第3装甲集団が東方への作戦の自由を確保することにはつながらなかった。まず第57装甲軍団を欠いていた。また、何よりも、ミンスクの場合には、ロシア側が包囲された師団群の外部からの救出を真剣に試みることはなかったのだ。敵は、ずっと東、ドニエプル川とドヴィナ川の背後で数百キロにわたる新抵抗線を築いただけで満足したのである。しかし、スモレンスク戦においては、包囲陣が形成されているあいだにも、東に先行した部隊は、早くもヤルツェヴォおよびヴォーピ河畔で、包囲をまぬがれた残存部隊をかき集めた敵の抵抗に遭遇した。敵はすぐに、新着した兵力を以て、包囲下にある部隊との連絡を確保するため、激しく攻撃してきたのだ。まったく異なる種類のエネルギーが戦争遂行につぎこまれ、それがドイツ軍を見舞った。とほうもない努力を要求されるような事態が目前に迫っている。その予兆であった。

八月初頭になってようやく、第8軍団および第5軍団がスモレンスク包囲陣を圧縮、それによって装甲師団を一個ずつ歩兵師団と交代させ、休息せしめる作業にかかることが可能となった。この時期、中央軍集団司令官宛に届いた一通の書簡（付録6）は、部隊の現状を赤裸々に示していたのである。八月四日、ボリソフの中央軍集団司令部におけるヒトラーとの会議に出席した第3装甲集団司令官も、こうした見解に与していた。

第3装甲集団がモスクワに正面を向けたまま足踏みすることを余儀なくされる一方、スモレンスクからエリニャを通り、モギリョフ南東に至る第2装甲集団の延びきった戦線において、南へ南へと重点が移されつつあった。エリニャで張りだした「鼻」〔突出部〕に対するロシア軍の強襲はなお続いている。七月十三日に開始された、中央軍集団南翼に対するロシア第二一軍の攻勢は、モギリョフ南東において第2軍の歩兵師団により拒止された。しかし、ブリャンスクに向かって前進してきた敵（ロシア第四軍）は、ロスラヴリとクリチェフのあいだで第2装甲集団の側面奥深くに侵入し、歩兵軍団によって、ようやく食い止められた。かくて七月三十日には、ヒスラヴィチからヴァスコヴォを経由し、エリニャ－ドロゴブージ南方－スモレンスク南東方を結ぶ線が描く弧において、第2装甲集団麾下の大部隊が、歩兵師団群と混在することになりながらも、優越せる敵と戦闘を行っていた。かかる拘束状況から逃れるための措置を取ることが必要となり、いよいよ多数の戦力が南に移された。それによって、のちの悲惨な展開に道が開かれたのである。

第4装甲集団方面では、すでにみた通り（一〇五頁参照）、第41装甲軍団が、あらたに前進してきた敵戦力に対する三日間の激闘により、オストロフ付近でかつての国境要塞に突破口を開き、南側の装甲軍団がそこを通って前進した。七月七日、第4装甲集団は再び動きだす。「バルバロッサ」指令では、「バルト三国で抗戦する敵戦力を殲滅すること」は「もっとも緊急を要する課題」であり、「続いてレニングラードとクロンシュタットが奪取されねばならぬ」と定められていた。従って、ペイプシ湖の西、第18軍前面で戦闘中の敵の東方退却を遮断するため、第4装甲集団をしてポルホフ－プスコフの線を越えせしめ、まず北に向かい、その左翼をナルヴァに前進させるという考えが浮かんだのも当然であったろう。そうすれば、あとではっきりしたように、同装甲集団はまずまず良好な道と開豁地《かいかっち》に恵まれることになったはずだ。だが、ＯＫＨの開進訓令が「戦闘可能なロシア軍の戦力がバルト三国より東方へ退却するのを封止する」ことは、「レニングラードめざして、さらに急進するための前提」となると特記していたにもかかわらず、それは起こらなかったのだ。

八月八日までに、多数のロシア軍師団が妨害を受けることなく、ナルヴァを越えて東に退却することができた。[5] 第4装甲集団がレニングラード方向への進路を取っていたからである。この芳しからざる進撃路を取るとの決定が、政治的成功を得たいというヒトラーの短気によるものであったのかどうかは、さだかではない。ナルヴァとペイプシ湖のあいだの隘路封鎖がなおざりにされるなか、第4装甲集団麾下の両装甲軍団は、イリメニ湖‐ペイプシ湖間の、前進にはなんとも不適当な森林地帯において、その進路を啓いていかなければならなかったのだ。第56装甲軍団はポルホフからソリツィを通りノヴゴロドへ、第41装甲軍団はオストロフよりプスコフ経由でルーガに進んだ。対する敵は弱体であったのに、彼らは緩慢な前進をみせたのみだった。七月十一日、第41装甲軍団がまだルーガに到着する前に、麾下師団を北西のもっとましな地域に旋回させたのは、ひとえに同装甲軍団長〔ゲオルク＝ハンス・ラインハルト装甲兵大将（一八八七～一九六三年）。最終階級は上級大将〕が主導性を発揮したおかげだったのである。[6] 同装甲軍団麾下の二個装甲師団の前衛は、七月十三日と十五日にルーガ下流、ナルヴァ南東に架かる二本の橋を急襲・奪取することができた。彼らは、レニングラードから来た「三個プロレタリア師団」の強襲に耐え、橋を使える状態のままにしたのである。[7] 司令官たちが前線に来て督促したにもかかわらず、この橋頭堡群の拡大はおよそ四週間にわたって停滞した。第18軍が来着するのを待つことになったからだ。第41装甲軍団の西への転進は、七月十五日にソリツィに達していた第56装甲軍団の孤立を深めることになった。充分な側面掩護を得ることなく、同装甲軍団麾下の二個師団は、南、北東、北より多数の敵戦力による攻撃を受けた。両師団はドノーに後退、包囲される危険をまぬがれた。[8]

七月なかば以降、〔東部〕軍の戦線北部全体において、敵に主導権が移っていたのだ。ここで、ヒトラー大本営がどんな作戦を考えていたかをみるために、そちらに眼を向けることとしよう。七月初頭より、北部にあるドイツ軍三個装甲集団は、彼らの構想にもとづいて動いていたのである。

第八章　モスクワ、キエフ、もしくはレニングラード

一九四一年七月十九日のＯＫＷ指令第三三号（図14）

六月二十九日、つまり、ベロストーク＝ノヴォグルドク間の戦闘における勝利がはっきりした時点から、ヒトラーは、中央軍集団の快速部隊による北方軍集団増強を検討していたことを想起されたい。その際に付せられた軍事的根拠は明瞭である。北方軍集団の一個装甲集団だけでは、第16および第18軍の前面で戦う敵の東方への退却路を遮断すると同時に、東からのロシア軍の牽制攻撃に対する掩護を提供するには充分でない。それが看過されていたのだ。バルト三国にいる戦力を正面攻撃で東に後退させるのではなく、南からの包囲によって殲滅することが、中央軍集団がスモレンスクからさらにモスクワに向かって進撃するための前提条件であった。第2、第3、第4の三個装甲集団を、イリメニ湖南方で東側面を封じつつ、そことペイプシ湖間の突進に結集させる機会は三度訪れた。その好機とは、一度目が七月はじめのミンスク包囲戦直後（図6参照）、二度目が七月七日に第2装甲集団がベレジナ川を渡河、第3装甲集団がヴィテ

プスク－ウラ－ジスナを結ぶドヴィナ川の線を確保したのちである。三度目のチャンスは、第2装甲集団がドニエプル渡河攻撃を開始する前、七月十日になお存在していたはずだ。

なるほど、踏破すべき地域は、ヴィルナ南方のルドニキ森林同様に、自動車化団隊にとっては、きわめて困難なところであった。イリメニ湖の南では、ロヴァチ川の西、ヴェリキエ・ルーキの北側に、水また水の地が広がっている。ここは、晴天においては砂地となり、雨が降れば湿地と化すのである。加えて、北東には、通過困難で多数の湖沼が存在するヴァルダイ丘陵がそびえていた。一方、イリメニ湖とペイプシ湖のあいだは、広大な森林地帯となる。道路を使えば通過できるものの、ひとたび路外に出れば、装甲団隊が戦闘を展開することはほとんど見込めない。けれども、自動車化団隊に好適な広野など、北ロシアのどこにあるというのだろう？　この格段に困難な地形を、可能なかぎり戦闘を避けて、すなわち、敵がまだ弱体なうちに踏破する。ことは、それに懸かっているのだ。七月前半、第4装甲集団所属のある装甲部隊は、敵の抵抗が微弱であるうちに、オストロフからルーガ川下流域までの三百キロの行程を七日間で進撃してみせた。[❖1] 右のような条件下では、十二分の功績だったといえる。あとになって、イリメニ湖－ペイプシ湖間で突進した際には、ルーガ川沿いの敵の頑強な抵抗に突き当たり、それをバルト海方面へ圧迫、後退させることはできなかったのだ。バルト三国においては完全な勝利を得られたであろうに、その機会は過ぎ去ってしまった。このときより、中央軍集団のモスクワめざす進撃は、常にその北翼をおびやかされることとなったのである。

避けられない局地的な危機を過大評価し、作戦指導に介入するきっかけとするのは、ヒトラーの特性であった。六月二十九日から七月十日まで、ヒトラーは、バルト三国の敵戦力を殲滅し、モスクワ攻撃の前提を整えるという本来の戦役計画を有効たらしめようとする手など何一つ打たなかった。にもかかわらず、七月十七日になって、希望を述べてきたのだ。「北方軍集団の情勢に鑑み」、「モスクワ－レニングラード間の連絡を断ち、北方軍集団と協同して、その前面にいる敵を殲滅、レニングラードを包囲するため」、第3装甲集団を北東方、ヴィシニー・ヴォロチョクに向けて旋回させるべしというのだ。[2] 何が起こったのだろうか？　七月十五日、第4装甲集団に属する装甲師団一個および自動車化師団一個が側面掩護なしに突出した際、後背部を攻撃されたのである。快速部隊がそうした突進をなす場合によくあることだが、彼らも一時的に困難な状況におちいった。これがヒトラーの介入を誘発したのだ。だが、ヒトラーによって七月十九日付で発令された「指令第三三号」（付録8をみよ）は、もう実行不可能になっていた。当該時期の第3装甲集団の状況を想起してみればよい。第3装甲集団は、スモレンスク北方の敵を包囲する一方、同じころに開始された敵の東方からの攻撃を撃退していた。その一部は、ネヴェリおよびヴェリキエ・ルーキ付近で戦闘中である。従って、最悪の場合、二個師団を三百キロ以上の行程へと送り出すことが可能であるにすぎない。そんな方策で、これまでの怠慢を帳消しにするのは、もはや不可能だった。つまり、「指令第三三号」（一四二頁参照）は、第3装甲集団の決定に何の影響も与えなかったのである。

ヒトラーが北方軍集団増強を迫られるような作戦上の理由は、それ以上なかった。七月二十一日に北方軍集団司令部を訪れた際に、彼は、レニングラードを陥落させる必要があると強調した。この都市は革命の象徴であり、従って、レニングラード陥落とともにボリシェヴィズムの崩壊が期待されるというのだ。それに対して、モスクワは単なる地理上の概念にすぎないともされた。[3] ヒトラーが、もはや中央ではなく、側面での決戦を求めていることを示す最初の兆候であった。

七月はじめ、第1装甲集団はベルディィチェフおよびジトーミル方面で突破に成功し、その麾下にあった二個装甲師団は、七月十七日、キエフ西郊にまで突進した。これによって、ヒトラーは新しい計画を思いつく。しかし、七月十九日に陸軍最高司令官に下達された「指令第三三号」では、南方軍集団が「最重要の目標、いまだドニエプル側の西にいるロシア第一二軍ならびに第六軍を集中攻撃により殲滅する」ことへの期待が表明されていたのである。だが、ロシア第五軍がコロステニ付近で激しく抵抗し、南方軍集団南翼のキエフへの前進を妨げた。この敵は、中央軍集団南翼との協同によって撃破することとされた。よって、第2装甲集団は、その南翼に出現した敵第二一軍を、第2軍の歩兵とともにスモレンスク近くの戦闘において殲滅したのち、ロシア第五軍の背後に前進することになった。この指令によれば、第2装甲集団はしかるのちに「敵第五および第一二軍のドニエプル川東における後方連絡線を切断するため」、南東に突進する予定であった。加えて、中央軍集団は、歩兵を以て「モスクワ進軍を継続、快速部隊によりモスクワ－レニングラードの連絡を遮断する」ことになった。

北方軍集団は、「第4装甲集団と隣接し、第16軍により東側面の掩護が確保されしだい」、レニングラードをめざす第18軍の前進を継続するものとされた。

戦役計画を放棄したヒトラー

だが、ここで、中央部の強大な兵力を以て、スモレンスクを通ってモスクワに突進するという本来の計画が完全に放棄されるという事態が生起した。二個装甲集団と歩兵を主体とする軍三個から成っていた「中央部の強大な兵力」が、一個歩兵軍に縮小されたのである。最強の衝力を有する両装甲集団は、「左右両翼に離れればなれとなった」かかる措置が、敵が敗北によりもっとも弱体化している地域、つまり、ここスモレンスクとヴェリキエ・ルーキのあいだでルジェフ方面に突進するという原則に違背していることはあきらかだ。

いったい、何故にこんな方針転換がなされたのか？　四週間後、ヒトラーは、最初から中央軍集団をドニエプル河畔に留めるつもりだったのだと主張したものだ。[4]それはちがう。すでにみてきたように、この戦争がはじまる前には、主攻をモスクワに向けるというOKHの提案に、彼はずっと賛成していたのである。また、第2装甲集団をドニエプル河畔で停止させておくつもりなら、ヒトラーは過去数週間においても思いのままに命じることができたはずだが、そうはしなかった。

もちろん、モスクワに向かって攻撃を継続することに対し、作戦上の深刻な疑念もあった。白ロシアにある敵の撃砕は予想外の進捗をみせ、完全に成功した。一方、プリピャチ湿地の南、ドニエプル川の西にいる敵を退却させるには至っていないし、バルト三国の敵をバルト海方面に駆逐することもできていなかった。従って、中央軍集団がモスクワに前進するにあたっては、両側面から攻撃される危険があったのだ。こうした危険は、南方では早くも現実になっていた。ロシア第二一軍を排除することは、さらにモスクワに向かって前進するために必要な前提条件であった。だが、ロシア第五軍殲滅のために、第2軍のゴメリ経由の攻撃を続行させ、あまつさえ第2装甲集団をデスナ川越しにロシア第六ならびに第一二軍の背後に回り込ませるようなことをすれば、それはモスクワ作戦の放棄を意味するのである。

だが、ヒトラーはそもそもモスクワ攻撃を望んでいたのだろうか？　「指令第三三号」で計画されていたような「モスクワ進軍」は、すぐに停滞することになったであろう。モスクワ奪取はなお戦争を決するものとなっただろうか？　それで、スターリンは講和に踏み切ったか？　当時のロシア側の情勢がわからなければ、かかる設問に答えることは不可能である。従来、モスクワ攻撃については、敵に戦闘を強いるにはその方法しかないという理由付けがされてきた。が、敵はいかなる正面においても退却など考えておらず、あらゆる地点で頑強な抵抗と強力な反撃によりドイツ軍の前進を食い止めようとしていることが明白になったとあっては、右の理由付けは維持できない。敵は、快速部隊とそれに追随する歩兵を分断するという戦術的な望みを抱いていたが、そのイリメニ湖畔での試みはまたしても失敗した。OKHは、ロシア軍指導部は「陣地戦によってドイツ軍の進撃を膠着させる」ことを企図しているものとみていた。[5]けれども、機動戦はいまだ続いている。「指令第三三号」を実現可能とする前に、スモレンスク包囲戦を終了させなければならなかったのだ。

陸軍総司令部の陰鬱な空気

陸軍総司令官は、七月の情勢の進展にほとんど満足していない。七月二十一日、陸軍総司令官は意気消沈していた。[6]七月二十二日には、陸軍参謀総長も、戦闘で大勝利を得る見込みは少ないと考えていたようである。ネヴェリの「家畜囲い」を完成させるために大変な努力をつくしたにもかかわらず、敵の多数はそこから逃れてしまった。陸軍総司令部はヴェリキエ・ルーキの作戦的重要性を中央軍集団よりも明確に理解していたが、ここもまた放棄されたのだ。ヒトラー宛の空軍総司令官〔ゲーリング〕報告によれば、敵は「複数の濃密な縦列をつくって」スモレンスクから退却中との由であった。これは誇張である。とはいえ、第2装甲集団は、スモレンスクの東で包囲陣を閉ざすための機動を行うべしとの命令は受けておらず、第7装甲師団の戦力のみでは高速道路を使って包囲を南に拡張するには不充分であったから、敵が夜間にドニエプル川を越えて東へ逃げる可能性は実際にあった。「芳しからざる」事態だ。[7]

しかし、こんなことだけでは、大勝利を得られるはずだったのが、さほどではない結果に終わるというようなことは、まずない。それを生じせしめたのは、ヒトラーという要素であった。彼は、指揮の細目にまで毎日のように口を出し、避けられない戦線後退までも個々の指揮官がわざとやったことで罪があると弾劾した。そのため、ヒトラーと陸軍総司令官のあいだには、耐えられないような緊張が生じたのである。この点に関しては、誰よりも陸軍総司令官が苦しんでいたのだが、ずっと気の荒い陸軍参謀総長のほうは、当時このように不満を述べている。「作戦は些末なことに細分化し、全体的な指揮についても、本来軍集団や軍団の所掌事項であるようなことへの細かな指示しか出せなくなっている」[8]とくに害があったのは、ある報告に際して、ヒトラーが、装甲団隊の運用について陸軍総司令官に説教したことで、それは、ここまでの作戦に関する厳しい批判となっていたのである。七月二十三日、ヒトラーは、左のように述べた。「頑強な抵抗とロシア軍指導部が仮借ない人員の投入を行ったことにより、遠距離目標に対する作戦は、敵がなお予備を反撃に投入できる状態にあるかぎりは見合わせねばならない。現今の状況にあっては、歩兵がより早期に戦闘に介入・交代することを可能にするため、狭い範囲の包囲運動で充分としなければならぬ」[9]こんな説教は正当ではなかった。要するに、ヒトラーは、従来の包囲戦の成功に満足できずにいたのである。その一方で、同じころ、作戦に参加した両装甲集団の司令官に高位の勲章が授けられていることも、そうした印象をつよめている。

このヒトラー発言について、具体的には以下のことがいえるだろう。ロシア軍は、たとえ両側面に脅威が迫っていようとも、執拗かつ頑強にその陣地を固守する。まさに、それこそが東部戦線における、もろもろの包囲戦を可能としてきたのだ。こうして生じた好機をつかまず、見逃してしまうような指揮官はいない。包囲戦によって、敵は大量の物資を費消し、捕虜を出すばかりか、遅すぎる状態になってから絶望的な突破解囲の試みを行って、きわめて多くの損害を被ったのである。迂回作戦や戦術的突破を包囲につなげるべきかどうかは、作戦的な可能性があるか、あるいは、最初の突破の結果、包囲強行のやむなきに至るかといった点から判断される。いずれの場合にも、包囲にかかった側が、逆に包囲される危険があるのだ。そうした危ない橋を渡れるほど、ヒトラーは強くなかった。だが、クラウゼヴィッツが包囲について書いていることは、おそらく将来の戦争にもあてはまるであろう。「われわれは、完全な勝利を論じているのであって……単に会戦に勝つことを語っているのではない。かかる勝利には、包囲攻撃によるもの、もしくは敵の背面から戦闘に入ったものが含まれる。両者とも、常に決定的な性格を持つような結果をもたらすからである[10]」

「指令第三三号」の補足と無効化（図14）

ここまで述べてきたように、陸軍総司令部には、ほとんど絶望的なまでの空気がただよっていたのだが、そこに、ヒトラーの新命令「指令第三三号補足」が飛び込んできた。七月二十三日のことだ。それは、第1および第2装甲集団を第4装甲軍の指揮下にまとめ、ハリコフの工業地帯奪取ののち、ドン川を越えてコーカサスに突進させることを要求していた。南方軍集団の主力は、ドン川流域およびクリミア半島まで進撃する。中央軍集団は充分な兵力を以て、その左翼を前進せしめ、スモレンスク‐モスクワ間の敵を撃破、モスクワを占領するものとされた。北方軍集団は、右側面の掩護を確保し、レニングラードを包囲するために、第3装甲集団を一時的に麾下に入れるという。[11]

本命令が下達された日には、スモレンスク付近の敵の抵抗がいつ衰えるか、いまだ見通しがつかない状態だった。コーカサス征服という予定を入れられた第2装甲集団も、その南翼に対するロシア第二一軍の攻撃を撃退し、エリニャの丘陵地帯を保持することで手一杯だったのだ。レニングラードを包囲することとされた第3装甲集団も、東と北より攻撃され、また、スモレンスク付近にいる敵大部隊制圧の途上にあった。この両装甲集団を奪われた状態で、中央軍集団がモスクワを奪取するというのだ！

OKWから伝達された本命令は現実にそぐわぬものだった。陸軍総司令官が、命令を伝えてきた担当官に託して、「補足」の実行は現在進行中の戦闘が一段落つくまで見合わせるようOKW長官に要求したのも、もっともだった。だが、OKW長官は拒否した。[12] この件について、陸軍参謀総長は、陸軍の見解を文書で述べている。「OKHはモスクワ攻勢の続行を主張する。モスクワ前面においてこそ、ロシア軍を最後の一兵まで撃砕することが期待できるからだ。そこは、統治機構の中心であり、鉄道の結節点としても最重要である。モスクワ奪取により、ロシアは分断されることになろう」しかし、この書簡は送付されなかった。七月三十日付の本文書への追記にあるように、「指令の一部が現状に適さぬものとなり、OKWがOKH構想に歩み寄りはじめたから」である。[13] 少なくともOKWとOKHのあいだで作戦上の見解を統一するために、口頭ででも意思疎通する経路をつくるべきだと思われた。それは、ヒトラーを再び本来の戦役計画に回帰させるための最後の試みであった。「七月二十七日付敵情総括」も、おそらく同様の目的に使われたのであろう。この文書によれば、ロシア軍部隊の戦力は、八十個狙撃師団、十三個戦車団隊、二ないし三個騎兵師団と推定された。これに、新編師団二十五個が加わる。そのうち、いまだ戦闘を充分経験していない師団は、わずか六個にすぎなかった。

南方軍集団前面にあるのは、七十三個狙撃師団の一部、もしくは残存部隊（三十個師団相当の兵力）、六個戦車師団、二個騎兵師団。

中央軍集団前面には、四十六個狙撃師団の一部、もしくは残存部隊（三十二個師団相当の兵力）、三個戦車団隊。このほか、モスクワ前面に新編師団十個があり、同地でさらなる部隊の新編が行われているものと推測される。

北方軍集団前面には、三十個狙撃師団（実質的な兵力は二十個師団相当）、戦車師団三個半。加えて、戦車団隊。このほか、レニングラードより、新編部隊、軍学校部隊、共産党青年団部隊、工場部隊〔工場単位で、そこに勤務する労働者により編成される部隊〕が送られつつあり。

敵側では、複数の師団を直接指揮下に置く軍司令部〔通常、「軍」と「師団」のあいだの指揮結節として「軍団」が置かれる〕が多数新編されたことにより、傑出した人物のもとに、使用できる師団群をかき集めることが可能となっていた。ロシア国民の戦闘意志はなおくじかれてはいない。体制に対する反抗もみとめられなかった。[14]

ＯＫＷとＯＫＨの協力が緊密になったことは、早くも七月二十七日、ＯＫＷ統帥幕僚部長がヒトラーに対し、モスクワ攻撃に賛成してみせたことで、はっきりした。「理由は、モスクワが首都であり、加えて、そこには敵が結集し得る、二つとない戦力が置かれることを期待できるからであります。何よりもまず、この敵の活動力を有する集団を撃砕しなければなりません」[15]これは、おおいにＯＫＨの意向に沿っていた。

だが、ヒトラーは譲らなかった。「ロシア軍から再武装の可能性を奪うために、敵工業を叩かなければならないのだ。ハリコフはモスクワよりも重要である」[16]だが、彼が七月二十八日の時点で、中央軍集団の状況が緊迫していることを知っていたのはあきらかだった。同軍集団は正面と両側面から攻撃を受けながら、スモレンスク包囲陣を片付けなければならなかったのである。陸軍総司令官に対して表明したように、ヒトラーは、左のごとく確信するに至っていた。ほんの五日前に指示したことではあるが、遠距離目標をめざす作戦は、正面にいる敵を殲滅するという必要に鑑みて中止しなければならぬ、と。

ヒトラーは、中央軍集団の指揮区分の再変更を命じた。第4装甲軍は廃止される。第2装甲集団は、複数の歩兵軍団で増強され、「グデーリアン集団軍〔Armeegruppe〕」として、中央軍集団の直接指揮下に置かれる。この集団軍は、「クリチェフから南西、ゴメリに向かって攻撃し、中央軍集団右翼の苦境を解消するため、同地の敵を殲滅する」こととされた。第9軍は、ヴォーピ河畔にいる第3装甲集団と交代する。第3装甲集団は、まず第9軍麾下、ついで北方軍集団の直属となり、「ヴァルダイ丘陵を越えて前進、北方軍集団の右側面を掩護するとともに、最終的にはモスクワとレニングラードの連絡線を遮断する」任を受けた。[17]

かかるヒトラーの「配慮」は、中央軍集団司令官の命令権を、おおいに侵害するものであった。ただ、こうした指示のすべてにOKHが賛成したわけではなかったとしても、「補足」で設定されていたような遠距離目標に対する作戦遂行は放棄されていた。よって、陸軍総司令官も、麾下の諸軍集団に作戦続行命令を出すことができるようになったのだ。七月二十八日に下達されたOKH指令もそれに与った。本指令の第一章では、軍事情勢に対するOKHの認識とつぎなる企図が概観されていた。それゆえ、以下に引用しよう。

「ＯＫＨは、開進訓令によって与えられた最初の作戦目標を達成するとともに、作戦可能なロシア軍主力を撃砕したものと考量する。敵にとって重要な諸方面、すなわち、ウクライナ、モスクワ、レニングラードにおいて、味方のさらなる前進に対して頑強な抵抗を行うために、よりいっそう、大量の人的予備、訓練未了の者までも容赦なく投入してくることはあり得るであろう。開かれた側面に対し、繰り返し攻撃をかけてくることも覚悟しなければならない。敵は、バルト海から黒海まで連続した防御線を築こうと努力し、陣地戦によりドイツ軍を止めようとしている。それが、本年におけるロシア軍の目標だといえよう。しかしながら、ＯＫＨは、ロシアの軍事力はその目的にはもはや足りないものと確信する。捕捉可能な敵兵力を戦線から孤立させ、各個に殲滅する。また、敵が連続した戦線を布くのを不可能とし、味方が作戦を続行するための機動の自由を確保する。こうした目的のために、得られる機会のすべてを活用することをＯＫＨは企図している。それらによって、敵が物質的な再武装を行うことを不可能とする目的で、最重要の工業地帯を占領するための前提条件が整うのである。遠距離目標に対する作戦は、ひとまず見合わせなければならない[18]」

ここで明言されている、作戦再開のため、敵軍の「作戦可能な」部隊を殲滅するとの企図は、ヒトラーの見解にはほとんど添っていなかった。彼はいっそう強く、ロシアの経済的基盤に対する戦争に着手したいと考えるようになっていたのである。ただし、この対立が暴露されることはなかった。かくのごとき情勢判断とともに出された七月二十八日付のＯＫＨ指令は、ヒトラーが口頭で述べた構想に則していたのだ。それについて、細かく引用する必要はあるまい。というのは、すぐにヒトラーが新しい命令を出したために、本指令は反古《ほご》にされてしまったからである。

一九四一年七月三十日付OKW「指令第三四号」――「回復」（図14）

七月末まで、中央軍集団南翼ならびにそのエリニャ・ヴォーピ川正面に対する攻撃が続き、また、軍集団北翼には新手の敵戦力が現れた。こうしたことが、遠距離にある経済的目標を狙う作戦はまだ時期尚早であるとのヒトラーの認識を固めたのだ。加えて、前線への補給状態が深刻となっていたし、自動車化団隊の酷使された装備を点検修理する時間も必要になっていた。七月三十日にあらたに下達されたOKW「指令第三四号」により、「指令第三三号」とその補足は最終的に撤回され、中央軍集団所属の自動車化団隊を回復させるため、十日の時間を与えることが定められた。ヒトラーの〔東部〕軍向け命令の詳細は左の通りである。

一、東部戦線北部においては、レニングラードを包囲し、フィンランド軍との連絡を得るため、イリメニ湖－ナルヴァ間に重点を置き、攻撃を継続すべし。本攻撃にあっては、イリメニ湖北ヴォルホフ付近において、イリメニ湖北東への攻撃の右側面掩護に必要とされる範囲で北東正面に対して部隊を展開させる。これに要せざる戦力はすべて攻撃翼に投入すべし。企図されていた第3装甲集団のヴァルダイ丘陵への突進は、その運用準備が整うまで中止。代替策として、中央軍集団左翼は、北方軍集団右翼の側面掩護に必要とされる範囲で北東に前進すべし。エストニアは、第18軍の戦力を以て掃討すべし。

二、中央軍集団は、有利な地形を選んで、防御に移行すべし。今後、ロシア第二一軍に対する攻撃に必要とされる限りで、限定目標に対する攻撃実行を可とす。

三、南方軍集団は麾下戦力を以て作戦を続行すべし。敵第六および第一二軍殲滅ののち、キエフ南方でドニエプル川に橋頭堡を築くものとす。[19]

この指令には、本来ならば、陸軍総司令官のみが発令できるはずの細目指示も含まれていた。けれども、明確な戦役目標は与えられていない。かくて、七月いっぱい、すでに発令された指令やその補足を実行するのではなく、考察・検討に時が費やされた。最初の数週間に得られた、疑う余地のない大勝利をいかに活用するかは、決められずじまいだったのである。はっきりしてきたのは、政治的理由からレニングラード包囲を確定しようとヒトラーが努めていることだった。そもそも、いかにして、また誰が、のちのモスクワ攻撃のために北側面を確保するのかも、はっきりしないままだったのだ。ロシア軍を完全に撃砕することはなお追求されるべき作戦目標であり、経済的に重要な目標の占領はそうではないという点で、とりあえずヒトラーを納得させることはできた。ただ、ヒトラーの頭の使い方はいつも気まぐれであることを考えれば、彼が再び脇道にそれる危険が常にあったことはいうまでもない。

それゆえ、より重要だったのは、ヒトラーが、陸軍総司令官の意を受けたOKW、とりわけその統帥幕僚部長に影響されていたことである。目下のところ、そうした影響は、確実に保たれているようだった。八月五日、陸軍総司令官は、ヒトラーの口から、自分の（つまり、陸軍総司令官自身の）見解が語られるのを聞いている。「今のような展開では、第一次世界大戦のような戦線膠着におちいってしまう。よって、再び機動が行えるようにするため、敵をその戦線から分断、孤立させなければならない。ただ、すべてを同時にやることはできぬ。現在、三つの課題がある。

一、第3装甲集団はヴァルダイ丘陵を奪取、それによって中央軍集団左翼の前進路を啓開してやらねばならない。ただし、北方軍集団の側面掩護を行うためにさらに東方に進撃することは許可されない。むしろ、ヴォルガ川沿いにモスクワへ突進するときに備えて、その場で停止しているほうが好都合である。

二、グデーリアン集団軍は、ゴメリ付近の敵を掃討したのち、モスクワに向けて旋回する。

三、南方軍集団によるヴォルガ川以西の敵排除[20]」

陸軍総司令官の安堵が眼に浮かぶというものである。しかし、陸軍参謀総長は、この喜ばしい見解も、ヒトラーにとってみれば「探りを入れている」にすぎないのだと知っていた。陸軍参謀総長は、目下の主たる問題、戦役目標が最終的に確定したわけではないとみていたのである。つまり、経済的理由からウクライナとコーカサスを奪取するのか、それとも、敵軍に潰滅的打撃を与えるのかということだ。八月四日、中央軍集団司令部において、ヒトラーは、モスクワはレニングラードとハリコフにつぐ第三の目標となると明言している。それが、陸軍参謀総長の不信感をつのらせていた。八月七日のOKW統帥幕僚部長との会議において、陸軍参謀総長は、ヒトラーが望むのは敵の撃破なのか、経済的目標の追求なのかという点をあきらかにさせようと努めた。相手が確たる回答を避けたにもかかわらず、陸軍参謀総長は「彼も同調している」との印象を受けた。[21]何よりも、「敵が戦術的にちょっかいを出してくるのを、作戦的に追い回すようなことは許されない」という点で、両者は完全に一致していたのである。

八月四日、ヒトラーは、中央軍集団麾下の両装甲集団司令官に、ボリソフにあった中央軍集団司令所に来るよう命じた。装甲団隊の技術的状態について聴取することが、その目的であった。いずれの装甲集団も、師団を少しずつ前線から引き揚げはじめていた。回復に当て得る期間は、この抽出のタイミングに左右される。第2装甲集団司令官は、八月十五日には再び作戦可能となると確信していたが、一方、第3装甲集団は早くとも八月二十日までかかると報告した。両司令官とも、最終的に喪失したものと定まった（全損）分の戦車を新規生産車両により補充してくれるよう、要求した。ヒトラーは、上陸を受ける危険があることに鑑み、西方占領地域を装甲団隊なしの無防備状態に置くわけにはいかないという理由で、これを拒否した。その代わりに、両装甲集団にエンジン四百基を引き渡すつもりだと言われたが、それでは充分な補充にならないのであった。以後の企図については、ヒトラーははっきりしたことを述べなかった。中央および北方軍集団の驚異的な猛進は、まったく新しい状況を生み出したというのだ。第3装甲集団の北方への移管は、もはや必要ではなかろう。南方軍集団方面でも、もう事態が進捗している。だが、第一目標はレニングラード周辺の工業地帯であり、そのつぎがハリコフ、モスクワはやっと三番目の目標ということになるだろうと、ヒトラーは言った。彼はなお決断を留保しているのだった。[22]

一九四一年八月十五日までの情勢の進展（図14、図15）

七月後半に出された、互いに矛盾するOKW指令とその補足によって、防御態勢に入る一方、右翼の脅威を除去せよとの中央軍集団に対する命令は、効力を持ったままであった。二個歩兵軍団によって増強された第2装甲集団右翼は、八月一日から八日にかけての突破戦において、ロスラヴリ北方の敵、三ないし四個師団を包囲撃滅した。これによって、右側面の脅威は排除されたが、モスクワ方面への作戦を行う自由は得られなかった。従って、ロシア第二一軍を除去する目的で、南西、ゴメリ方向への突進を継続することをヒトラーが希求したのも、正当化されるわけである。南方軍集団司令官〔ゲルト・フォン・ルントシュテット元帥（一八七五〜一九五三年）〕もまた、ゴメリ経由、南のチェルニゴフに向かう第2軍の攻撃を続行させるよう、八月十日と十八日に要求していた。ロシア第五軍を後退させ、同軍集団北翼に対する抵抗を放棄させるのが、その目的だった。第2装甲集団司令官は、熱望されたモスクワ攻撃作戦の準備を完了させることに全力を注いでいた。だが、八月十五日、不承不承ながらも、麾下右翼の軍団（第24装甲軍団）を南への攻撃に投入した。この軍団は、六月二十二日〔独ソ開戦日〕以来、ほとんど一日たりと休止の機会を与えられていなかったのである。❖23

ロスラヴリからスモレンスク東方、ドニエプル河畔まで展開していた同軍団は、八月九日までに歩兵軍団と交代、戦線後方に控置された。スモレンスク北方の包囲陣においては、八月三日より、第9軍麾下の二個歩兵軍団が西から圧力を加え、八月五日までに掃討を終えた。ヤルツェヴォ－ビェロイ南西－ネヴェリ北東の線で強固な戦線が形成され、その後方で第3装甲集団麾下の二個装甲軍団は回復作業にかかった（一四〇頁参照）。北翼をヴェリキエ・ルーキ方向に前進させせようとする試みは、八月二日、敵の頑強な防御に遭って、挫折した。第9軍司令官〔アドルフ・シュトラウス上級大将（一八七九〜一九七三年）〕が罹病したため、八月三日、ヤルツェヴォからヴェリキエ・ルーキに至る中央軍集団北翼は、第3装甲集団司令官の指揮下に置かれた。

南方軍集団においては、七月はじめに第1装甲集団が突破に成功していたが（一二四～一二五頁参照）、大雨と敵の反撃のため、当初、ベーラヤ・ツェルコフ（図14をみよ）を越えて前進することはできなかった。が、その後、同装甲集団麾下の複数の装甲軍団が、ロシア第六軍の背後、ウマニ方面に機動を再開した。それらのうち、西側の軍団が、七月二十二日にウマニ北西で南西方向に旋回、第17軍前面でヴィニツァ方面より撤退中の敵を封じ込めたのだ。この敵部隊とドニエプル川のあいだを、他の二個装甲軍団が突破せんと努めた。目的は、敵が南側の東方退却路、とくにノヴォ・アルハンゲリスク経由のそれを使えぬように遮断することだった。八月一日、第1装甲集団麾下の二個装甲師団がノヴォ・アルハンゲリスク近くとその南で西向きの戦線を形成、敵を封じた。一方、第17軍所属の山岳軍団がヴィニツァ経由で、南東への急進を強行している。ウマニ付近の敵後衛陣を突破し、ウマニからキーロヴォへの敵退却路に迫るのだ。無数の包囲戦が各個に展開される。この八月三日から七日にかけての、尋常でないほどの流血をもたらした戦闘で、ロシア軍の二個軍がまたしても潰滅した。[24] 八月二十日までに、ドニエプル川湾曲部のすべてが南方軍集団の手中に落ちる。八月十八日には、第1装甲集団がザポロジェ付近で、ドニエプル川東岸に地歩を固めた。第17軍と第16軍はキエフの南で、ドニエプル川に沿って停止した。キエフ市自体は、敵が強固に防備をかためていたのである。八月二十一日以来、中央軍集団南翼のゴメリ攻撃の影響を受け、ロシア第五軍もとうとうコロステニ西方の湿地から、キエフ北方のドニエプル川流域に退却しはじめていた。

北方軍集団にあっては、快速部隊をまとめて一つの集中打撃に投入することがいまだできずにいた。手もとにある六個師団のうち、八月なかばには、イリメニ湖の南で戦術的目的に用いるため、一個SS〔武装親衛隊。以下同様〕師団が、ある軍団に配置されており、また第56装甲軍団麾下の一個自動車化師団がルーガ戦区で攻撃実行中であった。ただ、第41装甲軍団のみに、三個装甲師団と一個自動車化師団が集中配置されていたのである。八月八日以来、同軍団は、ナルヴァ南東において、ルーガの南を通り、北に向かう攻撃を行っていた。八月十四日、攻撃部隊の先鋒は、クラスノヴァルダイスク－ナルヴァ間の鉄道線に到達し、レニングラードに突進するため、東に旋回する。[25]勝ち誇る第41装甲軍団に、とうとう第56装甲軍団麾下の二個自動車化師団が増援されることになったが、結局、それは実現しなかった。

一九四一年八月十二日付「指令第三四号」補足（図14、図15）

ウマニの戦闘は上々の結果に終わり、南方軍集団前面の敵主力は撃砕された。それによって、南方軍集団は自力でドニエプル川を渡河し、ウクライナとクリミアを征服し得るものと期待できるようになったのだ。よって、八月十日、状況はなお展望にみちみちているとOKWは判断した。最強の敵戦力は、中央軍集団前面にある。これを殲滅し、モスクワを奪取することこそ、努力を向けるべき最重要目標である。中央から南北へと牽制をはかる作戦も提案されている。だが、そんなところに兵力を投入すれば、主攻が弱まってしまうのだから、そうした案は誤りだといえよう。逆に、限定された目標に攻撃を集中し、決定的な打撃を与えなければならないのだ。中央軍集団南翼では、かかる攻撃がすでに開始されている。だが、これまで、その北翼に配されていた兵力では、ヴェリキエ・ルーキ－トロペツ間の地域にある敵を決定的に撃破するには不充分であろう。ここに第3装甲集団の一部を投入すべきであるが、それがさらにヴァルダイ丘陵まで前進することは許可されない。この側面作戦にはおよそ十四日を要するであろうから、モスクワに向かう主攻は、八月末には開始できることになる。北方軍集団は「縦深を取り、重点を形成しないまでも、敵戦線を浸食」しておかなければならない。それには「数週間かかるであろう」いかなる場合にも、第3装甲集団を「ヴァルダイ丘陵の有り難くない地形に」膠着させることは許されない。[26]

かかる見解に、ヒトラーは異を唱えなかった。彼もまた、中央軍集団の南北両側面に対する脅威を最初に排除しておきたいと望んでいたのである。そのため、八月十二日に「指令第三四号への補足」が発令された。ウマニの戦いによって、南方軍集団は、「ドニエプル川の彼岸において、さらなる作戦を行う為の機動の自由を勝ち取り、与えられた遠距離目標に到達する目的」に向けて、十二分に有利な立場を得ていた。従って、同軍集団は、敵がドニエプル川の背後に新戦線を布くのを妨げ、その東岸に橋頭堡を築くこととされた。

中央軍集団は、両側面の脅威を排除、とくにトロペツ方面にある第16軍との連結に努める。その際、中央軍集団北翼がはるか北正面に向かうことになるから、北方軍集団側は南側面に注意する必要もなくなり、その攻撃正面によりいっそうの師団群を投入することができるようになるのであった。こうして側面の脅威が完全に除去され、装甲団隊の休養回復が終わったときにようやく、モスクワ防衛のため、敵が広正面に集結させた戦力に対する攻撃を貫徹する準備が整うのだ。目標は、冬の到来前に、全国家の指導、軍備、交通の中心地、すなわちモスクワを敵の手から奪うことである。[27]

この指令を受領したOKHは、ほっと息をついたかもしれぬ。モスクワをめざす決断を求めなければならないという、OKHがかねて主張してきた見解が、それによって承認されたと考えたとしても無理はないのだ。モスクワ攻撃の準備と遂行には、あと一月半ほどの時間が使えるし、その間、好天も当てにできる。ここまで、それとほぼ同じ時間で、ズーダウエンからミンスクとヴィテプスクを越え、スモレンスクに至るまでのおよそ七百キロを踏破、しかもロシア軍の中核部隊に潰滅的な打撃を与えてきた。著しく弱体化した敵に対して、ヤルツェヴォ(スモレンスクの東)からモスクワまでの残り三百キロを進撃する。一九四一年六月二十二日以来、味方の損害が合計二十一万三千名におよび、[28]物資の消耗状況も憂慮されたとはいえ、そのぐらいのことはできると考えたところで、あながち計算ちがいというわけではなかったのだ。

ただし、東方、モスクワに突進する中央軍集団というくさびの両側面を掩護するのに充分なだけの兵力があるかどうかということは、また別問題であった。敵はなお、装甲団隊にとっては、ほとんど通過不能であるヴァルダイ丘陵を握っており、いかなるモスクワへの前進に対しても、同地から攻撃の側面をおびやかしてくるだろう。イリメニ湖 - ペイプシ湖間で北東、レニングラード方面を攻撃すると同時に、東方、モスクワ攻撃に向かう部隊の側面を掩護するため、自らの南翼を前進させるというようなことが北方軍集団に可能だろうか。それは、おおいに疑わしかった。東部戦線の北半分にあるドイツ軍が有する三個装甲集団だけでは、モスクワに対する両翼包囲には不充分であることもあきらかである。主作戦の観点からすれば、もっと早く、七月はじめぐらいに、スモレンスクとホルムのあいだにそれらを集中しておかねばならなかったのであろう。いまや、その三個装甲集団はロスラヴリからナルヴァまで分散し、作戦的協同の可能性はなくなっていた。しかし、少なくとも第3および第4装甲集団をヴァルダイ丘陵南部での共同行動のために結集させる時間はあったはずである。レニングラード包囲を放棄するのはいうまでもない。だが、その逆のことが現実になったのだ。

重大な決断（図15）

このように、ＯＫＨは、八月末には中央軍集団を以てモスクワに対する決定的な突進を開始し得るとの希望を抱いていた。ところが、ヒトラーは、北方軍集団方面での局地的危機に再び影響され、八月十五日、広範囲にわたる決定を下した。「中央軍集団のさらなるモスクワ攻勢は見合わせる。第3装甲集団は、ただちに一個装甲軍団（一個装甲師団および二個自動車化師団）を北方軍集団に割愛すべし。当該地域の攻撃が失敗に瀕しているからである」[29]北方軍集団の状況がそのように不利であるとみなした根拠は、いったい何であったのか？

第16軍麾下の二個軍団の一つ、第10軍団はイリメニ湖南方地域で東に向かって前進していたが、圧倒的なロシア軍（第三八軍麾下の八個師団）の攻撃を受け、北方、イリメニ湖の方向に撃退された。北方軍集団は、それまでルーガとイリメニ湖付近で戦闘中だったＳＳ一個師団と自動車化師団一個を第56装甲軍団の指揮下に入れ、激しく圧迫されている第10軍団救援に向かわせた。反撃は八月十九日に開始され、ロシア第三八軍の大敗に終わる。同軍の残存部隊は、東のヴァルダイ丘陵へと退却した。[30]ヒトラーは、この戦争を開始する前に、中央軍集団の快速部隊により北方軍集団を強化することを求めていたが、七月初頭の時点では、そうした命令を出さずにいた。それが今、彼の脳裏によみがえったのである。当時、第3装甲集団がドヴィナ川を越えてルーガ、もしくはプスコフ方面に前進していれば、北方軍集団が前面の敵をバルト海に向けて圧迫し、それによって作戦に決定的な転回点をもたらすことも可能であったろう。だが、六週間経った今となっては、中央軍集団は、一個装甲集団の半分を割かれて弱体化した上に、モスクワという作戦目標を得るために、残る兵力を以て最後の一歩を踏み出すか否かという瀬戸際にいたのだ。

結局、第3装甲集団から移譲された軍団（第12装甲師団、第18および第20自動車化師団を麾下に置く第39装甲軍団）は、危険な地点に投入されるのではなく、ヴィリナを通る大きな弧を描くかたちで北方軍集団北翼に配置された。同軍団は、レニングラード工業地帯を征服し、「ボリシェヴィズムの牙城」をモスクワから切り離すというヒトラーの熱望をみたすこととされていたのである。レニングラードの南では、はるか東方まで突進した第39装甲軍団が、筆舌につくしがたい労苦の末に、一部は徒歩でチフヴィンにたどりついていた。ところが、これまでレニングラード攻撃を成功裡に進めていた軍団（第41）は、数週間後、まさに同市を指呼の間に望んだところで攻撃中止を命じられ、来た道を戻らなければならなくなった。同軍団は、十月初頭に予定されてはいたものの、いまだ決定されていなかったモスクワ攻撃のため、第3装甲集団に配置されたのだ。「かかる右往左往について、納得のいく説明をすること」[31]は、まったく難しい。

北方軍集団麾下に入るため、第39装甲軍団が進発してから数日後、第3装甲集団に所属する別の軍団、第57装甲軍団は、第19および第20装甲師団を以てヴェリキエ・ルーキ付近に集結している敵の陣を突破、歩兵師団と合同でこれを殲滅せよとの命を受けた。この任務も、八月二十二日から二十七日にかけて、迅速かつ徹底的に遂行された。同軍団は、ぬかるんだ道を押して追撃を敢行、九月一日までにドヴィナ川東のトロペツに達した。その後、第57装甲軍団は、「一時的に」第16軍の指揮下に置かれている。九月いっぱいは、デミヤンスク付近およびホルム－オスタシコフ間の激戦に参加し、第56装甲軍団とともに東のヴァルダイ丘陵めざして北方軍集団南翼を前進させるべく努力したのだ。降り続く雨がヴァルダイ丘陵のローム質の土壌を湿地に変え、この森林と湖沼にみちみちてはいるが道路の少ない高地帯は、秋季のあいだ、自動車化団隊の運用には、まったく不適となった。従って、かかる配置は、第57装甲軍団が被った人員・

物資の大損耗に比せば、ごくわずかな作戦的利益しかもたらさなかったのだ。敵はヴァルダイ丘陵を保持しつづけた。同軍団は十月初頭、中央軍集団南翼を担う第4軍のモスクワ攻撃に参加すべく、四百キロの行軍ののちにスモレンスクに到着した。[32]

右記の経緯を先に述べたのは、八月十五日のヒトラー命令がおよぼした影響を示すためである。第3装甲集団の快速師団五個が北に移譲されたことは、第2装甲集団主力が南方、ゴメリ方面に投入されたことと結びついて、中央軍集団からモスクワ突進の可能性を奪ってしまった。七月四日にヒトラーが予告しておきながら、先延ばしにしていたこの決断、それこそが戦争の帰趨を決めるものだったのである。

しかし、もう時は切迫していた。敢えてモスクワ「進軍」を実行するにも、こうして指示された支作戦を遂行し終えたそのあとでは、秋も終わりに近づいているということになりはしないか？　さらに、もっと重要な問題がある。自動車化団隊の物質的消耗に鑑みて、敵首都に対する最後の決定的突撃など、そもそも可能だろうか？　それらの部隊の補充・回復はなお不充分であったし、ロシアの秋においては地表が通行困難になるのだから、消耗はいよいよ増えるであろう。

これが、当時の国防軍最高司令部ならびに陸軍総司令部によって、きわめて真剣に検討された問題であった。ＯＫＷは、八月十八日付の「東部情勢判断」を以下のごとくまとめた。「東部軍は、南方軍集団ならびに北方軍集団にその任務遂行をゆだね、同時に中央軍集団を以て、モスクワに対する決定的一撃を加えるに充分な戦力を有している。（たとえば、第2装甲集団において生じたような）目先の成功を捨て、局所的な危機を甘受することは、その前提なのだ」

キエフへ、モスクワにあらず——一九四一年八月十八日〜二十二日（図15）

北方軍集団に兵力が移譲されたにもかかわらず、ＯＫＨも、モスクワ方面を攻撃すべきだとの意見に、はっきりと与していた。その途上で最強の敵（四十二個狙撃師団およびモスクワ付近で編成中の師団二十個）と遭遇するだろうし、彼もまた決戦を求めるであろう。八月十八日、ＯＫＨは決定を迫るべく、モスクワ攻撃企図の詳細をヒトラーに提示した。中央軍集団は、この攻撃に四十二個歩兵師団ならびに十二個快速師団を使用できた。それらは、左のごとく区分される予定であった。

（a）南部攻撃集団。第2装甲集団および第4軍から成り、九個歩兵師団、一個騎兵師団、八個自動車化団隊を有する。

ブリャンスク−ロスラヴリの線を越えてカルーガを攻撃、オカ川を以て右側面の支えとする。

（b）中部防衛集団。第4軍が十個師団をロスラヴリ−ヤルツェヴォの線に展開させる。

（c）北部攻撃集団。第9軍および第3装甲集団から成り、十三個歩兵師団、四個自動車化団隊を有する。本集団の兵力を二分し、それぞれビェロイならびにトロペツ地区から攻撃せしめる。ヴォルガ川を以て左側面の支えとする。

この作戦の前提として、ＯＫＨは二つの条件を付していた。

（a）現在、ゴメリに向けて実行中の攻撃を、過度に南方に進めることは許されない。東方に旋回し得るようにしておくためである。よって、歩兵の前進はゴメリ－スタロドゥーブの線、快速部隊のそれはノヴォグラードおよびその東方までにとどめる。

（b）第3装甲集団がトロペツを越えて北東に進出、北方軍集団南翼の戦闘に関与することを許さず。[33]

この二つの条件ゆえに、ヒトラーの賛成を得ることはできなかった。彼は、作戦の重点をまず南方軍集団に移し、一方でレニングラードを包囲すると決めていたのである。が、北部攻撃集団に予定されていた四個快速団隊が、かかる突破やその後の作戦を行うのに充分な兵力であったかは疑問だ。彼らが互いに遠く離れ、統一指揮はほとんど不可能とあっては、なおさらであった。とはいえ、いまや、北方軍集団方面の広大な空間に九個快速団隊がばらまかれ、主作戦との連繋なしに投入されることになった。これが、あとになって祟ったのである。

八月二十日付のOKH提案に対するヒトラーの回答は、彼と陸軍総司令官、さらにはOKWの助言者たちとのあいだにある意見の相違を、ついに暴露することになった。八月十二日には冬の到来前にモスクワを征服すべしと命じていたにもかかわらず、ヒトラーは陸軍総司令官の意見具申をとりつくしまもないやりようで却下した。その代わりに、別の作戦目標を設定したのである。なるほど、そちらに進む可能性はあると、ヒトラーによって、何度もほのめかされてはいたものの、いつでもすぐに引っ込められてしまった目標だった。モスクワとそこに向かう途上にある敵戦力ではなく、「クリミアならびにドニェツ工業・炭鉱地帯の奪取、コーカサス地域よりロシアへの石油供給を遮断すること」が最重要目標だというのだ。[34]

つまり、ヒトラーは、「接触できる範囲にある敵の作戦可能な戦力を殲滅しなければならない」という彼の従来の見解をうち捨て、経済的な目標を作戦の第一義としたのである。だが、野戦に投入されているロシア軍戦力はいまだ撃破されてはいなかった。中央軍集団東正面に対する攻撃がなお続いていることは、その証左だった。ロシア軍に新編部隊のための武装を供給する経済資源の奪取をはかるなどということは、まだ考えられない状態だったのだ。「優れた作戦計画を立案することは、たいした名人芸というわけではない。むしろ、作戦遂行中に自らが定めた原則を忠実に守っていくことのほうが、はるかに難しいのだ」[35]という言葉が、またしても証明された。ここにおいて、ロシア野戦軍の撃砕は、経済的・政治的な戦争目標よりも優先されなければならないという原則が損なわれたのである。

東部戦線の重心を中央から南方へ移すとした一九四一年八月二十一日付の命令から、この広範な影響をおよぼすことになった決定の理由について述べた部分を引用しよう。「ゴメリ－ポーチェプの線に到達したことによって生じた、めったにない作戦的好機は、南方軍集団ならびに中央軍集団それぞれの内翼を用いた集中作戦のため、ただちに利用されなければならぬ」事実、この命令に従って遂行された作戦は、本来企図されていたロシア第五軍のみならず、さらにキエフ－チェルカッスィ－ロムヌィで戦闘中だった三個軍を殲滅するという大きな成果をあげた。対ソ戦中、最大規模の包囲作戦である。だが、戦果はともあれ、ドイツ軍の戦役計画の枠組みにおいては、それは、貴重な時間と戦力を費消し、そもそもの作戦目標であるモスクワ到達を、不可能とはいわぬまでも、極度に危うくするような支作戦にすぎなかったのだ。

第九章　ヴャジマ戦に至るまでの作戦（図15、16）

戦略的基礎状況（図15）

キエフ大包囲戦の遂行には、九月いっぱいかかった。九月二十六日、キエフ南東方において、ロシア第五、第二六、第三七、第三八軍の残存部隊が降伏するとともに終わったのである。南方軍集団前面の敵戦線に大穴が開いた。しかしながら、一九四一年八月二十一日付のヒトラー命令に定められていた政治・経済的な目標、クリミア、ドニェツ工業・炭鉱地帯の占領とコーカサスよりのロシアへの石油供給遮断を達成するため、作戦を行う時間が充分に残されているかどうかは疑わしかった。ここ、南部ロシアにおいて、目前に迫っている冬が作戦遂行を危うくする可能性は低かった。むしろ、秋のほうが、長雨による河川の氾濫を引き起こし、すべての道路網を重車両が通行できない状態にしてしまうのだ。このロシアの「泥濘期」は早くも十月なかばにはじまっており、ドイツ軍指導部もその影響を認識するに至ったが、それはあまりにも遅すぎた。とはいえ、かかる自然の障害にもかかわらず、南方の戦略目標は達成されたも同然であった。クリミアは、セヴァストポリを除けば、十一月なかばまでに第11軍に占領された。この半島も、ルーマニアの油田地帯に対する「航空母艦」〔ヒトラーは、多数の航空基地を有するクリミア半島は、ルーマニアの油田を空襲するための天然の「航空母艦」であるとしていた〕としては無力化されたのである。第1装甲軍と第17軍は、十一月初頭以来、スターリノ、アルテモフスク、スラヴャンスク、最重要のドニェツ工業地帯を確保していた。第6軍は十月末にハリコフを奪取した。ただ、コーカサスからの石油供給を妨げるには至っていない。

キエフの戦いに際しての南方軍集団の要請に応じて、中央軍集団は相当数の麾下兵力、すなわち第2軍および第2装甲集団をしてデスナ川を渡河せしめ、南に前進させた。第2装甲集団の総兵力のうち、三分の二は、ロムヌィ南東－グルホフ－ノヴォゴロドの線で東正面を保持し、あらたに召致された敵部隊による牽制攻撃を拒止していた。

また、中央軍集団の他の戦線では、第4、第9軍、第2および第3装甲集団の一部が、ポーチェプ－ロスラヴリ－エリニャ－ヤルツェヴォ－トロペツ南方の線に陣を布いた。その全面で、敵も陣地を構築している。

北方軍集団方面では、その麾下にあった第18軍がいっそうレニングラードに迫っていた。八月なかばに第3装甲集団より移譲された第39装甲軍団は、九月はじめにシュリッセルブルクを奪取、敵のモスクワとの連絡線を断ちきった。十月初頭の突進はヴォルホフを越え、チフヴィン占領に至ったものの、求められていたフィンランド軍との連結は成らない。とはいえ、フィンランド軍も九月はじめに、ラドガ湖の東、スヴィリ川まで前進していたのである。ただ、十月初頭にイリメニ湖の南東で攻撃に出た第16軍麾下の諸軍団は、ヴァルダイ丘陵の西斜面で止められていた。

まだキエフ東方の作戦が成功裡に進んでいるあいだに、モスクワ防衛のため、中央軍集団前面に集結している敵戦力を撃破するとの構想が再検討された。その際、第2軍および第2装甲集団との協同をあきらめるわけにはいかないが、これらが使えるようになるのは、早くとも九月末になろうから、攻撃を開始できるのはやっと十月初頭になって、ということになる。本攻撃がモスクワまで打通できるかどうかは、季節が進んでいることを考えると、最初から疑わしかった。それゆえ、攻撃の任にあたる中央軍集団は、比較的手近な目標を設定したのだ。一方の攻撃集団はロスラヴリ付近で突破、北東のヴャジマをめざして突進することとされた。そこで、北西方向からヴャジマを攻撃する北部の攻撃集団と手をつなぐのである。それによって、スモレンスク東方にある敵は包囲され、正面攻撃で殲滅することが見込まれる。これとは別に、第2装甲集団はグルホフ地域よりオリョールを攻撃、ノヴゴロドとブリャンスクのあいだにいる敵の背後に突進する。そうして、正面の第2軍とともに、この敵を包囲する予定であった。

八月の時点における陸軍総司令官のモスクワ攻撃計画は、中央軍集団の南翼にある第2装甲集団を以て、ブリャンスク経由カルーガに前進させることを予定していた（一六九〜一七〇頁参照）。だが、第2装甲集団がロムヌィの南まで突進した今となっては、もうグルホフからオリョールに前進させるしかない。よって、装甲師団五個と自動車化師団四個半を擁する第2装甲集団は、ヴャジマ攻撃には使えなくなった。以後の流れにおいても、第2装甲集団はカルーガではなく、トゥーラ方面に投入されてしまったから、三個装甲集団を一つの作戦に協同させることはまたしても実現しなかったのである。

第4装甲集団は九月に、中央軍集団指揮下に移された。同装甲集団は、麾下二個装甲軍団（イリメニ湖南方地域にいた第56とレニングラード近くにあった第41）を、ドゥヴィナ川上流域、トロペツならびにホルム付近でごく容易に最短距離で合流させることができたはずだ。そうすれば、同装甲集団左翼は、ルジェフ前進に好都合な位置につけたのである。だが、現時点で、かかる大規模な迂回・包囲運動をやるには時間が不足していた。また、第4装甲集団の幕僚たちは、南部の攻撃集団の指揮も引き受けなければならなかった。この攻撃集団は、第2装甲集団の一部と陸軍総予備の二個装甲師団を編合したもので、ロスラヴリ近くに集結していた。同攻撃集団には、さらに第57装甲軍団も加わることになっていたが、それは九月末にはまだ第16軍麾下にあってヴァルダイ丘陵で戦闘中だった。第41装甲軍団はその麾下にある三個師団ともども、第3装甲集団の指揮下に入り、北部攻撃集団に編合された。その方面に向けて、第56装甲軍団も行軍を開始した。

それゆえ、中央軍集団がモスクワ突進に使える兵力は、かなりの規模になった。三個歩兵軍、そして、十三個装甲師団と八個自動車化師団を有する三個装甲集団だ。かてて加えて、グロスドイッチュラント連隊〔「大ドイツ」連隊の意。国防軍のエリート部隊〕と第900教導旅団もある。また、多数の突撃砲と重砲〔主として北方軍集団より割愛されたもの〕が、この決戦正面に召致された。加えて、二個航空軍が攻撃を支援する。かくのごとく、真の重点を形成すべく、あらゆることがなされた。ところが、確たる予想ができない要因が一つあって、かかる巨大な陸軍兵力による作戦の目標を即時確定することを妨げていた。移りゆく季節が、それである。十月になってもまだ、広範囲にわたる迅速な機動に好都合で、補給活動を危険にさらさずにすむような、乾いた天候を期待できるだろうか？　一八六四年戦役〔対デンマーク戦争〕ののち、モルトケはこう記している。「天気を当てにして作戦を立てることはできないが、季節をもとにすることはおそらく可能である」[1]九月の道路交通の困難は、好適な季節が過ぎ去ったことを示していた。にもかかわらず、ドイツ軍指導部は攻撃を敢行した。決定的な勝利を得る望みを、それに懸けていたのだ。

一九四一年九月における第3装甲集団の状況（図16）

八月最後の数日間に至るまで、敵は執拗にスモレンスクを奪回しようとしていた。第4軍はエリニャ突出部放棄を余儀なくされている。ここで、敵は塹壕にこもった。スモレンスク－ヴャジマ高速道路の北において、敵陣地がヤルツェヴォからヴォーピ川の西を経てノヴォセルキ－ビェロイ道に至るかたちで布かれたのだ。それは西に急角度を描いて張りだした湾曲部を形成し、ザパドナヤ・ドヴィナ－ムストヴァヤ鉄道南方に広がる大湿地帯西縁部、バエヴォまで延びていた。そこでドヴィナ川に達した敵の戦線は、その東岸に沿って北に向かい、ヴァルダイ丘陵西縁部に至るのである。ただ、第19装甲師団は、九月はじめにドゥブノ付近で橋頭堡を得ていた。敵は、この橋頭堡への攻撃を繰り返したが、第23軍団の支援を得て、同装甲師団が保持していた。

敵は、優れた陣地網を構築していた。そこで冬を過ごすつもりだったのだ。また、ドニエプル川上流域、スィチェフカ周辺、ルジェフ前面にも、後方陣地が構築中であった。一方、モスクワ自体を守るための防御陣地は、カルーガからボロディノの古戦場を経てカリーニンに至る線に布かれていた。そこでは、モスクワの工場から数十万の労働者が駆り出され、近代築城術のあらゆる手段をつくして縦深陣地帯を構築しつつあった。その中核部分は、スモレンスク－モスクワ高速道路の両側に置かれ、すでに完成している。それは、鉄条網、地雷原、対戦車壕に守られたトーチカ群で構成されていた。敵が攻撃された場合、ドニエプル川の後ろに後退するというような兆候はみられなかった。ドニエプル川の線はがら空きだったが、それに対して、モスクワ方面には予備の十二個師団が配置されていたのである。

ヤルツェヴォからノヴォセルキまでのドイツ軍陣地は、第8および第5軍団が八個歩兵師団を以て維持していた。また、これらと隣接した第6軍団が、三個歩兵師団を以てバエヴォに至る線を守っている。ドヴィナ川の背後では、ドゥブノに至るまでの戦区を、第23軍団麾下の三個歩兵師団が支えていた。

すでにみたように（一六六〜一六七頁参照）、もともと第3装甲集団に属していた二個装甲軍団はそれぞれ、相前後して北方軍集団方面に行軍している。第9軍の戦線の後方に留まり、車両の補充とメンテナンスにあたっていた第7装甲師団、第14自動車化師団、第900教導旅団は、またしてもその兵力の一部を、苛酷な防衛戦を行っている歩兵師団の支援に投入しなければならなかった。その際に出た損害、とくに下級指揮官のそれはきわめて大きかった。これまでの攻撃行動において被った数字よりも高かったのである。その一部しか補充されなかった。師団を建制の兵力に戻そうにも、新しいエンジンと戦車の供給は不充分だった。

作戦的考察

九月はじめ、第3装甲集団司令官は、左の構想にもとづく作戦案を中央軍集団に提出せよとの命令を受領した。第9軍は正面の敵戦線を突破、南西よりヴャジマに突進する第4軍との協同のもと、敵を包囲殲滅する目的で、ヴャジマ方面に向け、敵陣地深奥部まで進撃する。この第9軍の作戦の枠内でいかに第3装甲集団を運用するか、その方策についても報告すべしとされていた。第3装甲集団麾下には、第7装甲師団、第14自動車化師団、第900教導旅団があった。加えて、第1、第6、第8装甲師団、第36自動車化師団、第41ならびに第56装甲軍団司令部が指揮下に入る予定である。

単に敵を後退せしめるのではなく、ドニエプル川背後とモスクワの防衛陣地への退却を妨げることこそが問題だという点で、第3装甲集団司令部は一致していた。そうすることによってのみ、敵を除去できるのだ。敵はおおむね連続した戦線を布いているから、どこかで包囲を行うのは不可能である。まず、敵の戦線を突破しなければならない。突破地点の選定にあたっては、三つの可能性が考えられた。

突破方向を北に据えるほど、より強力な敵部隊が捕捉されるだろう。それには、イリメニ湖から南東に向かう攻撃が、もっとも適していると思われた。そこでは、ちょうど、そうした機動が進行中であり(一六七～一六八頁参照)、いまだ戦線が確定していない。ただし、この季節にあっては、ロヴァチ川の東とヴァルダイ丘陵の地表はきわめて不都合な状態にあり、自動車化部隊の迅速な移動など見込めなかった。加えて、かかる攻撃には、北側面の掩護が得られず、第9軍の攻撃に好影響をおよぼすのは、ずっとあとということになる。よって、この解決案は却下された。

第二の可能性として、トロペツの東より、ドゥブノ付近に得られた橋頭堡を利用しつつドヴィナ川を渡河、まずネリドヴォ－オレニノ鉄道の北にある通行可能な高地を攻撃、しかるのちにヴャジマに旋回するという案があった。それによって、ドゥブノとバエヴォのあいだでドヴィナ川沿いに布陣している敵は、包囲下に陥るであろう。以後の装甲集団に対する補給は、第9軍主力の控置とヴェリキエ・ルーキ－ザパドナヤ・ドヴィナ鉄道の利用を可能とすることによって軽減される。しかしながら、この案においても、敵が側面の脅威に対して鈍感であること、必要とされる時間、季節といったことを顧慮しなければならなかった。本装甲集団が南東方向に進み、ビェロイ－スィチェフカの線を越えたときになって、初めて第9軍前面の敵に脅威を与えることになる。が、それまでのあいだ、敵は、麾下師団を戦線から引き抜き、ドニエプル川の後ろに退却させるための時間を得られるのだ。加えて、ドゥブノからヴャジマへの行程〔二百キロ〕においては、悪天候のために立ち往生するという事態も想定しなければならない。使える時間が少ないがゆえに、大規模な包囲をあきらめ、最短ルートで迅速な決戦を行うことが要求されるのだ。

そうした条件を満たす第三の可能性は、ノヴォセルキからホルムを経てヴャジマに至る突破戦であった。装甲戦力を密に集中し、また好天候が得られるならば、敵が強力な部隊を以て対応する前に、攻勢発動二日目にホルム付近でドニエプル川に到達、ヴャジマへの前進を継続することが期待できる。歩兵師団が速やかに追随するならば、ヴャジマ－ホルム間〔六十キロ〕に形成されるものと見込まれる包囲線に充分な兵力を当てられる。このように作戦目標を手近に設定することにも不利はあり、ビェロイ南西の敵大部隊はたしかに攻撃対象となるのだが、包囲は望めないのであった。この敵は、遅かれ早かれ、第9軍の北側面にやってくるだろう。さらに、かかる狭隘な空間では、装甲軍団後尾の部隊の移動が、おそらくは味方〔歩兵師団〕の輓馬車両縦列によって妨げられることになるとの欠点もあった。それゆえ、隣接する歩兵師団を、第3装甲集団の指揮下に入れることが必要だった。

本装甲集団の幕僚たちは、ノヴォセルキ東方において、ホルム方面に突破進撃するよう、〔中央〕軍集団に意見具申すべきだと、もっともな考えを示したが、装甲集団司令官はそれを却下した。

第9軍も、その攻撃構想を軍集団に提出していた。第9軍は、麾下第5軍団をヴォーピ川を越えて直進させ、主攻とする腹づもりだった。その際、歩兵師団に先立って敵戦線を突破するために、第5軍団の両翼にそれぞれ一個装甲軍団を配置するというのである。これでは、敵の背後に装甲集団の作戦的突進を指向することができなくなってしまう。そのため、軍集団は、第3装甲集団は一丸となってホルム－ヴャジマ方面に突破すべしと命じてきた。両翼に隣接する第5および第6軍団も、装甲集団の指揮下に入った。

三度目の包囲

第3装甲集団がこれまで参加してきた包囲戦は、作戦の流れのうちに自生的に起こったものであった。包囲は臨機応変に行わねばならなかったのである。だが、いまや、装甲戦力が敵後方に突進する余地をつくるために、まず敵戦線を突破することが問題となっていた。包囲成功の前提条件として、突破を計画的に準備することが必要だったのだ。ノヴォセルキ東方の道路事情や地形に鑑みれば、狭い陸橋を通って、東に主攻を進めようとしても、ただ一個装甲軍団しか投入できなかった。もう一つの装甲軍団は、戦線が湾曲しているために、当面は遠心的な方向、ビェロイをめざすように配置するほかなかった。

最初に到着した第56装甲軍団司令部は、ホルム突破の準備という任務が与えられ、第7および第8装甲師団と前線にあった第129歩兵師団がその指揮下に入ることとされる。が、最後になって、第8装甲師団は北方軍集団に留め置かれることになったから、第6装甲師団で代替しなければならなくなった。それによって、本戦役開始以来、統一指揮を維持されてきた第41装甲軍団も、遺憾ながら分割使用されることになる。突破の成否は戦車の衝力に懸かっていたのだが、両装甲師団の戦車連隊は建制をみたす戦闘力を有していなかったため、両連隊とも第6装甲師団に統合指揮された。ドニエプル川に達したのち、両戦車連隊は、それぞれの所属師団の隷下に戻るのだ。この、第7装甲師団から固有の最強の戦闘手段を奪った措置は問題があるものだった。もっとも、そのようにした理由は主として道路事情にあったのだから、とても手本にできるような策ではない。ただ、第6装甲師団がドニエプル川に到達する直前、南から来着したロシア軍戦車旅団一個が側面を衝いてきたときに、右の方策がとりわけ功を奏した。第129歩兵師団は、第56装甲軍団により、装甲師団のあとを追随するように配置され、まずドニエプル川東方に包囲線を張るものとされた。第5軍団は、装甲部隊の突進を活用しつつ攻撃を遂行、第56装甲軍団の側面を掩護するとともに突破を拡張、可及的速やかにドニエプル川の東で麾下歩兵師団を装甲軍団と交代せしめるべしと命じられた。

第41装甲軍団には、とくに困難な任務が割り当てられ、第1装甲師団および第36自動車化師団のほかに、前線に配されていた第6歩兵師団がその指揮下に入った。同軍団は、道路の結節点であるビェロイを占領、しかるのちに快速部隊を東方に旋回させ、ホルムの上流でドニエプル川を渡河する。また、スィチェフカ方面に対して、第3装甲集団の北側面を掩護するのもその役目であった。きわめて巧妙な軍団指揮がなされた場合にのみ、この東方旋回は成功し、本装甲集団の統合も維持されるであろう。

第6軍団は、第41装甲軍団と肩を並べて、ロマノーソフの両側で攻撃にかかり、ビェロイ西方の湿地帯にいる敵を駆逐、のちビェロイの東でルジェフ方面に対する側面掩護にあたるとされた。

ここでは、突破の詳細について立ち入ることはしないけれども、作戦の結果は述べておこう。十月二日、好天のもと、再び第8航空軍団の素晴らしい支援を受けて、驚くほど速やかに突破は成功した。戦車の突破地点における敵の抵抗は、予想よりも少なかった。ノヴォセルキとホルムのあいだにあるヴォーピ川沿いの森林地帯も、第56装甲軍団麾下の装甲団隊によって、迅速に打通された。ただ、ホルム南西で生起したところの、南から突進してきた赤軍戦車旅団との生死を懸けた激戦により、ドニエプル川渡河は遅れた。しかし、十月四日に、第6および第7装甲師団が無傷の橋梁に突進、敵の抵抗をくじいて、ヴャジマ方面に旋回する。十月六日、第7装甲師団は、敵の背後で逆向きに正面を据えた。これで三度目のことである。敵はドニエプル川越えの退却を開始したが、それは遅すぎた。十月七日、第3装甲集団麾下第10装甲師団が、ヴャジマ付近で第7装甲師団南翼と手をつなぎ、第56装甲軍団は、ヴャジマからホルム東方のドニエプル川流域に至る、連続した堅固な包囲線を形成した。東に逃れようとする敵は、猛烈な夜戦をしかけて突破しようとしたが、無駄だったのである。

第41装甲軍団も、ビェロイ南西で強力な敵の抵抗を破った。十月四日、ビェロイの南で東に旋回し、同市そのものの奪取は第6軍団に任せることが可能になる。第41装甲軍団は、第56装甲軍団との連結に努め、戦いつつドニエプル川に向けて前進、包囲陣の背面をカバーするため、十月七日にそれを渡河した。

第5軍団のホルム経由での来着が早かったため、包囲線における装甲部隊との部署交代も、迅速かつ計画通りに実行された。今回、東方へ逃れることができたのは、敵のごく一部のみとなったのだ。

だが、ドヴィナ川上流域の第23軍団方面では、戦況は異なる様相を呈していた。ここでは、敵は十月七日に陣地から撤収しはじめていた。けれども、濃密な地雷原が敷設されていたため、第23軍団は敵との接触を失ってしまい、ロシア軍はさしたる損害を出すこともなく、ヴォルガ川の背後、ルジェフ北西方面に離脱してしまったのである。

後知恵で考えてみれば、第56装甲軍団は、充分独力で突破し、最初の敵の包囲をなしとげることができただろうと確認し得る。従って、第41装甲軍団も、第23軍団方面でもっと意味のある任務に使えたはずだと思われる。とはいえ、第41装甲軍団が側面にいてくれるという認識がなければ、第56装甲軍団は、かくのごとく確実に、ホルムを越えてヴャジマに至る包囲を遂行できたであろうか？

大きな成功が得られた。第2ならびに第3装甲集団と協同した第4軍と第9軍の攻撃は、ロシア軍の大規模団隊〔この場合は、師団、または師団相当の部隊〕およそ四十五個をあらたに減殺した。さらに、第2軍と第2装甲集団により、十月二十日までに十五個大規模団隊がブリャンスク付近で撃破される。モスクワ前面の防御戦線に巨大な突破口が開けたのである。ドイツ装甲部隊の主力を有する中央軍集団が、敵首都方面での作戦の自由を獲得したのだ。独裁者〔スターリンのこと〕その人を除き、政府機構と数十万の民があわてふためいて、首都を離れた。この戦争における戦略目標であるモスクワに進むことにより、多大なる政治的・経済的・軍事的効果が得られると期待されていた。それが今、手の届くところにあるのだ。こんなときに、おそらくは二度と来ないような有利な状況を利用することなく、目標の眼前で停止するなどというやりようがあろうか？

だが、十月七日、ヴャジマの包囲環が閉じられたその日に、東部戦線全体の広範囲にわたり、最初の雪が降った。作戦を中止する季節が来たことを示すしるしであった。にもかかわらず、ドイツ軍指導部は、本年中にモスクワを奪取、もしくは包囲するとの目標を掲げて、作戦続行を決定する。第2装甲集団は、十月二十四日までにオリョールを越えて、トゥーラ方面に若干前進し、第4装甲集団は、ウラジオストックから到着したばかりの第三二シベリア狙撃師団を、ボロディノ近くのモスクワ防衛陣地から駆逐した。第3装甲集団は十月十四日にカリーニンを奪取した。けれども、まさにこのとき、敵に同盟軍が配置されたのだ。それは、ロシア軍指導部がいくら血の犠牲を払ってもなしとげられなかったことを成功させた。

ロシアの冬ではなく、秋雨がドイツ軍の前進を停止させたのである。昼も夜も、ひっきりなしの土砂降りで、雨と雪が絶え間なく続く。道は、ひざまで漬かるぬかるみとなり、あらゆる移動を停滞させてしまった。弾薬、燃料、給養の不足が、つぎの数週間における戦術・作戦情勢を規定した。

本書の記述は、ここで止めておこう。モスクワ攻撃の再開と挫折については、ほかのところで、詳しく、かつ批判的に語られている。[2] しかし、この最終局面に関しておのずから生じる一つの疑問に対する見解を述べることは許されるであろう。十月なかばのブリャンスクとヴャジマの包囲戦ののち、モスクワ包囲作戦を継続して、成功は見込まれたのだろうか？

かかる問いかけには、否《いな》、と答えなければならない。その前数週間の体験からしても、当該の季節には、道路状態の悪化がいや増していくことが予想される。よって、迅速に作戦を進めるのはもはや不可能だ。さりとて、敵が大敗から回復できないようにすることは、作戦の速度にかかっているのである。また、冬が目前に迫っており、その間も作戦を継続することは許されないのだから、ぜひとも素早い行動が必要なのであった。暖かい被服、待避所、凍結防止剤、ストーブを用意すれば、冬季戦役中も給養状態は維持されるが、これらの品はいまだ部隊に届いていなかったし、鉄道端末から離れ、道路に頼るしかなくなるにつれて、補給状態はいっそう悪化するばかりだったからである。

ただ、季節にともなう困難は措くとして、軍事的な情勢も見かけほどには有利ではなかった。第2装甲集団は、キエフの大機動戦に参加し、しかも回復休養の期間を得られなかったために、戦力が限界に達していた。[3] つぎの目標であるトゥーラに到達できるかも疑問であった。同装甲集団が一躍ゴーリキー（モスクワ東方四百キロ）に進撃しようにも、両側面の掩護がない。北からモスクワを包囲することになっていた第3および第4装甲集団も、モスクワ－ヴォルガ運河とカリーニン南東のヴォルガ貯水池という障害をまず克服しなければならなかった。また、第4装甲集団は、モジャイスクにおいて、極東から召致された増援部隊に初めて遭遇している。第3装甲集団も、燃料不足のおかげでヴャジマ－カリーニン間に広く分散したかたちで動けなくなっていた。加えて、カリーニンでは激戦が生起し、早くも弾薬不足が問題となったのである。さらに、本装甲集団側面の基底部には、ヴォルガ川の背後、ルジェフ北西に、撃破されていない強力な敵部隊が控えていた。つまり、モスクワを両側から包囲する可能性は、きわめて少なかったのだ。

クラウゼヴィッツが、わけ知り顔の評論家を嘲っているのは正しい。その手の人々は、成功か失敗かで将帥を判断するというのである。彼らは、もしナポレオン一世が一八一二年九月初頭のボロディノ戦で勝利をおさめたのち、その戦果を拡張しようとしなかったら、さしずめ非難したことであろうと、クラウゼヴィッツはいう。「ナポレオンは、無防備の敵首都、触れなば落ちん状態にあるモスクワの奪取を躊躇し、それによって、この、あらたな抵抗の陣を周囲にはりめぐらせることができる核心部分を放置した」評論家たちはそう騒ぎたてたはずだというのが、クラウゼヴィッツの評言である。❖4 ドイツ軍指導部が一九四一年にモスクワ攻撃続行を断念していたら、やはり、このように非難されるのだろうか？　断じてちがう。ナポレオンと同様の決断を迫られたのは、九月はじめではなく、それから六週間後のことなのである。また、すでに撃破され、再度の決戦を回避しようとしている敵に対して、短距離の追撃を行うことが問題だったのではなかった。この国の歴史的首都を、あらゆる手段を尽くして防衛せんとしている敵との最後の激戦が懸かっていたのだ。

北方におけるモスクワ突進に関して、急迫していた脅威の除去は失敗した。九月の南方への重点転移は、少なくとも一か月の時間を空費させた。両翼包囲をやるには、兵力が足りない。われわれは、かかる事実を認める勇気を持たなければいけなかったのである。それはもちろん、一年以内にロシアを屈服させるというヒトラーの企図は実現不可能であったと認めることにつながる。この認識も驚くにはあたるまい。冬の到来前に、ヴォルガ、ドン、ドニエプル、ドヴィナなどの諸河川の分水界に留まっていたならば、賢い自己抑制を行ったものとして、モスクワ門前の敗北よりも釈明しやすかったであろう。むしろ、モスクワで敗れたことにより、赤軍は自信を回復し、ロシアの国民感情は熱烈に燃えあがったのだ。それは間違いない。いずれも、敵に講和を考えさせるには不都合なファクターである。しかし、その意義は政戦略の領域に属するのであり、それを調査研究するのは本書の主題ではない。

結語

一九四一年の対ロシア戦役は、もろもろの圧倒的な軍事的勝利をあげたにもかかわらず、何故に目標を達成しなかったのか。その理由を探し求める歴史研究者は、とくに三つの原因があったとしている。第一に、ロシアの生命力、政治的・軍事的抵抗力を過小評価していた。第二に、ヒトラーの政戦略上の目標設定と陸軍指導部の作戦目標のあいだに、相互の食いちがいがあった。そこからヒトラーの作戦への介入が生じ、軍指導部と政治指導者のあいだの信頼関係を損ねたというのが、第三の原因である。よって、戦争の情勢に鑑みて、ロシア攻撃は政治的な過ちであり、あらゆる軍人たちの努力も初めから失敗を運命づけられていたとの結論がみちびかれる。

かくのごとく、戦略的成功の見込みに関しては批判的な評価がある。だとしても、可能である限りは、全体的な戦争遂行の枠組みから作戦を抜き出し、その合目的性を検討するのは軍人の義務である。本戦役の真の理由を総体として認識することは不可能だから、作戦の調査研究により最終的な真実を伝えるとか、まったく新しい理論を発展させることができるなどと思い上がったりはしない。ただ、多数の留保を付けた上で、攻勢における装甲団隊の作戦的運用のため、一定の教訓や原則を最後にまとめてみよう。それらは、いずれも当時の状況に即したものである。とりわけ注目すべきは、なるほど、敵空軍によって、ときに作戦を妨げられはしたが、効果的な阻止はなされなかったということだ。一方、快速団隊の技術的装備は、東方戦役の要求には不充分であった。

一、装甲・自動車化師団は、陸軍作戦の担い手であり、その最強の攻撃兵科である。ただし、急速に消耗するから、集中使用しなければならない。

二、複数の装甲軍団より成る装甲軍が作戦単位となる。その麾下に輓馬編制の団隊を置くことも可能である。しかし、個々の軍団、あるいは師団を分派することは誤りであり、必然的に失敗につながる。複数の装甲軍に共通の任務を与えて協同させることにより、大きな成功が保証される。

三、装甲軍は、攻撃により決定的な成果を求め得る地点にこそ投入されるべきであり、支正面や二次的目標に向けてはならない。ばらばらの任務を付して、広範な正面に分配することは兵力分散につながる。

四、一九四〇年の西方作戦は、ただ一つの枢要な作戦構想を基盤としていた。すなわち、敵中央部を突破、〔英仏海峡〕海岸に至るまで突進、連合軍を二つに分断し、各個撃破することだ。その際、快速団隊のほぼ全部を決戦正面（ダンケルク）に集中、協同せしめることに成功した。一方、ロシア戦役では、全軍に通用する、統一された作戦構想など存在しなかった。「バルバロッサ」開進訓令には、個々の行動に対する戦術的な指示が含まれていたにすぎない。装甲団隊は全戦線に分配されてしまった。モスクワ前面の最後の決戦では、東部戦線にあった快速団隊の三分の一が投入されていなかったのだ。

五、装甲団隊は、果敢な作戦にこそ利用されるべきである。平押しにして敵を後退させるのではなく、敵の背後に正面を据えるような戦闘、敵の後方連絡線を遮断することを追求する。その場合、危機が生じるのは避けられない。快速団隊の運動性を信じて、危機を甘受するしかないのである。

六、敵縦深の奥、さらに後背部に突進することは、真の決戦、敵を迂回・包囲し、それを撃砕することにつながる。そこに投入される部隊が多いほど、大きな包囲陣を組むことができ、より多数の敵戦力を殲滅し得るのだ。従って、〔戦闘〕空間と戦力は、調和が取れていなければならない。

七、戦線最前面において装甲戦力を運用することは、その機動力を最大限に発揮させる。輓馬編制の行軍縦列に妨げられることがないからだ。敵戦線を突破したのちは、歩兵主体の軍とともに戦闘地域を広げていかなければならないのであるから、装甲戦力を前線に配置し、正面幅の狭い戦闘帯を設定してやることは目的にかなっている。戦車を控置し、歩兵が攻撃したのちに追随させるのは時間の無駄であり、敵に再布陣のための時間を与えてしまう。

八、装甲団隊が大胆かつ神速の行動により成功を得たならば、作戦の主導権を維持し、また作戦が膠着するのを防ぐために活用しなければならぬ。指揮官の冒険心は賞揚されるべきで、抑制してはならないのである。最良の安全装置である運動性に足かせを付し、長期にわたり一点に留めておくのは、装甲兵科の本質に反することなのだ。

九、戦争において常にそうであるように、敵に奇襲をしかけることによって、装甲団隊の勝利を容易にし、かつ拡大することが期待される。奇襲の効果は、何よりも敵部隊とその指導部をマヒさせることにある。あらゆる防御措置をくつがえしてしまうような、迅速な機動によってこそ、それは得られるのだ。奇襲効果は、通行困難な地形を活用することによっても発揮される。しかし、これにも限界はある。たとえ奇襲が成功しても、さらなる奇襲が不可能な場合には、軽率な行動に出ることは許されない。

一〇、自動車化部隊の行軍は、道路や橋梁の状態によって、あらかじめ予想することが不可能な規模で遅延することがあり得る。大規模団隊の行軍指示については、そのことを考慮し、行軍目標到達のための時間的余裕を各部隊に与えておかなければならない。

一一、あらゆる利用可能な道を使い、幅広の正面で前進行軍を実施することにより、個々の部隊の行軍機動は容易になり、空襲の効果も限定されたものとなる。が、敵と激突する際に、味方の一部が作戦的に意味のない方面に配置されているようなことがないよう、あらかじめ配慮して（たとえば、縦深のある梯団に組む）おくべきである。戦場に全軍を集中させるのであれば、通常、縦深の奥から召致するほうが、横の移動をさせるよりもたやすい。

一二、作戦地域における、想像を絶するような道路の少なさは、第3装甲集団の移動を著しく困難にした。手元にある地図では道路の状態がわからないとあっては、なおさらであった。ロシアにおいては、ポーランド戦役で得た経験もまったく追いつかなかったのである。西部戦線で、利用しやすい濃密な道路網を使ったことにより、東部の事情に関する記憶もぼやけてしまっていたのだ。

たいていの道路は、乾燥した天気にあっても深い砂地であるにすぎず、雨が降れば泥濘と化した。車両が停止し、渋滞するのを避けるには、平時に想定されていた指示要領では不充分だった。左記のごとき特別の措置が必要だったのだ。すなわち、高級将校（将官クラス）を交通管制指揮官に任命し、待機させたり、後ろに下がらせることができるような行軍区分をしておく、また、とくに通行困難な地点には、トラクターを装備した作業隊を準備する、一時的に対向交通を規制し、あらゆる移動を停止させる等々のことである。[1] 同様に、広大な森林地帯は、敵の抵抗がごくわずかである場合にさえ、その打通は大きな困難をともなう。戦闘に際して、横に展開することがほとんど不可能だからだ。西方（アルデンヌ）でそうであったように、それぞれ戦車に支援されたオートバイ狙撃兵や路外走行可能な車両を前衛・尖兵部隊に配属することは、その効果が実証されている。

一三、装甲団隊の本性に適した地形にのみ、それらを投入するというようなことは不可能であろう。さりながら、通行不能の地勢、とりわけヴァルダイ丘陵のような地形は避けるべきである。作戦上の利点が得られるのでない限り、道なき地域において悪天候に見舞われたなら、車両の損耗を防止するため、作戦を中止するほかない。好天が続く季節においては、普通、道路も速く乾燥する。ひどい泥濘の時期（春と秋）においては、装甲団隊の作戦的運用はあきらめなければならないのだ。

一九四一年夏のロシア戦役において、独立した作戦任務における大規模装甲団隊の運用は、平時のそれを受け継いだ、遅疑逡巡にみちたものでしかなく、ごくわずかな進歩しかみせなかった。そのことを確認しなければならない。フランス戦の経験にもとづき、装甲集団を編合したものの、それは半歩進んだにすぎなかったのだ。独立運用された快速団隊が西方戦役で大勝利を収めた。にもかかわらず、東部戦線における快速団隊は、非自動車化団隊の〔遅々たる〕移動により、いたく足止めされ、戦術的目的のため、装甲集団、軍団、師団単位で歩兵軍の麾下に配されることもしばしばだった。それによって、快速団隊の作戦の自由が制限されたのである。作戦上の明確な目標設定が欠如していたのだ。作戦的な戦果拡張を怠ったことを、横方面の機動によって埋め合わせようという試みがなされはした。が、それは手遅れであり、車両と燃料の大消耗を招いてしまった。装甲軍団一個だけでは、作戦的任務を遂行するには弱体すぎる。側背部の掩護がなくなってしまうのだ。よって、複数の装甲軍団に統一行動を取らしめることに成功したところでは、天候や地表の状態が不都合であろうとも、戦役に決定的な影響がおよぼされるのである。

だからといって、かかる経験が、遠く敵の後背部にまでも破壊をもたらす核戦争においても適用されるなどと主張すべきではなかろう。将来の装甲部隊指揮官には、過去の戦役の経緯、その成功と失敗から学び、自分の判断力をつちかい、おのが理念を発展させ、それによって能力を高めてほしいものである。数少ない戦争術の名手の一人であったオイゲン公〔オイゲン・フォン・ザヴォイエン（一六六三～一七三六年）。オーストリアの軍人で、スペイン継承戦争などにおいて、優れた指揮をみせた〕が、若きプロイセン王太子〔のちのフリードリヒ大王。オーストリア継承戦争や七年戦争で、たぐいまれなる将帥であることを示した〕に諄々《じゅんじゅん》と説いたことを肝に銘じるがよい。「汝がなりわい、汝自身の企て、傑出した将帥たちについて、倦まずたゆまず省察せよ。かかる省察こそ、いかなる状況にあろうとも利用できることをすべて把握し、すべて案出するような考察を疾《と》くおよぼすことを可能とする唯一の方法なのである[2]」

付録

付録1a

第3装甲集団
作戦部　二五／四一号　機密統帥事項／司令官専管事項

戦闘司令所、一九四一年三月十二日

「バルバロッサ」開進訓令

一、全般企図　ロシアが従来の対独姿勢を変更するような場合に備え、警戒措置として、ソ連邦に先んじ、その軍隊がロシア領内奥深く撤退することを得ぬよう、迅速なる戦役において屈服せしめるための準備に着手すべし。

戦闘遂行にあっては、ポーランド戦役で証明された諸原則が適用される。とくにドイツ空軍が全兵力を使用できないのであるから、従前以上に、敵空軍が味方陸軍に影響をおよぼすことが予想される。敵の化学兵器使用については（空中投下含む）、各部隊で対応を準備しておかなければならぬ。ただし、かかる予想は、あらゆる隊形を散開させ、組織だった行動を取れなくする動因とはならない。むしろ、その逆である。

すべての指揮官、すべての部隊に、本戦役における最優先の要求として、つぎの掟を叩き込むべし。迅速かつ容赦なしに前進せよ！　全戦線にわたり、決然たる戦闘手段の投入と飽くなき追撃によって、攻撃の機動性を維持すべし。その際、戦車、強力な砲兵、重火器をはるか前方まで躍進せしめること。かくのごとき戦法によってのみ、ロシア軍の連繫を断ち、ドニエプル川とドヴィナ川を結ぶ線の手前で敵主力を殲滅することが可能となる。戦闘遂行に関する訓令については、付属文書二〔付録2〕を参照せよ。

二、敵情　目下の敵兵力区分より、左のごとく推定される。ロシアは、局地的に強化された新旧国境沿いの野戦築城ならびに防御に有利な大小の河川を活用し、ドニエプル川とドヴィナ川の西側において、少なからぬ強力な部隊を以て戦闘を行うと決定せるもののごとし……。

三、中央軍集団は、B日Y時〔攻撃予定日時の仮呼称〕を期し、右翼第4軍ならびに左翼第9軍を以て、ブレスト＝リトフスクとクラスヌィ・レス荒地間で攻撃を開始、前面の敵陣を突破し、ミンスクの両側、スモレンスク周辺ならびにその北の地域に突進〔第2および第3装甲集団が両翼最前線に配置される〕、東方、もしくは北東方面にさらなる作戦を遂行するための土台を確保するため、白ロシアの敵を殲滅する。第9軍は主力をグロドノの両側で前進せしめ、また、その一部を、主としてリダ＝ヴィリナ方面に向け、第3装甲集団と並進させる。

第2装甲集団は第4軍の戦区に配置され、ブレスト＝リトフスクより、その左翼をバラノヴィチ経由でミンスクに向けて投入する。

北方軍集団は、麾下第16軍の南翼（第2軍団および第32歩兵師団）をコヴノ、また第4装甲集団とともにダウガフピルスに前進せしめる。

四、第3装甲集団は当初第9軍麾下に入り、しかるのち軍集団左翼を先行して、ニェーマン川西側の敵と戦闘、メルキネー、アリータ、プリエネィへの道を打通、またニェーマン川の渡河点を確保する。装甲集団は、後続師団を待つことなく、ヴィリナ付近にあると推定される敵の陣に突入、これをミンスクより分断する。以後、ミンスク北方の敵を迂回する目的により、装甲集団はモロデチュノ‐ナロシュ湖の線に前進、東方、ボリソフ方面への旋回を準備する。南西からミンスクに進撃する第2装甲集団と協同、ミンスクを保持せんとする敵を殲滅、あるいは、ドヴィナ川上流域、ヴィテプスク方面ならびにその北方への延翼・追撃を続行するためである……。

五、任務
（a）第57軍団は、一個装甲師団および一個自動車化師団を前衛として、ポモルゼ湖‐オシノ湖の線で国境を越え、ニェーマン川流域、ドルシュキニキとメルキネーのあいだの地域に向かって突破を行う。しかるのち（第41軍団によるアリータからヴィリナへの前進は待たない）、プシュツア・ルスカの北でヴァレナを越え、リダ‐ヴィリナ街道まで打通する。ベルジェニキ‐セリエィ街道の掃討のため、第5軍団麾下の増強された歩兵連隊一個が第57軍団の麾下に入る。メルキネー付近では、十六トン橋を架ける予定。この十六トン橋は、第57軍団が渡橋したのち、第5軍団に移管される。その後、リダ方面に側面掩護を行いつつ、オシミアナ付近とその南の尾根を占領することにより、ミンスクとヴィリナ間の連絡線を遮断すべし。第41軍団支援のため、一個装甲師団をヴィリナ方面に旋回させることもあり得る。

以後、第57軍団は、ヴォロシン＝モロデチュノ間の尾根を確保、ボリソフ方面への旋回を準備・待機する。目的は、第2装甲集団への連絡線を張ること、もしくは、第39軍団とともに、ドクシーツィ方面に後退する敵を追い越し、スモレンスク近くとその南でヴィリヤ川を渡河することにある。

グロドノ付近の情勢の進展によっては、第18歩兵師団（自動車化）を、ズーダウエン、アウグストゥフ、グロドノならびにズーダウエン、メルキネー経由で、南翼に追随せしめる。

（b）第5軍団（砲兵大隊一個により増強された一個歩兵連隊欠。同連隊は、第57軍団指揮下に移される）は、レスディエィ方面に重点を置き、敵国境防衛隊を撃破・突破、ネムナイティス付近およびその南方でニェーマン川に突進、これを渡河する。その際、セリエィ隘路をめぐる戦闘において第57軍団を支援すること、また、のちに快速部隊が前進できるよう、レスディエィ、セリエィ、アリータの道路を掃討・確保することも第5軍団の任務となる。

敵の第一抵抗線撃破ののち、早期にニェーマン川東岸を確保、さらなる戦力の渡河を可能とし、同川東岸の捜索を実行するため、戦況が許すかぎり速やかに強力な尖兵大隊群を先行せしめる。

八トン応急橋の架設を予定する。

第57軍団の渡河ののち、メルキネーの十六トン橋は第5軍団が使用する。

（c）第39軍団（第2装甲師団を第一線に配する）は、ズーダウエン－カルヴァリヤ街道の両側で迅速に敵の抵抗をくじき、しかるのちジュヴィンタス湖南方でアリータに突進、ニェーマン川渡河を敢行し、十六トン橋ならびに軍用橋と応急橋を併設した十六トン橋をアリータ地区に架設すべし。ニェーマン川東岸において、戦闘力ゆたかな装甲団隊の準備完了しだい、南と西からヴィリナに突進、敵を北方、ヴィリャ川の彼岸へ駆逐する。コヴノ方面に対しては、後続自動車化部隊の前進によって、側面掩護を行う予定。この自動車化部隊を、のちにヴィリャ川北岸、ヴィリナ方向に前進させることもあり得るし、それは目的にもかなう。ヴィリナの向こうに敵を後退せしめたのち、装甲師団は北に追撃をかけることなく、ヴィリャ川を渡河、コブルニクに進撃する。自動車化師団は、ヴィリナ掃討後、軍団左翼後方を追随すべし。

以後、第39軍団は、ドリノフおよびドクシーツィ経由でミンスクを保持している敵の背後に前進するか、グリボカエ経由ポロツクへの、敵を追い越しての追撃継続に備える。

（d）第6軍団は、シェシュペ川とヴィシュティーティス湖間を突破、左翼後方では梯団を組み、プリエネィに至る道を打通し、ニェーマン川渡河を敢行、第14および第20歩兵師団（自動車化）のために橋梁を開放する。

カルヴァリヤ北方地域を速やかに奪取、同地域北東森林を掃討して、前進する第39軍団の側面を掩護すべし。

早期にニェーマン川東岸を確保、さらなる戦力の渡河を可能とし、同川東岸の捜索を実行するため、戦況が許すかぎり、強力な尖兵大隊群を先行せしめる。

プリエネィ付近に八トン橋を架設、第14および第20歩兵師団（自動車化）召致のため、当初は同橋梁を開放すべし。
（e）第3装甲集団が第9軍への隷属を解除されたのち（ニェーマン川渡河後に予定）、第5および第6軍団は、第9軍の直属となる。第9軍には左の命令を下達済み。
「さらなる作戦を遂行するにあたり、第6軍団はヴィリナおよびその北に前進すること。第5軍団については、ヴァレナならびにヴェレノフ方面（第8軍団に隣接）、またヴィリナとその南方（第6軍団に隣接）への前進も考慮する可能性あり」

六〜一七、略。

付録1b

第3装甲集団
作戦部　二〇五／四一号　機密統帥事項／司令官専管事項

越境攻撃に関する集団命令第一号

一、敵は、国境に警備隊を配し、国境とニェーマン川のあいだの湖沼がつくる狭隘部に強力な部隊を置いている。目下、ニェーマン川沿いに、計画的で連繋を持つ防御陣が構築されている兆候はない。

二、第3装甲集団は、メルキネー、アリータ、プリーネィ方向に、ニェーマン川までの道を打通、同川渡河を敢行する。その際、装甲集団は夜間に準備を整え、一九四一年六月二十三日午前三時三十分に越境、戦闘を展開すべし。

三、第57軍団は、第18（自動車化）師団の一部を以て、ベルジュニキ－カプチアミエスティス街道を用い、レイパリンギス経由で、南方、メルキネーに進撃すべし。第12装甲師団は、ゼプシー湖の両側で攻撃、レスディエィに対し側面掩護をほどこしつつ、ベルジュニキ-セリエィ街道左右の地域を掃討、ただちに使用可能にするべし。その任に当てるため、第5軍団麾下の第109歩兵連隊を増強の上、第57軍団麾下に置く。レイパリンギスまでの街道が開放されたのち、第57軍団はメルキネーに至る道路を急進、メルキネーの両側で渡河を敢行、B日中にメルキネーの橋梁所在地点に到達すべし。しかるのち、そくざに十六トン橋架設を開始する。

ブランデンブルク教導連隊〔ドイツ軍の特殊部隊〕の一部は、第57軍団に配属される。

四、第5軍団（増強歩兵連隊一個欠、第三条をみよ）は、第57ならびに第39軍団の前進を支援するため、ドゥス湖の両側でネムナイティス方面を攻撃する。速やかにレスディエィを越えて突進、第57軍団北翼に対する敵部隊の前進を阻止し、レスディエィ-セリエィ街道を掃討、ただちに自動車化部隊を召致し、装甲集団が自在に使用できるようにすること。

敵の抵抗を撃砕したのち、状況が許すかぎり速やかに、早期にニェーマン川東岸を確保、さらなる戦力の渡河を可能とし、同川東岸の捜索を実行するため、強力な尖兵大隊群を先行させるべし。

六トン応急橋の架設を予定する。第57装甲軍団が渡河したのち、メルキネーの十六トン橋は第5軍団が使用するものとす。

五、第39軍団は、持てる戦闘手段のすべてを投じて、ズーダウエン-カルヴァリヤ街道両側における敵の抵抗を撃破、北に向かうべし。しかるのち、東方に旋回、キルスナ地区で渡河を敢行、シムナスの両側でアリータへの前進を継続する。カルヴァリヤは、第6軍団到着まで保持すること。同地の橋梁は、今後の後続部隊召致のため、通過制限八トン、二車線通行可能なように再建すべし。第20歩兵師団(自動車化)の一部は、キルスナ地区に装甲師団の進路を啓開する目的で、モスカヴァを越え、先行せよ。クレスナとシムナスの隘路を開放するため、同師団の一部を以て、レスディエィ、またはセリエィ経由で北方に打通させるか否かは、第3装甲集団が決定する。

ニェーマン川到達後、アリータの二か所の橋梁で渡河を強行すべし。橋梁を無傷で確保する機会あらば、すべて活用せよ。

第20師団(自動車化)主力は、のちの投入のため、当初は控置される。第14歩兵師団(自動車化)は、第3装甲集団の許可を得た場合にのみ投入される。

第1地雷除去大隊本部ならびに第2中隊は、第39軍団麾下に置かれる。

六、第6軍団はプリーネィ方面に戦闘前進、同地域でニェーマン川渡河を敢行、プリーネィ‐ビルシュテナス街道上に八トン橋を架設、第39軍団所属師団(自動車化)の渡橋のために開放すべし。

その際、第6軍団は左翼後方で梯団を組み、強力な右翼を以てシェシュペ川北側の地域を攻撃、第39軍団の攻撃を支援する。第6軍団左側面は、第39軍団がカルヴァリヤ北方の高地に迅速に到達することによって掩護される。その後、リウドヴィナヴァおよびマリヤンポレ付近でシェシュペ川を渡河すべし。ついで、カルヴァリヤ‐マリヤンポレ街道を掃討・確保すること。

戦況が許すかぎり速やかに、早期にニェーマン川東岸を確保、さらなる戦力の渡河を可能とし、同川東岸の捜索を実行するため、強力な尖兵大隊群を先行させるべし。

プリーネィ付近に架設される八トン橋は装甲集団直轄とし、第14および第20師団（自動車化）主力を召致するために開放される。

七〜一三、略。

付録2

第3装甲集団戦闘遂行指令

第一部　一般方針

一、敵　ロシア軍が、あらたに獲得した地域を守備し、バルト海と黒海への連絡を保持せんと努めていること、西軍管区への兵力集中、劣悪な交通事情からして、左の対応を取るものと推定される。すなわち、ロシア軍は、国境、ニェーマン川、さらに東方において、しかし、いかなる場合でもドニエプル川とドヴィナ川を結ぶ線の西方で、わが方の攻撃を、防御、もしくは反撃によって停止せしめんと試みるであろう。かかる決断は、わが企図にとっては好都合である。しかしながら、敵が緒戦で敗北したのち、ニェーマン川からドニエプル川およびドヴィナ川まで、足止めの戦闘を実行しつつ後退するとの方針に移行する可能性があることは計算に入れておかねばならない。その場合、敵は、戦力を消耗するような戦闘に巻き込まれることを避け、また、退却する部隊の負担を軽減するため、強力な戦力（機械化部隊）を以て、わが側面を攻撃することも厭わないであろう。これは、彼らの国民性、その歴史、広大な空間という重要な価値を有する地政学的状態にも適しているはずである。

二、従って、装甲集団の戦闘遂行全般において原則となるのは、敵主力をドニエプル－ドヴィナの線に後退させないこと、そのため、敵主力よりも先に目標、ドヴィナ川に到達すべく、装甲軍団は、敵後衛部隊の抵抗のすべて、あらゆる障害を速やかに克服することとなる。ドヴィナ川の西側において攻撃が許されるのは、かかる目的に利する場合のみであり、攻撃それ自体を目的とすべきではない。装甲集団も、ドヴィナ川流域を奪取するとの大目標から逸脱することは許されないのである。ヴィリヤ川の西で対峙する敵はすべて、突破、包囲、あるいは迂回すべきで、「撃破」してはならない。それらの殲滅は、後続する第9軍に任せるべし。常に、敵の背後に向かい、側面や背後の脅威など顧慮することなく、夜を日に継いで、ひたすら東方に突破前進するよう、努力せよ。敵後衛部隊をいくら「後退せしめ」ても、わが方が置かれた状況にあっては、何の得点にもならぬ。敵主力のドヴィナ川への退路を遮断しなければならないのである。第3装甲集団の将兵すべてにとって、あらゆる行動の目標となるのは、ここよりニェーマン川を越え、ドヴィナ川に向かって突破するということである。肝に銘ずべし。

……

第三部　越境前進のための部署

五、いかなる処置も、攻撃第一日目に装甲師団をニェーマン川に到達させ、夜のうちにも渡河に着手、また同夜中に架橋作業を開始できるようにするとの観点から決定すべし。夜間、ニェーマン川沿いに増援を投入する時間を敵に与えたならば、翌朝の渡河は多くの損害を出すことになろう。

六、部署と攻撃手順は、国境地帯の地形と敵情に従って整えるべし。

これらの情報がより明確になれば、攻撃準備も引き続き変更・補完すること。攻撃命令は、攻撃に着手する直前に下達される。

七、装甲師団の準備は、以下の観点を基礎とすべし。

（a）装甲師団はすでに待機陣地に入っているため、そこで攻撃のために部署することになる。待機陣地から前進する途中での再部署は避けよ。

（b）敵の最初の抵抗を破り、狙撃兵を次目標の狭隘部、さらにニェーマン川まで推進するため、戦車連隊は突破に備えて、可能な限り集中、最前方に待機せしめ、砲兵と戦車猟兵《パンツァーイェーガー》〔Panzerjäger. 対戦車部隊〕によって掩護する。

（c）狭隘部開放のため、戦車連隊に、機動戦力（オートバイ狙撃兵、装甲車両に搭乗した狙撃兵）ならびに工兵を追随せしめる。重砲兵（臼砲）の付与は目的にかなう。

(d) 地形が戦車の使用を許さぬ地区(たとえば、第57軍団の戦区)においては、師団は、最前方の部隊に重装備を与え、下車した状態での展開準備を行うべし。その場合も重砲兵を極力前方に、障害物除去にあたる工兵を最前列の歩兵の背後に置くこと。

必要な場合には、個々の基地や障害物を急襲するため、突撃隊を配備する。

迅速に戦果を拡張するため、兵力の一部を乗車させ、ただちに機動できる状態で待機せしめる。

(e) あらゆる道路を活用し、除去された障害のあいだを抜けて、ニェーマン川の線まで打通、また戦車の突破による効果の拡張に備えて、重火器を有する狙撃兵、砲兵、工兵を乗車させておくこと。

この第一波に先行して、渡河地点偵察のため、砲兵・工兵より成る、装甲車、もしくはオートバイに乗車した斥候、または個々の捜索装甲車を前進させる。

(f) 左の部隊を控置すべし。

狭隘部をめぐる戦闘に不要な狙撃兵大隊、ニェーマン川架橋任務に指定された工兵、架橋縦列。

捜索大隊および戦車猟兵部隊の主力。

地形上、投入できない場合に限り、戦車連隊。

後続車両(第二波の小行李〔戦闘用の補給部隊〕)。

(g) 敵が破壊措置を取ることが予想されるため、障害の排除、道路の改善、小河川架橋のための工兵と架橋機材の配分には、先を見越した配慮を要する。

（h）第57軍団では、攻撃開始時より、第12装甲師団最前方の部隊に、攻撃の尖兵部隊として、第18歩兵師団（自動車化）より増強歩兵連隊（自動車化）一個を配する。それによって、ニェーマン川沿いの敵深奥部において戦闘を遂行することが可能となる。

（i）かくのごとく、展開した前衛部隊により、あらゆる地点において越境と予備的突破がなされたのち、各師団はより多くの尖兵部隊を攻撃に投入・追随せしめて、戦闘地域を拡大する。

第二波の師団は、前進開始時より最強の戦力（戦車、重砲兵）を前面に置かねばならず、あらかじめ、そのための部署・配置をしておかなければならない。

八、車両

（a）戦闘車両の部署・区分と後続車両の指定については、特別命令をみよ。

（b）給養段列、輸送段列、後方業務、戦闘部隊に追随する自動車はすべて待機地に控置され、軍団命令により、第二波師団の戦闘部隊に後続せしめる。

（c）各部隊は、攻撃開始後の数日間においては、野戦烹炊所の運用・設置を中止しなければならない。

（d）各師団の燃料補給縦列は行軍区分ごとに部署し、小型タンク〔いわゆるジェリカン〕による直接の燃料補給を可能とする。

第5および第6軍団が、麾下に置かれた諸団隊に適宜戦闘指示を与える。

第四部　ニェーマン川西方湖沼地帯の突破

九、国境地域の突破打通の目的は、装甲師団のためにニェーマン川西方の敵を掃討することにあるのではない。前面の師団群の前進帯において、あらゆる物資を輸送するために、ニェーマン川までの道路を奪取・確保し、再建することにある。

第5および第6軍団は、その際、それぞれの戦闘帯にある敵を攻撃・殲滅することにより、第3装甲集団を支援する。

一〇、主要な街道自体は敵に占拠され、深奥部までも封鎖されているはずである。それゆえ、最初の攻撃を街道上、もしくは街道近くで攻撃を実行するべきではない。街道を離れた箇所で突進すべし。その狙いは、はるか前方で街道に到達し、敵の前線部隊が後方陣地に後退するのを阻止、多くの地点で同時に道路の使用を開始できるようにすることにある。狭隘部が開放されたのちは、ただちに部隊の一部を以て（とくに重火器）、徒歩で攻撃を継続せしめる。他方、工兵は、車両が通行できるように狭隘部を整頓すること。前衛部隊は、攻撃初日に長行程を踏破、命令に定められた重火器を携行するよう、準備を整えるべし。ただし、道路事情がよく、敵の反応が鈍い場合には、後方の乗車部隊を前方に急行させ、つぎの切所に正面攻撃・包囲を加えることが許される。

一一、国境付近の哨所、警戒線、渡河点は、敵が警報を発し、道路付随構築物〔橋やトンネルなど〕を破壊する前に、少数の突撃隊を以て急襲すること。その場合、巧妙かつ大胆不敵な奇襲を実行しなければならない。〔構築物爆破用の〕導火線や時限信管を探知し、除去すること。

一二、続いてニェーマン川まで突進するために準備された乗車部隊は、道路が通行可能になった時点で初めて投入される。その際、重火器と砲兵は最前方に部署すること。戦闘に必要でない車両〔燃料輸送車、特殊車両〔消防車や救急車など〕、野戦炊事車、通信車両〕の前進は、司令部の指示により禁止される。

一三、第二波の師団、ニェーマン河畔に至って初めて必要となる架橋縦列、後続車両を一気に動かしてはならない。前進路が開放された時点で、その待機地より召致すること。

一四、突破前進する部隊がニェーマン川に近づけば近づくほど、敵の抵抗が組織される前に、側面の脅威を顧慮することなくニェーマン川に到達、渡河を実行できるよう、あらゆる部隊がいっそうの努力を払わなければならぬ。

一五、攻撃開始とともに、軍団司令部が、最前方の師団待機地域における交通管制を、それらの師団より引き継ぐ。師団の行軍管制将校が、国境の向こう側、ニェーマン川までの前進路開放に、その機能を発揮できるようにするためである。過剰な車両がニェーマン河畔に殺到するような事態は、適宜スタートラインに留め置くことによって防止できる。

一六、すべての部隊が、越境に際して、その車両に燃料を満載しておくこと。

付録3
第3装甲集団
作戦部

集団戦闘司令所、一九四一年七月三日

一九四一年七月四日および五日のための第3装甲集団命令第一〇号

一、敵に関しては、敵情報告第一〇号をみよ。

二、一九四一年七月三日以降、第4軍は、第4装甲軍と改称、第2ならびに第3装甲集団を指揮下に置く。

第2装甲集団は、ロガチェフ＝オルシャ地域でドニエプル川渡河を敢行、ミンスク＝モスクワ高速道路沿いに重点を置いて突進、まずエリニャ丘陵南方とヤルツェヴォ東方を結ぶ線に達している。

第9軍は、さらにラコフまで延長される戦線を引き継ぐ。第23軍団は、右翼の第206歩兵師団とともに、ヴィリナ、ニェーメンチン、パブラデ経由で、第57軍団の後方を追随中。第900教導旅団は七月四日にミンスクに到着。

三、第3装甲集団は、ヴィテプスク－ジスナ間の地域でドヴィナ川を越えて突進、第2装甲集団と協同して、スモレンスクとヴィテプスクのあいだの敵陣を突破、まずベレスニェヴォ－ヴェリジ－ネヴェリの線までを確保、第4装甲軍の利用に供している。

四、任務

（a）第39軍団は、第57軍団の前進を利用して、ヴィテプスク－ウラ間の地域でドヴィナ川を渡河、しかるのち、ドブロムィスル周辺の森林地帯に対して側面を固めつつ、ベレスニェヴォ－ヴェリジの線に遅滞なく突進すべし。第2装甲集団（第47装甲軍団）との連絡も維持すること。

（b）第57軍団は、ジスナ付近でドヴィナ川渡河を敢行、第39軍団の進路を啓開する。さらに軍団南翼をゴロドク経由でヴェリジ－ネヴェリの線まで突進せしめ、ヴィテプスクを通る突破行軍を実施すべし。その際、第57軍団主力はヴェリキエ・ルーキ経由でドヴィナ川西方の源流地域に前進、一部を以てウスヴィアトィ経由クレストに進出せしむ。

（c）ハルペ支隊（第12装甲師団および第14歩兵師団（自動車化））は、第9軍ならびに第2装甲集団と連結、ネーダニェフ－ミンスクの線より東方の戦区を埋めること。

第9軍麾下部隊との合流に応じて、ハルペ支隊は特別命令に従い、自隊の戦力を戦線から抽出し、北東への行軍に備えさせるべし……。

〔五～一〇省略〕

一一、戦闘司令所

第3装甲集団ギェジェヴィツェ（ドリノフ南西十四キロ）

第39軍団ドクシジ東方七キロ、ドクシジ－レペリ街道沿い

第57軍団グリボカエ

署名

敵情報告第一〇号

一、ヴィテプスク－ジスナ－ナロシュ湖－ボリソフ地域に、敵残存部隊の集団あり。わが方の突進に対し、敵は、さまざまな部隊の敗残兵をかき集めているが、橋梁破壊に成功したのは数か所でしかない。

オルシャよりスモレンスクへ、後方に向かう移動あり（モスクワ守備にあたるのか？）。味方がダウガフピルス下流でドヴィナ川下流の渡河に成功したのち、（オルシャ－）ヴィテプスク－ドリサ地域においては、東方に向かう敵の移動はほとんどみられないか、まったくないし、配置された兵力もわずかである。この

点から、左の結論を導き得る。ロシア軍は、時間と兵力の不足によって、ヴィテプスク－ジスナ間の防衛は放棄するであろう。ただし、橋頭堡や渡船地で局地的な抵抗を行うことが予想される。その際、過去数年間に構築した要塞が利用されるはずである。

ヴィテプスクおよびポロツク付近では、ドヴィナ川沿いに高射砲が配置されている、ドヴィナ川北東よりスラージ（ヴィテプスク北東四十五キロ）－ネヴェリの線までは、ゴロドク近くの高射砲とドレトゥン周辺の航空機なき飛行場のほか、敵影はみられず。

二、ベロストーク包囲戦の結果、十六万以上の捕虜が得られた。この敵集団が出した死傷者は、この数字の数倍にもおよぶものと推定される。鹵獲品も、今のところは推定できないほどの数となった。ノヴォグルドクで包囲された敵は潰滅しつつある。七月二日には、第12装甲師団のみで三万の捕虜を取っている。

三、略。

付録4

一九四一年七月七日の戦況に関する第3装甲集団司令官覚書（断章）

従来の予想を裏切って、敵は七月初頭以来、ドヴィナ川後方にあらたな防御戦線を構築することに成功している。新手の師団三ないし四個と一個戦車師団が、敵国の深奥部より召致された。これらの防御線は、七月四日、第19装甲師団によりジスナ付近で突破された。敵二個師団が猛然と反撃し、わが方が得た橋頭堡を除去せんとしたものの、無益に終わったのである。しかし、味方のポロックに向かう突進を停止させることには成功した。ロシア軍第九八および第一七四狙撃師団による、第19装甲師団への攻撃はなお続いている。敵がいかなる犠牲を払ってもポロックを保持しようとしているのはあきらかだ。

……第20装甲師団のドヴィナ河畔、ウラ付近をめざす接近行軍は、雨が続いたため、文字通り、泥のなかに溺れてしまっていたが、今、前進は完了した。午後三時より攻撃。ウラの対面にある敵は防御準備を整えており、強力だった。攻撃は苦戦におちいった。

第7装甲師団は、ヴィテプスクを一撃で奪取することになっていた。しかし、早くもベシェンコヴィチにおいて、また、そのあとにはドンブロヴァ北の地区で抵抗に遭っている。ヴィテプスク南方に強力な敵があるという印象を受ける。それゆえ、攻撃はここで停滞したのだ。攻撃再開は、ヴィテプスクを北から包囲してからのことである。この間、強力な敵が、センノ－ドンブロヴァ間の全戦線にわたって攻撃に出ている。心配はいらないものの、拘束されはする。

第12装甲師団の運用……北翼に投入するには遅すぎる。

……（一頁欠）……

ヴィテプスク北方よりヴェリジおよびウスヴィアトィ経由で、強力な部隊を先行させ、スモレンスクへ、または同市経由で東方に退却する敵を追い越しての追撃を実施する可能性あり。この経路には敵が存在せず、破壊されてもいない。ルドニャとデミドフへの前進は、敵後衛部隊により拒止されている。従って、同正面では、より弱体な戦力のみを先行させることになろう。第39装甲軍団主力は、ヴェリジ（第7装甲師団）およびウスヴィアトィ（第20装甲師団ならびに第20自動車化師団）めざして旋回しつつあり。いまや、第57装甲軍団麾下に置かれた部隊がネヴェリに到達することが決定的な意味を持つ。彼らはそこで、目下ネヴェリよりゴロドクに前進しているウクライナ師団の後背部に突進することになるのだ。

（著者所有）

付録5
一九四一年七月五日の国防軍統帥幕僚部長による陸軍総司令官宛電話報告

時は来ました。今こそ、さらなる作戦遂行、とりわけ今後の装甲集団の投入に関して、決断を下さなければなりません。この決断は戦争の帰趨を定める、そう、おそらくは、今次大戦の勝敗を分ける、ただ一度の決定になりましょう。よって、国防軍統帥幕僚部長は、陸軍総司令官が以後の任務を下達する前に、その見解および企図について、総統と協議することが必要であると考えます。とくに左記の点について、総統は熟考されております。

一、北方軍集団は、単独で北西地域の敵を掃討、東側面を固められるほど強力であるか？　それとも、第3装甲集団の北西旋回を必要とするのか？　第3装甲集団が、ドニエプル川とドヴィナ川を結ぶ線を越えたのち、ただちに北東に旋回することを考慮すべきなのか？　その場合、どの程度まで、側面掩護を東方に延ばすべきか？

二、ドニエプル川渡河直後に、第4装甲軍を南方へ旋回させることを考慮すべきか？　側面掩護の問題をいかにして解決すべきか？

（ニュルンベルク文書、陸軍参謀本部作戦部、バルバロッサ）

付録6
一九四一年七月二十二日から二十六日のあいだに出された第3装甲集団司令官の陸軍総司令官宛書簡

元帥閣下！

小官の柏葉章受勲〔柏葉付騎士十字章。対ソ戦初期の戦功により、一九四一年七月十七日、ホートに授けられた〕授与にお祝いの言葉をいただいたことに、謹んで感謝申し上げます……。元帥閣下の眼の前で受勲したことは、小官にとって格別の栄誉であります。

遺憾ながら、最近数日の膠着状態も、本格的な戦力の回復には使えませんでした。現在の底なしになったかのごとき道路では、車両の損耗がはなはだしいのはもちろんですし、常に突破と解囲に備えている状態では、エンジンの調達補充もいまだできずにおります。とはいえ、まずは休養できた諸師団にあっては、戦闘への活力がいや増しているのであります。ただ、第14自動車化師団の戦闘力だけが懸念されます。いかなる任務であろうと、この師団を投入することはできないでしょう。

いまや、戦闘車両の脱落数はおよそ六十パーセントにも達しています。十日の時間と補充部品を得ましたので、おそらく建制の六十ないし七十パーセントまで回復するものと思われます。他の車両の損失総計は比較的わずかで、約七パーセントでありますが、オートバイのそれはもっと多数になります。将校・下士官兵の補充もしだいに到着しつつあります。願わくは、われわれにとって有用な人材を、歩兵師団より送り込んでくださいますよう。燃料補充に関しても、およそ十日を必要とします。

署名

（著者所有の書簡下書き）

付録7

第3装甲集団司令官による一九四一年七月二十七日付情勢判断

高速道路南方の敵情については、いまだ確たる像を結べずにいる。両師団は、弱体な敵に突き当たったものと思われる。敵が西正面に投入できるほどの兵力を有しているかは疑わしい。ドロゴブージよりの東正面に対する攻撃は、そこで敵が自由に移動できる限りは、あり得ることだ。敵の一部がドニエプル川を渡り、ラチノ南方へ退却することは、当装甲集団の戦力では阻止できない。

ビエロイに至る高速道路沿い、また、その北側では、敵は、最近数日の戦闘により、ドニエプル川とヴォルガ川を結ぶ防御線のはるか前方に、召致された新師団を使った防御戦線を構築することに成功した。ヤルツェヴォの北地域の後方から、一部はヴォーピ川の西まで、三ないし四個のシベリア師団、または他の師団が展開している。ビェロイ南西にはシベリア師団二個と自動車化師団一個、その背後、トロペツ付近に至る地域には、新編されたコーカサス騎兵師団二個が集結しているものと推定される。

ヴォーピ川正面の敵は、過去数日間に、さしたる衝力を発揮することなく攻撃を実行し、その際、多大な損害を出した。注目すべきは、投入された兵力と重砲兵である。そこには、取るに足りない数の新編部隊しかいない。攻撃は、とくにヤルツェヴォ付近で繰り返されるであろう。

ビェロイにある支隊の戦力は、推定よりも弱体である。急ぎ新編され、装備不足の敵騎兵師団の戦闘意欲はごくわずかでしかない。

敵が増強され、さらなる目標を狙って攻撃する企図を有しているか否かは判然としない。ただし、ドニエプル河畔にある未完成の陣地に対するわが前進を遅滞させる企図はあるものと思われる。わが方が快速部隊を停止させるつもりであることなど、知る由もないからだ。

第3装甲集団の重点はなお、南方においてドニエプル河畔での包囲を完成し、その包囲陣を東からの攻撃に対して確保することにある。高速道路を越えて南に延翼すること、また敵の攻撃の試みが続いていることによって、多大なる兵力が必要とされるから、道路の結節点であるビェロイの攻撃は中止せざるを得ない。そのために準備された兵力ではあるが、東正面を支えるためにそれが必要となったのである。

（著者所有の草案）

付録8

一九四一年七月十九日付ＯＫＷ指令第三三号

一、東部における会戦の第二段階は、スターリン線突破と装甲集団のさらなる前進により、全戦線にわたって完了した。ただし、中央軍集団方面にあっては、味方快速団隊のあいだに取り残された敵集団を一掃するのに相当の時間を要する。

南方軍集団北翼は、キエフ要塞ならびにロシア第五軍により、その戦力発揮と機動の自由を妨げられている。

二、つぎなる作戦目標は、いまだ残っている敵の大部隊が、ロシアの深奥部へ退却するのを阻止し、これを殲滅することである。

これより（ママ！）、以下の方面に向かう準備を推進すべし。

(a)南西正面。最重要の目標は、敵第一二および第六軍であり、これらがなおドニエプル川の西側にあるうちに集中攻撃により殲滅すること……。

敵第五軍も、中央軍集団南翼と南方軍集団北翼の協同によって、ごく早期に潰滅的な打撃を与えることが可能である。中央軍集団所属の諸歩兵師団を南方旋回せしめるとともに、それ以上の部隊、なかんずく快速部隊を、現今の任務を達成し、補給ならびにモスクワに対する側面掩護を確保したのち、南東方向に投入すべし。目的は、ドニエプル川の彼岸に渡りつつある敵のロシア深奥部への退路を遮断し、これを殲滅することにある。

(b)東部戦線中央部。包囲された敵戦隊多数を除去し、補給線を確立したのち、中央軍集団には左の任務が付与される。歩兵師団を以てモスクワへの前進を継続しつつ、南東、ドニエプル川の線に投入されざる部隊によりモスクワとレニングラードの連絡を遮断、それにより、前進する北方軍集団の側面を掩護すること。

(c)北東正面。第18軍が第4装甲集団と連結、第16軍が東方深くに至るまで側面掩護を固めたのちに、はじめてレニングラードへの前進を継続せしめる。その際、北方軍集団は、エストニアで戦闘中の敵がレニングラードに退却するのを封止するよう努力しなければならない。

三〜五項は、空軍、海軍、西方戦域に関するもの。

（ニュルンベルク文書、国防軍統帥幕僚部戦時日誌B部）

一九四一年六月二十一日の時点における最高指導部と第3装甲集団の組織構成

略号｜部課・職名｜責任者
OKW　国防軍最高司令部　〔ヴィルヘルム・〕カイテル元帥
W.F.St.　国防軍統帥幕僚部　〔アルフレート・〕ヨードル上級大将
Ob.d.H.　陸軍総司令官　〔ヴァルター・フォン・〕ブラウヒッチュ元帥
Ch.Gen.St.d.H.　陸軍参謀総長　〔フランツ・〕ハルダー上級大将
O.Qu.I　陸軍参謀次長　〔フリードリヒ・〕パウルス中将
Ch.Op.Abt.　参謀本部作戦部長　〔アドルフ・〕ホイジンガー大佐
Ob.d.H.Gr.　中央軍集団司令官　〔フェドーア・フォン・〕ボック元帥
同参謀長　〔ハンス・フォン・〕グライフェンベルク少将
Ob.9A.　第9軍司令官　〔アドルフ・〕シュトラウス上級大将
Bef.Pz.Gr.3　第3装甲集団司令官　〔ヘルマン・〕ホート上級大将
→一九四一年十月八日付で第17軍司令官に転任
同参謀長　〔ヴァルター・フォン・〕ヒューナースドルフ中佐
同作戦参謀　〔カール・〕ヴァーゲナー少佐
XXXIX.Pz.K.　第39装甲軍団　〔ルドルフ・〕シュミット装甲兵大将
同参謀長　〔ハンス=ゲオルク・〕ヒルデブラント大佐
第7装甲師団　男爵　〔ハンス・〕フォン・フンク少将
第20装甲師団　〔ホルスト・〕シュトゥンプフ中将
第20自動車化師団　〔ハンス・〕ツォルン少将
第14自動車化師団　〔フリードリヒ・〕フュルスト少将
LVII.Pz.K.　第57装甲軍団　〔アドルフ・〕クンツェン装甲兵大将
同参謀長　〔フリードリヒ・〕ファングオール中佐
第12装甲師団　〔ヨーゼフ・〕ハルペ少将
第19装甲師団　〔オットー・フォン・〕クノーベルスドルフ中将
第18歩兵師団　〔フリードリヒ・〕ヘルライン少将
V.A.K.　第5軍団　〔リヒャルト・〕ルオフ歩兵大将
同参謀長　〔アルトゥール・〕シュミット大佐
第5歩兵師団　〔カール・〕アルメンディンガー少将
第18歩兵師団　〔ヴァルター・〕フィッシャー・フォン・ヴァイカースタール中将
VI.A.K.　第6軍団　〔オットー=ヴィルヘルム・〕フェルスター工兵大将
同参謀長　〔ハンス・〕デーゲン中佐
第6歩兵師団　〔ヘルゲ・〕アウレープ中将
第26歩兵師団　〔ヴァルター・〕ヴァイス少将

十月に第3装甲集団麾下に置かれた部隊

XXXXI.Pz.K.　第41装甲軍団〔ゲオルク＝ハンス・〕ラインハルト装甲兵大将
同参謀長〔ハンス・〕レティンガー大佐
第1装甲師団〔ヴァルター・〕クリューガー少将
第36歩兵師団〔オットー＝エルンスト・〕オーテンバッハー少将
LVI.Pz.K.　第56装甲軍団〔フェルディナント・〕シャール装甲兵大将
同参謀長　男爵〔ヘラルト・〕フォン・エルファーフェルト大佐
第6装甲師団〔フランツ・〕ラントグラーフ少将
第7装甲師団　男爵〔ハンス・〕フォン・フンク少将

参考文献

註で用いた引用文献の略称の意味するところは以下の通り〔（　）内に示されている〕

Assmann: Deutsche Schicksalsjahre〔アスマン『ドイツ宿命の数年』〕. Blockhaus, Wiesbaden. 1951.（アスマン）

Beck: Studien. Herausgeben von Hans Speidel〔ベック著、ハンス・シュパイデル編『研究』〕. K. F. Koehler, Stuttgart. 1955.（ベック）

Clausewitz: Vom Kriege〔カール・フォン・クラウゼヴィッツ『戦争論』上下巻、清水多吉訳、中公文庫、二〇〇一年〕. Dümmlers Verlag, Bonn. 16. Aufl. 1952.（クラウゼヴィッツ）

Greiner: Die Oberste Wehrmachtführung 1939–1943〔グライナー『ドイツ国防軍最高指導部　一九三九〜一九四三年』〕. Limes-Verlag, Wiesbaden. 1951.（グライナー）

Guderian: Erinnerungen eines Soldaten〔グデーリアン『一軍人の回想』。邦訳は、ハインツ・グデーリアン『電撃戦』上下巻、本郷健訳、中央公論新社、一九九九年〕. K. Vowinckel, Heidelberg. 1951.（グデーリアン）

Höhn: Scharnhorsts Vermächtnis〔ヘーン『シャルンホルストの遺産』〕. Athenäum-Verlag, Bonn. 1952.（ヘーン）

v. Manstein: Verlorene Siege〔エーリヒ・フォン・マンシュタイン『失われた勝利』上下巻、本郷健訳、中央公論新社、二〇〇〇年〕. Athenäum-Verlag, Bonn, 1955.（マンシュタイン）

Graf Moltke: Militärische Werke. Kriegslehren〔モルトケ伯『軍事著作集　戦争訓』。一部は、片岡徹也編著『戦略論大系③モルトケ』芙蓉書房、二〇〇二年に収録されている〕. Mittler und Sohn, Berlin. 1911.（モルトケ）

Reinhardt u. Kintner: Atomwaffen im Landkrieg〔ラインハルトおよびキントナー『陸戦における核兵器』〕. Wehr- und Wissen-Verl.-Gesellschaft, Darmstadt. 1955.（R.u.K.）

Stadelmann: Scharnhorst〔シュターデルマン『シャルンホルスト』〕. Limes-Verlag, Wiesbaden.1952.（シュターデルマン）

v. Tippelskirch: Geschichte des zweiten Weltkrieges〔フォン・ティッペルスキルヒ『第二次世界大戦史』〕. Athenäum-Verlag, Bonn.〔1951?〕.（ティッペルスキルヒ）

雑誌

Allgemeine Schweizerische Militärzeitschrift.（『スイス一般軍事雑誌』）

Vierteljahreshefte für Zeitgeschichte.（『現代史四季報』）

Wehrkunde.（『国防知識』）

Wehrwissenschaftliche Rundschau.（『国防学概観』）

未刊行文書

ニュルンベルク裁判検察側文書　一九四六～四八年（ニュルンベルク文書）

戦時日誌（戦時日誌）

ハルダー日誌（ハルダー日誌）

第3装甲集団戦闘報告（戦闘報告）

フォン・クノーベルスドルフによる第19装甲師団史（第19装甲師団史）

第4装甲集団における諸戦闘の経過（第4装甲集団）

原註〔本文の数か所の典拠を、同一番号の註で示している場合があることに注意されたい。註末尾の付記は、その註が本文のどの頁にあるかを示す〕

第一章

❖1 クラウゼヴィッツは、この戦略と戦術という概念を『戦争論』第二部第一章で扱っている。本訳書本文二二頁。

❖2 クラウゼヴィッツ、第二部第一章、一六九頁。本訳書本文二三頁。

❖3 クラウゼヴィッツ、第八部第六章、八九一頁。本訳書本文二三頁。

❖4 マンシュタイン、一五三頁以下。本訳書本文二四頁。

❖5 フォン・ゾーデンシュテルン将軍〔ゲオルク・フォン・ゾーデンシュテルン（一八八九～一九五五年）。最終階級・歩兵大将〕は、その才気にみちた研究「作戦」〔„Operationen“〕（『国防学概観』、第三年一頁）で、開進は戦略に属するものとしている。開進訓令はまだ敵の意志に左右されないが、他方、作戦においては「われわれの意志は、ただちに敵の意志とぶつかる」〔モルトケ〕からである。本訳書本文二五頁。

❖6 「向こう見ずな」ヴァルダーゼー〔伯爵アルフレート・フォン・ヴァルダーゼー（一八三二～一九〇四年）。大モルトケの後任として、参謀総長を務めた。一九〇〇年の義和団事件では、鎮圧のために派遣された八か国連合軍の司令官に任命されている。最終階級は元帥〕とは逆の、老モルトケの懸念についての詳細は、Stadelmann, „Moltke und der Staat“〔シュターデルマン『モルトケと国家』〕(Scherz-Verl. 1950) に記されている。本訳書本文二六頁。

❖7 ベック上級大将〔ルートヴィヒ・ベック（一八八〇～一九四四年）。一九三五年から一九三八年まで陸軍参謀総長。ヒトラーの侵略政策に反対して辞任、のちに総統暗殺計画にも参加した。最終階級は上級大将〕は、第二次世界大戦直前のその諸研究の一つにおいて、「作戦は全能であるとの信仰」に対する警告を発し〔ベック、八五頁〕、戦車が攻撃行動を加速する可能性についても懐疑を示していた。本訳書本文二六頁。

❖8 Fuller, „Der Krieg und die Zukunft"〔フラー「戦争と将来」〕.『国防学概観』、一九五三年。本訳書本文二七頁。

❖9 詳細は、v. Borsch, „Politische Paradoxien des Atomzeitalters"〔フォン・ボルシュ『核時代の政治逆説』〕in „Außenpolitik"〔『外交』〕, 一九五一年、第七号。本訳書本文二七頁。

❖10 ラインハルトとキントナーの共著『陸戦における核兵器』は、核兵器の効果とそれに対する防御手段について縷々《るる》述べている。本訳書本文二九頁。

❖11 モントゴメリー元帥〔バーナード・ロー・モントゴメリー（一八八七～一九七六年）。エル・アラメインの戦いやノルマンディ上陸作戦など、第二次世界大戦において多数の戦功をあげたイギリス軍人。戦後は帝国参謀総長を務めた〕は、自ら指導した一九五六年四月の対抗演習の際に、「われわれは遠距離誘導兵器の時代に突入した」と言明している。『国防知識《ヴェーアクンデ》』、一九五六年、第八号。本訳書本文三三頁。

❖12 一八〇四年のクラウゼヴィッツ論文。„〔Clausewitz〕Strategie", hrsg von Eberhard Kessel〔エーベルハルト・ケッセル編『クラウゼヴィッツ戦略』〕, Hanseatische Verl.- Anst.〔1937〕. 本訳書本文三四頁。

❖13 クラウゼヴィッツ、第二部第六章、二三七頁。本訳書本文三四頁。

❖14 Scharnhorst, „Nutzen der militärischen Geschichte"〔シャルンホルスト「軍事史の利用」〕, ヘーン、七〇頁の引用による。本訳書本文三五頁。

❖15 Scharnhorst, „Bruchstücke über Erfahrung und Theorie"〔「経験と理論に関する断章」〕, シュターデルマン、一五五頁以下。本訳書本文三五頁。

第二章

❖1 たとえば、マンシュタイン、一五二頁以下。また、ティッペルスキルヒ、一九八、二〇九頁とアスマンもみよ。本訳書本文三七頁。

❖2 Weinberg, „Der deutsche Entschluß zum Angriff auf die Sowjetunion"〔ワインバーグ「ドイツのソ連攻撃決定」〕.『現代史四季報』、第一年第四号。本訳書本文三八頁。

❖3 ニュルンベルク文書、ハルダー日記、一九四〇年七月二十六日の条。本訳書本文三八頁。

❖4 ニュルンベルク文書、ハルダー日記、一九四〇年七月二十七日の条。本訳書本文三八頁。

❖5 ワインバーグ、『現代史四季報』、第一年第四号。本訳書本文三九頁。

❖6 ニュルンベルク文書、ハルダー日記、一九四〇年七月三十一日、一九四〇年八月一日、一九四〇年十月二十九日の条。本訳書本文三九頁。

❖6a Alfred Philippi, „Das Pripjetproblem"〔アルフレート・フィリッピ「プリピャチ湿地問題」〕『国防学概観』、一九五六年三月号第二別冊付録。これは、とくに南方軍集団の作戦に取り組んだ有益な研究で、いわゆる「マルクス・プラン」〔第18軍参謀長エーリヒ・マルクス少将が立案した対ソ作戦計画〕の抜粋を示し、それによって、外国の文献（たとえば、Fuller, The Second World war〔フラー『第二次世界大戦』〕で表明された見解に反駁している。マルクス将軍は、「プリピャチ湿地南方で使えるすべての兵力を以て、ドニエプル川を渡河、ドン川下流域のロストフにまで達する攻勢」を行い、「ピンスクとリガのあいだでは防御」することに賛成していたという。ただし、この研究の中央軍集団に関する部分の細目については、残念ながら同意できない。本訳書本文三九頁。

❖7 グライナー、三〇八頁。本訳書本文四一頁。

❖8 ニュルンベルク文書、OKH戦時日誌、第六a巻。本訳書本文四四頁。

❖9 グライナー、三三〇頁。本訳書本文四四頁。

❖10 ニュルンベルク文書、OKH戦時日誌、第一巻。本訳書本文四五頁。

❖11 グデーリアン、付録二十一。本訳書本文四五頁。

❖12 モルトケ、第一部、七二頁。本訳書本文四七頁。

❖13 ニュルンベルク文書、一九四一年八月二十二日付、対ロシア戦争指導の基本に関するヒトラーの研究。本訳書本文四九頁。

❖14 クラウゼヴィッツ、第八部第九章、九二二頁。本訳書本文四九頁。

❖15 ニュルンベルク文書、ハルダー日記、一九四一年八月二十七日の条。この日、陸軍参謀総長は、「ロシアは過小評価されていた」と日記で吐露している。本訳書本文五二頁。

❖16 ニュルンベルク文書、OKW二七〇五号「バルバロッサ開進訓令」。本訳書本文五二頁。

❖17 ニュルンベルク文書、OKW戦時日誌、第四四巻。本訳書本文五四頁。

❖18 ティッペルスキルヒ、二〇一および二〇九頁。本訳書本文五五頁。

❖19 マンシュタイン、三〇五頁。本訳書本文五六頁。

❖20 付録1の第3装甲集団開進訓令をみよ。本訳書本文六七頁。

❖21 グデーリアン、一三六頁参照。そこで触れられている開進訓令は、おそらくOKHのそれであり、第2装甲集団では受領していなかったものであろう。本訳書本文六七頁。

❖22 北方軍集団戦時日誌、一九四一年三月十九日の条、陸軍参謀総長と北方軍集団作戦参謀の電話記録。「北方軍集団司令官（勲爵士《リッター》ヴィルヘルム・フォン・レープ（一八七六～一九五六年）。最終階級は元帥。勲爵士 Ritter は、バイエルン王国などで、一代限りとして与えられる貴族の称号）は、当初から装甲集団麾下に強力な歩兵を置くことを望んでおられます。しかしながら、かかる措置は、第4装甲集団司令官により、その西方戦役での経験に照らして『まったく目的に適しない』ものであると拒否されました」（ニュルンベルク文書、OKW一六五三号）グデーリアン、一三二頁も参照されたい。本訳書本文六九頁。

❖23 モルトケ、第一部、七〇頁。本訳書本文七一頁。

❖24　モルトケ、第一部、七一頁。本訳書本文七二頁。

第三章

❖1　ニュルンベルク文書、ハルダー日記、一九四一年六月二十四日および二十五日の条。本訳書本文八七頁。

❖2　ニュルンベルク文書、ハルダー日記、一九四一年六月三十日の条。本訳書本文九〇頁。

❖3　グデーリアン、一三九～一四四頁。本訳書本文九一頁。

❖4　マンシュタイン、一八一～一八五頁。本訳書本文九二頁。

❖5　Reinhardt, „Der Vorstoß des XXXXI. Pz.K. im Sommer 1941"〔ラインハルト「一九四一年夏における第41装甲軍団の進撃」〕『国防知識』、一九五六年、第三号。本訳書本文九三頁。

第四章

❖1　モルトケ、第一部、七一頁。本訳書本文九七頁。

❖2　ニュルンベルク文書、P.S.一七九九、特別文書、付録六。本訳書本文九七頁。

❖3　ニュルンベルク文書、特別文書、一九四一年六月二十七日付および一九四一年六月二十九日付。本訳書本文九八頁。

❖4　ニュルンベルク文書、OKW／L、戦時日誌、第八巻。本訳書本文九八頁。

❖5　ニュルンベルク文書、一九四一年八月二十一日付ヒトラー覚書。本訳書本文一〇〇頁。

第五章

❖1 ニュルンベルク文書、ハルダー日記、一九四一年七月一日および七月二日の条。本訳書本文一〇二頁。

❖2 第19装甲師団史。本訳書本文一〇四頁。

❖3 グデーリアン、一四六、一四七頁。軍法会議にかけるとの恫喝については、著者〔ホート〕の預かり知らぬところである。本訳書本文一〇五頁。

❖4 マンシュタイン、一八六、一八七頁ならびに『国防知識』、一九五六年、第三号所収のラインハルト論文。本訳書本文一〇五頁。

❖5 グデーリアン、一五〇頁。ここでは、第2および第3装甲集団がフォン・クルーゲ元帥の麾下に置かれたのは、フォン・ボック元帥の「両大規模団隊を直接指揮する責任から解放されたい」との望みによるものだったと推測されている。だが、かかる憶測は、関連文書からは証明されない。陸軍参謀総長は、早くも一九四一年六月二十二日に、クルーゲか、グデーリアンに両装甲集団を統合指揮させることを検討している(ハルダー日記、六月二十四日の条)。とはいえ、クルーゲへの指揮権移譲は、その場合には命令を遂行しないとまで脅したグデーリアンの反対を押し切って、実行されたのであった。ハルダー日記、一九四一年七月十日の条参照。本訳書本文一〇五頁。

❖6 ニュルンベルク文書、OKW/L、戦時日誌、第八巻。本訳書本文一〇六頁。

❖7 ニュルンベルク文書、ハルダー日記、一九四一年七月三日の条。本訳書本文一一〇頁。

❖8 中央軍集団の報告による。ハルダー日記、一九四一年七月九日の条。本訳書本文一一〇頁。

❖9 第19装甲師団史。本訳書本文一一〇頁。

第六章

❖1 ハルダーのメモには、このように記されている。ニュルンベルク文書、ハルダー日記、一九四一年七月九日の条をみよ。グデーリアンの著書では、第4装甲軍の文書命令のことは触れられていない。本訳書本文一二〇頁。

❖2 グデーリアン、一五二、一五三頁。本訳書本文一二〇頁。

❖3 ニュルンベルク文書、ハルダー日記、一九四一年七月十日の条。本訳書本文一二一頁。

❖4 ニュルンベルク文書、ハルダー日記、一九四一年七月九日の条。本訳書本文一二一頁。

❖5 一九四一年七月三日付第3装甲集団命令第三項。著者所蔵。本訳書本文一二二頁。

❖6 ニュルンベルク文書、P.S.、付録一一。本訳書本文一二四頁。

❖7 「スターリン線」とは、この一連の相互支援のない野戦築城を指すために、宣伝省が発明した名称である。この陣地線は、かつてのロシア西部国境に沿って築かれていた。たとえば、ポーランドに対するためミンスク北西に、エストニアに対するためにプスコフの南、また、その他の地点といった具合である。本訳書本文一二四頁。

❖8 ニュルンベルク文書、OKW特別文書ならびにハルダー日記、一九四一年七月八日の条。本訳書本文一二五頁。

❖9 一九四三年七月八日付第3装甲集団敵情報告綴第一八号。著者所蔵。本訳書本文一二五頁。

❖10 著者所蔵のメモ。本訳書本文一二八頁。

❖11 第19装甲師団史。本訳書本文一三二頁。

❖12 グデーリアン、一六二頁。本訳書本文一三三頁。

❖13 グデーリアン、一六〇～一六四頁からは、スモレンスクおよびその北におけるロシア軍包囲に際して、第3装甲集団は協力を必要としており、第2装甲集団司令官も喜んで手助けするつもりだったのだが、兵力不足ゆえに実行できなかったとの結論が引き出されるかもしれない。だが、それはまったく正しくない。スモレンスク付近のロシア軍を包囲することは、両装甲集団、すなわち、高速道路南側の第2装甲集団と北側の第3装甲集団の共通課題だったのである。七月十五日以来、第3装甲集団は、ヤルツェヴォの西で高速道路沿いに停止し、第2装甲集団が連結してくるのを空しく待っていた。ところが、第17装甲師団および第18装甲師団は、彼らがスモレンスク西方で自由になったのちも、それに相応する命令を受け取っていなかったのだ。第17装甲師団は、ドニエプル川の線を掩護せよとの命を受けて、ヤルツェヴォ南方およそ五十キロの地点に配置された（グデーリアン、一六三頁）。第18装甲師団も、スモレンスクの南五十キロのポチノクに移動した。目的は、そこにある前線飛行場を「ロシア軍砲兵および迫撃砲の射撃から守る」ことであった（グデーリアン、一六四頁）。ここで、第4装甲軍が明確な命令を下達することがなかったのはあきらかである。本訳書本文一三三頁。

第七章

❖1 ニュルンベルク文書、ハルダー日記、一九四一年七月十二日の条。本訳書本文一三五頁。

❖2 ニュルンベルク文書、ハルダー日記、一九四一年七月十三日の条。本訳書本文一三六頁。

❖3 第19装甲師団史。本訳書本文一三六頁。

❖4 戦闘報告。本訳書本文一三八頁。

❖5 『国防知識』、一九五六年、第三号所収のラインハルト論文、一三五頁。本訳書本文一四二頁。

❖6 ラインハルト、一二九頁。本訳書本文一四二頁。

❖7 Raus, „Im Tor nach Leningrad“〔ラウス「レニングラードの門前にて」〕、『国防学概観』、一九五三年、第三号。本訳書本文一四二頁。

❖8 マンシュタイン、一九五～一九七頁。本訳書本文一四二頁。

第八章

❖1　前掲、Raus, „Im Tor nach Leningrad". 本訳書本文一四六頁。

❖2　ニュルンベルク文書、ＯＫＷ／Ｌ、戦時日誌、第八巻。本訳書本文一四七頁。

❖3　ニュルンベルク文書、Ｐ．Ｓ．一七九九、特別文書、付録六。本訳書本文一四七頁。

❖4　ニュルンベルク文書、一九四一年八月二十一日付ヒトラー覚書。本訳書本文一四九頁。

❖5　ニュルンベルク文書、一九四一年七月二十八日付ＯＫＨ指令、ＯＫＷ戦時日誌、第八巻。本訳書本文一五〇頁。

❖6　ニュルンベルク文書、ハルダー日記、一九四一年七月二十一日の条。本訳書本文一五〇頁。

❖8　当時の参謀次長パウルス将軍〔フリードリヒ・パウルス（一八九〇～一九五七年）。最終階級は元帥〕に対する発言。ニュルンベルク文書、ハルダー日記、一九四一年七月二十六日の条。本訳書本文一五一頁。

❖9　一九四一年七月二十三日、ブラウヒッチュがヒトラーに対して報告を行った際のことであった。ニュルンベルク文書、ＯＫＷ統帥幕僚部戦時日誌、第八巻。本訳書本文一五一頁。

❖10　クラウゼヴィッツ、第八部第九章、九一九頁。本訳書本文一五二頁。

❖11　ニュルンベルク文書、Ｐ．Ｓ．一七九九、ＯＫＷ長官文書、一四一九、五四／四一番。本訳書本文一五三頁。

❖12　ニュルンベルク文書、ＯＫＷ統帥幕僚部戦時日誌、第八巻。本訳書本文一五三頁。

❖13　ニュルンベルク文書、ＯＫＨ作戦部戦時日誌、Ｃ部、第八巻。本訳書本文一五三頁。

❖14　ニュルンベルク文書、ＯＫＨ作戦部、一九四一年七月二十八日付一四〇一／四一番文書付録。本訳書本文一五四頁。

❖15　ニュルンベルク文書、Ｐ．Ｓ．一七九九、特別文書、付録二十三。本訳書本文一五四頁。

❖16　ニュルンベルク文書、P.S.一七九九、特別文書、付録二十四。本訳書本文一五五頁。

❖17　ニュルンベルク文書、P.S.一七九九、特別文書、付録二十五。本訳書本文一五五頁。

❖18　ニュルンベルク文書、一九四一年七月二十八日付OKH指令、陸軍参謀総長、作戦部I、一四四〇／四一番。本訳書本文一五六頁。

❖19　ニュルンベルク文書、OKW統帥幕僚部戦時日誌、付録十三。本訳書本文一五八頁。

❖20　ニュルンベルク文書、ハルダー日記、一九四一年八月五日の条。本訳書本文一五九頁。

❖21　ニュルンベルク文書、ハルダー日記、一九四一年八月七日の条。本訳書本文一六〇頁。

❖22　グデーリアン、一七一頁。ハルダー日記、一九四一年八月四日の条により補足。本訳書本文一六〇頁。

❖23　グデーリアン、一七六～一七八頁。本訳書本文一六一頁。

❖24　Hans Steets, „Uman"〔ハンス・シュテーツ「ウマニ」〕. Heidelberg 1955, Scharnhorst Buchkameradsch. 本訳書本文一六二頁。

❖25　ラインハルト、一三一頁。本訳書本文一六三頁。

❖26　ニュルンベルク文書、P.S.一七九九、特別文書、付録三十二。OKW／L、戦時日誌。本訳書本文一六四頁。

❖27　ニュルンベルク文書、OKW統帥幕僚部戦時日誌、付録九。本訳書本文一六四頁。

❖28　ニュルンベルク文書、ハルダー日記、一九四一年八月三日の条。本訳書本文一六五頁。

❖29　ニュルンベルク文書、P.S.特別文書、付録三十六、一九四一年八月十五日付OKW九四一三八六番。本訳書本文一六六頁。

❖30　マンシュタイン、二〇一頁。本訳書本文一六六頁。

❖31　マンシュタイン、二〇三頁。本訳書本文一六七頁。

❖32　第19装甲師団史。本訳書本文一六八頁。

❖33　ニュルンベルク文書、OKH、陸軍参謀総長、バルバロッサIII。本訳書本文一七〇頁。

❖34　ニュルンベルク文書、P.S.一七九九、OKW統帥幕僚部／L.四四一四一二／四一。本訳書本文一七〇頁。

❖35　クラウゼヴィッツ、「戦争遂行上の最重要原則等々」、九七八頁。本訳書本文一七一頁。

第九章

❖1　モルトケ、七一頁、註。本訳書本文一七六～一七七頁。

❖2　Reinhardt, „Pz.Gr.3 in der Schlacht bei Moskau"〔ラインハルト「モスクワ戦における第3装甲集団」〕,『国防知識』、一九五三年、第九号。本訳書本文一八五頁。

❖3　グデーリアン、二一三頁。本訳書本文一八五頁。

❖4　クラウゼヴィッツ、第八部第九章。本訳書本文一八六頁。

結語

❖1　この点に関する詳細な記述は、Dr. v. Senger und Etterlin, „Der Marsch einer Panzerdivision in der Schrammperiode"〔フォン・ゼンガー・ウント・エターリン博士「ある装甲師団の泥濘期における行軍」〕,『国防知識』、一九五五年、第三号。本訳書本文一九三頁。

❖2　シュターデルマン、一六五頁の引用による。本訳書本文一九五頁。

図１
概観図

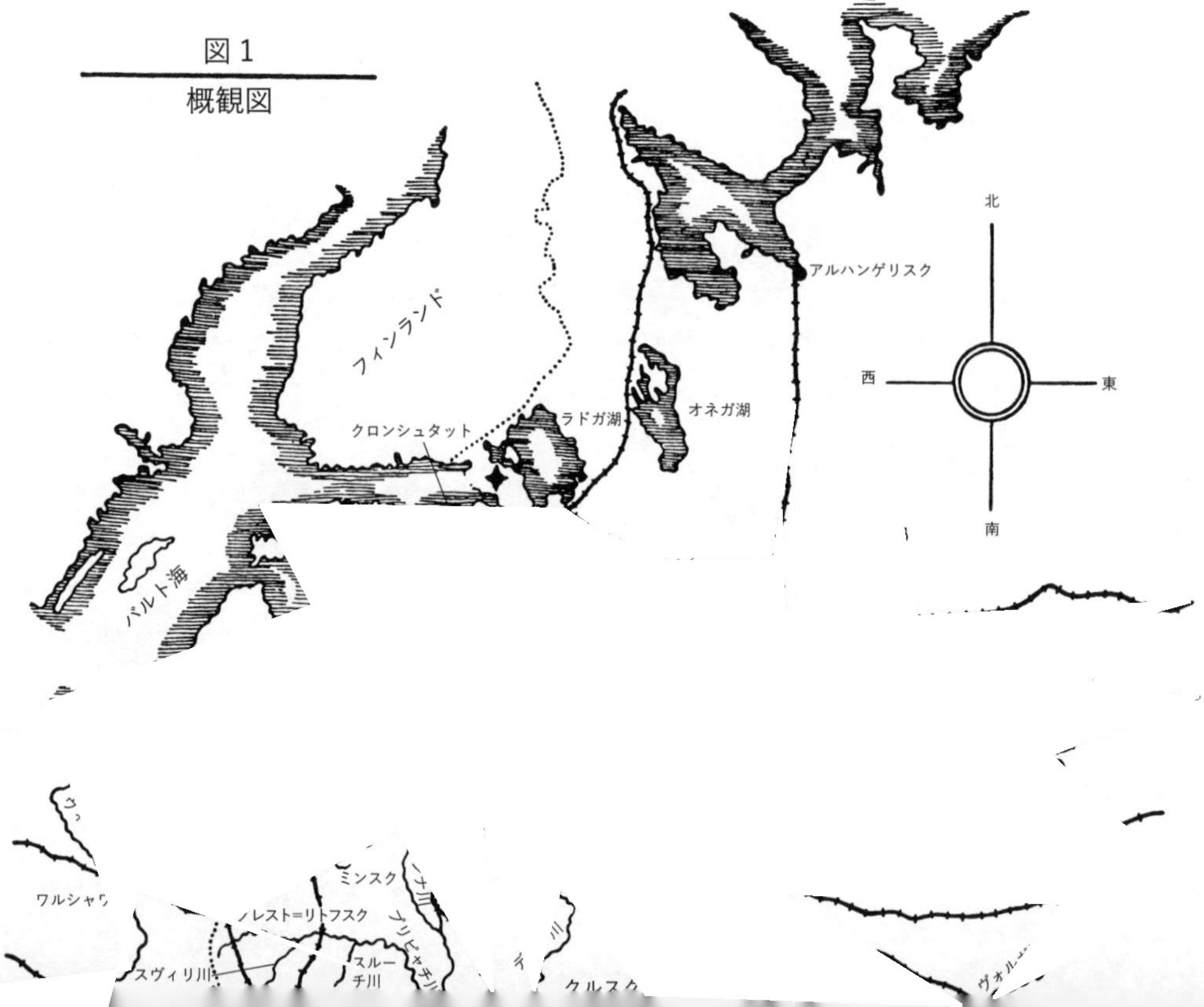

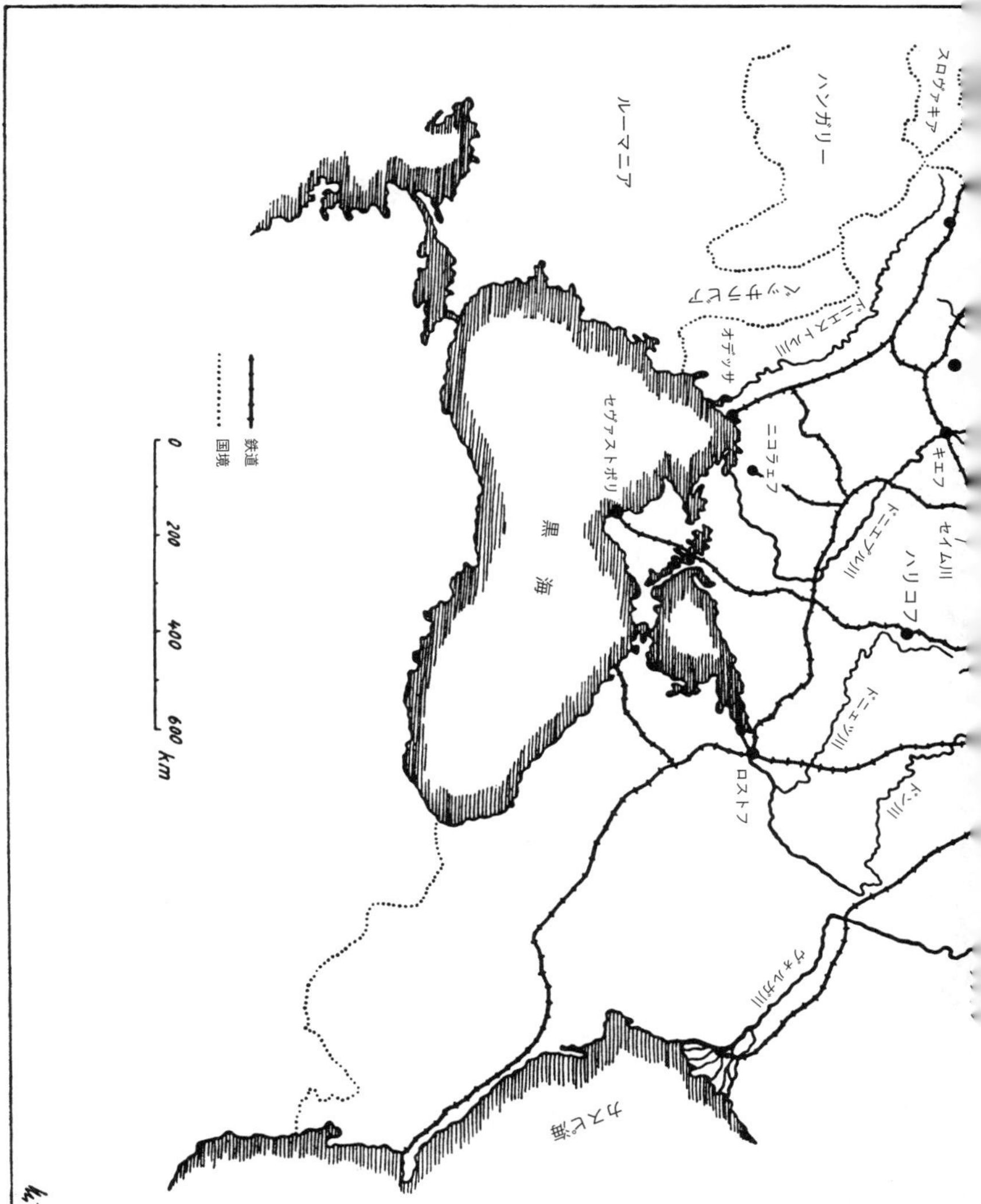
スロヴァキア
ハンガリー
ルーマニア
ベッサラビア
ドニエストル川
オデッサ
セヴァストポリ
ニコラエフ
キエフ
セイム川
ハリコフ
ドニエプル川
黒海
ドニエツ川
ドン川
ロストフ
ヴォルガ川
カスピ海
鉄道
国境
0
200
400
600
km

図２

開戦前の中央・北方軍集団前面の状況

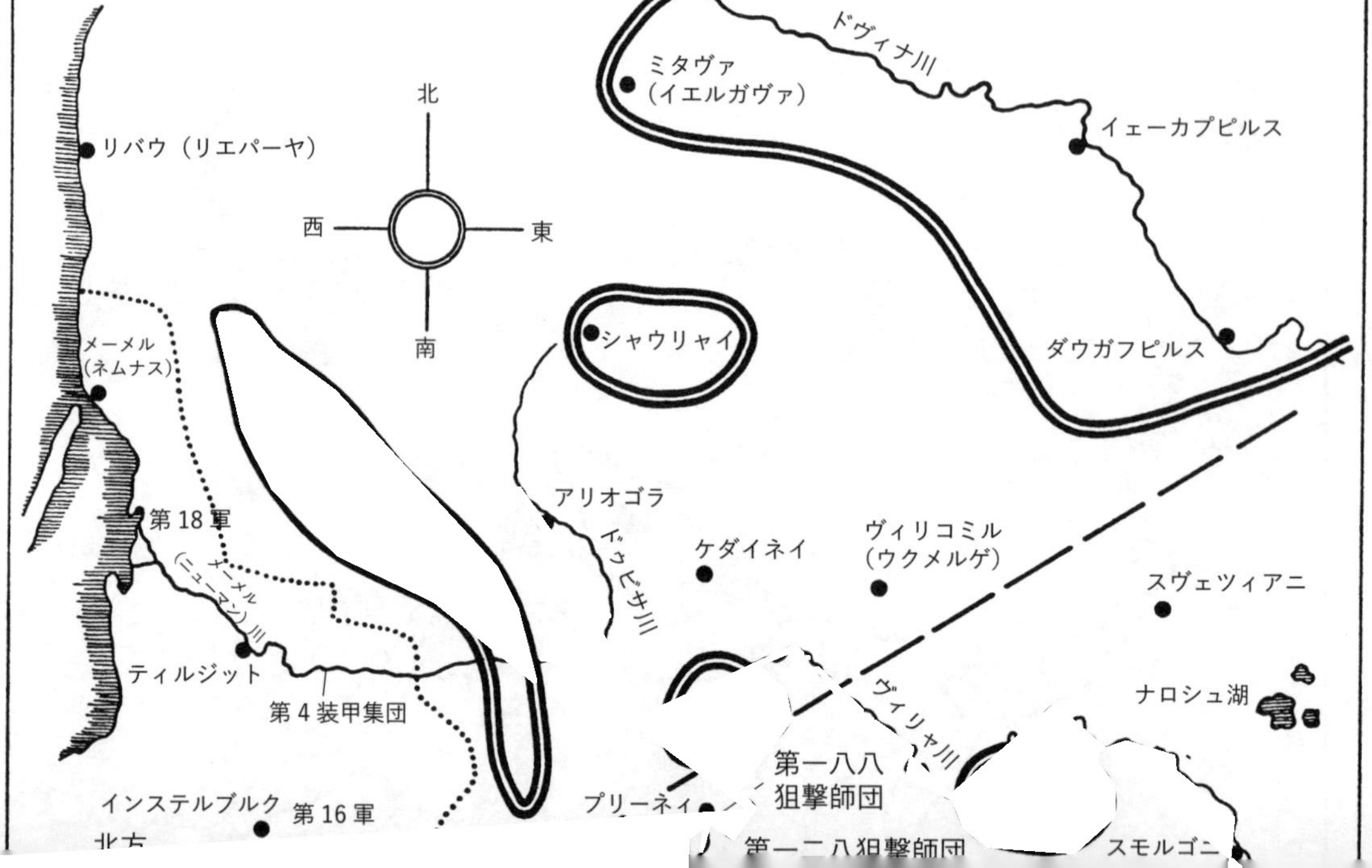

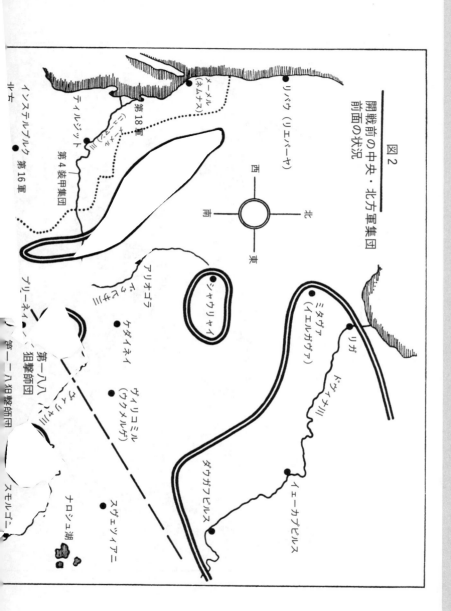

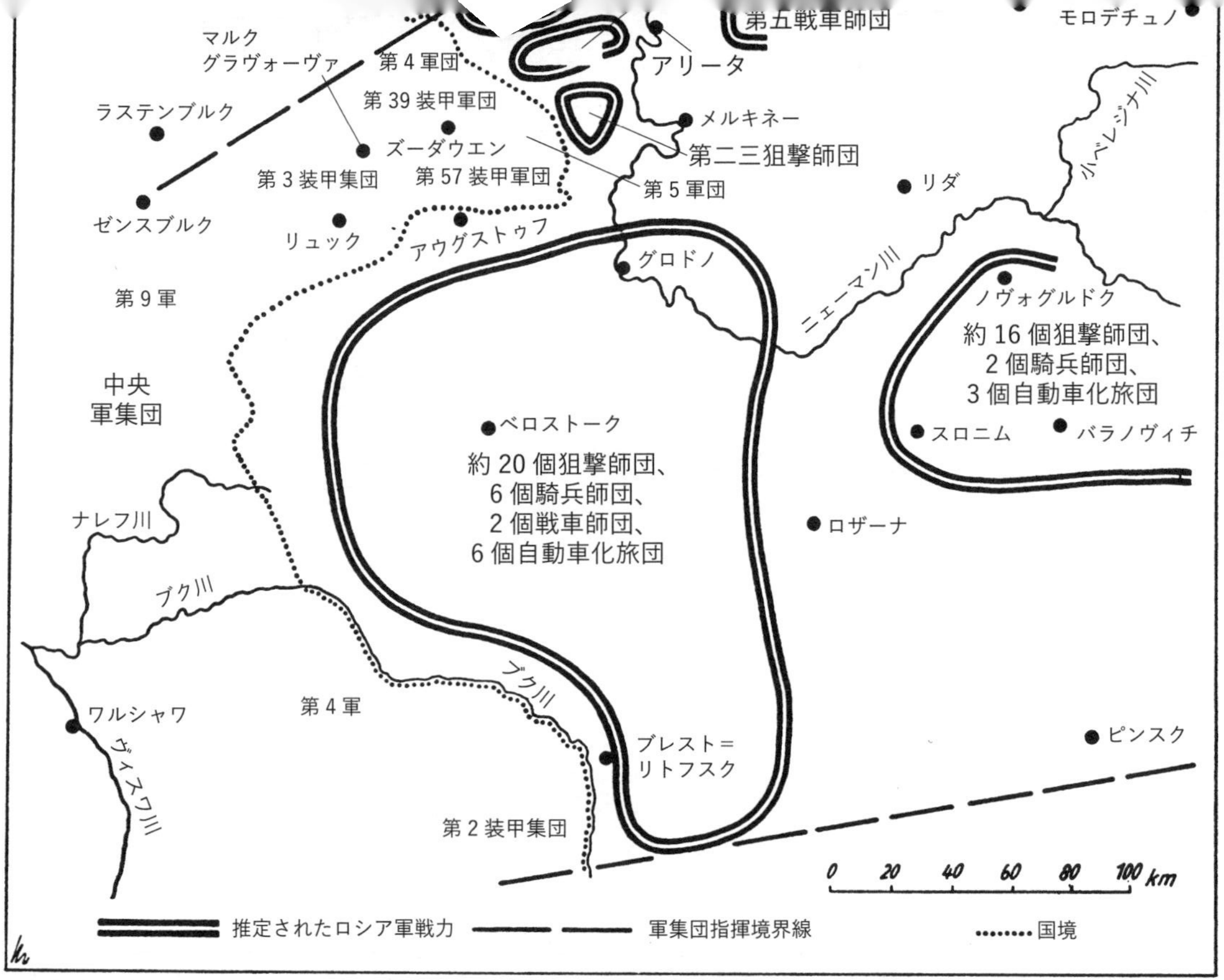
マルク
グラヴォーヴァ
第4軍団
第五戦車師団
モロデチュノ
アリータ
ラステンブルク
第39装甲軍団
メルキネー
ズーダウエン
第二三狙撃師団
第3装甲集団
第57装甲軍団
第5軍団
リダ
小ベレジナ川
ゼンスブルク
リュック
アウグストゥフ
グロドノ
ニェーマン川
ノヴォグルドク
第9軍
約16個狙撃師団、
2個騎兵師団、
3個自動車化旅団
中央
軍集団
ベロストーク
スロニム
バラノヴィチ
約20個狙撃師団、
6個騎兵師団、
2個戦車師団、
6個自動車化旅団
ナレフ川
ロザーナ
ブク川
ブク川
ワルシャワ
第4軍
ヴィスワ川
ブレスト＝
リトフスク
ピンスク
第2装甲集団
0 20 40 60 80 100 km
推定されたロシア軍戦力
軍集団指揮境界線
国境

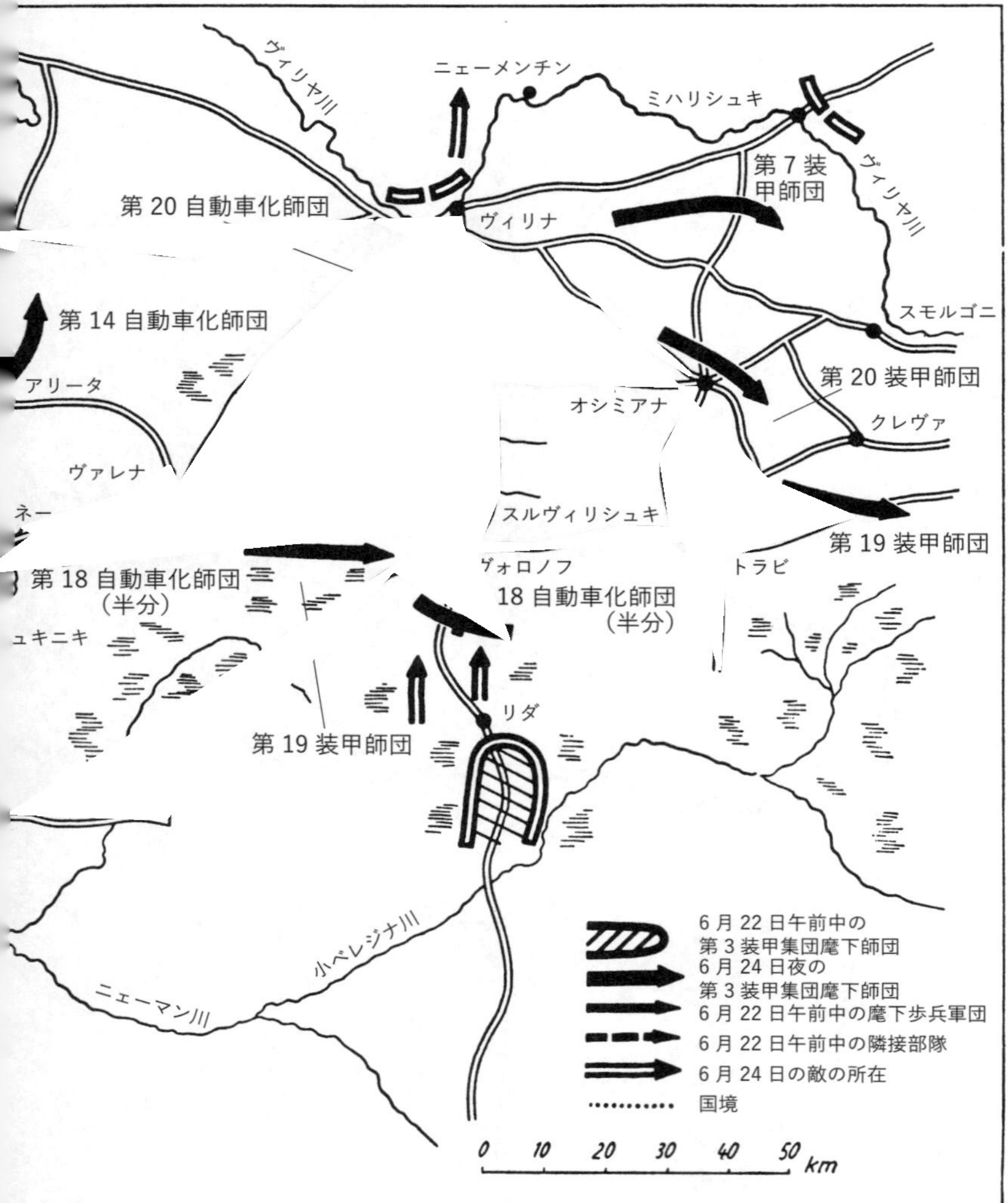
ヴィリヤ川
ニェーメンチン
ミハリシュキ
第 7 装甲師団
ヴィリヤ川
第 20 自動車化師団
ヴィリナ
スモルゴニ
第 14 自動車化師団
第 20 装甲師団
アリータ
オシミアナ
クレヴァ
ヴァレナ
スルヴィリシュキ
ネー
第 19 装甲師団
第 18 自動車化師団（半分）
ヴォロノフ
トラビ
18 自動車化師団（半分）
ュキニキ
リダ
第 19 装甲師団
小ベレジナ川
ニェーマン川
6 月 22 日午前中の第 3 装甲集団麾下師団
6 月 24 日夜の第 3 装甲集団麾下師団
6 月 22 日午前中の麾下歩兵軍団
6 月 22 日午前中の隣接部隊
6 月 24 日の敵の所在
国境
0 10 20 30 40 50 km

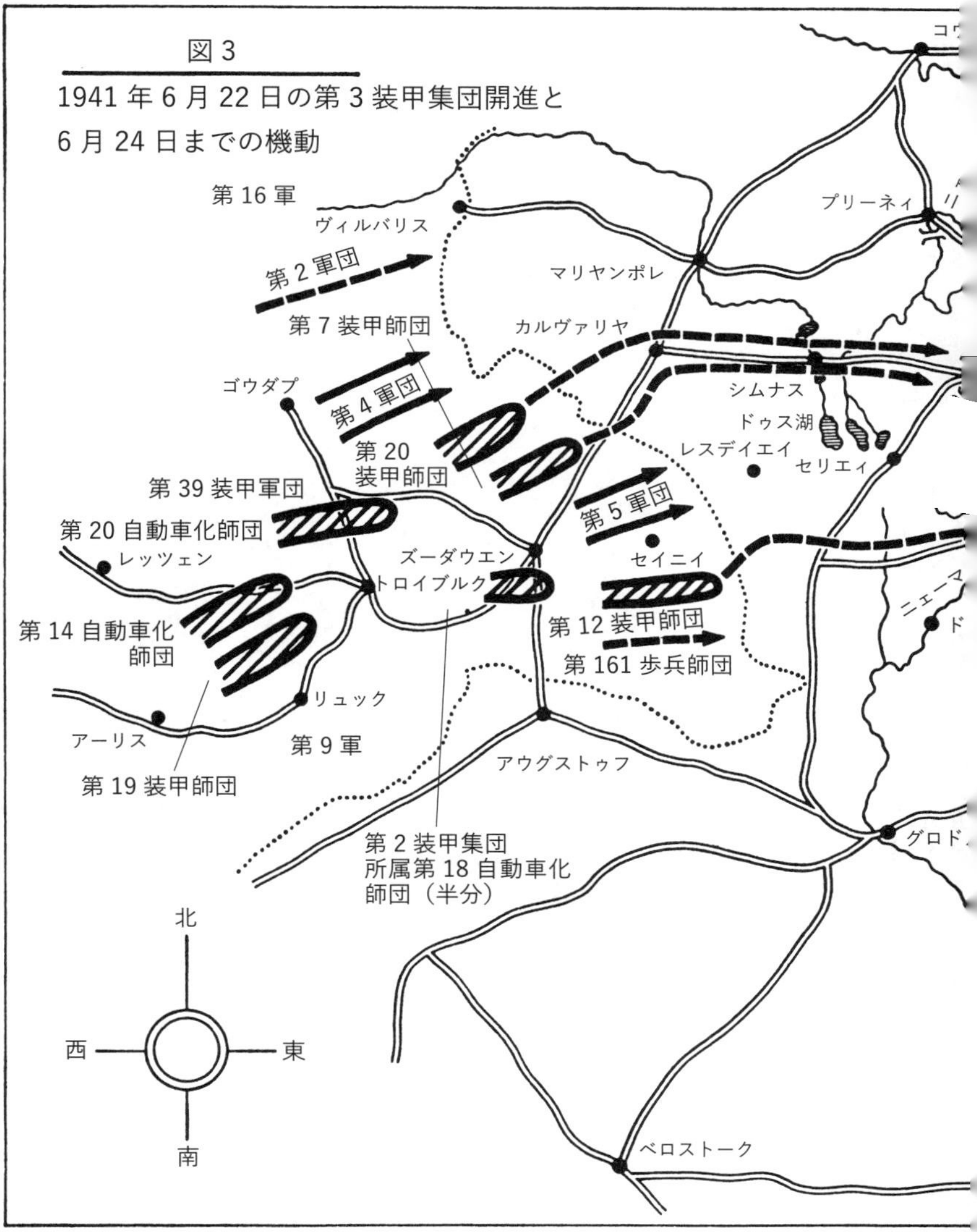

図3

1941年6月22日の第3装甲集団開進と
6月24日までの機動

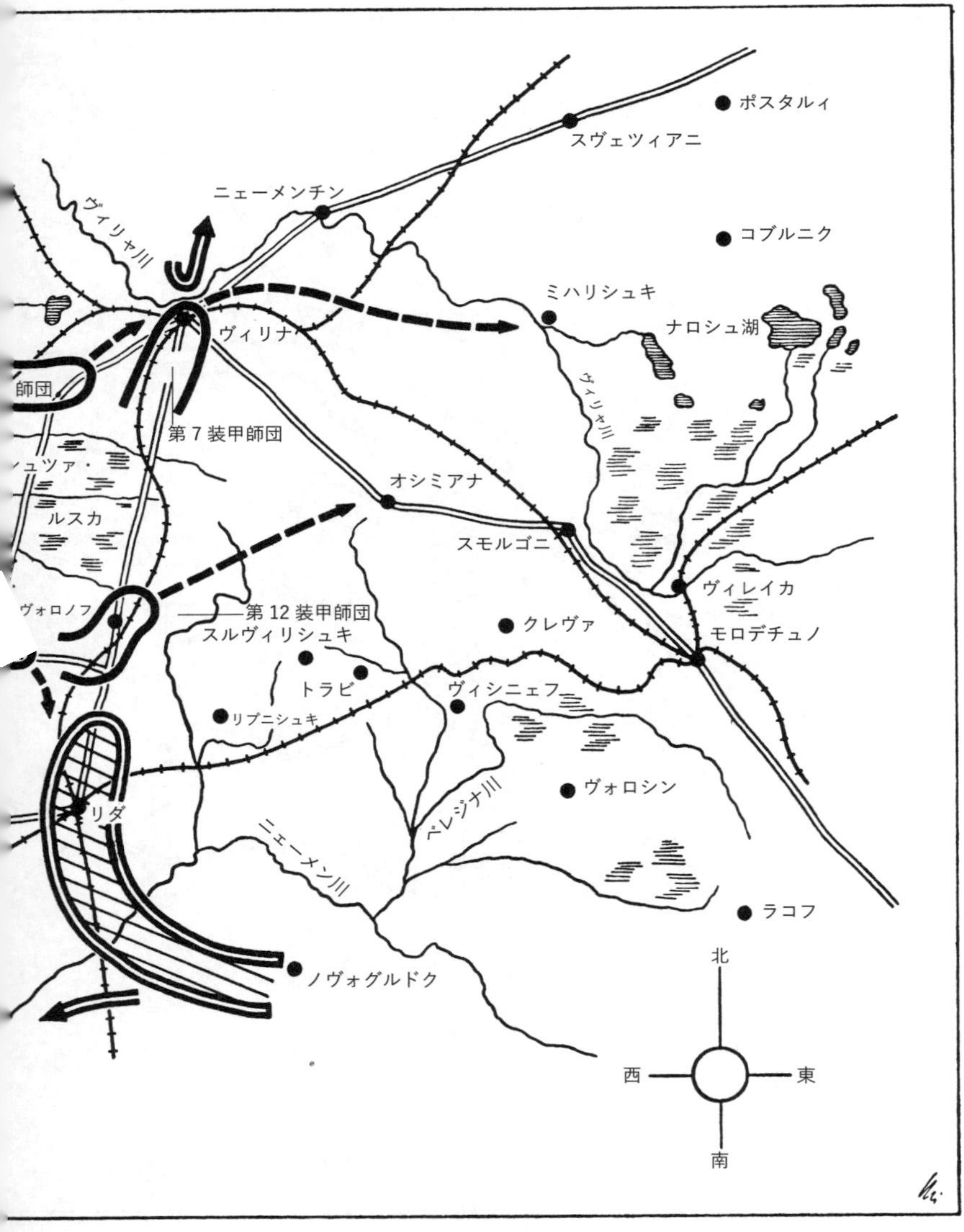
ポスタルィ
スヴェツィアニ
ニェーメンチン
ヴィリヤ川
コブルニク
ミハリシュキ
ナロシュ湖
ヴィリナ
師団
ヴィリヤ川
第7装甲師団
ュツァ・
オシミアナ
ルスカ
スモルゴニ
ヴィレイカ
ヴォロノフ
第12装甲師団
スルヴィリシュキ
クレヴァ
モロデチュノ
トラビ
ヴィシニェフ
リプニシュキ
ヴォロシン
リダ
ベレジナ川
ニェーメン川
ラコフ
ノヴォグルドク
北
西
東
南

図 4　6 月 24 日朝の第 3 装甲集団と 6 月 24 日の企図

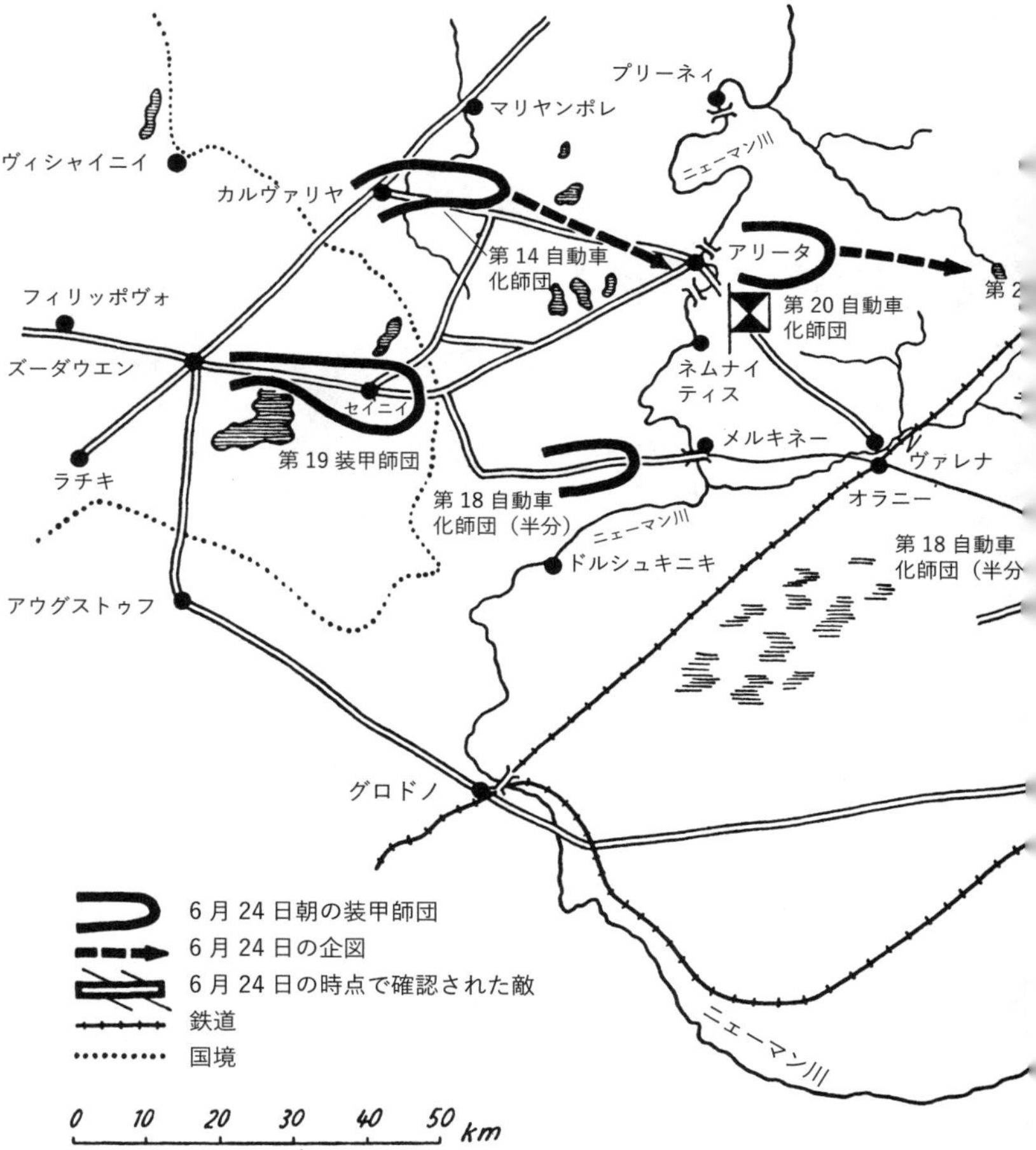

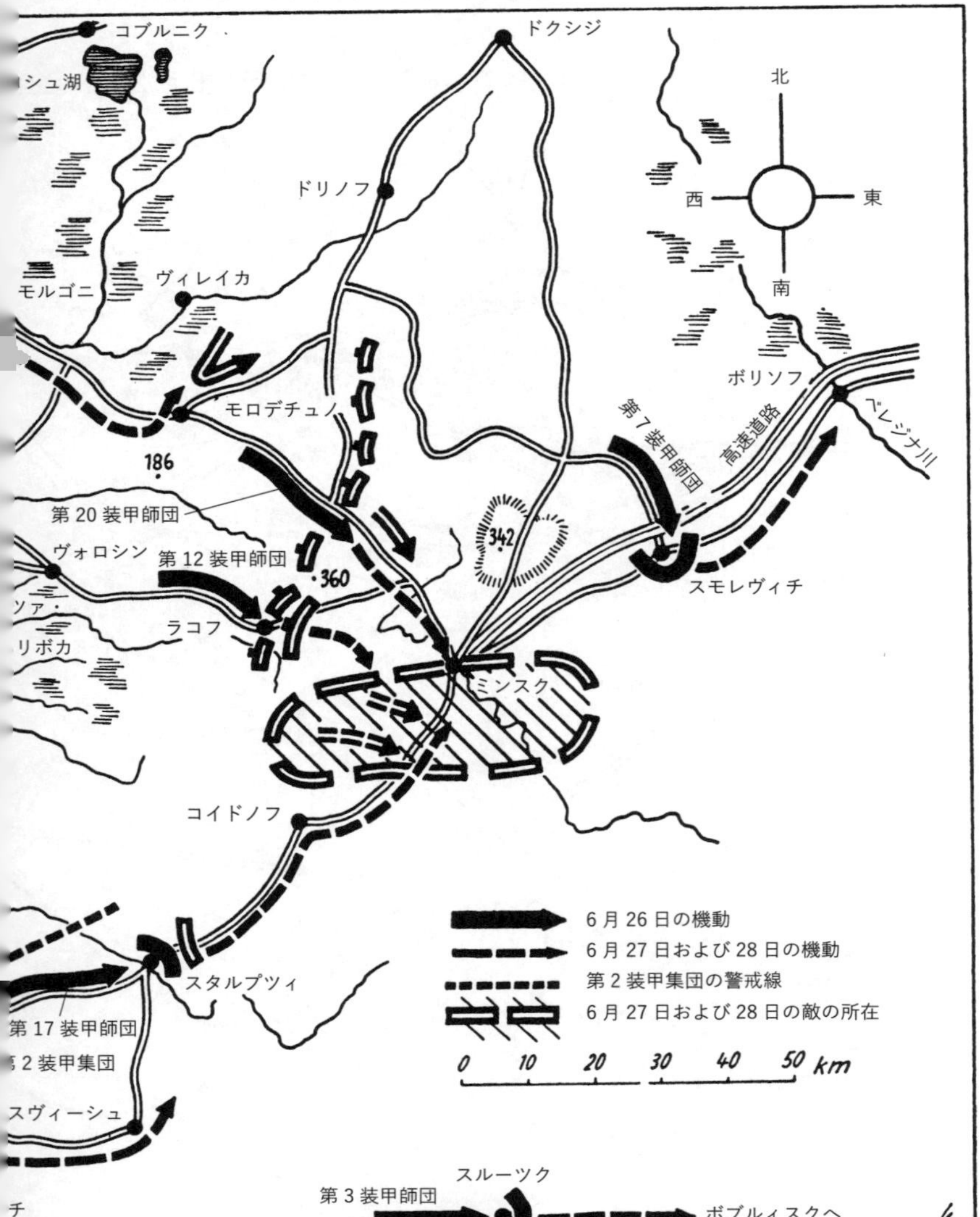
コブルニク
シュ湖
ドクシジ
北
西
東
南
ドリノフ
ヴィレイカ
モルゴニ
ボリソフ
モロデチュノ
第7装甲師団
高速道路
ベレジナ川
186
第20装甲師団
342
ヴォロシン
第12装甲師団
360
スモレヴィチ
ソア
ラコフ
リボカ
ミンスク
コイドノフ
6月26日の機動
6月27日および28日の機動
第2装甲集団の警戒線
6月27日および28日の敵の所在
0 10 20 30 40 50 km
スタルプツィ
第17装甲師団
第2装甲集団
スヴィーシュ
スルーツク
第3装甲師団
ボブルィスクへ
チ

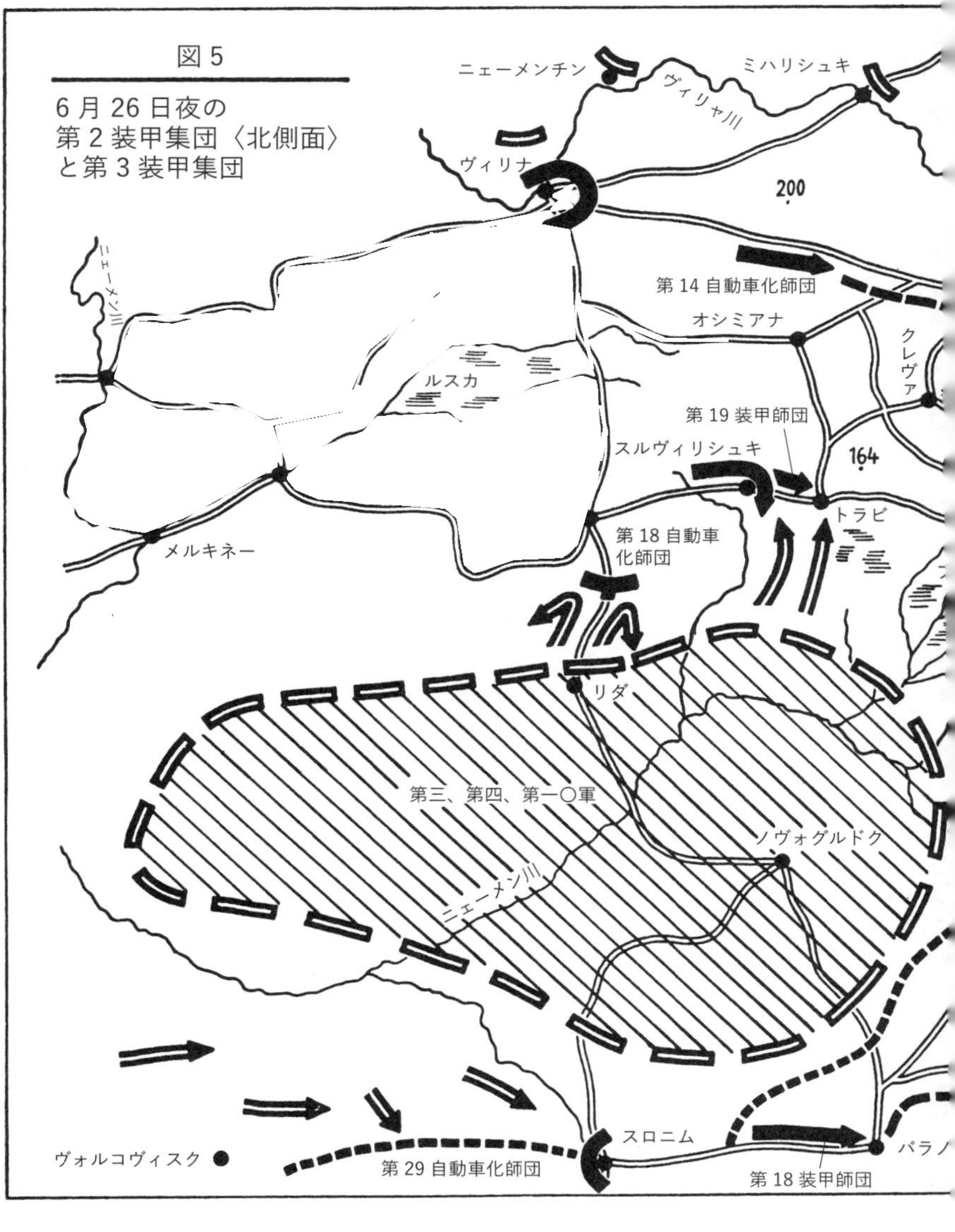
図 5
6 月 26 日夜の
第 2 装甲集団〈北側面〉
と第 3 装甲集団
ニェーメンチン
ミハリシュキ
ヴィリャ川
ヴィリナ
200
ニェーメン川
第 14 自動車化師団
オシミアナ
クレヴァ
ルスカ
第 19 装甲師団
スルヴィリシュキ
164
トラビ
メルキネー
第 18 自動車化師団
リダ
第三、第四、第一〇軍
ノヴォグルドク
ニェーマン川
スロニム
バラノ
ヴォルコヴィスク
第 29 自動車化師団
第 18 装甲師団

図 6

7月1日の第2、第3、第4装甲集団の状況

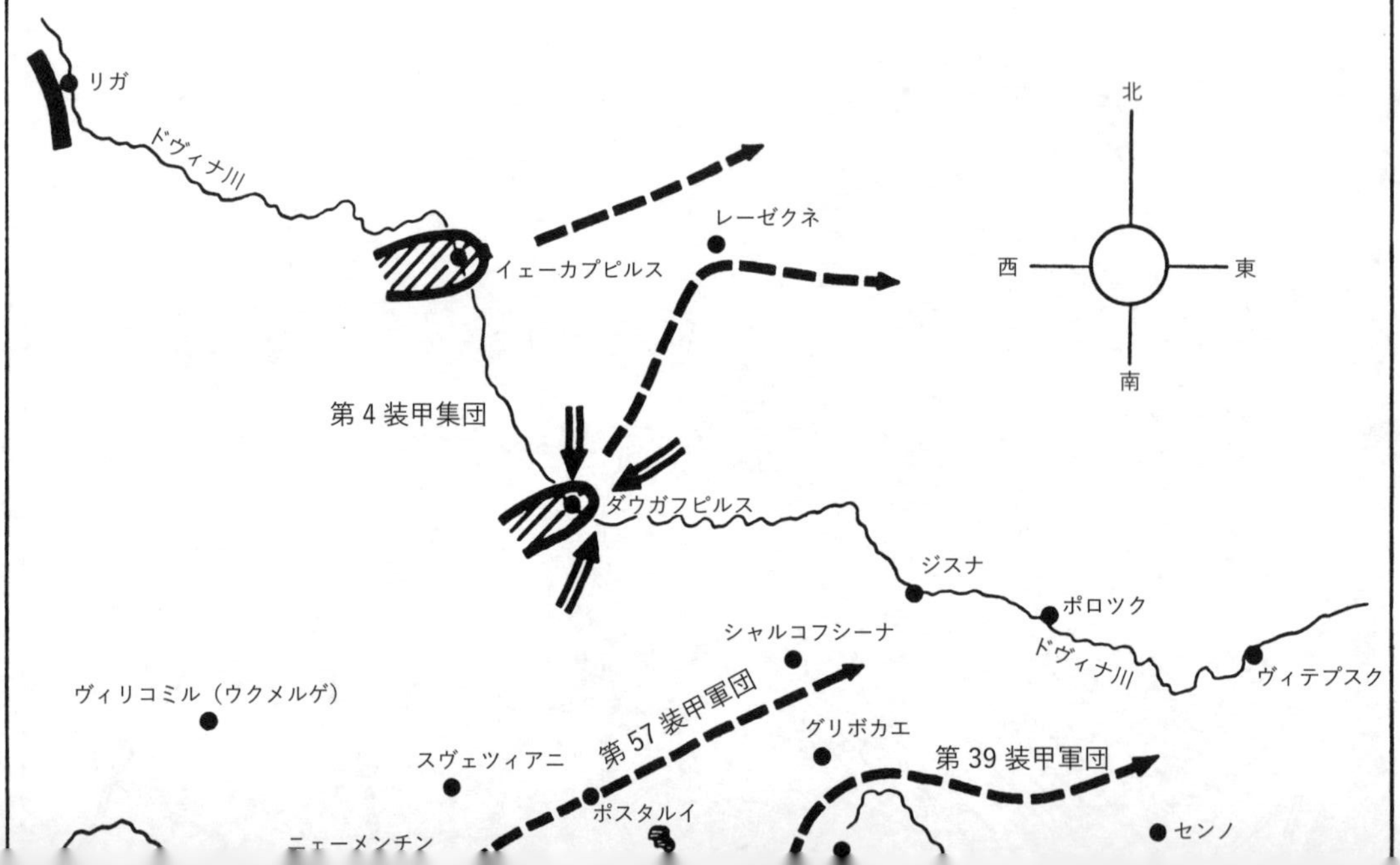

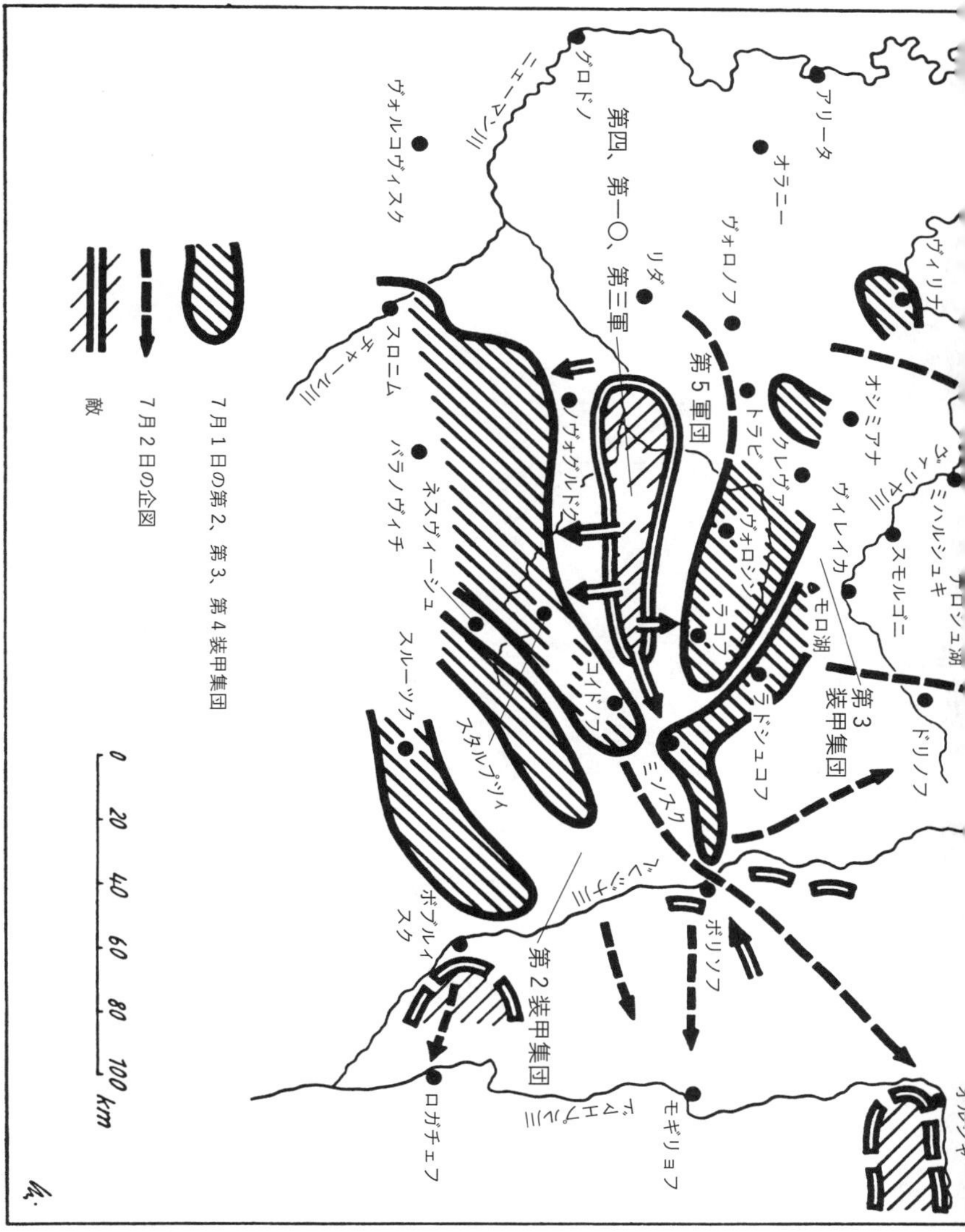

グロドノ
ヴォルコヴィスク
ニェーマン川
アリータ
オラニー
ヴォロノフ
リダ
第四、第一〇、第三軍
第5軍団
オシミアナ
トラビ
クレヴァ
ヴォロジン
ラコフ
モロ湖
ヴィレイカ
スモルゴニ
ミハルシュキ
ドリノフ
第3装甲集団
ラドシュコフ
ミンスク
コイドノフ
スタルプツィ
ノヴォグルドク
ネスヴィージュ
バラノヴィチ
スロニム
スルーツク
ボブルイスク
ベレジナ川
第2装甲集団
ボリソフ
モギリョフ
ロガチェフ
7月1日の第2、第3、第4装甲集団
7月2日の企図
敵
0 20 40 60 80 100 km

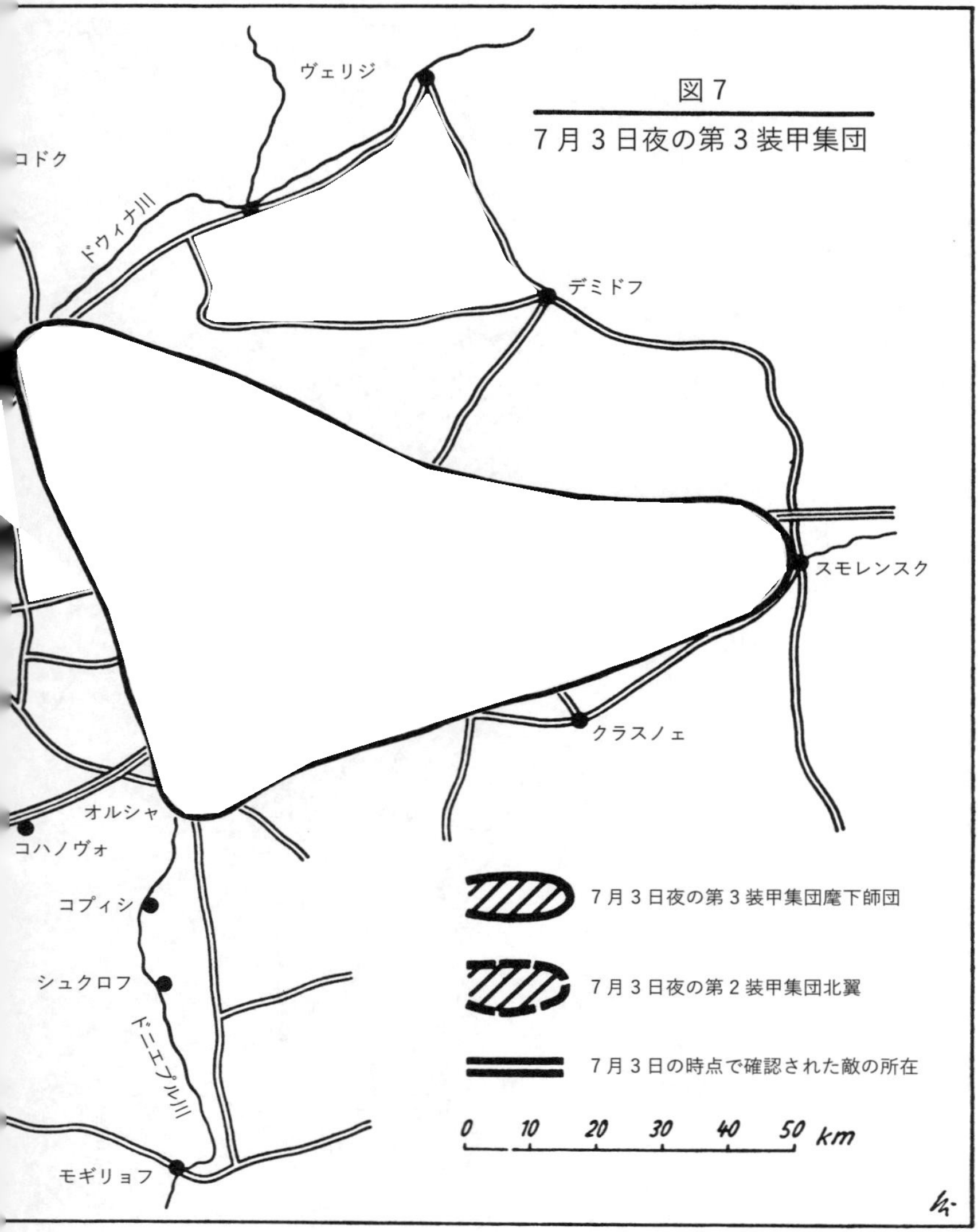
図7
7月3日夜の第3装甲集団
ヴェリジ
コドク
ドゥィナ川
デミドフ
スモレンスク
クラスノェ
オルシャ
コハノヴォ
コプィシ
シュクロフ
ドニエプル川
モギリョフ
7月3日夜の第3装甲集団麾下師団
7月3日夜の第2装甲集団北翼
7月3日の時点で確認された敵の所在
0 10 20 30 40 50 km

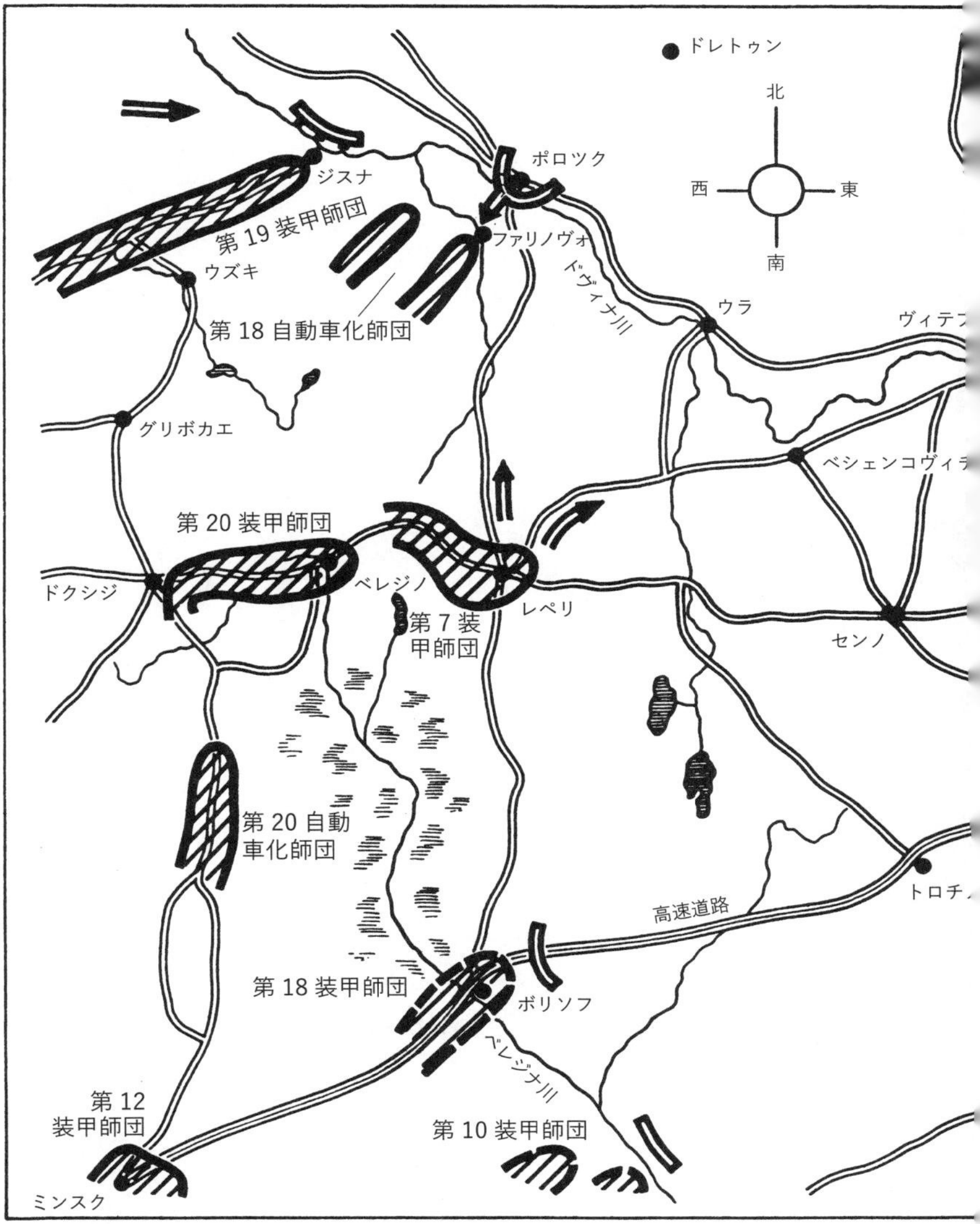
ドレトゥン
北
西
東
南
ポロツク
ジスナ
第 19 装甲師団
ファリノヴォ
ドヴィナ川
ウズキ
第 18 自動車化師団
ウラ
ヴィテブ
グリボカエ
ベシェンコヴィチ
第 20 装甲師団
ドクシジ
ベレジノ
レペリ
第 7 装
甲師団
センノ
第 20 自動
車化師団
トロチ
高速道路
第 18 装甲師団
ボリソフ
ベレジナ川
第 12
装甲師団
第 10 装甲師団
ミンスク

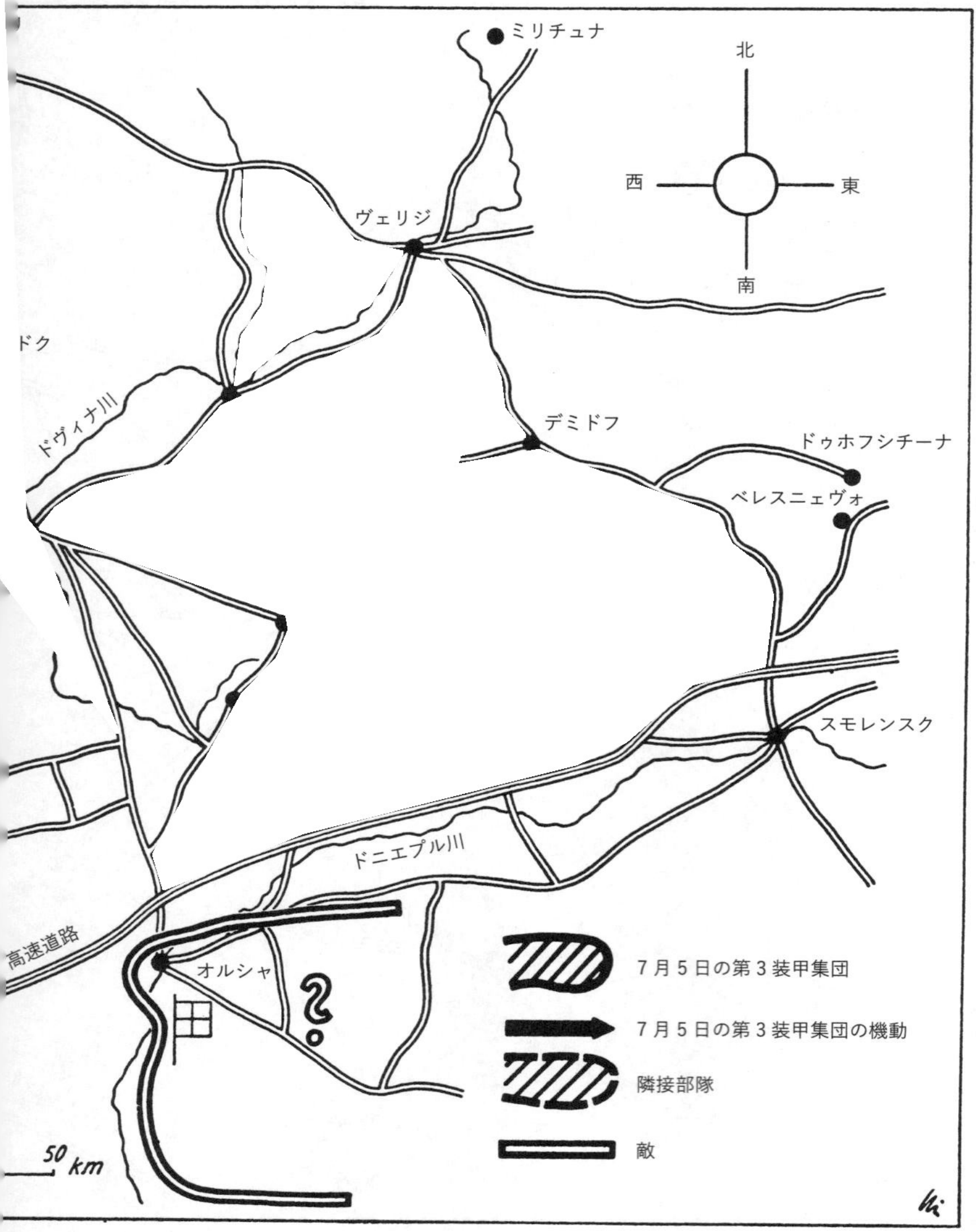
ミリチュナ
北
西
東
南
ヴェリジ
ドク
ドヴィナ川
デミドフ
ドゥホフシチーナ
ベレスニェヴォ
スモレンスク
ドニエプル川
高速道路
オルシャ
7月5日の第3装甲集団
7月5日の第3装甲集団の機動
隣接部隊
敵
50 km

図8

7月5日夜の第3装甲集団

図9

7月7日の第1、第2、第3、
第4装甲集団の状況

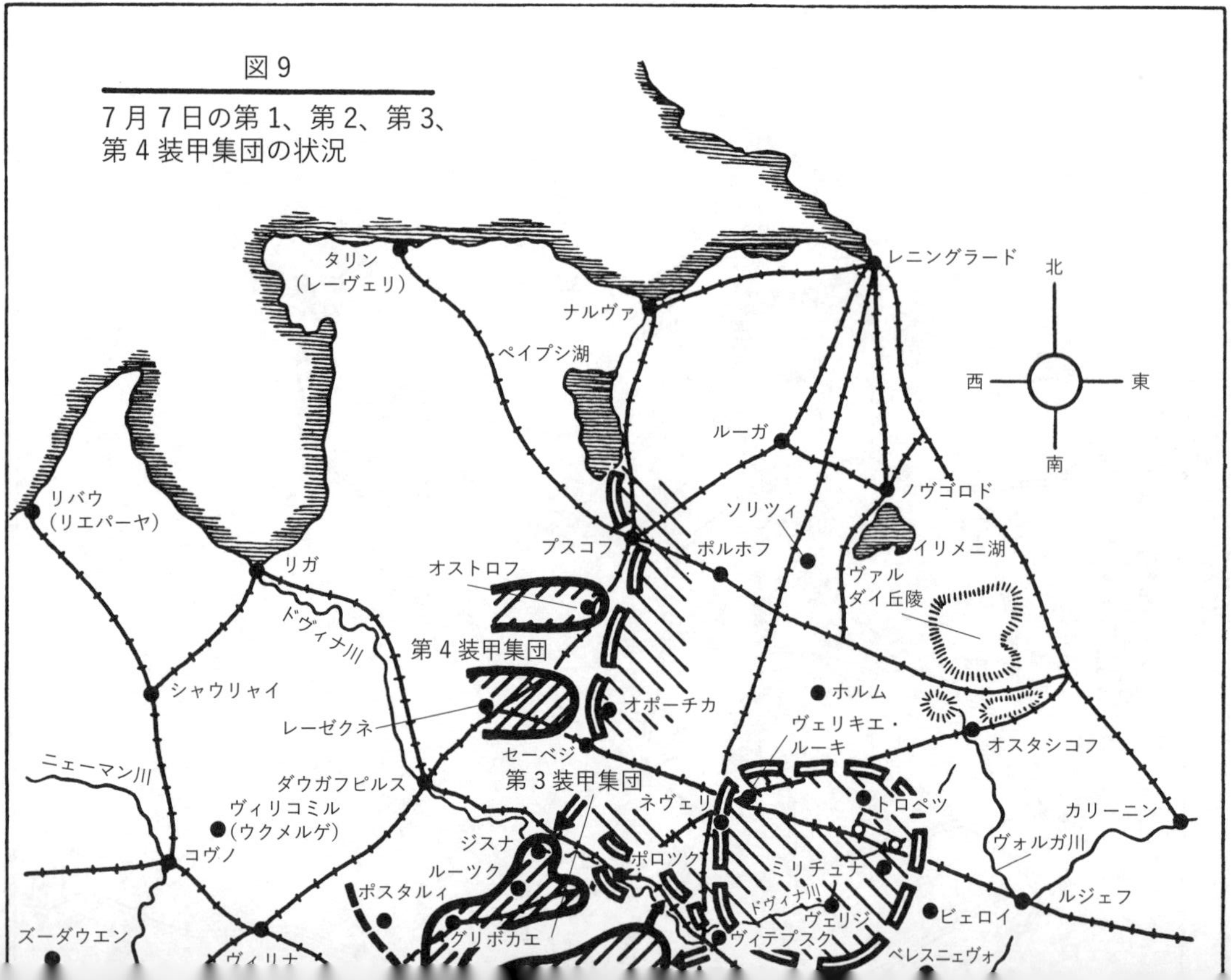

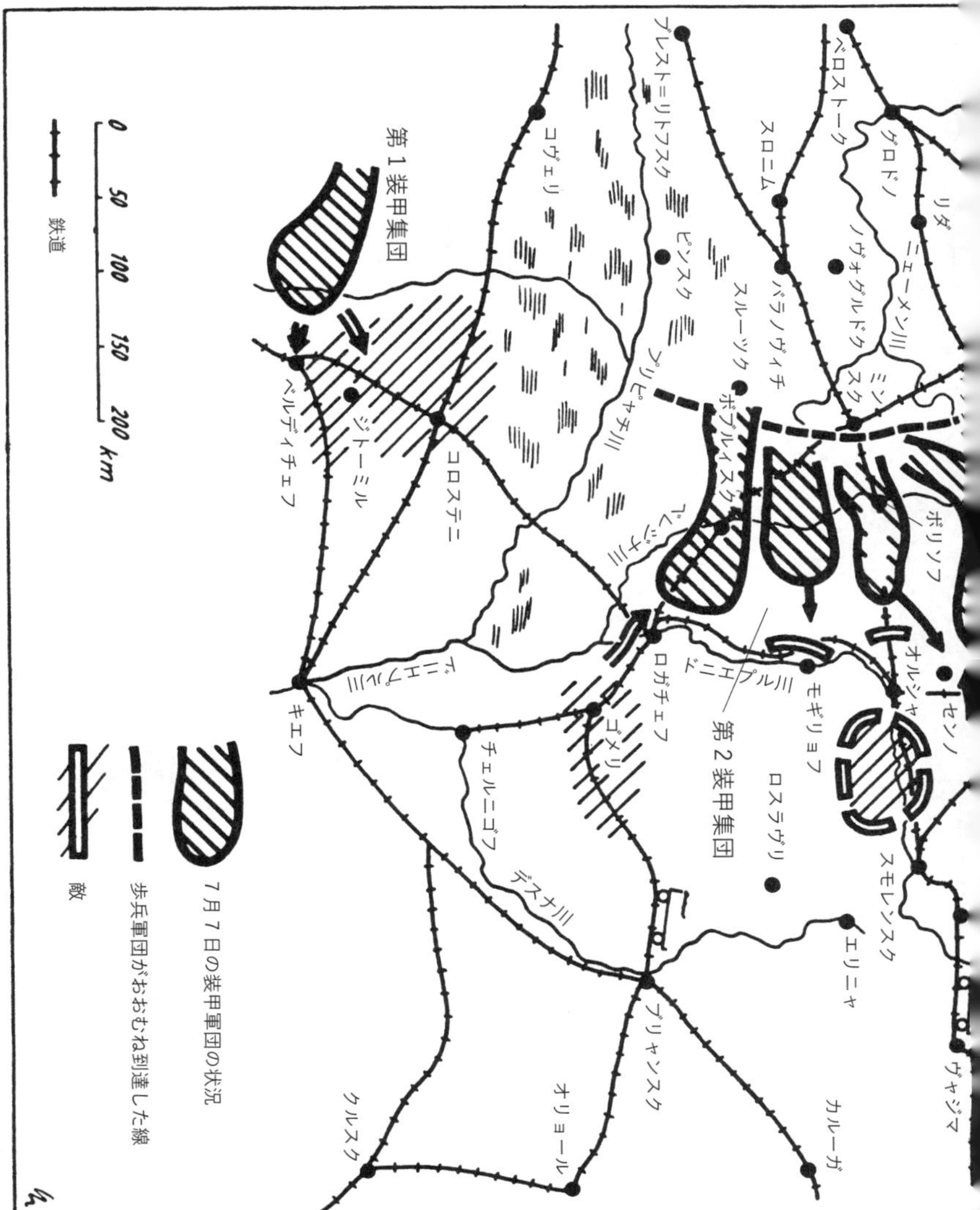

第1装甲集団
第2装甲集団
7月7日の装甲軍団の状況
歩兵軍団がおおむね到達した線
敵
鉄道
0 50 100 150 200 km
ベロストーク
グロドノ
スロニム
リダ
ニェーメン川
ノヴォグルドク
バラノヴィチ
ミンスク
スルーツク
ボブルイスク
ボリソフ
オルシャ
センノ
モギリョフ
ロスラヴリ
スモレンスク
ヴャジマ
エリニャ
カルーガ
ブリャンスク
オリョール
クルスク
デスナ川
チェルニゴフ
ゴメリ
ロガチェフ
ドニエプル川
プリピャチ川
ピンスク
ブレスト＝リトフスク
コヴェリ
ジトーミル
ベルディチェフ
コロステニ
キエフ
ベレジナ川

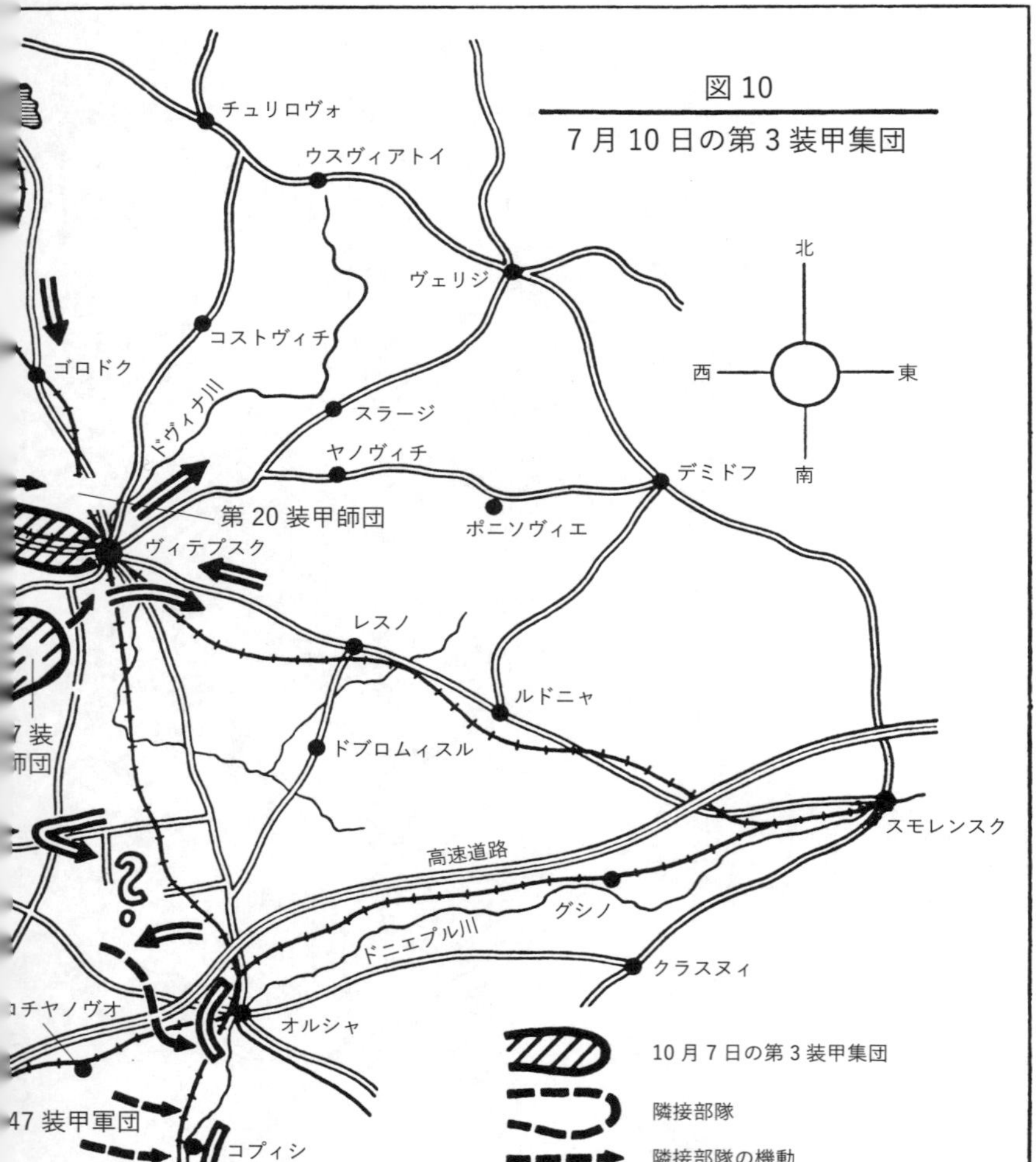
図 10
7 月 10 日の第 3 装甲集団
北
西
東
南
チュリロヴォ
ウスヴィアトイ
ヴェリジ
コストヴィチ
ゴロドク
ドヴィナ川
スラージ
ヤノヴィチ
デミドフ
第 20 装甲師団
ポニソヴィエ
ヴィテプスク
レスノ
ルドニャ
7 装
師団
ドブロムィスル
スモレンスク
高速道路
グシノ
ドニエプル川
クラスヌィ
コチヤノヴオ
オルシャ
47 装甲軍団
コプィシ
甲軍団
シュクロフ
10 月 7 日の第 3 装甲集団
隣接部隊
隣接部隊の機動
敵
0 10 20 30 40 50 km

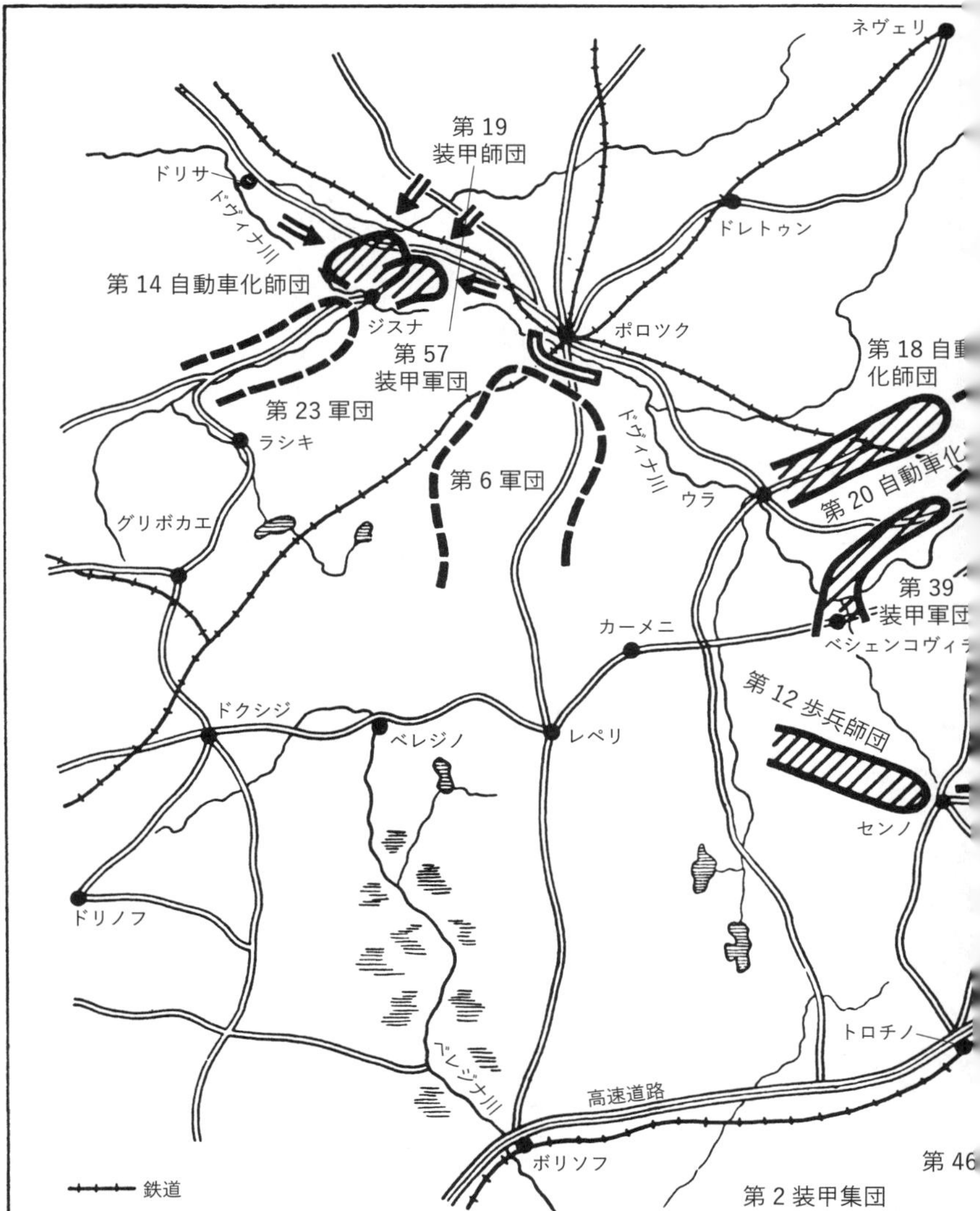

ネヴェリ
第 19
装甲師団
ドリサ
ドヴィナ川
ドレトゥン
第 14 自動車化師団
ジスナ
ポロツク
第 57
装甲軍団
第 18 自動
化師団
第 23 軍団
ドヴィナ川
ラシキ
第 6 軍団
ウラ
第 20 自動車化
グリボカエ
第 39
装甲軍団
カーメニ
ベシェンコヴィラ
第 12 歩兵師団
ドクシジ
ベレジノ
レペリ
センノ
ドリノフ
トロチノ
ベレジナ川
高速道路
ボリソフ
第 46
鉄道
第 2 装甲集団

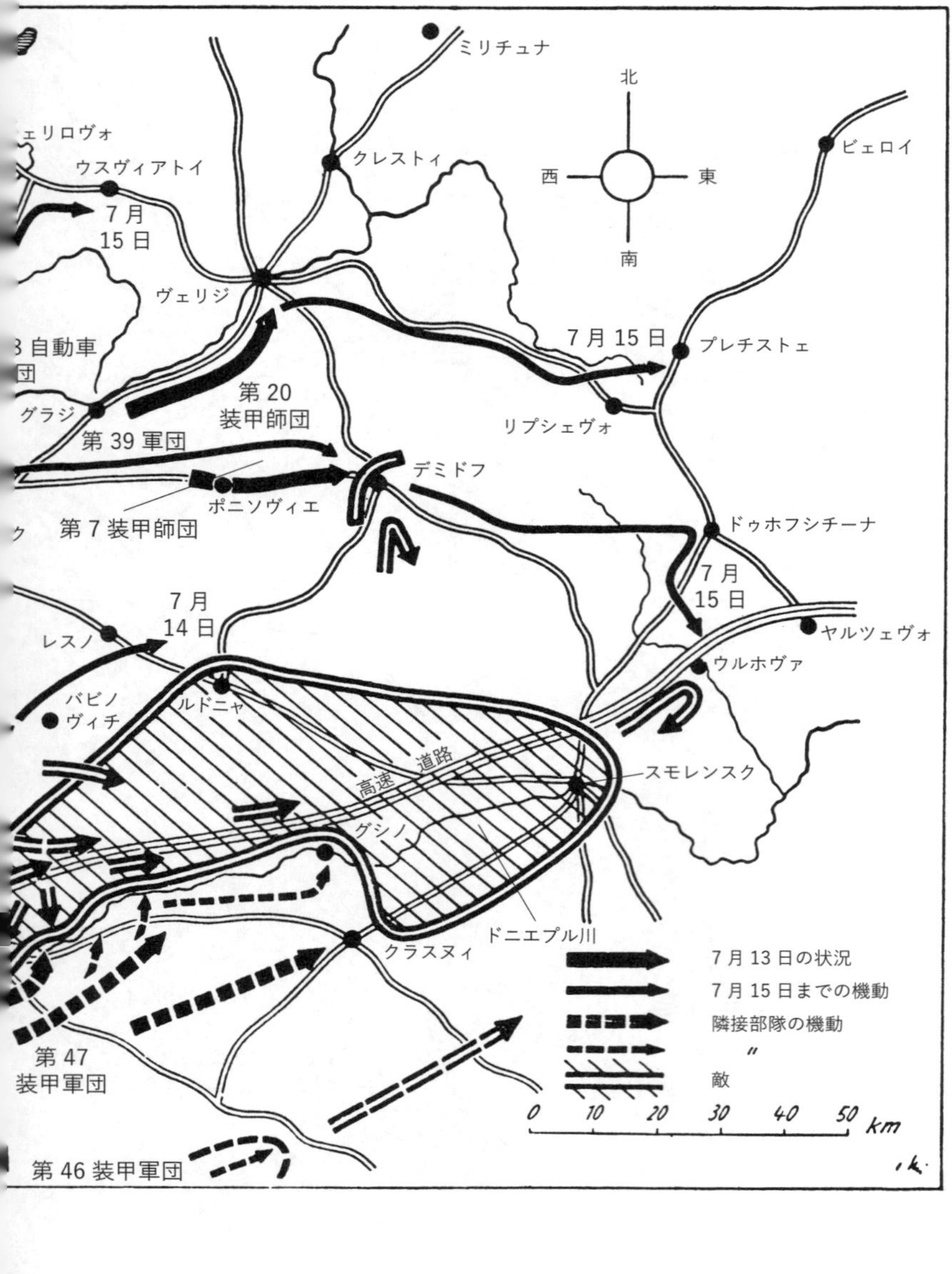
ミリチュナ
北
西
東
南
ェリロヴォ
ウスヴィアトイ
クレストィ
ビェロイ
7月
15日
ヴェリジ
3 自動車
団
7月 15日
プレチストェ
第 20
装甲師団
グラジ
リプシェヴォ
第 39 軍団
デミドフ
ポニソヴィエ
第 7 装甲師団
ク
ドゥホフシチーナ
7月
15日
7月
14日
ヤルツェヴォ
レスノ
ウルホヴァ
バビノ
ヴィチ
ルドニャ
道路
高速
スモレンスク
グシノ
ドニエプル川
クラスヌィ
7月 13日の状況
7月 15日までの機動
隣接部隊の機動
〃
敵
0
10
20
30
40
50
km
第 47
装甲軍団
第 46 装甲軍団

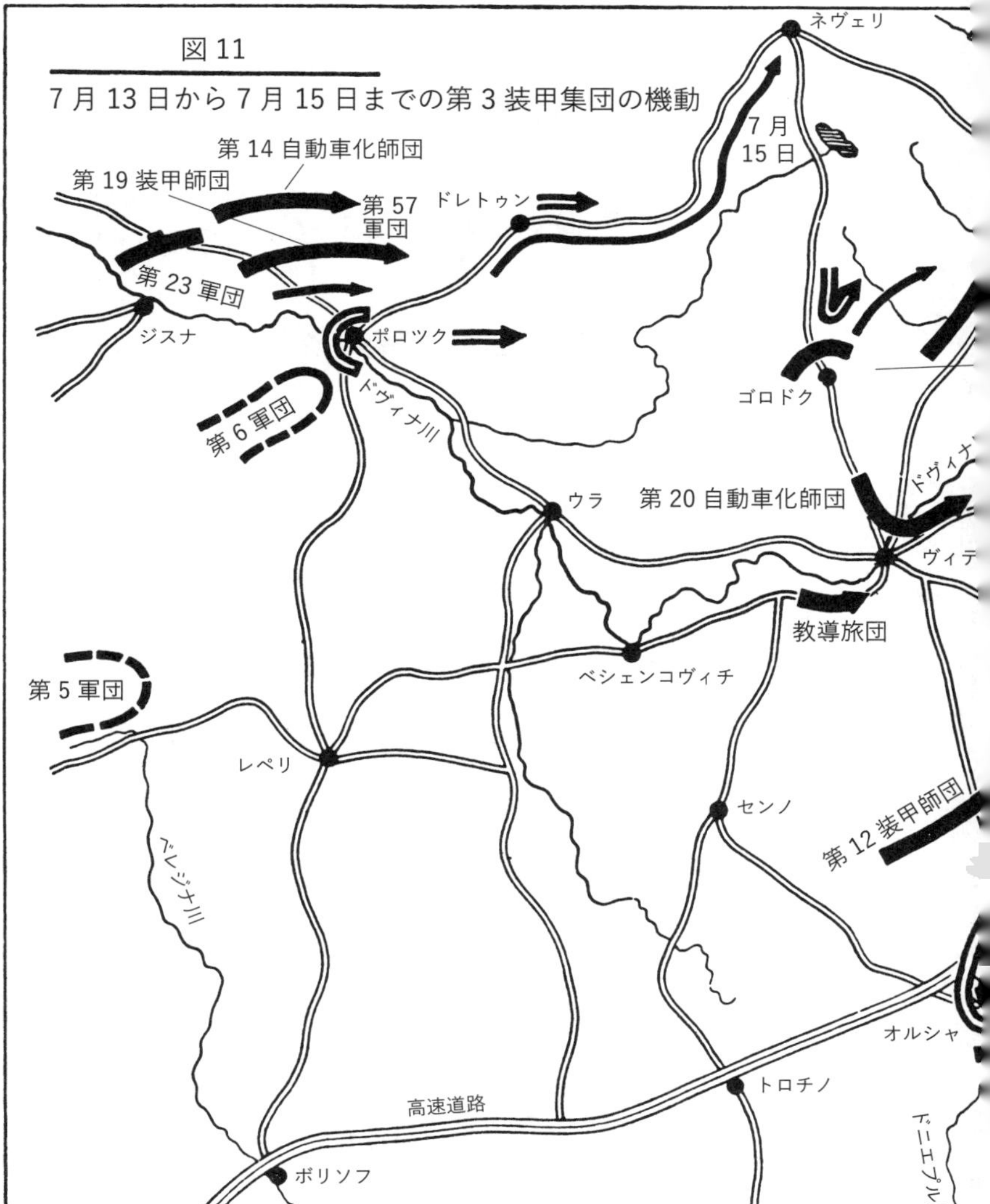

図11

7月13日から7月15日までの第3装甲集団の機動

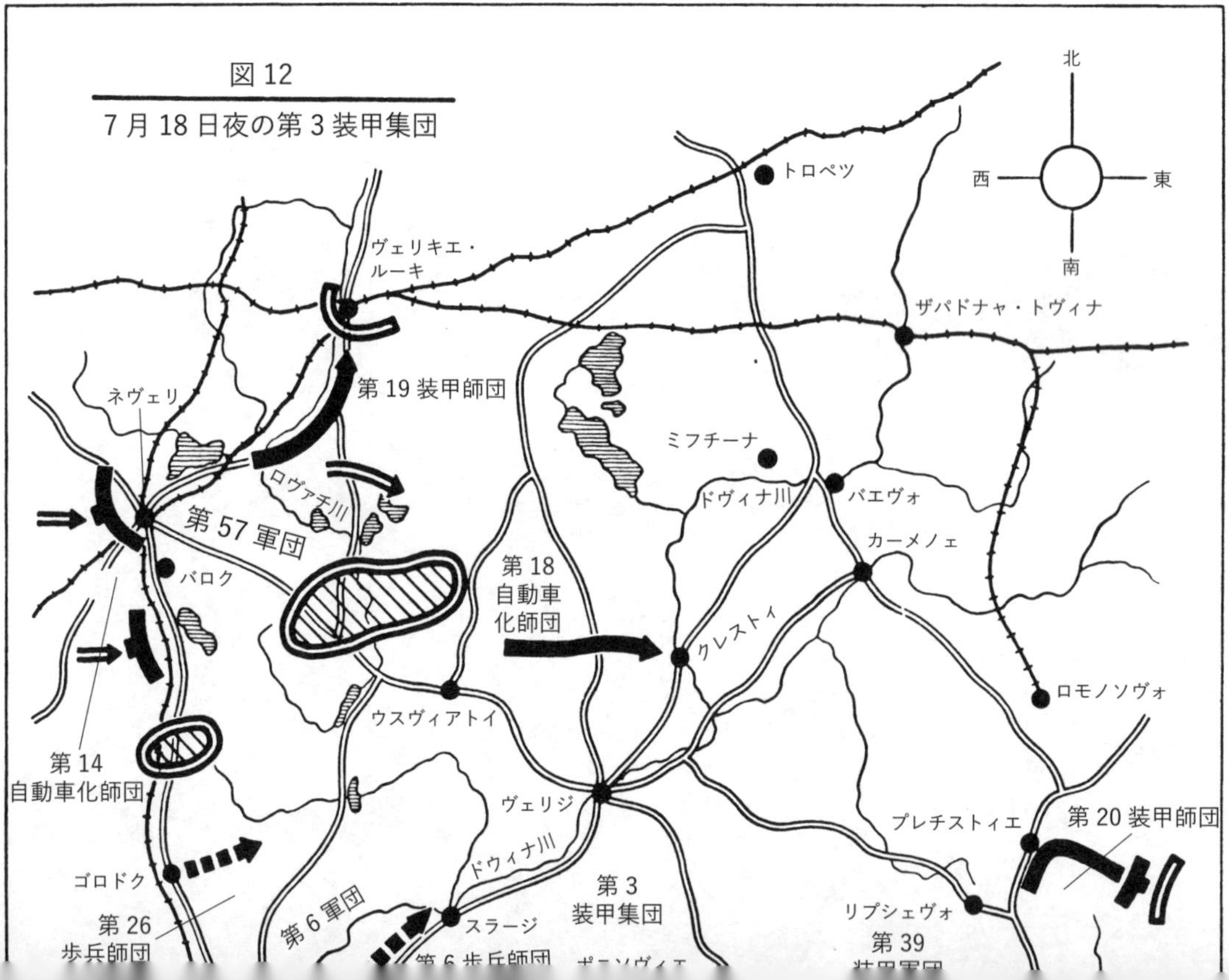

図12
7月18日夜の第3装甲集団

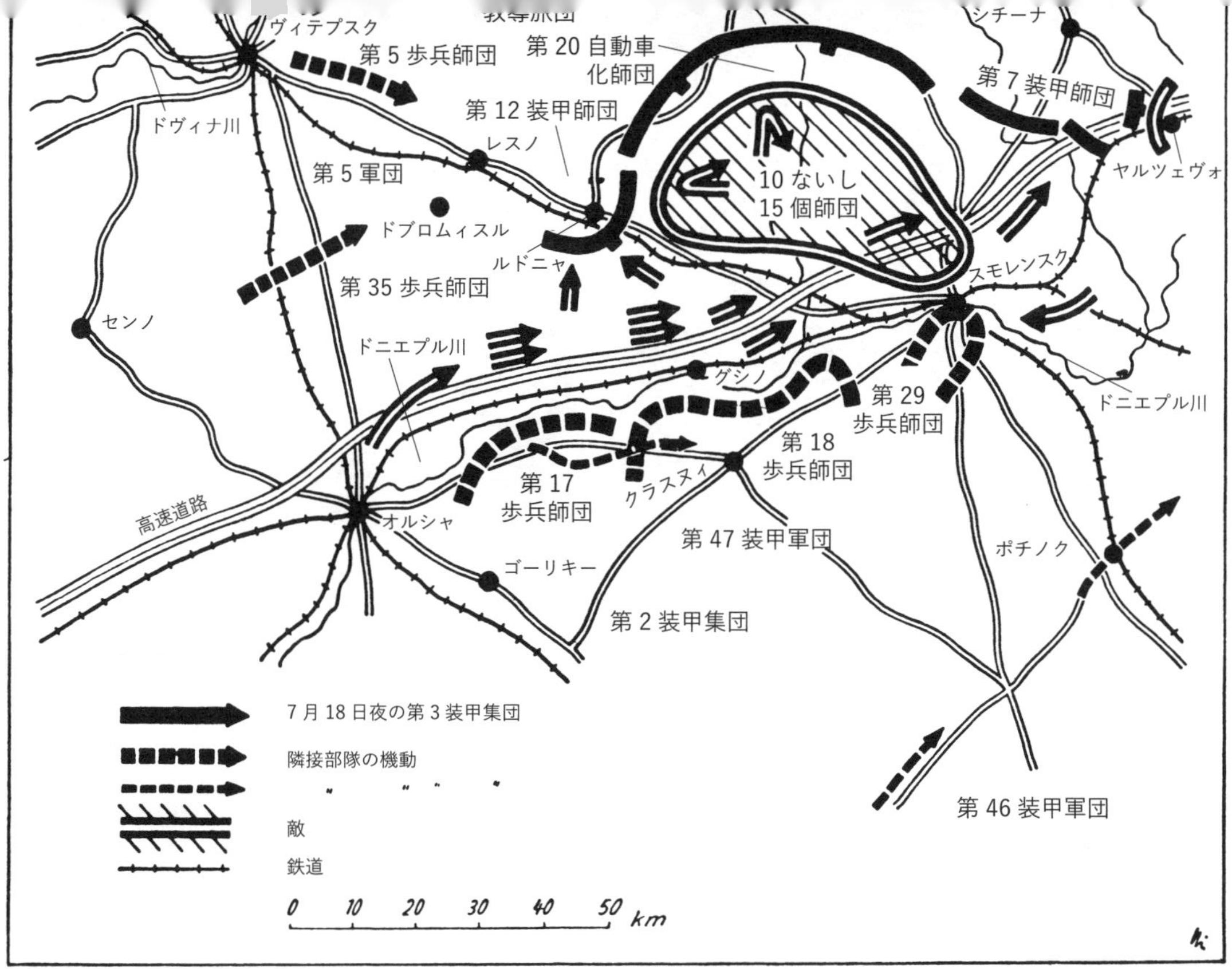
ヴィテプスク
第 5 歩兵師団
第 20 自動車化師団
第 12 装甲師団
第 7 装甲師団
シチーナ
ドヴィナ川
レスノ
第 5 軍団
ドブロムィスル
ルドニャ
10 ないし 15 個師団
ヤルツェヴォ
スモレンスク
第 35 歩兵師団
センノ
ドニエプル川
グシノ
第 29 歩兵師団
第 18 歩兵師団
第 17 歩兵師団
クラスヌィ
高速道路
オルシャ
第 47 装甲軍団
ポチノク
ゴーリキー
第 2 装甲集団
第 46 装甲軍団
7 月 18 日夜の第 3 装甲集団
隣接部隊の機動
〃 〃 〃
敵
鉄道
0 10 20 30 40 50 km

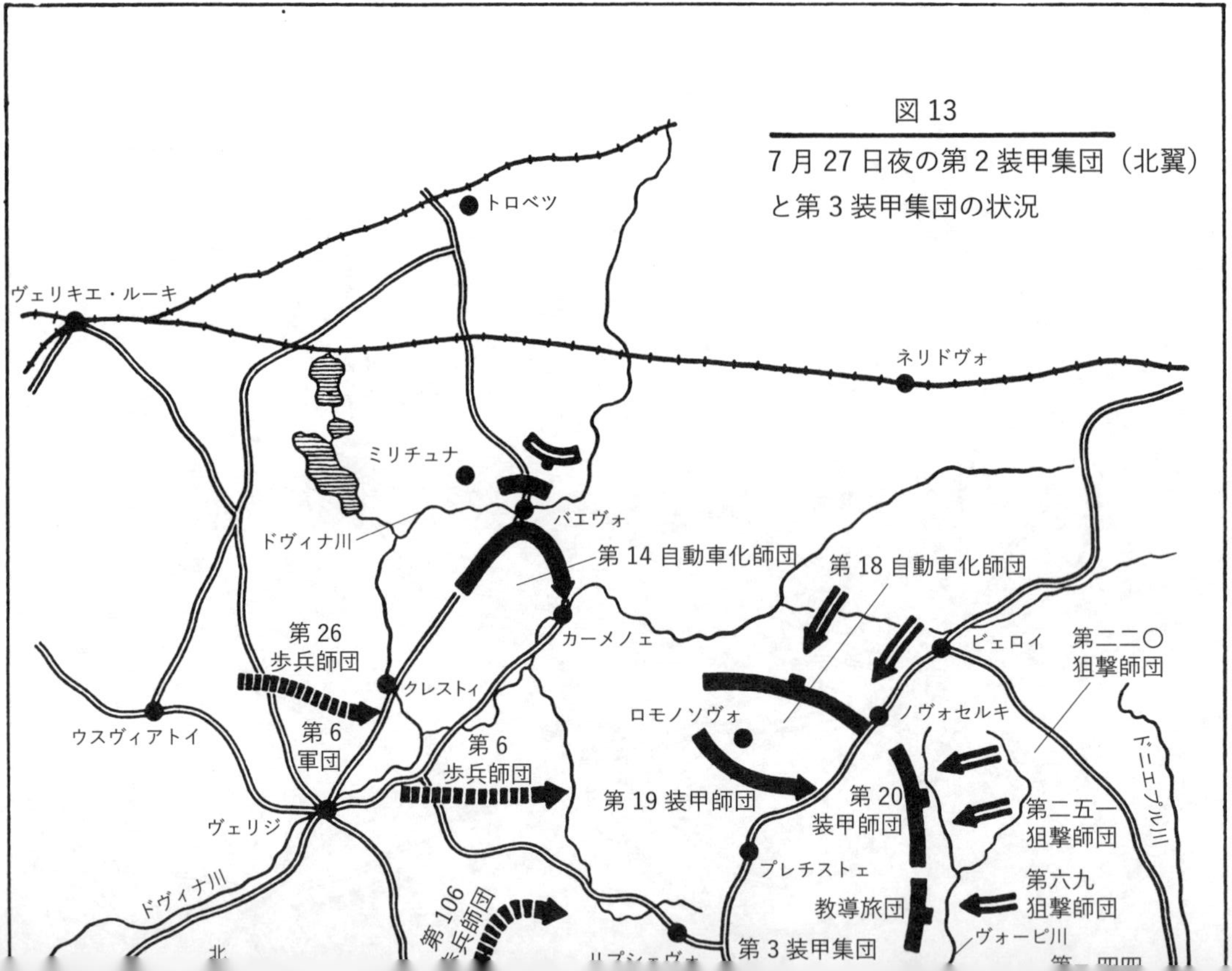

図 13

7 月 27 日夜の第 2 装甲集団（北翼）と第 3 装甲集団の状況

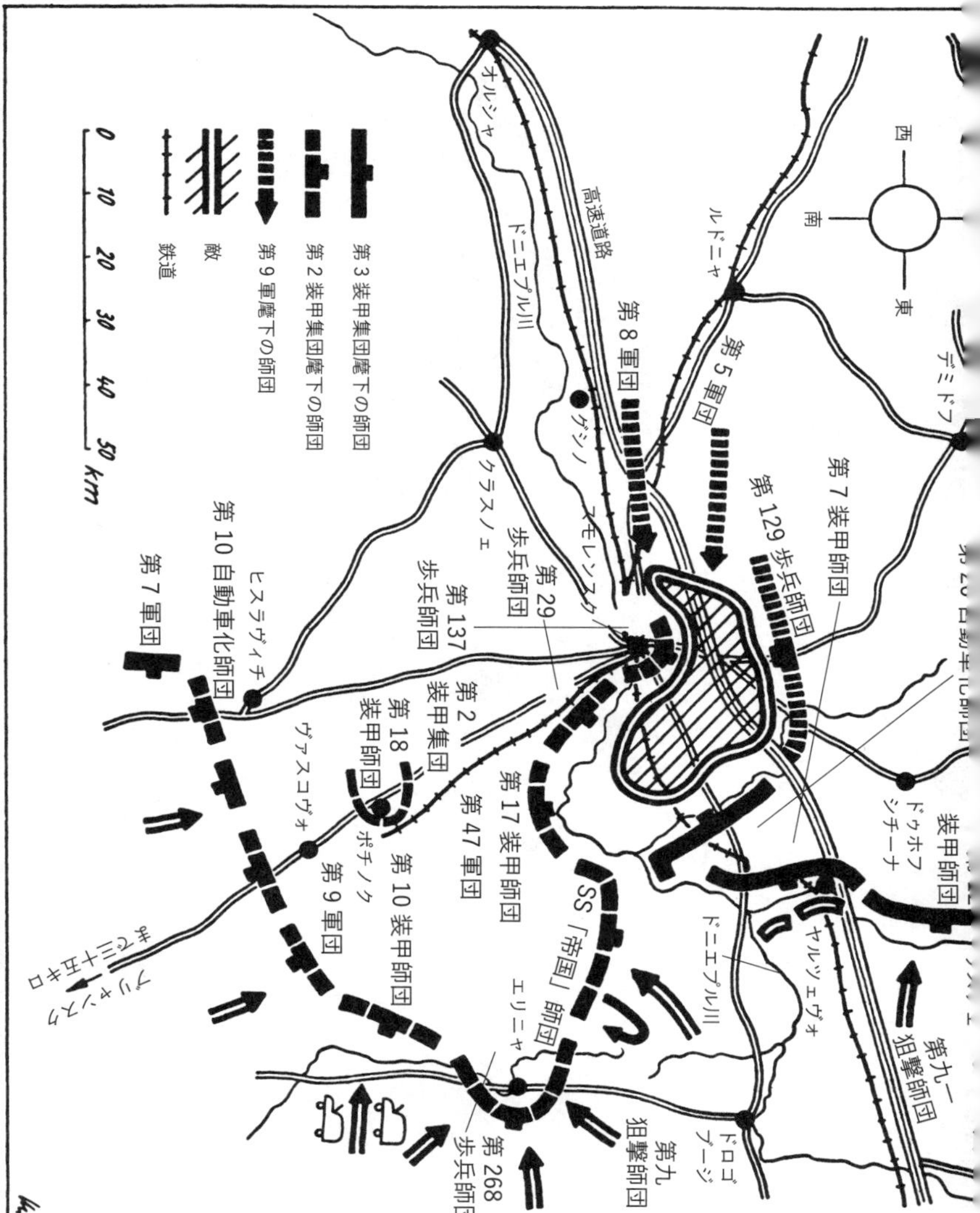

西
南
東
第3装甲集団麾下の師団
第2装甲集団麾下の師団
第9軍麾下の師団
敵
鉄道
0 10 20 30 40 50 km
オルシャ
高速道路
ドニエプル川
ルドニャ
デミドフ
第8軍団
第5軍団
第7装甲師団
第129歩兵師団
スモレンスク
クラスノェ
第29歩兵師団
第137歩兵師団
第2装甲集団
第18装甲師団
第17装甲師団
第47軍団
ヒスラヴィチ
第10自動車化師団
第7軍団
ヴァスコヴォ
ポチノク
第9軍団
第10装甲師団
SS「帝国」師団
エリニャ
第268歩兵師団
ドロゴブージ
第九狙撃師団
第九一狙撃師団
ヤルツェヴォ
ドゥホフシチーナ

図14

7月15日〜7月18日までの全般情勢

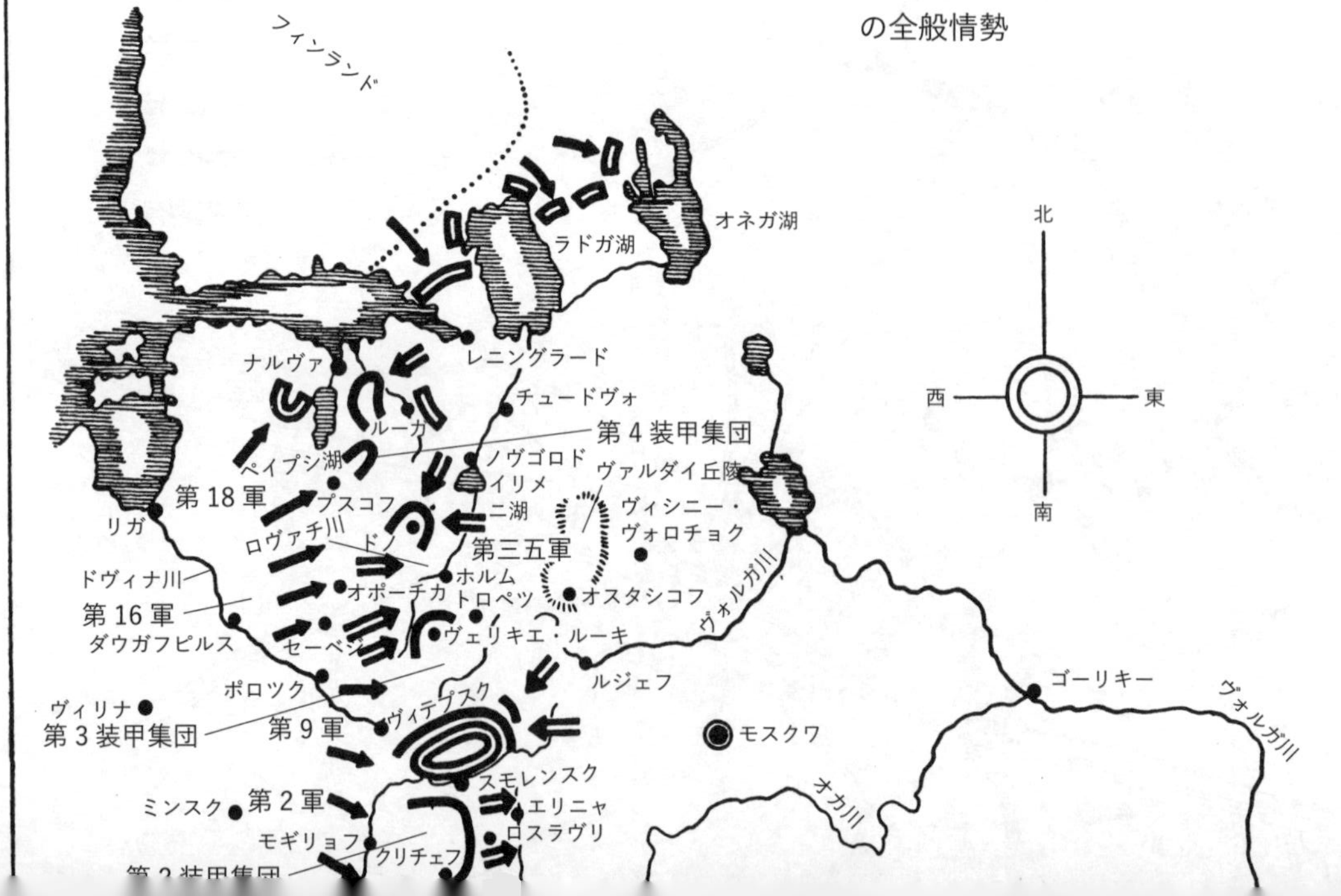

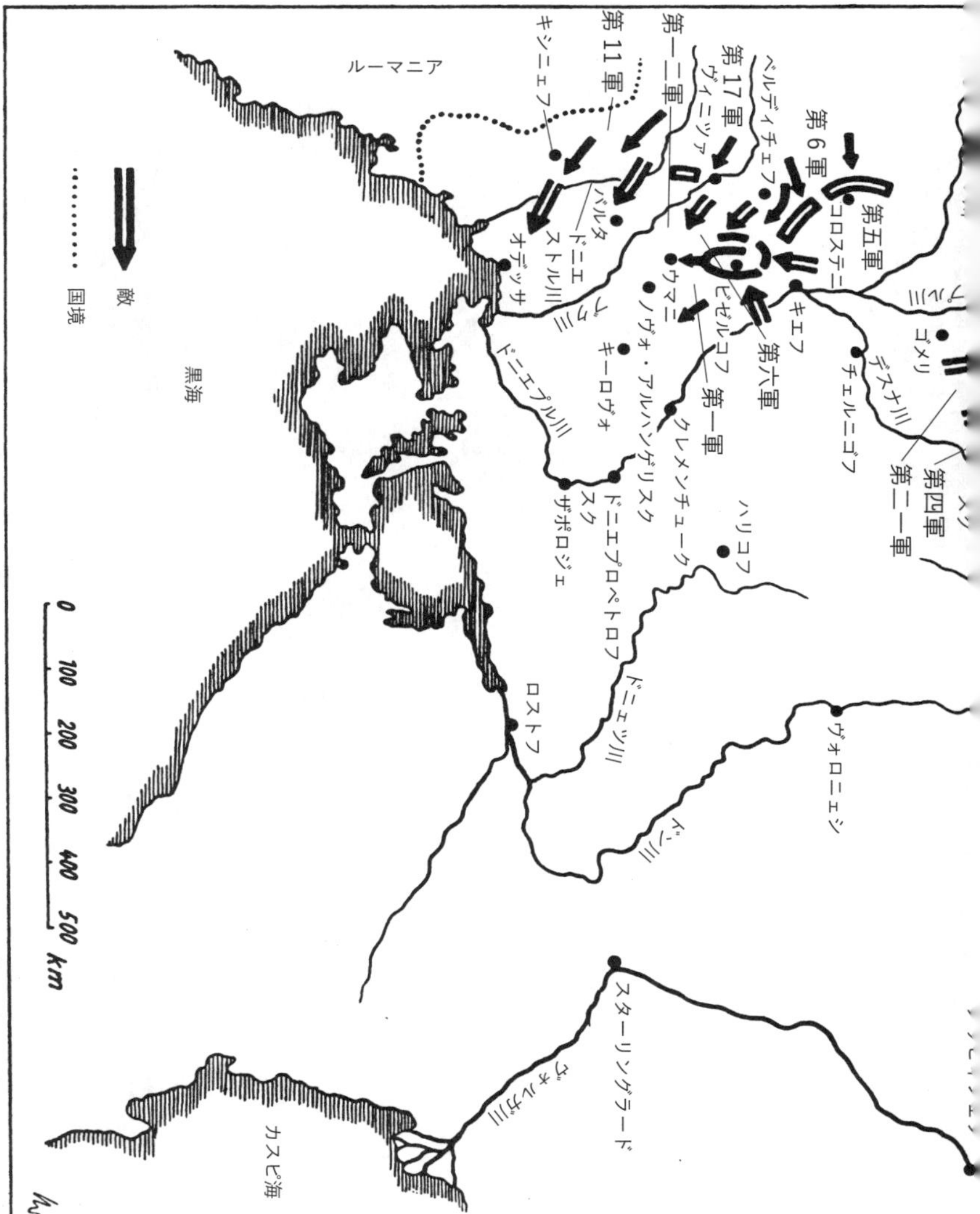

ルーマニア
第一二軍
第11軍
キシニェフ
第17軍
ヴィニツァ
ベルディチェフ
第6軍
第五軍
コロステニ
キエフ
第六軍
ウマニ
ビゼルコフ
ノヴォ・アルハンゲリスク
キーロヴォ
第一軍
クレメンチューク
ハリコフ
チェルニゴフ
デスナ川
ゴメリ
第四軍
第二一軍
バルタ
ドニエストル川
オデッサ
ブグ川
ドニエプル川
ドニエプロペトロフスク
ザポロジェ
ドニェツ川
ロストフ
ヴォロニェジ
ドン川
スターリングラード
ヴォルガ川
黒海
カスピ海
敵
国境
0 100 200 300 400 500 km

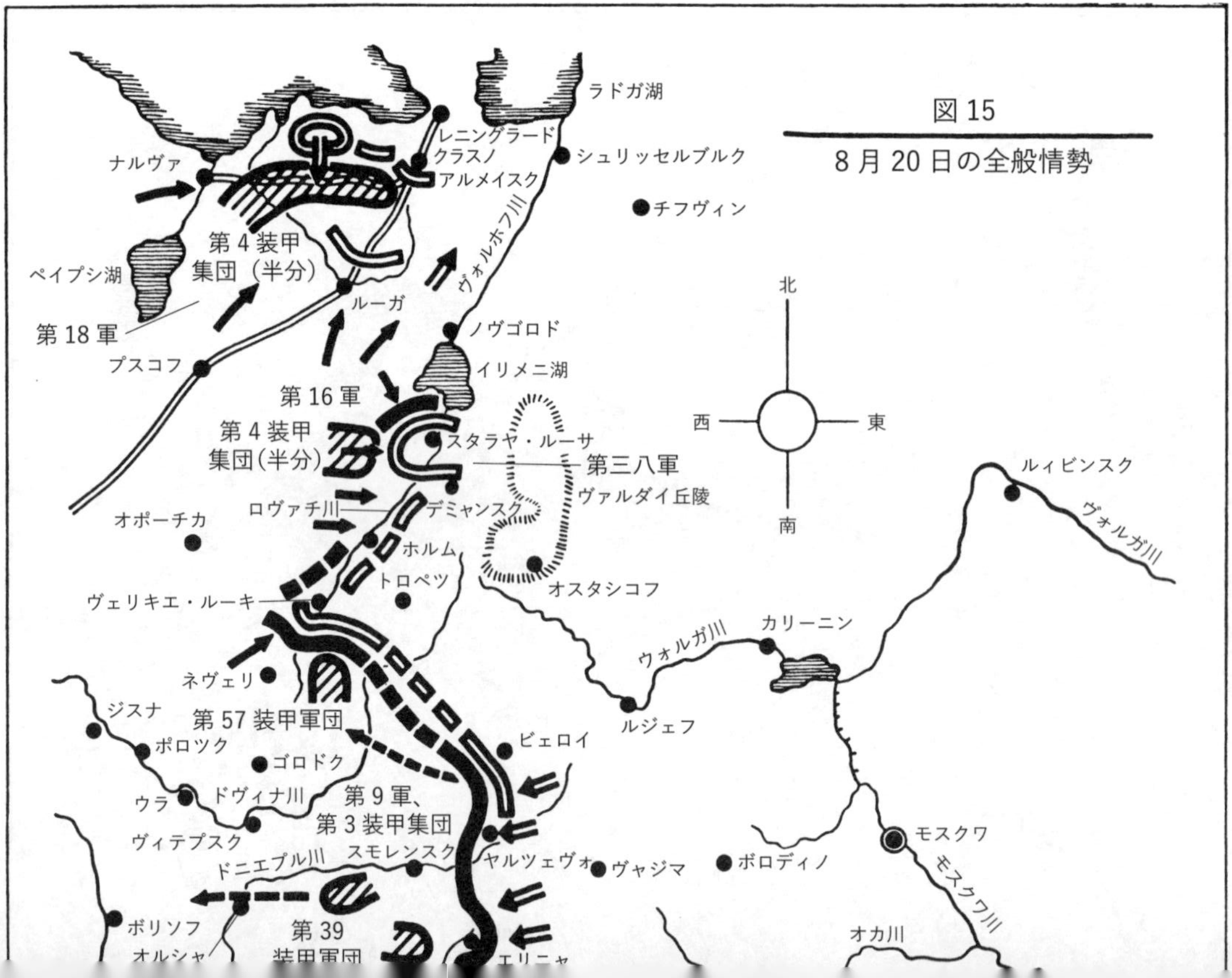

図15
8月20日の全般情勢

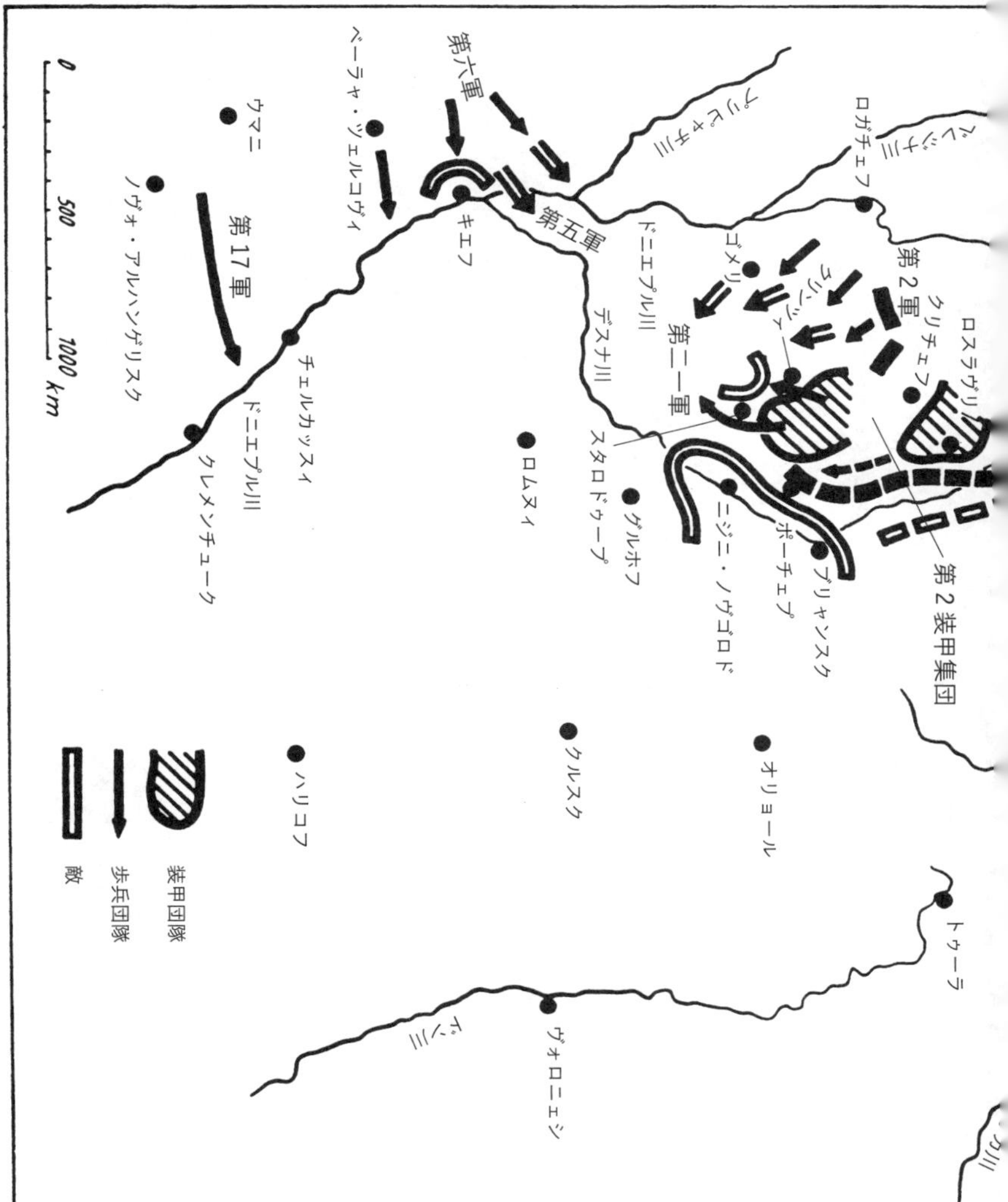
第六軍
第五軍
第17軍
第2軍
第二軍
第2装甲集団
キエフ
ベーラヤ・ツェルコヴィ
ウマニ
ノヴォ・アルハンゲリスク
チェルカッスイ
クレメンチューク
ドニエプル川
デスナ川
ロムヌイ
スタロドゥーブ
ゴメリ
ロガチェフ
クリチェフ
ロスラヴリ
ブリャンスク
ポーチェプ
ニジニ・ノヴゴロド
グルホフ
オリョール
クルスク
ハリコフ
トゥーラ
ヴォロニェジ
0
500
1000
km
装甲団隊
歩兵団隊
敵

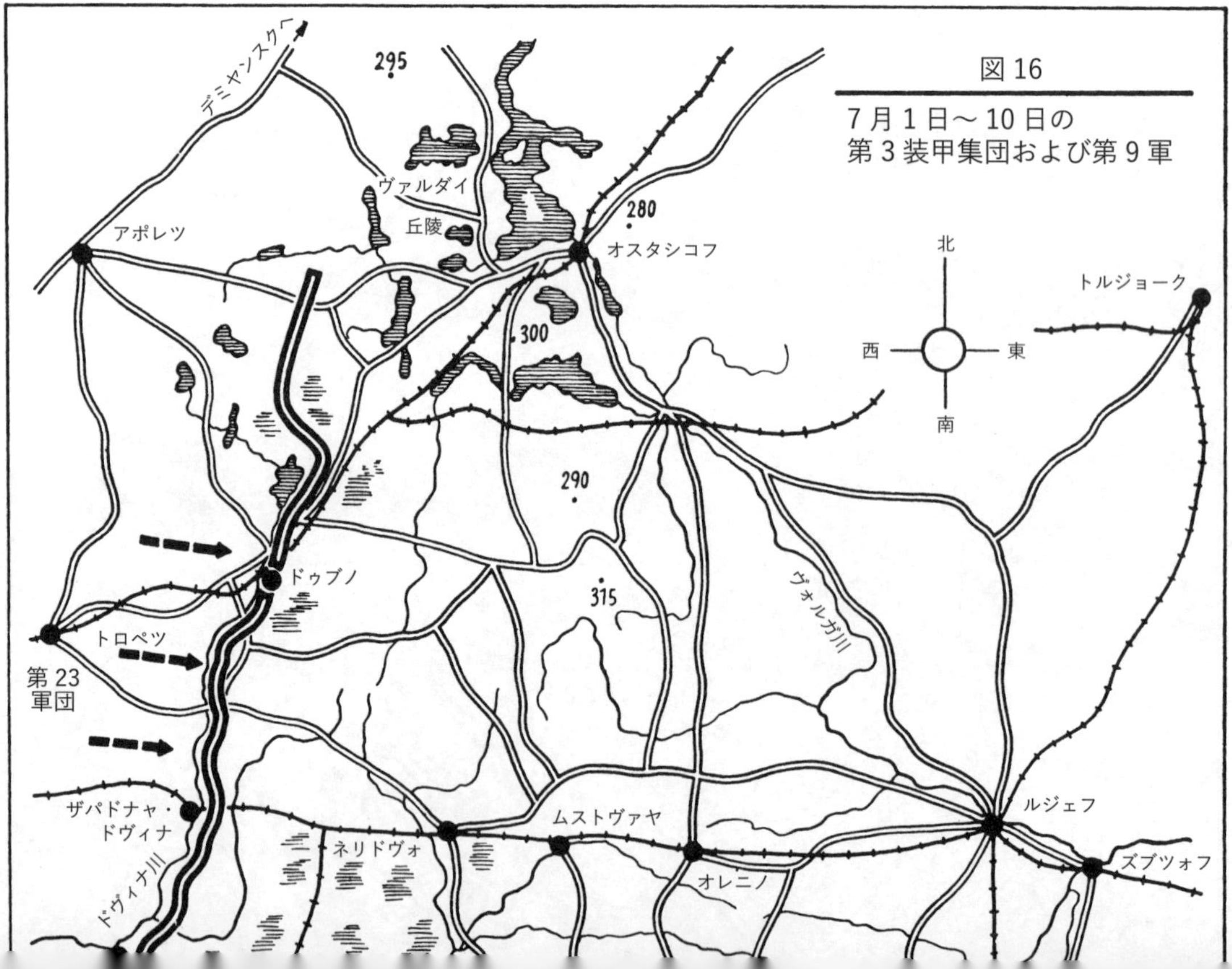
図16
7月1日～10日の
第3装甲集団および第9軍
デミヤンスクへ
295
ヴァルダイ
丘陵
アポレツ
280
オスタシコフ
北
西
東
南
トルジョーク
300
290
ドゥブノ
315
ヴォルガ川
トロペツ
第23
軍団
ザパドナヤ・
ドヴィナ
ドヴィナ川
ネリドヴォ
ムストヴァヤ
オレニノ
ルジェフ
ズブツォフ

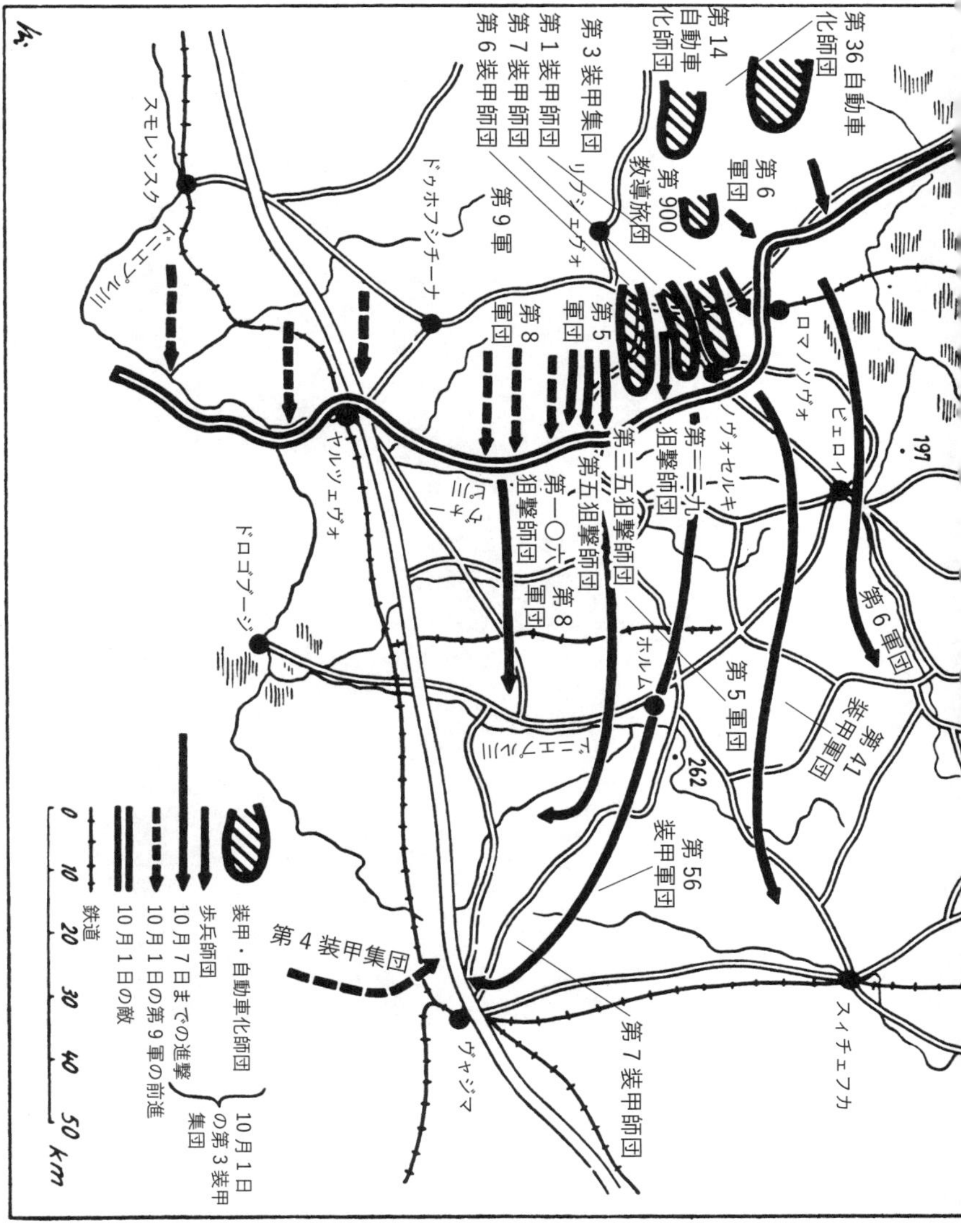
第36自動車化師団
第14自動車化師団
第6軍団
第900教導旅団
第3装甲集団
第1装甲師団
第7装甲師団
第6装甲師団
第9軍
第5軍団
第8軍団
ドゥホフシチーナ
スモレンスク
ビェロイ
197
ノヴォセルキ
第二三九狙撃師団
第三五狙撃師団
第一〇六狙撃師団
第8軍団
ヤルツェヴォ
ドロゴブージ
ホルム
第6軍団
第5軍団
第41装甲軍団
262
第56装甲軍団
スィチェフカ
第4装甲集団
ヴャジマ
第7装甲師団
装甲・自動車化師団
歩兵師団
10月7日までの進撃
10月1日の第9軍の前進
10月1日の敵
鉄道
10月1日の第3装甲集団
0 10 20 30 40 50 km

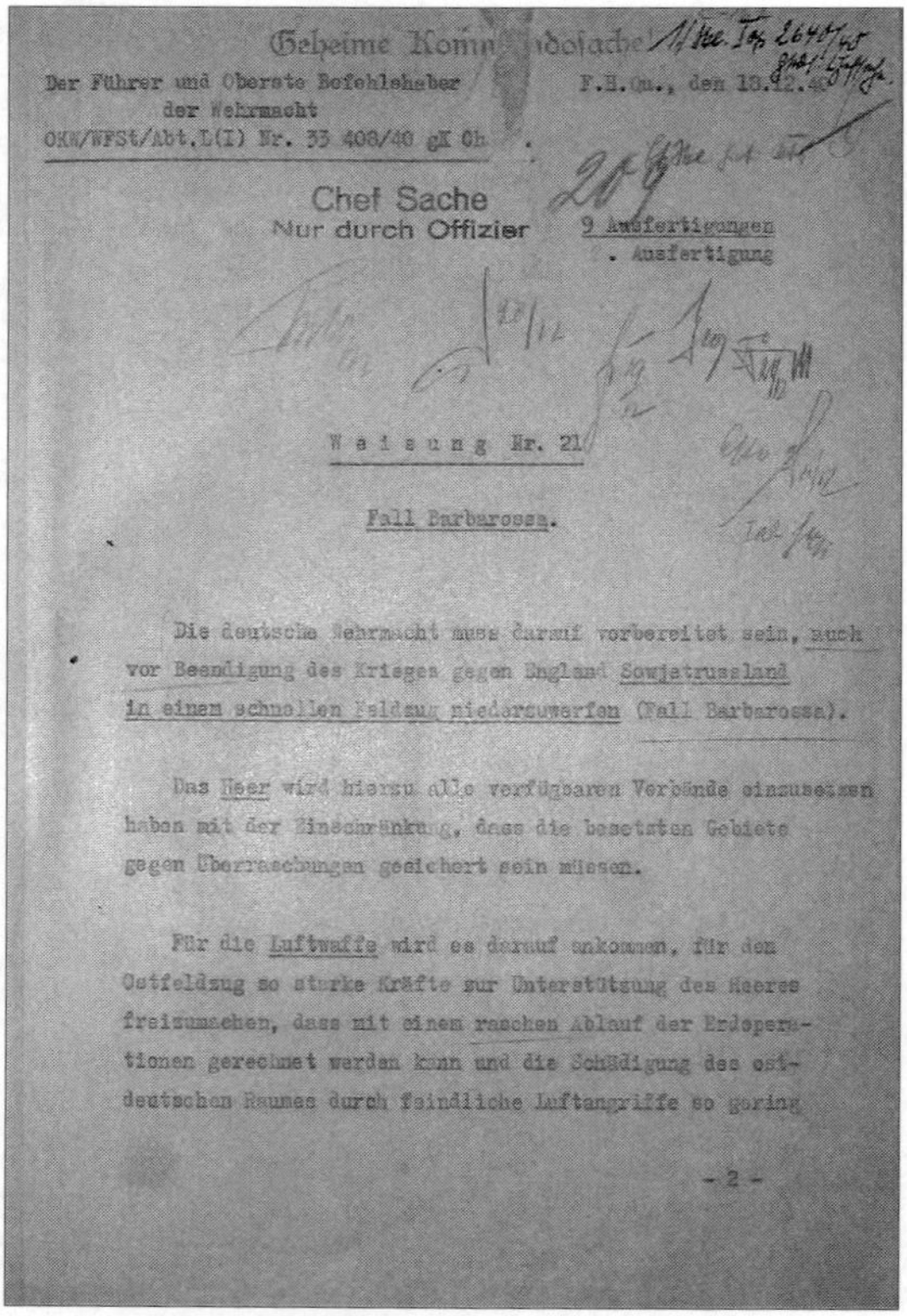
Geheime Kommandosache

Der Führer und Oberste Befehlshaber
der Wehrmacht
OKW/WFSt/Abt.L(I) Nr. 33 408/40 gK Ch.

F.H.Qu., den 18.12.40

Chef Sache
Nur durch Offizier

9 Ausfertigungen
. Ausfertigung

Weisung Nr. 21

Fall Barbarossa.

Die deutsche Wehrmacht muss darauf vorbereitet sein, auch vor Beendigung des Krieges gegen England Sowjetrussland in einem schnellen Feldzug niederzuwerfen (Fall Barbarossa).

Das Heer wird hierzu alle verfügbaren Verbände einzusetzen haben mit der Einschränkung, dass die besetzten Gebiete gegen Überraschungen gesichert sein müssen.

Für die Luftwaffe wird es darauf ankommen, für den Ostfeldzug so starke Kräfte zur Unterstützung des Heeres freizumachen, dass mit einem raschen Ablauf der Erdoperationen gerechnet werden kann und die Schädigung des ostdeutschen Raumes durch feindliche Luftangriffe so gering

- 2 -

1940年12月18日、総統指令第21号——バルバロッサ作戦

バルバロッサ作戦当時に中央軍集団司令官であったフェドーア・フォン・ボック元帥（左側）は、モスクワ攻略の失敗によって辞任させられた。右端の人物は男爵ヴォルフラム・フォン・リヒトホーフェン航空兵大将

ボック元帥の代わりに中央軍集団司令官を務めたギュンター・フォン・クルーゲ元帥（椅子に座った人物）。右から2人目のクルーゲに話しかけている人物は第2装甲集団司令官ハインツ・グデーリアン上級大将

1941年夏。ヒトラー（中央）を挟んで、ロシアの地図を広げる
ヴァルター・フォン・ブラウヒッチュ元帥（左）と参謀総長フランツ・ハルダー（右）

食事中のマンシュタイン（左側）と著者ホート（右側）。昵懇の間柄であった

部下と語らう著者ホート（中央）

『国防知識』所収論文

論文1

ハンス＝アドルフ・ヤーコプセン博士『黄号作戦』への書評

Dr. Hans-Adolf Jacobsen: „Fall Gelb", Steiner-Verlag, Wiesbaden, 1957, 三百三十七頁、付図十四枚、二十六マルク――。

ヤーコプセン博士は、その貴重な編書『西方戦役前史文書集 一九三九～一九四〇年』に続き、本史料集を編んだ。それによって、歴史家の視点から「一九四〇年の西方攻勢作戦計画をめぐるドイツ側の闘争」を描いたのである。この本書の副題は、非常に適切であるとするわけにはいかない。これからみるように、闘争を行ったのは、全般的な作戦構想を立案したA軍集団参謀長〔エーリヒ・フォン・マンシュタイン、当時中将。周知のごとく、装甲部隊の主力を以てアルデンヌの森を突破、連合軍を分断、各個撃破する計画を立てた〕のみであって、一方のOKHは一九三九年秋に起案されたその「開進訓令」に固執、それによって論争を回避しようとしたからだ。右に触れた文書集のほかに、編著者は、これまでアクセスできなかった文書や記録、たとえば、AおよびB軍集団戦時日誌の抜粋、フォン・レープ、フォン・ボック、フォン・マンシュタインらの手記、また、指導的な立場にいた将校に問い合わせた結果などを利用している。かくて、豊かな戦史資料が読者に提供されることになった。年表、戦闘序列、戦況図、分厚い参考文献目録は、このきわめて充実した書を、とくに価値あるものとしている。濃密な内容であるにもかかわらず、おおむね時系列に沿った記述がなされているため、理解しやすく、しかも息詰まるような描写となっているのだ。

第一章では、OKHが一九三九年秋に、いかに西方攻勢を一九四〇年春から先に引き延ばそうと努力したかがみられる。防勢的な戦争指導の有利を確信し、提唱したレープが、ヒトラーに対して共同歩調を取ろうと陸軍総司令官をうながすものの、OKHは政治指導者の意志に屈した。編著者は、有名な一九三九年十月の二つの開進訓令に解説を加えている。作戦的な理由からして、これらの訓令は「シュリーフェン計画」の焼き直しにすぎなかったと、マンシュタインにすでに批判されている。編著者は、政治的前提条件、作戦目標、兵力の割合を比較し、マンシュタインの見解に、徹底的に反駁している。編著者がとくに好んで用いる論法だ。新味があるのは、オランダ占領を決断した理由を、空軍の圧力に帰していることである。一九三九年十月九日のヒトラー覚書も、はたして彼が主張するような戦力の優越が一九三九年秋に存在していただろうかという問題設定から、批判的に観察されている。この検討は否との結論で終わるのだが、敵側との比較が欠けているため、充分な説得力があるというわけにはいかない。なにぶん、一九三九年秋のフランスは、ただの一個たりとも機甲師団を有していなかったのだ。ただし、ドイツ陸軍は一九四〇年五月十日〔実際の西方攻勢発動日〕に輝かしい春の陽光のもとに攻勢を開始、曇天がちだった一九三九年十一月に実行したのであれば、まず得られなかったような衝力を得た。かかる指摘が正しいのは、当然至極のことである。

一九三九年十月二十五日、ヒトラーは、ベルギーにある敵を「遮断・孤立させる」ため、「ムーズ川の南」で攻撃を行うという構想を持ちだして議論した。そのことは、一見、ヒトラーこそが「マンシュタイン計画」の、そもそもの発案者であったと推測させる。しかしながら、編著者の綿密な調査は、それは考え抜かれた構想などというものではなく、彼の突発的な直感の発露にすぎないことを示す。翌日、ヒトラーは、こうした考えを取り下げているのである。一九三九年十月三十日に下達された、装甲部隊にアルデンヌを通過させ、スダンをめざすかたちで配置せよとのヒトラー命令も、斬新な作戦構想であると認めることはできない。ヒトラーが、多くの場所で同時に成功を得ようと努めていたことはよく知られている。ここでも、彼は戦術的成功を追求したのだ。けれども、つぎの数週間において、ヒトラーは、B軍集団前面の運河が多数ある地勢を考慮し、自動車化部隊を攻勢南翼に配置するとの構想をもう放棄しようとはしなかった。そのように指摘した著者の見解には同意する。どこに作戦の重点を置くかという問題に関して、ヒトラーを動揺させていた不安は、二月はじめに正規の経路を通さずに知らされた「マンシュタイン計画」に賛成するとの決断によって、たしかに軽減されたのである。

ヒトラーが天才的な将帥であるという伝説は、徹底した学問的調査により、ついに粉砕された。その点については、われわれは編著者に感謝し得る。ただし、編著者が総括の部分で示した、ドイツ軍の作戦計画は、個々人の創造によるというよりも、むしろ軍事計画の立案が徐々に進歩した結果であったとの結論には従いかねる。一九四〇年二月二十四日にOKHが出した最終的な開進訓令、それを主導した発想は、マンシュタインの提案にもとづいていたのであり、OKHはただ細部を詰めただけにすぎない。ここで問題にされているのは、歴史家だけに判断させておくわけにはいかない根本的な作戦観なのであるから、いずれ別の場所で、その理由を詳細に述べることにしよう。

残念ながら、紙幅が限られているので、編著者が「総括」で追求している「個々の問題」（ベルギーとオランダに対する特別作戦、海軍、自動車化の問題、ベルギーの中立など）について、評者の立場を示すことはできない。ただ、本書全般におけるのと同様、これらの細目も、歴史学の方法論を基礎とした、戦史への有意義な貢献である。

ホート退役上級大将

『国防知識』第七巻（一九五八年）第二号

論文2

一九四〇年の西方戦役に対するマンシュタインの作戦計画と一九四〇年二月二十七日付OKH開進訓令

ヘルマン・ホート

H・A・ヤーコプセンは、その著作『黄号作戦』において、一九四〇年の戦役計画創出に関する当時のA軍集団参謀長の功績を過小評価し、OKHがある役割を果たしたとしている。筆者は、同書の書評（『国防知識』、一九五八年第二号をみよ）で、そのような事実はないとの見解を表明した。以下、この論点を立証していきたい。その際、編著者の徹底的な研究調査は尊重するが、彼が状況証拠から引き出した軍事に関する推論については異議を唱えることになる。

まずは、編著者がA軍集団のOKH宛の嘆願を分析した章を扱うことにしよう。この意見具申書に示された基本構想は、「強力な部隊によって実行される、ベルギー南部を経由、ソンム河口に向かう突進により、ベルギーにある英仏軍を他と分断する」（一九三九年十二月六日付書簡）というものである。

かかる、きわめて明快なマンシュタインの基本的な作戦構想に対して、「マンシュタインが実際に追求していたのは、どのような戦略構想であったか」を検証しなければならない。編著者はそう確信したという。彼は、十月三十一日付、十二月六日付、十二月一日付の三通の意見具申書から、それを再構成した。だが、提示されたのは、いささか漠然とした「戦略構想」像である。編著者はまた、この作戦の基本構想への「検証」や判断を放棄してしまった。もし、それを、ＯＫＨの強力な右翼（B軍集団）によって、ベルギーの敵に正面攻撃をしかけ、英仏海峡沿岸に撃退するという企図と対置してみたならば、意見の対立がはっきり示されたはずだ。これは、編著者がいうような、ただ表面的な対立にすぎなかったというわけではないのである。

編著者はそのようなことはせぬまま、意見具申書の細目吟味に向かう。が、それらは時系列に沿って観察されるのではなく、ひとまとめに解釈される。一九三九年十月から一九四〇年一月に至る期間に出されたものであるにもかかわらず、だ。当然のことながら、これらの細目（兵力配分、重点の転移、兵力増援）は、三か月のあいだに変更を余儀なくされている。とくに嘆願となれば、さまざまな受け手に働きかけるよう意図しているものであり、相手の反応にも配慮しなければならない。よって、進言した者の本当の意図を解明するにあたり、編著者の方法が適切であるかどうかは疑わしい。

マンシュタインは、その進言において、ソンム河口に突進するのに充分な装甲部隊を要求していないのだから、彼が本当にそうするつもりだったのかは疑わしい。かくのごとしだと証明することに、編著者はとりわけ努力を傾注している。一九四〇年二月二十四日、ＯＫＨがA軍集団に割り当てた快速師団十個に対して、マンシュタインは問題の突進を行う第12軍に五個快速師団しか配置していないと、ある図表で示したのである。これはミスリーディングというものだ。というのは、第4軍がA軍集団の指揮下に入るとともに、同軍麾下の第5、第6、第7装甲師団も移管されているのである。これらの師団のうち、第5および第7装甲師団は、任務変更もないまま、第4軍の攻撃帯に配置されていた。第6装甲師団のみ、第8装甲師団と合わせて、新編第41軍団（クライスト装甲集団）を構成した。従って、第12軍前方の快速部隊増強は、マンシュタイン構想の五個ではなく、三個師団を数えたにすぎない。ただし、著しい増加であることは間違いなかろう。こうして第12軍に強力な装甲部隊が配分されたのも、OKHが独自にイニシアチヴを取ったからというわけではない。この点については、後段でみていくことにしよう。

しかし、A軍集団の意見具申は、兵力配分を最終的に確定することを目的としたものではけっしてない。むしろ、マンシュタインの新しい作戦計画をOKHに受け入れさせることを第一にめざしていたのだと思われる。最初から大幅な兵力増強を要求していたら、その狙いも果たされなかったことだろう。そんなことをした場合、どんな困難が予想されただろうか。第19軍団のほか、少なくとも第14軍団を保持するため、A軍集団が一悶着起こさなければならなかったという事実が、その答えとなっている。マンシュタインのごとき我の強い人物が、最終要求を行う際に、おとなしく引っ込んだりはしないことは確実であろう。いずれにせよ、ヨードルの証言によれば、マンシュタインは二月十七日にヒトラーの前で「強力な装甲部隊を。さもなくば、まったく無しで」と要求したのである。よって、第19軍団ならびに第14軍団を念頭に置いた編著者の推定は、恣意的であり、立証されていない。ともかく、ヒトラーは、マンシュタインとの会見直後の二月十八日、第12軍の麾下に「重戦車すべてをまとめて」配備するよう、OKHに指示したのだ。

ともあれ、マンシュタインがどのような「戦略構想」を主張していたのか、そのために充分な装甲部隊を要求したのかどうか（六九および七五頁）という、懐疑を剝き出しにした問いかけ自体が、そもそも余計だったのである。軍人の思考というものは、いつでも作戦の基本となっている発想から出てくる。それが確定したあとに、はじめて必要な兵力の計算が行われるのだ。よって、その逆に、兵力配分から作戦構想をみちびくことは望めない。南からの突進によって、ベルギーの敵兵力を分断するとの意志は、マンシュタインの提案すべてを貫いている。その意志の真剣さを疑わんとしているにもかかわらず、文書による根拠は何も示されていないのである。

この歴史家〔ヤーコプセン〕による、さらなる批判的な疑義、マンシュタインは、在ベルギーの敵を包囲するのではなく、南西への突進のためだけに装甲部隊を要求したのではないのかという問いかけも、作戦というものに習熟した読者なら一蹴してしまうことだろう。何よりもまず、スダン付近でムーズ川を渡河することが重要だったのだ。そのために、第12軍の装甲部隊を先行・急進させることになっていた。敵がムーズ川渡河の成功を黙って甘受することなど、とても期待できなかった。予想される反撃を、迅速に、つまり装甲部隊によって撃退しなければならなかったのである。個々の事象にどう対応するのかは、全体的な情勢に左右される。一九四〇年二月二十四日の開進訓令も、そうしたことについては何も述べていない。自らの見解の根拠として、編著者は、十二月十八日付のA軍集団意見具申書から数節を引用している。が、残念ながら正確ではない。ここでマンシュタインが提案しているのは、ムーズ川西方で攻撃を継続するに際して、第12軍をルテル方面に向けるということだ。本意見具申の別の章では、兵力配分の問題が扱われている。そこでは、ムーズ川に至るまでの初期段階においてすら、第12軍の指揮下に快速師団三個を置くとされている。編著者は、この二点を混同し、「第12軍。装甲・自動車化・歩兵師団をルテルの両側で、南西方向、エーヌ川に向ける」と書いた。それによって、装甲師団は最初からルテル方面に投入されたという印象を持たせようとしている。そういうことではないのだ。

有効性が証明された軍事上の諸原則に従い、マンシュタインは、敵が正しい行動を取るものと前提を置き、ドイツ軍の南側面に反撃が加えられることを計算に入れていた。かかる後手からの攻撃は、まさしくフランス軍の指揮原則に沿っていたのである。実際、一九四〇年五月に、フランス軍最高指導部が反撃の企図を有していなかったなどということはない。五月十四日午後、第19軍団がまだムーズ川渡河中だったころに、フランス側はスダン南方二十キロの地点で、およそ六十両の重戦車を有する機甲師団一個、自動車化師団一個、半機械化された騎兵師団一個を北方に突進させる準備を行っていたのである。この支隊が五月十四日、さらには十五日になっても反撃に出なかったことは僥倖《ぎょうこう》であって、そんなことを当てにするのは許されないことだったろう。むしろ、ソンム川下流域をめざすと企図したドイツ軍の突進に際して、その南側面に敵が兵力を展開するという事態のほうが、おおいにあり得ることだったのである。こうして展開した敵を撃砕することは、決定的な西方への突進を行う上での大前提になっていたはずだ。そのため、第12軍が装甲部隊を使えるようにされたのであろう。また、当初、第12軍に装甲部隊が配されたのは、あとから押し出すことになっていた第2軍にそれらを置く空間がなかったためだった。ムーズ川の西に動いた時点で、第2軍は初めて、決定的な西方突進を実施する余地を得たのだ。この目的のため、当然のことながら、装甲部隊が必要となる。そういう事態が生起すれば、それらがただちに麾下に入れられることは自明の理であったろう。一九四〇年五月に、作戦に参加した装甲部隊司令官、グデーリアンとラインハルトは、かかる機動に必要な空間が得られしだい、すぐに西方に旋回することになっていた。マンシュタインも、それと異なる動きをすることはなかったであろう。この点は、編著者も本書の別の箇所で認めざるを得なかったところである。

編著者は、A軍集団意見具申書に対する分析を根拠に、つぎの結論に達している。「それゆえ、マンシュタインの作戦構想は、この時点においては、おそらく鎌で払うようなかたちの機動以上のものではなかったろう。そこから『鎌の一撃《ジッヒェルシュニット》』〔連合軍の戦線を中央突破、海峡に到達することによりその主力を分断・殲滅する計画〕を発展させたのは、ハルダーの功績だった」（七五頁および一五〇頁）軍人の思考にとっては違和感がある、作戦的考慮の観察方法だ。それが、ここに提示されている。鎌の一撃という言葉が、チャーチルのいきいきとした表現に由来していることはあきらかだ。実際、この、彼が戦後に使った比喩は、作戦の経緯をわかりやすくしている。ただし、そうした、事後に生まれた概念を、戦争前の時期における検討と判断に関わる戦争学上の研究に用いるのは、いかがなものだろうか。この場合、編著者は、不適切なイメージに影響されている。現在の時点で研究を行う歴史家の眼前には、すでにことが終わったあとの諸事象が広がっていよう。ところが、現場の将帥は、そんな幸運な状態にあるわけではない。不確実性の闇のなかで計画を練っているのだ。しかと定められているのは、ただ目標だけ。だが、将帥が取るべき方策は、敵やその他の要因に左右されるのである。一九三九年から四〇年にかけての冬においては、マンシュタインもハルダーも、企図された作戦が、鎌の比喩を用いるのが正当とされるような経過をたどろうとは、予想だにできなかった。

　とはいえ、作戦目標に関して、マンシュタインは、「鎌の一撃」構想を、考え得るかぎり明確に表明していた。ベルギーにいる敵は、ソンム河口方面への突進により分断されることになるのだ（一九三九年十月三十一日付ならびに十二月六日付の意見具申書）。一方、ハルダーが、ヒトラーの指示にもとづいて一九四〇年二月二十一日に起草した命令は、慎重にも地理的な方向を示しているだけで、作戦目標には触れていない(一九四〇年二月二十四日付開進訓令第五項)。つまり、当時のOKHは分断の可能性を信じていなかったのではないか?

編著者が総括の部分で出した一九四〇年二月二十四日付開進訓令の内容解釈(二五一頁)は、本訓令の文言に相応していない。この総括では、「装甲部隊のくさび」を形成し、「ムーズ川渡河点の獲得後、これを西方に向かわせ、ソンム川の北側に集結中の敵軍を攻撃せしめる」予定になっていた。それが問題にされていないのである。よって、右の解釈は、編著者の仮構だ。本開進訓令第五項には、第12軍前方に配された快速部隊の任務は「……さらなる西方への攻勢実施に好適な前提条件をみたすこと」だと記されている。これ以上の命令を下達することはできなかったろう。編著者は、なぜ恣意的に拡大解釈したのか?

両軍集団の任務をハンマーと鉄床《かなとこ》にたとえているが、時系列でみれば、作戦構想はそこまで具体化していない。ハルダーがこの表現を使ったのは一九四〇年五月二十五日、リールとダンケルクのあいだで遂行されていた包囲戦の最終段階においてである。その際、ハルダーは、自ら作成した一九四〇年二月二十四日付命令について何ら言及していない。

一四九頁と一五二頁においても、編著者の記述には不正確な点がある。マンシュタインは、シュリーフェン計画〔二十世紀初頭に、当時の参謀総長シュリーフェンが立案した二正面戦争のための作戦計画。ロシアが動員を完了する前に、短期戦でフランスを打倒することを狙う。具体的には、西部戦線右翼に大兵力を集中、この右翼を大きく旋回機動させて、連合軍を包囲殲滅するとしていた〕が繰り返されるだろうと敵は予想している、などという前提を置いてはいない。敵がベルギーに強大な兵力を進出させるだろうとの仮定から出発したのだ。この敵部隊を分断孤立させることこそ、マンシュタインの熟慮の中心にあった問題なのである。編著者は、A軍集団の五通の意見具申書をみる際に、そこを誤解している。

一九四〇年一月十六日、ヒトラーは攻勢開始を一九四〇年春に延期した。いまやOKHは初期段階の作戦を再検討する機会を得たのだと、編著者が考えたことはまったく正しい。ところが、一月はじめに、ドイツ軍の航空機がメヘレン〔オランダ〕に不時着し、重要な計画案が連合軍に知られる恐れが出ても〔不時着した航空機に搭乗した将校は、西方攻勢の作戦案を携えていた〕、OKHの作戦企図は変更されなかった。

ただヒトラーの命令のみが、陸軍の攻撃準備を修正したのだ。それは間違いない。なんとなれば、一九四〇年一月三十日に編まれた「開進訓令改訂稿」には、編著者が証明したように、一九三九年秋に出された命令に対する本質的な変更はいっさい含まれていなかったからである。一九三九年十二月、一九四〇年一月および二月のハルダーの記述を通読してみよう。そこにもまた、この数か月間にマンシュタインの望みに沿った作戦構想の再検討が行われたという事実を示す記述はみられない。マンシュタインの計画がOKHにおいて「議論された」という編著者の仮定（七九頁）を支えているのは、十二月の戦術面を試す図上演習と一月の兵站図上演習という貧弱な証拠にすぎない。同様に、十二月末のブラウヒッチュとルントシュテット〔当時、A軍集団司令官〕の会談も、ポジティヴな結果にはつながらなかった。オランダへの「円滑な」展開とその占領に関するあらたな命令と並んで（いずれもヒトラーの命令にもとづいていた）、OKHは、第4軍の投入とB軍集団関係の細目といったことに忙殺されていた。ところが、陸軍参謀総長〔ハルダー〕は一月中、特別な参謀人事にかかずらわっていた。彼は、十二月二十一日以来すでに、マンシュタインをA軍集団参謀長の職から去らせることを考えていたのだ。これは二月に実現することとなる。編著者は、この更迭の理由として、B軍集団が第4軍を北西に進撃させる欲求を抱いているなかで、A軍集団が南西へ旋回することへのOKHの危惧をあげている。それによって、作戦の「分散」が生じたであろうというのだ。これは、かくも重要な意味を持つ措置を、後知恵により正当化することでしかなかろう。十二月二十一日の時点では、そんな危険はそもそも存在していなかったし、二月に至るまで、A軍集団は、マンシュタイン計画ではなく、一九四〇年一月三十日付のOKH開進訓令に従って行動しなければならなかった。その訓令では、第12軍はランをめざすように指示されていたのである。マンシュタインという人物は作戦を逸脱して南西へ向かいかねない。OKHがそうなることを恐れていたと仮定するなら、まさにそのマンシュタインが二月末に、並みいる将軍たちのなかからA軍集団前方の装甲団隊指揮官に擬せられていることが説明できなくなってしまう（ハルダー日記、一九四〇年二月二十五日の条）。

国防軍最高指導部の作戦計画立案にとっては、十二月、一月、二月の長い停滞期間が決定的な意味を持っていたと、編著者は断言する。それは、十二月と一月にはあてはまらない。作戦的にみるならば、作戦計画の変更は皆無なのである。マンシュタインの提案は黙殺されたが、OKH自体の構想も一月にはまだ熟していなかったのだ。

二月初頭、陸軍参謀総長は、A軍集団ならびに第12軍の計画検討図上演習に出席した。二月六日と七日のハルダーの記述から判明するごとく、この図上演習はムーズ川流域における戦闘遂行の土台を確立することになった。ただし、それは「われわれの構想の枠内」で実行されていた。つまり、マンシュタインの作戦構想は顧慮されていなかったのである。従って、そもそも「おおいに活気にみちていた」などとは記せないのだ。そこで何よりも問題となったのは、スダン付近において、装甲師団だけで奇襲的にムーズ川渡河を敢行するか、それとも歩兵師団の到着を待つべきかということであった。ハルダーは、攻撃開始五日目に装甲軍団のみでムーズ川を渡るのは「無意味」であるとし、「とにかく、秩序だった総攻撃を行い、ムーズ川を渡河することは、攻撃開始九日目より前には不可能であろう」と特記している。一九四〇年五月のできごとは、彼の認識をあらためさせた。早くも五月十三日〔攻撃開始四日目〕に、A軍集団麾下の三個装甲軍団は急進し、ディナン＝スダン間の三か所でムーズ川を渡ったのである。

この図上演習の結果、一九四〇年二月十六日のハルダーの記述には、編著者が言及していない文言が書かれることになった。「全体的な成功の見込みについては、内心疑問を抱いている」これは、マンシュタイン計画をめぐる闘争の転回点だったのだろうか？

しかし、この間、ハルダー不在のうちに、OKHの頭越しに賽《さい》は投げられたのである。二月はじめ、ヒトラーは、マンシュタイン計画を採用すると決定した。それまで、この案は彼に知らされていなかったのだ。OKHがマンシュタイン計画を拒否していたのはあきらかであるのに、マンシュタインの基本構想が受け入れられるに至ったのは、どのような経過をたどってのことだったのだろう？

編著者が引く日付と事実関係を追ってみよう。ヒトラーの首席副官シュムントは、前線視察の際にコブレンツ〔当時のA軍集団司令部所在地〕を訪れ、そこでマンシュタインの意見具申を聞いた。二月六日、彼は義務に従い、それについてヒトラーに報告したのだ。進言が文書で提示されたかどうかはさだかではない。一九四〇年二月十三日、ヒトラーはこの提案をヨードルと協議した。マンシュタイン構想に影響を受け、あたかもそれが自身の考案であるかのように思い込んでいたヒトラーは、「自動車化団隊の大部分をスダン方面に集中しなければならない。敵は、そこに主攻が来るなどと予測していないからだ」と主張する。

従って、初めにあったのは、作戦上というよりも、戦術的な考慮だったのだ。十三日午後、ヨードルは、ＯＫＨ（作戦部）にヒトラーの考えを伝え、それに応じた提案をなすよう委任した。二月二十八日、ハルダーが帰還したのちに、命令に従ったＯＫＨは新しい案をヒトラーに提出したのである。

この構想の本質は二つの点にあった。一つは、ヒトラーの意向に従い、Ａ軍集団前方に、従来の二個装甲師団に加えて、さらに三個を配置すること。もう一つは、第４軍をＡ軍集団麾下に置くことだ。ここにおいては、ＯＫＨは、作戦目標以上のことは明言していないものと思われる。二月十七日、マンシュタインはヒトラーに対し、フランス軍を屈服せしめるため、自らの意見を詳細に述べた。その際、ヒトラーと「驚くほどの一致をみた」という。これを受けたヒトラーは、以後、すべてマンシュタインの発想に沿った総合作戦案を語ったが、あたかも自分の考えであるかのごとくにしていたのはいうまでもない。このヒトラー指令にもとづき、ＯＫＨは大わらわで一九四〇年二月二十四日付の新開進訓令を作成したのであった。

編著者は、ヒトラーがこの開進訓令を「押しつけた」わけではないと確認されたことを重視している。それには賛成できる。けれども、一九四〇年二月二日から二十四日までの歴史的な時期における経緯、そして、従来のＯＫＨの態度に鑑み、ヒトラーの命令により、新しい訓令が必要とされたこと、その本質はマンシュタインの進言に合わせたものであったことも確認されなければならないだろう。さらに編著者は、ＯＫＨは二月十八日に自らの提案をヒトラーに示したものと推量している。だが、これも、正しいのは一部だけだ。早くも二月十三日の時点で、ＯＫＷは、戦車の主力をスダン方面に配置するというヒトラーの意向をＯＫＨに伝達しているからである。一方、Ｂ軍集団から第４軍を引き抜くことは、むろんＯＫＨ独自の決定であった。B軍集団は、すでに西進を指示されていたが、それにもかかわらず第4軍をナミュールの北で北西方面に投入してしまうのではないか。OKHは、かかる不安を抱いていたのだ。このとき、マンシュタインは、第4軍麾下の南の一個軍団のみをゆだねられ、転任していた。いまや、第4軍はナミュールの南でムーズ川を越え、西方に前進するのだと、従来よりも明快に命じられることになったのである。

本書の総括部分を検討しよう、その結論は、とどのつまり、編著者個人の見解を「ドイツ軍の作戦計画は……個人の創造によるというよりも、むしろ……軍事計画立案の進歩の所産であった」という主張にまとめたものだといえる。ことの軽重を取りちがえた話だと思われる。戦史においては、発想とその実行はきわめて厳密に区別される。ある戦役を主導する構想は、いつでも個人の行動から出るものだというのが戦史の教訓なのだ。そこから近代的な意味でのチームワークを引き出すなどということは、あるべき歴史叙述の姿ではない。ベルギーにあると予想される敵を分断し、それによって全フランス軍に対する最終的勝利を準備するとの構想は、「軍事計画立案の進歩の所産」ではなく、フォン・マンシュタインが案出したのである。OKHは関与していない。

OKHの功績は、ながらくマンシュタイン構想に抵抗しながらも、それを承服し、戦史上最大の成功をみちびくかたちに固めたことにある。細部の変更を進め、実施したことは、まったく正しかった。ただし、OKHの手柄として、もっと大きかったのはおそらく、続く数週間において、大胆不敵にすぎる新計画に不安を覚えた者たちの警告に耳を貸さず、A軍集団の第一線に装甲団隊を投入、ムーズ川を越えて突進させるとの企図を堅持したことだったのである。

当然のことながら、書評子は、編著者が学問的な歴史研究の手法を徹底的に用いていることに称賛をささげる。それによって、編著者は、彼が扱ったテーマについて、該博な知識を獲得したのだ。ただし、作戦上の諸関連を理解するのに不可欠な軍事の修得や経験についても同程度のレベルに達しているというわけではないというのは、もちろんのことである。ゆえに編著者は、マンシュタイン意見具申書の内容を描写、それが開進訓令成立に際して果たした役割を評価するにあたり、軍事に関する誤解におちいっている。この誤った作戦像を、軍人の視点から「戦争理論にもとづく専門的批判」[❖1]により訂正することが、小論の目的であった。

原註

❖1　S.E.A. Nohn, „Wehrforschung und historischer Sinn"〔S・E・A・ノーン「国防研究と歴史の意義」〕in Wehrw. Rundschau〔『国防学概観』〕, 一九五八年第一号。

『国防知識』第七巻（一九五八年）第三号

論文3

一九四〇年二月二十四日の鎌の一撃計画成立について

ハンス・アドルフ・ヤーコプセン

ホート退役上級大将閣下は、最新の『国防知識』に掲載された記事において、有名な一九四〇年二月二十四日の「鎌の一撃」計画成立に関する議論をはじめられた。戦史研究の立場と実務の両面から、歓迎されるべきことである。

その際、筆者〔ホート〕は、私の研究書『黄号作戦　一九四〇年の西方攻勢作戦計画をめぐるドイツ側の闘争』[1]に批判的に対峙し、私が重大な「軍事理解上の過ち」を犯したことを証明しようと試みている。結局のところ、彼がその際よりどころとしたのは、当たり前のことではあるが、私には作戦的な事情を認識するのに必要な「軍事的な教育・経験」が欠けていると断じることだった（『国防知識』、一九五八年三月号、一三〇頁参照）。よって、私は「一九四〇年の戦役計画成立に際して、かつてのA軍集団参謀長（フォン・マンシュタイン中将）の功績を矮小化し、一方で、実際にはそうでなかったのに、ある役割をＯＫＨに『割り振って』いる」ことになる（前掲論文、一三〇頁）。要約すれば、そういうことだ。

かかる文脈において、とくに「作戦というものに習熟」していない歴史家が、どの程度まで戦史の事情を理解し、正しく叙述できるかという問題を討究しようとは思わない。が、こうした論争は、戦争が遂行されたのとほぼ同じぐらい古くから生じている。なるほど、まずは戦争に召集された者が、この問題を論じるべきなのかもしれない。

しかしながら、ホート退役上級大将閣下が行った「戦争理論にもとづく専門的批判」も、反駁をまぬがれるわけではなかろう。

この問題全般の核心に立ち入る前に、〔当該記事の〕筆者が三頁にわたって並べ立てたもののうち、もっとも重要な異論について、最初に検討しておきたい。

一、論述の冒頭で、私がマンシュタインの作戦構想をまとめた際に、多様な複数の意見具申書をひとまとめにして観察していると、筆者は批判している。[2] それによって、マンシュタインの戦略構想に関する「いささか漠然とした像」が生まれた、とくにＯＫＨの計画との対比が放棄されているというのだ。マンシュタインの多数の意見具申書は「さまざまな受け手」（？）に働きかけるべく、つくられていたのであり、受けた側の反応も顧慮しなければならない。そうした考察をなすべきだったというのである。筆者は、このように推量する。「進言した者の本当の意図を解明するにあたり、編著者の方法が適切であるかどうかは疑わしい」（前掲論文、一二八頁）

ＯＫＨの計画との対比について、私は、マンシュタインの作戦構想を扱った章の前で、ＯＫＨとヒトラーの構想を説明している。その事実を指摘することも許されよう（前掲『黄号作戦』、三〇ならびに四〇頁）。それゆえ、六八頁以下（『黄号作戦』）では、あらためて扱わずに済ませることができた。もう一つの異議については、マンシュタインの言葉を以て答えたいと思う。[3]「……われわれは何度もＯＫＨに意見具申書を出した。その提案は……多かれ少なかれ、繰り返されなければならなかったのだ。それは不可避だった……」マンシュタインもまた（その回想録の一〇〇頁以下に書かれているように）、同様のとがめだてをされることもなく、彼の基本構想を練り上げていたのである（前掲『国防知識』、一二七頁）。ほかにも、拙編著六九頁では、マンシュタインの一連の提案はもちろん「そのつど、そのたびにどの範囲まで届くかを意識して、手を加えられていた」と述べられている。[4]

二、筆者はその論考でさらに、マンシュタインが本当に強大な戦力を以てソンム川方面に突進することを欲していたのだろうかと、私が疑義を呈しているとした（前掲論文、一二八頁中段）。私が六九、七五頁（『黄色作戦』）で批判的に疑義を投げかけたことから、Ａ軍集団参謀長が一九三九年から四〇年にかけての冬に、ソンム川への突進に充分な戦力を投入する案を抱いていたか否かという問いかけをしたものとみなせる。筆者がそう信じているのはたしかだ。だが、私の研究を批評眼を以て読んだ者なら、右に引用したような疑念はどこにも記されていないことに気づくだろう。決定的なものとなったマンシュタインの発想については、六九頁にはっきりと述べられている。作戦全体の重点は、ソンムに向かう突破攻撃によって南翼に移されたのだ。

むろん、マンシュタインがそのためにどの程度の兵力を予定・要求したかという問題は取るに足りぬことではないと、私には思われる。まずは、一九三九年十二月六日付および同十八日付の覚書、すなわち、完成に近づいてきた計画案を、注意深く検討してみるがいい！　マンシュタイン案とOKH案の差異を明確にするため、ここに掲載される二枚の概観図によって、もう一度作戦構想を図解することにしよう。

三、筆者はまた、以下のように断言している。首相官邸での意見具申において（一九四〇年二月十七日）、マンシュタインは「強力な装甲部隊を。さもなくば、まったく無しで」と要求した。マンシュタインは、その戦力として第19および第14軍団のみを念頭に置いていた。私が、かくのごとき解釈を加えたことにされたのだ。この点について意見が分かれていることは、私も認める。「強力な装甲部隊」が相対的な概念であることはいうまでもない。現存する史料も[5]、マンシュタインが要求したことの細目については、何ら手がかりを与えてはくれないのである。もちろん、二月十七日までのあらゆる請願や話し合いの対象になっているのは、単にこの両軍団のみだということは確認できるのだが。

四、筆者は、左のように先を続ける。「ともあれ、マンシュタインがどのような『戦略構想』を主張していたのか、そのために充分な装甲部隊を要求したのかどうかという、（ヤーコプセンの）懐疑を剝き出しにした問いかけ自体が、そもそも余計だったのである。軍人の思考というものは、いつでも作戦の基本となっている発想から出てくる……」それが確定したあとに、はじめて必要な兵力の計算が行われるようになるというのだ。

従って、私も異議を唱えることになる。そもそも「兵力の計算」から「構想」を導こうなどということはしていない、と。かかる（マンシュタインの、南方への突進によって、ベルギーにある敵戦力を分断しようとする）意志の真剣さ「を」疑おうとしても、「文書による根拠は何も」ないのである（前掲論文、一二八頁）。

　ここで、筆者は、実際には私が使ってもいないような、そうした観察方法を用いたと主張している。私が、マンシュタインの全体構想を明々白々に示そうと意図していたことについて、疑う余地はないだろう。そのため、彼の「大構想」の要目五点を、以下のごとくまとめた。

一、陸上において、完全な決勝を得ようとする努力。
二、ソンムに向かう突破攻撃によって、作戦全体の重点を南翼に移すこと。
三、戦力配分の提案。
四、増援兵力の請願。
五、新計画の枠内でのB軍集団の任務。

　第二点について、私は、きっぱりと述べている。マンシュタインの要求の本質は、敵がベルギーに投入する兵力すべてを、正面から平押しにしてソンム川方面に撃退するのではなく、ソンム川の線で遮断することにあった[6]（構想）。しかるのちに、兵力配置について論じたのである。私が一九三九年から四〇年にかけての冬におけるマンシュタインの全体構想に疑問を投げかけるのは、左の理由からだ。十二月六日付および同十八日付の案で、かつてのA軍集団参謀長は、B軍集団の任務と配置についても定めている。マンシュタイン計画の評価にとっては重要なことである。興味深いことに、筆者は、この点について一言も述べていない（前掲『国防知識』）。

早くも一九三九年十月三十一日の時点で、マンシュタイン覚書には、「〔英仏海峡〕海岸部、もしくはソンム川下流に対する迅速なる作戦続行は、B軍集団の任務であり、一方、南西および西に対する掩護はA軍集団が行う」と記されている（前掲『黄号作戦』、七五頁）！　また、一九四〇年一月十二日には、A軍集団参謀長は、左のようにまとめている。第6および第4軍は、ムーズ川とサンブル川を結ぶ線の北で強力な北翼を形成する。というのは、そこで、強大な装甲戦力を速やかに一個自動車化軍へと統合することが、勝利を得るためにの決定的な意義を持つからだ。ずっと手近に誘引された敵戦力を撃破することに成功したなら、それ（北翼）は海岸部どころか、ソンム川下流域まで突進することができよう。しかしながら、その間に、ベルギー南部で前進する南翼が作戦続行のための基盤をつくりださないのであれば、〔北翼突進の〕作戦的効果は、遅くともそこで終わりとなってしまう。エーヌ川とオワーズ川のあいだを進撃してくる敵戦力を撃砕し、ディースゼンホーフェン＝ストネイ・エーヌ川間に防衛線を布くことを妨害できたなら、そのとき初めて、北翼がソンム川下流を渡り、それによって全体の決勝を得るための道が啓けるのである（前掲書、七六頁）（概観図も参照せよ！）。

疑う余地などかけらもない。これこそ、のちのOKH案とは異なる作戦構想だった。OKHの訓令に従うなら、B軍集団は、ベルギー中部の敵を拘束する任を帯びていたのである（両概観図を参照せよ！）！　そのころまで、マンシュタインは二重の重点という考えのほうに傾いていたとする私の説も、おおかたの同意を得ることであろう！

五、筆者はまた、このように強調している。「この歴史家〔ヤーコプセン〕による、さらなる批判的な疑義、マンシュタインは、在ベルギーの敵を包囲するのではなく、南西への突進のためだけに装甲部隊を要求したのではないのかという問いかけも、作戦というものに習熟した読者なら一蹴してしまうことだろう」（前掲論文、一二八頁）

遺憾なことに、筆者はまず、不正確な引用をしている。一九三九年から一九四〇年の冬に、A軍集団が「大構想」のためにどの程度の戦力を予定し、要求していたかを調査したのち、私は、自分の判断するかぎりにおいては、しごく正当な疑問に立ち至った。マンシュタインはむしろ、攻勢初期にルテル方面の側面掩護を行うため、南西方向に旋回させる予定であった集団に対してだけ自動車化部隊を要求することは望まなかったのではないだろうか？　これは、右に主張されたこととは、いささか異なる話だ。加えて、筆者はこの点を顧慮してくれてはいないのだが、私の総括の一五二頁には、かくのごとく記されている。マンシュタインが、これら快速団隊の投入（第12軍前方）に関して、予想される敵の行動に左右されないようにしておきたいと望んでいたことは確実である。自軍（A軍集団）側面への敵攻勢の危険が排除されるのなら、その戦力を北へ向けることができる。目的は、そこで包囲された敵集団の殲滅に寄与することだ！

六、つぎの点については、またしても見解が分かれているものとみなすことができる。私が、チャーチルのいきいきとした描写の模範（「鎌の一撃」）をマンシュタイン計画の解釈に持ち込み、それがおそらく「鎌を振るうような機動」以上のことをかなえようとしていたと主張したとしよう。そのような見方に対して、専門家が疑義を呈するのも正当なことかもしれない。ところが、あらゆる細目に照らして、かかる対比が適切かどうか、試してみるのは歴史家の裁量のうちなのである。私のテーゼを明快にするため、ここでチャーチル的な像をもっと細密に描きだしてみたい。私は、「……の一撃」というイメージを、〔敵を〕「分断する」ということからではなく（前掲論文において、筆者は私がそうしたと称している）、突進の「鋭さと速さ」から導きだそうとした。それは、のちに実現された装甲部隊のくさびによってのみ、達成可能となったことだ。私の考えるところによれば、マンシュタインの作戦案（第12歩兵師団をソンム川への突進に向け、第3装甲師団と第2自動車化師団を最初は第二線、第12軍前方に配しておく）は、その目的にはあまり適合していなかった。

七、筆者の主張に反することだが、一五一頁（『黄号作戦』）で、私は一九四〇年二月二十四日付開進訓令の内容を再構成したのではない。そうではなく、単に、当時の史料に繰り返し語られているような基本構想を、さらにOKHで働いていた人にインタビューをすることで確認したのである。従って、私の「仮構」などということは問題にならない！　ハンマー（A軍集団）と鉄床（B軍集団）という意味で、ハルダーがこの作戦を評価したことは、筆者が正しく強調しているごとく、五月二十五日付の文書によって初めて証明される。だからといって、それは、史料から必然的に推測されるように、攻勢開始時にすでに作戦の評価が高まっていたことを否定するわけではない。

八、A軍集団の五通の意見具申書をみる際に、私が「熟慮の中心にあった問題」（ベルギーにあった敵の分断）を誤解しているという非難も、正当なものではないと思われる。それについては、本稿右記の議論ならびに『黄号作戦』六八頁以下と一五一頁以下の記述を指摘すればよかろう。

九、筆者は、一九三九年十二月から一九四〇年二月までのあいだに、「マンシュタイン計画」がOKHで真剣に論じられたかどうか、疑わしいものだとしている（前掲論文一二九頁）。それはまったく誇張というものだ。ハルダーは一九三九年十二月五日付で、マンシュタイン宛の書簡をしたため、陸軍総司令官は提案を「詳細に」検討しているとしたのである。しかも、ホイジンガー（連邦国防軍）大将閣下（当時、作戦部参謀）ならびにリス退役大将閣下（当時）西方外国軍課勤務）は、「大構想」は陸軍参謀本部において熱心に検討されていたとご教示くださった。両氏が別々の機会に個々に証言されたことを疑ういわれはない。とりわけ、そのことを示唆する記述が史料に存在するとあってはなおさらだ。OKHによるマンシュタイン更迭に関しては、私の叙述において、請願者〔マンシュタイン〕とOKHのあいだに、何よりも意見の相違と、ここでは詳細に書ききれないような緊張があり、それが決定的だったということを繰り返し示唆しておいた（『黄号作戦』、七八頁以下。とくに一八四頁、註二一と三八）。

一〇、一九四〇年二月十八日、OKHが西方での戦争遂行に関して、ヒトラーに上げた提案の独自性はどの程度のものだったのか、二月十三日のヒトラーの希望にただ応じただけではなかったのかという疑問については、『黄号作戦』一一二頁以下と脚註を参照されたい。もちろん私は、徹底的な史料の吟味ののちに、OKHはヒトラーとは別に「大構想」に到達したとの見解を得たのである。早くも一九四〇年一月二十二日、すなわち、ヒトラーがマンシュタイン計画について知る前に、ハルダーは、ある参謀会議の席でこのように発言している。「将来、奇襲を行う上での最大の好機は、A軍集団の担当戦域にある。陸軍指導部には、この構想を検討する用意がある」(B軍集団戦時日誌による)。これがマンシュタインの飽くことなき進言によるものだということは、『黄号作戦』一五〇頁で強調しておいた。さらに、私見ではあるが、当時のOKHを、現在もしばしばみられるような「頑固な」組織だとみなすべきではなかろう!

ホート退役上級大将閣下の記事に関する、若干の一般的な評価は、これで済んだ。ここで、その批判の中核となっている問題に向き合うことにしよう。

筆者は、私が自らの結論(その根拠については、すでに記した!)において、「ことの軽重を取りちがえた」とする見解を示している(前掲論文、一三〇頁)。換言すれば、鎌の一撃計画の生成に対するマンシュタインの関与を矮小化し、OKHが果たした「役割」を捏造していることになる(この点については、さらに筆者の記述を参照)。「そこ(ある構想の創出)から近代的な意味でのチームワークを引き出すなどということは、あるべき歴史叙述の姿ではない」(前掲論文、一三〇頁)。ここで、筆者は、私の結論の一部を以下のように引用している。「……ドイツ軍の作戦計画は……個人の創造によるというよりも、むしろ……軍事計画立案の進歩の所産であった」

しかし、私の結論の完全な文言はどのようなもので、何を主張していたのだろう?

「後々までも重要な影響をおよぼした一九四〇年の西方攻勢に向けたドイツ軍の作戦計画ならびにその素晴らしい立案は、個人の創造によるというよりも、むしろ長い待機期間中に生み出された軍事計画立案の進歩の所産、マンシュタインの天才的な戦略構想とヒトラーの発想が邂逅したことにより実現したものであった。それは最終的に、ハルダーが組織的に完璧なかたちに持っていった一九四〇年二月二十四日付の開進訓令において頂点に達し、近代戦史に『鎌の一撃』として記されることになった」(詳細と典拠については、前掲『黄号作戦』をみよ)

マンシュタインも、ヒトラーその人も、「計画」創出において、ある役割を演じたのである。たとえ、前者のほうが、はるかに大きな功を帰せられるとしても、だ。かかる思考過程について、筆者はまったく触れていない! 一九四〇年二月十八日、マンシュタインと話し合ったのちに、ヒトラーが「大構想」を貫徹すると決定したことは、彼が十月以来、マンシュタイン同様の考えに傾いていたことを念頭に置いて、初めて理解できるだろう。そう、マンシュタインの十月三十一日付作戦構想が出される数日前に、ヒトラーが、たとえA軍集団参謀長のように明確な意識を持っていなかったとしても、首相官邸において「大構想」を議論していたことは、文書で証明できるのだ。

つまり、本計画(発想)において、ある個人の創造による部分は少ないと私が述べたとしても、それは、マンシュタインとヒトラーがほとんど思想的に同調しており、彼らの構想が合致したということを意味しているのである! その際、マンシュタインの関与が顕著であったことを矮小化したなどという批判は、おかどちがいのことだ。一五一頁(『黄号作戦』)に書かれていることは、文言通りに引用すれば以下のようになる。「……国防軍最高指導部の戦略・作戦構想に対して、マンシュタインのそれは、最初から意志の明快さが徹底していることできわだっていた……A軍集団参謀長は、何度となく積極的な解決を進言した。熟練したやり方で徹底的にリスクと成功の見込みを検討することを前提とした、決断力と独創性において、それ以後の近代戦史には比肩し得るものがないような解決策である」

筆者が、どうして右に引用したわが総括の一部をＯＫＨと関連づけたのか、私には理解できない。この軍事計画立案の「所産」は、マンシュタインとヒトラーの思考を土台にしていたと表現したことは、そのように曖昧だったろうか。それは最終的に、ハルダーが組織的に完璧なかたちに持っていった一九四〇年二月二十四日付の開進訓令（鎌の一撃と特徴づけることができるのは、この訓令が最初のものであって、マンシュタイン計画ではない）で頂点に達したのではなかったか？　筆者自身が認めざるを得なかったのと同様のことを言い換えるのは、もうよそう。「……ＯＫＨの功績は、マンシュタイン構想を承服し、戦史上最大の成功をみちびくかたちに固めた（強調は私による）ことにある……」こうして戦史を叙述してみれば、本計画の形成において、ＯＫＨが果たした重要な役割は否認できない。最良の作戦構想といえども、実現に際して適切で力強い動因が得られなければ、ほとんど価値のないものになってしまうからだ。❖[7]

　このようにみると、「戦争理論にもとづく専門的批判」により、私の研究の中核的部分が揺らいだとみなすことは難しい。それは、現実には出されてもいない結論を疑問視しているからである！　ここで重要なのは、ＯＫＨの「美化」であるとでっちあげられたことでもなければ、「大構想」の生成におけるマンシュタインの役割を矮小化することでもない。いわんや、軍事面におけるヒトラーの死後の「名誉回復」を行い、弁護することなどではない。むしろ、共感、あるいは反感に囚われず、モルトケの言葉、「正しい歴史叙述は最高の批判である」に倣って努力することなのだ。

原註

❖1　Franz Steiner Verlag Wiesbaden 1957. 加えて、この史料集も参照されたい。Dokumente zur Vorgeschichte des Westfeldzuges 1939–

1940〔『西方戦役前史文書集　一九三九～一九四〇年』〕.

❖2　一九三九年から四〇年の冬にかけて、A軍集団参謀長は、以下の覚書と作戦構想をOKHに提出している。一九三九年十月三十一日付、一九三九年十一月二十一日付、一九三九年十二月六日付、一九三九年十二月十八日付、一九四〇年一月十二日付の文書だ（それらについては、前掲『前史文書集』、一一九頁以下を参照されたい。そこでは、あらゆる意見具申書が、一九三九年十二月六日付のものを除いて、文言通りに翻刻されている。加えて、Manstein, Verlorene Siege〔マンシュタイン『失われた勝利』〕, 1955, 六二五頁以下。同書では、一九三九年十二月六日付覚書も完全なかたちで収録されている）。

❖3　マンシュタイン前掲書、一〇〇頁。九三ならびに一〇八頁も参照せよ。

❖4　〔原文欠〕

❖5　これについては、マンシュタイン前掲書、一一九頁以下の記述をみられたい。

❖6　マンシュタイン回想録一〇二頁の彼自身による概観図「A軍集団司令部の作戦提案」と、本稿に添えた概観図、マンシュタイン計画と一九四〇年二月二十四日付のOKH訓令を比較されたい。そこから、私が「全体構想」に重きを置いている理由があきらかになるであろう。私が描いたマンシュタイン計画の概観図は、一九三九年十二月六日付および同十八日付の覚書をもとにしている。

❖7　ホート退役上級大将閣下と私の論争を判定しようとする、批評精神のある読者は、私の研究を脚註とともに通読する手間を惜しんではならないだろう。文脈から切り離され、批判されているところと私の回答を読むだけでは、私の研究が抱いている全体的な関心を理解することはできない。そういっても過言ではないからである。

『国防知識』第七巻（一九五八年）第四号

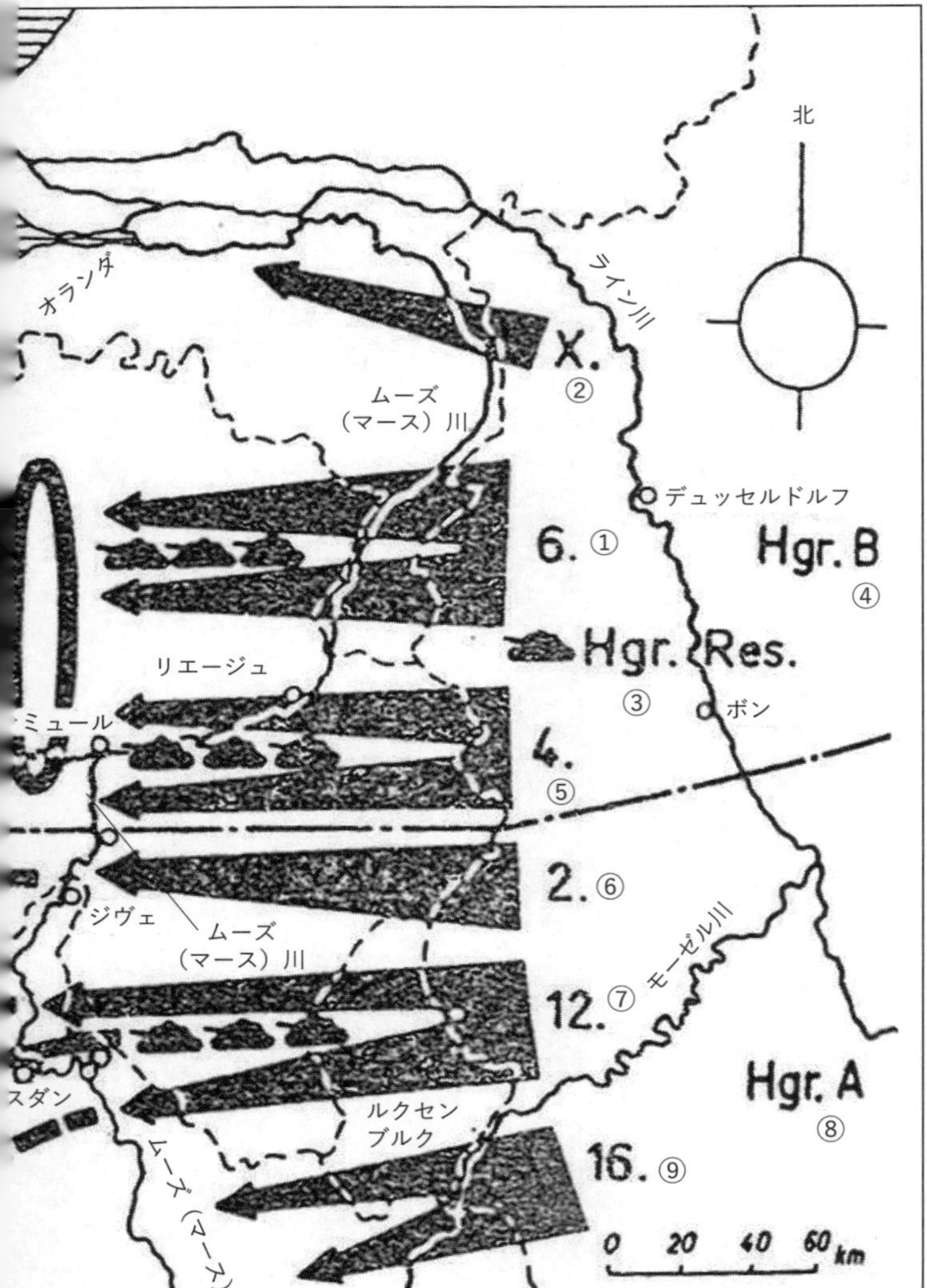
北
オランダ
ライン川
X.
②
ムーズ
（マース）川
デュッセルドルフ
6. ①
Hgr. B
④
Hgr. Res.
③
リエージュ
ボン
ミュール
4.
⑤
2. ⑥
ジヴェ
ムーズ
（マース）川
モーゼル川
12. ⑦
スダン
Hgr. A
⑧
ルクセン
ブルク
16. ⑨
ムーズ（マース）川
0 20 40 60 km

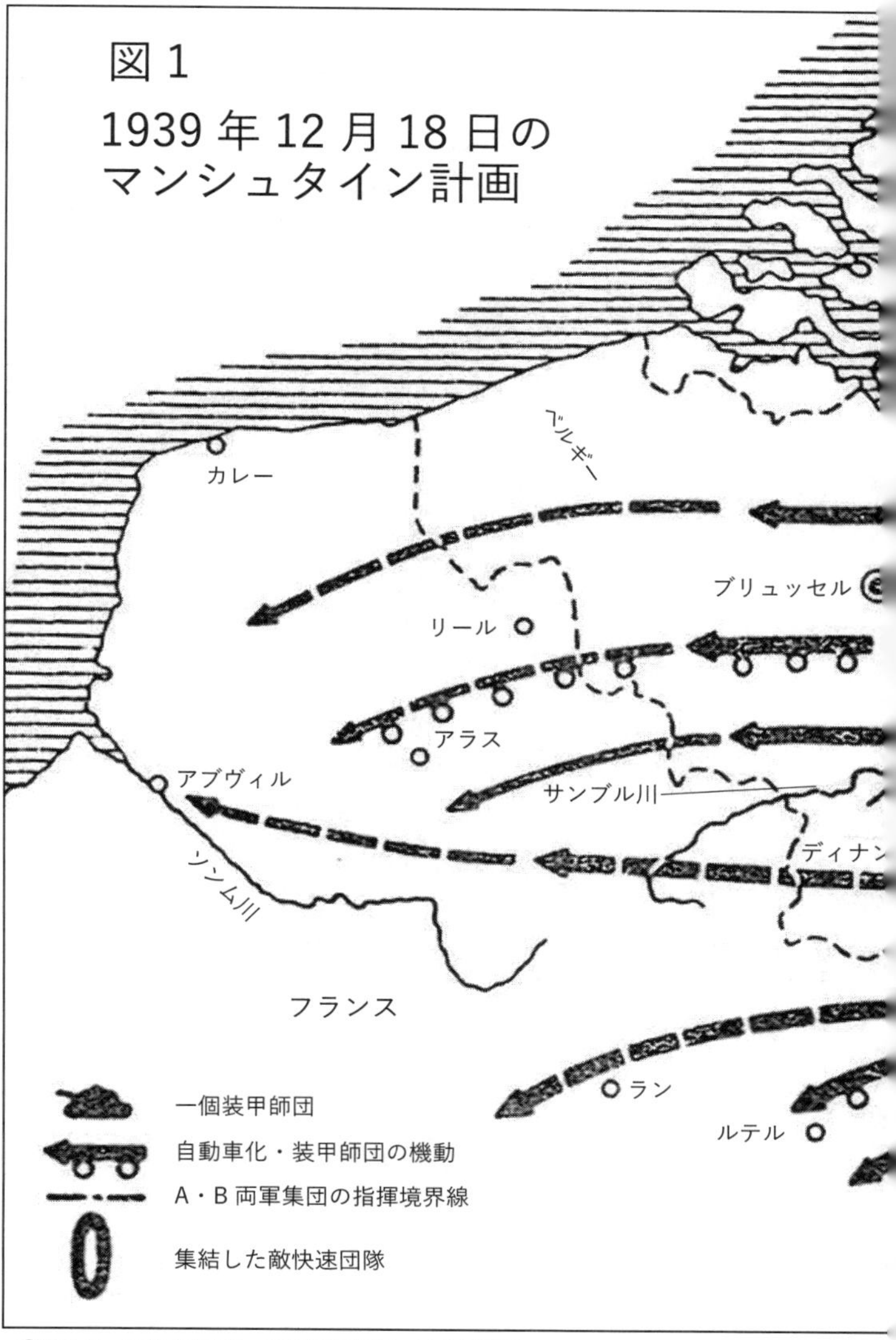

図 1
1939 年 12 月 18 日のマンシュタイン計画

①第 6 軍　②第 10 軍団　③軍集団予備　④ B 軍集団
⑤第 4 軍　⑥第 2 軍　⑦第 12 軍　⑧ A 軍集団　⑨第 16 軍

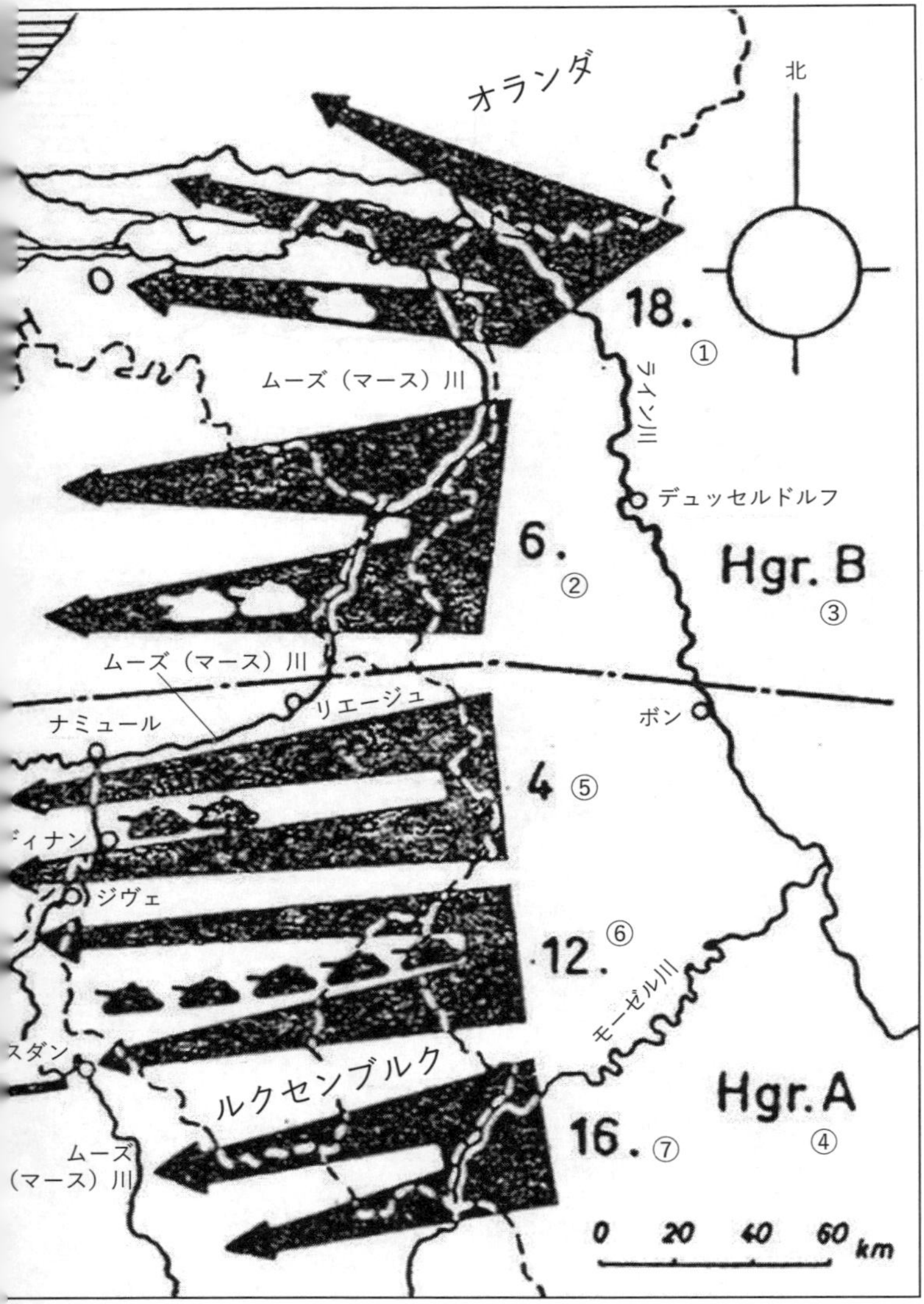

オランダ
北
18.
①
ムーズ（マース）川
ライン川
デュッセルドルフ
6.
②
Hgr. B
③
ムーズ（マース）川
リエージュ
ナミュール
ボン
4
⑤
ィナン
ジヴェ
12.
⑥
モーゼル川
スダン
ルクセンブルク
Hgr. A
④
ムーズ
（マース）川
16.
⑦
0 20 40 60 km

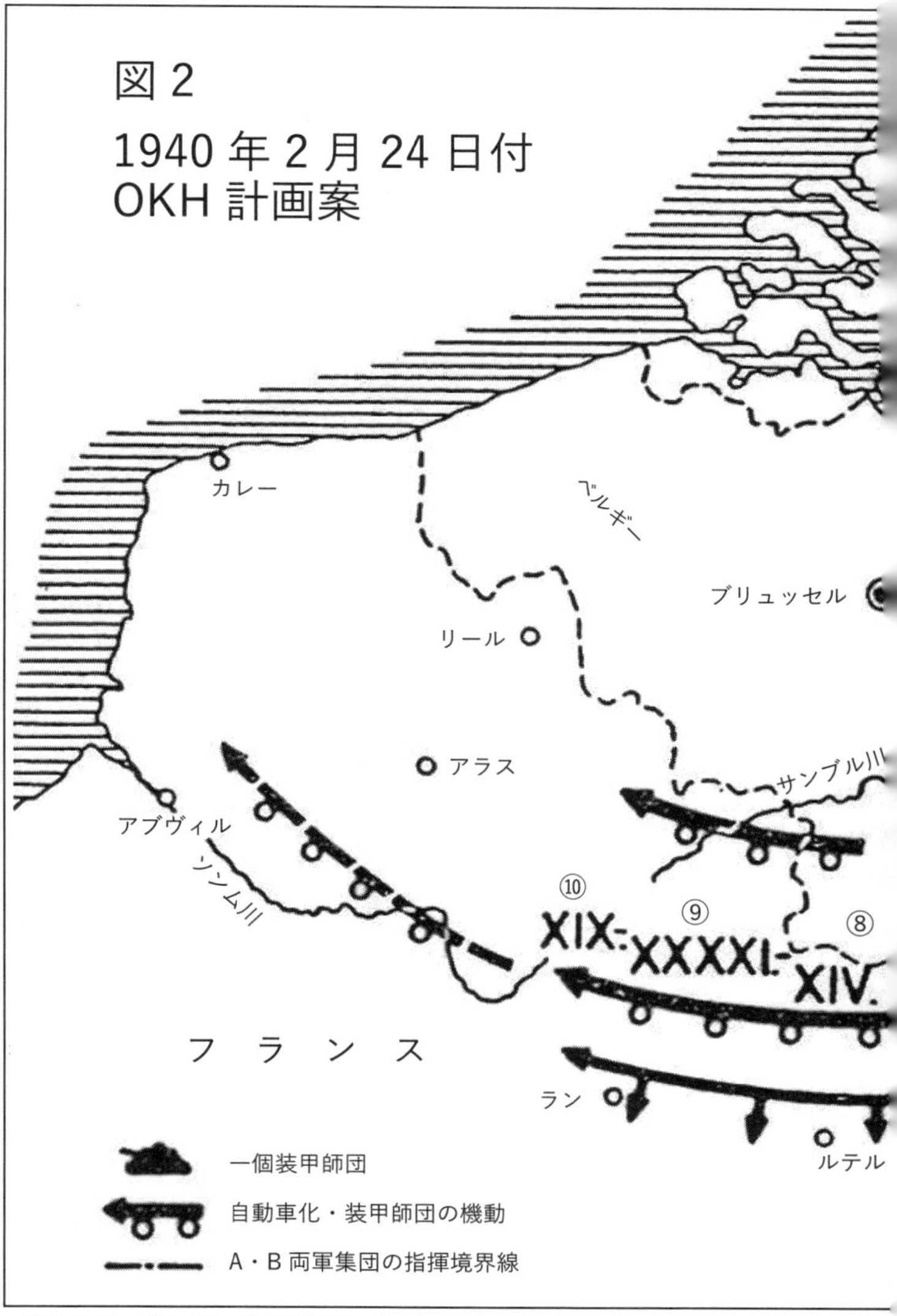

①第 18 軍　②第 6 軍　③ B 軍集団　④ A 軍集団　⑤第 4 軍
⑥第 12 軍　⑦第 16 軍　⑧第 14 軍団　⑨第 41 軍団　⑩第 19 軍団

論文4

一九四〇年の西方戦役第一段階におけるフランス機甲部隊の運命

ヘルマン・ホート

問題設定（概況図1、図3および4）

一九四〇年二月、A軍集団（H. Gr. A.）が催した計画検討用の図上演習において、スダンに投入されたドイツ軍装甲部隊は、いつムーズ川南岸を確保できるかという問題が検討された。その際、陸軍参謀総長は、歩兵師団を追いつかせることが必要だと注意し、従って、ムーズ川を越えての「秩序だった総攻撃」は、国境通過から九日目より前には不可能であろうと述べた。三か月後、その攻撃が実現する。

五月十二日の夜、第19軍団（グデーリアン）の前衛がスダンの北でムーズ川の岸に達した。ムーズ川流域、スダン両側の陣地を構築した地域の防衛を任されたフランス第一〇軍団長は、敵もまた組織だった攻撃手順を踏むものと仮定し、目前に危機が迫っているなどとは信じなかった。攻撃側が砲兵を展開するのに、三ないし四日はかかるだろうと思っていたのである。よって、対応もすべて「ゆるやかなテンポ《ア・カダンス・ラント》」で実行された。二十四時間後、彼はまったく別の教訓を知ることになる。

強力な空軍と砲兵に支援されたドイツ軍の装甲擲弾兵〔Panzergrenadiere. この呼称が使われるようになったのは、一九四二年からであるが、ここでは原著者の表記に従う〕は、五月十三日午後、すなわち攻撃開始から四日目にムーズ川の渡河攻撃を実施、敵要塞の抵抗をくじいたのだ。彼らは、夜にはマルフェーの森に進入していた。一八七〇年、スダンの戦い〔ドイツ統一戦争の一環である普仏戦争における決戦〕で、プロイセン王はここから指揮を執ったのである。さらに北では、第41軍団がモンテルメ付近で、困難な地形を押し、おのが要塞を頑強に守備する北アフリカ機関銃狙撃兵に対する攻撃を遂行中であった。第4軍方面では、五月十二日に、第16軍団の前にいたフランス軍軽騎兵師団二個がイヴォワールとディナンを経て、西方に退却している。第4軍司令部は、ムーズ渡河攻撃の日時と場所を検討した。歩兵の到着を待とうということになりかけたが、この間に現地を見た第15軍団長は、ムーズ河畔における防御陣構築は完了していないと判断した。午後になって、彼は、五月十三日朝に攻撃を行うよう命じた。渡河は成功した。つぎからつぎへと到着したフランス軍大隊群は勇敢な抵抗を示したが、フランス第一一軍団長はついに、戦闘は負けだと観念したのである。五月十四日夜、撤退が命じられる。

五月十八日夜〔攻勢開始九日目〕、ドイツ軍の三個装甲軍団の前衛は、カンブレー＝サン・カンタンの線で、潰滅しつつあったフランス第九軍の追撃にかかった。一方、連合軍指導部も、六十キロにわたって開いた間隙を埋めるべく、死にものぐるいで努力した。ベルギーにおいて約四十個師団が拘束され、分断の危機にさらされたのである。

かかる、あらゆる期待をも上回るようなドイツ軍装甲部隊の成功をみて、早くも戦争中から疑問が呈されていた。ドイツ軍と少なくとも数においては同等だったフランス戦車隊は〔実際には、フランス軍だけでも、ドイツ軍より多くの戦車を保有していた〕、なぜドイツ軍装甲部隊の突進を止められなかったのか。その後、フランスでは、この件について相当明確な像を示す文献が多数出版されている。ただ、それらを検討する前に、フランス軍機甲兵科の編制、機材、運用原則を吟味しなくてはなるまい。

編制

フランス軍指導部が、多数存在した戦車大隊の一部を大規模団隊に編合すると決定したのは、ずっと後のことになる。それについては、いかなるものであれ、攻撃的な企図を示すことは避けたいとする政治的な理由が関わっていた。およそ千五百両を有する戦車大隊三十一個が、平時には歩兵総監の麾下に置かれていた。戦車は歩兵と緊密に協同、支援を与えると定められていたからである。これらの戦車隊は、一個軍あたり二ないし七個大隊の割合で、東・北東正面の八個軍に分配された。

装甲車両を装備した大規模団隊は、一九四〇年五月十日の時点で三種類あった。

（a）合計百十両の中戦車（オチキス35型）を保有する軽騎兵師団五個。

（b）騎兵軍団に編合され、総計五百八十両の戦車（うち二百六十両はソミュア・二十トン重戦車）を持つ軽機械化師団（D.L.M.）三個。

（c）それぞれ中戦車九十両ならびに重戦車六十六両を有する機甲師団（「機甲予備師団《ディヴィジョン・キュイラシエール・ド・レゼルヴ》」Division Cuirassiére de Réserve〔正確には、Division Cuirassée de Réserve〕, D.C.R.）三個。

ここから、約一千八百両の戦車が小部隊にばらまかれているのに対して、大規模団隊に編合されたのは戦車一千百六十両にすぎないことがわかる。一方、ドイツ側では、手持ちの戦車すべて（二千五百七十四両）を十個装甲師団に集中していた。

まず、このフランス軍部隊の編制をみよう。

（a）軽騎兵師団

この部隊の編制は中途半端であった、軽騎兵師団一個は以下のごとく、機動力がまったく異なる二つの隷下部隊より成る。

一、輓馬砲兵を付せられた二個騎兵連隊より構成される騎兵一個旅団。

二、自動車化連隊二個、装甲兵員輸送車（機関銃車《オート・ミトライユーズ》〔auto-mitrailleuses〕）三十六両を有する機関銃連隊一個、龍騎兵（トラック輸送される狙撃兵）連隊一個より成る機械化旅団一個。

従って、この師団には、ドイツ軍装甲師団、もしくは自動車化師団と何らかの類似性があるわけではない。その運用については、後段で実例をあげて説明するだけで充分だろう。

（b）軽機械化師団（D.L.M.）

第一および第二軽機械化師団は、戦前に、それぞれ現役騎兵連隊四個を機械化することによって誕生、のちにこのように命名された。これらは完全に機械化されていた。第三軽機械化師団は、第二軽機械化師団を親師団として編成された。傑出した部隊であり、その中核は、以下のごとき同一編制の連隊二個より成る「戦闘旅団」である。

それぞれソミュア型二十二両を持つ重戦車中隊二個。

それぞれオチキス35型二十二両を持つ中戦車中隊二個。

第二旅団（混成）は以下の兵力を持つ。

三個大隊編制（オートバイ、機関銃車、装軌車両）の自動車化龍騎兵《ドラゴン・ポルテ》〔Dragons Portés〕連隊一個。

オートバイ中隊二個とパナール（捜索車）中隊二個を有する連隊一個。

さらに、軽機械化師団一個につき、七・五センチ砲兵中隊六個、一〇・五センチ砲兵中隊三個、四・七センチ対戦車砲中隊一個より成る砲兵連隊（自動車化）一個が付せられる。

とくに注目すべき戦闘力を有する編制であり、その構成はドイツ軍装甲師団に比肩し得る。

（c）機甲師団（D.C.R.）

ポーランドにおけるドイツ軍装甲部隊の成功に注目したフランス軍は、一九四〇年一月になってようやく、シュイップで第一機甲師団、シャロン西方で第二機甲師団の編成に着手した。

第一機甲師団は以下のように編成された。
一、第二八および第三七重戦車大隊（それぞれB型戦車三十三両を持つ）より成る半旅団。
二、第二五および第二六中戦車大隊（それぞれオチキス35型戦車四十五両を持つ）より成る半旅団。
第五狙撃兵大隊、第三〇五砲兵連隊。

捜索大隊、工兵、高射砲部隊は隷下にない。移動整備隊と燃料補給段列も不充分であった。一九三九年から四〇年にかけての冬が長く厳しかったため、これらの新師団は、大規模な部隊演習をほとんど実行できなかった。それゆえ、彼らは五月初頭になっても師団の団結を得るに至っていなかった。早くも三月に、第三機甲師団に要員と装備を譲渡しなければならないとあっては、なおさらであった。第三機甲師団は、一九四〇年三月二十日に、ランス北東で編成を開始していたが、その作業は五月十日の時点でなお完了していなかった。隷下のどの部隊も完全ではなかった。「即刻運用可能な状態ではない」と判断されていたのだ。ド゠ゴール将軍〔シャルル・ド・ゴール（一八九〇～一九七〇年）。当時大佐、最終階級は准将。戦後、フランス大統領〕が第四機甲師団の応急編成をはじめたのは、やっと五月になってからのことだった。

戦車・機材

フランス軍でもっとも重量のある戦車「B型」〔日本では、シャールBと呼称されることが多い。「シャール」(char) は、戦車の意〕は、三十八トンの重戦車であり、武装と装甲において、あらゆるドイツ戦車に優越していた。車台砲室に七・五センチ・カノン砲、砲塔に四・七センチ砲を装備し、最大装甲厚は六十ミリに達した。ただし、速度と機動性については、ドイツ軍Ⅳ号戦車のほうがB型よりも優っていた。

二十トンのフランス軍ソミュア戦車は、第一機械化師団に装備されていた重戦車で、ドイツのⅣ号戦車に比肩し得る。重量、装甲、速度はほとんど同等であるが、武装はⅣ号戦車のほうが強力であった。数は、ドイツ軍のⅣ号戦車二百二十八両に対して、フランス軍は重戦車四百八十五両を有していた。フランス軍機甲師団が保有する中戦車、十四トンのオチキス35型は、重量、速度、武装ではドイツ軍のⅢ号戦車に近似していた。ただ、オチキス35型の装甲のほうが若干厚い。また、ドイツ装甲師団は、多数の軽戦車、すなわちI号ならびにII号戦車を使用できた。けれども、これらはフランス軍の戦車に比して、装甲・武装ともに劣っている。

フランス軍戦車の無線装備は試験されておらず、ほとんど役に立たなかった。そのため、戦場において団隊内で指揮を行うことは不可能となったのだ。

運用原則

軽騎兵師団および軽機械化師団の運用原則は、のちに触れる実例からあきらかになるだろう。本来の意味での機甲師団（D.C.R.）は、最初から作戦地域において縦横に独立運用するものと定められていたわけではない。あらゆる兵科を包含する大規模団隊（軍団）の枠内で戦闘することになっていたのである。これらの師団は、戦場で決定的な役割を演じることなどない補助兵科だと考えられていた。フランス機甲師団が編成された年、一九四〇年に、西方の列強〔イギリスとフランス〕は、ドイツ軍がベルギーを通過して突進してくるのを待ち、純粋に防御的な戦争を実行すると決定していた。それゆえ、機甲師団にも、戦術的な任務、つまり、歩兵と砲兵の防御陣を強化する役割しか与えなかったのだ。フランス機甲師団は当初、総司令部予備として、ランス－シャロン間の地域に控置されていた。どの方面に敵の主攻が来るかがわかった時点で、脅威にさらされている地区に派遣するつもりだったのである。そこで、機甲師団は他兵科の予備兵力と協同、限定目標に対する計画的な反撃を遂行、敵の突破口をふさぎ、危機的な状況を克服することとされていた。だが、そうして得られた戦術的戦果を拡張し、決定的な勝利をみちびくことまでは企図されていなかったのだ。

かかる運用原則が作戦の経緯にいかに影響したか。それは、フランス軍機甲師団四個がたどった運命によって明示されることになる。

作戦的な情勢を理解するため、連合軍の戦争指導上の企図について、前もって述べておく。

連合国陸上部隊総司令官の作戦企図（概況図1）

フランス軍最高司令部（ガムラン将軍）〔モーリス・ガムラン（一八七二〜一九五八年）。最終階級は大将〕は、ドイツ軍はベルギーを通って前進してくると確信していた。それに備えてフランス国境を守ると、最初から予定されていたのだ。英本土をより良好な守備状態に置けるようにとの配慮から、一九三九年十月、ドイツ軍がベルギーに侵入したなら、軍左翼をスヘルデ川の線まで前進させるとの決定がなされた（想定「エスコー」）〔「エスコー」は、スヘルデ川のフランス語呼称〕。一九三九年十一月、ドイツ軍のオランダ攻撃が目前に迫っているとの情報が、続々と入ってきた。その際、ガムランは政治指導部の圧力を受けて、ドイツ軍が攻撃してきた場合には、防御線をずっと東に動かすとの決定を下した。それによって、フランス第九軍は左翼をムーズ河畔ナミュールまで進め、イギリス遠征軍はワーヴルとルーヴェンのあいだ、ディル川の線に急行、フランス第一軍がナミュールとワーヴルの間隙を埋めることとされる。新編第七軍は総司令部予備とされ、アントウェルペンに押し出す予定であった（「ディール」計画）〔「ディール」は、ディル川のフランス語呼称〕。

この企図は、ベルギー軍参謀総長にも伝えられた。その際、ベルギー軍がディル川の線で敵を食い止め、ナミュールとディルのあいだの空隙部、「ジャンブルー隘路《ラ・トルゥエ・ド・ジャンブルー》」〔la trouée de Gembloux〕を対戦車障害物で封じることを期待するとの表明がなされた。かくて重大な決断が下されたのである。完全に防御向けの態勢となったフランスは、その三個軍を以て要塞線から進発、敵を迎え撃つ。だが、その際、指導部も現場部隊も習熟していないような機動戦におちいる可能性については、誰も覚悟していなかったのである。従って、本稿で扱うフランス「北東方面軍」麾下の諸軍には、以下の任務が与えられることになった。

第二軍は、第三軍に隣接し、モンメディ東方からスダン西方までの、陣地による防御線を守る。

第九軍は、第二軍に隣接し、右翼を以てジヴェまでのムーズ川流域を保持、左翼はジヴェ－ナミュール間に占位し、同地域を保持する。

第一軍およびイギリス遠征軍はベルギーに進撃、ナミュール－ルーヴェンの線を確保する。その線より北はベルギー軍に任せる。

第七軍は、オランダとの連絡線を維持するため、アントウェルペン経由で可能なかぎり東方に前進する（「ブレダ」計画）〔「ブレダ」はオランダの都市名〕。

第一・第四軽騎兵師団（概況図1）

三個歩兵師団を以て、イルソンより前進した第九軍は、ジヴェ－ナミュール間のムーズ川流域をめざす行軍において、第一および第四軽騎兵師団を側面掩護に用いていた。第九軍宛の第一軍集団〔第九軍の上部組織〕開進訓令には、つぎのように記されている。「第九軍は、ただちに麾下軍団・師団に所属する捜索大隊で両軽騎兵師団を増強し、ナミュール-ジヴェ間のムーズ川流域に進出させること。これによって、ヴィエルサルム-スタヴロ間を捜索せしめる。ムーズ川流域が充分に確保された《アセ・ソリッドマン・トニュ》（„assez solidement tenue“）なら、戦線を維持しているベルギー軍を支援し、ドイツ軍の進撃を遅滞させるため、軽騎兵師団は可及的速やかにムーズ川を渡河、敵と接触するまで前進すべし」ただし、第九軍は、両軽騎兵師団を進発させるに当たり、ムーズ川渡河は同軍司令部が命じるまで待てとの留保を付帯していた。

　五月十日の午前四時四十五分に、第四軽騎兵師団は警報を受けた。午前九時半には、同師団の前衛が国境を越える。正午には、機械化旅団がイヴォワールとナミュールのあいだの諸橋梁を占領した。第一軽騎兵師団はジヴェからディナンへ進撃、隷下の機械化龍騎兵連隊一個はロム川の線に達した。一方、第二および第五騎兵師団は、ヌフシャトーならびにリブラモンに占位する。

　第九軍麾下第九（自動車化）および第一八歩兵師団の前衛は自動車で輸送され、五月十日夜にムーズ川の岸に到着、ディナン-ナミュール間の防御線構築にかかった。北東方面軍司令官は、不承不承ながら機械化連隊群をムーズ河畔に留めていたが、午後五時半、第一・第四軽騎兵師団に対し、ただちにムーズ川を渡河、前進するように命じた。

　しかし、第四軽騎兵師団隷下の機械化旅団は、イヴォワールの北、デュルビュイ-マルシュ間を守るよう命じられており、五月十一日午前零時になって、ようやくムーズ川を渡ったのであった。騎馬旅団もそのあとを追い、ムーズ川東岸に渡る。ウルト川に向かって前進していたベルギー軍第一騎兵師団も、フランス軍部隊が接近するにつれ、五月十一日、ナミュール方面に退却した。

　それゆえ、ドイツ第15軍団隷下の第5および第7装甲師団が五月十一日にウルト川で行き当たったものは破壊された橋梁のみで、予想されていた敵の抵抗はなかったのである。それらの前衛戦車隊は、敵にわずらわされることなく、ウルト川を渡って突進、マルシュ付近まで迫った。オム河畔にあったフランス第一軽騎兵師団方面では、五月十一日にはさしたることは起こらなかった。この間に、第九軍は、第二軍の騎兵が急ぎ後退したことにより（ドイツ軍第2および第1装甲師団の前面）、スモア後方にその右翼を据えようとしている。五月十一日、第四軽騎兵師団は、「第一軽騎兵師団が困難な状況にあるため」、午前零時よりアヴランジュ－レニョン東方の線まで退却、五月十二日までこの線を保持すべしとの命令を受領した。敵と対峙していなかった第一軽騎兵師団も、遅滞戦闘を実行しつつ、ムーズ河畔、ディナンとその南まで後退することとされた。

五月十二日、ドイツ第15軍団が麾下の両装甲師団を以てマルシュを越え、イヴォワール－ディナン間でムーズ川流域に前進したため、フランス第四軽騎兵師団の薄い抵抗線はたちまち突破される。第一軽騎兵師団は、この隣接部隊の負担を軽減するために、北東方向への突進を試みることもしなかったから、効果は格段であった。レニョンからの戦車隊の突撃によって掩護された第四軽騎兵師団は、一時間におよぶ戦闘を打ち切ったのち、退却を続けた。

午後四時から五時のあいだに、フランス軍の両騎兵師団はムーズ川西岸に撤退、同川の橋梁はすべて爆破された。第四軽騎兵師団はフォッス付近に集結、第二軍団の指揮下に入る。同師団は、五月十三日と十四日にムーズ川をめぐる戦闘に参加、勇敢に戦った。五月十三日の夜、第四軽騎兵師団の反撃が、ドイツ軍第5装甲師団の渡河を済ませた一部を岸の斜面まで押し戻す。が、モブージュに退却する途上で兵力を消耗した。この夜、第一一軍団麾下に入った第一軽騎兵師団は渡河後にディナン両側に配され、ディナン南側の弱体なムーズ川守備隊を増強した。五月十四日、第一軽騎兵師団は勇猛な戦いぶりをみせ、オナイユ付近でドイツ第7装甲師団を撃退したものの、第九軍の総退却に巻き込まれてしまう。その残存部隊はのちに、イルソン - フルミーの陣地防衛に組み込まれた。

註解

五月十二日午後五時、ドイツ側が第15軍団にムーズ川渡河攻撃を命じたとき、ウゥ - ディナン間の攻撃帯に対して配置されていたのは、フランス軍二個大隊にすぎなかった。ただし、強力な砲兵に支援されていたことはいうまでもない。攻撃に当たった第18歩兵師団主力のうち、第一波の四個大隊が、三十キロにおよぶ夜間行軍を経て、五月十三日朝にはムーズ川西方十キロの地点に達していた。従って、第九軍麾下の第二および第一一軍団がムーズ川の後ろで態勢を整える時間をかせぐために、フランス軍軽騎兵師団二個がその東岸に進出していたが、彼らは自らの任務を果たせなかったといわざるを得まい。両師団とも、ドイツ軍二個装甲師団の衝力に太刀打ちできなかった。もし、彼らが五月十日にムーズ川を保持するのではなく、さらにウルト川まで行軍、同川を最初の抵抗線として活用していたなら、あるいはドイツ軍をもう一日足踏みさせていたかもしれない。あとからみれば、そのような推測も成り立つ。しかしながら、敵主攻が指向される先を察知しそこねたあとには、第四軽騎兵師団は五月十二日にその弱体な兵力をもっと集中しておかなければならなかったのである。レニョン西方の森が切れた地域は、マルシェとレニョンのあいだのどこよりも、そうした集中に適していた。おそらく、そこでなら、第四軽騎兵師団を圧迫している敵の南側面に対して、第一軽騎兵師団による強力な一撃を加える機会があったはずだ。だが、増強された第一軽騎兵師団の戦闘力が活用されることはなかった。また、両軽騎兵師団が単一の軍団司令部によって統一指揮されていれば、戦闘遂行も容易になったことであろう。

フランス騎兵軍団（第二および第三軽機械化師団）（図2、概況図1）

ドイツ装甲師団の主力は、過去、彼ら以前のさまざまな外国軍がそうしたように、ムーズ川とサンブル川の北でフランスへの進入路を得るべく、見通しが利き、通行も容易なブラバント地方の丘陵地帯を利用するであろう。フランス軍指導部はそう予測していた。

連合軍は、ナミュール‐アントウェルペン間に防御線を布くと想定していたが、そのうち、もっとも弱体なのは、自然の障害がないナミュールとワーヴルのあいだの地区だった。フランス側は、ここに配置される第一軍に優良な師団のみを与えることによって、この危険に対処せんとした。すなわち、北アフリカ師団二個、モロッコ師団一個、現役自動車化師団三個である。この六個師団が守らなければならないのは、およそ三十キロ幅の正面のみだった。第一軍はほかにも、第二および第三軽機械化師団を麾下に置く騎兵軍団を使用できた（第一軽機械化師団は、アントウェルペン‐ブレダへの突進のため、第七軍の指揮下に置かれていた）。さらに、二個機甲師団および複数の歩兵師団の増援も計画されていたのである。ベルギー軍が、ジャンブルーを通して布かれる防御線後背部の平地から約八キロ東に、対戦車障害「コワンテ装置《ディスポジティフ・ド・コワンテ》」〔Dispositif de Cointet〕を設置しようとしていることはわかっていた。コンクリート材に有刺鉄線の束を結びつけたものを地雷原の前方に配するのである。

フランス騎兵軍団への開進訓令は左のごとくであった。「騎兵軍団は……ハッセルト‐リエージュ‐ユイ方面を捜索しつつ、バヴェを越え、ナミュールとワーヴルを結ぶ線まで進出すべし。歩兵師団群の前衛がワーヴル－ナミュールの線に到達しだい、ただちにティーネン〔ティルルモン〕－アニュ－ユイ地区に赴くこと。その任務は、ルーヴェン－ナミュール陣地への英仏軍の配置と態勢確保を、開進第五日午前六時、可能ならば第八日まで掩護することにある。騎兵軍団は、いかなるものであれ、ナミュールとユイの陣地のあいだを渡河せんとする敵を拒止し、開進第五日までティーネンとユイを結ぶ線を保持すべし。……開進第五日午前六時より、敵の圧力を受けた場合には、包囲を許さぬようにしつつ、トンヘレン－ジャンブルーの中間線まで後退せよ。開進第八日まで、敵がワーヴル－ナミュール間の主戦線への接触を阻止することがその目的である。しかるのちに、軍団をニヴェル地区に集結させるべし」

つまり、騎兵軍団は、第二および第九軍麾下に置かれた軽騎兵師団と同様に、歩兵師団が基本的な配置を行うための時間をかせぐという問題に直面していたのである。騎兵軍団は、この課題をいかに解決したのか?

同騎兵軍団は、冬のあいだ、カンブレーとその南方に置かれていた。一九四〇年五月十日、麾下の両師団は住民の歓呼を浴びながらベルギー国境を越え、好天のなか、四本の行軍路を使って東へ急いだ。ドイツ空軍はわざと、彼らを停止させなかった。夜までに、その主力はジャンブロー－ワーヴルの線に、前衛部隊（それぞれ混成旅団隷下の騎兵連隊一個）の尖兵は、五月十一日朝にデュルビュイ－カンブラン－トンヘレン－ハッセルトの線に達している。騎兵軍団長は、五月十一日には主力をユイ－アニュ－ティーネンの線に進めたいと望んだ。

だが、一九四〇年五月十一日、捜索部隊の報告が入る。「ムーズ川東方のドイツ軍はユイ方面に突進するにあらず、マーストリヒト付近でムーズ川を渡河、アルベール運河に達せんとするもののごとし」さらに騎兵軍団長は、ベルギー軍がアルベール運河への退却を準備していることを知らされた。主陣地前面の対戦車障害もまったく完成していないことは、はっきりしている。連続した線を構成するに至らず、担当地域のあちこちに障害物の一部をばらまいただけにとどまっていたのだ。ドイツ軍の戦車がマーストリヒトからトンヘレンへの前進を続行、軽機械化師団の北翼にあった騎兵連隊はシント・トロイデン〔サン・トロン〕付近で包囲されるのをまぬがれて後退したとの報に接し、騎兵軍団長は、主力の前進行軍を急がせよと命じる。しかし、ベルギーにある多数の小河川に妨げられ、最後の部隊がその目的地に着いたのは真夜中になった。

この間、午後二時ごろに、騎兵軍団長は第一軍集団に報告している。「ディール」計画が遂行できるかどうか疑わしい、作戦の前提条件〔保持されるべき陣地の準備とベルギー軍によるドイツ軍の足止め〕が満たされていないからだというのが、その内容であった。彼は、「スヘルデ」計画〔「エスコー」計画のこと〕を実行する、すなわち「ディール」計画を中止することを提案した。夜遅くになって、軍集団司令官が軍団司令部に到着し、ガムラン将軍が「ディール」計画に固執していることを伝えた〔「最後までそれに賭けねばならぬ《イル・フォ・ラ・ジュエ・ジュスカ・ブ》」〔Il faut la jouer jusqu'au bout〕〕。とはいえ、騎兵軍団を犠牲にすることまでは企図されていなかったという。少なくとも五月十四日の初めまで所属する軍の戦線を保持すべしとの命令は取り消されなかったが、騎兵軍団は「コワンテ防壁《ル・バラージュ・コワンテ》」〔le barrage Cointet.「コワンテ装置」の別称〕の背後に退却することを許されたのである。歩兵師団群には昼夜の別なく行軍せよとの命令が出され、英仏空軍は今夜から明日にかけて、マーストリヒトから進発してくるドイツ軍行軍縦隊に攻撃の重点を置くこととされた。

第九軍の騎兵がムーズ川の後ろに後退した五月十二日、騎兵軍団も最初の本格的な戦闘を経験した。午前八時ごろにはじまったドイツ第4装甲師団の攻撃は、アニュ南方にあった第三軽機械化師団の右翼のみに向けられた。第二軽機械化師団はほとんど攻撃を受けなかった。第三軽機械化師団隷下の龍騎兵連隊は、戦闘旅団に支援され、その陣地を頑強に固守した。敵が侵入した地点では、ソミュア戦車が猛然と逆襲、それを撃退する。夜になって戦闘が終わったとき、ドイツ軍はヴァルサン付近で少しばかり戦線に食い込むことができたにすぎなかった。主陣地も三分の二は保持されていたから、五月十三日もこれまでの戦線を維持することになった。ベルギー軍は、ルーヴェン‐アントウェルペンに退却中である。

五月十三日、いまや麾下第3および第4装甲師団を合流させた第16軍団は、第三軽機械化師団の全正面にわたり、攻撃を続行した。これには、第三軽機械化師団も対抗できなかった。執拗に抗戦し、散発的ではあったものの繰り返し戦車中隊が逆襲したにもかかわらず、南から側面攻撃された同師団は、午後になって、対戦車障害の背後に撤退せよとの命令に服さなければならなかった。龍騎兵連隊の三個大隊も〔消耗したために〕一個大隊に編合され、予備とすることを余儀なくされる。ソミュア戦車八十両のうち三十両が失われ、百四十両のオチキス35型の半分が脱落した。第二軽機械化師団はまたも攻撃されず、夜陰に乗じて対戦車障害物の背後に退却した。

ドイツ第16軍団は、五月十四日も追撃を続行、圧力をかけつづけた。第三軽機械化師団は潰滅しつつあり、ペルヴェの両側にあった陣地を保持できなかった。正午にドイツ軍戦車はジント・ポール〔サン・ポール〕に進入、その直後に、後退するフランス軍戦車といっしょになって敵陣地を越える。ドイツ戦車はそこで暴れまわったが、フランス軍砲兵が再び敵味方を識別できる状態になったため、後退せざるを得なくなった。第二軽機械化師団も、ペルヴェから南に旋回してきた敵の脅威にさらされたとの理由で、主陣地の背後に下がった。損害はなかった。

註解

騎兵軍団は、五月十四日まで所属する軍の戦線を維持するとの任務を果たした。ドイツ第16軍団は三日にわたって停止させられ、フランス軍主陣地に対して攻撃できたのは、ようやく五月十五日のことになった。この間、フランス第一軍の歩兵は、その陣地を堅固にかためるための時間を得られたから、ドイツ軍の攻撃も突破に至っていない。第一軍は、五月十五日から十六日にかけての夜に、シャトローとオティニーを結ぶ線まで退却した。隣接する第九軍の北翼が五月十五日に、ナミュールより南のムーズ川左岸域を放棄したために生じたことである。

もし、フランス騎兵軍団が、五月十二日の防御戦に成功したのち、五月十三日の戦闘で固守を控え、同じ日に第三軽機械化師団に遅滞戦闘を実施させつつ、抵抗線（コワンテ対戦車障害）に後退させたなら、もっと少ない損害で同じだけの成果をあげられたであろうか。今日になっては、判定しがたい問題だ。しかし、第二軽機械化師団を、それまでの散漫な展開状態に置いておくわけにはいかなかったこともたしかである。五月十三日に、隷下にある戦闘旅団の衝力をフルに使った機動戦を遂行、大きな圧力を受けている近隣部隊の救援を急ぐため、さらには、ドイツ第16軍団を大敗に追い込む可能性を得るためには、第二軽機械化師団はその左翼を収縮させなければならなかったのだ。だが、フランス軍は連続した戦線を保つことを偏愛していたから、それは許されなかった。もちろん、戦場のこの部分だけで勝利を得たところで、戦役全体の経過には何の影響も与えなかっただろう。重要なのはベルギーではなく、北東フランスだった。ともあれ、フランス騎兵軍団は、戦役の初日に、あらゆる兵科を十二分に統合した機甲団隊は、独立した作戦任務を遂行できることを示したのである。

当時のフランス軍指導部は、このような結論を引き出しはしなかった。騎兵軍団は、主陣地後方に撤退したのち、集中使用されることもなく、歩兵師団の戦闘に介入するために、それらの後方に大隊単位で待機させられた。ところが、第一軍は、そうした目的に使う独立戦車大隊四個を別に持っていたのだ。五月十六日および十七日には、ボーモン南方の国境要塞で絶望的な戦闘を遂行している第九軍北翼の負担軽減のため、同軍団にサンブルの南でやりがいのある任務を与えることもできただろう。だが、以後の戦役においても、フランス軍指導部が騎兵軍団に作戦的な任務を託すことはなかったのである。五月二十日、騎兵軍団はドゥエー付近で、正面を南に向けていた。その前面では、ドイツ第7装甲師団が何らわずらわされることなく、カンブレーからアラスまで伸びきった態勢で進軍しつつあった。また、騎兵軍団の南方では、第8および第6装甲師団を擁する第41軍団が、バポームを越え、はるか西へと突進している。

五月十九日、騎兵軍団は、麾下の戦車をまとめさせてもらえるなら、カンブレーに向けて攻撃を実行できると報告した。が、現実には、戦車はまたも歩兵部隊に分散されてしまったのである。歩兵の指揮官たちは、戦車を抽出することを拒絶した。五月二十日、騎兵軍団の捜索部隊は、アラスからカンブレー、さらにバポームに至る地域の斥候に出て、ドイツ軍各部隊の連絡を妨害したのち、敵は西方への進撃を続行中、北側面は弱体な部隊によって掩護されているのみと報告した。けれども、騎兵軍団はソンセ川の後ろに留まっていたのだ。戦車の抽出をうながすにはまず、軍法会議にかけるとの脅しをともなう軍集団司令官の厳命が必要であった。しかし、好機はもう過ぎ去っていたのである。五月二十一日、ドイツ第5装甲師団の側面掩護部隊は、アラスの東側、ソンセ川の線に移動した。フランス騎兵軍団はその一部を、五月二十一日にアラス西方で実施されるイギリス軍戦車の突撃に参加させようと申し出る。それらは成功を得たが、もはや運命は変えられぬ。彼らは五月二十二日から二十三日にかけて、ドイツ軍の包囲翼に対し、名高いヴィミとロレットの高地〔第一次世界大戦の古戦場〕を勇敢に守った。だが、騎兵軍団も参加する予定であった、英仏軍による南方への「大規模な」反撃は、繰り返し延期され、結局は実行に至らない。騎兵軍団の残存部隊は、ダンケルクをめざすイギリス遠征軍麾下の軍団の退却行に合流、五月末に、あらゆる戦闘車両、大砲、自動車を放棄して、イギリスに船出した。騎兵軍団長は、五月二十九日、ドイツ第3装甲師団の捕虜となった。

が、この件はこれぐらいにして、先を急ごう。つぎに述べるのは、フランス機甲師団を見舞った運命についてである。

第一機甲師団（概況図1、図3）

陸上部隊総司令部予備としてシュイップに控置されていた第一機甲師団は、すでに触れたように、ドイツ軍がベルギーに侵入したなら、ジャンブルー間隙部を封じる責を負っていたフランス第一軍に派遣されることになっていた。第二機甲師団もそれに続く。一九四〇年五月十日、この企図を変更する理由は何もないものと思われた。五月十日にドイツ軍がマーストリヒトを越え、西に前進したことも、フランス軍の予想通りだったのだ。それゆえ、第一機甲師団は第一軍麾下に入り、五月十一日午前中に行軍を開始した。

その装軌車両は、五月十二日よりシャルルロワで鉄道からの下車にかかる。装輪車両は道路を使い、長い縦隊で追随した。五月十四日正午、移動は終了した。同師団は、シャルルロワ北東で戦闘準備を完了したのである。五月十三日に、第一機甲師団長は、同師団はジャンブルーの陣地を保持している第一軍麾下の諸師団を支援することになると、軍司令官より伝えられた。第一機甲師団は、第四および第五軍団との連絡を得た。同師団長は午後五時に斥候を出せと命じる。翌五月十四日においても、第一軍の戦線前方で戦うこととされていた騎兵軍団が、はからずも大規模な戦闘に突入してしまったのは、まさにその日であった。第一機甲師団は徹底的な偵察を行うことができた。五月十四日には、もし敵が突破してきたなら、ジャンブルー方面に攻撃をしかける用意をととのえていたはずだ。第一機甲師団は自信まんまんで、最初の戦闘への投入を待った。

ところが、五月十四日午後一時に、あらゆる準備をひっくり返すような軍命令が届いた。五月十四日朝より、敵はイヴォワールとジヴェ付近でムーズ川を渡河、第九軍を攻撃している。とくにディナン北西の状況は危機的になっていた。第二二および第一八師団を視察した第九軍司令官は不利な印象を受けた。これらの部隊は、ひっきりなしに急降下爆撃機におびやかされ、ムーズ川の線を放棄したのである。幕僚たちは怯懦《きょうだ》の念にかられ、前線への情報伝達もすべて途絶した。それゆえ、第一機甲師団は、本日中にもディナン方面を攻撃すべく、第九軍の指揮下に入ったのだ。その際、同師団は速やかにサンブル川南岸を確保することとされ、師団長はフロレンヌにあった第九軍団の司令所へと先行した。第一機甲師団は南に旋回、前衛を置いた三縦隊に区分され、オレ＝メテ＝サン・ジェラールの線に進むべしとされる。フロレンヌにおいて、第一機甲師団が第九軍団（第二二および第一八師団）麾下に置かれることが初めて説明された。

可及的速やかに東方を攻撃、敵をムーズ川の彼岸に撃退するため、第一機甲師団はフラヴィオン付近で準備せよ。第一目標はヴェィエン。軍予備の第四北アフリカ師団がいまだフィリップヴィルからの行軍中であったため、攻撃は歩兵なしで実行しなければならなかった。つまり、準備万端ととのえた攻撃ではなく、未知への突進ということだ!

第一機甲師団長はスターヴの指揮所に赴き、フラヴィオン近郊で待機せよと下令した。しかし、サンブル川の橋を通る行軍において、それらがベルギーの避難民でごった返していたため、尋常《じんじょう》でないほどの遅延が生じた。第一重半旅団がエルムトン－フラヴィオン街道に達したのは、ようやく午後八時になってのことであり、同旅団はそこの林に入って、東方攻撃の準備にかかったのである。だが、他の部隊が到着するのは夜になった。やっと最後の部隊が来たのは翌朝であった。待機が重なった結果、燃料消費量が極度に増え、再給油しなければならない。が、給油車はずっと後方にいる。第一機甲師団の攻撃準備を終えるのは正午になると思われた。

その間に、第一一軍団をめぐる状況は悪化していた。オナイユの高地に置かれた支撐点《しとうてん》をめぐる激戦ののち、五月十四日夜には、フランス軍の抵抗は崩れ去っていたのである。フィリップヴィルから駆けつけてきた第四北アフリカ師団も、戦闘の渦中に巻き込まれた。続いて、あらゆる種類の自動車、騎馬、逃げる将兵の無秩序な群れがオナイユ－フィリップヴィル街道に殺到し、森の南に退いていく。ドイツ第7装甲師団の戦車連隊は、急降下爆撃機に支援されつつ、ロゼーで燃料が尽きるまで、彼らを追撃した。フランス第一機甲師団は、この敵について詳細を知らされていない。彼らはただ、暗闇が迫りくるなか、隷下諸部隊をフラヴィオンの待機陣地に入れようと努力していたのである。軍団をフィリップヴィル－メテの線まで後退させるよう指示した軍団命令は未達であった。五月十六日朝、第一機甲師団は、不充分な機動しかできない状態のまま、第九軍正面の前方、フロレンヌ－コレンヌ－スターヴ間の地域にいた。しかも、ドイツ軍装甲師団一個が数キロ南にいて、西方への追撃を続行しようとしていることも知らされていなかったのだ。ただし、敵もまた、右側面のすぐ近くに、そんな強力な機甲戦力があろうとは夢にも思っていない。第15軍団がディナン北に架けた唯一の軍橋には、両装甲師団の給油車、弾薬補給段列、所属大隊を探す空荷の車両、救急車が押し寄せている。第15軍団長は、五月十五日にはフィリップヴィルとその北側を越えて、退却する敵をフランス国境まで追撃すべしと、五月十四日に命令していた。しかし、この機動が再開されたのは、十五日午前中のことだった。アンテーの西側出口に集結していた第7装甲師団の一部が、北西方向からの中口径砲の射撃を受けたため、軽戦車がフラヴィオン方面を捜索した。追撃の状態を視察しようとしていた第15軍団長は、北の敵（第5装甲師団が相手することになった）を顧慮することなく、フィリップヴィルに向かって前進せよと命じる。

そうこうしているうちに、第1装甲師団が、アンテー－ロゼー間の路上を移動している敵を発見した。同師団隷下の一個大隊が街道を火制下に置く。午前八時半、アンテー方面から履帯の響きが聞こえてきた。給油を終えたばかりのフランス軍第二八重戦車大隊である。その中央部の前面に、ドイツ軍のチェコ製軽戦車群とⅣ号戦車が一両だけ現れた。距離千メートルで砲撃戦が生起する。途中、夜間に道を間違えたフランス軍第二五戦車大隊の軽戦車一個中隊が介入してきた。午前十時、ドイツ戦車隊は旋回し、フランス軍の面前をよぎって西方に行軍した。短い休止期間が訪れる。だが、正午近くになると、ドイツ軍戦車が東から接近してきた。フランス軍第二八重戦車大隊の報告によれば、その数およそ百両、大半が重戦車だったという。これは、第5装甲師団隷下の第31戦車連隊であった。五月十三日にウゥ近くでフェリーを使ったムーズ川渡河にかかり、オー＝ル＝ワスティアの戦闘への参入に成功したのである。一方、フランス機甲師団隷下の四個大隊も、つぎからつぎへと現れては、行軍縦隊からの展開をはじめたドイツ軍二個戦車大隊に対する戦闘に加わった。

ドイツ側からみれば、この戦闘は以下のように演じられた。夜のうちに敵との接触を失った第5装甲師団は、五月十五日朝、唯一動ける第31戦車連隊を、グランジュ－ソミエール－ファラン－フロレンヌの線の向こうに先行させた。同連隊の先頭部隊が正午近くにフラヴィオンに接近したとき、敵戦車多数、フラヴィオン北西約二キロの地点にありと、前衛が報告してきたのだ。前衛中隊（Ⅳ号戦車五両）は右翼に行軍展開、ビエール＝ラベ－フラヴィオン街道沿いに先頭大隊が展開するのを援護した。相対した敵のB型戦車は強力で、近距離でしか装甲を貫通できなかったから、大隊長は後続を待つことなく、自分の大隊だけでただちに攻撃すると命令したのである。一時間の戦闘ののち（午後二時ごろに終了した）、多くの敵戦車が炎上した。が、Ⅱ号戦車に搭乗していた大隊長は重傷を負い、Ⅳ号戦車は弾薬を費消しきった。続々と新手の敵重・中戦車が出現したけれど、味方の連隊長が呼び寄せた後続大隊がそれらを攻撃する。しかし、このときも弾薬はぎりぎりであった。弾薬輸送車がまだムーズ川右岸にあったためである。

危機的な状況となった。敵はいまや主導権を握り、アンテー－フィリップヴィル街道に向かって突進している。敵はそこで、値打ちのある獲物、敵襲など予想だにしていなかった第7装甲師団を発見した。同師団の戦車連隊は、師団長〔のちにドイツ・アフリカ軍団長となるエルヴィン・ロンメル（一八九一～一九四四年）。当時少将、最終階級は元帥〕に直率され、フィリップヴィルのずっと西方にいたのである。それゆえ、果敢な性格の連隊長ヴェルナー大佐〔パウル＝ヘルマン・ヴェルナー（一八九三〜一九四〇年）。当時、第5装甲師団第31戦車連隊長〕は、優れてはいるが機動性に乏しい敵を、こちらから攻撃すると決断した。まだ残っていた徹甲弾（一門あたり三発）を均等に分配された戦車連隊は、到着したばかりの砲兵大隊の支援を受けて、全力攻撃に出る。剝き出しのキューベルヴァーゲン〔ドイツ軍の小型乗用車〕に乗った連隊長に指揮された連隊の攻撃は、敵にとっては奇襲となり、すぐに彼らを退却させた（実は、フランス第一機甲師団長は、午後六時半ごろ、全般状況の変化という理由で、フレイル経由ボーモンに後退するよう命じていたのである）。

戦闘と退却によって生じた第一機甲師団の損害は甚大だった。撤退命令が出たとき、同師団はまだ四十両以上の戦車を使用できた。が、五月十六日にアヴェーヌに着いたころには、それが十七両ほどになっていた。残りは、メテ付近、ボーモン、モブージュで撃破されるか、自軍の手で破壊されたのだ。同師団の残存部隊も、五月十六日から十七日にかけての夜に、悲運に見舞われた。ソール＝ル＝シャトーとアヴェーヌのあいだの街道で野営していた第三五〇砲兵連隊が、ロンメル率いる第7装甲師団による有名な戦車夜襲を受けて、砲と車両を失ったのである。この夜間の市街戦において、残る十七両の戦車は、全滅するまでアヴェーヌを守った。第五狙撃兵大隊だけが、同じ目に遭うのをまぬがれた。同大隊は、つぎの数日間に、ランドルシー北のモルマル森防衛において、栄誉ある役割を演じた。第一機甲師団長は第九軍司令部のもとに逃れ、五月十九日、同軍司令部とともに第6装甲師団に投降した。

註解

こうして観察してみると、フランス第一機甲師団は無用な犠牲に供されたと思われるかもしれない。しかし、五月十五日、崩壊しつつあった第九軍正面前方で、西方に猛進していたドイツ軍二個装甲師団に対して、第一機甲師団は勇敢な抵抗を示した。それは、五月十六日の経緯に影響を与えずにはおかなかったのである。ドイツ第4軍司令官〔クルーゲ。当時、上級大将〕は、五月十五日に第15軍団の司令所において、アヴェーヌ東方でフランス軍国境陣地を突破する件に関して協議していた。だが、軍司令部に戻るまでに、第4軍司令官は、第5装甲師団ならびに、その北を進んでいる第8軍団の右側面に敵戦車部隊が突進しているとの報を受けたのだ。予想されていた事態が現実になりはじめたものと思われた。サンブル川の北で第6軍相手に戦っていたフランス軍部隊が、西へ退却する余裕をつくるため、もしくは激しく圧迫されている第九軍の負担を軽減するために、南に向かったのだ。いまだフランス第一機甲師団が敗北したことを知らなかった第4軍司令官は追撃を止めさせた。第4軍左翼の第2軍団のみが、国境、フルミーの東まで前進することを許された。第15軍団は、予想される北からの敵の攻撃に備えて、オー＝ドゥール川の東で待機、フロレンヌ－ヴァルクールの線で第4軍の北側面を掩護することとされた。

第15軍団は、五月十五日夜の時点でセルフォンテーヌ－シランリューの線に到達、もしくはそれを越えていたが、五月十六日の午前中いっぱい、その線を埋めることに時を費やした。サンブル川の背後にいる、撃破された味方部隊の残兵を救い出そうと努力する敵に対して、北側の装甲師団が北に正面を向ける。下級指揮官が急進し、「敵の抵抗力は撃破された。敵は森に逃げ込んでいる」と敵情を報告してくるに至って、ようやく五月十六日午後に追撃が再開される。午後二時半、第7装甲師団はセルフォンテーヌから、シヴリー攻撃にかかった。アヴェーヌを経由した夜間の突進により、同師団の戦車連隊は五月十七日朝に、サンブル川右岸のランドルシー付近に到達したのである。

五月十四日正午までの第二機甲師団（概況図1）

フランス第二機甲師団は、五月十日の時点では、全般にわたって使える総司令部予備としてシャロンの西に置かれていた。当初、第一軍麾下に置かれた第一機甲師団の後を追わせる予定とされていたのだ。大型の無蓋鉄道貨車がシャルルロワから戻ってくるのを待っていたため、同師団が移動を開始したのは五月十三日午後になった。装輪部隊はギーズを通って行軍した。第一軍前方の騎兵軍団が、ドイツ第16軍団によって後退させられ、ドイツ軍装甲師団がディナン、モンテルメ、スダンでムーズ川渡河を敢行した日である。第二機甲師団に所属する装軌部隊のシャロンへの移動は、五月十四日午後一時から翌十五日午後九時までかかった。摩擦がなかったわけではない。通常の行軍序列を維持することができず、中隊はばらばらになり、直接戦闘に関与しない部隊が、戦闘部隊よりも前に進んだ。敵の空襲の結果、輸送もパリ－クレイユ（パリ北東五十キロ）間を経由しなければならなくなり、装輪部隊と装軌部隊は三日ものあいだ、離ればなれになっていた。五月十四日午後、ディナンとスダンのあいだにおける敵の攻撃は、予想されていたよりも危険であることが確認された。第一機甲師団は第九軍の指揮下に入り、第二機甲師団の移動も中止される。第二機甲師団はしばらく使われないままとなった。可能なかぎり時系列に沿って、ことの経緯を叙述するため、先に第三機甲師団の状況を追ってみることにしよう。

第三機甲師団（概況図1、図4および図5）

五月初頭、第三機甲師団は中隊単位の訓練のため、ランス北東に広く分散しており、「即時投入可能」

とみなされていなかった。従って、五月十二日に、ル・シェーヌにて第二軍の麾下に入るべしとの命令が下達されたことは、いっそうの驚きを以て迎えられたのである。五月十一日から十二日にかけての作戦的な航空捜索により、ドイツ軍の強力な装甲部隊がアルデンヌを通過、スダンならびにディナンに向かっているとの明確な像が得られた。ところが、第三機甲師団が急かされたふしはない。その移動は、予防措置であると記されていたのだ。それゆえ、第三機甲師団長は、二度に分けて、短期間の夜間行軍を実施、およそ六十キロの距離を進むと決めた。最初の夜間行軍は順調に進んだ。だが、つぎの夜には、行軍縦隊が、南へ殺到する民間・軍の車両縦隊に行き当たってしまう。行軍管制にあたる機関がなかったため、前進は何度も停滞した。けれども、第三機甲師団は、五月十四日朝、ル・シェーヌに到着する。そこに第二軍の命令が来た。敵により、スダン南方に開けられた「ポケットの底の穴をふさぐために《プール・コルマテ・ル・フォン・デ・ラ・ポシュ》」〔pour colmater le fonds de la poche〕、ストンヌ西方における反撃を準備せよ、と。攻撃開始は午前十一時と予定された。ここで、五月十四日正午近くにおけるスダン南方の状況を想起されたい。スダンの両側にあったムーズ川陣地へのドイツ第19軍団の攻撃は、五月十三日午後四時に開始されている。「大ドイツ《グロスドイッチュラント》」連隊〔Großdeutschland. 国防軍のエリート部隊である自動車化歩兵連隊〕を得て、増強された第1装甲師団は、第2航空軍団に支援され、スダンの西にあった要塞を覆滅、そこを守っていたフランス第五五予備師団をはるか西方へ駆逐した。夜には、シェエリーとマルフェーの森もドイツ軍の手中に落ち、架橋作業がはじまった。右翼に隣接した第2装甲師団（ドンシェリー）と左翼の第10装甲師団（スダン東方）は、まだ追いついていない。

五月十三日夜、敵の攻撃を知ったフランス第一四軍団は、戦線のずっと後方に控置されていた軍団予備（二個歩兵連隊および二個戦車大隊）を呼び寄せ、五月十四日の夜明けとともに、ビュルソンならびにシェエリー方面を攻撃するよう、夜のうちに命令を下した。けれども、予備の接近行軍は遅延するばかりで、その尖兵が待機陣地に入ったのは五月十四日午前三時から五時にかけてのこととなった。ある連隊の一部はパニックにおちいり、戦線後方で四散してしまった。午前七時ごろ、両攻撃縦隊はやっとのことで移動をはじめたが、そう遠くには行けなかった。午前八時、ようやくシェエリーの南に着いた西側の連隊は、その側面に戦車の猛攻を受けた。午前五時ごろ、第1装甲師団が架けた軍橋を渡ってきた第1戦車旅団である。フランス軍第七戦車大隊が防御にあたって奮戦したものの、保有する戦車の半数を失った。第二一三歩兵連隊の残兵は、ディアン山の森に掩護物を求めた。そこでは、東側の縦隊が「無用《イニュティル》」〔inutile〕であるとして、攻撃を取りやめていたのである。第五五予備師団はもはや存在せず、その右翼にいた第七一師団も左側面をおびやかされ、陣地を放棄していた。

この間に、上級司令部もスダン方面の状況が深刻であることを認識した。北西方面軍麾下に配置された連合軍爆撃機部隊は、これまでマーストリヒトに重点を置いて攻撃していたが、他のあらゆる地域を放置しても構わぬから、今日一日は全力でスダン付近を攻撃せよとの命令を受領した。そのため、五月十四日には、イギリス軍のブレニム百機を含む爆撃機百七十機が、フランス軍戦闘機の掩護を受けつつ、ムーズ川のドイツ軍軍橋に突進している。それを破壊できるかどうかに勝敗がかかっていたのだ。ところが、攻撃は、一気に集中するのではなく、長い合間を取って実施された。ドイツ軍高射砲にとっては、赤子の手をひねるようなものである。五月十四日の夜、高射砲部隊は撃墜機数百五十と報告している。事実、連合軍は、投入した航空機の五十パーセントを失っていた。英軍機六十七のうち、帰投したのは三十二機のみ。軍橋は破壊されぬままだった。

五月十四日、北東方面軍司令官はさらに、強力な攻撃を加えて、敵をムーズ川の彼岸に撃退せよと命令した。反撃に任じる第一〇軍団麾下の兵力は以下の通り。

第三機甲師団。
第三自動車化師団。
第五軽騎兵師団。

第一〇軍団は、五月十四日に左記の行動に出ることとされた。

（a）ディアン山の森に沿った第二陣地で、ドイツ軍の突破を封じる。
（b）突破封止を終えたのち、可及的速やかにメゾンセル－ビュルソン－スダン方面を攻撃、バー川－エンネマーヌ間の地域にある敵を一掃すべし。

つまり、フランス軍の教範に沿って（目標の限定、他の大規模団隊との連繫）攻撃することが重視されたのである。第一〇軍団は、攻撃開始時刻を午前十一時と定めた。これは早すぎた。それゆえ、第三機甲師団長は、出撃陣地に向かうための燃料補給、加えて、再度の給油を行うために十ないし十二時間を要すると報告した。同師団は自前の給油縦列を持っていなかったから、ル・シェーヌから出発できるようになったのも正午のことだったのだ。アルデンヌ運河に架かる橋は狭く、避難民があふれかえっていた。行軍路も、敵空軍の爆撃で弾孔ができたため、多くの地点で通行不能になっている。工兵がいなかったから、まず車両の乗員たちがそれらを使用可能にしなければならなかった。とはいえ、第三機甲師団は、午後四時ごろからディアン山の森で戦闘を展開している。当然のことではあるが、六十両の重戦車のうち、三十二両が技術的障害により脱落していた。第三自動車化師団はまだ一部しか到着していなかったが、第三機甲師団長は、午後四時に攻撃を命じたのだ。攻撃はマルフェー森までの打通をめざしており、「猛然たる勢いと自己犠牲の念を以て敵を攻撃すべし」とされていた。しかし、それは実現されずじまいとなる。午後三時半、「反撃は五月十五日朝まで延期。何よりも第二陣地〔ディアン山の森〕を保持することを重視せよ」と、第一〇軍団長が命令を下達してきたのである。第三機甲師団は、第三自動車化師団の麾下に置かれ、第一〇軍団の正面にばらまかれることになった。道路という道路が、戦車の小集団によって封鎖された。

同じころ、ドイツ側はこの情勢をいかに把握していただろうか？　もしフランス軍が攻撃していたなら、それは、大胆な機動を実行していたドイツ第19軍団を直撃したことであろう。すでに触れたフランス軍の〔五月十五日〕午前中の攻撃は、第1装甲師団により撃退され、第2装甲師団は、妨害を受けることなく、ドンシェリー付近の軍橋を渡って前進した。その後、第19軍団長は午後早くに、今こそ戦役計画通りに西方へ突進するため、両装甲師団を右に旋回させ、バー川〔アルデンヌ運河〕を越えて、ドンシェリー＝シェエリー間を進撃せしめると決定した。大ドイツ連隊と第10装甲師団が、バー川東方において、この機動の側面掩護にあたる予定である。この決断は大胆不敵なものであった。というのは、ビュルソンを奪取したばかりの一個連隊〔大ドイツ連隊〕で、五キロの正面を守ることを余儀なくされたからだ。第10装甲師団がビュルソン近郊に到着することができたのは、その夜のことであった。自動車化師団と歩兵師団も、五月十四日にはなおアルデンヌにとどまっていた。

このように、フランス軍は、反撃を延期した結果、決然たる行動により敗北を勝利に転じられたかもしれぬ好機を逃してしまったのだ。北東正面軍司令官は、技術的な理由から五月十四日に戦車の反撃を行うことは不可能であると、第二軍がその晩に報告してきたことに不満を抱いた。彼は、五月十五日に第三機甲師団をスダン方面の攻撃に投入するよう、厳しい言葉で命じる。この目的のため、同師団は第二軍の指揮下に置かれるとされた。本攻撃こそ、敵の西・南方への進撃を停止させる唯一の手段だというのである。

かくて、五月十五日、三度目のスダンへの突進が試みられた。今度は、ディアン山の森から北へ、第三自動車化師団による組織的な歩兵攻撃を行うことも重んじられている。同師団は、第七砲兵大隊に支援された上に、第三機甲師団の戦車大隊を随伴しており、第三捜索大隊がその両側面を掩護していた。ところが、それらの戦車は夜のうちに分散配置されていたから、再集結させなければならず、そのため、攻撃開始時刻も何度も先延ばしされる。結局、攻撃開始は午後五時半と決まった。いまや、攻撃成功の見込みは、二十四時間前よりもはるかに少なくなっていた。ドイツ第10装甲師団が到着、その戦車はロルールとメゾンセルのあいだにいる。第1および第2装甲師団は、バー川の西側において、全力で西方に突進しつつあった。フランス軍が計画していた反撃では、もはや、これらを捉えることはできなかった。今度も反撃計画は雲散霧消し、第三機甲師団は訓練のため、戦線後方に移されたのである。

さらに決定的だったのは、五月十五日、ナミュールからメジエールに展開していた第九軍全体が、勇敢な抵抗を示したのちに崩壊し、西方へ潰走したことだった。第15軍団は、フランス第一機甲師団を殲滅し、西方に向けた作戦の自由を得た。そればかりか、五月十三日午後以来、モンテルメ付近でムーズ川の陣地線をめぐる戦闘を続けていたラインハルト軍団〔第41軍団〕も、自由に前進できるようになった。五月十五日午前三時、フランス第九軍が麾下〔フランス〕第四一軍団〔メジエール＝モンテルメー間の第一〇要塞師団とフュメ両側にあった第六一予備師団〕にミューズ川の線を放棄せよと命令を下したのちのことである。この両師団の退却は、すぐに潰走に変わった。そのあとを決然と突進した第6装甲師団は、ほとんど抵抗に遭わなかった。五月十五日夜、同師団の尖兵はリャールを抜け、モンコルネに達する。これによって、ボーモンとモンコルネのあいだに、およそ六十キロ幅の大穴が開いた。第九軍の新任司令官ジロー将軍〔アンリ・ジロー（一八七九～一九四九年）。当時大将、最終階級も大将。一九四二年の連合軍北アフリカ上陸後、在北アフリカ・フランス軍最高司令官となった〕の手もとには、抵抗力を有する師団はほとんどなかった。それゆえ、ここで再び、第二機甲師団に眼を転じることにしよう。

五月十四日正午からの第二機甲師団〔概況図1、図5〕

すでにみたように、ムーズ川をめぐる戦闘の決着がつく寸前、五月十四日午後には、第二機甲師団は行軍と鉄道輸送によって、第一軍のもとに向かっていた。が、第一軍には増援など必要なかったのだ。第二機甲師団の装輪部隊前衛は、午後にギーズに到着した。そのとき、同師団は、スダン南方の危機的状況に鑑み、第二軍方面に旋回、まずシニー＝ラベーに集結すべしとの総司令部命令を受けたのである。装輪車両の縦隊は、第6装甲師団よりも前に、ヴェルヴァン＝リャールを経由して、行軍目標に到達した。が、五月十五日、ドイツ戦車によって、ルテルに退却させられる。師団の集結点をヴェルヴァンに移しては、という意見具申に対し、師団長は回答してこなかった。

五月十五日以来、第二機甲師団は二つに裂かれていた。一部はルテル地域、別の一部はオワーズ川流域にある。この間に、ドイツ装甲師団という激浪が西方に押し寄せていた。サン・カンタン経由でイルソンとル・ヌヴィオンに向かった装軌部隊は、そこで鉄道より下車したものの、給油縦列、移動修理廠、牽引回収隊のいずれも有していなかった。それらの部隊は、おのおのが下車した停車場から各個に、大量の避難民の流れに抗しつつ、行軍を開始した。第九軍のもとに、つまり、指定された集結点であるシニー＝ラベイへ向かうのである。「五月十六日には、第二機甲師団はもはや存在しておらず、散り散りばらばらになった隷下諸部隊があるだけということになった。その指揮官たちは、秩序を維持しようと奮闘した。空襲とドイツ軍先鋒戦車隊を回避するため、つぎつぎと命令変更が追いかけてくる。指揮官たちは、どの命令に従うべきかで争い、混乱がいや増した。さらに、戦術的な命令を下達することさえ不可能であることが判明した。さまざまな部署から命令が出された。誰もが、自分の前面には、まるまる一個師団がいるはずだと信じ込んでいたのである」（フランス議会査問委員会報告）

まさにその日、パリの政府は、ドイツ戦車がモンコルネに出現したとの警報を受けたのであった。五月十六日、ガムラン将軍は、陸軍大臣と首相に、ドイツ軍が同日の夜にパリにやってくることもあり得ると報告する。午前十時、パリ軍事総督〔十四世紀から今日まで常設されているパリ防衛の責を負う軍の役職〕は、首都を去るよう、政府に進言した。外務省の中庭では、文書が焼かれていた。この混乱のなか、チャーチルが午後になってパリにやってくる。彼は正午に、「昨日、われわれは戦闘に敗れた。パリへの道が開かれてしまった……」とするフランス政府の電報を受け取っていたのだ。

五月十六日になって、ようやくドイツ軍の企図を覆い隠していたヴェールが剝がされた。重傷を負ってルテルの軍病院に収容された、あるドイツ軍将校から、地図が発見されたのである。そこに書き込まれた符号から、第8および第6装甲師団はヴェルヴァン、第1および第2装甲師団はバー川地区で、西に前進していることが判明する。パリは脅威にさらされているわけではなかったのだ。

五月十七日朝、北東方面軍司令官は、「オワーズ川とエーヌ川のあいだにある敵を掃討するため」の攻撃を命じた。第二機甲師団もオワーズ川流域から、この攻撃に参加し、マルルを越えて突進する予定だった。しかし、これまでみてきたように、同師団は統一行動などできない状態にあった。第二機甲師団隷下の重戦車大隊二個は最初に貨車から下ろされ、五月十六日、前進した先で合流しようと試みた。ところが、その過程で、西に突進するドイツ装甲師団の前衛に遭遇したのである。第一五戦車大隊はドイツ第6装甲師団に、第八戦車大隊はイルソンで第8装甲師団にぶつかった。その間に、エトルーで二個軽戦車大隊が鉄道から下車している。この荷下ろし地区には、ガムラン将軍の命により、あらゆる使用可能な戦車をモンコルネ方面に行軍させるため、機甲総監部の将校が派遣されていた。しかし、北東方面軍司令官は、この攻撃をあきらめ、イルソン＝ラ・フェール間にあるオワーズ川の渡河点すべてに戦車を配置するよう命じる。そのため、ドイツ第8、第6、第2、第1装甲師団は、五月十六日ならびに十七日に、オワーズ川沿いの地域で、さまざまな重・中戦車の小部隊に行き当たった。これらの戦車は、他兵科の支援もないまま、橋梁への進入路を封鎖せんとしていたのである。彼らは、動ける限り、攻撃をしかけた。五月十七日、オートヴィルを通りすぎようとしていた第6装甲師団に対する重戦車の攻撃は、その一例だ。ここで、B型戦車が初めて知られたのであった。けれど、かくも兵力を分散させていては、ドイツ軍四個師団の突進を拒止することはできなかった。五月十九日、第二機甲師団長はついに、クロザ運河の背後、アムの東に師団を集結させよとの命を受ける。この時点で、第二機甲師団は、一丸となって戦闘することもないままに、九十両のオチキス戦車のうち五十四両、六十六両のB型戦車からは四十五両が失われていたのである。

第四機甲師団（概況図1、図5）

第四機甲師団も同様に、北東方面軍司令官の命令により、五月十七日の攻撃に参加することになっていた。同師団は、ド＝ゴール大佐により、五月十日のあとになって初めて誕生した部隊だ。ド＝ゴールは平時においてすでに、強力な装甲団隊の創設に着手すべきだと主張していたが、聞き入れられなかったのである。応急編成された第四機甲師団もまったく不完全だった。訓練不足の乗員は、いまだ砲撃をやったこともなかったのである。だが、五月十四日にムーズ川西・南方の状況が危機的になったため、この即興的につくられた師団も召致された。

ド＝ゴールは、総司令部において、ガムランの代理であるドゥマンク将軍〔ジョゼフ・エイメ・ドゥマンク（一八八〇～一九四八年）。当時、大将〕より状況の説明を受けた。「パリへの進路を封じるため、エーヌ川沿いに防御線を布くことが企図されている。東正面の予備から編成された第六軍が展開中。その麾下師団群がランで防衛線構築の時間をかせぐこととされている」ド＝ゴールは、北東方面軍司令官のもとでも着任申告を行った。「ゆけ、ド＝ゴール。貴官はながらく敵の組織を研究してきた。そして今、貴官は行動の機会を得たのだ」

五月十五日夜、第四機甲師団の一部が、最初にシソンヌ－ラン間に到着した。行動を切望するド＝ゴール大佐は、五月十六日午前四時半、それらとともにモンコルネへと打って出た。反対方向から、武器なき避難民の群れがやってくる。正午近く、第四機甲師団は、セール川南方にあるモンコルネ市街の一部に入った。この朝、第6装甲師団はすでにモンコルネを進発していたのだが、後続の第19軍団はまだ同市に到着していなかったのである。が、攻撃に出たB型重戦車のうち、数両は湿地にはまりこみ、身動きが取れなくなってしまった。ほかにも、セール川の南でマルルに向かって強行軍していたドイツ第1および第2装甲師団によって、損害を被った。徒歩行軍を指示された同師団隷下の歩兵大隊は、ずっと後方にいる。夜になって、第四機甲師団はシソンヌに引き返した。第四機甲師団長は、自分たちの突撃により、第六軍のために時間を稼ぐことができたと考えたのである。グデーリアン〔当時、第19軍団長〕は南に後退することなど企図していなかったのだけれど、ド＝ゴールには知るよしもなかったのだ。

数日後、今度は作戦計画の一環として、第四機甲師団は北へ突進した。とても止められないような勢いで西方に驀進するドイツ装甲師団の背後には、空隙部が生じていた。後続の歩兵師団が、とてもそう速くは追従できなかったからだ。かくて五月十八日、フランス軍は航空捜索により、マルル＝モンコルネ＝ヌフシャテル間の地域に敵がいないことを知った。それゆえ、ガムラン将軍は当然しごくの決断を下す。オワーズ川とサンブル川、さらにはサン・カンタンを越えて、カンブレーまで突進したドイツ装甲師団を攻撃する。これらを、南北からの同時攻撃によって、後続歩兵師団から遮断するのだ。「この目的を果たすために、ランからクレシーに向けて、セール川沿いに戦車の突撃を実行する。その一方で、カンブレーおよびサン・カンタン地域を装甲車両を装備する大隊群によって掃討する目的で、騎兵軍団をソンセ川から同地域に突進せしめる」〔一九四〇年五月十八日付親展・機密訓令《ランストリュクシオン・ペルソネル・スクレト》〔L'instruction personelle secrète〕第一〇二号〕

騎兵軍団が五月十九日に、命じられた北からの突進を遂行できずじまいになった顚末については、もうわかっている。だが、南方での唯一の機甲師団、即製された第四機甲師団の攻撃もうまくいかなかったのである。同師団は、モルティエ、クレシー、プイーでセール川の渡河点を奪取し、マルル＝ラ・フェール街道を封じることとされていた。けれども、これらの橋梁を奪えなかったのだ。橋は、第4工兵大隊と、第19軍団が南側面防御のための用心にそこに残していった高射砲部隊によって守られていた。夜になって、第四機甲師団はランに向かって後退した。ド＝ゴール将軍はのちに、歩兵と砲兵を配された機甲師団であれば、ギーズまで突破し、クライスト装甲集団〔西方侵攻に際して、エヴァルト・フォン・クライスト騎兵大将の指揮下に編合された大規模装甲団隊〕の背後に混乱を引き起こすことができたはずだと観じている。この推測は首肯し得る。が、決定的な勝利を得るには、より強大な戦力、第六軍のすべてが必要であったろう。

五月末から六月はじめにかけて、第四および第二機甲師団は協同して、アブヴィルのドイツ軍橋頭堡を排除しようと試みた。ドイツ第56師団がこの狭隘な橋頭堡を守りぬけたのは、非常な努力のたまものであった（『国防知識』、一九五七年第九号をみよ）。ただし、この戦闘はもう、フランス戦役の第二章に属するものであろう。

結論

かかる調査研究から結論を引きだそうとするならば、けっして、一九四〇年の勝者としての増上慢にひたっていてはならないだろう。今日、ドイツ連邦国防軍《ブンデスヴェーア》〔Bundeswehr〕はＮＡＴＯにおいてフランス軍と一丸となり、ヨーロッパの自由を救うという共通の目標からの戦友精神で結びつけられている。この共通の課題という意義に照らして、最初に設定した問いかけ、なぜフランス機甲部隊は一九四〇年五月の作戦たの経緯において、ほとんど影響をおよぼすことができなかったのかという疑問への回答を出すことにしたい。その際、最初に確認しておきたいのは、フランス機甲部隊が自己犠牲や戦闘精神に欠けていたわけではないということだ。五月十五日のフラヴィオンにおける第一機甲師団の戦闘は、その良い実例である。

フランス機甲部隊が機能しなかった理由は、そもそも平時にあった。機甲師団が編成されたのは遅すぎ、かつ不充分であった。多すぎる独立戦車大隊が各軍に分散されたままだったのだ。使用できる六個の大規模団隊を、決勝地点において効果的に協同させることも実現しなかった。なるほど、ドイツ軍がその主攻をアルデンヌを抜けるかたちで実行しようとは予想できなかっただろう。だが、それが現実となったのちも、フランス軍指導部は、ベルギーに向けると決めた騎兵軍団麾下の三個師団ならびに第一機甲師団を、決勝点と定まった地域に動かそうとはしなかった。ただ第二機甲師団のみが小部隊に分割されて、そうした地域に置かれ、拠点防御のため、無駄に費消されたのである。五月十四日、スダンの南で、三個自動車化師団を結集した集団を敵にぶつける唯一の機会が訪れたが、軍指導部の遅疑逡巡により、それも見過ごされてしまう。

かくも貴重な部隊を無益な運用に供したことは、フランス軍指導部が戦車の運用に関して抱いていたイメージと密に関連している。フランス戦車は、攻撃側から主導権を奪回するために投入されるのではなく、連続した戦線の防御に当たっている他兵科の部隊を強化することに使われたのである。それゆえ、機甲師団と騎兵軍団は繰り返し分割され、小部隊ごとに歩兵の後方に配置された。狭い正面に戦車を集中して突破し、状況や側面が無防備であることなど構わずに敵陣奥深くに突進するというドイツ軍の戦法は、フランス軍指導部を驚愕させた。フランス軍には、それに対抗する手段がなかったのだ。状況は時々刻々と根本から変わっていくのに、彼らは数日単位でものごとを考えていたのである。従って、彼らが出す指令は、下達された時点で、すでに情勢におくれたものになっていた。機甲部隊があまりに弱体であったために、うまくいかなかったわけではない。政治・軍事指導部が、あらたな戦争のダイナミックな性格を認識していなかったのだ。

ある戦争から直接的な結論を引き出すのは、誤りというものであろう。将来の戦争は必ず、別の経過をたどる。けれども、警告を出しておくことぐらいは許されよう。他者もそうは使いこなせないだろうと高をくくって、新しい戦争手段、科学、技術を完全に汲み尽くすことを好きこのんで諦めてしまうのは欺瞞である。許されたあらゆる手段を以て自らの自由を守らんと欲する国民が、戦争は避けられるとの幻想に傾いているその指導部によって疲弊させられている。かかる国民は、侵略的で無慈悲な敵の犠牲にされてしまうことだろう。

参考文献

Benoist-Mécin, Soixante jours qui ébranlérent l'Occident〔ブノワ＝メシャン『西洋を揺るがした六十日間』〕.
Doumenc, Histoire de la 9. Armée〔ドゥマンク『第九軍史』〕.
Ely, La leçon qu'il faut trier des opérations de 1940〔エリ『一九四〇年の作戦から引き出すべき教訓』〕.
Galtier-Boirssiére, Histoire de la guerre 1939–1945〔ガルティエ＝ボワシエール『大戦史　一九三九〜一九四五年』〕. 1948.
Gontard, La guerre des occasions perdues〔ゴンタール『好機を失った戦争』〕. 1956.
Lerecouvreux, L'armée Giraud en Hollande〔ルルクヴル『オランダのジロー軍』〕. 1951.

Lyet, La couverture de la prise de position de la 1. armée française sur la position „Deyle" par le corps de cavallerie Prioux〔リュエ「プリウー騎兵軍団が『ディール』陣地に拠るフランス第一軍の陣地占位計画において行った掩護」〕. In: l'armée — la nation〔『軍隊——国民』〕. 1955.

Paquier, Les forces aëriennes françaises de 1939–1945〔パキエール『一九三九年から一九四五年までのフランス空軍』〕. 1949.

Revue d'Histoire de la 2: guerre mondiale. Année 3〔『第二次世界大戦史雑誌』第三年〕. La campagne de France〔フランス戦役〕所収の二論文。

La percée des Ardennes〔アルデンヌ突破〕.

La commission d'Enquête parlamentaire〔議会査問委員会〕.

Reynaud, Au coeur de la mêlée〔レイノー『闘争の中心にて』〕. 1951.

Guderian, Erinnerungen eines Soldaten〔グデーリアン『一軍人の回想』。邦訳は、ハインツ・グデーリアン『電撃戦』、本郷健訳、上下巻、中央公論新社、一九九九年〕. 1951.

v. Tippelskirch, Geschichte des 2. Weltkrieges〔フォン・ティッペルスキルヒ『第二次世界大戦史』〕. 1951.

Kriegstagebücher der 5., 6., 7. Pz-Div. und der II./Pz.-Rgt. 31 (ungedr.)〔第5、第6、第7装甲師団および第31戦車連隊第2大隊の戦時日誌（未刊行）〕.

『国防知識』第七巻（一九五八年）第七号

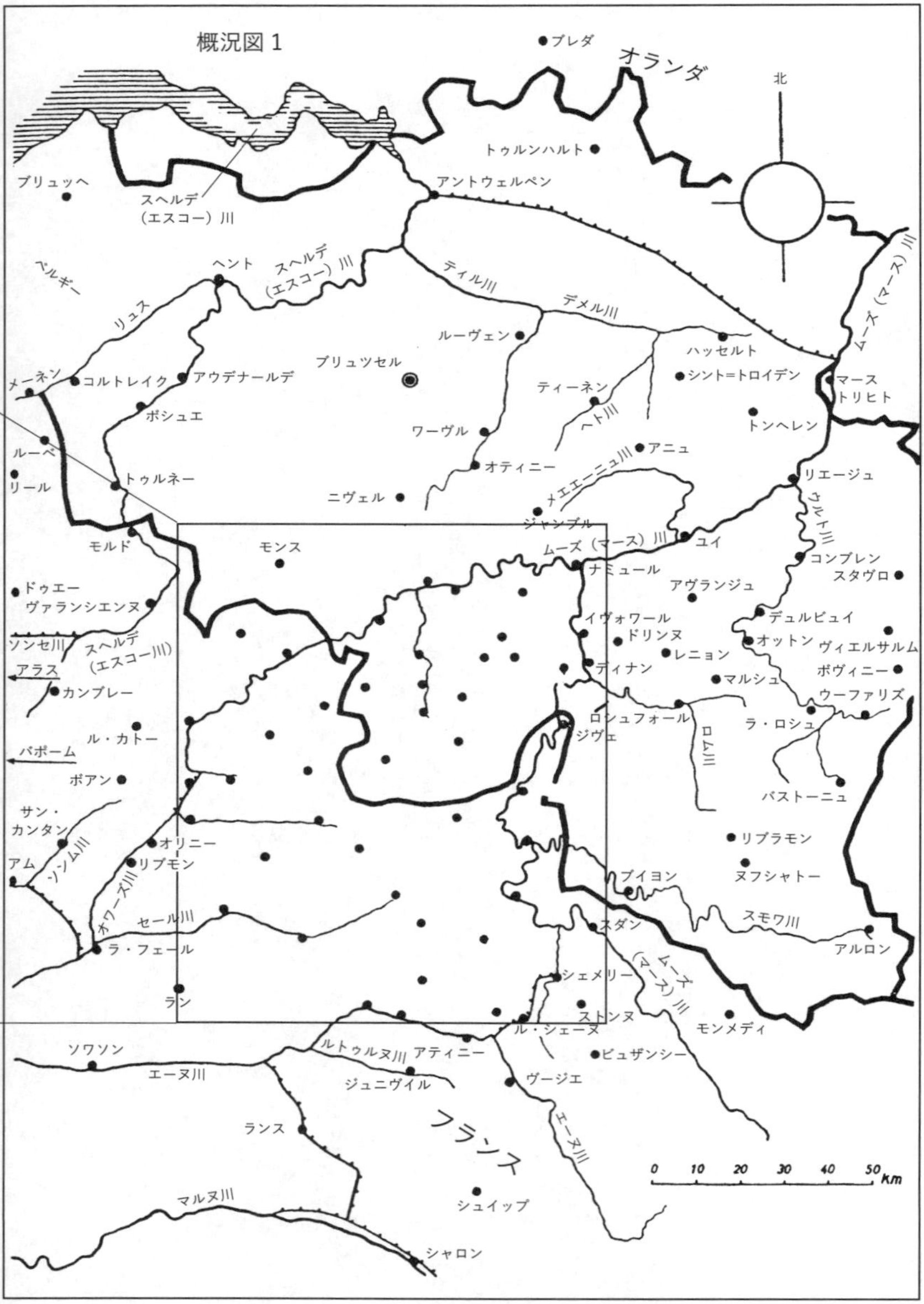
概況図 1
ブレダ
オランダ
北
トゥルンハルト
ブリュッヘ
アントウェルペン
スヘルデ
（エスコー）川
ベルギー
ヘント
スヘルデ
（エスコー）川
ティル川
デメル川
リュス
ルーヴェン
ハッセルト
ムーズ（マース）川
ブリュッセル
メーネン
コルトレイク
アウデナールデ
シント=トロイデン
マース
トリヒト
ティーネン
ヘト川
ボシュエ
ワーヴル
トンヘレン
ルーベ
アニュ
リール
オティニー
メエーニュ川
トゥルネー
リエージュ
ニヴェル
ジャンブル
ウルト川
ムーズ（マース）川
ユイ
モルド
モンス
コンブレン
ナミュール
スタヴロ
ドゥエー
アヴランジュ
ヴァランシエンヌ
イヴォワール
デュルビュイ
ソンセ川
ドリンヌ
スヘルデ
（エスコー川）
オットン
ヴィエルサルム
レニョン
アラス
ディナン
ボヴィニー
マルシュ
カンブレー
ウーファリズ
ロシュフォール
ル・カトー
ジヴェ
ラ・ロシュ
ロム川
パポーム
ボアン
パストーニュ
サン・
カンタン
リブラモン
オリニー
ソンム川
アム
リブモン
ヌフシャトー
ブイヨン
オワーズ川
セール川
スモワ川
スダン
ラ・フェール
アルロン
ムーズ
（マース）川
シェメリー
ラン
ストンヌ
モンメディ
ル・シェーヌ
ソワソン
ルトゥルヌ川
アティニー
ビュザンシー
エーヌ川
ジュニヴイル
ヴージエ
ランス
フランス
エーヌ川
0 10 20 30 40 50 km
シュイップ
マルヌ川
シャロン

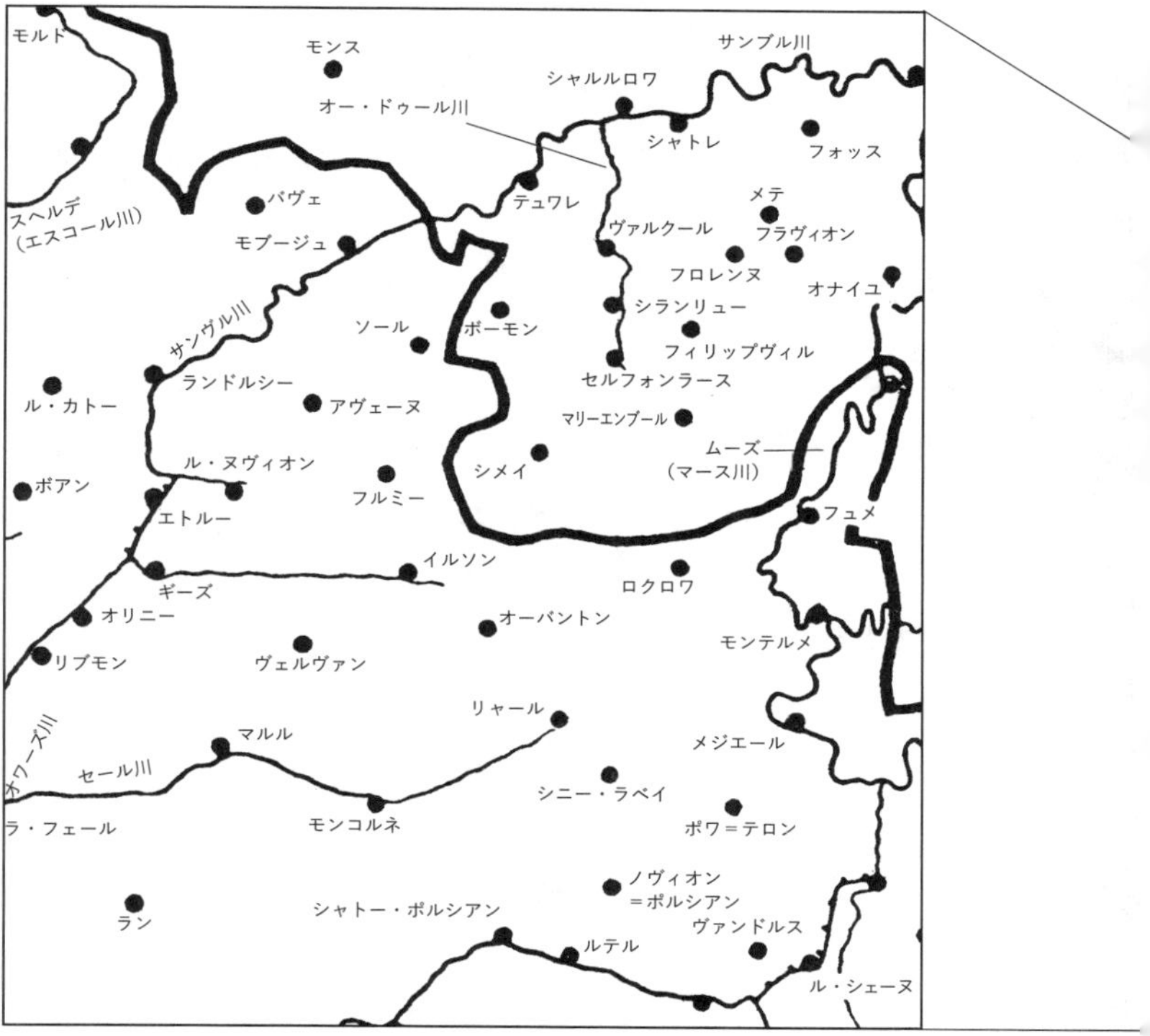
モルト
モンス
サンブル川
シャルルロワ
オー・ドゥール川
シャトレ
フォッス
パヴェ
テュワレ
メテ
スヘルデ
（エスコール川）
ヴァルクール
フラヴィオン
モブージュ
フロレンヌ
オナイユ
サンヴル川
ボーモン
シランリュー
ソール
フィリップヴィル
ランドルシー
セルフォンラース
ル・カトー
アヴェーヌ
マリーエンブール
シメイ
ムーズ
（マース川）
ル・ヌヴィオン
ボアン
フルミー
エトルー
フュメ
イルソン
ギーズ
ロクロワ
オリニー
オーバントン
モンテルメ
リブモン
ヴェルヴァン
リャール
オワーズ川
マルル
メジエール
セール川
シニー・ラベイ
ポワ＝テロン
ラ・フェール
モンコルネ
ノヴィオン
＝ポルシアン
シャトー・ポルシアン
ラン
ヴァンドルス
ルテル
ル・シェーヌ

1 日～5 月 16 日のフランス騎兵軍団の戦闘

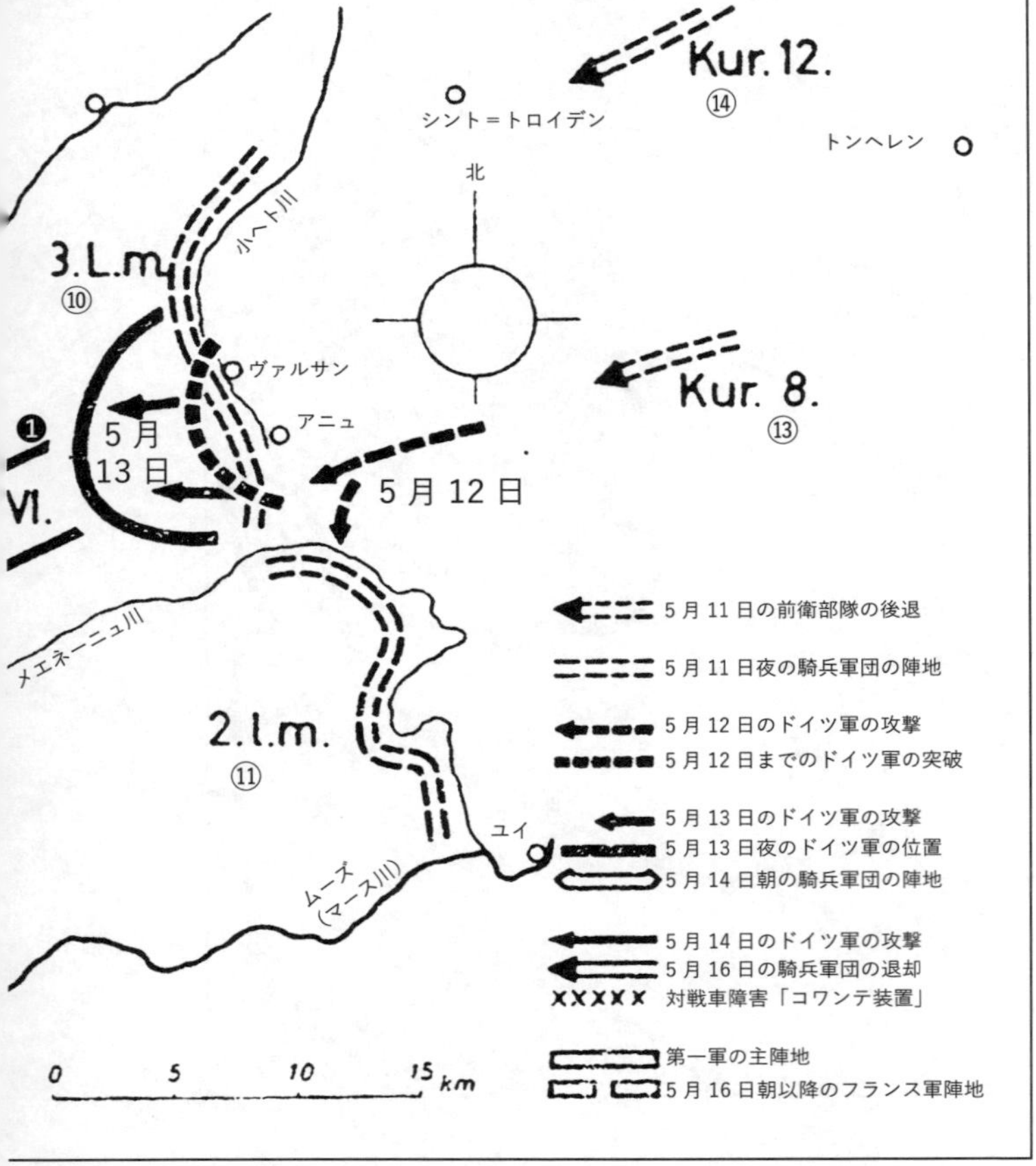
Kur. 12.
⑭
シント＝トロイデン
トンヘレン
北
小ヘト川
3.L.m.
⑩
ヴァルサン
アニュ
Kur. 8.
⑬
❶
5 月
13 日
VI.
5 月 12 日
メエネーニュ川
2.l.m.
⑪
ユイ
ムーズ
（マース川）
0
5
10
15 km
5 月 11 日の前衛部隊の後退
5 月 11 日夜の騎兵軍団の陣地
5 月 12 日のドイツ軍の攻撃
5 月 12 日までのドイツ軍の突破
5 月 13 日のドイツ軍の攻撃
5 月 13 日夜のドイツ軍の位置
5 月 14 日朝の騎兵軍団の陣地
5 月 14 日のドイツ軍の攻撃
5 月 16 日の騎兵軍団の退却
XXXXX 対戦車障害「コワンテ装置」
第一軍の主陣地
5 月 16 日朝以降のフランス軍陣地

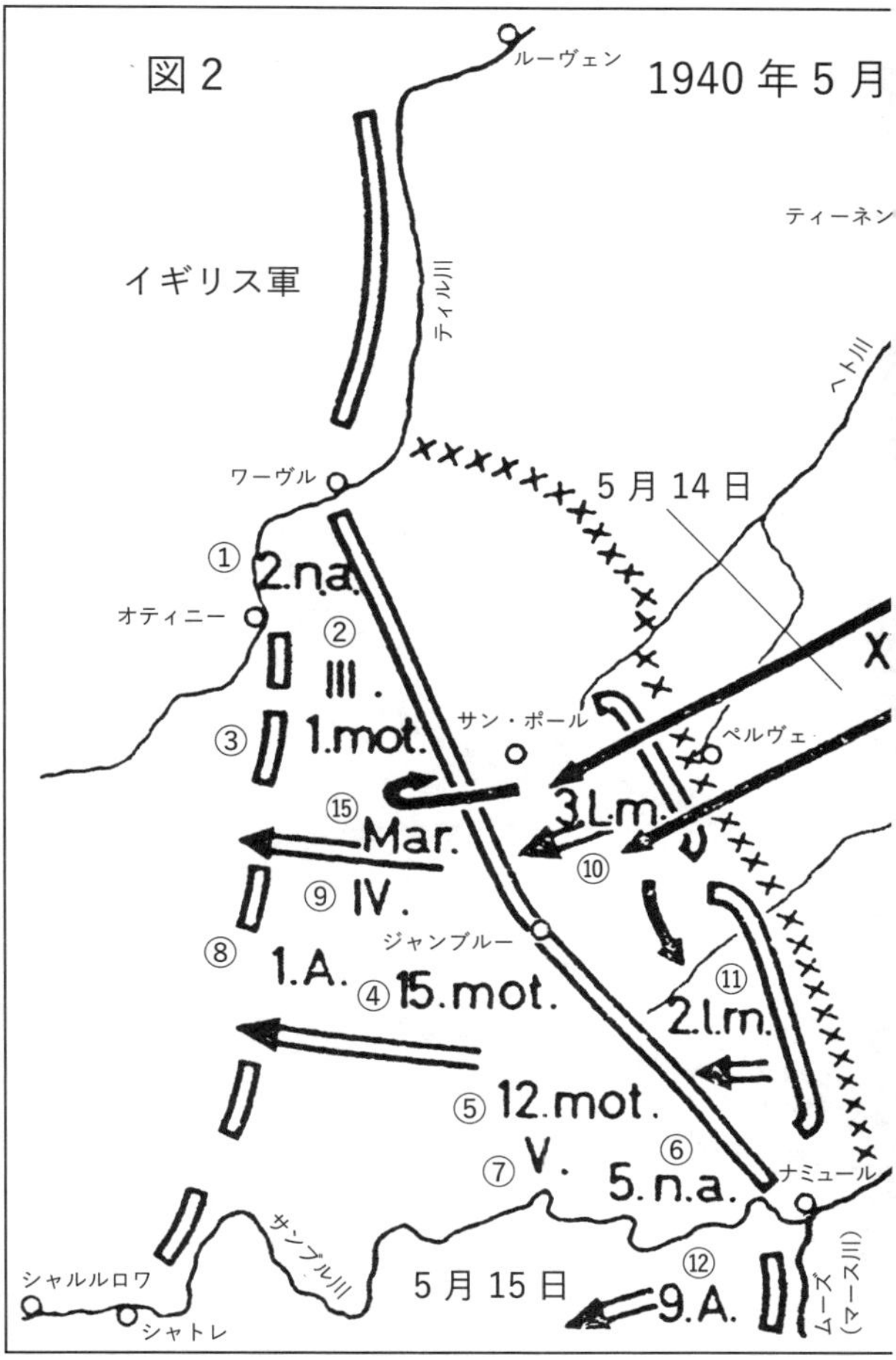

❶第 16 軍団　①第二北アフリカ師団　②第三軍団　③第一自動車化師団　④第一五自動車化師団　⑤第一二自動車化師団　⑥第五北アフリカ師団　⑦第五軍団　⑧第一軍　⑨第四軍団　⑩第三軽機械化師団　⑪第二軽機械化師団　⑫第九軍　⑬第八胸甲騎兵連隊　⑭第一二胸甲騎兵連隊　⑮モロッコ師団

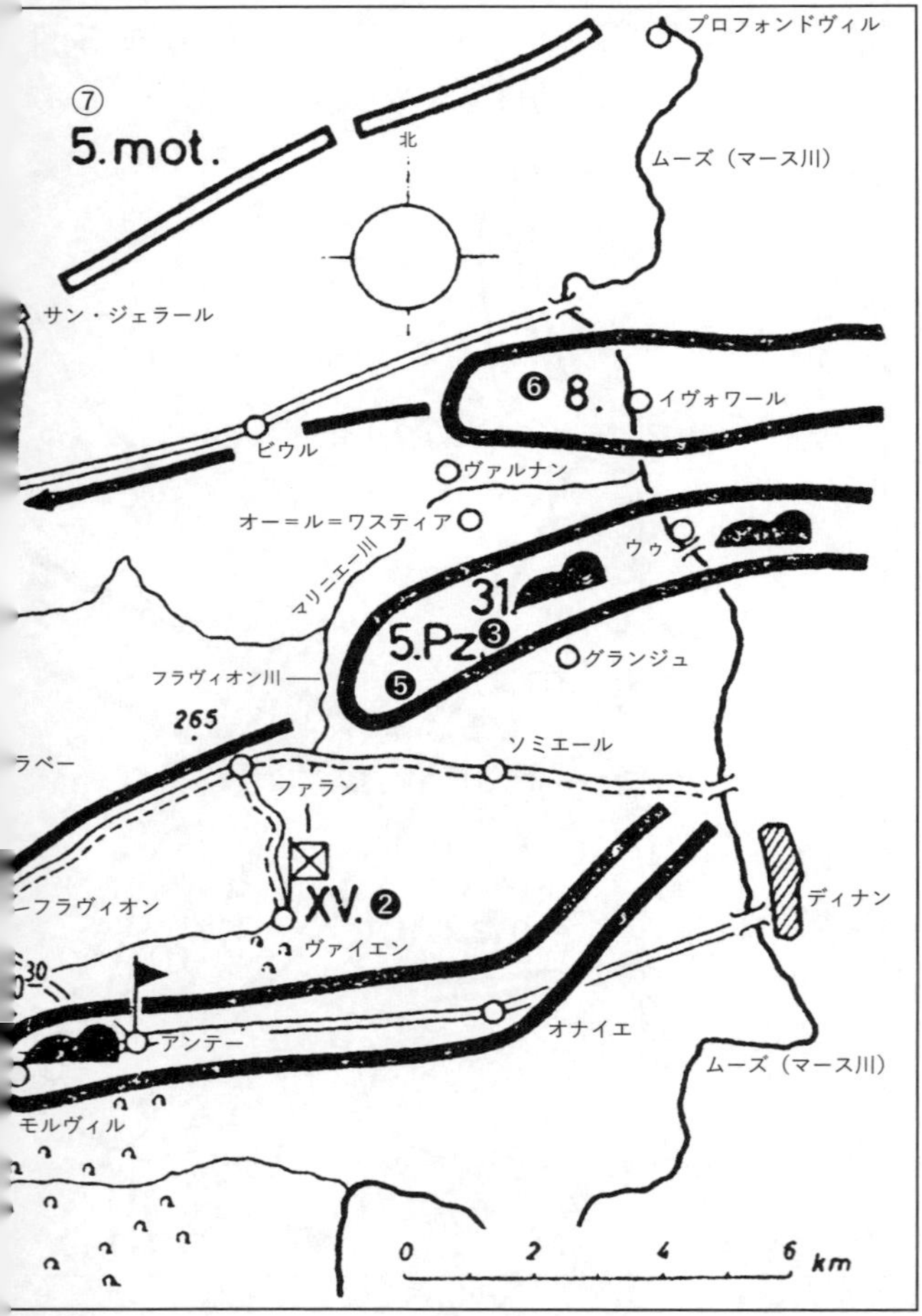
プロフォンドヴィル
⑦
5.mot.
北
ムーズ（マース川）
サン・ジェラール
❻ 8.
イヴォワール
ビウル
ヴァルナン
オー＝ル＝ワスティア
ウゥ
マリニエー川
31
5.Pz ❸
❺
グランジュ
フラヴィオン川
265
ラペー
ソミエール
ファラン
XV. ❷
ディナン
ーフラヴィオン
ヴァイエン
30
アンテー
オナイエ
ムーズ（マース川）
モルヴィル
0 2 4 6 km

図 3　1940 年 5 月 15 日午前中の状況

❶第 7 装甲師団　❷第 15 軍団　❸第 31 戦車連隊　❹第 1 装甲師団　❺第 5 装甲師団　❻第 8 師団　①第一機甲師団　②第二重半旅団　③第二軽半旅団　④第九軍団　⑤第二八戦車大隊　⑥第二五戦車大隊　⑦第五自動車化師団　⑧第四軽騎兵師団　⑨第三七戦車大隊　⑩第三〇五師団　⑪第一八師団　⑫第四北アフリカ師団　⑬第五軍団　⑭第二六戦車大隊

イスト装甲集団のムーズ川渡河
夜午後9時

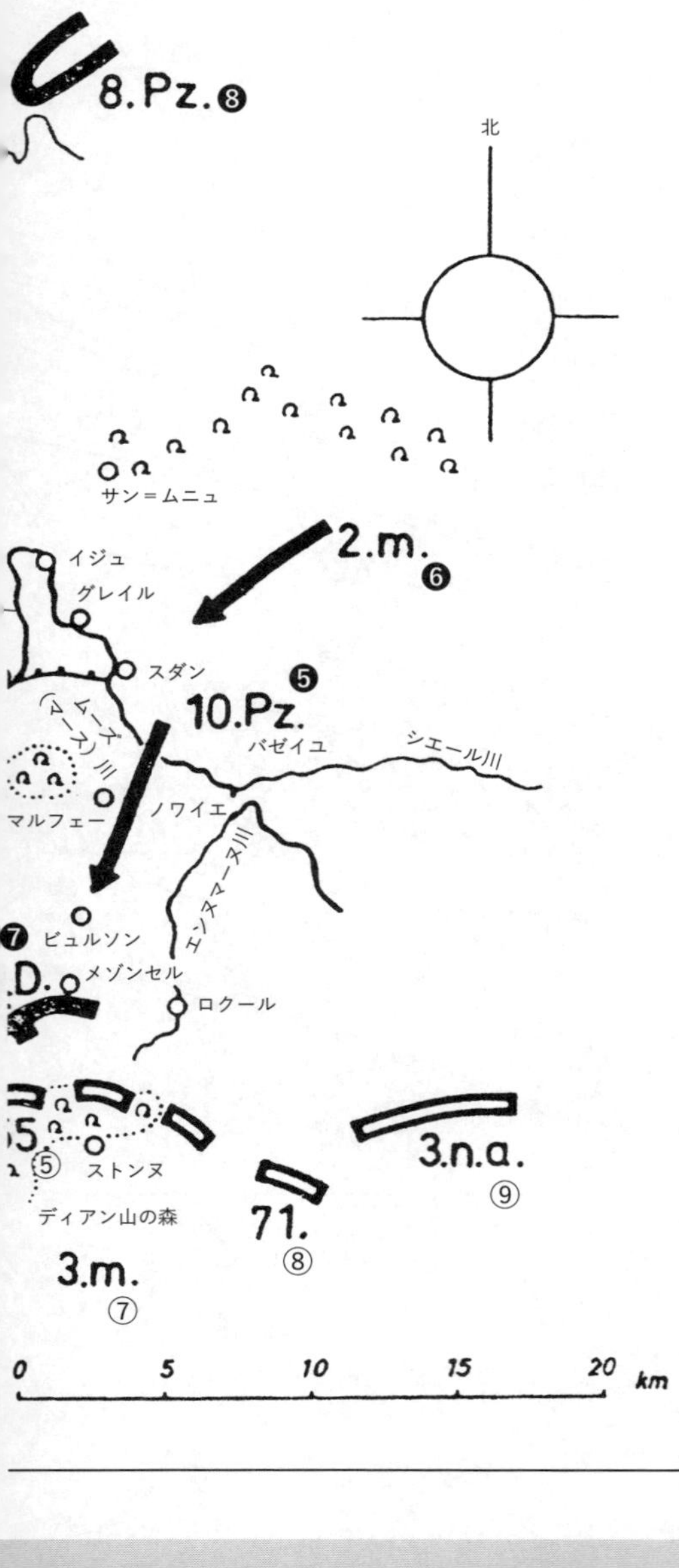

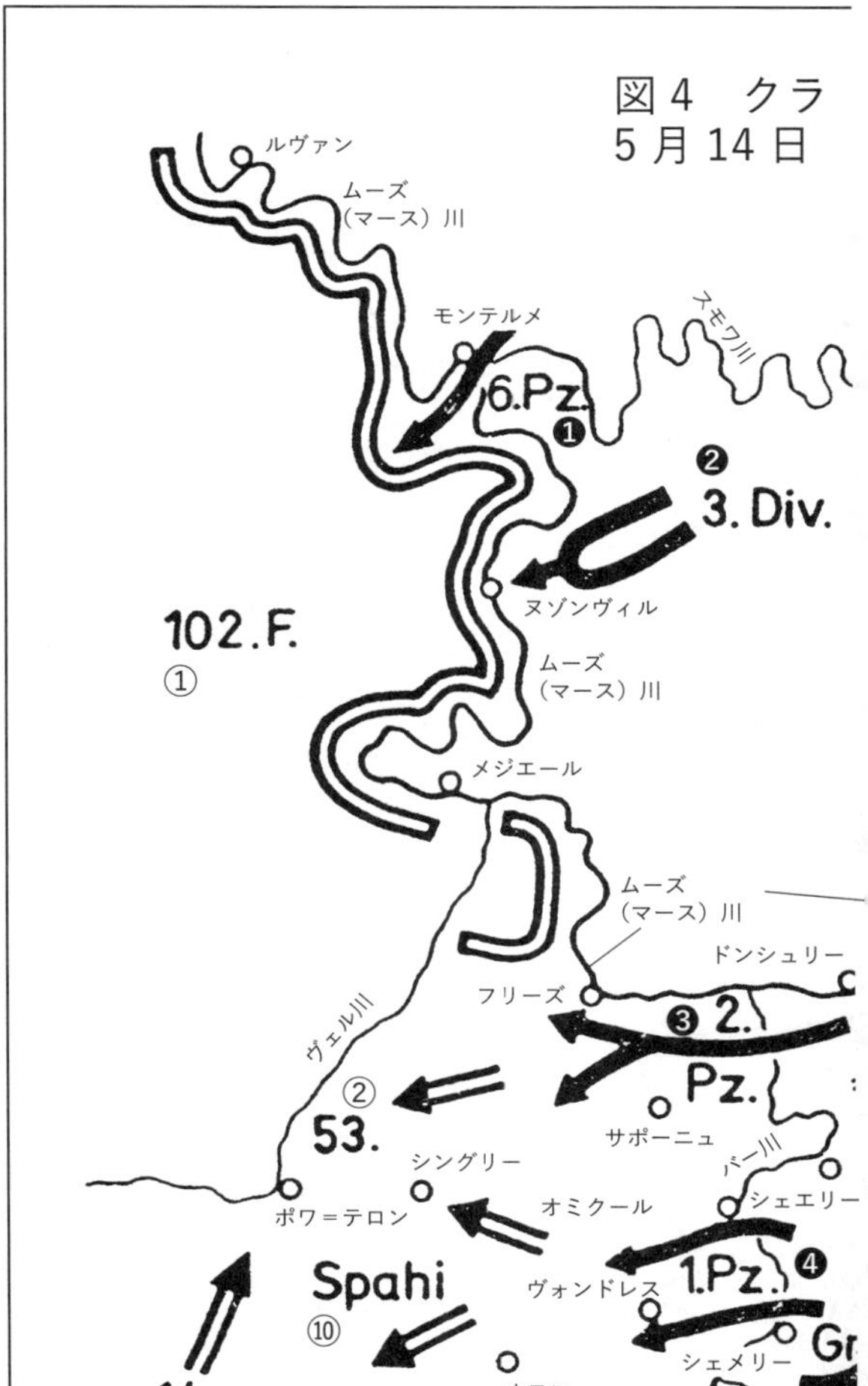

❶第 6 装甲師団
❷第 3 師団
❸第 2 装甲師団
❹第 1 装甲師団
❺第 10 装甲師団
❻第 2 自動車化師団
❼「大ドイツ」連隊
❽第 8 装甲師団
①第一〇二要塞師団
②第五三師団
③第一四師団
④第五軽騎兵師団
⑤第五五師団
⑥第三機甲師団
⑦第三自動車化師団
⑧第七一師団
⑨第三北アフリカ師団
⑩スパヒ師団

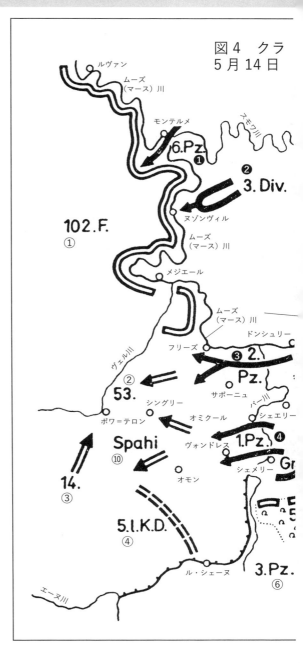

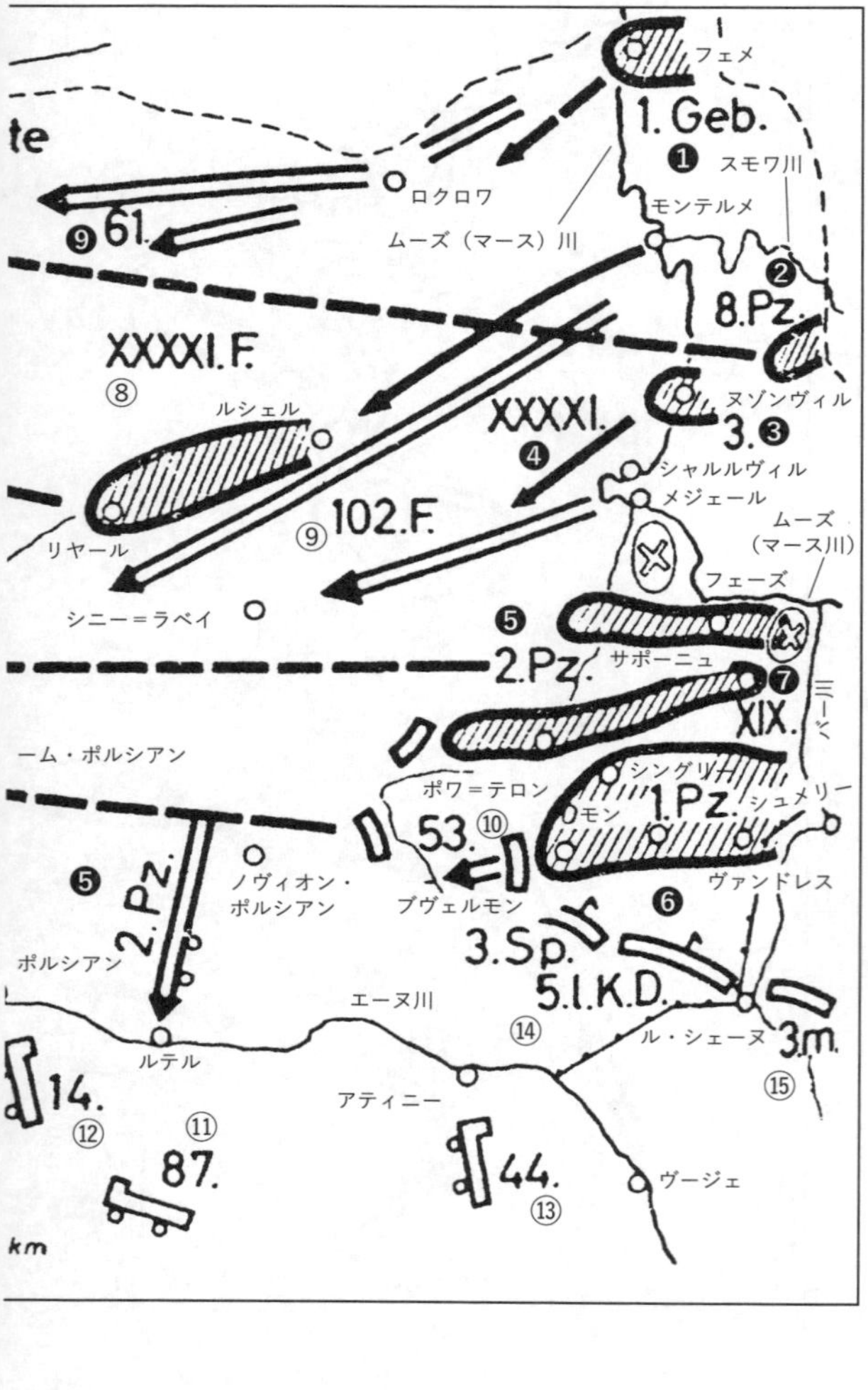
フェメ
1. Geb.
❶
スモワ川
te
ロクロワ
モンテルメ
ムーズ（マース）川
❾ 61.
❷
8.Pz.
XXXXI.F.
⑧
ルシェル
ヌゾンヴィル
XXXXI.
3. ❸
❹
シャルルヴィル
メジェール
⑨ 102.F.
リヤール
ムーズ
（マース川）
フェーズ
シニー＝ラベイ
❺
サポーニュ
2.Pz.
❼
XIX.
ーム・ポルシアン
シングリー
ポワ＝テロン
1.Pz.
シュメリー
モン
53. ⑩
ノヴィオン・
ポルシアン
❺
2.Pz.
ブヴェルモン
❻
ヴァンドレス
3.Sp.
ポルシアン
5.I.K.D.
エーヌ川
⑭
ル・シェーヌ
3.m.
⑮
ルテル
14.
⑫
⑪
87.
アティニー
44.
⑬
ヴージェ
km

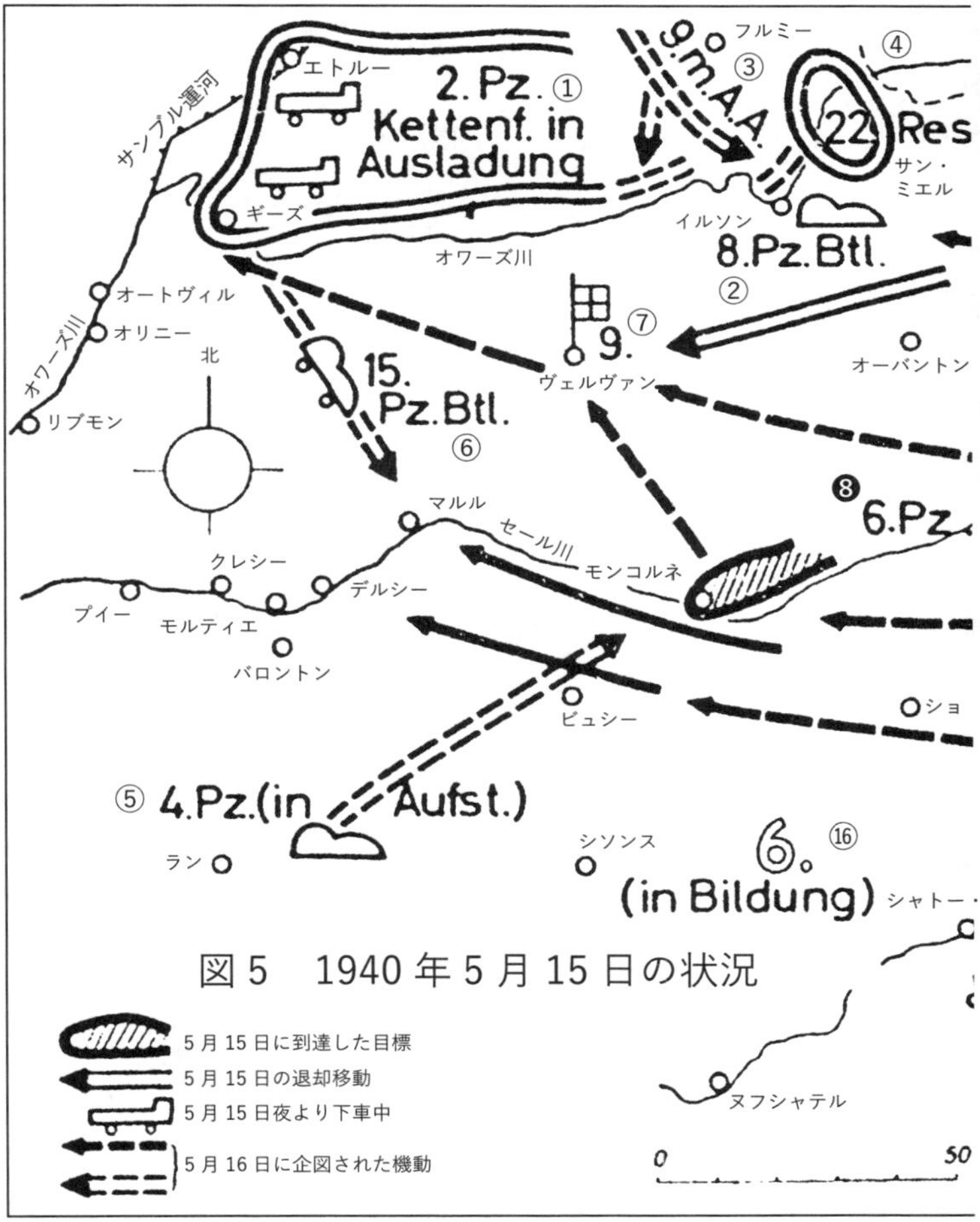

図5　1940年5月15日の状況

❶第1山岳師団　❷第8装甲師団　❸第3師団　❹第41軍団　❺第2装甲師団　❻第1装甲師団　❼第19軍団　❽第6装甲師団　❾第61師団　①下車中の第二機甲師団装軌部隊　②第八戦車大隊　③第九自動車化師団捜索大隊　④第二二師団の残余　⑤第四機甲師団（編成中）　⑥第一五戦車大隊　⑦第九軍　⑧第四一軍団　⑨第一〇二要塞師団　⑩第五三師団　⑪第八七師団　⑫第一四師団　⑬第四四師団　⑭第五軽騎兵師団　⑮第三自動車化師団　⑯第六軍（展開中）

論文5
「一九四〇年の西方戦役に対するマンシュタインの作戦計画と一九四〇年二月二十七日付OKH開進訓令」について（『国防知識』一九五八年第三号）[1]

ヘルマン・ホート

『国防知識』一九五八年第二号で書評された本『黄号作戦』の編著者H・A・ヤーコプセンは、同一九五八年第四号において、自らの立場を表明した。「一九四〇年二月二十四日における『鎌の一撃』計画の誕生」と題したその論文で、一九四〇年の西方戦役計画の成立に対するOKHとマンシュタインの関与の比重を誤って観察しているとの批判に対し、反駁したのである。「マンシュタインの重要な役割」を矮小化するつもりなどなかったというのだ。この宣言は、充分納得し、受け入れることができる。編著者が、OKHの計画立案に対する関与は、一九四〇年二月二十四日付開進訓令の起草程度でしかないと認めたこと、従って、評者の意見に同意したことが見て取れるからだ。編著者がその結論部で、本計画は軍事計画立案の進歩の所産であったとの表現を使ったことは、評者や、評者が知る本作戦の関係者に左のごとき誤解を招いた。そこで示されている「計画立案」とはOKHのそれであり、ヒトラーの「計画立案の進歩の所産」ということなど、まず問題にならないと思わせたのである。しかしながら、編著者は、本「計画（アイディア）」は、「ヒトラーとマンシュタインの発想がほぼ一致していたこと、そして両者の構想が出会ったこと」から生まれたと主張せんとする。ところが、別の箇所では、国防軍最高指導部、すなわちヒトラーの戦略・作戦的構想であるとして語っているのだ。これでは、反論しないわけにはいかない。

最終的な開進訓令の成立に対するヒトラーの関与がいかほどのものであったかについては、評者の書評（『国防知識』、一九五八年第二号をみよ）において、正当な評価を下したつもりであるから、本論で再び詳述することはしない。一九三九年十月二十五日に急ぎ起案され、翌日には放棄された発想を「大構想」として特記することは、ヒトラーの死後にあって、あらたに彼の名誉を回復することにもつながりかねない。そんなことは編著者も避けたいであろうし、また、本『黄号作戦』四〇頁の歴史に関する叙述によって、それもしりぞけられたことと信じる。たとえ、マンシュタインの偉大な功績と「その意志がまったく明確であったこと」が強調されたところで、ヒトラーの名誉を回復してしまうような危険は、ほんのわずかだけ、少なくなるだけにすぎない。「ヒトラーとマンシュタインの発想がほぼ一致していた」とする想定など、維持できるものではないのだ。さもなくば、ヒトラーが冬季にその発想を実行しなかったことを、どうやって説明するのだろう。一九三九年十二月末に、ヒトラーが、作戦の重点はその実行中に初めて定めるとして留保を加えていたことは、彼が一九三九年から四〇年にかけての冬に、マンシュタインのような新しいアイディアなど考えてもいなかったことを示すのである。一九三九年十一月十一日に出された装甲部隊をスダンに投入するとの指示は、ヒトラーに帰せられはするものの、けっして作戦的な理由ではなく、戦術上のそれによるものだったのだ（『黄号作戦』、五一頁をみよ）。

一九四〇年二月十七日に、ヒトラーがただちにマンシュタインの考えに賛成したことも、彼が十月以来、マンシュタイン同様の大規模な構想を抱いていたとする証明にはならない。ヒトラーは四年後に、マンシュタインに述懐している。スダン突破によって、西方における戦役全体を決するような成功をみちびくことができると、一九四〇年に発言したのは彼（マンシュタイン）だけであった。そのことは、けっして忘れないであろう、と（マンシュタイン『失われた勝利』、六一五頁参照）。かかる見通しがあったからこそ、一九四〇年二月十四日、ヒトラーはそくざにマンシュタインに同意したのである。加えて、ヒトラーは、自らが一九三九年十月に指示した作戦の有効性に関する不安についても、マンシュタインと協議することになった。

　左に記すように、この戦役を主導した構想の発案と完成を理解するならば、「本計画（アイディア）の創造」において、ヒトラーはごく小さな役割すら演じていない。「アイディア」、「計画」、実行といった、さまざまなカテゴリーを、ある文章の枠にまとめてしまうことは、往々にして誤解につながる。編著者の優れた歴史叙述から出た推論を、以下のごとく、われわれ軍人の単純な話法にかたちづくってみれば、編著者の見解とほぼ同義になるものと信じる。本戦役を主導した構想は、マンシュタインの創造的な行動による。この作戦計画の実現にあたってヒトラーが果たした役割は、彼がマンシュタイン構想の正しさを確信し、それに応じた指示をOKHに下令したことにある。OKHの功績は、一九四〇年二月二十四日付の開進訓令を発し、マンシュタインのアイディアを現実のものとしたことである。

　情熱的な編著者が行った議論にまぎれこんだ不正確な点や軍事に関する間違いについて、ここでいちいち触れるつもりはない。それによって、ことがいっそう明快になるというわけではないからだ。

ただ、普遍的な意義がある一点について、訂正を加えておこう。編著者は、これまで職業軍人にゆだねられていた戦史の事象を、歴史家はどの程度まで認識し、また正しく述べることができるかという問題の討究を求めている。評者も、それを行うことには賛成だ。しかし、今回、戦史ではなく、作戦的な事情について述べてきたのだということを確認しておこう。しかるに編著者は、部分的な領域において全体を語り、おそらくは彼自身わかっていないイメージを喚起しようとしている。そもそも歴史家が戦史を叙述することは正当であるかと、批判したくなるようなことだ。むろん、そんな所為は適切ではない。

『国防知識』第七巻（一九五八年）第八号

原註

❖1　このテーマに関して、これ以上の議論を重ねることは『国防知識』の対象枠を超えているであろう。それゆえ、本論争はここで終わりとしたい。

論文6

戦史の実例にみる、戦隊として運用された装甲師団の戦闘

ヘルマン・ホート退役上級大将

実験演習の価値と無用性

『国防知識』一九五八年第一一号で、キッセル退役少将が、リューネブルク荒地における「一九五八年度指導・実験演習」について詳細に記述している。NATOに属するドイツ軍師団を、旅団から編合する場合の基礎とすることになっている演習だ。ほとんどの日刊新聞は、演習最後の二日のことしか報じていないから、この評論はいっそう感謝に値する。その二日間、招待された多数の客が見守るなか、新型編制の戦車旅団一個が、陣地に入ろうとする新編擲弾兵〔機械化歩兵のこと〕旅団に対する攻撃を実行したのである。かかる報道からは、実験演習全体が軍事的なショーに重きを置いており、PR〔その必要性に異議を唱えるわけではないが〕が前面に押し出されていたかのような印象が生じるかもしれぬ。幸い、そういうことではない。当然しごくのことではあるけれども、それ以前の四週間にわたって新型の編制が試験されたと聞いている。おそらく、最小単位に至るまでの小規模団隊の演習に重点があったはずだ。なぜなら、新し

い編制と戦闘形態を試すにあたり、もっとも価値ある経験は、小規模団隊（戦隊《カンプフグルッペ》〔Kampfgruppe〕に組まれた班、小隊、中隊）の演習から得られるからだ。そこにおいてこそ、真の意味での演習がなされる。つまり、中断し、繰り返してみて、さまざまに試験することができるのである。そのような演習は、さまざまな理由から、増強された大隊規模の団隊レベルにおいてすでに困難になるし、より大きな編制にあっては不可能となる。できるかぎり実戦に則した状態で演習の目的を果たすためには、大きな審判組織と特別に厳格な指導を要する。二日のあいだに、さまざまな戦闘状況を想定するとあってはなおさらだ。一九五八年九月二十五日と二十六日に実施された本演習はそれにあてはまる。専門家のもとで編制の問題を扱った演習であった。

こうした演習は、とりわけ指導部にとって、教訓にみちたものである。とはいえ、その経緯のみから、試験された編制と戦闘形態が戦時において目的にかなうか否かという点についての結論を引き出すのはいかがなものか。この場合、当然の帰結として、ドイツ軍の模範にならって編合された二つの旅団が対抗演習を実施した。だが、ロシア軍のごとく、機甲戦力を戦場に大量集中し、大きく縦深を取って戦闘する敵に対しては、あらためて別の戦闘形態を用いなければならなかったはずだ。[❖1]この問題については、後段で言及することにしよう。とにかく、かくも細心の注意を払って設定された「実験演習」においても、「敵の弾丸」、つまり、彼我の火力が戦士たちとその指揮官に与える物質的・心理的効果といった面は欠如している。この問題は、多かれ少なかれ、恣意的なかたちでしか想定できないのだ。この欠落は、けっして等閑視されてはならないのだが、やはり「実験演習」の証明能力をそこなっており、演習を視察したキッセル将軍も強調している。その欠落は、誘導兵器や核兵器といった、実際に使用された、もしくは使用を想定された新兵器において、とくにあきらかになっている。

われわれの時代において、将来の戦争遂行に関する適切な像を描くのがとりわけ難しくなっていることは疑う余地もない。「抑止戦略」〔互いに核兵器の使用がためらわれる状況をつくりだすことによって、核戦争を回避する戦略〕という概念、さらにそれと対置される概念である「恐喝戦略」〔軍事力や経済力を以て脅威を加え、それによって相手を譲歩ないし屈服させることによって、実際に軍事力を行使することなく目的を達成する戦略〕は、戦略の領域における考察すべてが完全に変化したことを明確にしている。が、予想される核戦争の影響がなお陸上における戦争遂行の余地を残している限りは、敵に戦力を向ける、あるいは、優越せる敵戦力を回避するための軍事作戦が必要になるであろう。かかる進退を行うにあたり、第二次世界大戦で機動性のある（自動車化された）団隊は、あらゆる行軍規定を度外視してまでも、思いきった集中をなした。が、それは、いまや致命的なまでに危険なことである。

とはいえ、部隊を旅団に分割するだけでは、行軍の停滞、そこから生じる車両渋滞を排することは技術的に不可能だろう。誘導飛翔体の航続距離と破壊効果の規模が増大したことにより、常用されてきた、徒歩行軍のためにも調整できるような自動車化団隊のための行軍指示要領は根本的な変換を強いられることになった。戦場それ自体においても、従来のような集中（待機陣地へのそれなど）を避けねばならぬことはもちろんである。戦時において、味方部隊を、向こう見ずにも核攻撃（六月二十九日の演習で、赤軍〔多くの軍隊の演習では、伝統的に仮想敵を「赤軍《あかぐん》」と称する。味方は「青軍《あおぐん》」〕実験旅団はそれに支援されていた）の危険にさらすことが許されるかどうか。それは、すでに敵味方が錯雑してしまった状況をみた演習参観者にとっては、おそらく問題ありと思われたことだろう（『国防知識』、一九五八年第一一号、五九二頁）。

核戦争という前提に適合せしめるとの目的のもと、われわれの師団はどのような原則に従って編成されるべきか。その手がかりを得るために大戦の経験を引いてくることは、以下にみるごとく、ほとんどなされていないようだ。つい最近、ある高官が、このような発言をしている。「政治・軍事の観照において偉大な存在でありつづけているクラウゼヴィッツは、あらゆる戦略・戦術上の指令で繰り返し引用されてきた。彼から、その姿勢を学ぶことはできる。ただし、行動、そう、自ら行動することを学ぶことができない」と❖2。このような言葉を口にした人物の自由で雅量のある思考方式〔蛇足ではあるが付け加えておくと、むろんホートの皮肉である〕は、将来の行動に対する判断力をクラウゼヴィッツから学び取るために、生涯その著作を研究してきた、われわれ旧軍人には、以下のごとくに受け止められる。このハンブルクの指揮大学校で演説した人物のクラウゼヴィッツ評価を寛大に解釈してやれば、われわれも彼に怒りを覚えたりはしないだろう。

現実と遊離した理論家などとは程遠く、理論と実践を統合せんと熱心に努力した人物であるクラウゼヴィッツは、その戦争に関する根本概念を原則によってあきらかにするというようなことは、ほとんどやっていない。たとえば、クラウゼヴィッツは繰り返し兵力の集中を求め、彼の時代に戦争遂行の流儀として好まれた兵力分散に対して、警告の声をあげている。だとしても、この戦争体験から得られた原則は、その「偉大な軍事に関する観照」の一部でしかないことは間違いない。かかる原則も、戦術的・作戦的な指揮という面で有効であるにとどまるであろう。もちろん、かかる原則というかたちを取ったことは、あらゆる世代によって思料し直されなければならないのである。

　ドイツ装甲師団は、充分な経験も持たぬまま、政治指導部が展開させた第二次世界大戦にのぞんだ。スペイン内戦は、われわれに、個々の戦車の強みや武装に関する貴重な認識を与えてくれたが、その戦術・作戦上の運用についてはそうはいかなかった。それゆえ、一連の指導演習（多くは部隊ごとに演習場で行われた）において、戦車と歩兵ならびに砲兵との協同がとくに実験されたのだ。筆者は、一九三八年にそうした演習を設定指導したことがあるけれども、そこから導かれた結論はまったく主観的なものにすぎなかったと認めざるを得ない。大規模装甲団隊の運用可能性を解明するため、一九三九年秋に大規模な演習が予定されていた。しかし、それは、戦争の勃発により中止されてしまったのである。装甲師団の作戦的運用は、陸軍総司令部が戦争中に初めて実行することとなった。その際、装甲師団はまとめて扱うにはかさばりすぎることがすぐに判明したのだ。

　行軍を円滑たらしめるため、教範にあらかじめ指示されていたことに従い、行軍隊が編成された。あらゆる兵科の部隊を編合し、場合に応じて複数の道路を利用するものである。そこから、たびたび戦隊が組まれた。のちには、装甲師団の主たる衝力、すなわち戦車そのものを、他の装軌車両（自走砲、対戦車自走砲）や装甲された車両（歩兵戦闘車）に乗せた装甲擲弾兵と組み合わせた「装甲戦隊《ゲパンツェルテ・カンプフグルッペ》」(gepanzerte Kampf-gruppe）が編合されている。装甲戦隊は、突撃のくさびとして、準備された敵陣に突破口を穿《うが》ち、師団の他の部隊による追随を可能ならしめるものとされた。時間を空費することなく戦車突撃の戦果を拡張するため、装甲戦隊は多くの場合、より遠隔の目標に投入された。

　こうした発展について、装甲部隊の高級指揮官たち（軍団長、軍司令官）が懐疑を抱いていなかったというわけではない。が、平時に常用されていた訓練原則のもと、戦時編制の建制上で隷下に置かれた戦車、歩兵、砲兵などの指揮官に対して命令を出すことに慣れていた師団長たちは、いよいよ下級指揮官がそうした任務を引き受けるようになってきたものとみていた。しかし、下級指揮官が率いる本部は、そのような任をこなすには、指揮の補助にあたる人員や通信手段が不充分であるし、かかる混成団隊指揮のために人物や訓練を基準として選び抜かれた要員を配しているわけでもなかった。それゆえ、師団長たちはますます、隷下にある戦隊の一つ（たいていは装甲戦隊だった）を通じて、指揮を執るようになっていく。ただし、それによって、彼の師団に属する他の部隊をほとんど掌握できなくなった。とはいえ、そんな事態を避けるために、後方から師団を指揮すれば、もっと不都合なことになったであろう。よって、遅かれ早かれ、師団の指揮統制は取れなくなる。つまり、装甲団隊の戦術の特性に適しているという点で、〔戦隊以上に〕満足のいく解決が得られることは、戦時中にはなかったのだ。

以下、第二次世界大戦の戦史から、三つの実例を示すことにしよう。いずれの場合においても、装甲団隊は戦隊に分割された上で戦闘を行ったのである。

ブズラ河畔における第4装甲師団の戦闘——一九三九年九月十六日〜十八日

一九三九年九月のヴィスワ川とブズラ川のあいだでの第4装甲師団の戦闘を、第一の実例として選ぶことにしよう。この観察は、同師団の戦功ある指揮官が、戦時の文書に依拠して戦後に行った叙述（『国防知識』、一九五八年第五号）をもとにしている。

戦車大隊四個、擲弾兵〔歩兵〕大隊五個、軽砲兵・重砲兵大隊それぞれ二個を主戦力とする第4装甲師団は、九月九日以来、ワルシャワとその西方で正面をさまざまに変えながら戦闘を遂行していた。ワルシャワ前面で、第10軍麾下の他の部隊と交代した同師団は、九月十四日、三つの支隊に分かれて、西方に前進した。その任務は、ブズラ川とヴィスワ川の合流点とソハチェフのあいだのブズラ戦区で、ポンメルンとポーゼンから東に退却してくるポーランド軍部隊を封じることであった（図1）。

ここまでの戦闘から、同師団は、以下のごとき戦隊・行軍隊に区分されていた。

A支隊　第5戦車旅団長指揮。第36戦車連隊第1大隊、「直衛旗団」〔武装親衛隊「アドルフ・ヒトラー直衛旗団」。連隊規模〕の三分の二（二個大隊）、第103砲兵連隊第2大隊等。

B支隊　第36戦車連隊第2大隊、「直衛旗団」の三分の一、第103砲兵連隊第1大隊等。

C支隊　第35戦車連隊、第12狙撃兵連隊、重砲兵大隊二個。

おおよそ、このような区分（第35戦車連隊を欠いたC支隊は、A支隊とB支隊の中間に占位した）のもとで第4装甲師団は戦い、ブズラ川流域、ソハチェフとプレツェヴィツェを結ぶ線に達した。ブロフフはまだ敵が居座ったままであり、また敵の猛攻を受けて、ソハチェフからは撤退しなければならなかった。[❖2] これまで軍団予備とされていた第33歩兵連隊が、師団南翼に増援される。九月十六日、第4装甲師団は、この正面幅五キロの戦線から、ブズラ川渡河攻撃を実行した。南で戦闘中の第8軍の負担を軽減するためである。ソハチェフ南方では、第1装甲師団を後続させた第19師団が、ブズラ川を越えて、北を攻撃した。この第16軍団麾下三個師団を以てするブズラ川北での攻撃は、強力なポーランド軍部隊に突き当たった。これらの敵は、ソハチェフ付近とその南でブズラ川を渡り、ワルシャワ方面に攻撃することとされていたのである。ポズナン軍ならびにポモルツェ軍の司令官たちは、従来、北から南に向かう攻撃により、ドイツ第8軍を蹂躙せんと試みていたのであるが、九月十五日、ソハチェフ近くでブズラ川渡河攻撃を東方に向けて実施し、形成されつつある包囲陣を突破するため、麾下部隊の再編合を行うと決定したのだ。

第4装甲師団は、命じられたブズラ川渡河攻撃のため、二つの攻撃支隊を編合した。

(A)プレツェヴィツェ西方よりヘレンカを経由して、ルシュキに向かう攻撃――第5戦車旅団長指揮。第35戦車連隊第1大隊、「直衛旗団」、第103砲兵連隊第2大隊(重砲兵)。後方に、第36戦車連隊第1大隊を控置。

(B)ホダクフ西方よりアダモヴァを経由して、ルシュキに向かう攻撃――第35戦車連隊第2大隊、第12狙撃兵連隊、第103砲兵連隊第1大隊(重砲兵)。第7捜索大隊は第1軽砲兵中隊を随伴し、ブロフフ方面に対する掩護に当たる。

モスティキ付近に控置される師団予備――第36戦車連隊、第33歩兵連隊(自動車化)。

両攻撃支隊は、九月十六日朝にブズラ川を渡り、その西岸でまず弱体な敵に遭遇した。これは奇襲になったようで、その敵は駆逐された。先頭の戦車大隊はさらに急進し、正午にはいくつかの歩兵中隊とともにルシュキに達する。そこで、強力な抵抗にいきあたったのだ。後続の歩兵大隊は、戦車に膚接《ふせつ》していくことができなかった。息を吹き返し、抵抗を繰り返す敵をくじかなければならなかったからである。南側の支隊はまもなくその側面に、強力な敵による南からの攻撃を受け、アダモヴァ前面で大損害を出しながら、各個に戦闘を続けていた。第36戦車連隊第1大隊と第33歩兵連隊が投入されたにもかかわらず、再び攻撃が進捗するには至らなかった。第35戦車連隊より分派された大隊も、ルシュキ付近で、損害が大きいわりには戦果が得られない戦闘を遂行していた。このとき、敵は北から味方の捜索大隊を攻撃し、南翼ではソハチェフを失陥させた。第19師団と第1装甲師団も同様に、ソハチェフとリブノのあいだで、強力な敵に攻撃されている。そこで第4装甲師団は、ヘレンカ両側の橋頭堡に隷下部隊を後退させることにした。最優先で退却したのは、乗員の四分の一を失い、百八十両の戦車のうち六十両のみを稼働させられるだけになった第35戦車連隊だ。たとえ敵が戦車を使っていなくとも、戦車大隊を個別に投入すれば、間尺に合わない損害を出すということが証明されたのである。ともあれ、敵が企図していたブズラ川を越える攻撃は実行されなかった。敵司令官は、代替策として、左のごとく決断した。九月十七日にソハチェフの北で三個歩兵師団ならびに二個騎兵旅団を以てする攻撃を再開、道なき地域であるカンピノス森へ向けて突破するため、ブズラ川河口とブロフフのあいだの空隙を利用して、麾下師団群の主力を動かすのだ。

九月十六日から十七日にかけて、第4装甲師団は比較的平穏な夜を過ごした。この間、師団北翼に対する敵の圧力が高まってきたことと鹵獲文書の情報により、九月十七日、第4装甲師団長は、敵の企図はブロフフの北で逃走を試みることにあると確信したのである。従って、師団の主たる課題は、ヴィスワ川までも広がる間隙を埋めることにあるとみられた。ここで、師団のあらたな編合変えが必要になる。まずは、師団の北側面を固めることが重要だった。師団長は、第36戦車連隊にその任をゆだね、第7捜索大隊のほか、橋頭堡から抽出した部隊、すなわち、第36戦車連隊第1大隊、第33歩兵連隊第3大隊、第103砲兵連隊第1大隊を、同連隊の指揮下に置いた。また、早くも午前中には、この支隊に、第103砲兵連隊第2大隊とその重砲兵大隊二個が増援されている。指揮を執ったのは第5戦車旅団長で、ヤヌヴェクとブロフフから敵を駆逐せよとの任務を帯びていた。両地点とも、夜には、この戦隊が占領するところとなる。また、夜までには、ブズラ川西方における第19師団および第1装甲師団の北への前進が顕著になっていたから、橋頭堡からより多くの部隊を引き抜き、北側の戦隊に増援してやることができた。この戦隊は九月十八日に、シラドゥフの西でヴィスワ川まで打通すべしとの命令を受領していたのだ。この攻撃は、東に後退してくる敵のなかに分け入っていくかたちになる。それに向けて、第4装甲師団は、左記のように編合された(図1をみよ)。

第5戦車旅団を基幹とする戦隊(図にDとして示す)——第36戦車連隊、第12狙撃兵連隊第1大隊、第33歩兵連隊第3大隊、「直衛旗団」第1大隊、四個砲兵大隊。

ブズラ川の西、橋頭堡内(図のE)——「直衛旗団」第2および第3大隊、第12狙撃兵連隊第2大隊。

師団予備(図のF)——第35戦車連隊(休養再編中)。

軍団予備(図のG)——コストキ付近にある第33歩兵連隊(第3大隊欠)。

いまや、一人の旅団長の指揮下に、二個戦車大隊、三個歩兵大隊、四個砲兵大隊、さらには捜索大隊・戦車猟兵《パンツァーイェーガー》〔Panzerjäger. 対戦車部隊〕大隊各一個が結集されたのである。加えて、橋頭堡から抽出された部隊も増援されることになっていた。

厚い縦深を組んで攻撃にかかった第36戦車連隊の突撃は、すでにブズラ川東岸にあったポーランド第一七師団(グニェズノ)を蹂躙、正午までにはシラドゥフ付近でヴィスワ川に達していた。攻撃中、トゥウォヴィツエに前進指揮所を設置していた第4装甲師団長は、シラドゥフの現場で、麾下大隊群に西へ旋回せよと指示した。ところが、この機動のさなかに、四個歩兵師団と二個騎兵師団から成るポーランドの大軍が殺到してきたのである。「彼らは胸まで水に浸かってブズラ川を渡り、やみくもに東方への突破を試みた」あらゆる包囲戦につきものの光景が展開された。いまだ勝利の余韻にひたっていた部隊が、突如、四方八方から圧倒的な敵の大軍に襲撃されたのだ。そこかしこで激烈な近接戦闘が生起した。司令部要員まで武器を取らねばならず、統一的な指揮など消え失せた。敵が出現した地点では、誰もが自力で防衛にあたらなければならなかったのである。だが、装甲師団の戦時編制を扱うという本稿の課題からすれば、夜まで続いた戦闘を個別に描写しなくともよかろう。それらは、別の文献で具体的に記されている。ここでは、戦闘結果を知るだけで満足しなければなるまい。九月十八日正午までには、師団予備が召致・投入されて、包囲された部隊を解放し、攻撃に移って、敵の最後の抵抗を撃破した。二万人の捕虜を得、また数えきれないほどの兵器と装備が鹵獲されたことは、勇敢な敵に対する四日間の戦闘が勝利に終わったことを示す、明々白々たる証しだった。

おのずから得られる教訓は、以下の通りである。近代の戦闘は、さまざまな団隊を混成した戦隊を必要とする。それらの団隊は相互に協同しなければならない。共通の目標に向けて、師団長が隷下の各戦隊に対し確たる指導を行うことは、決勝地点で強力であるために、いよいよ必要とされる。多数の戦車大隊を結集することのみが、勝利を確実にする。戦車大隊を各個に投入すれば、すぐに消耗してしまうのだ。

一九四〇年五月十六日ならびに十七日における、ボーモン南方のフランス軍陣地を突破、サンブル川渡河に至るまでのロンメルの戦車による突進

最初の戦例として、師団長の緊密な指揮のもと、四日間にわたり、さまざまな編合を行った第4装甲師団の戦いを示した。つぎは、師団長が直率する装甲戦隊による戦果拡張の実例である。

〔一九四〇年〕五月十六日〔西方戦役中ということになる〕、第8、第15、第2軍団を麾下に置く第4軍は、シャルルロワ、ボーモン、イルソンを結ぶ線に前進中であった。五月十三日から十五日にかけて、第4軍は、イヴォワールとジヴェのあいだでムーズ川を渡り、勝利を得ていた。

彼らの前方では、フランス第九軍麾下の撃破された諸師団〔第五自動車化師団、第一八、第二二、第四北アフリカ歩兵師団、第一、第四騎兵師団、第一機甲師団〕の残存部隊が、モブージュ－イルソン間の国境陣地の背後に向かって潰走している。サンブル川の北では、第6軍南翼〔第16軍団〕が追随していた。同軍団は、五月十五日から十六日にかけての夜に、ナミュール北方の地域から西に後退するフランス第一軍を圧迫していたのである。フランス・ベルギー国境の南では、クライスト集団が、ムーズ川沿いの戦闘で粉砕された第五二予備師団、第六一予備師団、第一〇二要塞師団を追撃しつつ、オワーズ要塞に向かっていた。一方、フランス軍指導部は、ドイツ軍の戦車が穿った戦線の穴を、あらたに召致された師団で埋めようと苦心惨《く しんさん》憺《たん》している。第4軍正面の要塞線には、第一〇一要塞師団、ヴァランシェンヌで鉄道から下ろされた第一北アフリカ師団、第九軍の残存部隊が急ぎ投入された。

フランス第一軍はボーモン経由でフランス領内に入ろうとするのではないかと懸念した第4軍は、五月

十六日、まず第15軍団を停止させ、第8軍団が同じ線に到達するまで、フィリップヴィルの北と西で軍の側面を掩護する任務を与えた。これは、五月十六日朝の「最先頭の部隊はモブージュ南東のフランス軍陣地を越えてはならず、また北側面を充分に掩護すべし」というA軍集団命令にも合致していた。加えて、六月十五日正午に第4軍司令部を訪問した陸軍総司令官の「装甲師団のたづなを短く握っておけ」との勧めにも沿っていたのである。

そのころ、軍の最高指導部は、くさび状に突進する部隊の両側面に対し、敵がサンブル川方面ならびに南方のエーヌ川地域から攻撃してくるのではないかと恐れていた。そのような不安は、ムーズ河畔で得られた戦果を断固拡張したいとする装甲部隊指揮官たちの熱望と対立するものだったのだ。第4軍司令官と協議したのち、第15軍団長は、五月十六日午前十一時ごろに、シヴリーならびにモンリアール（シヴリー南東五キロ）経由で前進する準備を整えるよう、第7装甲師団に命じた。第7装甲師団は、捜索大隊をフロワ＝シャペル、主力をセルフォンテーヌ＝フィリップヴィルの線に進出させ、国境陣地の偵察を行っていたが、命に従い、第35戦車連隊（三個大隊）、第37捜索大隊、第7オートバイ狙撃兵大隊、第78砲兵大隊第2大隊から成る「尖兵部隊」を編合した、この尖兵部隊がシヴリーの西で要塞を突破し、全師団がそれに続くのである。午後二時四十五分、第15軍団が機動の自由を得るや、電話で命令が下達された。「第7装甲師団は本日中にも敵陣地を突破、アヴェーヌに進出すべし。第5装甲師団が右側面を掩護する」午後六時、第7装甲師団の尖兵部隊はシヴリーの西でフランス国境に到達、敵陣地突破のため、ただちに展開した。

砲兵と戦車の支援を受けて、狙撃兵が中間地帯の障害物や地雷、対戦車陣地を除去し、激戦によって多数のトーチカを占領する。夜のとばりが降りるころまでに、第25戦車連隊は波状攻撃により突破口を開き、尖兵部隊に属する他の部隊も戦車に膚接して前進した。師団長のロンメル少将に直率された「尖兵部隊」は、セルフォンテーヌを通ってなお進軍中の狙撃兵連隊を待つことなく、月光を浴びながら進撃を継続したのである。午後十時には、アヴェーヌに向かう主要道路に入った。避難民といっしょになりながらも、縦隊は、撃破され、再集結にかかっていた第一八師団の残存部隊でいっぱいの村々を通り抜けていく。アヴェーヌのすぐ手前では、五月十五日にムース川の西で第5装甲師団に撃破された敵第一機甲師団に属する砲兵大隊が野営しているところに出くわし、これを蹂躙した。敵兵は、南の開かれた地へ逃げ散り、何の抵抗も示さなかった。午前零時近く、アヴェーヌに入って初めて、第一機甲師団の最後の戦車十七両を相手とする激しい市街戦が生じた。午前一時、本隊に合流するため、モルマル森からトレロンに向かおうとしていた第一北アフリカ師団所属の重砲兵大隊の一部が捕虜となる。朝には事態も落ち着いた。

全師団が自分に付き従っていると確信したロンメルは、午前四時、第25戦車連隊(一個大隊欠)とオートバイ狙撃兵大隊を以て、ランドルシーをめざす前進を継続する。午前六時、同地にあったサンブル川に架かる橋は、オートバイ狙撃兵によって、戦闘もなしに無傷のままで占領された。二個戦車大隊が、さらにル・カトーに向かって進撃する。両戦車大隊はそこで抵抗に遭い、市の東側で防御陣を布いた。師団司令部との無線連絡はなお途絶したままだったけれども、師団長は危険を冒して車行し、増援、そして、とくに弾薬を運び込ませるため、アヴェーヌに戻った。

この戦車による夜間突進の効果を判定するためには、敵情を瞥見《べっけん》しておかなければならない。フランス軍国境陣地には、第一北アフリカ師団隷下の諸部隊が配置されていたことはすでにみた。この優良師団は、すでに五月十二日にはパリ北東地域から鉄道でヴァランシェンヌに進められていたが、五月十五日、そこで予期せぬ命令を受領した。トレロンの要塞を守るため、トラックを使い、アヴェーヌ経由で同地に向かえというのである。乗車と行軍が遅延したため、歩兵大隊五個と砲兵中隊三個がトレロンに到着したのは、ようやく五月十六日の夜になってのことであった。が、ドイツ軍戦車のアヴェーヌ奇襲占領により、同師団は二つに分断されてしまった。残る四個歩兵大隊と砲兵の主力は、のちにモルマル森で撃滅されることになる。

もう一個、行軍中だった師団も、ランドルシーを通っての前進により、同じく二つに分断された。五月十五日、連合軍の北翼にあって、アントウェルペンに到達しかけていたフランス第七軍麾下の諸部隊は、オワーズ川沿いの戦線に開いた穴を埋めるため、フランスに引き返せとの命令を受ける。ドイツ軍がサンブル川を越えて急進したため、これら七個師団のうち、定められた目的地に到着したものは一つもなかった。第九自動車化師団は先陣切って行軍を開始し、ヴァランシェンヌを経由してカンブレーへと進軍した。ところが、五月十六日の晩に、第二機甲師団とともにヴェルヴァンを攻撃するため、ヌヴィオンの森で準備せよとの命令を下達されたのだ。第九自動車化師団はこの命のもと、ランドルシーめざして旋回、その先頭にあった行軍支隊は南へ進み、五月十七日午前四時にランドルシーを通過した。が、アヴェーヌで起きていることなど知るよしもなかったのである。二時間後、同師団の行軍路とロンメルの「尖兵部隊」が交差した。その日のうちに、広く分散していた第九自動車化師団の別の行軍支隊が接近し、ランドルシーール・カトー街道の北で鉄道から下車した。射撃戦が展開される。敵は、ル・カトーと南方から、孤立した第25戦車連隊に向かって前進した。車両に弾薬を満載した第6狙撃兵連隊の一個大隊、第7捜索大隊、残る一個戦車大隊がランドルシーに到着したときには、第25戦車連隊は弾薬を撃ちつくしていたのだ。こうして尖兵部隊は、師団隷下の他部隊が、繰り返し封鎖されたアヴェーヌ-ランドルシー街道に続々と到着するまで、サンブル川西方地域を守りぬくことができたのである。

サンブル川越えの装甲戦隊の果敢な突進は、師団長自らの介入のたまものだった。それによって、とほうもない作戦上の成果がもたらされたのだ。かかる戦果には、フランス第一八師団および第一機甲師団の残存部隊の投降、第一北アフリカ師団隷下の強力な部隊の排除が含まれている。加えて、第九自動車化師団、さらに、もともと第七軍麾下にあった第一軽機械化師団、第四師団、第二五自動車化師団が、英仏海峡沿岸をめざして急進するクライスト集団の右側面に突撃することを防いだ功もあった。

しかし、弱体な尖兵部隊のみでサンブル川を越えるというロンメルの独断専行的決定は、ほとんど一大賭博に等しかった。遅くともサンブル川の西に達するころには、南北両側面に優勢な敵戦力が召致されるものと覚悟しなければならなかったからだ。五月十七日に第九師団が、また五月十八日に第一軽機械化師団が示した遅疑逡巡のおかげで、弱体かつ弾薬も充分に持たぬ「尖兵部隊」は圧殺されずに済んだのである。第15軍団長〔ホートのことである〕は、第7オートバイ狙撃兵大隊の無線通信を傍受したことにより、夜になって初めてアヴェーヌ奪取を知った。彼は、ロンメルにそこを固守させようとしたが、もう命令を届けることができなかったのだ。

師団長による「尖兵部隊」の指揮は必要ではなかった。なぜなら、第25戦車連隊長は、行動力のある指揮官であることを実証していたからである。それでもなお、ロンメルが突破とアヴェーヌへの進撃に同行したことはまだ正当化し得る。だが、アヴェーヌ以降においては、師団長はもはや「尖兵部隊」に貼り付いているのではなく、師団主力を速やかに追随せしめるとの課題に配慮しなければならなかったのだ。そのころ、師団主力は一晩中、ロンメルと連絡が取れぬまま、軍団長の命令が下達されるのを待っていた。その軍団長はといえば、五月十六日夜の時点ではまだ、国境陣地を順序立てて突破する必要があると考えていたのである。ここで叙述したできごとは、核戦争下にあっても、集中され、大胆な指揮を受けた装甲部隊が大きな可能性を持っているということの確たる実例であろう。また、この戦例は、一つの装甲師団を、よく組織された混成団隊に分割する必要があることを示している。そうした下部団隊の協同をみちびくことは、師団長の主たる課題なのだ。

スターリングラード解囲に際しての第6装甲師団の突進（図3参照）

前の戦例では、師団長が師団尖兵部隊とともに行動し、師団全体の指揮が執れなくなっていた。それゆえ、最後にあげる戦史の実例では、師団の指揮の多くが、いかに日一日と戦車連隊長にゆだねられていったかを追ってみることにしよう。この場合、戦車連隊長の麾下に、よりいっそうの戦力が置かれていったのである。

包囲された第6軍との連絡線を確保する任務に指定された第57装甲軍団（第23装甲師団、第6装甲師団）は、一九四二年十二月十二日、コテリニコヴォ－スターリングラード鉄道の両側で攻撃に出た。重点を形成したのは、フランスから輸送され、建制通りの兵力を有している第6装甲師団である。一方の第23装甲師団は、コーカサスの難戦を経てきており、いまだ少数の戦車しか使えない。第57装甲軍団が対峙しているのは、ロシア軍歩兵師団一ないし二個、戦車を増強された騎兵軍団一個と推定されていた。この騎兵軍団は、十二月四日にポチョムキンスカヤからコテリニコヴォに進撃した際、大損害をこうむっている。

第6装甲師団は、十二月十二日朝、コテリニコヴォ北方の待機陣地より出撃、三つの戦隊に分かれ、北をめざす攻撃を開始した。鉄道沿いに前進する装甲戦隊は、第11戦車連隊長フォン・ヒューナースドルフ大佐に指揮されており、左記の部隊を編合していた。

第11戦車連隊（二個戦車大隊、戦車百六十両）。
第104装甲擲弾兵連隊第2大隊（装甲歩兵戦闘車に搭乗）。
第76砲兵連隊第1大隊（自走砲装備）。
第41戦車猟兵大隊第1中隊（自走砲装備）。

大なる労力を費やして準備された攻撃は空を切った。敵は、気づかれぬうちにアクサイ川の後方に退却していたからである。にもかかわらず、第6装甲師団は、十二月十二日の時点でまだアクサイ川流域に到達していなかった。装甲戦隊は、師団の命により、中央の戦隊（増強された第4装甲擲弾兵連隊）の上ヤブロチニに向かう前進を支援するため、それまでの攻撃方向を離れて旋回した。ただし、そんな支援など不要であったことが判明したのである。ロシア軍の急降下爆撃機と凍った隘路のために停止を余儀なくされていた同戦隊の最後の部隊がチレコフ付近で再び鉄道線に達したのは、やっと夜になってのことだった。彼らはそこで、極寒のなか、車両内にこもって夜を過ごした。

翌十二月十三日、装甲戦隊はアクサイ川北岸地域を奪取したが、上級司令部が企図していたような鉄道沿いではなく、ザリフスキーまで向かう前進によってのことであった。つまり、装甲戦隊はますます命令された攻撃方向から離れていったのである。それによって北に向かい、第6装甲師団の本隊のみならず、第23装甲師団からも遠ざかることになった。十二月十四日ならびに十五日、数個の擲弾兵中隊によって支援された第11戦車連隊は、包囲環から抽出されてきた強力なロシア軍部隊による、上クムスキー丘陵をめざす数度の攻撃を拒止した。ザリフスキーの橋梁守備に残されたヒューナースドルフ戦隊の一部も、アクサイ川の南北両側で激しく攻めたてられる。が、上クムスキーに向かう道は遮断されていない。第4および第114装甲擲弾兵連隊（三個大隊）は、アクサイ川とドン川のあいだで弱体な敵に拘束されていた。そのうち一個大隊と別の砲兵一個大隊がザリフスキーに到達し、ヒューナースドルフ戦隊に編入された。かくて同戦隊は、師団兵力の大部分を掌握するところとなったのである。

　師団司令部を上ヤブロチニに留めたまま、第6装甲師団は西に正面を向け、およそ三十キロの縦深にわたって戦闘を行っていた。十二月十八日まで、ヒューナースドルフ戦隊は、アクサイ川の北を保持しつづけた。だが、十二月十五日、第11戦車連隊は、上クムスキー北西の戦車戦に勝利しながらも、徹甲弾の不足から、この激しい攻防をくりひろげた地域から撤退し、ザリフスキーへ打通せざるを得なくなったのだ。そこには、第4装甲擲弾兵連隊を基幹とする、まるまる一個戦隊が到着しており、繰り返される攻撃に対して同地を守りぬいていた。十二月十七日、第23装甲師団のまだ残っていた戦車を一時的に指揮下に置いた装甲戦隊が、独力で上クムスキーを奪回しようと試みる。この攻撃は、強力な対戦車防御陣に遭って失敗する。自前の戦車十四両を失い、同戦車連隊の戦力は限界を迎えた。それでもなお、第6装甲師団長は、戦車二個中隊と強力な砲兵に支援された擲弾兵大隊一個を以て、この作戦的には無意味になった場所を奪取すると決定したのである。
だが、二個中隊の戦車を集結させたあげくに、この作戦も中止を余儀なくされた。あらたに増援された第17装甲師団がポチョムキンスカヤ‐ゲネラロフスキーの線を越えて到着したことで、十二月十九日、これらの戦隊の諸戦闘もようやく終わりに近づくことになる。第6装甲師団のすべてと第17装甲師団を投じた包囲攻撃が、上クムスキー付近の敵に潰滅的打撃を与えたのだ。敵は北方に潰走する。けれども、装甲戦隊を北方への追撃に投入すべきそのときに、軍団長が介入した。東へ旋回し、ムシュコヴァ川流域、ヴァシリェフカ近くの地域を確保するように命じてきたのである。夕闇が垂れこめるころまでに、サゴッコート近くで、戦車と対戦車砲で構成された敵の封鎖線が突破された。月光のもと、第11戦車連隊は、歩兵戦闘車に搭乗した二個中隊に追随されつつ、東方への夜間行軍に着手する。擲弾兵大隊二個、砲兵大隊一個、さらに高射砲と対戦車砲を編合した戦隊が、第114装甲擲弾兵連隊長の指揮下に入ったが、まずはこれらを集結させねばならない。「この部隊がただちに後続してくる見込みはなく、燃料も攻撃目標に向かうことができる程度しかなかったが、師団長は、自ら……おおむね先頭に立って進み、断固追撃を重ねると決断した」（第11戦車連隊戦時日誌）
縦隊一つをつくり、敵が押さえている陣地のただなかを通って、第23装甲師団前面にいる敵の背後にまわりこむ夜間行軍であった。が、わずか二十一両の戦車を持つだけの第11戦車連隊は一発の弾丸も放つことなく、十二月十九日の真夜中近くにヴァシリェフカに進入、この村の北部とそこの橋を無傷で占領した。ただし、ガソリンはほとんど使いはたし、弾薬も少量しか残っていない。南部で敵の抵抗が強まり、また外側からの攻撃を受けたこともあって、同連隊はここで停止した。装甲擲弾兵二個中隊と並んで、戦車の乗員も歩兵となり、十二月二十一日まで自力のみで戦った。第4装甲擲弾兵連隊長率いる戦隊が上クムスキーから進発してこられたのは、やっと十二月十九日午後七時ごろになってのことだったからである。この戦隊は、いまや警戒に入っている敵のあいだを戦車の支援なしで突破しなければならず、しかもヴァシリェフカの南縁部で敵の抵抗に遭遇していた。これを撃破するのに、十二月二十日までかかったのだ。同戦隊がヴァシリェフカの東でアクサイ川北岸に足場を築き、ヒューナースドルフ戦隊に補給できるようになったのは、十二月二十一日であった。十二月二十二日、敵は塹壕にこもった。第23装甲師団の戦車がビルサヴォイに突進、また四番目の擲弾兵大隊がヴァシリェフカに入る。状況は好転し、再びスターリングラード方面に攻撃を続けることを考えられるようになった。第17装甲師団がグロモス＝ラヴカ近くでムシュコヴァ川東岸に橋頭堡を得たとあれば、なおさらである。フォン・ヒューナースドルフ大佐の指揮下に、全師団がもう一度掌握された。

以後のことを描写しても、本稿のテーマと関わるものではないから、ここでやめておこう。戦闘力にみちた第6装甲師団も、アクサイ川 - ムシュコヴァ川間の地区の縦深を打通するにあたり、十日間の激戦を要した。凍結した隘路と小河川沿いの切り立った渓谷に妨げられ、渡河点も充分になかったこともあって、その前進は遅れ、補給も滞った。午後三時よりあとは暗くなってしまうから、戦闘行動に使えるのは数時間に限られている。スターリングラード救援の試みにおいて、第6装甲師団は主たる負担をになっていた。が、こうした天候や地形の困難にもかかわらず、決定的な成果をあげたのである。

しかし、戦時日誌や覚書、無線通信記録を吟味してみると、三個あった戦隊をもっと緊密に協同させていれば、より速やかに敵の抵抗をくじくことができたはずだという印象を受ける。なるほど、堅忍不抜の第11戦車連隊長は、おおむね主導権を握っていた。けれども、彼は、ほとんど知らされないままだった全般的情勢によってではなく、局地的な戦況をもとに決断を下したのだ。師団長が彼を自由に行動させたおかげで、上クムスキーでばらばらの戦闘に突入することになったのである。遅くとも十二月十四日には、第11戦車連隊が誤った方向に、それもずっと遠くまで進んでしまったこと、また、ここからは、ただ優勢な敵と対するだけだということはあきらかになっていた。第11戦車連隊は退却すべきであった。装甲戦隊のみに任せてはいけなかったのだ。隷下の三個戦隊の機動を互いに協調させ、本来の進撃方向に立ち戻らせるのは、むしろ師団長の仕事である。局地的な戦闘の遂行において各級指揮官に独立した権限を認めるならば、師団長は行動の共同性を確保するという重大な課題を担うことになる。本戦例は、それを実証しているのだ。しかも、師団長には「後方からの指揮」を続けることなど許されない。何よりも、先行する戦車部隊が、敵によって師団隷下の他部隊、燃料弾薬の補給段列などと遮断されないよう、配慮していなければならないのである。

　戦車団隊は、投入される際に、それぞれ小さな指揮単位に凝集されているほど、強力な効果を発揮する。そのことは、この、戦車戦力で優ったロシア軍に対する戦闘において、とりわけ、はっきりと証明された。使用できる戦車が少ないほど、統一指揮のもとに置き、組織的な結集をはかることが喫緊の要になるのだ。

　これまで述べてきた戦例によって、筆者は、攻撃作戦における装甲団隊の運用、とくに組織編合を扱い、また、あらかじめ規定しておくべきことも論じた。つぎの論文では、フランスが一九四〇年にその強力な機甲部隊をいかなる方法で運用せんとしたか、とりわけ、どのような編制を採用していたかを調査したい。それによって初めて、ドイツ〔連邦国防軍〕の新しい師団編制を判定する手がかりが得られるだろう。

原註

❖1 „Soldat im Volk"〔『国民のなかの軍人』〕、一九五九年四月号、三頁。

❖2 von Vormann, Der Feldzug 1939 in Polen,〔フォン・フォアマン『一九三九年のポーランド戦役』〕一三三頁をみよ。

参考文献

第15軍団、第5装甲師団、第7装甲師団の戦時日誌（一九四〇年のフランス戦役期間分）。

Doumenc: Histoire de la 9. Armée〔ドゥマンク『第九軍史』〕.

Lerecouvreux: L'armée Giraud en Hollande〔ルルクヴル『オランダのジロー軍』〕. 1951.

Liddel Hart: The Rommel Papers〔リデル・ハート編『ロンメル戦記――ドキュメント』小城正訳、読売新聞社、一九七一年〕. 1953.

Reinhardt: Die 4. Panzer-Division vor Warschau und an der Bzura〔ラインハルト「ワルシャワ前面とブズラ河畔における第4装甲師団」〕(『国防知識』一九五八年第五号).

Scheibert: Nach Stalingrad — 48 Kilometer〔シャイベルト『スターリングラード――残り四十八キロ』。英訳版からの邦訳として、ホルスト・シャイベルト『奮戦！ 第6戦車師団――スターリングラード包囲環を叩き破れ』富岡吉勝訳、大日本絵画、一九八八年〕. 1956. Kurt Vowinkel-Verlag.

v. Vormann: Der Feldzug 1939 in Polen〔フォン・フォアマン『一九三九年のポーランド戦役』〕. 1958. Prinz Eugen-Verlag.

『国防知識』第八巻（一九五九年）第一一号

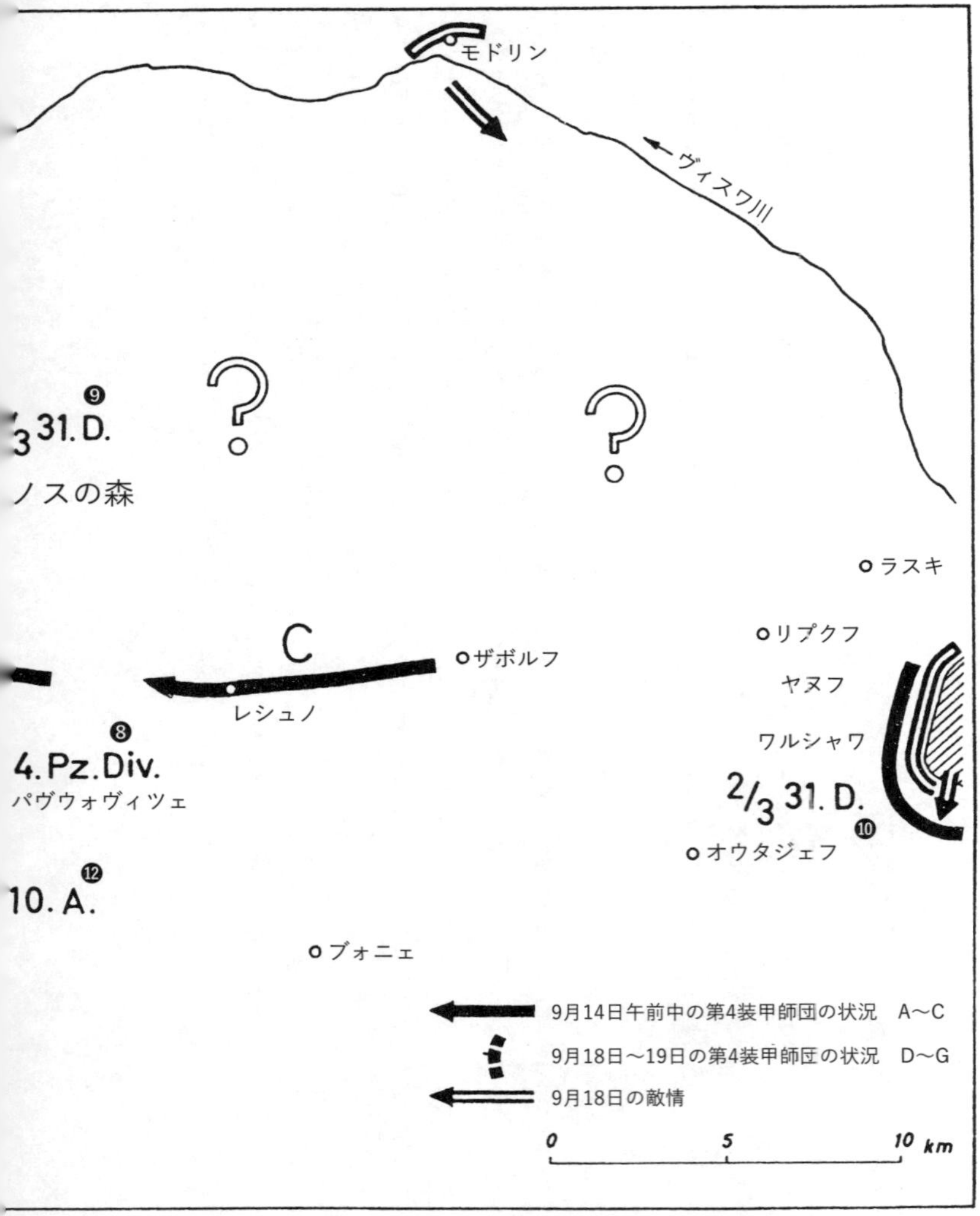
モドリン
ヴィスワ川
/3 31. D.
ノスの森
ラスキ
リプクフ
ヤヌフ
ワルシャワ
C
ザボルフ
レシュノ
4. Pz. Div.
パヴウォヴィツェ
2/3 31. D.
オウタジェフ
10. A.
ブォニェ
9月14日午前中の第4装甲師団の状況 A〜C
9月18日〜19日の第4装甲師団の状況 D〜G
9月18日の敵情
0
5
10 km

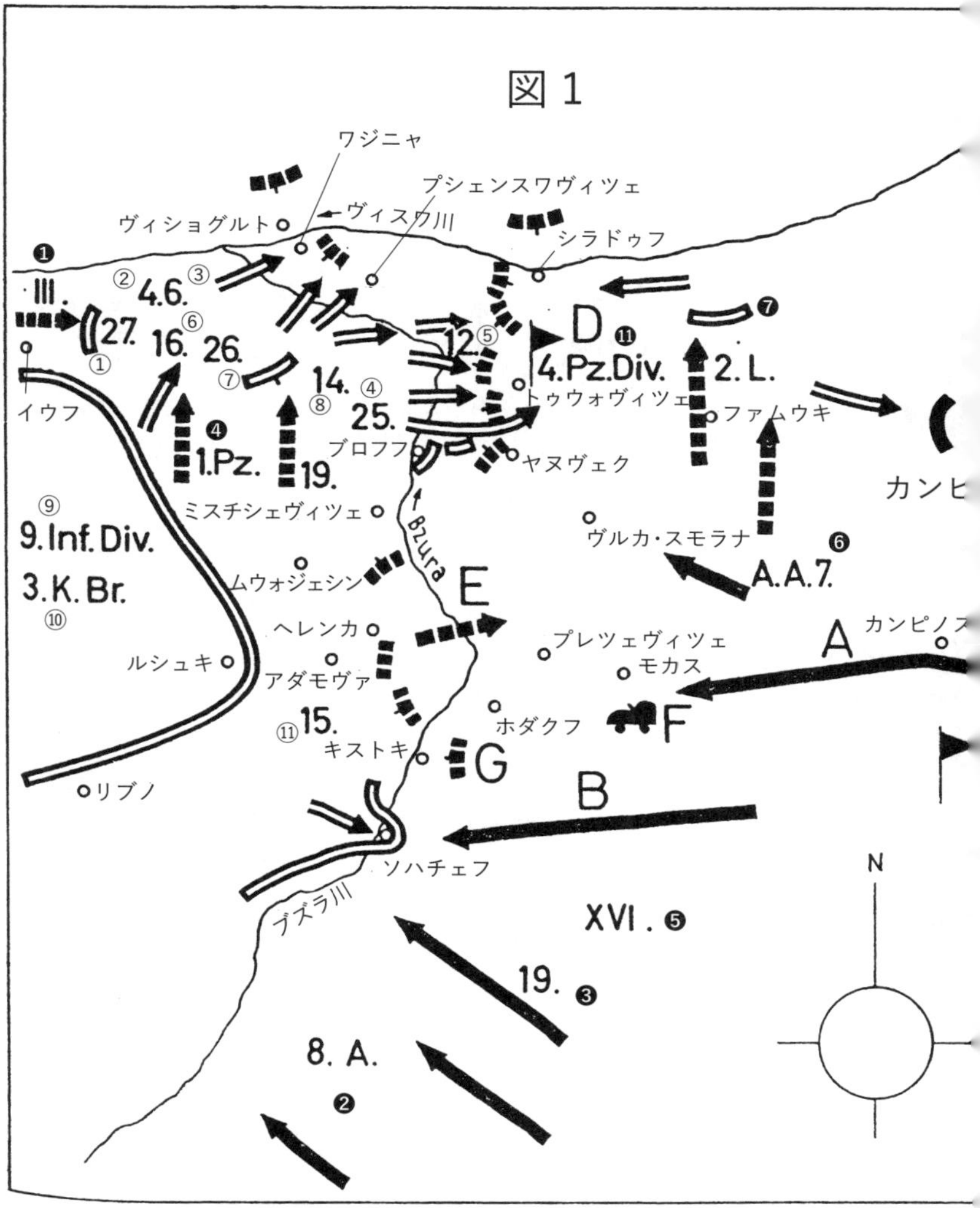

図 1

①第二七師団　②第四師団　③第六師団　④第二五師団　⑤第一二師団　⑥第一六師団　⑦第二六師団　⑧第一四師団　⑨第九歩兵師団　⑩第三騎兵旅団　⑪第一五師団　❶第3軍団　❷第8軍　❸第19師団　❹第1装甲師団　❺第16軍団　❻第7捜索大隊　❼第2軽師団　❽第4装甲師団　❾第31師団（1/3）　❿第31師団（2/3）　⓫第4装甲師団　⓬第10軍

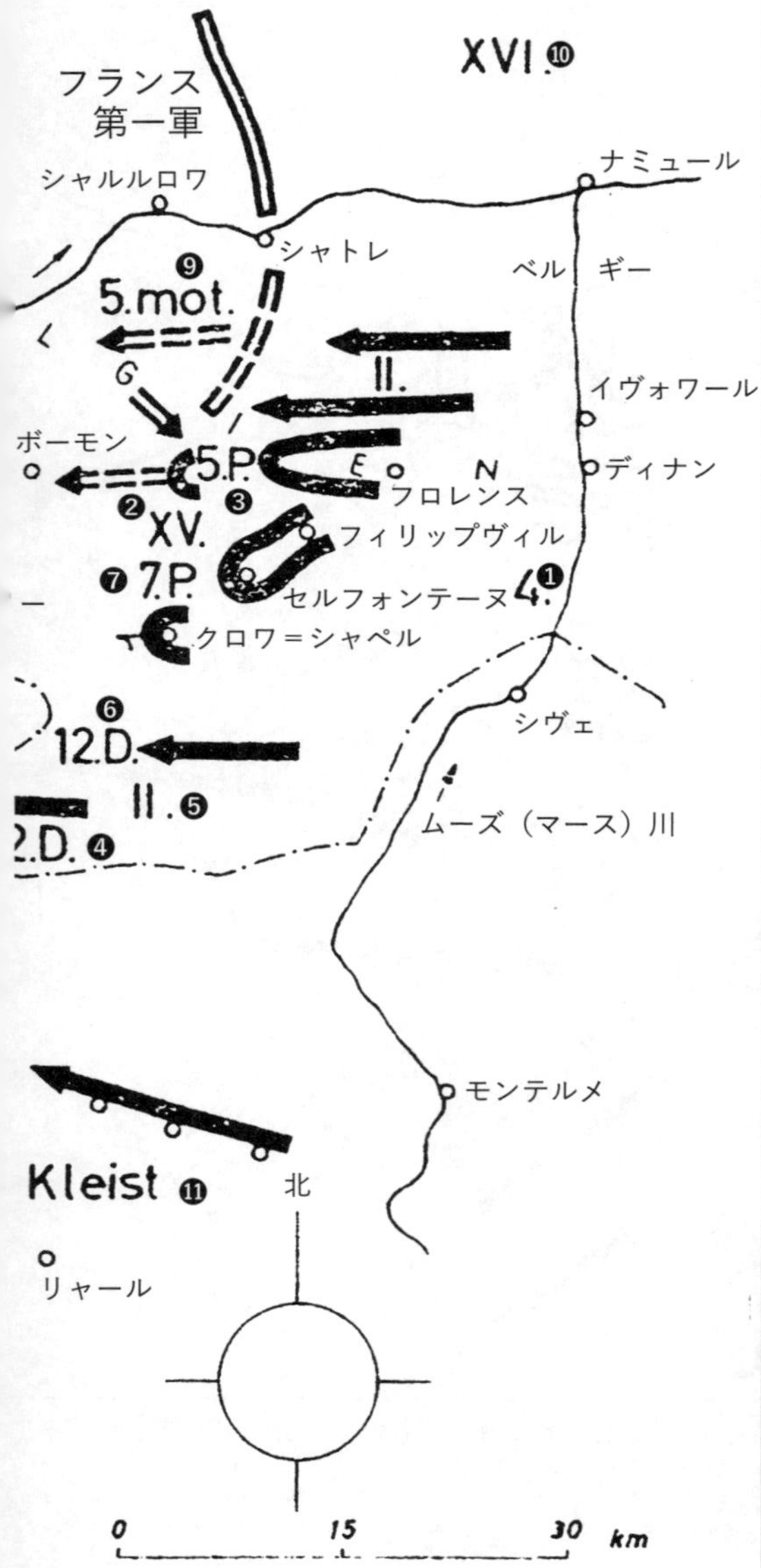

①第四師団
②第一軽機械化師団
③第一北アフリカ師団
④第五師団
⑤第七師団
⑥第一北アフリカ、第四北アフリカ、第二二、第一軽騎兵師団の一部
⑦第九師団捜索大隊および第二機甲師団の一部
⑧第一〇一師団
⑨第八四要塞師団第二大隊
❶第 4 師団
❷第 15 軍団
❸第 5 装甲師団
❹第 32 師団
❺第 2 軍団
❻第 12 師団
❼第 7 装甲師団
❽第 41 軍団
❾第 5 自動車化師団
❿第 16 軍団
⓫クライスト装甲集団
⓬第 1 装甲師団の一部

図2

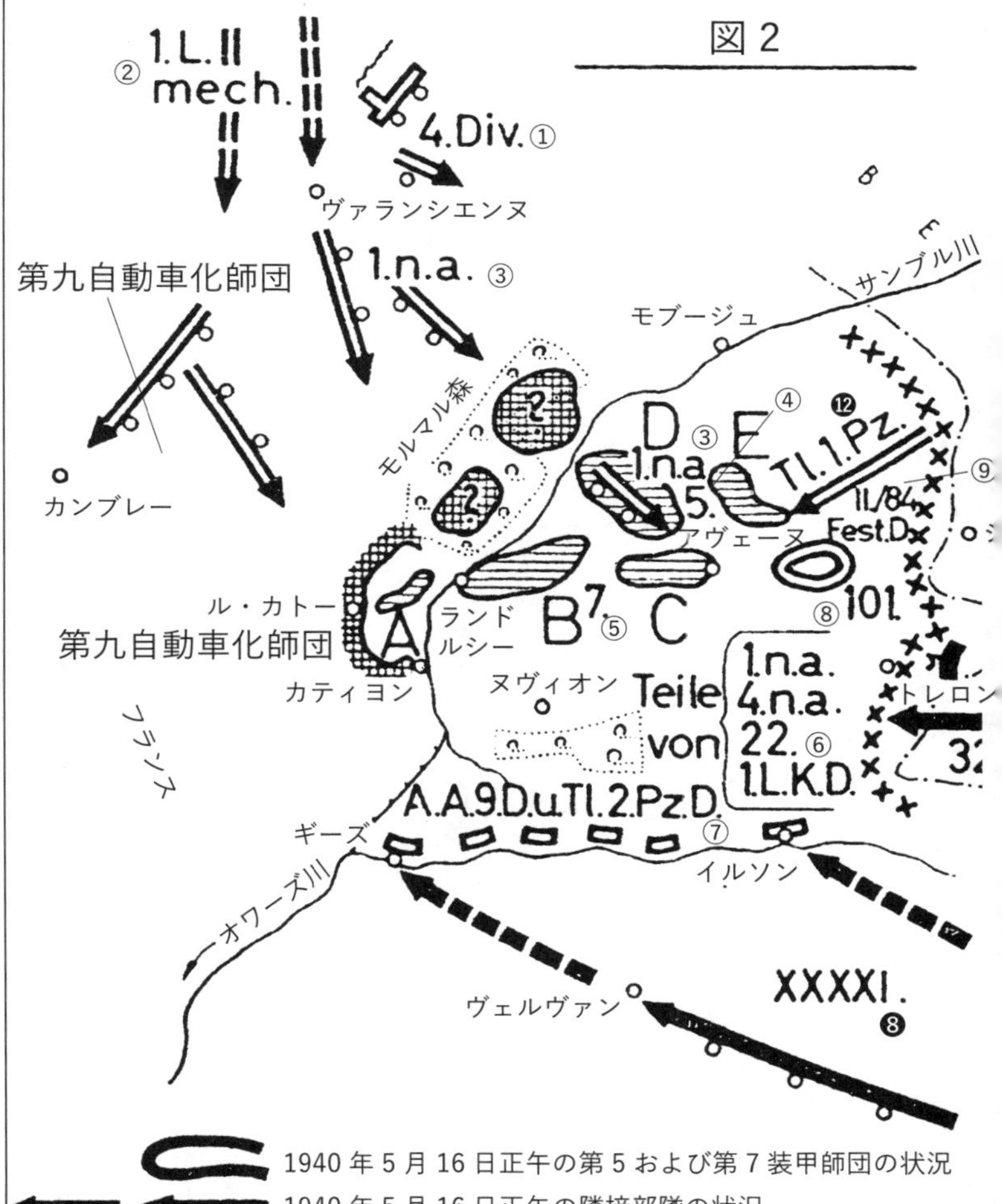
② 1.L.II mech.
4.Div. ①
ヴァランシエンヌ
1.n.a. ③
第九自動車化師団
カンブレー
モルマル森
モブージュ
サンブル川
D ③ E ④
1.n.a
5.
⑫ Tl.1.Pz.
⑨
II/84
Fest.D.
アヴェーヌ
⑧ 101.
ル・カトー
ランド
ルシー
B 7 ⑤ C
A
第九自動車化師団
カティヨン
ヌヴィオン
Teile von
1.n.a.
4.n.a.
22. ⑥
1.L.K.D.
トレロン
フランス
A.A.9.D.u.Tl.2.Pz.D.
ギーズ
⑦
イルソン
オワーズ川
ヴェルヴァン
XXXXI.
❽
1940 年 5 月 16 日正午の第 5 および第 7 装甲師団の状況
1940 年 5 月 16 日正午の隣接部隊の状況
1940 年 5 月 16 日正午の敵の状況
フランス軍要塞線
1940 年 5 月 17 日夜の第 7 装甲師団の状況　A ～ B ～ C
1940 年 5 月 17 日夜の第 5 装甲師団の状況　D ～ E
1940 年 5 月 17 日夜の敵の状況

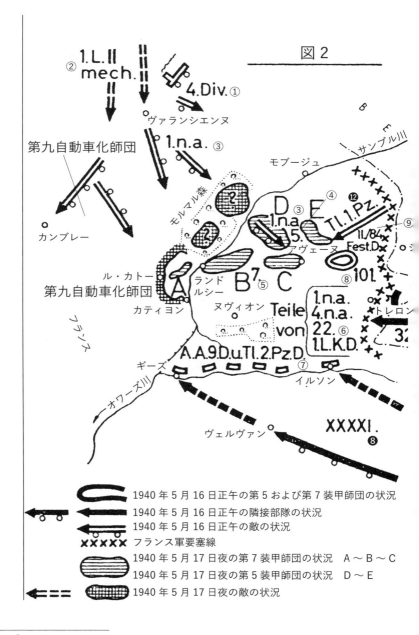

❶第 4 装甲擲弾兵連隊（1/2） ❷第 23 装甲師団 ❸ルーマニア軍 ❹第 114 装甲擲弾兵連隊（1/2） ❺第 6 装甲師団捜索大隊 ❻ヒューナースドルフ戦隊 ❼第 6 装甲師団 ❽第 4 装甲擲弾兵連隊（1/2） ❾第 23 装甲師団 ❿第 12 戦車連隊

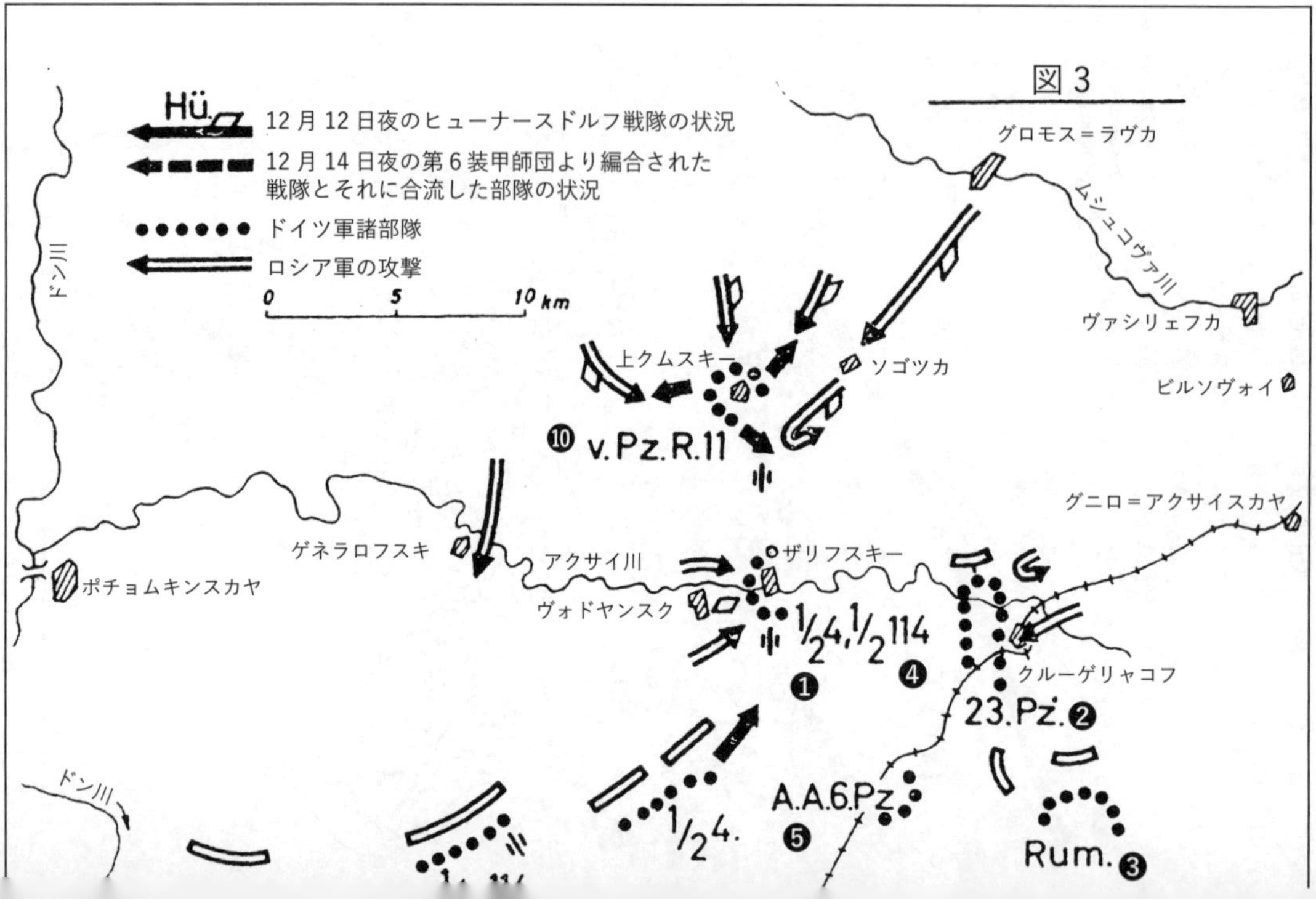

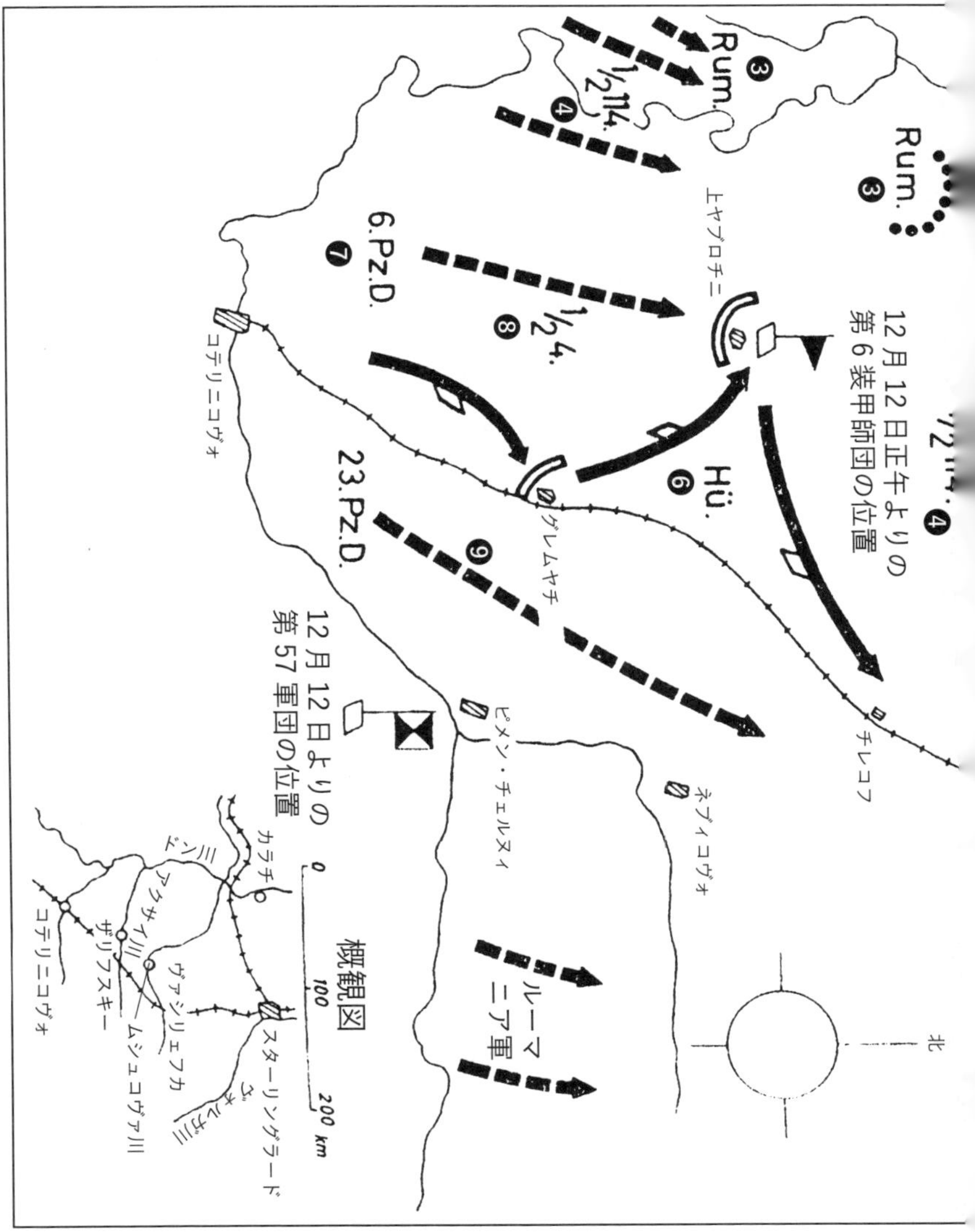

12月12日正午よりの第6装甲師団の位置
12月12日よりの第57軍団の位置
Rum.
1/2 114.
6.Pz.D.
1/2 4.
Hü.
23.Pz.D.
ルーマニア軍
北
上ヤブロチニ
コテリニコヴォ
グレムヤチ
チレコフ
ピメン・チェルヌイ
ネブィコヴォ
概観図
0
100
200 km
カラチ
ドン川
アクサイ川
ヴァシリェフカ
ザリフスキー
ムシュコヴァ川
コテリニコヴォ
スターリングラード
ヴォルガ川

論文7

防御における戦車の運用と一九五九年のドイツ軍NATO式師団の新編制

ヘルマン・ホート

以前の論文で〔『国防知識』、一九五九年第一一号〕で、戦史上の実例により、第二次世界大戦において、さまざまな戦隊に編合されて戦った装甲師団に、いかなる困難が生じたかを示した。その戦時編制が、かかる戦法に適合したものではなかったがゆえのことである。そこでは、左のごとき根本的な不利があきらかになった。装甲師団の強大な戦闘力が利用しつくされることはなかった。各戦隊が独自に戦い、師団長が蚊帳《かや》の外に置かれる観があったためだ。ケース・バイ・ケースで編合された支隊に属する各隊は、互いに協同することはなく、一致団結するさまはみられなかった。装甲車両を持つ一部部隊が、最初の戦果を拡張しようとはるか遠くまで突進する一方で、もはや戦車の支援を得られずに戦うことになった別の戦隊は、師団の最強の衝力〔戦車のこと〕に頼れなくなってしまったのである。かくて、危険で、大損害を被るような状況が生じた。その場合、戦車は、とりわけ脆弱な弾薬・燃料の補給部隊と遮断されるはめになった。

にもかかわらず、師団が有する装甲・装軌車両のすべてを統一指揮のもとに結集することは、大勝利を得るためのもっとも効果的な手段であることも証明されたのだ。

ドイツ軍NATO式師団が旅団を構成単位として編成されていることは、装甲師団を即興的に戦隊に区分するやり方に比して、確固たる司令部幕僚の育成、旅団内におけるあらゆる部隊の協同の計画的な訓練や互いの仲間意識の涵養といった点で、本質的な利点を有している。加えて、それにより、機敏な指揮が可能になるのである。ただし、その利点は、「一九五八年度教育・実験演習」では完全に発揮されなかった。想定が旅団の枠内にとどまっていたためだ。

師団の編制に立ち入る前に、防御における戦車の運用について明確に規定しておかねばなるまい。たとえ「一九五八年度教育・実験演習」で、両陣営がエルベ川とアラー川のあいだの攻撃作戦という枠組みのうちに置かれていたとしても、NATO内のドイツ軍師団の任務は、主として防御にある。実効的に領土を防衛できるか、いまだ疑わしいとあってはなおさらだ。それゆえ、情勢は第二次世界大戦開戦前のフランスのそれに類似しているといえよう。フランス政府は、迫りくるヒトラー・ドイツとの闘争において、敢えて主導権を取らないと決定していた。ヒトラーが先手となったのである。「そのため、一九三三年から、何よりも防御の態勢を取ることになった。必ずしも非論理的というわけではない」と、ガムラン将軍の回想録には記されている。[1] 当時、そうした姿勢を取った理由が、今日のNATOのそれと異なっていたとしても、防御に徹すると決めたフランス軍の機甲団隊の編制をみることは教訓に富んだものとなろう。

一九四〇年五月十日のフランス軍機甲部隊の編制

ドイツ軍が総計三十五個の戦車大隊を十個装甲師団に配していたのに対し、五十個あったフランス軍戦車大隊は、二ないし三個戦車大隊から成る支隊三十四個に編合され、アルプスから北海に至る全戦線にばらまかれていた。十六個戦車大隊（うち八個が三十八トン戦車を有する重戦車大隊）のみが、一九四〇年一月になってようやく編成された、あるいは編成にとりかかった機甲師団四個の隷下に置かれていたのである。このほか、騎兵軍団所属の三個軽機械化師団が、それぞれ百七十両以上の戦車を有していた。

フランスの軍備不足を引き起こした政治的理由

大規模機甲団隊が欠けていた理由は、戦争直前の数年間ではなく、そのずっと前までさかのぼる。第一次世界大戦後、フランスは、本国周辺に同等の力を有する敵を持たずにきた。彼らの努力がまず、戦争で受けた大損害を癒すことに向けられたことも理解できる。だが、のちの数年間においても、戦時に向けた軍備は等閑視されつづけた。その外交政策からすれば、意に染まぬ戦争に巻き込まれる可能性など考えられなかったからだ。国土防衛のためのあらゆる方策が、防御的戦闘手段の準備に限定されていた。国際連盟の軍縮交渉も、フランス政府をして旧式化した軍備を近代化せしめる方向には働かなかった。一九三〇年〔正確には一九二九年十二月〕に、のちの「マジノ線」となる要塞設備構築のため、二百億フランを支出する法案が可決されてから二年後、戦車部隊監察官は、戦車生産に二十五億フランを要求している。両者の金額を比べてみれば、フランスがいかに「剣」よりも「楯」を優先したかが示されるというものであろう。ところが、こんな控えめな要求に対してすら、陸軍参謀本部と参謀総長のガムラン将軍は一再ならず介入してきた。ドイツの義務兵役制再導入（一九三五年）とドイツ軍部隊のラインラント再進駐〔一九三六年、ドイツは、ヴェルサイユ条約で非武装地帯とされていたラインラントに兵を進めた」があったがために、フランス政府はようやく、近代的な戦車を生産するための予算を準備すると決めたのである。戦車（戦闘戦車《シャール・ド・コンバ》〔chars de combats〕）監察官は、「フランスの防衛は、あらたな鎧をつくるよりも、戦車計画の実現によってこそ、ずっと確実に保障される」と述べ、おのが要求の根拠とした。

フランス軍機甲部隊のおくれた組織と装備

しかし、近代的なフランス機甲部隊の創設を阻害したのは、政治的な理由だけではなかった。軍指導部もまた、それを妨げたのである。陸軍省、最高司令部、参謀本部は、戦術と技術的発展において、新しい道に踏み入ろうとはしなかった。一九三〇年に至るまで、フランス陸軍の戦術は、第一次世界大戦末と変わらぬままであった。「大戦が終わってから、最高司令部とペタン元帥〔フィリップ・ペタン（一八五六～一九五一年）。第一次世界大戦のヴェルダン攻防戦で功績をあげ、国民的英雄となった。その後、フランス第三共和政最後の首相とヴィシー政権の首班を務める〕率いる参謀本部は、古い軍靴をもう一度履くこと以外、何の願いも持たなかったのである」（ガムラン）大戦終結から十二年も経った時点で、フランスはいまだ、一九一七年に生産されたルノーFT戦車二千両を唯一の戦車装備として持つのみというありさまだった。なるほど、この型の戦車が、大戦最後の数年において、フランス軍に優位をもたらしたことに議論の余地はない。ただし、それは敵が同様の兵器を持っていない限りは、ということだったのである。ルノー戦車は、「随伴戦車」として、歩兵と緊密に協同して戦った。つまり、躍進する歩兵の前を進むか、歩兵に付き従い、その火力で支援を与えたのだ。防御にあっては、反撃のために控置するものとされた。「随伴戦車」であるからには、敵の対戦車砲に対しては可能なかぎり小さな目標であらねばならず、重量は六ないし七トンということになった。速度は時速四キロ〔これは原著者の誤記であると思われる。実際には、不整地走行で時速八キロ弱〕だが、武装は三・七センチ砲を装備していた。

フランス軍にも、機甲部隊に新武装とあらたな任務を与えよとの声がなかったわけではない。一九一九年五月二十五日付のある覚書で、「戦車・機甲科長官《コマンダン・デ・シャール・ブランデ》」(commandant des chars blindés) であったエティエンヌ将軍〔ジャン・エティエンヌ(一八六〇〜一九三六年)。最終階級は砲兵大将。フランス戦車部隊の創設と発展に貢献した〕は、戦車の将来に関する考察を展開している。彼は、従来の軽量「随伴戦車」は時代おくれになったものとみた。それでは、敵の機関銃火に対抗できるだけで、対戦車戦闘に打ち勝つことは不可能だからだ。よって、エティエンヌは、強力なエンジンと機動性、優れた武装を有し、敵の戦車と機関銃をともに殲滅できるような、本格的重戦車《シャール・ド・コンバ》(char de combat.「戦闘戦車」)を生産するよう、要求したのである。また、「随伴戦車」を横一線に展開させ、歩兵と緊密に協同させた上で運用する代わりに、大量の戦車を波状投入することも求めた。かかる縦深上に梯隊を組んだ上での集中使用、のちに「同調機動《マヌーヴル・ダンサンブル》」(manœuvre d'ensemble) と称されるようになった戦法は、対戦車戦闘の手段が倦まずたゆまず増やされ、また改良されるにつれて、ますます喫緊の要となっていく。こうした波状投入は、必然的に生じる損害を顕著に減らすことができたからである。

自らの経験と考察の結果、エティエンヌは、一九四〇年にドイツ軍戦車が実現させたのと同様の、未来の戦争像を記述してみせた(一九一九年のことだ!)。「敵戦車に対して味方歩兵を守るためには、わが『戦闘戦車』のすべてに砲兵と航空機による最大級の支援を与えた上で、敵戦車にぶつけなければならない。

従って戦闘は、かつて騎兵の激突によってはじめられたように、戦車戦で火蓋が切られることになろう。その戦いでは、強力な戦車が、性能の低いそれを戦闘不能に追い込んでいく」歩兵は、軽装甲車両に乗って戦車に追随し、戦場に残されたままとなった敵戦車の乗員を排除する。「勝ち誇る戦車は、いまや歩兵に先行し、彼らの道を啓いてやることに使えるのだ」かかる任務を行わせるために軽戦車を生産することについては、エティエンヌは、それによって戦闘戦車の生産が阻害されるのなら不可であると否定している。「戦闘戦車の数と性能については、いかに大きくとも、それで充分だということにはけっしてならない」歩兵の随伴戦車には、右に述べたがごとき軽装甲車両(今日のわれわれがいう歩兵戦闘車)を使用できるのである。

この驚くほどの洞察にみちた進言が、第一次世界大戦後のフランスで実現することはなかった。たがいに嫉妬心を抱いている諸兵科間の議論と権限争いによって、十二年ものあいだ、何も進捗しなかったのだ。とくに歩兵は、大きすぎず、しかし強力な装甲をほどこした「随伴戦車」を保有したいと望んだ。それなしには、歩兵はもはや攻撃不能であると思われたのである。だが、そうした戦車は、大規模な戦車部隊のために、近代的で機動性に富み、強力な武装を有する戦車の発展を遅らせた。しかし、一九三〇年以後、重戦車の開発(二十ないし三十トン)が開始されると、ごく遅々たる歩みではあったが、独立戦車団隊の創設が前に進みはじめた。

「戦車の分野においては、二つの派があった。一方の派は言う。戦車なくしては歩兵の攻撃はあり得ない、ましてや反撃もない！　対するもう一方は、決定的な打撃を行うためには、彼らが『機甲軍団』と呼んだものが必要だと主張した。この二つの目的を満たす戦車をつくることは、技術的に不可能、そう、少なくとも当時は不可能だった。それゆえ、まず第一に『随伴戦車』を生産したのである。歩兵科の高級指揮官たち、とりわけ、機甲総監を兼任していた歩兵総監は、随伴戦車を優先すべきだと公然と主張した」(ガムラン)

かくて、最高国防会議は、一九三六年の戦車計画の諮問に際して、計画生産数二千五百両を以て、歩兵の直接支援に当たる戦車大隊五十個を保持すべしと満場一致の決定を下した。しかも、それらは歩兵総監の麾下に置くとされたのだ。この近代化のために、ひとまず新型ルノー35型戦車(重量十二ないし十三トン)が優先発注され、一九三九年六月までに供給を終えた。当時、独立戦車団隊を持つべしとの要求を貫き通さなかったことを、ガムラン将軍はあとになって悔やんでいる。その要求を放棄した理由としてガムランが挙げているのは、国際情勢の進展と動員計画の変更がもたらしかねない困難ということである！

技術の進歩から結論を引き出すという点で、充分に先を見通していたのは騎兵だけであった。十二個連隊を下馬させねばならぬとされた。そのうちの六個連隊から、いまだ試験中ではあったものの、優れた性能を有するソミュア戦車(重量二十ないし二十二トン、時速四十キロ、四・七センチ砲一門・機関銃一挺装備)を装備する戦車旅団三個が編成される。もっとも、この型は、歩兵から「自分たちの」戦車にすることを拒否されたものであった。この三個「戦闘旅団《ブリガド・ド・コンバ》」(brigade de combat)こそ、フランス軍大規模戦車団隊の中核を形成したのだった。一九三二年にそれらが編成されたことによって、「軽機械化師団」(D・L・M)も誕生したのである。軽機械化師団は「戦闘旅団」のほかに、二個騎兵連隊を基幹とする混成旅団(オートバイ狙撃兵、装軌機関銃車、捜索戦車を含む)、一個砲兵連隊、対戦車砲隊を有していた。軽機械化師団は、かつての騎兵師団同様、軍の前方や後方で戦うことになる。これからみていくように、統一された指揮のもとに投入されている限りにおいては、それらは一九四〇年にも傑出した働きを示したのだ。

機甲師団が編成されたのは、ずっとあとのことになったが、これも歩兵総監に握られていた。一九三二年以来、重戦車による実験演習が進められた。「しかし、これらの演習で得られた経験は、戦術的に誤った結論をみちびき、一部の軍高官の反動《ラクション・コントレール・ド・セルテーヌ・オトリテ》(l'action contraire de certaines autorités)が、計画されていた戦車旅団の編成を妨げた」(フェレ大佐)予定されていた「歩兵戦車」、B型戦車(重量三十三トン、装甲厚四十ないし六十ミリ、七・五センチ砲および四・七センチ砲各一門装備)の導入も、いっこうに進まない。B型戦車三十両から成る実験大隊が編成されたのは、ようやく一九三七年になってのことであった。

機甲師団は一九三七年にとうとう認可されたのだが、その運用と編成については、一九三七年と一九三八年の最高国防会議で詳細に検討された。見解は分かれた。国防会議構成員の多くはいまだ、将来の戦争における強力な機甲団隊の作戦的重要性について、確たる像を有していなかったのだ。彼らは、それに可能なかぎり厳格な制約をつけ、歩兵軍団の枠内においてのみ、機甲師団を運用しようとした。会戦開始時に機甲師団を投入する必要など、ほとんど誰も考えなかった。他方、機甲団隊は反撃においてこそ重要な役割を果たし得るであろうとする者もいた。こうして、機甲団隊の有する価値についての見通しは、エティエンヌが一九一九年に主張していたそれから、はるかに遠ざかっていったのである。

あとはもう、戦争が勃発するまで、予定されていた三個機甲師団にどのような任務を与えるかについて、明確に決められることはなかった。一九三七年の「大規模団隊指揮」教令も、機甲師団を攻撃戦に投入することが是認されるのは以下の場合のみと規定するにとどまっていた。すなわち、敵が動揺している際に、味方攻撃師団の衰えた士気を鼓舞し、敵戦線の縦深奥まで迅速に突入できる場合である。機甲師団の価値に対する信頼、その能力を当てにする気持が欠けていたのだ。「他の兵科は、戦車の運用に道を啓いた技術の発展をうさんくさげに眺めていた。とくに歩兵は、嫉妬心をむきだしにしながら、戦場の女王なる称号を守らんとしていたのだ」（フェレ大佐）

このレオン・ブルム「人民戦線」政府の数年間における、大規模機甲団隊編成の遅滞は、常に平和主義に傾いていったフランスの空気に従っていたことは疑いない。ペタンが発展させた「連続戦線《フロン・コンティニュ》」〔front continu〕ならびに防御優位の理論は、平和主義的政策を進める一助となった。「マジノ線の背後で眠り込んでいることが奨励されたのである」（ガムラン）一九三六年より一九三九年のスペイン内戦にドイツ戦車が投入されたことについても、フランスは誤った推論を引き出したため、右のごとき遅滞が長引くことになった。スペイン内戦において、ドイツ軍の軽戦車、I号およびII号は作戦的な影響をおよぼさなかった。フランコ〔フランシスコ・フランコ（一八九二～一九七五年）。スペインの軍人。内戦で反乱軍の主導権を握り、戦勝後はスペインの独裁者となった〕が、ドイツ軍顧問団の批判にもかかわらず、これらの戦車を分散使用しがちだったとあっては、なおさらだ。ドイツは、スペインの経験を重戦車生産に移行する契機とした。それに対して、フランスでは、スペイン内戦の経験は戦車の失敗だと考えられ、戦車が歩兵のための純粋な随伴兵器であることが証明されたものとして理解されたのである。「はじけたシャボン玉」とか、「戦車を支持する予言者にとっての暗黒の日」などといったことが語られた（クルツ少佐「スペイン内戦」『スイス一般軍事雑誌』一九五八年巻、二二頁を参照されたい）。

当時のフランス指導層の盲目ぶりについて、ド＝ゴールは苦々しげに嘆いている。のちにフランス首相となったレイノー〔ポール・レイノー（一八七八～一九六六年）。ドイツがフランスに侵攻した年、一九四〇年に首相を務めた」も、このように記した。「スペインで実際に起こっていることについては、われわれの協調主義が機能しているものとして、すでに特徴づけられていたから、それ以降ほどには、軍の改善を急ぐ必要はないと思われた。現今の過ちを正さなければならないことを示すものは何もないと、われわれは納得していたのである」

かくて、戦争が勃発したときには、フランスはただの一個も機甲師団を持っていないということになった。一九三九年九月になって、それぞれ二個重戦車大隊から構成される半旅団二個が編成された。この四個大隊は、おのおのがB型戦車三十三両を装備している。各半旅団の隷下には、自動機関銃車に搭乗する狙撃兵大隊一個が置かれた。これによって、二個機甲師団の編成が開始された。B型戦車の供給が充分でなかったため、一九三九年十二月に、両機甲師団に配するとされた追加大隊四個については、オチキス35型戦車（重量十三トン、三・七センチ砲装備）の装備を予定すると決定された。しかし、それらの編成も、一九四〇年一月になって、やっと着手できるというありさまだったのである。フランス機甲師団の編制については、これ以上つまびらかにできないが、最初は、一個師団につき、二個重戦車大隊、二個軽戦車大隊、一個自動車化狙撃兵大隊、二個自動車化砲兵大隊（七・五センチ砲および一〇・五センチ砲装備）を有しているにすぎなかったのだ。ただし、ドイツ軍攻撃の直前になって、各機甲師団ごとに、工兵一個中隊、通信中隊一個、対戦車砲中隊一個（四・七センチ砲）が配属された。一九四〇年三月十五日には三番目の機甲師団の編成が開始される。また、書類の上だけのことではあるが、一九四〇年四月十一日を以て、四番目の機甲師団が編成されたことになっていた。

戦車の運用に関する戦術的見解

フランス機甲師団はすべて、充分な訓練も、他兵科との共同演習も、作戦的な運用の方針を示されることも、しかるべき補給部隊を渡されることもなしに、戦闘におもむいた。フランスは、その強力な機甲部隊を、これまで述べてきたようなかたちに組織し、一九四〇年の戦闘を実行した。その彼らの体験を扱う前に、大戦前のフランスにおいて適切であるとみなされていた戦術観をみておかねばなるまい。

ガムラン将軍はその回想録で、自分は軍人として祖国の政治による拘束を受けており、それゆえに戦争を防御的に遂行することを余儀なくされたと記している。ところが、当時通用していたフランス軍の教範類は、攻撃の意義を強調しているのである。一九三六年版の基礎指揮教範「大規模部隊戦術運用《アンストリュクシオン・シュール・ランプロワ・タクティク・》教範《デ・グランド・ユニテ》」（I・G・U）〔Instruction sur l'emploi tactique des grandes unité〕には、「攻勢は、軍の行動の根源的形態である。……攻勢のみが決定的な成果をもたらす」と書かれている。同教令の防御に関する記述はこうだ。「防御とは、全戦線にわたり、あるいは一定の戦区正面において攻撃に移れぬ状況にある指揮官が取る方法（姿勢）である。この方法によっては、決定的な成果をあげることは不可能だ。防御をみちびくことになった劣勢が排されしだい、指揮官は、敵の戦力に顧慮することなく、攻勢に移転すべし」しかし、ガムランが一九四〇年に「親展・機密訓令第一二号」を下達し、突破してきたドイツ軍装甲部隊の両側面に対し、南北から攻勢を発動せよと要求したのは、ようやく五月十九日になってからだった。ドイツ軍攻勢十日目、ガムランが総司令官の職を解かれる前日のことである。また、そうした攻撃に使える兵力は費消されてしまったこともあきらかにされていた。

個々の兵科においても基礎教範として用いられたI・G・Uは、何よりも攻撃を重視していた。「一九三九年版戦車部隊教令《レグルマン・ド・ユニテ・ド・シャール》」（Règlement des unités de chars）は、それに先立って一九三七年にシソンヌ兵営で実験演習が行われたのち、歩兵総監部機甲局によって作成された。この教令は、防御における戦車の役割に関して、反撃の際に召致し得ると述べている。とくに重戦車は、敵の戦車攻撃を停止させられるであろう。日中には、戦車は戦闘に介入して、大きな圧力を受けている歩兵の負担を軽減させる。また、歩兵予備がない場合には、押し開かれた間隙部に投入するのに適している。

攻撃における戦車の運用については、より詳細に述べられている。が、ここでもまた、戦車が投入された場合に見込める可能性に枷《かせ》を付けようとする試みがみられた。その理由は、「今日では、世界大戦で機関銃が歩兵に対したのと同様、戦車の前には対戦車兵器がたちはだかっている」というものだった（I・G・U）。従って、戦車の運用に際しては、「奇襲された、あるいは士気沮喪した敵を相手にする場合を除けば、戦車は、左のごとき条件のもとにのみ投入が許される。すなわち、強力な砲兵支援ならびに、継続して戦車のために《ベネフィス》（bénéfice）行動する歩兵との緊密な協同によって掩護されている場合のみだ」

本教令は、戦車運用の可能性を二つに区分している。

一、歩兵の随伴兵器。

二、「同調機動」（おおよそ「統合攻撃」〔Zusammenfaßter Angriff〕と訳し得る）。

最初の場合には、混成戦隊を編合するため、戦車は歩兵の指揮下に入ることになる。敵に接近する際に、戦隊を編合することには（中隊単位の建制は保持されるものとする）、対戦車防御を強化するという目的がある。

「強力な砲兵射撃と歩兵の重火器による火力掩護に守られ、歩兵と戦闘車両をまとめた集団が前進攻撃にかかる。ついで、砲兵支援は弱まるであろう〔砲兵の陣地転換などにより、射撃が一時的に停止することを指していると思われる〕。そのとき、重戦車に「自由行動」を取らせて投入し、かかる弱みを極小化、前進を加速させることができる」

「同調機動」は、師団、ときに軍団司令部によって命じられるものとする。目的は、敵の長距離射撃兵器〔大砲など〕があるところまで速やかに突進することだ。かかる敵砲兵陣地への突破のため、戦車は縦深を取って配置される。重戦車は梯団二個に区分され、主たる突撃部隊となるが、一部は掩護任務向けに控置しておく。そのあとに、歩兵とともに前進する随伴戦車が二波に分かれて追随する。「歩兵と緊密に協同して戦う軽戦車の戦闘は、『同調機動』によって戦う戦車の自由な戦闘方法《ラ・リベルテ・ダリュール》（la liberté d'allure）とは相容れ《アンコンパテ》ない《イーブル》（incompatible）。『同調機動』、すなわち、縦深を取り、何波にも分かれて、敵砲兵のもとに達せんとする攻撃において、また、それに続いて生起し得る戦果拡張に際して、その担い手となるのは重戦車（B型ならびにソミュア戦車）のみである。一方、軽戦車（ルノー35型ならびにオチキス35型）は、すでに一九一八年にそうであったごとく、歩兵に貼り付き、面に展開して《アン・シュルファス》（en surface）戦う」従って、「戦車部隊教令」は、このように強調している。「軽戦車を集中しての波状攻撃ほど、わが軍の戦車運用原則と矛盾することはない」

フランス機甲部隊が一九四〇年五月に仏本土で使用できた戦車三千七百両のうち、重戦車はわずか四百五十両のみであった。それらはすべて、六個の大規模団隊（騎兵科の諸軽機械化師団と歩兵科所属の三個機甲師団）に配備されている。独立戦車大隊三十四個は、各軍に分散され、軽戦車しか保有していなかった。従って、戦車に関していえば、戦車の集中投入を重要な戦闘方式とみなしていた現行教範と、ほとんどの戦車団隊にわたって、そんなやり方での投入を許そうとしない現実のあいだに深い溝があったことになる。それゆえ、これらの戦車は、随伴戦車としてのみ使われたのであり、それ以上のことはできなかったのだ。

一九四〇年のフランス機甲部隊

こうして述べてきたフランス軍機甲部隊の組織は、一九四〇年のフランス戦役の結果に広範な影響をおよぼした。フランス軍大規模機甲団隊の行動と悲運については、すでに叙述した(『国防知識』、一九五八年第七号を参照)。五月十二日から十四日まで、強力な武装を有し、目的に合った編制となっていた騎兵軍団の一部は、第一軍正面の前方、ナミュール北方「ジャンブルー間隙部」に向かい、ドイツ第16軍団(第3装甲、第4装甲、第29自動車化師団)の前進を遅らせることができた。ところが、フランス機甲師団は、不徹底なやり方で分散投入され、突破された地域においてさえ、何ら作戦に影響を与えられずにいた。ディナンの西で給油された第一機甲師団は、五月十五日、ドイツ軍のある戦車連隊によって撃破された。続く数日間のうちに同師団は潰滅する。第二機甲師団はオワーズ川の後ろに配され、小部隊に分割されて渡河点に置かれた。その対手となったのは、クライスト集団麾下の装甲師団群であったから、第二機甲師団は大損害を被った。激戦を行ったわけでもないのに、三日間で、保有戦車百五十六両のうち九十九両を失ったのである。第三機甲師団も、五月十四日に、西方に旋回中だったグデーリアン隷下の二個装甲師団の側面を襲う好機を失していた。そのとき、第三機甲師団は、フランス第一〇軍団正面の後方にあった。道路封鎖のため、小戦隊に分割され、とても褒められるものではない使い方をされていたのである。

歩兵支援のため、各軍の麾下に置かれていた軽戦車大隊の行動については、以下のごとく伝えられている。

一九四〇年五月十日の時点で、二十四個戦車大隊が、アルプスとルクセンブルクのあいだに配置されたフランス軍五個軍に分配されていた。これらの軍は、ドイツ戦車の突進の的にはなっていない。この戦車大隊を大規模機甲団隊に編合することは放棄されていたから、ドイツ軍の攻撃に対して防御にあたるべき一千二百両以上もの戦車（うち七百両は近代的な型式）が抜け落ちてしまったことになる。もし、近代的な戦車を持つ大隊だけでも時宜に応じて四個程度の戦車団隊に編合し、既存の大規模機甲団隊六個とともに、突破してきたドイツ軍七個装甲師団に向かわせていたなら、防御側のほうが優勢を確保できたであろうが、それは実現しなかった。

さらに軽戦車大隊六個が、フランス第一軍および第七軍に随伴していた。彼らは、イギリス遠征軍とともに、ベルギー北部に進入、のちリールとダンケルクのあいだで最後を迎えたのだ。ただ、この六個軽戦車大隊の行動については詳細不明である。

フランス第二軍は、五月十三日、スダンを経由した第19装甲軍団（グデーリアン）の突進により、その左翼を南に後退させられていたが、近代的な戦車を持つ軽戦車大隊三個を使用できた。五月十三日午後まで、それらは第二軍後方二十キロの地点に控置されていた。そのうち二個大隊が、第二軍左翼に部署されていた第一〇軍団の指揮下に置かれ、五月十三日午後、軍団予備の二個歩兵連隊とともに北へ向かって行軍を開始する。第七戦車大隊は、その左側に位置した歩兵連隊（第二一三歩兵連隊）とともに、五月十四日の夜明けまでにシェメリー付近で、シェエリーに対する攻撃準備を完了することとされていたが、五キロ進むのに五時間もかかってしまった。

こうして行軍が遅れた結果、夜のうちに命令されていた、シェメリーとロクールを結ぶ線からの軍団予備による反撃が開始されたのは、五月十四日午前七時のことになった。この間、五月十四日の午前五時から六時にかけて、ドイツ第1戦車旅団がゴーリエ付近でムーズ川を渡っていたのだ。ドイツ軍航空機は、フランス軍戦車大隊二個がシェエリーとビュルソンをめざして前進中との報告を送っていた。ドイツ軍戦車にとっては、願ってもない好餌である。午前八時半、ドイツ戦車はまず、シェエリー近くで第七戦車大隊に襲いかかった。同大隊は、第二一三歩兵連隊支援に分散されており、勇敢に逆襲したものの、保有戦車の半数を失ってしまう。残存戦車に掩護されつつ、フランス歩兵は後退した。第四戦車大隊も同様に、ビュルソン付近で第二〇五歩兵連隊の退却を掩護した際、戦車二十両を失った。

諸軍のもとにあった独立戦車大隊が、各軍の機甲部隊出身参謀将校の統一指揮下に集中されることはなかった。それらは通常、中隊、また少なからぬケースで小隊単位に分割されていた。その目的は、短切な逆襲の実施、間隙部の閉鎖、敵が来ると推測される方向に対して十字路や橋梁を封鎖することであった。第九軍（ムーズ川左岸で第二軍に隣接した）麾下にあった三個戦車大隊の一つ、第六戦車大隊もかくのごとしで、第二軍と第九軍の接合部に、歩兵をともなわぬまま小隊単位で投入され、個々の戦車も、スダンからルテルに至る橋梁や街道を封じるために、ばらばらに置かれたのである。五月十四日、それらの戦車は、アルデンヌ運河を越え、西に突進する第2および第1装甲師団に蹂躙された。歩兵に守られた対戦車砲をそこに配しておけば、もっとましな戦果があげられたことだろう。すでにみたように、フランス第二ならびに第三機甲師団でさえ、こんなやり方で封鎖任務に投じられていた。

第九軍麾下の別の戦車大隊二個、第三二と第三三は、ムーズ川の防衛戦において、ディナンの両側で消耗したものと思われる。ここにはドイツ第15軍団がいた。同軍団は、五月十三日早朝以来、ウゥの北にあった第5装甲師団、同市南の第7装甲師団を以て、電撃的にムーズ川を渡河、西岸高地のすそ野をめぐる激戦に突入していた。そこは、フランス軍第一八および第五（自動車化）師団隷下の歩兵大隊三個と砲兵多数によって守備されていたのだ。午前中すでに、ムーズ高地方面から、敵戦車の小集団多数が、オナイユ－オントワール間の高原にある歩兵の戦線の背後に進んでくるのが、はっきりと観察されていた。ドイツ第15軍団長は用心し、第一線に対戦車兵器と戦車を移しておいた。

この間、防御側は、オー＝ル＝ワスティアおよびグランジュに向かって押してくる敵を、後方にあった歩兵大隊に戦車の支援を与えて、個別に反撃させることによって、ムーズ川方面に撃退しようと努めている。が、この予備の召致は、ドイツ軍急降下爆撃機によって遅延させられ、いずれも戦車と歩兵の協同を実行するには至らなかった。午後七時、三個砲兵中隊に支援されてはいるものの歩兵はなしというかたちで、戦車中隊一個がついにグランジュ方面への攻撃にかかる。フランス戦車は、ドイツ軍の強力な対戦車防御陣にもかかわらず、同市に隣接した森に進入、多数の捕虜を得た。けれども、後続する歩兵がなかったため、同中隊は五両の戦車を失って退却した。

一方、すでに午前中に下達されていた命令に従い、予備として控置されていた第一軽騎兵師団の一部による別の攻撃がル＝ワスティアに指向されていたが、将兵が疲弊したため、中断されている。ドイツ軍戦車は、敵と遭遇することもなしに、ディナンに入った。闇が降りるまでに、攻撃側は、ディナン北西高地を、オー＝ル＝ワスティアに至るあたりまで確保することに成功する。防御側は、さらなる予備（第一機甲師団および第四北アフリカ師団）を召致したのちに反撃を再開すると決断し、後衛部隊を残して、イヴォワール－フラヴィオン－バック－オナイユの線に後退するよう定めた。

ここでもまた、ばらばらに投入された戦車は、歩兵にとって、本当の助けとはならなかったのである。これらの戦車は、五月十四日、夜のうちに渡河してきた攻撃側の戦車連隊によって、「塵《ちり》のごとく吹き散らされた」（フェレ大佐）のであった。上級司令部がムーズ川流域を固守するとの強い意志を充分に保持していなかったこと、他の指揮上の誤りが重なったことが、歩兵による抵抗の放棄につながった。ほかの多くの地点でも、歩兵はきっと戦車を呼ぶことになろう、戦車なしでは歩兵は陣地を維持できないからだとする、ドレストラン将軍〔シャルル・ドレストラン（一八七九～一九四五年）。当時、准将で、第七軍戦車部隊司令官。最終階級は中将。フランス降伏後、レジスタンスの指揮官となったが、ドイツ側に逮捕され、一九四五年、ダハウ強制収容所において射殺された〕の予想が的中していた。上級司令部はその後も、戦車を大量投入する必要と歩兵の士気を支えたいとの願望のあいだで揺れ動いた。たいていは、分割せよとの意見が勝ちを占めた。手持ちの戦車大隊から、各二百両を持つ支隊を十個編合する代わりに、それぞれ十両の戦車から成る隊二百個がつくられたのである。もはや効果的な反撃を実行するでもなく、戦車大隊はばらばらにされ、小隊、もしくは単独で、敵戦車に対する固定的な防御戦に投入された。そして、敵戦車に圧倒されるか、砲兵や対戦車砲の射撃によって、それ以前に撃破されてしまったのだ。戦車が一時的に歩兵の指揮下に入れられようものなら、「押収」されてしまい、あたかも建制上歩兵に属しているかのごとくの扱いを受け、多くの場合、最前線に配置されることになった。

前段でみたように（四二四頁参照）騎兵軍団は独立団隊として、第一軍の前面で成功裡に任務を果たした。

その騎兵軍団ですら、こうした致命的な分割をまぬがれてはいない。同軍団麾下の軽機械化師団二個は、主陣地後方に下げられ、その戦車中隊十六個は歩兵師団の戦闘に戦術的に投入するため、その背後で待機させられたのだ。また、第一軍がモンス経由で西方に退却する際にも、騎兵軍団は分散されたままだった。従って、騎兵軍団が、ガムランが下達した南方への反攻に参加せよとの命令を受けたときも、軍団長は、自分のもとに戦車を戻してくれるなら、ドゥエーからカンブレーを攻撃できるだろうと報告したのである（四二三頁参照）。実際、〔戦車を預けられた〕指揮官たちは戦車を集結させることを拒否していた。そのため、五月二十日にカンブレーからアラスに向かい、広く分散したかたちで進軍していた第7装甲師団は、北側面に危険な一撃を受けることをまぬがれたのであった。

最後に、一九四〇年におけるフランスの悲運は、その戦車を誤って運用したことによってのみ生起したわけではないと述べておきたい。フランス機甲部隊に、勇気、献身、忍耐が欠けていたというのも当たっていない。とはいえ、フランスが自らの防衛のために選んだ機甲部隊の組織、その物質的装備、運用にあたっての原則は、一九四〇年には、効果なきものと実証された。そういう結論は得られるであろう。大規模機甲団隊があまりにも少数であったこと、重「戦闘戦車」よりも「歩兵戦車」を優先したこと、歩兵戦闘に拘束されすぎたこと、三十四個もの戦車大隊を全戦線にばらまいたことなどが、ドイツ装甲部隊に対して劣勢におちいった主たる原因だったのである。それゆえ、筆者は、経験ゆたかなフランス軍将校が戦後に洩らした苦い認識に同意する。「われわれを地に打ち倒したのは、よくいわれているように、ドイツ戦車が数において圧倒的だったことではない。そうではなく、巧みに組織され、合理的に運用された装甲戦力の攻撃に、してやられたのだ」

ドイツ装甲団隊の新型編制のための結論

筆者は、二つの論文で、経験にもとづく事実多数を戦史上の実例から集めてみた。これらは、理論的考察とならんで、わが装甲部隊はいかにして、現在の敵味方の兵器が持つ威力に適合し、目的にかなった編制を採るべきかを討究するための確固たる土台を与えてくれるはずだ。その際、先の大戦におけるドイツ装甲師団の編制を再び用いるようなことを主張するつもりはない。それは、あらかじめお断りしておこう。かかる編制が、当時すでに理想的とはいえなかったことはすでに示した。最近企図された（あるいは実施された）複数の旅団への分割は、戦時の経験、NATOの枠内において、わが軍がまず防御的に運用されること、戦術核が使用されるなかでの機動に適応しなければならないことといった諸要件にかなっている。もちろん、防御の準備、会戦につながる接近行軍などのこと、すなわち作戦機動において、敵の核兵器を過大評価することはできず、旅団への分割も核の影響をかいぐる手段の一つにすぎない。筆者はそう確信している。

だが、その一方で、核兵器の戦闘に対する影響だけが、かかる会戦における戦車の効力を減殺するような措置をみちびいたのであろうかという疑問も抱く。核兵器に対して、戦車が比較的抵抗力を持つのは、その装甲のためばかりではない。その機動性、敵と速やかに接触することを求める戦車の本質もまた、めまぐるしく変化する遭遇戦において、敵の核兵器使用をすぐに不可能にしてしまうものと思われる。自軍部隊にある程度の不利が生じることを覚悟しなければ、〔敵味方が混在する戦場では〕敵もそれを使うことはできなくなるのだ。機動性を持つほどに（それこそが、今回の改編の目的である）、装甲部隊は核兵器に対して安全になる。

先の大戦においてすでに、装甲部隊を空・地の脅威からもっともよく守るものは、その機動の速さであった。「一九五八年度教育・実験演習」中の九月二十六日、赤軍が実行して、成功したかのように思われる方法、攻撃する歩兵に膚接して、二個戦車大隊を待機させる戦法は、より機敏な指揮を執るべしとの要求に即していない。前方にいるべきなのは指揮官のみである。戦車大隊はデックリング森に隠し、そこから直接戦闘に突入すべきだったのだ。筆者があげた実例を吟味してみれば、縷々述べてきた諸戦闘において、たとえ戦術核があったとしても、それを使用することはまず考えられない、つまり、核の時代においても同様の戦闘経過をたどるであろう。それがわかるのである。

筆者が示した戦例の説得力に疑義を唱えるような、別の異論も提示し得るだろう。すなわち、対戦車兵器の改善だ。大戦前のフランスにおいても、対戦車兵器の優位ということが想定されていた。それが、戦車を敵陣深く突進させられるかという疑問をもたらし、戦車を歩兵戦闘に束縛させるにあたっての、おもな主張となった。ところが、フランス軍の対戦車兵器は、ムーズ河畔や他のどの地点においても、ドイツ戦車の突破を妨げることはできなかった。それ以来、対戦車兵器の数は著しく増大し、完璧なものに近づいている。とくに、空中誘導される対戦車ロケット（『国防知識』、一九五九年第五号）は、戦車の危険な敵となったようだ。今後、野外において、こうして出現した誘導装置による射撃実験が行われることが予想され、また、戦闘時の照準に対する影響についても顧慮されねばならないだろう。いずれにしても、戦車攻撃における損害増加は必至となるはずだ。先に触れた戦例にみられたように、戦車が小部隊（中隊や大隊）で投入されたところでは、どこでも潰滅的な損害を被っている。これを少なくしてくれるのは「大量《アン・マッス》」

〔en masse〕投入のみというエティエンヌ将軍の予言の正しさは、今次大戦で証明された。もちろん、小さな群れにするのではなく、縦深を組んだ梯隊にして使用するのである。それは、将来においても適切なことであろう。今日の戦車は個々に強力な武装を有しているが、だからといって、事情は変わっていない。戦車の武装が強くなるほど、その砲が使えなくなったときの影響も深刻になるというものだ。

ここで、問題の核心を論じることにしよう。わずか二個戦車大隊を使えるのみの戦車旅団が独立した攻撃を行うことは可能なのか？　ある戦車団隊に波状攻撃させることは、損害を軽減してくれるばかりか、それに期待されているような連続打撃効果を得るために必要なのである。「同調機動」の目的は、敵陣奥深くにある兵器の排除にあったことを思い起こしてみよう。その兵器とは、火力を以て、攻撃する歩兵を地に伏せしめるもの、すなわち砲兵である。そこに到達するには、深い梯隊を組んだ二個戦車大隊の全力を注ぐことが必要となるのだ。追加の擲弾兵大隊が到着するまで、敵陣奥深くにある重火器を制圧しておくのは、戦車旅団隷下の装甲擲弾兵大隊の仕事である。

とはいえ、かかる縦深奥までの突進に際して、戦車に与えられる多数の任務を達成するのに、戦車旅団の建制にある二個戦車大隊で充分であるか否かについては疑問が残る。終日戦闘が続き、技術的な理由から脱落した車両が補充されず、敵によって戦闘力が減殺されているような場合には、なおさらのことだ。しかしながら、敵陣への突入を突破に拡大するには、戦車旅団隷下の二個戦車大隊と一個装甲擲弾兵大隊だけでは不充分である。それは間違いない。もっと多くの戦力が必要だ。

守勢にあっても、防御戦を機動的かつダイナミックに遂行するには、一個戦車旅団あたり二個戦車大隊では足りないであろう。一九四〇年に、フランス軍は連続した戦線を布いて防御にあたっていたが、それはドイツ軍装甲部隊によって、たやすく寸断されてしまった。予備兵力、なかんずく大規模機甲団隊が不足していたがために、フランス軍は進入してきた敵を撃退することができず、戦線に間隙が生じても、そのずっと後方でそれを埋めようとするのみだった。それもまた成功しなかったのである。長大な戦線に部隊を分散させて守備にあたることは、つぎの場合にだけ有効であると思われる。つまり、防御地帯に生じた間隙部を通って進入してくる敵をただちに撃退するよう、味方縦深の奥に強力な装甲団隊が控えている場合のみだ。しかし、その装甲部隊の任務は、戦線の穴を埋めることでも、敵を撃退することでもない。当該の敵部隊に潰滅的打撃を与えることなのである。個々の戦車旅団は、そうした任にあたり得る状態にない。

かかる検討から、二個戦車旅団を以て一個装甲師団を編成し、装甲擲弾兵一個旅団を加えて強化するという案がみちびきだされる。このような、戦車において対ロシア戦争中のドイツ装甲師団よりも強力である団隊こそ、他の同様な団隊と協同、攻防いずれにおいても決定的な打撃を与えることに適した編制なのである。しかしながら、装甲師団とは、しかと結集していてこそ戦力を発揮する存在であることは強調しておかねばなるまい。装甲師団は、そこから好みの部隊を引き抜き、他の団隊に一時的に隷属させられるような「積み木団隊」ではないのだ。そんなことをすれば、装甲師団の終焉を意味することになろう。抽出された部隊は、なじみもなく、ときには隊の事情に通じていないこともある指揮官のもとで、充分な給養もなしに戦う。建制外での戦闘による消耗は大きく、その戦果には失望させられることになるはずだ。師団に残った部分も、ただ限定された任務に使えるだけのトルソー〔手足のない、胴体だけの人体の彫像〕にすぎない。本稿で述べた、一九四〇年五月のスダン南方およびオワーズ川流域におけるフランス第二および第三機甲師団の出撃は、そのような装甲師団の分割を行うことに対する戒めとなるであろう。

また逆に、守るべき戦線の長大さに比して、計画されているだけのわずかな数の装甲師団では足りないのではないかという疑問も提起される。一九四〇年のフランス軍指導部がいかに致命的な結果をもたらしたかについても、ここまでみてきた。彼らは、ドイツ軍の攻撃に対する防御に、わずか四個の大規模機甲団隊しか使用できなかったが、その一方でフランス戦車大隊の三分の二を随伴兵器として歩兵の指揮下に置いたのである。

ドイツ軍NATO型団隊の新編制計画が貫徹されたなら、十個戦車大隊が装甲師団の隷下に入る一方、諸装甲擲弾兵師団（一九五九年型編制）は全部で三十二個戦車大隊を要求することになる。この比率（約三対一）は、一九四〇年のフランスにおけるそれ（一対二）よりも好ましくない。当時、フランスは、重戦車の不足から、さらなる機甲師団の編成をあきらめていた。連邦国防軍は、装甲師団の枠外で、それぞれ二個戦車大隊を有する戦車旅団を複数編成し、個々の旅団を装甲擲弾兵旅団二個と組み合わせることになろう。戦車旅団単独では、防御、もしくは攻撃において決定的な戦果をあげるには、戦車が弱体であるからだ。「一九五八年度教育・実験演習」においても、幅広な正面にわたって目標「ハム＝ベルク」を攻撃した赤軍戦車旅団の両戦車大隊は、全面的な突破に至るほどには戦力がなかった。この点は、陸軍総監が事後の会議において正しく指摘している。従って、連邦国防軍が建設される過程で、よりいっそう多くの戦車旅団を装甲師団の隷下に置くことも望まれるであろう。NATOは、ずっと東方に張りだした防御地帯を維持することによって非常に有利になるし、作戦行動の自由も保持されるはずだ。

装甲擲弾兵師団から戦車旅団を引き抜き、装甲師団に編合するのは、いつでも可能である。そのことは否定しない。ただし、戦争を知る者は、ある団隊の建制から一部隊のみを抜き出すのにどれほど時間がかかるか、そうして抽出された部隊の戦意が、よその指揮官のもとでいかに低下するかといったことをわかっている。装甲師団は即製できないのだ。

とはいえ、装甲擲弾兵旅団隷下にある戦車大隊を抽出し、その特質に応じた運用にあてるためには、かかる旅団の対戦車防御能力強化が喫緊の要であると思われる。現状では、そうした戦車大隊は、純粋な対戦車兵科となっている。たとえば、「一九五八年度教育・実験演習」で、「ハム＝ベルク」を守っていた擲弾兵大隊は、戦車大隊より分遣された戦車を、防御地帯最前方の待ち伏せ陣地の支えとすべく、ばらばらに進出させていた。目下の対戦車兵器不足のなせるわざである。が、そんな運用は、貴重な攻撃兵器の乱用だ。そのようなことをしても、擲弾兵大隊が窮地におちいった場合には、何の助けにもならない。純粋な対戦車兵器、しかも安価なそれに対したとき、高い位置に砲塔がある戦車が動かずにいれば、自分が威力を発揮する前に、敵砲火の好餌となってしまうだろう。

ここまで描いてきた、一九四〇年のフランス軍の経験を参照してみればよい。戦車に対して安全な地形の選択、地雷の使用、縦深を組み、梯形に配置された砲兵、そして何よりも、あらゆる種類の対戦車兵器が、装甲擲弾兵旅団にとっては、はるかに効果的な対戦車方策となる。防御用に配置された戦車大隊が、目的に則した運用をされるのは、装甲擲弾兵と協同して逆襲を行う場合だけだ。その際、前提となるのは、統合・集中された投入がなされることである。単独で投入された戦車大隊が極端な大損害を被り、その戦闘力をたちまち失ってしまうことは、戦時の経験すべてによって明示されている。一九三九年のブズラ河畔、一九四二年のアクサイ流域、一九四〇年のムーズおよびオワーズ川沿いのフランス軍もみなそうであった。かような、実戦によって得られた経験を看過するようなことがあってはならない。対戦車兵器の威力が高まるほど、わが方の戦車が装甲擲弾兵団隊に分割され、無意味に殲滅されてしまうような可能性は少なくするべきなのである。「一九五八年度教育・実験演習」が、装甲擲弾兵旅団の隷下にそれぞれ一個ずつ戦車大隊を置くことの合目的性に関する説得力のある論証となっているとはみなし得ない。

ドイツ軍NATO型団隊における装甲兵科の編成についての提案を、以下に要約しよう。

一、ときと場合に応じて、装甲師団を分割するような真似は許されない。

二、既存の戦車旅団を集めて装甲擲弾兵師団に組み込むのではなく、あらたな装甲師団を編成すべし。

三、戦車旅団を新編するために、装甲擲弾兵旅団より個々の戦車大隊を抽出すべし。

原註

❖1 Gamlin, Servir〔ガムラン『軍務』〕第一巻、二五八頁。

参考文献

Hans Kissel: Die Lehr- und Versuchsübung 1958〔ハンス・キッセル「一九五八年度教育・実験演習」〕.『国防知識』、一九五八年第一一号。

Erich Hampel: Die Panzerabwehrrakete und ihre Verwendung〔エーリヒ・ハンペル「対戦車ロケットとその運用」〕.『国防学概観』、一九五九年第五号。

Hermann Hoth: Das Schicksal der französischen Panzerwaffe〔sic. ヘルマン・ホート「一九四〇年の西方戦役第一段階におけるフランス機甲部隊の運命」〕.『国防知識』一九五八年第七号。

Gamelin: Servir〔ガムラン『軍務』〕.
Gontard: La guerre des occasions perdues〔ゴンタール『好機を失った戦争』〕.
Doumenc: Histoire de la 9. Armée〔ドゥマンク『第九軍史』〕.

『国防知識』第八巻（一九五九年）第一二号

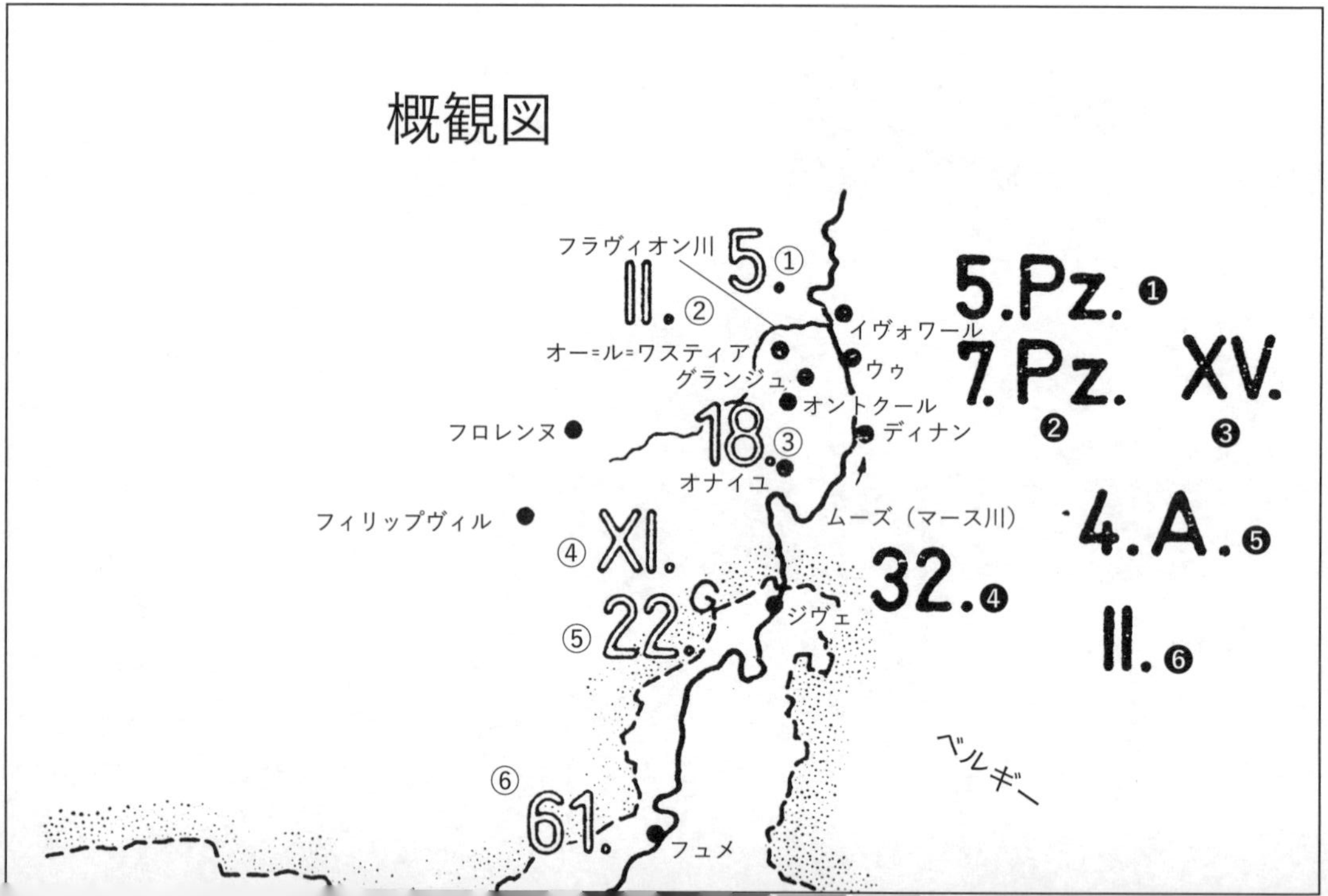
概観図
フラヴィオン川
5.①
II.②
オー=ル=ワスティア
グランジュ
18.③
オナイユ
フロレンヌ
フィリップヴィル
④ XI.
⑤ 22.
⑥ 61.
イヴォワール
ウゥ
オントクール
ディナン
ムーズ（マース川）
ジヴェ
フュメ
5.Pz.❶
7.Pz.❷
XV.❸
4.A.❺
32.❹
II.❻
ベルギー

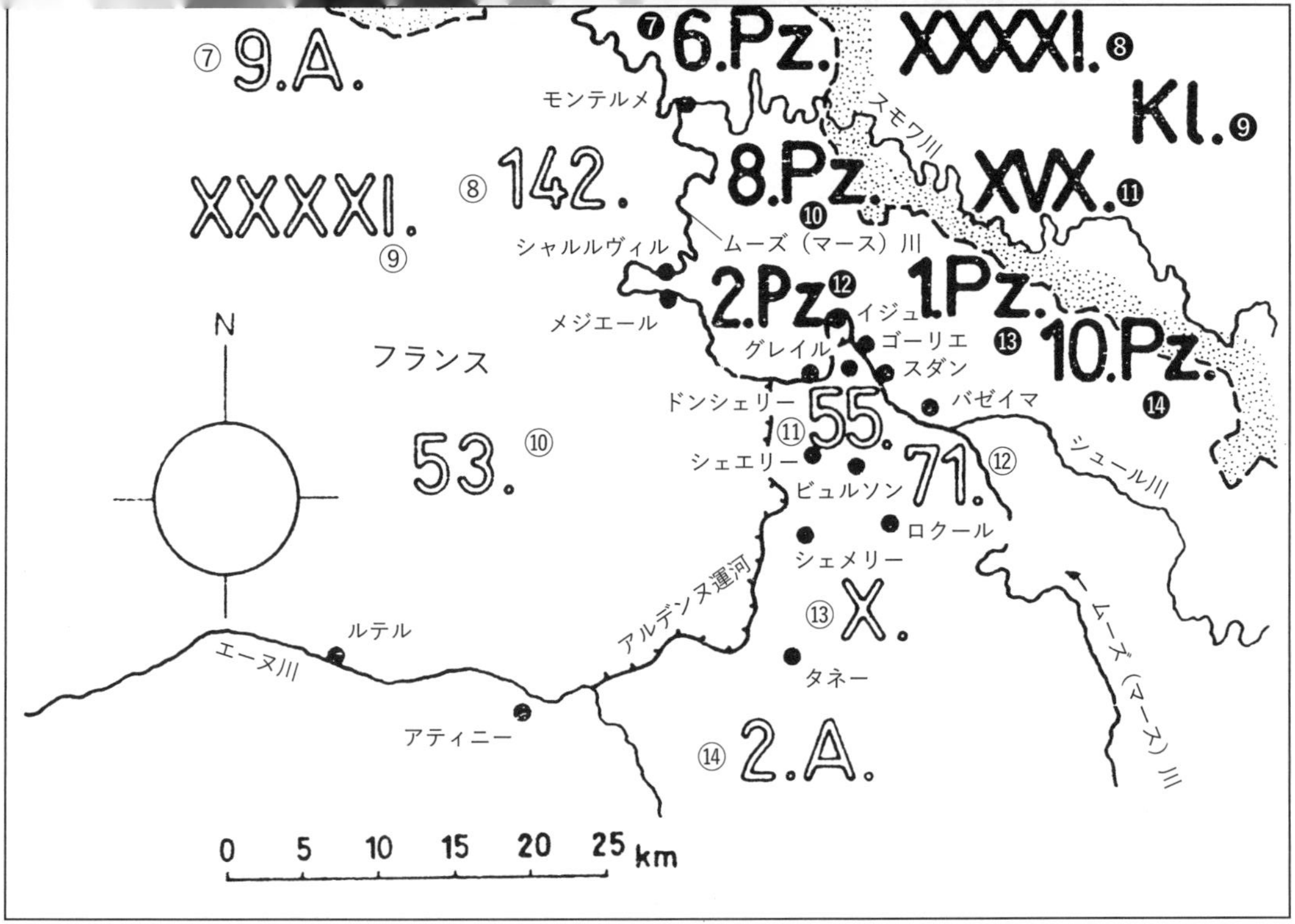

①第五師団　②第二軍団　③第一八師団　④第一一軍団　⑤第二二師団　⑥第六一師団　⑦第九軍　⑧第一四二師団　⑨第四一軍団　⑩第五三師団　⑪第五五師団　⑫第七一師団　⑬第一〇軍団　⑭第二軍　❶第 5 装甲師団　❷第 7 装甲師団　❸第 15 軍団　❹第 32 師団　❺第 4 軍　❻第 2 軍団　❼第 6 装甲師団　❽第 41 軍団　❾クライスト装甲集団　❿第 8 装甲師団　⓫第 19 軍団　⓬第 2 装甲師団　⓭第 1 装甲師団　⓮第 10 装甲師団

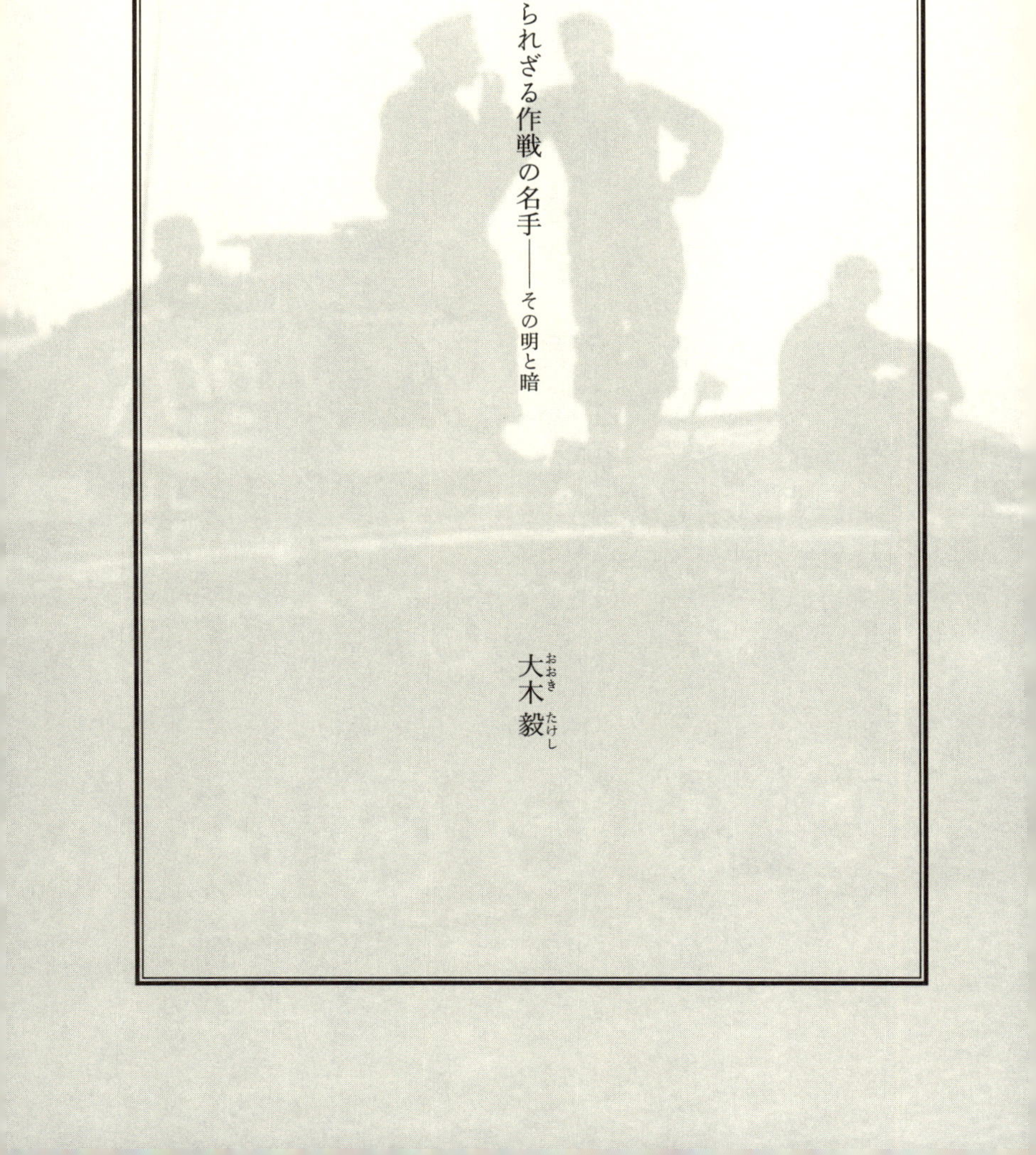

訳者解説

知られざる作戦の名手——その明と暗

大木《おおき》毅《たけし》

ドイツ国防軍屈指の作戦家

本書は、第二次世界大戦において重要な役割を果たしたヘルマン・ホート将軍の回想録にして唯一の著書である『装甲部隊の諸作戦《パンツァー・オペラツィオーネン》』[1]に、ドイツの軍事専門誌『国防知識《ヴェーアクンデ》』[2]（*Wehrkunde*）に発表された諸論文を加えて翻訳刊行するものである。

とはいえ、日本でのホートの知名度はその功績に比して、さほど高いとはいえない。管見の限り、通俗的なミリタリー書籍や雑誌で断片的に扱われるのがせいぜいで、まとまった伝記（翻訳含む）はおろか、小伝さえも出ていないようだ。[3] しかしながら、いわゆる玄人《くろうと》のホートに対する評価はきわめて高い。

第二次世界大戦においてドイツ装甲部隊の目覚しい活躍は、我々の目を見張らせた。そしてこの装甲部隊の指揮官として日本に知られているのはグーデリ《ママ》アンでありロンメルである。しかしドイツ側の資料を読むに従って最も優秀な装甲部隊指揮官はホート将軍であったと思う。[4]

（本郷健）

ドイツの将軍にして装甲部隊の専門家である人々のなかで、もっとも過小評価されている一人に、ヘルマン・ホート上級大将がいる。彼は、大戦勃発時にすでに歩兵大将であった。ドイツ軍が敗北したために芳しからざることになってしまったが、ホートは、一九一三年にロシア戦線のクルスク＝オリョールの激烈な戦車戦において、空前の規模のドイツ装甲部隊を率いたことで際立っている。ホートは、気負うことのない、冷静沈着で優秀な戦略・戦術家であり、泰然とした人物であった。麾下部隊の将兵や同僚にも敬愛され、ホート『おやじ』の異名を取ったのである。[5]

（リチャード・ブレット＝スミス）

かくのごとく、ホートは、知る人ぞ知る作戦の名手という評価を受けているといえよう。その主著『装甲部隊の諸作戦』をはじめとする諸論考も、日本ではほとんど存在さえも知られていなかったが、第二次世界大戦史の重要な側面に眼を開かせてくれるものである。また、装甲集団という巨大組織を運用したホートの知見は、単に軍事のみならず、人間の集まりを動かす上での貴重な示唆を与えてくれるだろう。ゆえに、彼の諸論考をこうして翻訳刊行することは、おおいに今日的な意義を有しているものと確信する。

まずは、将軍の生涯を概観しよう（本訳書付録「ヘルマン・ホート年譜」も参照）。ホートは、一八八五年にノイルピン（現ドイツ連邦共和国ブランデンブルク州）に生まれた。[6]父は軍医少佐であり、ホートも軍人の道を志した。事実、陸軍幼年学校、陸軍士官学校を経て、第72歩兵連隊に任官、陸軍大学校を卒業して参謀将校の資格を得るという経歴は、第二帝政のエリート将校の典型といえる。一九一四年に勃発した第一次世界大戦においても、ほとんど、軍・軍団等の参謀に補職されており、正統的な出世コースを歩んだ。ちなみに、一九一六年から一八年にかけては、陸軍航空隊（第一次世界大戦では、ドイツはまだ空軍を独立させていない）関係の参謀勤務を続けている。第二次世界大戦で、ホートが空軍の支援を活用し、縦横無尽の活躍をみせたことを思えば、注目すべき経歴であろう。

このようにホートは自らが優れた人材であることを証明していたから、ドイツの敗戦とヴェルサイユ条約の締結によって陸軍が大幅に縮小され、十万人の枠をはめられたのちになっても、退役を強いられることはなかった。国防省などの中央勤務と隊付将校を交互に繰り返し、順調に進級していったホートは、[7] 第二次世界大戦開戦時には歩兵大将として、ドイツ国防軍の虎の子である機械化部隊の一つ、第15軍団を任されていたのである。

この軍団を率いて、ホートは、機動戦のお手本ともいうべき戦いぶりを示した。一九三九年のポーランド侵攻作戦では、他部隊と協同して全周包囲作戦を展開、敵七個師団を殲滅している。翌一九四〇年の西方侵攻においては、アルデンヌの森を突破、ムーズ川渡河を敢行、連合軍を分断・撃滅する作戦に、おおいに貢献した。さらに、一九四一年のソ連侵攻「バルバロッサ」作戦においては、第3装甲集団司令官として、モスクワ前面に迫る働きをみせたのだ。[8]

しかし、ソ連軍の反撃により、南方軍集団が圧迫されはじめたことから、ホートは南に回された。一九四一年十月、ホートは南方軍集団北翼の第17軍司令官を拝命したのである。翌一九四二年の新春、ソ連軍は厳冬を衝いて、さらなる攻勢をしかけたが、ホートの指揮する第17軍は持久に成功、からくも戦線を維持した。同年五月、第4装甲軍司令官に補職されたホートは、新攻勢に転じたドイツ軍の先陣を切った。スターリングラードへの進撃である。第4装甲軍はスターリングラードに迫り、九月には第6軍と協同して同市南部を占領した。ところが、冬に入るとともにソ連軍は反攻作戦を発動、スターリングラード攻略中だった第6軍を包囲したのである。マンシュタインを司令官として新編されたドン軍集団の指揮下に入ったホートは、第6軍の救援に入った。が、スターリングラードに固執し、第6軍を撤退させることを拒むヒトラーの方針と兵力不足により、救援作戦を成功させることはできなかった。

かくて、一九四三年初頭、ホートの第4装甲軍は危機に瀕する。第6軍に続き、ドン軍集団をも包囲殲滅せんとするソ連軍の矢おもてに立たされたのである。けれども、ホートは、兵力差をものともせず、巧みな機動防御をくりひろげ、ソ連軍が決定的勝利を得るのを阻止した。やがて、マンシュタインが増援兵力を集中し、「後手からの一撃《シュラーゲン・アウス・デア・ナッハハント》」(Schlagen aus der Nachhand)として有名になる反撃を実施すると、ホートもその一翼を担い、ソ連軍を撃退した。しかし、最終段階で春の泥濘期が訪れ、機動が困難になったことから、ドイツ軍は作戦停止を余儀なくされる。結果として、東部戦線はクルスクを中心として、西に張りだしたかたちを取ることになった。

この突出部を挟撃、そこにいるソ連軍部隊を撃滅するとともに、戦線を短縮、防御戦を容易にするという目的で、一九四三年七月に発動されたのが「城塞《ツィタデレ》」作戦である。この作戦で、ホートは突出部南側の攻撃における先鋒となり、戦術的にはめざましい成果をあげたが、クルスク以外の正面で発動されたソ連軍攻勢に対応する必要から「城塞」は中止される。[9] かくて、東部戦線の潮目は逆転した。八月以降、第4装甲軍は退却につぐ退却を余儀なくされる。それでも、ソ連軍に捕捉・包囲されることをまぬがれ、九月末までに、天然の要害であるドニエプル川の線まで後退できたのは、ホートの卓越した指揮統率のたまものであった。しかし、圧倒的なソ連軍の優勢の前に、一九四三年十一月六日、ホートはウクライナの大都キエフの放棄を余儀なくされる。この敗報に怒り狂ったヒトラーは、[10] ホートを休職させ、第4装甲軍の指揮をエアハルト・ラウス上級大将にゆだねた。十二月十日、ホートは正式に解任され、指揮官予備に編入された。以後、敗戦直前に短期間エルツ山脈地区などの指揮を執ったことを除けば、用いられないままだったのだ。さりながら、このように輝かしい戦歴をみれば、ホートがドイツ国防軍屈指の作戦家と評価されていることも故なきことではないと理解されるだろう。[11]

ホートのなかのハイド氏?

だが、ヘルマン・ホートには、光のみならず影もある。絶滅戦争であり、世界観戦争であった対ソ戦に従軍した将軍たちの少なからぬ部分は、戦後、ナチ犯罪・戦争犯罪の責を負うこととなった。ホートもその例外ではない。一九四七年十二月、彼は、米軍当局により訴追され、ニュルンベルク継続裁判第一二号、いわゆるOKW裁判の被告となったのである。[12] 訴因は、ドイツ軍占領下の国々で実行された戦争犯罪・虐殺行為への関与、もしくは、その計画に加わったことだった。なかでも、焦点として厳しく追及されたのは、彼が第17軍司令官だった時期、一九四一年十一月十七日に出した訓令であった。

一九四一年十月十日、当時第六軍司令官で、親ナチで知られたヴァルター・フォン・ライヒェナウ元帥は、「東部地域における部隊の指導」と題された命令を発し、「ユダヤ・ボリシェヴィキ体制に対する戦争のもっとも本質的な目標は、彼らの権力手段を完全に破壊し、ヨーロッパ文化へのアジア的影響を撲滅することにある」と述べ、より具体的には、「もし、軍が管轄する後方地域で孤立したパルチザンが火器を使用しているのを発見したならば、徹底的な手段が取られるべきだ」とした。[13] このライヒェナウ命令を高く評価したヒトラーは、十月二十八日に東部戦線の他の軍にも示達した。それを受けたホートも、十一月十七日に左のごとき訓令を発している。

ボリシェヴィキ・ユダヤ煽動者による消極的、あるいは受動的な抵抗のきざし、もしくは策謀は、いかなるものであれ、即刻、情け容赦なしに根絶されるべきである。将兵おのおのが、民衆にとっての異分子に対して苛酷な措置を取る必要があることを正確に理解していなければならない。これらの集団は、ボリシェヴィズムの支柱、その殺人組織の説教師、パルチザンの協力者であり、われわれの祖国に多大なる害をなしたのと同じユダヤ人の一団によって構成されている。彼らは、敵対行動と……全世界に反独的な風潮を広めている反対文化により、復讐の担い手にならんと欲している輩なのだ。彼らの根絶は自己保存の法則にかなっている。かかる措置を批判する軍人は、ユダヤ・マルキスト分子がかつて長期にわたり、わが国民に対する擾乱《じょうらん》・叛逆行動をしでかしてきたことを忘れている。[14]

ホートと彼の弁護団は、一見虐殺行為を証明しているかにみえる当時の行動・情報報告書は、あわただしく機動戦を遂行しているさなかに作成されたもので、ごく短い文章にならざるを得ず、背景の説明も舌足らずになっている、従って証拠として額面通りに受け取るわけにはいかないという論理を展開していた。が、この十一月十七日付訓令は、ホートが共産主義者とユダヤ人に対する「苛酷な措置」を求めていたことを証明するものであり、被告側にとっては大打撃となった。[15]

これに対し、ホートは、さまざまな反論を述べた。いわく、同訓令は、麾下部隊の連隊長までに宛てたもので、一般将兵に呼びかけたものではない。その狙いは、当時活発に動きだしていたパルチザンへの警戒をうながすだけのことであった。いわく、この文書に述べられていることは、ロシアのユダヤ人がドイツ軍に対して現実に抱いていた敵意を指摘しているにすぎない……。[16] しかし、判士団の心証をくつがえすことはできなかった。一九四八年十月二十七日、ホートに対し、戦争犯罪と人道に対する罪において有罪とする判決が下され、十五年の禁錮刑か言い渡されたのだ。

裁判中、ホートは、ユダヤ人虐殺などは知らなかったと主張した。また、彼が服役したランツベルク刑務所の所長を務めていたE・C・ムーア米陸軍大佐は、判決後六年を経ても、ホートは自分の無罪を確信していると報告している。[17] はたして、ホートのなかには「ハイド氏」がいて、住民虐殺、とりわけユダヤ人虐殺につながりかねないと知りながら、「苛酷な措置」を命じたのか。それとも、彼自身が主張するように、激しい言葉はレトリックにすぎなかったのか？

今日なお、結論を出すに足る証拠・証言は揃っていない。しかしながら、法的には、ホートは戦争犯罪人であると宣告されたのである。

ランツベルクでのホートの服役態度は、きわめて良好であった。割り当てられた洗濯所での作業ぶりは「素晴らし」く、余暇は読書に費やしていると、刑務所長の報告にはある。この間に、西ドイツ（当時）の再軍備にともなって、かつての将軍や提督が戦争犯罪人として服役させられているのは不当だとの同国の世論が高まり、彼の刑期も短縮された。結局、ホートは一九五四年に釈放される。[18]

出獄後のホートは、ニーダーザクセン州のゴスラーに住み、回想録や戦史に関する諸論文の執筆に取り組んだ。ところが、一九六〇年代のはじめごろより、元軍人から若い世代の歴史家へと戦史の書き手が変わりだしたことに苛立ちを感じはじめる。ホートにしてみれば、彼らはドイツ国防軍の負の面だけを強調し、作戦・戦術の妙といった肯定的な面を無視していると思われたのである。ホートは、国防軍の名声を保持するために、元将校らに戦史執筆をうながし、また意を同じくするジャーナリストや戦史家と緊密に連絡を取り、第二次世界大戦史の解釈や叙述を自らの望ましい方向に誘導することに努めた。そのなかには、かつてのナチ・エリートであり、戦後「パウル・カレル」の筆名でベストセラーを書いたパウル・シュミットも含まれている。いささか晩節を汚す行為であったといわざるを得まい。[19]

一九七一年、ヘルマン・ホートはゴスラーにて死去した。

時代を表す論考

以下、本書に収録したホートの回想録・論文について、その意義を解説していきたい。

『装甲部隊の諸作戦』

ホートが一九五六年に上梓したバルバロッサ作戦回顧録である。版元は、ドイツ連邦国防軍《ブンデスヴェーア》の将兵向けに軍事書を刊行・頒布していた「シャルンホルスト戦友ブッククラブ」(Scharnhorst Buchkameradschaft)であり、戦術・作戦・戦略と戦史研究の重要性に関する論考が冒頭にあるところから、おそらく将校向けの参考書として書かれたものと思われる。

そうした性格によるものと推測されるが、回想録につきものの自己正当化や歪曲が比較的少ない。すでに述べたように、その政治性、あるいは政治的な行動に関しては疑問符がつくホートであるが、ここではエリート参謀将校ならではの明晰さが目立つ。もちろん、失敗の責任をヒトラーに押しつける「参謀本部無謬論」が根本にあるのだけれど、陸軍総司令官ヴァルター・フォン・ブラウヒッチュ元帥や陸軍参謀総長フランツ・ハルダー上級大将、さらには同僚である第2装甲集団司令官ハインツ・グデーリアン上級大将に対する、歯に衣着せぬ批判や異議申し立ては、単なる国防軍弁護の書と決めつけられないものがあり、眼を瞠《みは》らせる。

また、軍司令官に相当する装甲集団司令官が、国家元首たるヒトラーや陸軍上層部、直属上官である中央軍集団司令官や第4軍司令官と麾下部隊のあいだにあって、いかなる機能を果たし、作戦に影響を与えていくかを、ここまでいきいきと描いた書物は少ない。

独ソ戦、ひいては第二次世界大戦の歴史に関する重要な資料の一つといっても過言ではなかろう。

「ハンス＝アドルフ・ヤーコプセン博士『黄号作戦』への書評」

「一九四〇年の西方戦役に対するマンシュタインの作戦計画と一九四〇年二月二十七日付ＯＫＷ開進訓令」

「一九四〇年二月二十四日の鎌の一撃計画成立について」（ハンス＝アドルフ・ヤーコプセン執筆）

「『一九四〇年の西方戦役に対するマンシュタインの作戦計画と一九四〇年二月二十七日付ＯＫＷ開進訓令』について」❖[20]

一九四〇年の西方侵攻作戦において、イギリス軍にダンケルクの苦杯を喫せしめ、フランスを降伏に追い込んだ構想は、誰がいつ生みだしたものなのかという設問に関するホートとドイツの歴史家・政治学者のハンス＝アドルフ・ヤーコプセンの論争である。日本では、ほとんどみられなかった旧軍人と歴史研究者の議論であり、ドイツの軍事に関する学問的・政治的風土をかいまみさせてくれる。また、行論をみていくと、先に触れたホートの戦史を一般の歴史家に任せてよいのかという懐疑の萌芽が感じられるだろう。

この論争の対象となった問題が、今日どのような評価をされているかについては、『鎌の一撃』を最終的なかたちに練り上げるにあたって、マンシュタインがハルダーやヒトラーと功績を分け合うことになるとしても、最初の作戦構想は、ただ彼一人のみに帰せられるものだ」という、最新のマンシュタイン伝の一節を引用しておく。[21] より詳しく知りたい向きは、カール＝ハインツ・フリーザー『電撃戦という幻』（大木毅・安藤公一訳、上下巻、中央公論新社、二〇〇三年）の上巻第三章をみられたい。

論争の対手となったヤーコプセンは、一九二五年にベルリンで生まれ、第二次世界大戦では少尉として従軍、ソ連軍の捕虜となった。戦後、ハイデルベルク大学とゲッティンゲン大学で研究し、博士号を取得、『黄号作戦』をはじめとする軍事史に関する著作を多数刊行した。有名なフランツ・ハルダー日記[22]の編者でもある。一九六九年から一九九一年までボン大学教授を務め、二〇一六年死去。

なお、私事にわたって恐縮だが、編訳者はボン大学に留学中、ヤーコプセン教授の最終講義を聴く機会があった。捕虜として敗戦を向かえ、祖国の惨憺たる状態を知った教授は、何故こんなことになったのか、その根源はどこにあったのかという疑問から、第二次世界大戦史の研究に着手したと語り、おおいに感銘を受けたものだ。本書に収録した反論文の情熱的な筆致も、そうした研究動機に突き動かされていることと思われる。

「一九四〇年の西方戦役第一段階におけるフランス機甲部隊の運命❖[23]」

フランス機甲部隊が西方戦役においてなぜ威力を発揮し得なかったのかを研究、その問題点を剔抉《てっけつ》した論文。自身、西方侵攻の立役者であったホートの認識を示す資料としても興味深い。

「戦史の実例にみる、戦隊として運用された装甲部隊の戦闘❖[24]」

連邦国防軍の演習に示された編制と戦術の構想に疑問を抱いたホートが、戦史の実例（すべて、ホートが自ら体験した戦いであることに注意されたい）を示すことにより、意見を開陳したもの。戦史研究の定説では、ドイツ軍の戦隊《カンプフグルッペ》運用は成功したとみなされているが、ホートはむしろ、そうしたアドホックな編合の問題点を指摘し、平時から諸兵科協同に配慮した建制の旅団を置くことを提唱している点が興味深い。

ちなみに、ホートは回想録や論文において、一人称ではなく三人称を採用している。従って、ここに引かれた三つの戦例のうち、西方侵攻作戦でロンメルの独断に悩まされた第15軍団長とは、ホートその人なのである。それを念頭に置くと、よりヴィヴィッドに読めるはずである。

「防御における戦車の運用と一九五九年のドイツ軍NATO式師団の新編制❖[25]」

同じく連邦国防軍における戦車の運用構想を危惧したホートが、西方侵攻に戦例を取り、戦車をいかに活用するかを提言した論文。作戦の基本単位となる旅団をどのように構成するかを述べた結論部分が、装甲集団司令官だった人物の「見果てぬ夢」を感じさせる。

＊

本書の編訳にあたり、『軍事研究』編集部には、資料収集のご助力を賜った。また、オランダ語、ドイツ語、フランス語の表記が並立し、カナ表記を定めるのが困難なベルギーの固有名詞については、ハインツ・グデーリアンの『戦車に注目せよ――グデーリアン著作集』（拙編訳、作品社、二〇一六年）のとき同様に、ブリュッセル自由大学留学中の関大聡氏のご教示を受けている。また、やはりこれまでと同じく、作品社の福田隆雄氏が編集の任に当たってくださった。こうして手助けしていただいたみなさんに深甚なる謝意を表したい。

ただし、本書に存在するやもしれぬ誤訳、誤記、誤植、謬見などについては、もちろん編訳者ひとりが責任を負うものである。

❖註

1　Hermann Hoth, *Panzeroperationen. Die Panzergruppe 3 und der operative Gedanke der deutschen Führung Sommer 1941*〔ヘルマン・ホート『装甲部隊の諸作戦　一九四一年夏における第3装甲集団とドイツ軍指導部の作戦構想』〕, Heidelberg 1956. 本書は、ホートというキー・パーソンの回想録でありながら、ながらくドイツ語版以外は存在しない状態に置かれていたが、二〇一六年に英訳された。Hermann Hoth, *Panzer Operations. Germany's Panzer Group 3 during the Invasion of Russia, 1941*〔ヘルマン・ホート『装甲部隊の諸作戦　一九四一年のロシア侵攻期における第3装甲集団』〕, translated by Linden Lyons, Philadelphia, PA/Oxford, 2015. この英訳版はおおむね正確で、本書翻訳の際にも参考としたが、二、三行程度の訳し落としがしばしばあり、トータルすると二頁程度の抜けがあるものと思われる。

❖2　現在も刊行されているが、誌名は『ヨーロッパの安全保障と技術』(*Europäische Sicherheit & Technik*) に改称されている。

❖3　数少ない例外として、アルフレ《マ》ッド・フリッピ《マ》イ〔Alfred Philippi〕「ドイツ装甲部隊の名将　ヘルマン・ホート上級大将」本郷健訳、『軍事研究』(一九七七年一月) がある。ただし、これは抄訳。アルフレート・フィリッピは元陸軍少将。

❖4　前掲フリ《マ》ッピ《マ》イ論文一四六頁に付せられた本郷の前文より。本郷は元陸軍大佐で、戦後ドイツ軍事史の研究に取り組み、ハインツ・グデーリアンやエーリヒ・フォン・マンシュタインの回想録を訳出している。

❖5　Richard Brett-Smith, *Hitler's Generals*〔リチャード・ブレット＝スミス『ヒトラーの将軍たち』〕, London, 1976, p. 273. ブレット＝スミスは陸軍軍人で、第二次世界大戦に従軍、大尉で退役した。その後、『デイリー・テレグラフ』紙などの海外特派員を務めている。

❖6　父も同名で、ヘルマン・ホート。

❖7　一九三八年、第18師団長だったホートは、あらたに第15軍団長に任ぜられたが、宿舎その他の準備がととのうまで、師団司令部のあるリーグニッツで待機していた。このとき、第18師団長の後任となったエーリヒ・フォン・マンシュタインと家族ぐるみの親交を結んだのである。ホートがのちに、マンシュタインの麾下に入り、スターリングラード救援作戦、クルスクの戦い、ドニエプル川への撤退などの諸戦闘で、この上官とともにみごとなチームワークを示すことを考えれば、無視できないエピソードであろう。マンゴウ・メルヴィン『ヒトラーの元帥　マンシュタイン』上下巻、大木毅訳、白水社、二〇一七年、上巻、一七二〜一七五頁。

❖8　本郷健は、以下のように回想している。「筆者〔本郷〕は当時大本営作戦課に居たが、今でも当時の各種情報会報のことを思い出す。当時、ホート装甲集団の、この戦役〔バルバロッサ作戦〕における部署及び統帥は、いつも模範的なものだと賞讃を受けていた」前掲フリ《マ》ッピ《マ》イ論文、一五一頁。

❖9　「城塞」作戦の展開、いわゆるクルスク戦の展開について、戦後ながらく伝えられてきた像は、冷戦終結後の研究の進展によって全面的に修正されている。拙稿「ツァイツラー再考」、「クルスク戦の虚像と実像」（いずれも、大木毅『ドイツ軍事史——その虚像と実像』作品社、二〇一六年所収）を参照されたい。

❖10 ホートは「最悪の種類の敗戦主義煽動者」だと、ヒトラーは罵ったという。Walter Warlimont, *Im Hauptquartier der deutschen Wehrmacht 39–45*〔ヴァルター・ヴァーリモント『ドイツ国防軍の司令部にて　一九三九〜四五年』〕, 3. Aufl., München, 1978, S. 409.

❖11 バルバロッサ作戦以降のホートの戦歴については、前掲フリッピィ論文のほか、Brett-Smith, pp. 273–277; Linden Lyons, "Epilogue. Hermann Hoth's Career after the Battle of Vyazma,"〔リンデン・ライアン「エピローグ　ヴャジマ戦以後のヘルマン・ホートの経歴」〕Hoth, *Panzer Operations*, pp. 163–172 に主として依拠した。また、独ソ戦の背景については、Mlitärgeschichtliches Forschungsamt, *Das deutsche Reich und der Zweite Weltkrieg*〔軍事史研究局『ドイツ国と第二次世界大戦』〕, 10 Bde., Stuttgart 1979–2008 ならびに David M. Glantz/Jonathan M. House, *When Titans Clashed. How the Red Army Stopped Hitler*〔デイヴィッド・M・グランツ／ジョナサン・M・ハウス『巨人たちが激突するとき　いかにして赤軍はヒトラーを停止させたか』〕, revised and expanded edition, Lawrence, Kans., 2015 の関連部分を参照している。

❖12 この裁判では、ＯＫＷ（国防軍最高司令部）そのものを裁くとされていたが、実際には、ＯＫＷその他に属していた高級将校が被告とされた。Valerie Geneviève Hébert, *Hitler's Generals on Trial*〔ヴァレリー・ジュヌヴィエーヴ・エベール『裁かれたヒトラーの将軍たち』〕, Lawrence, Kans., 2010, p. 2.

❖13 メルヴィン前掲書、上巻、三七三〜三七四頁。

❖14 Hébert, pp. 94–95.

❖15 *Ibid.*, pp. 105–114.

❖16 *Ibid.*, p. 121–122.

❖17 *Ibid.*, p. 193.

❖18 釈放に際しても、ホートは不機嫌で、犯罪的な命令など出したことはなく、自分が有罪とされた事件についても関知していなかったことを証明することができると述べ立てたという。*Ibid.*

❖19 Oliver von Wrochem, *Erich von Manstein. Vernichtungskrieg und Geschichtspolitik*〔オーリヴァ・フォン・ヴローヘム『エーリヒ・フォン・マンシュタイン　絶滅戦争と歴史政策』〕, 2.Aufl., Paserborn u.a., 2009, S. 287–289, 304–306. パウル・カレルの問題性については、拙著『第二次大戦の〈分岐点〉』作品社、二〇一六年所収の「パウル・カレルの二つの顔」を参照されたい。

❖20 原題と掲載号は、それぞれ左の通り。

Hermann Hoth, Buchbesprechung zu Jacobsen, „Fall Gelb", in: *Wehrkunde* 7 (1958), Nr. 2.

Hermann Hoth, Mansteins Operationsplan für den Westfeldzug 1940 und die Aufmarschanweisung des O.K.H. vom 27. Februar 1940, in: *Wehrkunde* 7 (1958), Nr. 3.

Hans-Adolf Jacobsen, Zur Entstehung des Sichelschnittplanes vom 24. Februar, in: *Wehrkunde* 7 (1958), Nr. 4.

Hermann Hoth, Zu „Mansteins Opetationsplan für den Westfeldzug und die Aufmarschanweisung des O.K.H. vom 27. 2. 40", in: *Wehrkunde* 7 (1958), Nr. 8.

❖21 メルヴィン前掲書、上巻、二四七頁。

❖22 Arbeitskreis für Wehrforschung Stuttgart, *Generaloberst Franz Halders Kriegstagebuch*〔シュトゥットガルト国防研究作業会『フランツ・ハルダー上級大将戦時日誌』〕, 3 Bde., Stuttgart 1962–1964.

❖23 Hermann Hoth, Das Schicksal der französischen Panzerwaffe im 1. Teil des Westfeldsugs 1940, in: *Wehrkunde* 7 (1958), Nr. 7.

❖24 Hermann Hoth, Der Kampf von Panzerdivisionen in Kampfgruppen in Beispielen der Kriegsgeschichte, in: *Wehrkunde* 8 (1959), Nr. 11.

❖25 Hermann Hoth, Die Verwendung von Panzern in der Verteidigung und die Neugliederung der deutschen NATO-Divisionen 1959, in: *Wehrkunde* 8 (1959), Nr. 12.

1945年5月8日　アメリカ軍の捕虜となる。
1948年10月27日　戦争犯罪により、15年の禁錮刑を宣告され、レヒ河畔ランツベルクにて服役（ニュルンベルク継続裁判❖6、第12号OKW訴訟。1947年11月28日付訴状と1948年10月27日の判決による）。
1954年4月7日　恩赦により刑期満了前に釈放。
1971年1月25日　ゴスラーにて死去。

註

❖1　ドイツ帝国においては、各連隊はそれぞれが属する邦《ラント》の部隊番号と帝国全体の通し番号を与えられている。

❖2　ドイツ帝国にあっては、将校志願者は多くの場合、士官学校を卒業してから、軍事学校で8か月から1年半、専門的な軍事教育を受けたのち、連隊で任官する。詳細は、イェルク・ムート『コマンド・カルチャー――米独将校教育の比較文化史』大木毅訳、中央公論新社、2015年、145～148頁を参照されたい。

❖3　連邦国家であったドイツ帝国では、バイエルン、ヴュルテンベルク、ザクセンといった邦が独自の陸軍省と参謀本部を保持していた。が、ドイツ帝国全体の作戦立案や戦争指導にはプロイセン参謀本部があたることになっており、上記三構成国の軍隊もその指揮下に置かれる。ゆえに、プロイセン参謀本部は「大参謀本部」と称された。

❖4　Freiwilliges Landesjägerkorps. 第一次世界大戦に敗北したのち、ドイツ各地で結成され、国境紛争や内戦に投入された私兵集団「義勇軍《フライコーア》」の一つ。義勇郷土猟兵団は、ゲオルク・メルカー少将によって編成された。

❖5　ヴァイマール共和国の軍は「ライヒスヴェーア（Reichswehr）」と名付けられた。ナチスが政権を取り、1935年に再軍備宣言がなされると、これが「ヴェーアマハト（Wehrmacht）」と改称される。日本語に訳してしまえば、いずれも「国防軍」になるが、区別する必要がある場合には「ライヒスヴェーア」「ヴェーアマハト」と表記を分けることにする。

❖6　ドイツの主要戦犯を裁くニュルンベルク国際軍事裁判が結審したのち、連合国の各国によって実行された他の戦犯に対する裁判。

Delmot Bradley (Hrsg.), *Deutschlands Generale und Admirale*〔デルモット・ブラッドレー『ドイツの将軍提督』〕, Teil IV, Bd. 3, *Die Generale des Heeres 1921–1945*〔陸軍の将軍たち　1921～1945年〕, Bissendorf, 2002, S. 157–159 および Johannes Hürter, *Hitlers Heerführer. Die deutschen Oberbefehlshaber im Krieg gegen die Sowjetunion 1941/42*〔ヨハネス・ヒュルター『ヒトラーの陸軍指導者たち　1941年から42年までの対ソ戦におけるドイツ軍高級指揮官』〕, 2.Aufl., München, 2007, S.634 f. に、他の資料による訂正と解説を加えて作成。

1919年12月24日　第6軍団司令所付参謀。
1920年3月9日　ハレ駐屯ライヒスヴェーア❖5第32歩兵連隊・中隊長。
1920年10月1日　パーダーボルン駐屯ライヒスヴェーア第18歩兵連隊・中隊長。
1920年12月7日　国防省T2（編成課）付。
1921年1月1日　参謀将校として国防省T2（編成課）に正式に配属される。
1923年10月1日　在シュテッティン第2歩兵監部作戦参謀。
1924年1月1日　少佐進級。
1925年5月8日　国防省T2に配属される。
1925年10月1日　国防省T4（教育課）課員。
1925年10月5日〜10月31日　ユィーターボークにて、砲兵以外の兵科所属者のための砲術講習を受ける。
1928年10月9日〜11月1日　デーベリッツにて、戦闘訓練講習を受ける。
1929年1月1日　ポンメルン地方シュタルガルト駐屯第4歩兵連隊第1大隊長。
1929年2月1日　中佐進級。
1930年11月1日　在ベルリン第1集団司令部に作戦参謀として配属。
1931年10月6日〜10月23日　デーベリッツにて、重歩兵火器射撃講習を受ける。
1932年2月1日　大佐進級。
1932年10月1日　ブラウンシュヴァイク駐屯第17歩兵連隊長。
1933年8月1日　第6歩兵連隊に配属。
1933年10月1日　リューベック国防管区司令部に配属。
1934年2月1日　リューベック市司令官。
1934年10月1日　少将進級。在リーグニッツ第3歩兵監。
1935年10月15日　第18師団長。
1936年10月1日　中将進級。
1938年4月1日　OKH（陸軍総司令部）付。
1938年11月1日　歩兵大将に進級。第15軍団動員展開司令部に配属。
1938年11月10日　第15軍団（自動車化）長。1940年5月以降、同軍団は「ホート集団」と称せられる。
1939年10月27日　騎士鉄十字章受勲。
1940年7月19日　上級大将進級。
1940年11月16日　第3装甲集団司令官。
1941年7月17日　柏葉付騎士鉄十字章受勲。
1941年10月5日　第17軍司令官。
1942年5月15日〜1943年11月3日　第4装甲軍司令官。
1942年11月22日〜1943年1月　ホート集団軍（第4装甲軍基幹）司令官。ルーマニア第4軍団を麾下に置く。
1943年9月15日　柏葉・剣付騎士鉄十字章受勲。
1943年12月10日　OKH指揮官予備に編入。
1945年4月　第7軍麾下ザーレ地区司令官、のちエルツ山脈地区司令官。

ヘルマン・ホート年譜

1885年4月12日　プロイセン王国軍軍医少佐ヘルマン・ホートとマルガレーテ（旧姓ヒューベナー）を両親として、ノイルピンに生まれる。宗派はプロテスタント。古典学校（高等学校）入学まで家庭で教育を受ける。

1894年　デミンの古典学校《ギムナジウム》に入学。

1896年～1904年　ポツダム陸軍幼年学校入学・卒業、グロース＝リヒターフェルデ陸軍士官学校入学・卒業。

1904年2月27日　陸軍入隊。少尉候補生として、トルガウ駐屯テューリンゲン第4歩兵連隊（第72）❖[1]に入隊。

1904年4月～12月27日　ダンツィヒ軍事学校❖[2]学生。

1905年1月27日　少尉任官。

1907年　第72歩兵連隊第2大隊副官。

1910年10月1日～1913年7月21日　陸軍大学校学生。

1912年6月19日　中尉進級。

1913年7月22日～9月17日　第3砲兵連隊に配属。

1913年10月1日　第72歩兵連隊副官。

1914年4月1日　大参謀本部❖[3]に配属。

1914年8月2日　陸軍留守参謀部要員に指定され、第8軍参謀部に配属される。

1914年9月20日　第2級鉄十字章受勲。

1914年11月8日　大尉進級。

1914年12月15日　第8軍配属のまま、陸軍参謀本部付。

1915年1月10日　陸軍参謀本部付を解かれる。

1915年2月6日　第10軍司令部通信参謀。

1915年8月2日　第1級鉄十字章受章。

1915年9月6日　第17予備軍団参謀部に転属。

1916年3月20日～4月21日　第342歩兵連隊の大隊長兼任。

1916年5月14日　第17予備軍団配属のまま、野戦航空隊司令の麾下に入る。

1916年5月20日　ヴェスト・テルニオン第1実験・訓練飛行場に配属。

1916年6月　航空隊司令将官参謀部麾下第49教育飛行隊長。

1916年8月10日　臨時編成の参謀部に勤務するため、第3軍に配属。

1916年10月26日　航空隊司令将官参謀部付。

1918年8月9日　第30歩兵師団司令部作戦参謀。

1918年8月16日　剣付ホーエンツォレルン家国王騎士団騎士十字章受勲。

1919年8月28日　義勇郷土猟兵団（メルカー将軍）❖[4]第14中隊長。

著者略歴

ヘルマン・ホート（Hermann Hoth, 1885–1971）

ドイツ国防軍の軍人。最終階級は上級大将。第一次世界大戦前に参謀将校としての訓練を受けたホートは、第二次大戦開始時には歩兵大将に進級し、装甲部隊である第15軍団長を拝命。ポーランド侵攻で戦功をあげ、騎士鉄十字章を受ける。翌年のフランス作戦でも侵攻の尖兵となり、その功績で上級大将に進級。一九四一年のソ連侵攻では、第3装甲集団司令官に任命された。この職にあって、ホートは、グデーリアンの第2装甲集団と協力し、史上空前の包囲殲滅戦を実行。しかし、一九四三年秋、ウクライナの大都キエフの防衛に失敗したホートは、ヒトラーに解任された。マンシュタインやグデーリアン、ロンメルに匹敵する作戦・戦術家として高い評価を受ける。

編訳・解説者略歴

大木 毅（おおき・たけし）

一九六一年東京生まれ。立教大学大学院博士後期課程単位取得退学。ＤＡＡＤ（ドイツ学術交流会）奨学生としてボン大学に留学。千葉大学その他の非常勤講師、防衛省防衛研究所講師、国立昭和館運営専門委員等を経て、現在著述業。二〇一六年より陸上自衛隊幹部学校講師。最近の著作に『灰緑色の戦史——ドイツ国防軍の興亡』（作品社、二〇一六年）。訳書にイェルク・ムート『コマンド・カルチャー——米独将校教育の比較文化史』（中央公論新社、二〇一五年）、マンゴウ・メルヴィン『ヒトラーの元帥　マンシュタイン』（上下巻、白水社、二〇一六年）、ハインツ・グデーリアン『戦車に注目せよ——グデーリアン著作集』（作品社、二〇一六年）、など。

Panzer-Operationen
Die Panzergruppe 3 und der
operative Gedanke der deutschen Führung
Sommer 1941

パンツァー・オペラツィオーネン

――第三装甲集団司令官「バルバロッサ」作戦回顧録

二〇一七年九月二十日　初版第一刷印刷
二〇一七年九月三十日　初版第一刷発行

著　者　ヘルマン・ホート
編訳・解説者　大木毅

発行者　和田肇
発行所　株式会社作品社
〒一〇二-〇〇七二　東京都千代田区飯田橋二-七-四
電話　〇三-三二六二-九七五三
ファクス　〇三-三二六二-九七五七
振替口座　〇〇一六〇-三-二七一八三
ウェブサイト　http://www.sakuhinsha.com

装幀　小川惟久
本文組版　大友哲郎
地図作成協力　閏月社
印刷・製本　シナノ印刷株式会社

ISBN978-4-86182-653-5　C0098